Arnold Stadler

Rauschzeit

Roman

S. FISCHER

MIX
Papier aus verantwortungsvollen Quellen
FSC® C083411

Erschienen bei S. FISCHER

Satz: Pinkuin Satz und Datentechnik, Berlin
Druck und Bindung: CPI books GmbH, Leck
Printed in Germany
ISBN 978-3-10-075139-3

Wir wissen wenig voneinander
Georg Büchner

Teil I

1. Mausi

Was ist Glück? Nachher weiß man es.

Mausi lag da und lebte. Sie lag in ihren weißen elegant-robusten Bruno-Paul-Korbmöbeln vom Sonnendeck des längst untergegangenen Norddeutschen Lloyddampfers Columbus. Ja, sie lebte, leichtbekleidet und erwartungsvoll, und hatte gerade in Inges Geburtstagsgeschenk *P. S. I love you* zu lesen begonnen, im Original, denn sie war eine Übersetzerin, die von so etwas träumte. Es gab keinen schöneren Titel als *P. S. I love you*, dachte sie. Das Lied, das genauso hieß, kannte sie auch schon: »Yesterday we had some rain, but on the whole, I can't complain« … So wie es Rudy Vallée 1934 gesungen hatte. Was waren schon siebzig Jahre, wenn sie vorbei waren. The Hilltoppers aus den vierziger Jahren waren aber auch nicht schlecht.

Es war auf ihrer Dachterrassenlandschaft in der Haberlandstraße. Für den Abend stand die *Tosca* mit Inge und Justus auf dem Programm. Der Gutschein für die zwei *Tosca*-Karten stammte von jenen Freunden, denen Mausi zweihundert Euro wert war. Das Wort Gutschein war eigentlich schon gänsehauterregend. Für die Karte von Alain, also für den Platz neben Mausi, hatte Justus, wie er sagte, einen idealen Ersatz gefunden. »Lass dich überraschen!« Nur so viel wollte er verraten: »Es ist ein blonder Däne.« War das nicht eine Tautologie? Dachte sich Mausi, und das hätte schon wieder der Titel eines Liebesromans sein können: *Der blonde Däne. Ein tautologischer Liebesroman*, geschrieben von einem Menschen, der das Leben hinter sich hatte, und sich noch sehr wohl daran erinnern konnte, und auch noch daran, was die Liebe für ein seltsames Ding war. Eigentlich nur geglückt in einem Liebesroman und gelesen von ebensolchen Menschen wie Mausi, Frauen wie Mausi, als wären sie von der Natur für die Liebe wie das Lesen von Liebesgeschichten vorgesehen, Liebesgeschichten, die vom Leben als Glück gedacht, von der Schriftstellerin jedoch als Unglück beschrieben werden mussten, das sich im letzten Augenblick noch in ein Entsagungsglück wendete.

Und das ist gut so, dachte sie schon fast vergnügt an ihre Tante Mausi, die schon früh, das heißt in einem Alter, in dem sie selbst jetzt war, gesagt hatte: »Ik hab abjedankt. Sollen die Jungen mal ran!«

In solchen Romanen war es dann so, als wären die Frauen von einem Mann ausgedacht, seine Geschöpfe, und als hätte Gott zu den Männern gehört. In den Liebesopern war es genauso. Immer nur Männer, oftmals alte, die diese dicken Romane und Opern geschrieben hatten, und über die Jahrhunderte und Jahrtausende waren es Frauen, die sich von den Männern erklären lassen sollten, was die Liebe war.

Also ein blonder Däne, der neben ihr mitanhören und mitansehen müsste, wie Tosca singend in den Tod sprang. So hatte es Puccini verfügt, geschrieben in Rom, in ein paar Monaten des Jahres 1899, und zum ersten Mal gehört ebenda, Anno 1900, zum dreißigsten Geburtstag Italiens und der Eroberung Roms durch die Italiener. Das war nun über zweieinhalbtausend Jahre nach der Eroberung Italiens durch die Römer. So viel Geschichte musste sein.

Puccini ließ eine Frau in den Tod springen, von der Engelsburg, die gerade noch die Zuflucht des Papstes gewesen war, auf der Flucht vor den päpstlichen Männern und Folterern. Das erwartete sie. Mehr wusste Mausi nicht. Sie lebte gerne, es war Freitag, der 25. Juni 2004. Jetzt wurden die Tage wieder kürzer. Friedrich Gulda (sonst war es immer Lili Kraus) spielte gerade für sie das *Andante con variazioni in fa minore* von Franz Joseph Haydn. Alain war in Köln.

2. Alain

Die Welt war der Ort, wo uns die Zeit davonlief, von diesem Satz in meinem Kopf war ich schon gleich nach 5 Uhr aus dem Bett getrieben worden, und mit den Sätzen von Mausi, die sie mir mit auf den Weg nach Köln gegeben hatte, stand ich nun vor meinem Morgenspiegel: Dass du wie ein Waldschrat aussiehst, weißt du. Und außerdem hatte sie mich kurz darauf auch noch gefragt: »Sollten wir nicht ins Vegetarische wechseln?« Das setzte die Geschichte von Menschen voraus, deren große Zeit vorbei war.

Mir war nun, als würde ich, wie bei den Wahlen, so langsam in den Kampf der Jungen gegen die Alten hineingezogen, das war mir neu. Die meisten Gesichter um mich herum waren nicht mehr videomedientauglich, ich lebte in der Zeit von Alkibiades II. und dazu, als läge die Zeit schon hinter mir und ihr musikalisches Vorzeichen wäre: »Ich war immer zu spät glücklich, nie zur rechten Zeit« gewesen. Als meinte er mich.

So war Professor Pfotenhauer mit seinem Eröffnungsvortrag des Internationalen Übersetzersymposiums angekündigt gewesen: Untertitel: *Nachgetragenes zu Jean Paul. Ein Leben mit Jean Pauls Abschweifungen des Lebens.* Aber wegen eines Pilotenstreiks in London, der Stadt von Twiggy, Margaret Thatcher, der Queen, Sherlock Holmes, der Krimis, des Geldes und der Petticoats, saß er in Heathrow fest, und ich war, wenn ich ehrlich gewesen wäre, eigentlich nur deswegen nach Köln gefahren, vielleicht auch noch ein wenig aus Schreck über Mausis Sätze aus Berlin vertrieben. Und nun stand ich allein mit Jean Paul und »Ich war nie zur rechten Zeit glücklich« vor diesem Spiegel und dachte, was aus diesem Satz noch werden sollte.

Ich war nun ein Mann von vierzig Jahren, der so langsam sein Buch *Ein Mann von vierzig Jahren* hätte beginnen müssen und davon schreiben, und in der grauen Mitte meines Lebens hätte der Satz stehen müssen, dass ich nie zur rechten Zeit glücklich gewesen war, das sollte mein erster Satz sein. Doch der ging nun überhaupt nicht mehr. Denn gerade jetzt musste ich mit dem Blick in diesen Spiegel, und keinem sonst als mir, sagen: Jetzt bist du gerade zur rechten Zeit unglücklich.

Ja, es war auch unsere Geschichte, dachte ich nun, die Geschichte von zwei Liebenden, deren große Zeit vorbei war. Es waren genau genommen mindestens zwei Geschichten. Die es vielleicht niemals gegeben hatte. Vielleicht hatte es auch mich nie gegeben? Aber diese Wörter gab es: »vegetarisch« und »Waldschrat« …, die nun in diesem Raum standen, so groß wie ich. »Dass du wie ein Waldschrat aussiehst, weißt du.« Das wusste ich schon länger. Das hatte Mausi mir wieder gestern früh gesagt, als wollte sie nicht, dass sich in Köln meine Chancen in der Welt der Frauen und Männer, die wussten, wo es langging, verminderten, und sie sich mit mir blamierte. Es war gar nicht so lange her, da hatte sie noch von mir geschwärmt: Mit dir bin ich immer gut angezogen! Jetzt war ich zum Waldschrat geworden, als sie in meine Wohnung herüberkam, wir waren ja durch eine gemeinsame Binnentür miteinander verbunden, und ich stand gerade in meinem Badezimmer mit seinem überdimensionalen Spiegel, in den ich noch gar nicht richtig hineingeschaut hatte, und machte mich für Köln zurecht. Und dann, als sie weg war, schaute ich doch in diesen Spiegel: Sie hatte vielleicht recht. Ja, eine Rasierklingenreklamefresse war es nicht mehr. Immerhin: Eine Minusfresse hatte ich noch nicht. Doch das Wort »Waldschrat« war so groß wie ich … und dann kam noch, wie nebenbei, das vegetarische Angebot. War es tatsächlich schon so weit? Hatten wir uns schon so auseinandergelebt, dass wir nicht mehr zusammenkamen, schon eingependelt in einen Vegetarier-Modus oder Vegetarier-Status? War es nicht genug, dass wir schon in unseren getrennten Zimmern schliefen? Ich wusste es nicht. Die Zeit, da sie »my Bonnie« zu mir sagte und mich zu den fleischfressenden Pflanzen rechnete, war lange her. So weit konnte ich Mausis Wörter übersetzen, ein Vierzigjähriger, noch so einer, ein Mensch vor dem Spiegel, und ich sah nun aus wie gewaschen bei 60 Grad, dachte ich, und machte mich nun weiter für den ersten Tag zurecht. Ein wenig auch wie Kafkas Gregor Samsa, Kafkas Käfer, am anderen Morgen.

Und dann hörte ich, es war im Deutschlandfunk: »Die meisten Menschen sind glücklicher, als sie es wissen« … und was so alles geredet wird im Radio, am Morgen zwischen fünf und sechs. Kannte dieser Mensch mich? Was wusste er von mir? »Wenn ein Rollstuhlfahrer hereinrollt, geht es mir schon ein wenig besser« und so fort; ich schämte mich, dass dieser Psychologe die Menschen für so primitiv hielt, und einen von ihnen sah ich vor mir, der mit Wörtern wie »Waldschrat« und »vegetarisch« gestraft, in diesem seitenverkehrenden Spiegel stand, so dass ich mich nun fragen konnte, ob mein Leben nicht ein Irrtum war. Das wusste ich nicht. Aber ich sah nun einen vor mir, dem bei diesen neobarbarischen, darwinistischen, natürlich wahren Sätzen nun seine alten Empfindungen in die Quere kamen: Es zerriss mich vor Schmerz, weil es mich nicht vor Schmerz zerriss. Und ich war schon ganz verzweifelt, weil ich immer noch so viel Hoffnung hatte.

Meine Frage war nun: Was ist Glück? Und meine Antwort: Nachher weiß man es. Und zurückfahren nach Berlin musste ich auch noch. Aber erst übermorgen, am Sonntag, nachdem die Konferenz vorbei wäre.

So stand ich mit meinem Duschgel und meinem spiegelverkehrten Gesicht, ganz nackt und sonst nichts, ein Mann von vierzig Jahren, und ich fragte mich, ob es nun der Höhepunkt in meinem Leben gewesen sein sollte, dass ich einmal im Fahrstuhl von oben nach unten Yoko Ono begegnet war, und wie sie beim Aussteigen so schaute, als hätte sie »Auf Wiedersehen –

Bye!« sagen wollen, und ich in diesem Gesicht, das kein Gedicht war, mehr nicht lesen konnte? Oder war es das Höchste, einmal im Frankfurter Hof übernachtet zu haben, aufgrund einer Verwechslung, als Gast des Börsenvereins, wo mir im Fahrstuhl Yoko Ono so nahe kam, dass ich sie hätte töten können? Oder war das der Gipfel, auch der Erkenntnis, wie Iris Berben mit Rüdiger Safranski im Hotel Waldhaus in Sils Maria 1803 Meter über dem Meer über den Tod (um das Jahr 2000 herum) diskutierte? Und ich hörte es. Über den Tod in der Oper und den Tod der Oper, etwa zu der Zeit, als die Welt brannte, und anderswo, irgendwo auf der Welt, der Mensch in den Tod sprang, und auch die Tosca. Ach, die Philosophen hatten so viel über alles geredet, über die ganze Welt, die der Ort war, wo wir uns nicht begegneten und in der Zeit verloren.

Es war um diese Zeit vor einem Jahr, am längsten Tag gewesen, dass ich zu diesen Vorträgen ins Waldhaus gepilgert war, und übernachtet hatte ich in der billigsten Pension, die mir vom Veranstalter, der Nietzsche-Gesellschaft, genannt worden war, ohne dass ich danach gefragt hätte. Vielleicht war es wegen des ausländischen, unamerikanischen Akzents meiner Sprache, einer Sprache, die nicht nach Geld klang. Vielleicht war es auch meine Stimme, die wohl auch so klang, als hätte es da einer noch nicht geschafft, eine zu junge Stimme für einen dafür zu alten Menschen. Immerhin: Die einzige Jugendherberge des Hochtals war es nicht, und ich war auch noch nicht vierzig, und in einer Berghütte des Alpenvereins oder in einem Massenlager einer evangelischen Freizeiteinrichtung hätte ich wohl auch noch unterkommen können, und keiner dachte, dass da irgendetwas nicht stimmte, auch nicht stimmte mit mir. Nicht einmal ich selbst war damals auf diesen naheliegenden Gedanken gekommen, in meinem Kopf, der mir eigentlich näher war als ich mir selbst. Gewiss, ich hätte mir auch etwas anderes leisten können, zur Not auch das Waldhaus, denn ich hatte ja Mausi, die mit ihrem Gewehr hinter mir stand, das war eine Redensart von Tante Mausi gewesen. Doch ich wollte ihr nicht immer derart auf der Tasche liegen, wie der Mensch immer noch einfach und deutlich sagte, und mir auch nicht, auch wenn sie selbst keinen Igel in der Tasche hatte, wie meine Verwandten in Isigatreute in ihrer Muttersprache für einen geizigen Menschen sagten, und ich auch nicht.

Nun war es das ibis, in dem ich zu liegen kam. In dem Menschen arbeiten mussten oder auch nur übernachten, unter den Bedingungen des Lebens, das immer wieder weggeputzt werden musste, die verwichste und verfickte Zeit, die erst angeblasene, dann verblasene Zeit, mit ihren Spuren, Tag für Tag, Morgen für Morgen von Menschen, die ich niemals zu sehen bekäme und denen es doch auch nicht anders ging als mir, mit meinem linkshändigen Leben im Kopf, in dem alle Jahreszeiten auf einmal versammelt waren, der nun so langsam hätte, nachdem die Liebe hinter ihm lag, wie ich fast schon glaubte, mit seinem Liebesroman beginnen müssen.

Über Nacht hatte es in Sils Maria dann über alles hinweggeschneit, zwar am längsten Tag des Jahres, und trotzdem hat es geschneit, und der Schnee blieb auf den Autos liegen, die freigeschaufelt werden mussten, und die im Schneesturm überraschten Menschen auf dem Malojapass evakuiert. Und ich? War mit einem Herbstgedicht von Nietzsche in meinem Kopf aufgewacht und sah draußen den Schnee und sagte das Gedicht vor mich hin: »Dies ist der Herbst: der – bricht mir noch das Herz!«, das ich wieder einmal ganz falsch auf mich bezog, denn es hieß: »Dies ist der Herbst: der bricht dir noch das Herz!«, und mit diesem »dir« meinte Nietzsche gar nicht mich, sondern sich, so dass ich mir sagte: nie wieder. Auch weil es schon Ende Juni war, und ich so langsam mit dem Zitieren aufhören und mit dem Leben beginnen sollte. Und bevor ich damit wieder einmal anfing an diesem Morgen und hinausging, setzte ich mich noch etwas auf das ibis-Bett. Der Mensch will bleiben. Aber er muss gehen, und ich war schon zum ersten Mal müde an diesem Tag und sah wohl aus wie der ratlose Christus von Wilsnack.

3. Mausi

Auf den Tag genau vor einer Woche hatten sie ihren vierzigsten Geburtstag gefeiert, was steuerlich nicht absetzbar war. Und auch den fünfzehnten Hochzeitstag, es war im Juni 1989 gewesen, der Termin war ihnen noch von Onkel Adalbert aufgeschwatzt worden, denn so konnten sie die Steuervorteile für das ganze Kalenderjahr geltend machen, sagte er. Und nun sagten die Immobilienhändler von ihrer Wohngegend im 1-A-Segment oder Tripple A: Da werden die Wohnungen nicht verkauft, sondern vererbt. Und sprachen von Filetstücken und lichtdurchfluteten Residenzen auf der Höhe des Jahres 2000, vom Stall von Bethlehem an gerechnet. Es handelte sich vielleicht auch nur um lichtdurchflutete Schweineställe.

»Was ist Glück? Nachher weiß man es.«

»Es ist ein blonder Däne … und heißt Jesper … kommt von einer Insel im Kattegat. Hjelm«, sagte er, und Mausi wusste freilich nicht, dass die Insel nicht bewohnt war. Aber es gab sie. Angeblich hatte Justus ihn im Netz gefunden, als Ersatz für Alain, der ja auf der Übersetzerkonferenz in Köln sein musste.

Mausi schaute gleich bei Wiki nach.

Eigentlich lag die Zeit der Brandstiftungen hinter ihr.

»Und das ist gut so.« … Dass es ein Mann war, der neben ihr dreieinhalb Stunden lang die *Tosca* hören sollte, einer von 49 Prozent Menschheit auf der Welt, war noch nichts Besonderes. Dass er blond war, schon eher, denn wohl mehr als

95 Prozent ihrer Bewohner waren eigentlich schwarz und grau oder hatten ihre Haare schon verloren. Das meiste Blond war das Ergebnis einer Milliardenumsatzindustrie. Die reichste Frau Frankreichs, dem Land der Liebe, aus dem auch Alain kam, verdankte ihren Reichtum den Frauen und auch ein paar Männern, die blond sein wollten. Mausi selbst war einmal eher dunkelblond gewesen und mit den Jahren immer blonder geworden, die Farbe, keine Beleidigung, passte zu ihr. Also ein blonder Däne, der neben ihr mitanhören und mitansehen müsste, wie Tosca singend in den Tod sprang. Das erwartete sie. Mehr wusste sie nicht.

Sie war nun vierzig, aber so viel Zeit schien auch wieder nicht vergangen, dass sie es nicht mehr gewusst hätte und noch mehr: sich hätte nicht mehr an die Stelle erinnern können, wo die Verliebten »ich brenne« sagen, sich wenig später aus Liebe in den Tod stürzen wollen und es manchmal auch tun und so das Mainstreamglück immer wieder skandalös in Frage stellen. Wenn auch im gesungenen Fall nur als Theater. Denn danach würde die Tosca lachend beim Italiener sitzen inmitten privilegierter Zuhörer und Zuschauer, die auch dafür bezahlt hatten wie der Mörtel-Lugner für Andie MacDowell beim Wiener Opernball.

Tosca war aber eine von jenen Frauen, die mit ihrem Leben und Sterben den Mainstreamglauben, dass das Leben dem Tod vorzuziehen sei, grauenhaft konterkarierten, und den Suizidforschern, den Stardirigenten und Startenören und dramatischen Sopranen sowie der ganzen Kulturindustrie ein luxuriöses Leben ermöglichten und mit ihrem Tod auch noch finanzierten. Es war einer der lukrativsten Sprünge in den Tod aller Zeiten.

Auf die *Tosca*, zumal als Nachmittagsveranstaltung um 17 Uhr gegeben, hatte Mausi nun noch weniger Lust. Immerhin: Ich kann diese Frau verstehen, dachte sie schon im Voraus, in ihrer prototypischen Liege von Bruno Paul, dem Vater des Designs, bei dem Mies van der Rohe, der eigentlich nur Mies hieß, Jahre in die Lehre gegangen war. Bruno Paul hatte immerhin ein Ehrengrab auf dem Dahlemer Waldfriedhof, »besaß« ließ sich ja schlecht sagen. Aber etwas zu verstehen bedeutete auch für Mausi nicht unbedingt, dass sich ihre Lust darauf gesteigert hätte. Nicht alles, was wir verstehen können, ist etwas für mich. Das hatte sie bei mancher Zigarette herausgebracht, deren schönem Rauch sie nun wieder einmal hinterhersah. Den Menschen hinterhersehen, wie sie singend in den Tod sprangen und den Satz der Bremer Stadtmusikanten »Etwas Besseres als den Tod findest du überall« als falsch überführten, ja falsifizierten?

Immerhin: Bremen lag schon fast am Meer. Sie konnte es schon riechen, daher fuhr Mausi auch so gerne nach Bremen. Von wo, vor nicht allzu langer Zeit, was waren schon hundert Jahre, wenn sie vorbei waren, eine schöne Frau, eine ihrer vier Urgroßmütter, in Begleitung der ganzen Familie unterwegs nach Potsdam war: Dort bekam ihr Papi aus der Hand des Kaisers einen höchsten Orden der Allerhöchsten Majestät überreicht. Anschließend durfte Mausis Urgroßmutter ein eigens dafür verfasstes Gedicht von Rudolf Alexander Schröder vortragen. Bei dieser Gelegenheit sah und hörte sie auch zum ersten Mal das Wunderkind, ihren späteren Mann Max, genannt Maxi, auf seiner Stradivari spielen, die er von der Fürstin Fugger geschenkt bekommen hatte, wohl aus Liebe. Die Ehe hielt aber nur die Geburt von drei Kindern lang.

Die Urgroßmutter wurde schuldhaft geschieden und verschwand auf dem Landgut ihres sächsischen Porzellanfabrikanten, das war schon in den neunziger Jahren des 19. Jahrhunderts gewesen, warum eigentlich, das erfuhren die Nachgeborenen auch nie. Die drei Kinder blieben beim Wunderkind, das alsbald wieder heiratete, und gingen bald an seine zweite Frau über. Das preußische Recht verfügte es so, dass eine schuldhaft geschiedene Mutter ihre drei Kinder, die zwischen zwei und sechs Jahre alt waren, fünfzehn Jahre nicht sehen durfte. Am Ende starb das Wunderkind im Steckrübenwinter von 1917, ungewiss, ob verhungert oder erfroren, und hinterließ sechs Nachkommen, eine geschiedene, unglückliche Frau sowie eine rechtmäßige Witwe und eine Stradivari und einen Papagei. Und dann auch noch die Inflation, ein Wort, das Egon bis zu seinem Tod in seinem Wortschatz behielt und damit die oftmals wohlhabenden Gäste in Mausis Elternhaus schreckte. Und dann erst recht nach dem Mauerbau: Gleich hinter dem Haus ihrer Großeltern, in dem auch Tante Mausi bis zu ihrem durch die Tuttlinger Firma mit Gewalt erzwungenen Auszug gelebt hatte, begann damals der Todesstreifen, und mit dem Geld, auf die sechs Kinder aus der ersten und zweiten Ehe verteilt, wurde von Mausis Erbteilseite dann jene Sofagarnitur, auch sie von Bruno Paul entworfen, gekauft, die nun in Mausis Salon stand, und die Geschichte dazu erzählte sie immer wieder. Mausis Freundin Inge sagte dann jedes Mal: Ihr wollt auch alles gehabt haben und gewesen sein! Als hätte sie sich wieder einmal hinaufgeschwindelt.

Dabei war es eher hinaberzählt. Reichskanzler Fürst Bülow war der Freund von Mausis Ururgroßvater von der Bremer Seite, der wie der Kaiser gewollt hatte, er wäre Kolonialminister des Reichs geworden, die Briefe dazu gab es noch. Dieser Mann, von dem Mausi in gerader Linie herrührte, sie war ja kein Baum und hatte keine Wurzeln, dirigierte die Schiffe des Norddeutschen Lloyd auf den Weltmeeren, dazu ein Heer von Arbeitern an Land, durchweg Männer. Zu diesem seltsamen Geschlecht gehörte auch der Kaiser. Die Geschichte Preußens endete bekanntlich in einem Holzhacker. So viel Ordnung musste sein. Aber seit 1989 lebte sie, die Geschichte Preußens, langsam wieder auf, gerade im Jahr, als Mausi nach Berlin zurückgekehrt war, dieses Mal mit Alain. Das eine hatte mit dem anderen nichts zu tun. Alles war nur gleichzeitig. Und der Mensch, der es nicht genauer wissen wollte, sprach dann von Zufall und träumte sich seine Geschichte hinzu und zurecht, denn Träumen war einfacher als Denken.

Zu Füßen der Bremer Stadtmusikanten, der Märchenfiguren und ihrem Denkmal, zwischen den Fisch- und den Würstchenbuden konnte sie das Meer schon riechen und träumen. Und gleich daneben den Roland, Weltkulturerbe mit seiner ungeheuren Schnalle mit dem musizierenden Engel drauf und wohl Rolands Schwanz gleich dahinter. So viel Ordnung musste sein. Ja, auch das Meer war eine große Gegenwart, und eine solche Nähe so weit weg vom Meer gab es nur in Bremen. »Mein Mann kommt vom Meer« oder »meine Frau liebt das Meer«, was für schöne Sätze, die mit »beati sunt« begannen, die an jedes Meer und jeden Beginn und jedes Ende einer Liebesgeschichte passten. Und manchmal noch dachte der übriggebliebene Mensch »und ich dachte, sie liebt mich« dazu. Doch das Meer war vieles, am Ende auch noch ein Bauch, in dem alles verschwand, ein Loch, gefüllt mit Leben und Tod, Liebe, Hass und Müll. Und doch. Ja, sie liebte das Meer, immer noch, und daran würde sich wohl nichts mehr ändern, und dass sie nicht ans Meer gezogen war, würde einer der Fehler ihres Lebens gewesen sein, so dachte sie. Dass sie nicht ans Meer gezogen war: Das hätte sie heute vor einer Woche, als sie auf dem Geburtstagsabend »Was wir am meisten bereuen« spielten, bekennen müssen, fast schon eine Sünde, ihrem Leben gegenüber.

Alain kam (auch) vom Meer, mit dem sie immer noch verheiratet war, eigentlich mit beiden, mit Alain und dem Meer. Und es gab eigentlich keinen Grund mehr, sich von dem einen oder dem anderen zu trennen. Es war Bigamie.

Er kam aus der Ville d'Hiver, einem Stadtteil von Arcachon. Das war ganz im Westen Frankreichs, man konnte schon fast bis Amerika sehen, und der Abendhimmel war manchmal so blau wie eine Aral-Tankstelle, und von ihrem Haus konnte man noch etwas den Sand von der Düne von Pilat riechen, wie auch das Salz, und zwischen den schönen alten Meerkiefern hindurch sah man gerade noch die Spitze des Leuchtturms von Cap Ferret. Das Meer wurde vom Hinausschauen auch nicht kleiner. Das hatte der aufmerksame Mensch von vierzig Jahren, zu denen auch Mausi gehörte, längst herausgefunden. Und auch, dass der Vers von Horaz: »Caelum, non animum mutant, qui trans mare currunt«, stimmte. Das war selbst noch auf diesem Foto so, Datum »15. 8. 1983«, und hinten die Zeile: »Am Morgen, als wir uns das erste Mal zum Schwimmen aufmachten, kurz vor der Flut«, das sie auf ihrem Schreibtisch stehen hatte, als könnte ein Foto die Zeit festhalten, doch das blieb: eine Erinnerung. Und alles hatte in einem Satz Platz, die Wellen, das Foto, das Meer, du und ich. Es war ein Foto, gemacht von Elfi, gerade in dem Augenblick, als sie dabei waren, sich in Richtung Wellen aufzumachen, Alain und Babette, Toby und Mausi, und auch noch Norbert. Und wie einer von ihnen wohl »kommst du« gerufen hatte. Und dass auch Mausi damit gemeint sein konnte, die mit den anderen, die nun im Verlangen, sich mit dem Meer zu vermählen, in Richtung Wasser liefen, bald rannten. Kurz zuvor hatten sie noch auf ihrem Lieblingsplatz beim Bunker auf jenem Streifen aus Sand zwischen den Wäldern und dem Meer gelegen. Und dann, im Anschluss an dieses Foto verfolgten sie sich, als spielten sie, einmal zu dritt, einmal zu viert, einmal zu fünft, und einmal nur Alain und sie, wie Hunde, die hintereinander her waren, oder wie junge Katzen, als spielten sie. »Kommst du?« Doch die ganze Geschichte, die vergangene und auch noch die kommende, würde im Meer enden. Und das war auch an diesem Tag so, an dem es nicht dunkel werden wollte und die Nächte blau waren Ende Juni, und am Anfang, in der Mitte und am Ende aller Geschichten stand das Tuwort: lieben.

So war es auch mit ihnen, von der Küche im neunten Stock des Studentenheims UZH in Freiburg an, wo sie alle sich eines Tages entdeckten, und bald auch eines Nachts, und wie sie sich schon in der Küche gefragt hatten: »Willst du?«

Norbert war lange tot, Toby blieb verschwunden, und Alain war im Augenblick in Köln, seit gestern. Ihre Meerliebe, ihr Meerblick war unverwüstlich. Einst, es war an ihrem Lieblingsplatz, am Bunker, bei den Dünen, konnte sie den Leuchtturm von Cap Ferret sehen und den Himmel über dem Leuchtturm und alles riechen.

Auf die *Tosca* hatte sie, bei diesem blauen Himmel und seinen Amseln, die Ende Juni auch bald den Singbetrieb einstellten, nun noch einmal weniger Lust. Es war eigentlich nur wegen des blonden Dänen. Denn Mausi war immer noch erwartungsvoll, diese Regung war ihr noch nicht abhandengekommen mit den Jahren. Die Geschenke von Inge lagen auch noch da. Es waren zwei Bücher: *Abscheu vor der Weltgeschichte* und *P. S. I love you.* Bis zum Abend hatte sie noch viel Zeit.

4. Alain

Es war mittlerweile schon wieder Zeit für die Nachrichten. Ich war zwei Minuten zu spät. Also nun schon wieder im ersten Stau des Tages, wie hätte es anders sein können. Ich hörte: Bottrop, und das war für mich ein Geräusch im Ohr wie ein immer noch nicht geleerter, überfüllter Mülleimer im Augenblick, da sich irgendein Mensch seiner erbarmt. Es kamen wunderbare Menschen aus Bottrop, ich kannte mindestens zwei, und auch aus Dorsten kamen die wunderbarsten Menschen, also sorry, doch dieses Geräusch war es, wie alles in den nächsten Container hineinrutschte, und dann, wie es klang, wenn der leere

Mülleimerdeckel wieder einschnappte und aufschlug: Bottrop. Als reimte es sich auf: Waldschrat, immerhin: Das Metrum stimmte. Und wenn ich wie jedes Jahr im Oktober zwei Wochen auf dem Land war, im Allgäu, stimmte mich das Krähen der jungen Hähne im Oktober, die es noch bis Weihnachten schaffen würden, noch wehmütiger als die Amseln, die längst zu singen aufgehört hatten und verstört im Boden herumpickten und auf das warteten, was kam oder nicht.

Das Wort »frisch machen« gab es auch noch. Das war ein Lieblingswort Mausis. Sie hatte mich gestern Morgen schon zweimal gefragt: »Machst du dich noch frisch?« Als hätten wir uns schon so weit auseinandergelebt, dass Trennung schon gar nicht mehr in Frage kam, ja, dass nicht einmal der Gedanke daran in Frage kam. Was sonst noch war? Ich hatte mir gerade vor ein paar Tagen etwas Zeit für unsere neue Putzfrau genommen, das war Mausis Wunsch gewesen, sie war verreist, und Gesine, eigentlich kein Putzfrauenname, ging erst am anderen Morgen wieder. Und das war's dann auch. Sie kam nie wieder, ohne auch nur anzurufen, sie habe sich das anders überlegt. Doch hatte sie nicht als Putzfrau inseriert? Doch dann kam sie im Twinset an (und darunter nichts), was hatte das mit dem Inserat zu tun, und in diesem Schmutzfinklicht kam ich mir auch schon wieder vor. Andererseits, dachte ich seitenverkehrter Mensch in Richtung Spiegel: Es gab Menschen, die wie Überlebende eines Botox-Unglücks aussahen, ich sah Menschen, die dürfte meine Nachbarin von einst, Madame Cyprian, nie gesehen haben. Zu ihnen dürfte ich niemals gehören, war das schon ein Trost, dass ich etwas Unschönes niemals gesehen haben würde?

In meiner Kindheit, in den Ferien bei meinen Großeltern oberhalb von Lindau und bei meinen Tanten zwischen Isigatreute und Burladingen, und auch später auf meinen Weltreisen hatte ich noch Menschen gesehen. Menschen, ganz ohne Implantate, mit unverwechselbaren Zähnen und Zahnlücken. Da war alles, und nichts fehlte. Auch Pasolini hätte an so etwas seine Freude gehabt. Im Laufe von ein paar Jahren war die Natur wie die natürliche Schönheit immer weniger geworden, du Morgenfresse, dachte ich. Und Lindau war das Weltzentrum der Botox-Industrie in Deutschland. Das waren alles nur Erinnerungen an die großen Ferien bei den Großeltern in Deutschachberg. Wenn gar nichts anderes mehr übrigblieb als der Tod, sprach der übrig gebliebene Mensch immer noch von der Natur und dem Lauf der Dinge. Und die dazugehörenden Psychologen wollten mir auch noch den Schmerz ausreden oder austreiben, wie früher die Exorzisten, so dass der Mensch, noch um den Schmerz und den Tod betrogen, brauchbar durchs Leben geschleust wurde, fitgemacht für ein ganzes Mitläuferleben. Doch war es nicht meine Zeit und mein Schmerz und mein Tod? Von der Zeit war oftmals nicht viel mehr geblieben als eine Patek Philippe oder eine große Rolex.

Die Stichworte in den Nachrichten waren wieder einmal »Nullrunde« und das »Bundesverfassungsgericht« gewesen. Aus dem ich als alter Wortverdreher schon wieder das »Bundesverfassungsgedicht« machte. Mit welcher Betonung die Gewerkschaftsfunktionäre am Tisch »Nullrunde« sagten und wie die Stiftung Warentest das Wort »Verbraucher« in die Mitte ihrer Welt stellte. Und mit welcher Betonung die Wissenschaftsgläubigen »neue Studien in den USA ergaben« in die Welt hinausplärrten. Und mit welch feierlicher Betonung die Juristen das »Bundesverfassungsgericht« aussprachen, als wäre es das Höchste, der Herr über Leben und Tod. Und wie die Nachrichtensprecher alles herunterlasen. Längst gab es auch Nachrichtensprecherinnen, ja, sie hatten mittlerweile das Ruder übernommen, die sich auch nichts daraus machten, die 20 000 Toten des Erdbebens von Bhuj vorzulesen und sich eine Woche später nicht einmal mehr daran erinnern konnten und dabei immer tadelloser aussahen, ja etwas mehr. Ich war ja noch in der Abenddämmerung der schwarzweißen Fernsehwelt groß geworden, die glaubte, das sei eine Revolution, als zum ersten Mal eine Frau auf dem Nachrichtenbildschirm auftauchte, so züchtig wie Wibke Bruhns. Beim Namen der Fernsehansagerin Ursula von Manescul (von der mein Großvater noch schwärmte, in der Kinderzeit des Fernsehens, und er so kindisch kurz vor dem Ende, so meine Großmutter, daher wusste ich es überhaupt) wurden, wie man damals noch sagte, die Männer schwach, bis hin zu Udo Walz. Es war in einer Zeit, da hat sich der Vater von Mausi noch mit über achtzig ein Autogramm von Marlène Charell und ihren Beinen kommen lassen. Und dann erst Dagmar Berghoff bis hin zu Udo Walz, der Kulturinstanz in der Wowereit-Zeit, die ich beide das erste Mal zusammen in Lindau erblickte, ich in Sommerferien bei meinen Großeltern, sie zu einem Upgrade-Check bei »Nasen-Mang«, einer Schönheitsfarm mitten auf der Insel. Fernsehansagerinnen gab es nun auch nicht mehr, dafür aber so intelligente Fernbedienungen und Menüs und User, die bewiesen, dass der Mensch durch den Verbraucher ersetzt war und auch sonst von Tag zu Tag alles besser wurde. Das war ein Kurzdurchlauf einer ganzen Lebenszeitgeschichte, die ich mir schuldig war an diesem Morgen, dachte ich.

Wer etwas sein wollte, sprach von Paradigmenwechsel.

Nettes kleines Hotel. Hatte Christl aus Salzburg zu ihrem Hotel in der Taubengasse gesagt. Und sie tat so, als hätte sie gar nichts anderes gewollt. Und auf die anderen gezeigt und gelacht, die zweihundert Euro für eine Nacht ausgeben konnten. Die spinnen ja!

Doch was waren das für Menschen, die barfuß in einem derart versifften Zimmer auf und ab gingen? Nur in Paris war es noch schlimmer, was da alles unter den Decken und Teppichböden herumkroch.

Geweckt worden war ich wie zu Hause von einem Rabengeschrei. Raben gab es allerdings in Paris nicht, die wurden durch das passende Mittel entsorgt. Die erste Musik des Tages in meinem Viertel am Bayerischen Platz kam von den Raben, Morgen für Morgen, die so langsam, getreu dem darwinistischen Prinzip, andere nannten es Natur, auch in meinem Leben überhandzunehmen schienen. Ich riss den Vorhang zur Seite und sah einen blauen Himmel dahinter und sonst nichts. Die Amseln sangen. Ich hatte gehört, dass schwule Amseln nicht mehr sangen, und dann waren sie keine Amseln mehr. Und dass sie weder Steuern zahlten noch arbeiteten, also auch keine Steuern hinterziehen konnten wie die Menschen im Radio, das ging mir alles im Kopf herum. Auslöser war gewesen, dass ich, anders als in meinem früheren Leben, nicht von Amseln aus dem Schlaf geweckt worden war, schönere Wecker konnte es nicht geben, dachte ich. Aber Anfang Juli hörte es dann auf. Ich führte das Leben eines Schmutzfinken weiter. Aber etwas mehr Körperhygiene, besonders im Unterwäschebereich, hätte sie sich schon gewünscht, und zwar bei keinem anderen mehr als bei mir.

P. S. I love you fand ich dann in meiner Lieblingsunterhose mit dem breiten Querbalken Emporio Armani. Ich entdeckte das Buch erst, nachdem ich schon als Waldschrat und Vegetarier ein Wechselbad der Gefühle vor dem Morgenspiegel hinter mir hatte. In jener Unterhose, die Mausi in mein Gepäck geschmuggelt hatte, in der ich dann im »Studio«, dessen Nummer ich mir prophylaktisch aufgeschrieben und in meiner Geldbörse versteckt hatte, erscheinen wollte. Ein Stringtanga war es aber nicht. Derart zärtlich konnten Mausis Überraschungen sein. Für so etwas hatte sie keinen Coach oder Spiritual Trainer nötig. Frontal, mit dem Logo auf der Schwanzseite, so kam sie mir entgegen. Ich verstand sofort.

Sie liebte mich also immer noch. Aber eigentlich hätte es

dieser Art des Beweises nicht bedurft. Beim zunächst lustlosen, bei diesem Titel aber dann irgendwie doch neugierigen Herumblättern in *P.S. I love you* auf Futtersuche nach Argumenten für meine Vorurteile, kam ich erst spät auf den Gedanken, dass Mausi mir auf diese etwas seltsame, aber doch deutliche Weise sagen wollte, dass auch sie mich immer noch liebte und auch nicht mehr als immer schon, das Jahr über eher vegetarisch, und dass sie zur Strafe »Waldschrat« zu mir sagte, und dass es eine milde Strafe war, darauf kam ich, und zwar beim Lesen, als ich auf diesen appetitlichen, schönen Satz stieß, den irgendjemand, das konnte aber nur eine liebende Frau sein, unterstrichen hatte: »Breakfast in bed on birthday with him.« Ließ es sich schöner sagen?

Und nun entdeckte ich beim weiteren Herumlesen und Herumblättern, das war nur ein Zeitvertreib und von Berufs wegen, entschuldige ich mich … dass da irgendwer, noch jemand, vielleicht Inge, schon herumgelesen und unterstrichen hatte und auf entscheidende Sätze gestoßen war.

Und beim Herumblättern fand ich noch ein paar unterstrichene Stellen, aber »breakfast in bed on birthday with him« rührte mich am meisten, und ich wusste doch nicht, wer das unterstrichen hatte, ob Mausi oder schon Inge oder sonst ein Mensch, konnte es mir aber denken, wusste nur nicht, ob die Leserin diesen Satz besonders toll oder besonders daneben fand. Ach, Mausi, dachte ich. Jetzt soll ich das auch noch lesen. Eine Aufgabe mehr, doch sehr charmant verpackt und vielsagend, wohl auch eine kleine Entschuldigung für »Waldschrat« und »vegetarisch«. Wahrscheinlich wollte sie mit mir, zurück in Berlin, über das Buch und dieses Thema sprechen. Vielleicht sollten die Unterstreichungen geheime Hinweise für mich sein, vielleicht auch nicht. So viel war klar: *P.S. I love you* war ein Megaseller, der diese wunderbare Tatsache wohl dem Titel und dem Foto der Autorin verdankte: Cecelia schaute so in die

Welt, als glaubte sie ihrem Buch und jedem seiner Sätze. Und auch jedem seiner Küsse.

Es war ein vernünftiger Mensch, wohl eine Frau, mit Potential, das entnahm ich dem entschiedenen Unterstreichen, die sich nicht noch einmal im Teufelsmoor oder Biotop einer liebesverwirrten Siebzehnjährigen verirren wollte, eine Welt, die hinter ihr lag, ich aber hatte Mitleid mit Cecelia, diesem Mädchen, das sich mit seinen Sätzen bis aufs Mark entblößte, und liebte sie dafür. Und dann handschriftlich am Rand: »bis hierher und nicht weiter!« Das war wahrscheinlich Inge. »Striptease-literatur«, »Fräuleinwunder für lüsterne Alte«. »Frauen mögen so etwas nicht«, so Inges Anmerkungen. Aber als Geschenk war dieses Buch, das sie loswerden wollte und das andere für sie nun zu Ende lesen sollten und ihr das Wichtigste in ein paar zitierbaren Smalltalksätzen bei der nächsten Begegnung beim Italiener neben dem Essen her mitteilen, doch wieder einmal typisch Inge.

Und während erst gestern die ganz andere Mausi meine Sachen für Köln zusammenpackte, hätte sie wahrscheinlich … auch noch jenen Schmetterling, der sich möglicherweise in mein Zimmer verirrt hätte, gerettet; und zwar mit den geschickten Handgriffen einer Frau, die zwei Semester Biologie studiert und erfolgreich die Präparationskurse I und II absolviert hatte. Gegen die Glaswand hin rettete ihn, den Schmetterling, seine Leichtigkeit; doch vielleicht noch am selben Abend wäre er während eines kurzen Gewitters von den Regentropfen erschlagen worden. Und wäre es heute gewesen, auf seinen unergründlichen Flugbahnen auf und ab und hin und her? Sie hätte ihn, den Schmetterling, zu dem der männliche Artikel wieder einmal gar nicht passte, und das Wort »Tier« passte irgendwie auch nicht, abermals gerettet, und zwar mit einem einfachen Wasserglas, das für diese Zwecke, bis hin zu den Spinnen, immer in Griffweite auf der Terrasse und an den Fenstern stand. So praktisch war sie. Das sah ich freilich nicht, doch ich wusste, wie ihre feinen Hände aussahen, und wie es aussah, wenn sie mit ihren Händen kam, und konnte mir es vorstellen und denken. Ich musste aber einfach an so etwas denken, wenn ich an Mausi dachte, als ich daran dachte, wie sie mir wieder einmal eine Aufgabe mitgegeben hatte, und mich zugleich etwas ganz Liebes wissen ließ und mich auch behandelte wie einen Schmetterling, und dann musste ich lächeln wie Roberto Irazoqui in seiner Rolle als Jesus, wie er die Kinder an seinem Gewand zupfen sieht im *Evangelium nach Matthäus*, einem Film von Pier Paolo Pasolini. Und ein wenig sah ich damals immer noch aus wie er, der Hauptdarsteller. Zumindest konnte ich so schauen und lächeln. Das sagte nicht ich, sondern Mausi. Wahrscheinlich saß Mausi nun vor meinem Fenster, an meinem Schreibtisch, weil ich die schönere Aussicht hatte, vor allem auf diesen großen, unteilbaren Himmel, die Allmende der Augen. Ich konnte ja nie sehen, wie ich schaute, oder höchstens dann einmal, wenn ich mich selbst dabei erwischte, in irgendeinem zufälligen Spiegel, aber auch dann war es immer noch spiegelverkehrt, und dazu noch im Aggregatszustand der Zweidimensionalität, so dachte ich mir wieder einmal das Leben etwas zu poetisch und zu sehr um die Ecke.

In den Verkehrsnachrichten, mitten hinein in die WDR-Musik, hörte ich schon wieder: Bottrop. Die Verkehrsmeldungen wurden in ihrer Impertinenz nur noch von den Wetternachrichten übertroffen, das eine war immerhin manchmal lebenswichtig für die Autofahrer, denn immer wieder mussten Geisterfahrer gemeldet werden, die von den Psychologen auf lange Sicht durch »Falschfahrer« aus dem Verkehr gezogen werden sollten, um die sogenannten Verkehrsteilnehmer nicht zu schrecken; für das andere, das Wetter, hätten doch die Augen genügt. Und dann konnte ich zum Fenster hinausblickend sehen, was für ein schönes Wort am Himmel das Wort »bewölkt« war, wie ich es zwischen den Türmen des Doms und dem Himmelblau sehen und lesen konnte. Aber Bottrop hörte sich für mich, sorry, immer noch nach jenem Mülleimer an, der auf seine Erlösung wartet.

»Das hast du schnell gelesen«, hatte sie gesagt. Mit dem »du« meinte sie sich selbst, und vielleicht auch mich, hatte ich gedacht. Als gäbe es irgendein Buch auf der Welt, das ich hätte schnell lesen können. Aber mitgeben wollte sie mir das Buch doch nicht, bis ich es dann in meiner Wäsche fand, und ich musste noch einmal selig lächeln. Als ich mich daran erinnerte, wie ich auf Mausis *P. S.* stieß.

Ich hatte bemerkt, dass auch in diesem Hotel schon wieder jemand in meinem Gepäck gewühlt hatte, wahrscheinlich gestern Nachmittag, als ich bei den Übersetzern saß und dem Faulkner-Übersetzer und seinem Versuch, *Als ich im Sterben lag* neu zu übersetzen, lauschte, es war ein sogenanntes Projekt. Das Wühlen in meinem Koffer im Lobby-Bereich war wohl nur der Versuch eines Menschen, etwas Wertvolles zu finden, doch dann war es nur *P. S. I love you.* Ja, dieses P. S. gefiel uns, die wir das Leben hinter uns hatten. Und schon kam mir wieder die Erinnerung in die Quere, die mir ihren Fuß zwischen Tür und Angel setzte, an der Tür zum Vergessen hin. Und machte uns auch ganz schön wehmütig.

Die Erinnerung sei der typischste Fall der Verdrängung, so hörte ich es, und als ich *P. S. I love you* in meiner Unterhose entdeckte … da wusste ich, dass der Streit wegen des »Poesie-Albums« von Elfi, in dem fast alle Männer, mit denen sie in den vergangenen zwanzig Jahren geschlafen hatte, in einer typischen Pose fotografiert, das heißt: festgehalten und aufgehoben waren, vielleicht verschmerzt, wenn auch nicht vergessen war. Am Ende hatte Mausi nämlich mich in dem Album entdeckt, wie ich in der Datsche in Leest auf Elfis Bett sitze und so, wie mich Gott geschaffen hat oder nicht, in ihre Kamera lächle. Seither, es war ja samt meinem nachlassenden Leben erst im Mai gewesen, gab es nun eine Krise zwischen Mausi und Elfi, eine Sendepause, und auch, wegen dieser Schwanzaufnahmen, zwischen Mausi und mir. Elfi kam ja auch nicht zum Geburtstagsfest von Mausi, heute vor einer Woche, und grollte wohl immer noch. Und dann, als wäre es nicht genug, kam mir meine Erinnerung auch schon wieder mit jenem schönen Satz in die Quere, wie ich mich schon wieder »Zieh dich aus« sagen höre. Und kam schon wieder auf andere Gedanken meiner Wollust. Der Satz »Zieh dich aus« kam in *P.S. I love you* wahrscheinlich nicht vor, wohl aber in meinem Hirn. Das machte mich irgendwie wehmütig. Der Satz »breakfast in bed with him« sagte mir, dass »Zieh dich aus« schon hinter ihnen lag. Das machte mich irgendwie noch wehmütiger. Dass alles so schnell vorbei gewesen war … auf dem Weg nach Köln, von Berlin hierher, da hatte ich gerade den Container vor unserem Haus gesehen.

Erst gestern war ich wieder an jenem Auszugscontainer vorbeigegangen, mit den ganzen alten Sachen, die er, der verstorbene Herr A., bis zuletzt nicht hatte wegwerfen können, die nun zu Müll geworden waren, den niemand mehr brauchen konnte, auch Sperrmüll, der entsorgt werden musste laut Mietvertrag. Da stand dieser wehmütige Container, der die letzten Sachen von Herrn Dr. Arenhövel, dem Herausgeber der Reihe *Topographie des Terrors*, aufgenommen hatte, die Seele des ganzen Hauses in den vergangenen vierzig Jahren. Er war praktisch der Erste der Menschen gewesen, die nach den Rosenstocks, den Menschen, deren Namen nun anderswo auf den Stolpersteinen erschienen, dieses Haus wieder belebt hatte. Auf dem Grund des Containers lag wohl eine halbe Tonne der unverkauften Restauflage der *Topographie des Terrors*.

Aus dem Container schaute ein alter Spazierstock heraus.

Wohl der letzte, oder auch schon geerbt und nicht entsorgt, vielleicht die Erinnerung an seinen Vater, nicht übers Herz gebracht, ihn zu entsorgen, aber einmal wird es vorbei sein, und das war jetzt. Das hatte ich gerade noch gesehen, das Letzte, was ich auf dem Weg zum Hauptbahnhof vor meiner Haustür gesehen hatte von ihm: diesen Spazierstock. Es war ein alter Stock, sein letzter, der aus dem Container herausschaute. Der Rest, der von diesem Leben übrigblieb oder das übriggebliebene Leben. Und ich dachte: Genauso ist es.

5. *Mausi*

An ihrer Tante Mausi geschult, deren Leben manchem als unstatthaft vorgekommen sein mochte mit seinen lebensnahen Sätzen und Männern, angefangen mit Onkel Adalbert, ihrem Mann, seinem Leben und seinen Sätzen (»Eine Lüge ist glaubwürdiger als zwei«, »Ich kenne deinen Gedanken nicht, aber ich missbillige ihn«), lebte Mausi nun schon fast, was die Liebe betraf, wie ihre Tante nach dem Prinzip »Ich habe abgedankt«, und lebte gut und gerne damit, wenn auch das Wort »vegetarisch« eigentlich nur eine Vorstufe davon war.

6. *Alain*

Ich kannte noch Menschen, die im Schlosshof vom Hausherrn gefragt wurden:

»Hatten Sie eine gute Anreise?«

»Ja … Ein kleiner Stau bei Baden-Baden.«

»Das freut mich!«

Derweilen warteten die Damen im Salon. Und taten hocherfreut, als ich in den camere separate aufkreuzte, in der Tiefe des Hauses, in der Beletage, wo die Salons waren. So etwas wurde ich beim ibis-Check-in freilich nicht gefragt. Das wollte man von mir nicht wissen. Da wollte man von mir nichts wissen, außer der Kreditkarte. Es war wie in der USA-Foreigners-Schlange von Chicago O'Hare. Sie sahen das Dr. – »So etwas brauchen wir hier nicht.« Und Leute standen um mich und den Check-in-Counter (das war aber nicht mein Wort, ich las es nur) herum, die lachten beim Wort »Dr.« und operierten virtuos mit den Wörtern IBAN und BIC, und andere waren bestimmt auch so patent, dass sie am Tag der offenen Tür ins Kanzleramt gingen und einmal selbst sehen wollten, von Tür zu Tür, wer da die ganze Arbeit für sie machte. Tante Mausi kannte noch den Direktor des Schrebergartenvereins Nuthewiesen, früher einmal als Allzweckwaffe in Diensten der Karows, der sich von seinen Vereinsmitgliedern mit »Herr Direktor« anreden ließ. Jene Menschen waren aber nun längst ausgestorben. Doch immer noch gab es auch solche wie mich, die sich sagen mussten: Ohne deine Mausi und die Mastercard wärst du gar nichts (mehr).

Auch meine Hohenzollernsche Großmutter – sie kam aus Deutschachberg – hat einst allen, die ins Haus kamen, zur Begrüßung eine Erfrischung, wie sie es nannte, angeboten und gefragt: »Hatten Sie eine angenehme Anreise?« Und dann haben sie immer gesagt: »Ja.« Und sie: »Das freut mich.« Wie ihnen das beigebracht worden war. Und dann kam Gerda mit dem Spirituosenwagen, der immer gerne angenommen wurde mit seinen Likörs und stellte den Gästen dazu eine Karaffe hin.

Hier im ibis profitierte ich immerhin von amerikanischem Lebensstil: Es gab einen Tauchsieder auf dem Zimmer und jederzeit die Möglichkeit, aus diesen vakuumverpackten Dingen mir einen Kaffee zu machen, der mir nicht schmeckte, aber es war ein Ritual, das mich von der Tatsache ablenkte, wie langweilig das Leben sein konnte. Yoko Ono, du blöde Kuh, dachte ich. Eine Theorie besagte, dass fünf bis sechs Glieder genügen, um mit jeder Person dieser Welt in Verbindung gekommen zu sein … und Inge meinte: Was, nur fünf bis sechs?

Ich wohnte also im … ibis, da hatten sie mich untergebracht. Immerhin: Von Christl, die damals noch nicht so berühmt war wie heute, Chevalier der Ehrenlegion geworden für ihre Stendhal-Übersetzungen, hatte ich schon gehört, sie wären in einem Hotel einquartiert, wo auf dem Bett eine schlechte Praline neben einem vielleicht ebensolchen Kondom lag. Wahrscheinlich kamen das Jahr über nur solche Leute. Meinte sie. Ein Bad gab es nicht, nur ein Waschbecken und ein Klo, das seinen Namen nicht verdiente, denn es war nur durch einen Plastikvorhang vom Bett getrennt. Dort liefen nachts ganz große Mäuse zwischen der Kloschüssel und jenem Verbindungsloch unter dem Bett hin und her. Ganz große Mäuse. So hatte es Tante Mausi als Kind gesagt, von den verwahrlosten Nachbarn zurück, welche die Küchenabfälle einfach hinters Haus warfen. Solche Leute konnte es auch mitten in einem Villenviertel geben. Alle sind nun längst tot, all das ist nun längst gegessen, aber Menschen gab es immer noch, denen das gar nichts ausmachte, vielleicht erregte sie noch die Vorstellung, das Stockwerksbad mit den anderen Schmutzfinken, noch ein Wort von Jean Paul, zu teilen und dass durch das Schlüsselloch vielleicht jemand zusah … Aber das war ja in Hotels auch längst keine Möglichkeit mehr in Zeiten der Chipkarten.

Die Eröffnung war gestern Abend gewesen, das Wort »Schmutzfink«, das wir ebenso wie »Sprachgitter« Jean Paul verdankten, war noch nicht gefallen, denn Professor Pfotenhauer, mein Reiseziel, käme erst am Freitag wegen eines Pilotenstreiks. Das hatte ich in jenem Mehrzweckgebäude am Albertus-Magnus-Platz, genannt Universität, gestern Abend erfahren, meine Enttäuschung war groß. Eigentlich war ich, ehrlich, nur wegen des Eröffnungsvortrags *Ich war nie zur rechten Zeit glücklich* nach Köln gefahren. Nun kam es darauf an, zu improvisieren, was ich so den ganzen Tag machen sollte, diese Umstellung des Programms bedeutete für mich, so glaubte ich, den Verlust eines ganzen Tages. Ich war überhastet nach Köln aufgebrochen, um ja den Eröffnungsvortrag nicht zu versäumen, ich wollte sehen, was der Mensch aus seinen Sätzen machte, war direkt zum Albertus-Magnus-Platz gefahren, hatte nur mein schmales Gepäck in der Lobby zwischen Kaffeeautomat und Schwingtür zum Séparée deponiert, und ich hoffte, dass es noch da wäre, so war es auch, mein Koffer sah auch nach nichts aus. Da lagen auch einige Gratiskarten herum sowie gebrauchte Bücher, *Mallorca von hinten* war nicht dabei. »Late Check-in« war auch nicht mein Wort, doch ich war auf diese Wörter, die nicht meine waren, angewiesen, vor allem beim Zappen und Reisen – es gab da fast nur noch solche Wörter. Welche Räume ich nun auch durchfuhr, es waren nimmermehr meine.

Als ich von der Uni zurückkam, ging ich bald zu Bett, für einen Besuch eines der Nachtlokale, die ich kannte, war es noch viel zu früh, mir aber war es schon zu spät. Nach ein paar Häppchen und Wiedersehensbussis fuhr ich mit der Straßenbahn zurück, für den schönen Wein beim Italiener waren wir noch zu schlapp, hatten wir uns gesagt, erst einmal ankommen, auch wenn es draußen immer noch hell war. Es war schon 10 Uhr abends, ich kam zurück vom Ersatzvortrag *Der unübersetzbare Schmerz bei Heimito von Doderer* und bat um mein Gepäck, der Nachtportier war schon seit zwei Stunden im Dienst. Auf dem Display meines Handys hatte ich gerade noch eine »Lieferung von Viagra innerhalb von 1 Kalendertag« gesehen, so das unverlangte Angebot. Ich war immerhin in einem Hotel abgestiegen, das gerade noch über einen Nachtportier verfügte, dessen Blick mir allerdings sagte, dass er auch mich zu jenen rechnete, die es nicht geschafft hatten, ja, ich reiste ohne Rolex und mit einem ziemlich abgegriffenen Koffer der ersten Generation von Samsonite, und so sah ich schon am Blick des Nachtportiers genau, dass diese Leute keinen Respekt vor mir hatten. Also auch nicht vor sich selbst. Das wusste ich nun nach einer langen Zeit des Reisens, von Lobby zu Lobby. Denn wer hier als Nachtportier arbeitete oder auch nur zum Schlafen herkam, zählte zu denen, die es nicht ganz geschafft hatten. Die es vorerst nicht geschafft hatten. »Vorerst« war aber das Lieblingswort im Hirn der Loser, die dumm genug waren, das Glas für halbvoll zu halten, und noch nicht mit dem Gedanken spielten, dass die Hoffnung für jene ist, die schlecht informiert sind. Summa: Zum Zyniker hatte ich es doch nicht geschafft. Denn ich errötete manchmal immer noch, ganz für mich selbst, und verstotterte mich, wenn ich an mein Leben dachte. Ich war nun ein Mann von vierzig Jahren.

Dann habe ich noch in Goethe und seinen Zahnlücken in seinem *Mann von fünfzig Jahren* herumgelesen und von seiner Liebe mit bald achtzig, was wohl niemals mehr ins Altfriesische übersetzt werden würde. Lebte er heute, mit einer Lebenserwartung von hundert, bekäme er noch mit neunzig Viagra zugeschickt, zu Hause lägen nun überall Uhren und Brillen und Kontaktlinsen herum. Es sähe aus. Mit neunzig bekam der Mensch noch Viagra und Kreditangebote zugeschickt. Das war die Zuversicht der Kapitalmärkte. Das gute alte Wort Spekulant war durch das Wort Investor ersetzt. Der Papst war mir auch wieder erschienen in der vergangenen Nacht, und neben ihm wieder einmal Babette, auf die ich nach ihrem Verschwinden vor bald zwanzig Jahren lange noch gewartet hatte. Der Heilige Vater hatte mich abermals geduzt und zu mir gesagt, dass das Geld die Scheiße des Teufels sei. Das glaubte ich nicht, und ich widersprach ihm, man konnte doch so viel Schönes machen damit, doch *Die Welt war der Ort, wo wir uns in der Zeit verloren* hätte schon jetzt der Titel meiner Autobiographie sein müssen. Und Jochen, genannt Jogo, hatte mir gerade geschrieben: »Wo Du ernst bist, bist Du am besten.«

Und das war's dann wieder einmal gewesen, nur noch ins Bad musste ich kurz – musste ich? – und dann das Licht ausmachen. Gerade recht, so war es eben, dachte ich … so war ich eben, und ich war eingeschlafen, wie, kann ich nicht sagen, das meiste von dem, was bei mir von selbst funktionierte, wusste ich nicht, verstand ich nicht, angefangen mit dem Atmen.

7. Mausi

Ich nöle etwas herum …

Mausi lag immer noch auf ihrer Balkonlandschaft und lebte, unweit vom Bayerischen Platz, von dem aus sie, blickte sie nach links, den Mercedesstern auf dem Europa-Center sah, wie er sich drehte, auf der anderen Seite sah Mausi den Gasometer auf der Roten Insel, noch rechtzeitig vor dem Ersten Weltkrieg fertiggestellt, zwischen zwei hochgewachsenen, mittlerweile hundertfünfzigjährigen Pappeln, die den Ersten und den Zweiten Weltkrieg überstanden hatten, auf die schon Einstein geblickt haben mochte, bevor er aus diesem Viertel und Leben vertrieben wurde. Jetzt aber wurden sie zusammengestutzt, weil sie angeblich eine Gefahr darstellten, vielleicht waren es auch die nach oben guten Beziehungen der neuen Penthousebewohner, welche diese schönen, himmelhohen Bäume störten, kaum einmal war ein missratener darunter, auch das unterschied sie von den Menschen, die eines Tages für viel Geld von Dr. Mang zurechtgestutzt würden.

Mausi aber wollte sich einen schönen Tag machen. Es war in der ersten Wowereit-Zeit, in der Wowereit-Zeit, die mit dem ersten Jahrzehnt des neuen Jahrtausends zusammenfiel und für

Alain, der es gerne gereimt hatte, schon fast ein Reim war. Hatte Professor Pfützenmeister, ihr Therapeut, mit dessen Namen es sich gut spielen ließ, ein anderes Mal war er Pfützenmeier, dann wieder Pfützenmeister oder gar Pfützenmacher, recht, der das Reimen als eine Nebenwirkung von Alains definitiv diagnostiziertem »leichten« Tourette sah? Der Name Wowereit war, wie vielleicht auch die systematisierungssüchtige Psychologie, die sich ja zu den Naturwissenschaften zählte, gewiss von einem preußisch-administrativen Sprachpanscher, vielleicht schon zu Beginn der Nazizeit, zurechtgestutzt worden, seine Mutter hatte vielleicht noch Wowieraitis geheißen. Das dritte Wowereit-Jahr wurde gerade gefeiert, die Stadt galt als arm, aber sexy. Als wäre das jemals in Berlin ein Widerspruch gewesen. Seitdem Mausi, zusammen mit Alain, die Erbschaft ihrer Tante Mausi angetreten hatte, beziehungsweise das, was vom Vermögen der Tante und ihrem Satz »Für euch ist gesorgt!« noch geblieben war, ging es ihnen eigentlich ganz passabel, und sie hatten vielleicht nicht die Sorgen anderer Übersetzer, doch zufrieden mit ihrem Leben war sie eigentlich auch ganz unabhängig von jedem Geld. Sie konnte einfach so daliegen und musste nichts anderes tun, nicht einmal rauchen, nicht einmal schauen. Jetzt aber, da ihr Tante Mausis Satz eingefallen war, griff sie das erste Mal seit einer halben Stunde zu ihrer Zigarettenpackung. Über den Sinn des Lebens nachzudenken war vielleicht schwerer in einem Porsche als auf der Flucht. Mausi konnte den Rauch zu etwas Rundem verwandeln, das bald mit dem Himmel verschmolz. Es sah schön aus.

Alain, der Mann, zu dem Mausi aber nie »mein Mann« sagte, hatte sie gerade das erste Mal angerufen. Sie dachte: Hat er das Buch immer noch nicht entdeckt? Hat er sich wieder einmal immer noch nicht geduscht?

Mausi, die eigentlich Irene hieß, was kein Mensch mehr wusste, allenfalls noch das Finanzamt, lag und lebte, gerade hier, mitten in Berlin, in einer der kleinsten und abgelegensten, ruhigsten Straßen der Stadt, »fast schon so kurz wie die Tusnelda-Allee«, wie sie immer wieder von den Berliner Taxifahrern gesagt bekam. Ja. Leichtbekleidet, um nicht zu sagen: nackt und erwartungsvoll, auf ihrer einsehbar uneinsehbaren windgeschützten Dachterrassenlandschaft sah sie auch über den kleinen Park und die Haberlandstraße hinweg, woher eine schöne Musik, der Singsang eines Spielplatzes und schon um diese Zeit die Rufe von der Seitenlinie, die Vater- und Mutterstimmen kamen, »Jennifer pass auf!« Als es schon zu spät war. Der Klang von Fußball spielenden Lebewesen, der Ball in der Luft, und wie er mit den anderen Festkörpern zusammenstieß, und wie es klang. Alles zusammen, und dazu die wenigen kaum herauszuhörenden Autos, die im Fünfminutentakt auf Parkplatzsuche waren. Und dann noch die Amseln, die auch aus Liebe sangen, die wussten, dass das Schönste noch kommt.

Alles erinnerte Mausi nun an zu Hause, an die Wiese, die zum See führte, wo sie damals bis zur Blauheit der Lippen ins Wasser springen konnte mit ihren Freundinnen, mit Elfi vor allem und auch den Freunden, und wenig später hatte sie ihm, dem einen Ersten, jeden seiner Küsse geglaubt. Es war eines solchen Nachmittags auf der Bank hinter dem Buschwerk aus Rosensträuchern und Jasmin, bei der Terrasse, wo Frau von Pyritz, ihre Großmutter, zusammen mit der Schwiegertochter von Frau Spoerl mit ihren zeitweisen Damen zusammensaß, und alle hatten nebenbei ein Auge auf die übernächste Generation, als wollten sie auch noch etwas aufpassen auf ihre schon zeugungsfähigen oder empfängnisbereiten Kinder, wie sie von ihrer Putzfrau, die die Unterwäsche in der Waschküche nach Geschlechtern getrennt sortierte, genau wussten. Ein diskreter Putzfrauenhinweis genügte, und sie waren auf dem neuesten Stand. Ich nöle etwas herum, hatte sie am Telefon zu Alain gesagt.

Die Post, die längst unten lag, hatte sie immer noch nicht geholt. Die Postbotin hatte sie schon um halb sieben herausgeklingelt und »Ein Eilbrief für Sie« in die Sprechanlage gegeben ... »Werfen Sie den Brief ins Fach, vielen Dank«, und Mausi ging zurück ins Bett.

8. Alain

Am anderen Morgen, und doch. Ich hatte mich aufgerappelt und hineingefunden in diesen Freitagmorgen, ich war mittlerweile schon wieder etwas zuversichtlicher und erwartungsvoller.

»Dass du wie ein Waldschrat aussiehst, weißt du«, von diesem Satz aus meinem Kopf war ich schon gleich nach 5 Uhr aus dem Bett getrieben worden. Dazu von meinem jüngsten Albtraum: Doch auch ein Albtraum rechnete zu den Träumen. Es war ein Traum, mein Traum, und ich hatte gerade als Letztes den Satz in Tante Mausis Testament gelesen: »Erben sind die Katzen Wiens«, und war davon aufgewacht. Und doch. Die Hoffnung, bald der Verdacht, dass all diese Autoren, und am meisten die leidenschaftlichen Aufsetzer von Testamenten, doch etwas vom Leben hatten, wenn sie schrieben, kam mir immer wieder beim Lesen. Nie war ich glücklicher als beim Lesen, dann hatte ich ganz vergessen, dass ich las, oder in dem Augenblick, da Lili Kraus das *Andante con variazioni in f-Moll* von Haydn gegen das Ende hin zulaufen ließ: bis zu jener Stelle am Wasserfall. Dada-dà!, ein Anapäst, den Abgrund hinab. Sie hatte auf der Hochzeit des Schahs von Persien gespielt, bei Marija Judina war es Mozart, Stalins Lieblingskomponist, den dieser von seiner Lieblingsinterpretin hören wollte. Die große, arme Judina, wie sie mit ihren Händen das *Lacrimosa* aus dem

Requiem spielte, bei Lili Kraus war es noch Mausis Urgroßvater, das Wunderkind, gewesen, dem sie mit ihren Händen das *Andante con variazioni* vorgespielt hatte, und es folgte das Leben, es war in Budapest. So hatte mir das Mausi gesagt.

Und dann wurde ich von den Nachtgespenstern im Morgengrauen, die zu dieser Zeit noch einmal über mich herrschten, aus dem Bett getrieben, und wie lange es so noch weitergehen sollte, wusste ich auch nicht. Auch andere Albträume hatten mich wieder gequält, zum Beispiel der Papst. Als wäre es nicht genug gewesen, wurde ich auch noch fast jede Nacht von Albträumen eingeholt. Es waren meine Albträume. Vor ein paar Nächten hatte es »Kommen Sie herein!« geheißen. Der Papst stand in einem Schiesserunterhemd im Konklavezimmer und war gerade dabei, sich für das *Urbi et Orbi* zu rasieren. Neben ihm stand wieder einmal Babette und zitierte Flaubert korrekt: »Sie hatten einen Papagei und einen Neger.« Daraufhin sagte der Papst: Chacun à son goût. Das konnte ich auch nicht vergessen. Nun fielen mir die unflätigsten Wörter der Poesie ein, und alle galten der Liebe auf der »mon petit lapin«-Ebene. Kurz: Am Ende einer solchen Nacht war ich auch schon wieder so weit, dass ich glaubte, dass das Leben hinter mir lag. Der Mensch war mein Umschreibungsversuch des Glücks und des Unglücks. Und zurückfahren nach Berlin musste ich auch noch.

(Aber das wäre erst übermorgen.)

Schließlich ging ich doch hinaus, ein erstes Mal, noch ganz ungewaschen seit gestern früh, jetzt hatte ich mir allerdings Zeit genommen, mich immerhin angezogen, obwohl das gar nicht nötig gewesen wäre. Kein Mensch war unterwegs, und auch die Temperaturen … Ein erstes Mal an diesem Tag, es war kurz nach 5 Uhr 30, morgens, ich hatte nicht auf die Uhr geschaut. Zuerst zu jener Tür, mit dem Fahrstuhl nach unten. ibis hatte lange genug einfach »Du wirst gehen« geheißen, die ibis-Kette war zwar französisch wie ich, doch längst amerikanisiert, wie ich auch und die meisten, ob sie es wussten oder nicht.

Und doch.

Großer Morgen. Ich ging durch Köln wie Jacques Dutronc in *Paris s'éveille*, »il est cinq heures … Paris s'éveille«, und nach Hause gehen würde ich dereinst und vielleicht schon an diesem Abend wie Willi Ostermann, der im Himmel *Ich möch zo Foß noh Kölle jon* sang. Und der Petrus um Entlassung aus dem Himmel bat.

Die Müllmenschen waren auch schon unterwegs, und überall lagen Schlafsäcke herum, es war die schönste Jahreszeit für die vertuschten Obdachlosen in den Städten, auf den Bänkchen, die anders als die Sitzbänke im Hauptbahnhof noch nicht mit Liegesperren ausstaffiert waren, lagen sie, und die Sonne trieb sie auch bald aus ihren illusionären Träumen. Schlafen war für sie wohl schöner als leben. Auch auf meinem Bänkchen hatte wohl noch einer bis um diese Zeit hin gelegen, der sich aber gerade in den Tag aufgemacht hatte, entsprechend sah es um mich herum aus, und auch einen Urinduft von Hunden und Menschen glaubte ich noch vernehmen zu können. Die Flaschen und den Plastikmüll und das Leben sah ich wie in *s'éveille*. Im neuen Berliner Hauptbahnhof gab es schon keine Bänkchen mehr, das war noch ein Fortschritt an Billability. Denn das Leben ist nicht zum Herumsitzen da. Eine Bank für einen müden Menschen rechnete sich einfach nicht. Ich war aber sehr am Leben, so erwartungsvoll.

Die Vorplatzkrähen störten mich heute weniger, doch so viel konnte ich schon jetzt für diesen Tag sagen: dass ich Menschen nicht leiden konnte, die die Rabenkrähen zu den Singvögeln rechneten, und die mich wissen ließen, dass Raben und Krähen zu den intelligentesten Lebewesen gehören, und sie sagten dies, als wäre es eine Selbstverständlichkeit, dass Intelligenz das

Höchste darstellte, was es auf Erden gab. Es war leicht möglich, dass sie intelligenter waren als ich.

Es waren vielleicht immer noch Menschen darunter, die auf Wallfahrt waren, dümmer als die Raben, die wussten, wo es langging und zur heimlichen Freude der Zyniker ihren Feinden die Augen aushackten und den anderen, die besser singen konnten als sie, den Nachwuchs aus den Nestern fraßen. Es gab immer noch Menschen, die hierhergekommen waren, um den Dom zu sehen, hineinzugehen, das war ja nicht selbstverständlich, viele gingen aus Prinzip nicht mehr hinein, weil es eine Kirche war und einer Verbrecherorganisation gehörte, wie sie von der Humanistischen Union wussten. Köln gehörte zu den Wallfahrtszielen Nr. 1 im Mittelalter, wegen der Knochen der Heiligen Drei Könige war der Dom ja auch gebaut worden und Köln berühmt geworden. Nun war in Köln der Dreikönigstag kein Festtag mehr.

Alles war immer noch geschlossen, außer dem Dom. Vor Jahren noch war wenigstens das Café Reichhard geöffnet gewesen. Nun öffneten sie erst um 8 Uhr 30, wie ich der verschlossenen Tür entnahm. Und das hieß doch nur, keine Morgenhoffnung mehr zu haben und nicht mehr an die Liebe zu glauben.

Ein fremderes Wort als Wallfahrt gab es nicht in Berlin. Das Wort, das weniger nach Berlin passte als alle anderen, war vielleicht Wallfahrt, dachte es in meinem linkshändigen Hirn, und doch war Köln das geworden, was es war, wegen dieser Wallfahrt zu den Heiligen Drei Königen, den 1164 in Mailand gestohlenen Knochen, für die der Dom gebaut wurde, und die Preußen hatten noch einmal die zwei Türme dazugetan, als wollten sie einen Abgrund überbrücken mit einer Geschichtsfälschung.

Ich ging noch etwas herum. Der Dom öffnete von der Bahnhofsseite her jeden Morgen um sechs, das wusste ich.

Es leuchtete aus der Gnadenkapelle zum Bahnhofsvorplatz

hinaus. Ich vermutete, dass es das Ewige Licht war. Die Liebe, my eternal flame. So früh. Und dann ging ich hinein. Die Kerzen und die Menschen, die wenigen, die da knieten und auf etwas hofften, und dann kam an den großen Wallfahrtsorten (Köln war es seit den Heiligen Drei Königen trotz des Goldenen Schreins von Nikolaus von Verdun, in dem die richtigen Knochen nicht lagen) der Abräumdienst und löschte die Kerzen und entsorgte sie, ganz ohne Rücksicht auf die Vorschriften der Umwelt-Aufseher oder die Gebete der Gläubigen.

Und so ging es auch den Liebesschlössern an der Brücke. Auch sie wurden wohl entsorgt, oftmals noch bevor die Liebe zu Ende war.

Und ich war nun fast am Ziel, ja, das Nachtlicht. Ins Innere des Doms hatte sich noch etwas von diesem Nachtlicht und seiner Stille gerettet. Kein Wallfahrtsziel war näher am Bahnhof als Köln. Keine große Wallfahrt war näher an einem großen Bahnhof als Köln, der im Übrigen auf einem Friedhof und Kirchen und Häusern und Menschen stand. Die im Weg stehenden Häuser und Kirchen wurden entfernt, nur mancher Knochen, den die Abrissbirne übersah, blieb liegen und kam in das Fundament des berühmten Hauptbahnhofs von Köln.

Gebet vor der Schwarzen Madonna. Was mich betraf, so war es noch offen, was ich mir von meinem Gebet erhoffte, ich betete nur, dass alles gut wird, und wusste eigentlich nicht so recht, was. Ob mit Mausi oder mit der Konferenz, und was auch immer im Wort »alles«, bezogen auf mich, enthalten war – an der Stelle, wo andere »Es ist alles aus« gesagt hätten, war es bei mir nun »Es wird alles gut«. Was das sein sollte, konnte ich auch nicht sagen, es war irgendwie aufgehoben im Gebet, denn Beten war einfacher als Denken. Ich wusste von Gott. Ob er von mir wusste, wusste ich nicht. Auch wenn er von mir vielleicht gar nichts wissen mochte, so wusste er doch von meiner Liebe. So ging ich nun über die große Brücke, die Gitter an den Seiten des Fußgängerstreifens waren mit Herzschlössern fast schon zugehängt, eine Mode, die gerade begonnen hatte, zu vermuten nach einem neuen *Romeo-und-Julia*-Film, und wie das Wasser unter der Brücke hindurchfloss, konnte man gerade noch sehen. Ich war aber der Einzige, der dies um diese Zeit herum sah.

Da, wo nun die Hohenzollernbrücke über dem Rhein stand, war einst auch die heilige Ursula mit ihren elftausend Jungfrauen an Land gestiegen, zumindest, was die Zahl betraf, ein Rechenfehler. Es waren nämlich nur zehn Begleiterinnen, gewiss damals noch Jungfrauen, so hießen alle jungen Frauen, und alle wurden getötet und heiliggesprochen. Das stellte selbst Mohammeds Phantasien, das Paradies betreffend, in den Schatten: elftausend Jungfrauen – ja, Mohammed war mit seinen Versprechungen demgegenüber geradezu bescheiden, und doch ging dafür mancher Krieger in den Tod, die elftausend Jungfrauen von Köln, eine gewaltige Zahl, und darüber der Himmel von Köln, eingeteilt in einen Tag- und einen Nachthimmel, einen sichtbaren und einen unsichtbaren, einen verdeckten und einen offenen, einen geschlossenen und einen weiten, einen grauen und einen blauen. Und ich sah die preußischen Pferdeärsche eines Standbilds ganz nah bei der heiligen Ursula und musste lachen.

Der alte weggeräumte Friedhof war einst vielleicht auch ein Liebesnest gewesen, und heute gingen um diese Zeit vielleicht immer noch Stricher und Freier aneinander vorbei wie in alten Zeiten und waren dabei, sich niemals zu finden, zwischen Servas- und Goldgasse, auf dem Weg zum Alten Ufer, dreckigstes Köln, erreichbare Ziele auf der Rückseite des Domes, Breslauer Platz, aber was war die Rückseite? Es gab aber auch Männer, die da herumstrichen auf Suche nach geliebten Frauen, um die sie herumgehen konnten und sagen: »Ich liebe jedes Pfund an dir«, und weiter nichts, was geschehen wäre. Außer dass die Zeit aus ihnen erst schön gewesene Frauen machte. Und irgendwo da, wo ich nun ging, musste aber auch die heilige Ursula vorbeigekommen sein mit ihren elftausend Jungfrauen, nicht nur der Dichter, der sein Gedicht *Fahrt über die Kölner Rheinbrücke bei Nacht* zurückließ. Die Nacht verbracht und irgendwie geschlafen haben werden sie auch, wie ich. Und auf den Herrn gewartet. Oder nicht? Ich ging über gedachte Kreuzwege, meine Wege durch Köln hatten sich nun mit denen von der heiligen Ursula und noch ganz anderer Gestalten gewiss schon mehrfach gekreuzt. Auch wenn es Luftlinien waren. *Sign your name accross my heart.* Suddenly you crossed my heart.

Damals hatte sich Babette auf Französisch verabschiedet. Über Nacht war sie mit Toby einfach weggefahren. Der Sommer war vorbei, mit ihm die Jugend. Hatte ihre Sachen zurückgelassen, damit ich glauben konnte, sie käme wieder. So war es ja auch. Das Glauben hatte geholfen. Es gab damals noch kein Handy, und es hatte keinen Sinn, bei der Polizei eine Vermisstenanzeige aufzugeben. Das Fluchtfahrzeug, mein Vélosolex, hatten sie am Bahnhof von La Teste-de-Buch zurückgelassen. Alles weg, bis auf die Liebe. So viel war klar. »Was nicht klar ist, kann nicht französisch sein.« Also war ihre Liebe französisch. Wir gehörten nicht zu jenen Leuten, die »was soll's« sagten oder heute »what shall's«. Zu allem. »No wishes, so isches«, dachte ich auf Achbergerisch.

Fahrt über die Kölner Rheinbrücke bei Nacht – anhand dieses Gedichts konnte fast alles diesseits und jenseits des Rheins … wenn nicht erklärt, so doch verstanden werden. Ich hatte es ins Französische übersetzt. So etwas gab es immer noch. Goethe-Institute und so fort. Aber in welches Französisch? In eine Sprache, die es bald nicht mehr gäbe? Der Dichter war einer, der aus dem Elsass kam, und nun schon lange in Straßburg begraben lag. Dahin war er wohl von der Front weg schon als Toter gelangt, eine Art »body bag«, nur ein Mensch, der ein

Unmensch war, konnte sich so etwas ausgedacht haben. Sich ausdenken gehörte auch zu den Tuwörtern.

Und wie ich die vegetarische Zeit mit Mausi überstehen sollte, wusste ich immer noch nicht. Ich tröstete mich damit, dass der Pfützenmeister gesagt hätte: »Nichtrauchen oder von der Flasche wegkommen ist schlimmer!« Er wusste ja nicht, wem er das sagte, und daran erkannte ich nebenbei, dass er nicht der Richtige war für mich.

Doch wie morgenschön war es jetzt, unabhängig von mir, etwa so wie im Lied *Bist du bei mir*, gesungen von Janet Baker, oder gespielt wie von Svetla Protich. Denn Hören war seliger als Denken, denn Sehen war seliger als Denken. Und mit einem Mal war ich auch schon wieder irgendwie erwartungsvoll: Ich dachte an meine Kerze im Dom vor der Schwarzen Muttergottes von Köln, damit alles gut wird.

Heute Nacht hatte ich wieder einmal geträumt von Babette, warum, weiß ich auch nicht, doch es war mein Traum gewesen von unserem Garten mit den Mädchenaugen. Coreopsis, Mädchenauge. »Blüte Mai bis August. Nicht zum Verzehr geeignet.« Und nun dachte ich dabei an Babette, die vor über zwanzig Jahren aus meinem Leben verschwunden war. Und an Mausi. Was ist Glück? Nachher weiß man es. Und dann die Hochzeitsreise, von der ich, was den Bräutigam nicht ehrt, mit Sackläusen zurückkam. Das war aber nicht der Grund meines gelebten Unglücks vor einem Morgenspiegel.

Ich hatte noch, ganz ungewaschen seit gestern früh … den Geruch von Berlin an mir, wie bei Verliebten. In Berlin war das Meer weit, und doch, überall auf der Welt, wenn ich nicht am Meer war, war der Himmel mein Meer, ich konnte ganz weit hinaufsehen, am Tag die Jets, die diesen Ozean befuhren, und nachts die Sterne und die Milchstraße. Da konnte ich an einem seltenen Tag so um 4 Uhr morgens im Dezember am Stadtrand von Berlin sehen, am Stölpchensee, auf Tante Mausis

Terrasse zum See hin, über dem Wald am Ufer gegenüber, über dem Todesstreifen, wie sich die Milchstraße mit der Dorfstraße kreuzte, und mein Leben war nun schon fast, wie Tante Mausi sagte, auf sich bezogen, Kartoffelsuppe geworden.

So saß sie damals in der S-Bahn mit ihrer Pudelmütze, unterwegs in »die Stadt«, wie sie am Stölpchensee für Berlin sagten, nur der Hund fehlte dazu. Ich erinnerte mich, die S-Bahn, der S-Bahn-Damm mit seinen Brombeeren und Nachtigallen, die in den achtlos weggeworfenen Parisern und dem Schnee von gestern herumpickten irgendwo zwischen Seite 300 und 400 in meinem Liebesroman … Hatte den Geruch von Berlin an mir und auch wieder den Geruch von Babette, den Traumgeruch der Liebe des Himmels zur Erde, der irdisch himmlischen Liebe, und wie ich nun Babette und ihre Hände um meinen Bauch spürte, und wie ich den Klang des Vélosolex im Ohr hatte, wie ich es an die Hauswand lehne, ja, wie ich an der Hauswand lehne, und dann der Schlüssel.

Babette. Der Schmerz hatte immer noch diesen Vornamen im Liebesroman meines Lebens, auf der Suche nach dem verlorenen Schmerz.

Als ich Mausi vorschlug, zu unserem zehnten Hochzeitstag noch einmal auf Wallfahrt nach Santiago zu gehen, aber in umgekehrter Richtung, nun gegen die Massen, die es damals auf diesem Weg noch nicht gab, zu fahren, das heißt, an ihnen vorbei, also zu Beginn erst einmal nach Santiago zu fliegen und dann bis Saint-Jean-Pied-de-Port, am Fuße der Pyrenäen, und dann noch ein paar Tage in Arcachon, wo zwar keiner von meinen Menschen noch lebte, erklärte sie Inge: Jetzt ist er mir vollkommen übergeschnappt. Dabei war es nur Sehnsucht, das heißt: Die Sehnsucht von einst war nun zu meinem Heimweh geworden. Nach unserem Meer und unserem Bunker, unserem Sommer von 1983. Und auch ein wenig so, wie der Mörder dahin zurückkehrt, wo es geschehen ist. Anders als einst, als wir mit unserem Mitsubishi Colt nach fünf Tagen autowandernd Santiago de Compostela erreicht hatten. Da kam auch Mausi zum ersten Mal auf den Gedanken, dass mit mir etwas nicht stimmte. So spät? Also: etwas nicht mehr stimmte. Das hatte ich selbst aber schon herausgefunden, als ich noch nicht auf drei zählen konnte. Das heißt, bevor ich herausgefunden hatte, dass mit mir etwas nicht stimmte, hatte es ja schon Madame Cyprian herausgefunden.

Wir galten damals noch als Pilger, das war im Jahr, als die Gesamtzahl der anerkannten Wallfahrer 263 betrug. Das war lange vor *Ich bin dann mal weg*. Jeder einzelne Pilger war damals noch nötig. Auf dem Pilgerbüro wussten sie ja nicht, dass wir mit dem Auto gekommen waren, wie der Bestsellerautor das meiste wohl auch im Begleitfahrzeug zurückgelegt hatte. Die Stempel von unterwegs hatten wir uns alle vor Ort besorgt oder erschwindelt, der Mitsubishi Colt war etwas abseits geparkt. Und die Urkunde war nun längst weggeräumt, mit so etwas konnte man in Berlin nichts werden, zumal Mausi früher einmal evangelisch gewesen war. Was ist Glück? Nachher weiß man es. Vielleicht ein Termin in Lindau beim Papst der Mang-Nasen.

Doch nachdem ich in meiner Wäsche *P.S. I love you* entdeckt hatte, hatte ich schon wieder etwas Hoffnung …

Wahrscheinlich war es immer noch Liebe. Ach, die Sprache. Durch das Wort »wahrscheinlich«, das inmitten eines Satzes auftauchen konnte, nahm sie uns Hoffnung oder gab sie uns wieder.

Denn niemals war sie so unerbittlich wie wir Menschen, wenn wir einander »Es ist aus« sagen.

Anschließend duschte ich und putzte mir das erste Mal die Zähne. Doch ich lebte nicht vom Zähneputzen und von Versen allein.

Ach, Köln. Nicht einmal eine richtige Brezel gab es. Ich kannte diese Stadt …

Eine Bäckerei, es wäre ohnehin nur eine Kette gewesen, war auch weit und breit nicht zu sehen. Nicht einmal im Hauptbahnhof. Außerdem war Köln schon Brezeldiaspora, Ditschzone, Hauptbahnhofbrezelelend, von Deutschachberg, dem Ort meiner Mutter Elaine, aus gedacht. Am Morgen liebte ich eine Brezel, die schon zu sich gekommen sein musste, also Zimmertemperatur, bissfrisch.

Einst war es das ganze Après-Ski-Programm auf der Piste von Kiste zu Kiste, sorry, das war vor gut zehn Jahren gewesen, zwischen Ubierring und Theodor-Heuss-Platz. Wie mein Schwanz ja sagte zu jedem seiner Ziele, die ich nicht kannte, aber er. Wie mein Schwanz immer wieder ja sagte und seinem Ziel entgegenwuchs zwischen Südstadt und Eigelstein. Das heißt, dass ihm die Liebe nicht mehr so wichtig war. Das war doch erst ein paar Jahre her, und was waren schon zehn Jahre, wenn sie vorbei waren? Meinen dreißigsten Geburtstag hatte ich in Köln gefeiert, ganz allein, mit einer Currywurst im unvergesslichen Imbiss Nehring am Ring. Eigentlich hatte ich nach Maria Laach fahren wollen, doch dann stand an diesem Tag »Einführung ins wissenschaftliche Arbeiten« auf dem Programm, eine Übung, die Voraussetzung für das Proseminar war. Wie es so weit kommen konnte, weiß ich auch nicht.

Köln liebte ich am meisten, wo ich ja auch ein Jahr gewesen war, zum Studieren, wie es hieß – hatte mich herumgetrieben zwischen den Hörsälen und der Zülpicher Straße und meinem Dach über dem Kopf in der Taubengasse. Duvegass hieß das auf Kölsch. Doch nun, und wie es so geht: Am Ende musste ich ins ibis, da waren keine Freunde mehr.

Und doch.

So streunte ich durch Köln, um Gott und der Natur näher zu sein vielleicht, und dann zum ersten Mal an diesem Tag zurück ins Hotel zum Duschen.

… und dann das sogenannte Frühstück. Es war immer noch sehr früh, ab 6 Uhr Frühstück möglich. Überleitungssatz im Plusquamperfekt: Da hatte mir ein Mann gegenübergesessen, es war am knapp bemessenen Frühstücksbüfettzweiertischchen. In einem unkontrollierten Augenblick hatte ich mich beim Check-in für die Frühstücksoption entschieden und konnte sie nicht mehr rückgängig machen, ja, ja, das Wort Frühstück war für meine Ohren so monströs wie die Sache selbst. Da hatte er mir noch am Morgen, als ich zur Frühstückszeit das erste Mal an diesem Tag ins ibis zurückgekehrt war, erst ganz stumm gegenübergesessen, in Anzug und Weste und Krawatte, obwohl das Frühstück an sich nicht zur Krawattenzeit gehörte, und doch schien dieser Herr alles andere als der Typ »Geschäftsmann« zu sein, da verkehrte ja nur die unterste Charge in so einem Hotel wie meinem, wohin sich die Geschäftsleute nur während der Messezeit verirrten. Alles ziemlich abgewetzt, mit Einstecktuch und Siegelring. Plötzlich sagte er doch etwas, und zwar: Er habe drei Monate im Koma gelegen, in Innsbruck, sei zuvor achtzig Meter abgestürzt, ein Extrembergsteiger, er sei schockgefroren gewesen. Ich glaubte ihm und dachte mir alle möglichen Schmerzen aus, die mit so einem Absturz in Verbindung gebracht werden konnten. Und ich dachte, dass schon wegen dieser Begegnung und der ausgelösten Erinnerung an mich selbst, die fast so groß wie mein Schmerz war, dass ich diese Reise nach Köln vielleicht dereinst noch zu den schlimmsten Reisen meines Lebens zählen müsste, aus denen ein geschickter Schriftsteller erst eine Serie für *National Geographic* und dann einen Bestseller machen könnte, der dafür den Pulitzerpreis bekam. Nun: Bona nox! So früh am Tag. Und doch: Ich hoffte inständig, dass mein Leben nicht mit meinem Absturz zusammenfiele, dass mein Tod nicht alles wäre und es vielleicht irgendwann doch im siebten Himmel weiterginge mit mir.

In Köln war es aber eine nicht erklärbare Unruhe, ich war

doch kein heimlicher Alzheimerkandidat, und war doch kein Tier, das etwas witterte.

Oder doch?

Dass es also nach zwanzig Jahren, die immer weniger geworden waren, die ja so viel auch nie gewesen waren, wie Mausi gesagt hatte, aus war mit uns, was das sogenannte Fleischliche betraf … ach, ich dachte, um ein solches Wort war es nicht schade. Gewiss, ein vegetarisches Leben war möglich, die Vegetarier lebten in den Tabellen sogar länger, und auch mit Mausi war die vegetarische Variante möglich.

Der erste Satz, der sich mir heute Morgen aufgedrängt hatte, war jedoch: »Das ist die Sonne von Austerlitz!« Was für ein blöder Satz, und ich hoffte, er stimmte dieses Mal nicht. Dieser Satz erschien jeden Morgen auf meiner Hirnplatte, wenn ich die Sonne sah, ich musste nur die Sonne sehen, und schon wieder dieser lästige, ärgerliche Satz auf meiner Tourette-Festplatte.

Schon vor sechs war ich also das erste Mal noch ganz ungewaschen in der Stadt gewesen, ungewaschen wie ein alter Eremit in Ägypten oder einer von jenen auf dem Athos, doch unterwegs und ziellos, das unterschied mich dann doch von ihnen, die angeblich in sich selbst ruhten, wie die Eremiten und die Karthäuser, als hätten sie schon den Satz Pascals vom Unglück des Menschen gekannt und ihr Leben darauf eingestellt. Und erst recht schreckten mich die aufgeräumten Zisterzienser von Heiligenkreuz in ihren winzigen Zellen, in denen sie seit 1133 saßen, und aussahen wie am ersten Tag, so aufgeräumt, so klar, wie ich das gerade erst in der Glotze gesehen hatte, und der Pater, welcher der Beichtvater der österreichischen Nationalmannschaft der Skifahrer war, sagte auf die Frage der staunenden Moderatorin über diese Aufgeräumtheit auf kleinstem Raum, das sei ein Spiegel des Inneren, der Seele. Wie musste es also in mir aussehen? Ich wusste es nicht. Ich wusste es überhaupt nicht. Ich kannte nur mein Außenleben, ich kannte mein Zimmer und vergaß manchmal auch das Duschen und auch den Reißverschluss meines Hosenladens, und der aufmerksame Mensch musste mir selbst noch mit vierzig manchen diskreten Hinweis geben. Und dann konnte ich nicht anders, als mich für mein Leben zu entschuldigen, und ich sagte mir: Ich habe den allergrößten Respekt für diese aufgeräumten, in sich ruhenden Seelen und Erscheinungen, die Ordnung zu schaffen wissen und nicht ermahnt werden müssen, aber so ein Zimmer ist doch eher einer alpenländisch-bürgerlichen Erziehung geschuldet als dem Leben eines schmuddelig mönchischen frühchristlichen Höhlenbewohners, der mit Dämonen kämpfte wie ich auch. Das waren doch eher Spießbürgertugenden, mit denen die tüchtigen Mainstreamchristen ihr Leben zu bestreiten versuchten.

So schien es mir, und das Schlimmste war für mich, dass diese Dämonen nicht zu fassen waren, bugger me! Und meine Frage wäre auch noch gewesen: Wie sah es bei Jesus zu Hause aus? Hatte er auch ein Zimmer? War es aufgeräumt? Sah er auch so aus, wie es bei ihm zu Hause aussah? Hatte Jesus ein eigenes Bett? Oder schliefen alle zusammen in einem Bett? War nur Johannes der Täufer ein solcher Waldschrat, der lieber taufte als sich wusch? Und ich? Was war mit mir? War ich auch innen so unaufgeräumt wie mein Zimmer? War es da auch so versifft? War es mit seinem Chaos ein Spiegel meiner Seele? Wie alles so auf dem Boden herumlag, so dass mir Mausi immer wieder vergebens vorschlug: Ich helfe dir! Wollen wir nicht zusammen aufräumen? Jetzt bist du vierzig, und es sieht bei dir immer noch wie bei einem pubertierenden Vierzehnjährigen aus. Willst du nicht erwachsen werden?, fragte sie mich, den Grauhaarigen, auf den die Kinder zeigten und Opa sagten. Wahrscheinlich hatte ich so geschaut, als müsste ich erlöst werden. Mausi deutete meine Morgenunruhe, die sich in letzter Zeit noch einmal gesteigert hatte, zwar ganz einfach schon als Vorläufer seniler Bettflucht, ich hatte aber einfach hinaus müssen und die Nachtgespenster in ihren Hof zurückscheuchen.

Und was hatte ich danach gemacht? Ich war ja kein Heiliger wie Franziskus, der sich getraut hätte, nackt in den Kölner Dom zu gehen, was ihm zeit seines Lebens schon möglich gewesen wäre, wenn auch nur auf die Baustelle. Ich ging, zum ersten Mal von draußen zurückgekehrt, nun doch wieder ins sogenannte Bad, und zwar nackt, da konnte keiner etwas dagegen haben. Die Glotze blieb allerdings aus, das Programm-Set, das die Schreibmappe ersetzt hatte (hier in diesem Hotel hatte es von Anfang an so etwas wohl nicht gegeben), hatte ich schon beiseitegeschafft, die Fernbedienung, die mit einem schnellen Handgriff von der Leiharbeiterin desinfiziert werden musste laut Putzprogramm, blieb unberührt an ihrem Platz.

Zum Fenster hinausschauen konnte ich freilich auch, dachte ich, und daneben eine Morgenpredigt im Deutschlandfunk. Auch dieser Sender hatte eine sagenhafte Karriere gemacht die letzten Jahre, schon fünf nach sechs drängten sich die höchsten Politiker, um der Welt zu zeigen, wie tüchtig sie waren; die Morgenpredigt, kurz nach halb sieben, die manchmal mit ihrem Gegengift kam, mit den Lilien des Feldes, die nicht säten und nicht ernteten und doch …, indes gab es immer noch. Also gleich nach sechs hatten im Deutschlandfunk schon die wichtigsten Personen sehr schnell eine Antwort geben können und wurden von ebenso schnellen Leuten, die schon um diese Zeit wussten, wo es zur Zeit langging, gefragt … Und der halbe Bundestag hörte es, denn das waren nicht Leute, die mit dem Satz: »Was du heute kannst besorgen, das verschiebe ruhig auf morgen« ihr Leben bestritten. Nicht so wie ich, und wie bei mir, wo es vielleicht schon eine Vorstufe der senilen Bettflucht war.

In der Morgenpredigt lernte ich auch immer wieder etwas, so zum Beispiel, dass die schottischen Whisky-Produzenten den Verlust im Fass durch Versickern und Verdampfen als »Angel's Gift« verbuchen. Das war nun in meinem Kopf, denn etwas Alkohol hatte es gestern Abend auch gegeben, und Inge sagte für so etwas immer: groggy. Ich sah jetzt notgedrungen beim Rasieren in den Spiegel, am ersten Morgen war es immer fast schon ein verrecktes Gesicht, eine spiegelverkehrte Minusfresse. Ich erinnerte mich an Mausis Hauptsatz, der eine Frage war und Aufforderung zugleich: »Machst du dich noch frisch?« Und mir fiel Onkel Adalbert ein, der war einer von jenen, in deren Witzen die Umstandsbestimmungen des Ortes: vorne und hinten, oben und unten, die Hauptrolle spielten. Und ich? An manchen Tagen beneidete ich die Schildkröte von Tante Mausi wegen des Winterschlafs, und weil sie von niemandem gesagt bekam, sich frisch zu machen. Ja, ich hatte eine gewisse Ähnlichkeit mit dem Käfer Kafkas am anderen Morgen. Professor Pfotenhauer war gestern Abend mit seinem Eröffnungsvortrag nur am Streik der Pilotenvereinigung Cockpit gescheitert. Und ich? Was war schon die Verspätung wegen eines Pilotenstreiks, wo die Welt der Ort war, wo uns die Zeit davonlief, wie gespielt von Lili Kraus, ein *Andante con variazioni* von Haydn.

Was Mausi wohl gerade machte? Ich würde es niemals schaffen, zu sein wie sie. Oftmals war sie ganz weit weg von mir. Und ich musste mich mit meinem Leben begnügen. Und wenn es nicht anders ging, suchte ich wenigstens die Nähe einer schönen Frau. So dachten alle, Nichtträumer wie Nichtschwimmer, sei ehrlich! Ich aber musste leben. Dabei war ich nur »diagnostiziert«. Ein Fall, ein Fall für die Couch, wie Inge Mausi gegenüber behauptete, und am Ende austherapiert. Aber so ein Leben wollte ich nicht. Mich schreckten schon die Geschichten von Wunderkindern ab, die vor mir gelebt hatten und auch die von denen, die ich persönlich kannte. Donata ist diagnostizierte Legasthenikerin!, so plärrte es Inge manches Mal hinaus, als wäre es ein Orden und Attribut, mit dem sie auftrumpfen konnte, wenn sie von ihrer immer mehr missratenden Tochter sprach. Sie war nun längst gepierct und auch sonst schon etwas gezeichnet, hatte den ersten Entzug hinter sich, ansonsten lebte sie in Dauertherapie, neunzehn Jahre alt, noch aus der Zeit der freien Liebe von Freiburg im Breisgau. Damals, in seligen Zeiten, war sie aufgewachsen in einem alternativen Sponti-Kindergarten in der Holbeinstraße, von einem linken Mäzen der ersten Millionärsgarnitur gesponsert, wie auch das ganze Haus ... und dann – es gab solche Leute – waren Inge, Justus und Donata in die nächste Villa gezogen, dieses Mal in Berlin, wo Elfi das Anwesen ihrer gleichnamigen Tante geerbt hatte, in der Nachbarschaft von Mausis gleichnamiger Tante Mausi, und wo sie das freie Freiburger Leben in Wannseenähe fortsetzten, im Bezirk Zehlendorf. Sie waren mitgezogen, das hatte verschiedene Gründe, aber nun lebten sie in einer Edel-WG, doch Elfi war mittlerweile längst aufgefallen, dass die Flaschen ihres Spirituosenwagens immer leerer wurden. Lange verdächtigte sie, wie es üblich ist auf der Welt, die Putzfrau, die für alles verantwortlich sein sollte, am Ende für den Schmutz. Und auch sonst hing Donata an der Flasche von »Tante« Elfi, denn Donatas Eltern hatten die Unterstützung ihres einzigen Kindes mit achtzehn eingestellt, hier in guter Tradition des schwäbisch-pietistischen Elternhauses. Sie sprachen vom Versagen der Schulen, des Systems, das konnte gar nicht anders sein. Einst wurde Donata als Wunderkind gefeiert, weil sie von Beginn an stubenrein war und sich schon mit drei an den Tisch setzen und stundenlang die schwierigsten Rechenoperationen in Nanosekunden ausführen konnte und dazu die schönsten Liebesbriefe schreiben und die genialsten Bilder malen. Sie konnte schneller denken als sprechen. Sie war fast schneller als die Zeit und das Licht, behauptete Inge. Als wäre das der

Beweis gewesen, dass es sich bei Donata doch um ein Wunderkind gehandelt hatte, auch in Konkurrenz zu Mausis Urgroßvater, das aber, statt rechtzeitig erkannt zu werden, durch die falschen Lehrer verhindert wurde und überhaupt durch das geniefeindliche System geschädigt worden war.

Mittlerweile hörten wir gar nichts mehr von Donata. Elfi hatte stillschweigend das Pampering übernommen. Ein paar Jahre hatten wir hören müssen: »ist diagnostiziert« … »ist therapiert« … »ist eingestellt«. Und von der Zeit war nicht viel geblieben als die größte und teuerste Uhr und ein Termin in Lindau bei Mang, dem Papst der Mang-Nasen. Ich aber saß nun hier und musste mit meiner Nase leben, und es blieb mir nichts anderes übrig als der finale Rettungsschuss, und ich musste auflachen.

Mir taten all die Menschen leid, über die ich lachen musste. Wie enttäuscht ich von ihnen war, am meisten vielleicht von mir selbst. Ich war vielleicht der Enttäuschendste und der Enttäuschteste von ihnen allen, ihnen, wie sie durchs Leben geschleust wurden mit den falschen Wörtern und Dingen, ihren Accessoires, ihrem Indoor- und Outdoorzubehör, ihrem Viagra, ihren Aufhellern, ihren Schminkköfferchen und Schönheitsoperationen und ihren gesundheitswahnsinnigen Walkingstöcken, mit ihrem ganzen ebenerdigen Equipment und ihren Nebenmenschen, es waren Menschen, die nicht ihr Leben führten, sondern ein anderes, ferngesteuertes, und wie sie ein Mitläuferleben, das zum Weinen war, führen mussten, vom Carport bis hin zu den hilflosen Friedwaldtränen und den bunten lächerlichen Urnen.

Das und solche Gedanken waren dem (von Inge) diagnostizierten Tourette geschuldet, das bei mir in einer dichterischen Variante auftrat, es waren immer Wörter aus der Weltliteratur dabei, bis hin zu »bugger me«. Und oft reimte es sich auch noch.

Summa: Wahrscheinlich lebte ich noch, doch ich weiß

nicht … Ich war manchmal, wenn ich meine Tage hatte, so gut, dass ich von zwei Fragen drei beantworten konnte. Es ging aber in diesem Fall nicht um eine Quizsendung. Doch sonst? Es war fast schon eine Salbei-Kamillenteemischung geworden aus meinem Leben und mir.

Oder auch zuzeiten eher ein Augiasstall, aber immerhin: lichtdurchflutet.

Die Welt war der Ort, wo wir uns in der Zeit verloren hätte der Titel sein müssen. Das war eine Buchtitelfrage. Immerhin ging es um die erste Lieferung eines op. posth., den Epilog zum dazugehörenden Leben. Oder war *Die Welt war der Ort, wo uns die Zeit davonlief* noch besser? Oder am Ende: *Die Welt war der Ort, wo wir der Zeit davonliefen*? Oder wie soll das Kind heißen? Und in aller Herrgottsfrühe meines Lebens: *Rauschzeit*? Es folgte das *Come-prima*-Leben.

9. Mausi

Ich nöle etwas herum, hatte Mausi gerade am Telefon gesagt, zu einer, die mittlerweile wusste, was das war, zu Inge, die nun schon seit ein paar Jahren mit ihrem Mann Justus und der Tochter Donata im Haus von Elfis Tante lebte, das sie schon fast erobert hatten, »und ich ratlos auf dem Kickelhahn«, eine höchstpersönliche Redewendung von Tante Mausi, die wohl Goethes letztes Gedicht betraf, aber bis zu diesem Tag auf Mausis Terrasse eigentlich nicht dechiffriert … Das dazugehörende Foto zeigte Mausi mit ihrer Tante Mausi, wie fotografiert von Alain, auf dem letzten Ausflug, der eigentlich nach Bad Pyrmont führte, zu dem Soldatenfriedhof, wo Tante Mausis Vater, der zugleich Mausis Großvater war, lag …

Und nun folgte das erste Telefongespräch des Tages mit Inge.

Mausi fragte: »Was macht Elfi?«

Inge fragte aber scheinheilig, ob sie einen Eilbrief bekommen habe.

»Es hat geklingelt, aber bin noch nicht unten gewesen.«

»Mausi!«

Mausi sollte sich an der Oper »bitte pünktlich und nicht zu spät wie sonst!« einfinden. Sagte Inge, und Mausi sah durch die Telefonleitung, wie Inge nun schon wieder ungehalten über so viel Begriffsstutzigkeit den Kopf schüttelte.

Dann kam die Verabredung.

»… bei den Kandelabern von Speer.«

»… Ach, Mausi … ja, unter dem Speer-Kandelaber rechts.«

»… die Speers sind ja jetzt wieder ganz oben … wie meinst du das?«

»… ja, all die Schirachs, de Maizières, Weizsäckers, Ribbentrops.«

»… in der Bismarck? … an der Ecke Krumme Straße!«

»… da, wo … nein, direkt am U-Bahn-Schacht.«

»… auf der Seite von Dr. Schwamborn?«

»… ja, deinem Lungenarzt!«

»… Endlich.«

»… deinen beiden Lieblingsärzten: Dr. Schwamborn und Dr. Kabir.«

»… du weißt doch … wie immer.«

»… ach Mausi!«

»… Das weißt du doch!«

»… weißt du es jetzt?«

»… dann weißt du es jetzt.«

Inge war immer ungeduldiger geworden, auch weil sie den Eindruck hatte, dass Mausi gar nicht recht zuhörte.

Und Inge wusste schon etwas, sie war irgendwie komisch gewesen. Was es war, wusste Mausi noch nicht. Inge war so scheinheilig wie eine an einem Juristen geschulte Ehefrau.

Eigentlich wollte Mausi sich einen schönen Tag machen. Und nun Inge. Inge arbeitete auch als Berlin-Guide. Mit Inge wollte sie nicht so streng sein, denn sie selbst … Und auch mit Berlin nicht so streng. Wowereit regierte im dritten Jahr und hatte aus der Stadt eine sexy Adresse gemacht. Berlin sei dabei, alles Muffige hinter sich zu lassen, behauptete Inge, als wäre das eine Entdeckung von ihr gewesen. Das alles musste sich Mausi nun anhören, wie sie über ihre Stadt belehrt wurde, bis sie sagte: »Ich kann jetzt nicht mehr … wir können ja später noch einmal telefonieren.«

Mausi kannte Inge schon seit dem neunten Stock des UZH in Freiburg, das war in den allerletzten Zeiten des KBW. Da war sie auch schon dabei gewesen wegen Justus. Das war vor über zwanzig Jahren. Und auch am Meer, in Arcachon, dabei gewesen, und dann die Jahre von Freiburg und Berlin.

Inge, die frühzeitig gelernt hatte, die Leute zu nerven, kam meist mit mehreren Wünschen auf einmal, die Zahl der Dienstleistungen nahm in ihrer Nähe nicht ab, und eigentlich waren das nur als Bitten kaschierte Drohungen, denn sie wollte an diesem Abend mit Mausi nach der *Tosca* im Lokal desselben Namens auch noch über den ersten Roman von Cecelia Ahern, *P.S. I love you,* sprechen, von dem die englischen Zeitungen und Buchhandlungen überquollen, wollte sie in ihre Geschichte und in den Bestseller des Jahres hineinziehen, wohl auch hinunterziehen. »Ist schon in fünfzig Länder verkauft.« Hatte Inge ihr auch noch durchgegeben.

Mausi hörte an sich gerne Stimmen und das klare Gelächter von Inge, angereichert um manch schwäbische Frechheit dazwischen. Am untrüglichsten war für sie die Stimme allein. Sie hatte mehr davon, wenn sie eine Stimme hörte. Wenn dann das Sehen dazukam, wurden ihre Urteile oftmals kontaminiert. Justus, zum Beispiel, hatte eine Stimme wie eine domestizierte Hausziege mit einem Überlebenswillen, angereichert um ein

Meer juristischer Kniffe und Spitzfindigkeiten. Die beiden waren eigentlich nur ganz gewöhnliche Pfarrerskinder aus dem Schwäbischen, die es immer noch gab. Seitdem Elfi das Haus ihrer Tante auf dem Weg nach Kohlhasenbrück geerbt hatte, lebte sie dort inzwischen in der hübschen kleinen Dachwohnung, und die drei, wegen Donata, auf der Beletage. Ja, die Möhrles! Sie hätten mittlerweile einen grünen Berliner Schwabenroman schreiben können oder einen schwäbisch-grünen Softporno, sagte Alain in seinem, wie Inge fand, immer noch nachtaktiven Akzent.

Auch Elfi kam vom Stölpchensee und war mit Mausi zum Studium nach Freiburg gegangen. Elfi war jene beste Freundin, von der Kinder »auf der ganzen Welt!« sagen. Aber die Freundschaft hatte etwas nachgelassen, und seit gut sechs Wochen war nun Sendepause, seitdem sie das Album entdeckt hatte. Und schon die Jahre zuvor hatte die Freundschaft mit Elfi nachgelassen: seitdem sie anscheinend immer mehr und zuletzt ganz in die Hände von Inge und Justus geraten war. Von den Selbstmordversuchen, Alkoholvergiftungen, Blaulichteinsätzen und alkoholischen Eifersuchtswahnfällen, von Selbstmorden und Grieneisen-Fahrten und Unfällen mit Todesfolge infolge der Begegnung mit einem Leichenwagen mitten in einem schönen Tag, … davon vielleicht lieber später, dachte Mausi.

Inge und Justus hatten sich über die Jahre immer mehr eingeschlichen bei Elfi. Jetzt hatten sie schon die Patientenverfügung beim Notar deponiert, was in Berlin jeder windige Anwalt werden konnte, und am Ende würde es bis zur Sterbehilfe beziehungsweise unterlassener Hilfeleistung gehen, mit Justus oder Inge als Vormund, und, warum nicht: mit Donata als Erbin, warum nicht, dachte Mausi, Elfi hatte ja keine Kinder. Aber das würde wohl noch etwas dauern, da würden noch einige Boote durch den Stölpchensee unterwegs sein.

Zu Mausis vierzigsten Geburtstag waren die beiden ja mit

vielen Grüßen von Elfi gekommen. »Elfi ist krank«, sagten sie unisono, »sie fühlt sich nicht.« So war es schon seit dem Vorfall vor bald sechs Wochen, das war im Mai, als Mausi per Zufall Elfis Fotoalbum entdeckte und darin herumblätterte, mit den Bildern von Norbert und all ihren Männern, bis sie schließlich auf Alain stieß, wie er in Mausis Datsche in Leest an der Wublitz auf Mausis Bett saß, wie Gott ihn geschaffen hatte oder nicht und mit seinem Schwanz in Elfis Kamera lächelt. Und Mausis Satz von Freiheit und Toleranz »Überall, aber nicht in meinem Bett!« war wieder einmal Makulatur geworden. Da war zunächst einmal Sendepause mit Elfi. Und nun brachten Inge und Justus ihre Geschenke mit: *P. S. I love you*, dann *Abscheu vor der Weltgeschichte* und auch noch die zwei Karten für die *Tosca*, die freilich von Elfi bezahlt waren. Solche Geschenke machten die alternativen Pfarrerkinder nicht. »Das ist also die Friedenspfeife!«, meinte Mausi auf ihre Art und sagte auch zu Alain: »Was soll's! Schwamm drüber!« Ab da schmollte Mausi nicht mehr, was Elfi betraf. Alain jedoch hatte sie ihr Memento (mori): »Dass du wie ein Waldschrat aussiehst« … und vor allem das »vegetarisch« mit auf den Weg nach Köln gegeben. Auch Mausi hatte keine Lust, *P. S. I love you* zu lesen, das war ein zusätzlicher Grund, es in Alains Lieblingsunterhose zu verstecken, in der Hoffnung, vielleicht schon am Abend, aber spätestens am anderen Morgen fände er da ihr Buch, mit dem Titel frontal zwischen Emporio-Armani-Band und Schwanzstelle, und läse es für sie. »Ich weiß nicht, in wie vielen Betten dieses Schriftband zu lesen war als Letztes, was Frauenaugen zu lesen bekommen haben, unmittelbar vor dem Glück«, das war noch so eine Beobachtung von Inge. Und ein wenig spekulierte Mausi auch darauf, Alain könne ihr nach der Lektüre noch ein paar Sätze sagen, die sie dann für Inge parat hätte. Inge stellte gewiss Fangfragen, aber heute Abend würde sie ihr einfach sagen: »Du Inge, ich habe es noch nicht geschafft.«

Und *Tosca*? War das nicht eine Oper, in der der Mensch »Ich sterbe jetzt« sang, und zwar für die Freiheit und die Revolution, getreu dem eher schwachsinnigen als wahnsinnigen Libretto, so, wie es vorgeschrieben war und die Sängerin es vom Teleprompter ablas, dass sie so etwas auswendig lernte, war von der ausgebufftesten Sängerin nicht zu verlangen. Ach, diese Dirigenten führten sich auf, als wäre das alles von ihnen, und wenn nicht, so doch so, als hörte das Publikum die *Tosca* zum ersten Mal, wie sie vom Komponisten gedacht war. Diese Opernkomponisten taten so, auch Puccini, als gehörte das Sterben aus Liebe zu den Kulinaria der Revolution und Singen und Sterben auf der Bühne zu den Kampfsportarten, freilich alles ein Auftrags- und Termingeschäft, wie bei den wichtigsten Schriftstellern, etwas seltsam, nicht? Das hatte Alain gemeint, der froh war, nicht in die Oper zu müssen. Ja, sagte sie sich, aber sitzen und zuhören war einfacher als schreiben und denken.

»Schade, ich kann auch nicht, denn da bin ich doch in Köln!«, hatte Alain Mausis Geburtstagsgästen zu verstehen gegeben, worauf Justus nur meinte: »Ich werde schon einen Ersatz finden«, und lachte wie eben eine domestizierte Hausziege. Er wusste wohl schon mehr.

Auch die Opernkarte als Geschenk von Elfi war doch eher merkwürdig, so, als stimmte etwas nicht: ausgerechnet die *Tosca*, und dass sie selbst nicht mitgeht, findest du nicht? Alain hatte es gut.

10. Alain

Ich aber musste leben. Und ging zum zweiten Mal an diesem Tag in die Welt hinaus.

Das Wort Ithaka hatte seit Homer von mir Besitz ergriffen.

Dann ging ich wieder wie einst über die Brücke, wo ich die

Liebesschlösser sah, die ersten Herzchen, auf immer zusammengekettet.

Da saß ich dann wieder auf meiner Bank und sah, wie das Wasser an mir vorbeifloss wie einst, und es reimte sich auch noch. Ich sah das Bänkchen, es war noch nicht sieben.

Mit einem Mal sah ich uns alle wieder vis-à-vis vom Leuchtturm von Cap Ferret sitzen, an unserem Lieblingsplatz bei dem Bunker, und gleich hinter den Dünen unser Forsthaus, Sommer 1983. Was erst wie Glück begann, presque du bonheur, tu sais, und ich müsste eigentlich »Brief vom Meer« schreiben. Oder gleich den Roman. Oder gleich das dazugehörende Liebesgedicht.

Da saß ich nun in Köln, so früh so spät, dachte ich, es war sehr früh schon spät, dachte ich, es war doch erst kurz nach sieben auf der Junghans-Uhr!, und ich konnte mich schon an alles erinnern. Der schöne Rhein und sein Wasser waren zudem der richtige Ort für eine Erinnerung daran, dass ich nicht am Meer war. Doch das Wasser hätte es nun nicht mehr weit, das tröstete mich. Das Meer musste in Riechweite, zumindest in der Riechweite meiner Erinnerung sein, und war es, das war ein »Must« für mich, und mein leichtes, diagnostiziertes Tourette hätte nun schon wieder »ein Mist« hinzugefügt. Ich schreckte selbst davor nicht zurück, die *Odyssee* zu verändern oder zumindest jenen Vers, der mich nach dem Lesen beinahe in ein abermaliges finanzielles Abenteuer gestürzt hätte, ich, so schien es mir, war ein Leben lang unterwegs »über das weinfarbene Meer segelnd zu fremdsprachigen Menschen«, und ich war schon wieder dabei, für Mausi und mich, sagte ich, sagten wir, ein Haus am Meer zu kaufen, mit Meerblick bis nach Ithaka, und mit nichts als dem blauen Meer zwischen Ithaka und mir, und einem blauen Himmel über Ithaka und mir.

Ich: Das war jener mit nichts als dem Meer dazwischen, so war ich zuzeiten unterwegs »über das fremdsprachige Meer segelnd zu weinfarbenen Menschen«. Bei Homer hieß es eigentlich anders: »über das weinfarbene Meer zu fremdsprachigen Menschen.« Doch das war mir, wenn ich meine Tage hatte, noch viel zu wenig. Ich fand diesen Vers so schön, dass ich ihn dermaßen verändern musste.

Das Wort Ithaka hatte seit Homer von mir Besitz ergriffen und ließ sich auch noch wunderbar verändern in einem Tourettemaul wie meinem: Ithaka, Thitaka, Shitaka, Pipikaka, Itikaka, Ibikaka, Shitipapa.

So reimte es sich für mich am Leben vorbei, auf die Ärsche der preußisch-kaiserlichen Pferde zu, die Köln immer so aussehen ließen, ja es jeden Tag zeigten und bewiesen, dass es eine preußische Kriegsbeute war. Und nun war ich hier, die preußischen Pferdeärsche hatte ich hinter mir.

Und von meiner Festplatte her drängten sich Sätze auf wie: Mein Schwanz liebt das Glück. Ich stehe dabei auf der Brücke von Le Moulleau und sehe Babette, wie sie vom Eis herunterschleckt, das wir gerade im Ô Sorbet d'amour geholt haben, und dahinter sehe ich den Leuchtturm von Cap Ferret, das Meer. Wie gerne hätte ich »mein Meer« gesagt. Mein Schwanz liebt das Meer. Ich schiebe alles auf meinen Schwanz, ich kann doch nicht »ich« sagen. Mein Schwanz liebt das Licht. Mein Schwanz ist lichtempfindlich, das war schon meine Spiegelerkenntnis an diesem ibis-Morgen mit seinem Indoor-Leben gewesen. Und aus Ich war Er geworden. Und dann switchte ich ins Du: du du du zweite Person Singular Futur. Möglicherweise. »Switched at birth«, anyway: ibis, das hieß: Du wirst gehen, so viel Latein musste sein, das wusste ich. Und spätestens jetzt hätte Mausi wieder gesagt: Jetzt musst du aufpassen!

Und nun war ich hier … war in der Jetztzeit angekommen, bei mir, das heißt: Ich sah nur, was ich sehen wollte, und dachte an nichts anderes als dies und das eine. Und dass die Liebe das Warten auf die Liebe war.

11. Mausi

Anderswo war das die Zeit des Mittagsdämons. Mausi aber war vergnügt, sie war gerne glücklich und vergnügt, das hatte sie von ihrer Tante, von der sie den Namen geerbt hatte und auch sonst dieses und jenes. Auch diese Möbel, die eigentlich über Onkel Adalbert zu Mausi gekommen waren, was zusammen mit der Villa am ehemaligen Todesstreifen eine gewisse Asymmetrie ins Leben mit Inge, deren Mann Justus und dem gemeinsamen Wunderkind Donata brachte.

So viel war klar: Mausi war gerne vierzig, und das Wort Glück war nur als Kompromiss mit dem Wort Leben möglich. Und das häufigste Adjektiv Onkel Adalberts in Verbindung mit dem Wort Liebe war »ungestraft«. Die ungestrafte Liebe war ein Kompromiss, sagte Onkel Adalbert ein Leben lang, also entschied er sich für die Ehe, sagte Onkel Adalbert, dem jener menschenfreundliche Bademeister des Strandbades Wannsee, der 1938 nicht wollte, dass ein so junger Mensch ins Zuchthaus kam oder gleich ins KZ, nur weil er etwas zu lange in die falsche Richtung geschaut hatte, mit einer schallenden Ohrfeige das Leben gerettet hatte. Und Tante Mausi handelte aus ähnlichen Gründen, als sie ihm das Jawort gab. Dass das Glück zuzeiten solche Voraussetzungen hatte, schmerzte sie. Doch dass es (das Glück) auf einem Kompromiss mit dem Leben beruhte, diese Einsicht machte Mausi wiederum auch nicht unglücklicher.

Mausi war ein Sonnenkind, das immer dazu tendierte, das Glas halbvoll zu finden.

Diese gute Stimmung musste Mausi ausnutzen, denn eigentlich war sie an manchem Tag schon eher auf Moll gestimmt, ihr Leben mit Alain drohte wie das Hornberger Schießen auszugehen. Die Wörter »Waldschrat« und »vegetarisch« standen seit gestern wieder im Raum.

Doch was war schon die Weltgeschichte gegen den Rauch,

den Mausi vor sich aufsteigen sah? Sie rauchte gerne, immer noch.

Mausi lag und lebte auf ihrem Strandhandtuch, in Ermangelung des Meeres sah sie zum Gasometer hinüber und zum Himmel über dem Gasometer, und dazwischen war noch der kleine Emigrant aus St. Petersburg. Er winkte oftmals herüber, als wäre er verrückt. Das ließ sich aber in Berlin von Freundlichkeit schwer unterscheiden. Zu freundlich galt als verhaltensgestört in Berlin, irgendwie provinziell, wie aus dem Allgäu oder der Schweiz. Und doch war auch bei Mausi irgendwie Nächstenliebe dabei, wenn sie an den armen Nachbarn in der kleinen Dachwohnung von schräg oben gegenüber dachte, ein wenig hatte ihn die jüdische Gemeinde aufgefangen, so sagte es die Hausmeisterin. Aber wie er da herüberwinkte, sah er wie auf dem Dach gestrandet aus, und zwar aus der Arche-Noah-Zeit, immer etwas so, als wäre es ein Hilferuf, und Mausi käme die Aufgabe zu, den Rettungshubschrauber zu bestellen. Oder ihn gleich zu erlösen. Sie dachte, dass das ein Mensch war, dem von der Welt nicht viel mehr blieb, als sie von seiner Dachluke aus ansehen zu müssen, auch sie, und Mausi hatte sich so gelegt, dass er etwas von ihr hätte, in einem solchen Winkel lag sie, und sie wünschte sich, dass er sähe, wonach ihm war. Sie hatte das Strandhandtuch über das Möbel, das noch vom Sonnendeck der Columbus I vom Norddeutschen Lloyd stammte, geworfen und lebte. Vielleicht konnte der Nachbar sogar Arabisch und konnte lesen, was auf dem Handtuch stand: Marhaba, was er, anders kodiert im Umgang mit Frauen, vielleicht als Zeichen der Einladung nahm. Auf dem mittlerweile auch schon betagten Strandhandtuch stand groß in lateinischen Buchstaben »Marhaba« und arabisch مرحب – Sei gegrüßt! – »Komm!«, ein Souvenir an Liebesnächte im Hotel Marhaba*, das sämtliche Sterne verloren hatte bis auf einen, vielleicht war es auch nur noch ein halber, aber so weit hinunter klassifizierten die Reiseanbieter nicht. Das Marhaba, das Marhaba von Agadir, einst das erste Haus am Ort, das so mehrfach in Ernst Jüngers Tagebüchern *Siebzig verweht* landete, war mittlerweile so weit unten angekommen, dass es selbst aus dem Neckermann-Katalog geflogen war. Was kein Erdbeben schaffte, vermochte die Zeit. Der richtige Augenblick. Mausi lag ausgestreckt und erwartungsvoll. Wenn wir Herrn Schmigotzki abziehen. Den gab es auch noch.

Beim Aussprechen des Wortes مرحب Marhaba, Komm!, kam Mausi auf manch schönen Gedanken. Was sie damit auslöste in der Nachbarschaft, hatte sie weniger bedacht. Wenn sie an das Handtuch dachte, an all die Begegnungen, an die Nahtstellen, die dieses Handtuch im Verlauf seiner Tage erlebt hatte, wenn auch nur als Unterlage des Glücks, und die dazugehörenden Nächte und Menschen im Marhaba, im Hotel »Sei gegrüßt«.

Nun ja – was nun? Und dann noch Herr Schmigotzki, den gab es an einem solch schönen Balkontag im Juni auch noch, der nebenan wohnte, hinter der Wand, im Nachbarhaus, der aber schon am frühen Morgen so laut von einer Domina zurechtgewiesen worden war, dass Mausi von diesen Albtraumgeräuschen aus dem Schlaf getrieben worden war.

Vielleicht hatte sie ihn auch vergessen, nachdem sie wieder in ihr Bruno-Paul-Bett zurückgeschlurft war, angefertigt von den Vereinigten Werkstätten in München für das Haus ihrer Großeltern in der Schwachhauser Straße in Bremen. Und noch einmal eingeschlafen war. Das Schöne daran war, dass sie ein zweites Mal aufwachen konnte, dachte sie. Und wie sie es von *Oblomow* gelernt hatte, stellte Mausi ihre Hausschuhe so ans Bett, dass sie ohne weiteres in diese Schuhe wie in den Tag hineinschlurfen konnte.

Die vergangene Nacht (anderswo sagten sie noch: Johannisnacht) war sternenklar gewesen, nun sah man die Sterne nicht mehr, obwohl sie auch tagsüber da waren wie das Unsichtbare, das es dennoch gab, immer noch, wie die Liebe, zum Beispiel, das hatte sie sehen können. Sie sah den Großen Wagen, selbst hier mitten in der Stadt, wo nicht viel mehr an Sternen zu sehen war, und wo sich nun unsichtbar die Milchstraße über ihr mit der Haberlandstraße unter ihr kreuzte, wie Alains Freundin Erika geschrieben hatte, und ehrlich: Mehr als den Großen Wagen kannte Mausi vom Himmel immer noch nicht beim Namen. Nun war sie aber schon vierzig. Es wurde also langsam Zeit.

Das Jahr war gerade wieder umgekippt, der Juni jener Monat mit dem sich verdunkelnden Grün, in dem sich nun bald die Amseln verstecken würden, nachdem sie mit dem Singen bald, noch im Juli, aufgehört hätten, so war es, wäre es und würde es geworden sein, und aus »es« war bald »ich« geworden. Und irgendwann würde sie zu denen zählen, die sich statt »Es ist gut« an derselben Stelle »Es ist aus!« sagen müssten, dachte auch Mausi. Abermals fiel ihr Inge ein, und nach der Post schauen müsstest du auch so langsam … Die Glocke des Schöneberger Rathauses hatte gerade geläutet, es war also schon fünf nach zwölf.

Sie stand auf, ging in die Küche und machte sich erst einen Milchkaffee, und dann wollte sie zur Post hinunter und auf dem Weg dahin auch noch zum Müll. Post und Müll gehörten für Mausi seit langem irgendwie zusammen. Sie hatte schon lange keinen schönen Brief mehr bekommen, wenn sie darüber nachdachte; und wenn sie noch genauer darüber nachgedacht hätte, wäre sie darauf gekommen, dass sie hätte »eigentlich seit Jahren« sagen müssen, und das Wort »eigentlich« hätte sie glatt streichen können, und schon war der Espresso fertig und auch die Milch; längst hätte sie auch Latte macchiato sagen können und mit ihrem richtigen Italienisch auftrumpfen, doch das wäre schon ein weiterer Schritt zum Selbstgespräch gewesen. Sie wusste es nur nicht.

Alain hatte sie angerufen und ihrer Stimme angehört, dass auch sie an diesem Tag noch mit keinem gesprochen hatte –

außer mit Inge, als zählten ihre Anrufe nicht. Er war also gut in Köln angekommen, das schäbige Konferenzhotel, in dem er (von seinem französischen Verlag wieder einmal) untergebracht worden war, hatte ihn nur zu einer witzigen Nebenbemerkung gereizt, auf die sich das Wort »cul« reimte, ja, auch er schien guter Dinge zu sein, trotz der vegetarischen Einsprengsel und der Eintrübung, ähnlich vergnügt wie sie, so schien es ihr, die schon am Morgen alles für einen schönen Tag vorbereitet hatte, auch die entsprechenden Bücher und Manuskripte lagen auf dem weißen Bruno-Paul-Korbmöbeltisch.

Die Manuskripte auf der Terrasse waren abgesichert durch einen kiloschweren Stein, mitgebracht letzten Sommer aus dem Bergwerk von Falun, dem Schauplatz von Johann Peter Hebels herzzerreißendem *Unverhofftes Wiedersehen*, damit ihr die Blätter nicht davonflogen, und auch, damit es nicht darauf regnen konnte, wie bei jenem Gewitter, dem ein ihr geglückt scheinendes Kapitel ihres Tante-Mausi-Romans *Der Papagei* zum Opfer gefallen war. Seither schrieb sie ihr Tagebuch auch nicht mehr mit Tinte und tippte ihre Sätze und Gedichte gleich in die Maschine, in ihren PC, mit dem sie aber auch schon die furchtbarsten Absturzerfahrungen gemacht hatte. »Was du alles damit machen kannst!« Als wäre das Leben einer Übersetzerin ab da nur noch ein Kinderspiel.

Mittlerweile musste er ihr Zeichen, ihren Widerruf zu »vegetarisch« ja entdeckt haben, *P. S. I love you*. Es tat ihr leid, solche Wörter wie »Waldschrat« und »vegetarisch« Alain gegenüber überhaupt ins Spiel gebracht zu haben, und selten hatte Mausi sich ihm näher gefühlt als jetzt. Sie musste es ihm unbedingt bald einmal sagen.

Wenn sie nun an all die schönen Reisen dachte, an die Schauplätze der Bücher, die sie übersetzte, kam sie zweifellos auf der Direttissima wieder auf Alain. Um Futter für ihr Buch zu haben, das am Siljansee spielte, war er mit ihr zum ersten

Mal nach Schweden gefahren. Sie fanden es wunderbar, so wie es war, und kein schönes Adjektiv wäre zu viel gewesen, und sie hatte auch, anders als Inge, auf den Fotos keinen »Ich-erfriere-gleich!«-Gesichtsausdruck. Und dann Falun. Ein wenig Johann Peter Hebel zuliebe, dessen *Alemannische Gedichte* Inge gerade ins Hochdeutsche zu übersetzen versuchte. Eine Nachdichtung von Hebels *Vergänglichkeit* gab es von Alain. Hebel selbst war nicht in Falun gewesen, man musste nicht in Falun gewesen sein, um so etwas zu schreiben, man musste nicht gestorben sein aus Liebe, aber fast. Um über die Liebe schreiben zu können. Und zum Übersetzen von *Tom Sawyer* sollte man schon einmal den Mississippi gesehen haben, dachte Mausi. Und, das war jedenfalls ihre Empfindung bei der Erinnerung an ihre Lieblingsbücher, und dazu gehörten *Tom Sawyer* und *Huckleberry Finn*, schadete es auch nicht, in Hannibal gewesen zu sein. Hebel war fast nirgendwo gewesen, als zählte Erlangen nicht, als zählten die badischen Dienstreisen nicht, und auf der letzten starb er dann per Zufall in Schwetzingen; aber die Leute kamen zu ihm, bis es so weit war, auch Goethe, und beide hatten die Welt gesehen, je für sich; und Kant kam über Königsberg nicht hinaus und konnte auch so über den Himmel schreiben. Mausi aber war mit Alain selbst auf dem Kickelhahn gewesen, er sagte: »Ich bin der Odysseus von der Route touristique« und hat dreckig gelacht, und Mausi hatte ihn mit diesem Satz im Gesicht fotografiert, und dann hatten sie es so auch auf den Kickelhahn hinauf geschafft, von Ilmenau aus, wo sie die Tafel über dem Wohnhaus von Goethes Freund Knebel gelesen hatten: »Hier feierte Goethe seinen letzten Geburtstag am 28. August 1831«, und nun war »zur Strafe!«, hätte nun Justus vom maoistischen KBW gleich wieder gesagt, ein Secondhandkleiderladen in diesem Haus untergebracht, er hieß Trendshop, so lasen sie es direkt unter der Gedenkplakette. Mausi hatte es fotografiert, oben die Inschrift, darunter »Trendshop«

und dann noch Alain, wie er in Mausis Kamera lächelt. Er hatte das Foto dann herumgezeigt, so wie er ganz schnell einen neuen kleinen Witz erzählen konnte, zur Strafe für Goethe und seinen Verewigungsdrang und zur Strafe der Welt für ihre Erhabenheit. Und so auf Mausis Geburtstagsfest: Wie aus der Maschinenpistole geschossen warf Alain diesen Witz in den Raum hinein: »Frau darf Hauptgewinn wählen. Möchten Sie a): ein Wochenende mit Ihrem Mann in einem Wellnessresort …« Die Frau schreit sofort: »b! b! b!« – das war's schon, und wäre der Gewinner nun ein Mann gewesen, dann wäre Inge auf der Stelle mit ihrem »Pfui, frauenfeindlich!« dazwischengefahren.

War Goethe ein Schmutzfink? Auch so einer wie Alain? So viel war klar: dass Goethe, im Unterschied zu Alain, Jean Paul nicht leiden konnte. Und zwar, was für einen Schriftsteller das Höchste war, aus Neid auf Jean Pauls Wörter, für die Alain ihn bewunderte. Vielleicht war Goethe sogar auf das Wort Schmutzfink, für eine Sache, die Goethe doch lebte, neidisch. Aber am Ende seines Lebens, so dachte Mausi, waren es auch bei Goethe so große Wörter, dass es für die Ewigkeit reichte, angefangen mit dem Wort »morgenschön«. Und dann ging es auch noch hinauf auf den Kickelhahn, Goethes Golgatha der Erinnerung, und abermals krähte die Erinnerung, die nicht fotografierbare, und doch fotografierten sie. Und daraus wurden dann wieder einbahnstraßenartige, eindimensionale Erinnerungen. Dieses Mal war es Alain, er machte ein Foto von ihr, Mausi, wie sie auf der obersten der drei Stufen sitzt und keineswegs lächelt, hinter der die Tür zu sehen ist, die in die Hütte führt, wo Goethe *Über allen Gipfeln ist Ruh* gekommen war. Entschuldigung, das war schon ein gewaltiger Erguss. Das war eher ein Vulkanausbruch, doch Goethe liebte es eigentlich evolutionär. Ganz langsam, wie im *Kamasutra*. Und Mausi fragte sich, ob Goethe dieses Gedicht auch gekommen wäre, wäre es in einem Wohnwagen gewesen, auf jenem Campingplatz mit dem Aussichtsturm und dem Döner Kebab in Sichtweite. »Entschuldigung, man wird doch mal fragen dürfen, sorry.« So Mausi, schon an eventuelle Leser vorausdenkend. Doch gewiss: Goethe wäre dieses Gedicht auch so gekommen, in einem Wohnwagen auf dem Kickelhahn-Campingplatz, etwas unterhalb des Gipfels, aber seine Bewunderer hätten den Wohnwagen niemals durchgehen lassen, sowenig wie oben auf dem Kickelhahn den Grill, ein Wort, das von den Deutschen Besitz ergriffen hatte, seitdem sie wieder etwas domestiziert waren. Als wäre das Grillen eine Ersatzhandlung, wie Psychologe Pfützenmeister behauptete. Und ihre Reisen auch so deutete.

Immer wieder fuhren Mausi und Alain zu den Schauplätzen der Weltliteratur, manchmal auch mit Elfi und sogar mit Justus und Inge. So waren sie in Rouen bei Madame Bovary gewesen und waren hinter dem Stadtführer hergehechelt bis zur Stelle, wo die Jungfrau von Orléans verbrannt wurde. Und ihr Aufatmen mischte sich mit ihrer Gänsehaut, ja, Madame Bovarys Gift und Jeanne d'Arcs Feuer konnten in einem Satz aus dem Mund des Stadtführers von Rouen vorkommen. Er führte sie bis zur Tafel, die ihr Ende verewigte. Und dann kamen die Augen immer wieder vor einem Loch oder Abgrund zu stehen. Oder vor dem Geburtshaus von Ezra Pound, das war in Hailey, Idaho, dem Potato State, da hatten sie ein Behindertenfahrzeug stehen und die Gayflagge wehen sehen. Und Mausi fotografierte es im Augenblick, als Alain *O Moon My Pin-Up* vor sich hin sagte, was der stille Betrachter der stillen Aufnahme (Fotos konnten ja auch nicht sprechen) aber nicht wissen konnte. Mit einer so pathetischen Geste, mit weitausgebreiteten Armen, wie es eigentlich nur eine englische Schauspielertunte hinbekam, als müsste er sich daraufhin totlachen. Das fotografierte Mausi aber nicht. Und dann fuhren sie auf den Spuren von *Als ich im Sterben lag* im Wohnmobil durch die Südstaaten, aber in verkehrter Richtung, anders als im Buch. Und dann der

Campus der University von Virginia, ganz so wie in *Moira*, nur ein halbes Jahrhundert zu spät. Das war 1950 erschienen. »Der fromme, rothaarige Joseph Day kommt aus einer Kleinstadt zum Theologiestudium an die Universität von Virginia«, dort stieß er dann auf Moira. Am Ende schneite es auf ihr Grab, und der Schnee deckte alles zu.

Doch Mausi fand sich nach wie vor in heiterer Stimmung, immer noch; es war aber schon nach zwölf, zur Zeit des Mittagsdämons.

Nachdem die Arbeiter vom Dach gegenüber, die sie mit ihrem Auf und Ab und Hin und Her die vergangenen Monate eher genervt hatten, verschwunden waren, kam sie sich doch etwas verlassen vor, wie vielleicht die Katze von Frau Hanke, die sich wohl auch wunderte, wo diese Tiere, denen sie die vergangenen zwei Monate keine Aufmerksamkeit zu schenken schien, geblieben waren. Auch die Arbeiter hatten gelegentlich herübergeschaut, und Mausi konnte ihre Wörter, ja Handgriffe und Lebensregungen hören bis in ihre Fußspitzen.

Sie hatte fast nichts an außer ihrem Hauskimono und freilich: jenen Spitzenslip von Schiesser, aber so genau wollen wir das nicht wissen, als wäre hier nun die Benimmdame von der *ZEIT* ein erstes Mal eingeschritten. Gegenüber (vis-à-vis) gab es Nachbarinnen und Nachbarn, die auch am Leben teilnahmen. Und dann noch die Stimme der in freien Rhythmen und Tonfolgen improvisierenden Sängerin, die eine um die sogenannte Ecke wohnende Schriftstellerin gewaltig beim Schreiben störte, »aber hier gilt die Kaninchenverordnung mehr als ein freier Schriftsteller, der von seinen Sachen leben muss«. Mausi hatte die Sängerin, von der sie so viel gehört hatte, nur einmal zu Gesicht bekommen, wie sie vom Krankenwagen abtransportiert wurde. Das war schon eine Zeit her. Dafür sah sie nun die so junge wie korpulente Frau Mörchen, wie sie zwischen Küche und Bad hin und her ging, im Unterrock, in

Berlin war man immer etwas später dran, die Frühstückszeit war zwölf, und mit ihren starken, leicht oder dezent tätowierten Armen, das war schön. Mausi sah sie (mau si sa si, das war fast schon chinesisch) durch die offenen Fenster einmal im Wohnzimmer stehen, dann tauchte sie wieder im Bad auf und in der danebenliegenden Küche, als wartete auch sie auf etwas ganz Großes. Was es genau war, dafür hätte Mausi ein Fernrohr gebraucht. Die anderen Nachbarn konnten sich aber denken, was auf diesen Tattoos zu sehen war. Es war etwas, das etwas preisgab aus dem Goldenen Dreieck im Dschungel von Leben, Lieben und Tod. Und schon wieder das Erschrecken über den Marienkäfer, der nun über das Kabel ihrer externen Festplatte krabbelte, da war sie gerade beim Ordnen ihrer Gedanken zum Übersetzungsantrag, den sie für Alain zu begründen versuchte (Jean Pauls *Die Rede des toten Christus vom Weltgebäude herab, daß kein Gott sei* ins Französische). In diesen Sachen war er bisher nicht so recht ins Deutsche hineingekommen, und Mausi fürchtete, das ginge nun ein Leben lang so weiter, und da krabbelte schon wieder dieser Marienkäfer, da, auf diesem Kabel entlang, unterwegs im Universum. Er konnte davonfliegen. Es war an derselben Stelle des Universums, von der sie abgestürzt wäre. Nebenan das Haus, in dem Albert Einstein seine Berliner Zeit, die Nächte, verbracht hatte. Gerne hätte Mausi einmal gewusst, ob es bei ihm anders gewesen war, ob ihn die Liebe auch aus dem Bett getrieben hatte, ob er rauchend auf dem Balkon auf und ab gegangen war, und ob er manchmal auch zum Himmel geschaut hatte, als käme eine Hilfe von da wie noch im 121. Psalm …

Immerhin hatte sie ein Dach über dem Kopf und dazu noch die Milchstraße, die sich mit der Haberlandstraße kreuzte, in der eine Zeitlang Albert Einstein gelebt hatte, und zwar seine ganze Berliner Zeit über, und was waren schon ein paar Jahre, wenn sie vorbei waren.

Einstein, der einst, als er noch lebte, immerhin unter einem großen Dach und nachts unter derselben Milchstraße geschlafen hatte, konnte damals mit etwas Glück den Großen Wagen sehen, wie Mausi immer noch, den Großen Wagen, ihr Lieblingssternbild, das für die Astronomen aber gar nicht zu den Sternbildern gehörte. Den größten Teil seines Lebens hatte Einstein anderswo verbracht und anderswo seine Entdeckungen gemacht. Einstein, einer von den vielen siebengescheiten Schwaben. Daher waren sie auch so verhasst, nicht nur wegen ihrer Sprache. Einstein kam eigentlich aus Oberschwaben, aus Buchau, zu Füßen des Bussen, des heiligen Berges, und wurde auf der Durchreise nach München in einem Haus am Bahnhof von Ulm geboren. Ulm steht in der Geburtsurkunde, wie bei anderen großen Berlinern auch, der Knef etwa. Brecht, kam auch, wie die meisten großen Berliner, von anderswo, aus Schwaben, und hatte die meisten seiner Gedichte anderswo, aber immer so, als wäre alles nach Hause geschrieben. Es konnte ja auch nicht anders sein, was waren schon hundertfünfzig Jahre. Nur Benn saß ganz in der Nähe, nur ein halbes Jahrhundert vor Mausi, und schrieb auf seinen Rezeptblock ein Gedicht nach dem anderen, bei Bier und Schnaps »und Verlorenheit« in seinem Lokal am Bayerischen Platz, das hieß noch Damberg, in einer Zeit, als da, nachdem der Bombenschutt beseitigt war, aus alten Tagen nur noch jener Kiosk stand, in dem er die *HÖRZU* sah, und dann sein: »Hör zu, so wird der letzte Abend sein, wo du noch ausgehn kannst …«

Die Pace-Flagge und die Hertha-Flagge auf dem Balkon vis-à-vis, belebt von einem Mann, von dem sie auch nicht viel mehr wusste als dies: dass er zehn oder fünfzehn Jahre jünger sein musste als sie und dass er ab und zu mit freiem Oberkörper heraustrat und eine Zigarette rauchte und mit etwas Glück das Leben, von dem er vielleicht rauchend träumte, noch vor sich hatte wie Mausi auch, eigentlich immer noch, dachte sie, und dass er wohl Fußballfan von Hertha war. Und dass er auf dem Balkon als Kleingärtner auftrat, der es nicht einmal hier schaffte, Ordnung hineinzubringen und die armen Pflanzen mit dem Nötigsten zu versorgen, und das war wohl Wasser. Da drüben hätte Mausi am liebsten zur Gattung der Opuntien gehört, wenn schon. Oder zu sonst einer Kakteenart aus der Familie der Stechpflanzen, die sich, wenn schon nicht gegen die Blicke, so doch wehren konnten und so tun, als wäre das das Einfachste auf der Welt, ohne Wasser zu leben. Und dass der Mann immer so tat, als schaute er nicht herüber zu ihr.

Der andere Nachbar, den sie bisher nie gesehen hatte, sie wohnten ja Wand an Wand, das war schon fast alles. Der sah ja sonst Filme wie Herr Schmigotzki, sie konnte Frauenschreie hören, jeden Abend. Dann auch im Morgengrauen, das in Berlin aber sonst seinen Schrecken verloren hatte und nur noch als Wort übrig geblieben war, nur noch die Kinder in der Schule kannten es, aber nur im Winter und auch nur halb, denn auch in Berlin wurde es ja niemals mehr richtig dunkel. Mausi aber war von den Schreien in den Filmen und Albträumen des Nachbarn aufgeschreckt, und jetzt schon wieder. Aber es war nicht so laut, dass sie gegen diese Krankheit einschreiten konnte.

Hineingegangen war Mausi auch wegen dieses Typen in der Penthousewohnung, an den namenlosen Platz grenzend, nun in den schrillsten Farben zu einem Kinderspielplatz umfunktioniert, der ihr das Sitzen und Lesen verdarb wie dieser wohldefinierte Oben-ohne-Kerl. Seinen Namen kannte sie immer noch nicht, und wahrscheinlich würde Mausi ihn niemals erfahren, weder den Vor- noch den Nachnamen, obwohl eine ideale Sicht- und Rufweite zusammenfielen. Am Wochenende tauchte manchmal auch die Freundin auf, als wollte sie ihn zurückholen. Oder waren sie stumm? Mausi hörte die Balkontür, selbst noch, wie die Freundin die Vorhänge zuzog, und schon waren sie verschwunden. Die Frau rief aber nie nach ihm und er nicht nach ihr, so dass Mausi keine Ahnung hatte, wie es klang, wenn er »Baby« sagte, vielleicht hieß er Mark, mancher Name war schon eine halbe Erektion. Der sollte nur nicht glauben, sie säße ihm zuliebe so da, und auch nicht, dass Mausi seinetwegen hinüberschaute, es war die Amsel, die sie etwa zehn Meter über seinem Kopf auf der Antenne sah und singen hörte, obschon: Der Mann war schön, du Wichser!, sagte nun Mausi vor sich hin, das Wort passte eigentlich nicht zu ihr, aber es hatte sich so wie auch andere unpassende Wörter aus der Welt in sie hineingestohlen, was er hätte von ihren Lippen ablesen können.

Mausi konnte sich damit entschuldigen, dass sie nur Übersetzerin war und von daher alles kannte: مرحب- und Wörter wie pietsch und sikdela oder pina. Und stronzo. Oder cazzo, du Arschloch!, dachte sie vor sich hin. Ein blöder Kerl, der ja nicht glauben sollte, dass sie mit ein paar verlebten Jahren mehr auf dem Kerbholz bei ihm ankommen wollte.

Denn Mausi liebte Alain, auf ihre Art, noch immer. Zweifellos. Gerade jetzt. Und das sollte auch so bleiben. Allen Wörtern von Waldschrat bis vegetarisch zum Trotz. Und dann noch die Dänin, die gerade in die Wohnung unter Alain eingezogen war. Sie war bisher kaum einmal zu sehen gewesen. Mausi hatte sie eigentlich noch gar nie richtig gesehen. Alain meinte, sie sähe ein wenig wie Madame Cyprian aus, nur das Ganze in Blond, worauf Mausi nur noch »O Gott« sagen konnte.

Ja, mit den Machbarnen, Nachbarmen war es so eine Geschichte, und auf dem Bildgrund des Dannebrog, rot weiß rot, das Blut der Könige, zum ersten Mal in der Geschichte das Kreuz auf einer Flagge. Mit seinen winterfesten Farben. Ein kleines rotweißes Beispiel hatte diese Dänin schon auf ihrem Balkon angebracht, und das Schicksal des Brog war, dass er mit anderen Flaggen verwechselt wurde, so wie die Schweizer Flagge mit der Fahne vom Roten Kreuz.

Mehr von ihr zu sehen bekommen hatten sie bisher eigentlich nicht. Die Dänin war etwas älter, aber nicht so viel, so um die fünfzig, schätze ich, hatte Alain gesagt. Sie war kaum da, und wenn sie mal da war, immer in männlicher Begleitung, darauf hatte Alain geschlossen, aufgrund der Stimmen im Treppenhaus. Und Mausi vermutete nun: Es war ein Liebesnest. Konnte es sich bei dieser Person aber gar nicht so recht vorstellen … Sie gönnte es ihr und hatte auch schon Mitleid, denn die Dänin war ziemlich korpulent, gerade noch etwas blonder als korpulent, und von Inge wusste sie, dass es Männer gab, die so etwas liebten und brauchten mehr als alles. Das war Alains Geschmack. Behauptete Inge. Und Mausi hatte ihr entgegnet: »Schäm dich! Wenn Alain das wüsste.« Hätte Mausi davon gewusst, hätte sie in diesem Fall nicht »Chacun à son goût« gesagt. Mausi hatte mit der Dänin bisher kein Wort gesprochen, sie wusste nur, dass es sie gab, und einmal hatte sie ihr auch mitten ins Gesicht gesehen, und das erinnerte sie an die große Inger Christensen, mit einem Gesicht, nur zwanzig Jahre jünger vielleicht, das so rot wie rund war, für das Mausi hätte Dänisch lernen wollen. Und Alain auch.

Es war Mausi für den Abend die letzte Aufführung der *Tosca* in der alten Inszenierung mit ihren schweren Farben und Gewändern in Aussicht gestellt, fast schon eine Drohung. Auf die Mausi auch keinerlei Lust verspürte an diesem langen Junitag, die gekühlten Getränke und die Zigaretten in Reichweite. Und alles war wie in den Tagen von Aranjuez oder Austerlitz und Arcachon, und Mausi war nun in eine »days of sweet expectations and light dressed happiness«-Stimmung gekommen und dachte, dass das auf Englisch in diesem Fall besser klang und auch einleuchtender war als auf Deutsch. Absagen ging nicht. Inge hätte ihr ohnehin nicht geglaubt. Sie lebten ja in einer Zeit, in der alles bewiesen sein musste, selbst das Glück, das in Endlosschleifen serienweise über die Glotze flimmerte, und den meisten blieb nichts übrig, als dem ganzen Treiben zuzusehen.

Und selbst der Tod musste mit dem eigenen Kopf in der Plastiktasche bewiesen sein, als gehörte auch er zu den Tatsachen und nicht mehr zu den Geheimnissen. Doch auch ein Geheimnis konnte eine Tatsache sein, so wie Mausis Sehnsucht nach etwas ganz anderem in ihrem Leben auf der Höhe ihres vierzigsten Jahres.

»Ich weiß nicht, wohin wir gehen, aber wir gehen auf direktem Weg dorthin«, das war der Ohrwurmsatz, der Mausi seit Tagen verfolgte, er könnte auch von einem Grabredner gewesen sein, der eine Freude daran hatte, die armen Menschen mit ihrer Zukunft zu schrecken, ein vergeistigter Sadist.

Die Post, die längst unten lag, hatte sie immer noch nicht geholt. Vieles landete ungeöffnet im Müll, oft erst nach Monaten.

Die Postbotin hatte sie schon um halb sieben herausgeklingelt und »Ein Eilbrief für Sie« in die Sprechanlage gegeben …

»Werfen Sie den Brief ins Fach, vielen Dank.«

Trotzdem war sie heiter und vergnügt, und auch ein wenig bereit für jede Sehnsucht, auch die eine, und schon ihre Sehnsucht nach dem Meer war manchmal so groß wie die Milchstraße – oder? Doch sie neigte dazu, die Dinge hinauszuzögern, auch die schönen, selbst die Liebe.

12. Alain

Mao meets Madonna. Köln war voll von Andy-Warhol-Car-Crash-Marilyn- und Mao-Plakaten. Und ab und zu die Madonna im Rosenhag.

Immerhin, das ibis hatte einen Aufzug.

Am Morgen, im Hotel vor dem PC, im Hotel, in dem Yoko Ono nicht abstieg, beim Checken der Mails.

Das Wort vegetarisch jedoch ließ sich nicht so leicht von meiner Festplatte verdrängen.

Was machst du eigentlich hier?! Auf dieser Bank am Rhein. Das war eine Frage oder eher eine Feststellung, auf die der Mensch in seinem Roadmovie irgendwann von selbst stieß.

Das Wort Ithaka hatte seit Homer ja eigentlich von mir Besitz ergriffen. Das Hinausfahren dem Heimathafen zuliebe, beispielsweise nach Hongkong mit dem Weißen Schiff von Hamburg und der Reeperbahn aus. Ich wollte sehen, immer noch die Welt sehen, und der Mensch war ihr Pars pro Toto, trotz allem, so stritten sich die Sehnsucht und das Heimweh in meinem Kopf, die Zukunft und die Vergangenheit, Laotse und Kolumbus, gemessen an dem, was ich von ihnen wusste. Schon mehrere Male in meinem Leben war ich als Opa angesprochen worden. Da wusste ich, dass etwas stimmte. Und dass etwas mit mir nicht mehr stimmte. Und auch hier wieder in Köln. Mein Leben war ein Roadmovie vom Bänkchen aus geworden. Jetzt kam auch noch ein Hund, und ich weiß: Wenn er hätte sprechen können, hätte er auch »Opa« gesagt zu mir, dieser Hund, dem die ganze Aufmerksamkeit seiner Menschen galt, zumindest schaute er mich so an, als wollte er »Opa« sagen zu mir, und mich wissen lassen, dass auch er längst Opa war, ja Ur-Opa, denn es war ein grauhaariger Hund, als wollte er mit mir fraternisieren, dieser Hund. Ich weiß nicht, ob man so sagt oder damit nur einen alten Lumpen meint, der eigentlich schon tot ist und sich immer noch in Schwabing herumtreibt. Und das Kompliment gilt nicht ihm, sondern der Frau, die sich auf so einen einlässt, und beide müssen sich die Welt schöntrinken mit Bier.

Doch das Kind, das die beiden neben dem Hund auch noch dabeihatten, zeigte auf mich und sagte: »Opa! Wie heißt du?«

Ich errötete nur ein wenig und sagte meinen Namen, gleich mehrfach, um mein leichtes Tourette zu vertuschen, so dass es mich mit einem Stotterer verwechseln konnte, denn am unsichersten war ich immer Kindern gegenüber.

Das Kind wiederholte meinen Namen und sagte »Allein!« oder etwas wie »Allee« oder »alle«. Einen Namen wie meinen hatte das Kind ja noch nicht gehört: »Alain!«, rief das Kind aus. Und lachte. Und dann, als ich es nach seinem Namen fragte, schreckte es vor mir zurück und sagte zu seinen Eltern etwas wie »Der Mann soll gehen«. Und ich dachte mir: Das gäbe ein schönes Buch. Ja, ich hatte Bücher und Arbeit bei mir, ich hatte die Bank ganz für mich; denn abgesehen davon, dass ein Buch auf die meisten Passanten abschreckend wirkte, war es noch mehr die Zigarre, und so war ich doppelt abgesichert. Auch war es noch nicht die Zeit für den Nachmittagsspaziergang, der sie alle wie die Autos im Rechts-Links-Verkehr aneinander vorbeigleiten ließ, denn der Mensch war ein Herdentier, das durchs Leben geschleust wurde und machte alles zu seiner Zeit, bis es soweit war. Eine Zigarre hätte vielleicht auch nur die Falschen angelockt, gerade wenn ich mich nach ihnen sehnte. Bücher waren schon gar keine Appetizer im Verkehr, Bücher waren keine Lockvögel, es sei denn, es wäre ein Liebesroman wie *P. S. I love you* gewesen, mit dem der bekennende Leser sein Innerstes freigab, oder ein Pornoroman für Frauen, wie sie Inge so gerne las und übersetzte.

Das alles hätte die meisten Menschen schon im Voraus davon abgehalten, sich neben mich zu setzen, sie wären mit einem garstigen Gesichtsausdruck weitergegangen, in den auch noch der Vorwurf, dass ich mit meiner Zigarre möglicherweise ihr heimlicher Mörder und Vergewaltiger war, hineinspielte. Der Mensch war aber verschieden, und darin glich er sich vielleicht am meisten. Andere hätte das gerade angelockt, und sie hätten neben mir sitzen wollen und träumen. Ich aber hatte die Bank ganz für mich; hier, das war schon Deutz und überhaupt nicht mehr richtiges Köln, war ohnehin nie so viel los wie auf der anderen Seite, dort ein Schunkellokal am anderen, hier überhaupt keines, dafür konnte ich hinübersehen auf Köln und alles. Seitdem dieses nahe Hotel nun auch mit einer Terrasse mit Traumblick werben konnte, war etwas Bewegung auf diese Rheinseite gekommen, und wer weiß, in zwanzig Jahren würde die Schäl Sick eine In-Seite sein.

Ich hatte also Bücher neben mir liegen und rauchte schon wieder. Das andere Buch, das ich freiwillig nach Köln mitgenommen hatte (Mausi sagte zu mir: Was soll ich damit? Was will uns Inge damit sagen?), war *Abscheu vor der Weltgeschichte* von Erwin Chargaff, das wunderbare Buch jedoch hatte Abschreckungspotential, gerade in einem Naherholungsgebiet und ähnlich monströsen Wortkontexten aus dem Gelände der Stadtplaner und der Administrationsfurie. Es war nur ein »Leseexemplar«, mit dem der Verlag endlich eine Übersetzung in eine der Weltsprachen durchsetzen wollte. *Abscheu* reichte Mausi noch am Abend ihres Geburtstags an mich weiter, nachdem die Gäste gegangen waren. Ob sich das reimte, und wie das eine zu dem anderen passte, und was sich Inge zu diesem Geschenk gedacht hatte, wusste ich nicht, konnte ich mir aber denken. Wahrscheinlich sollten Mausi und ich auch hier wieder einmal einfach das Leseversuchskarnickel für Inge sein.

Von Inge war auch dieses Buch als Geschenk deklariert, ebenso wie *P. S. I love you.* Nachdem die Gäste gegangen waren, zeigte Mausi auf das Chargaff-Buch und sagte: »Kannste haben«, als wäre es eine Mandarine zu Weihnachten, das Geschenk unter Geschwistern in Zeiten des Überflusses.

Wie soll ich es sagen: dass mein Verstand immerhin so weit reichte, um zu erkennen, dass ich allein mit meinem Verstand die Welt, die ich verstehen wollte, nicht verstehen konnte? Und ansonsten lebten auch wir nach dem gemeinsamen Prinzip von zwei altgedienten Eheleuten, deren Liebe in die Jahre gekommen war: »Eine Lüge ist glaubwürdiger als zwei.« Denn Mausi lebte mit mir zwar nach wie vor unter einem Dach, aber wir lebten nebeneinander in zwei Wohnungen mit einer einzigen Wohnungstür, und ich schloss aus unserem Verhalten, dass immer noch Liebe im Spiel war. Wir stritten uns überhaupt nicht, aber nicht deswegen nicht, weil wir uns nichts mehr zu sagen gehabt hätten. Wir hatten die richtige Nähe zueinander gefunden, das heißt, die richtige Distanz, glaubten wir.

Vielleicht rührte der Unfriede auf der Welt doch von da, dass die Bänkchen zu nahe aufeinander standen. Und so die Milliarden an Hirnzellen. Die sich miteinander stritten, meine Milliarden. Und so das Unglück derer hervorbrachten, die sich das Leben eigentlich als Glück gedacht hatten. War das dem Menschen nicht in Aussicht gestellt worden auf allen Kanälen? Und dann sagten sie sich vom Bänkchen aus, vielleicht waren sie von weither gekommen, vielleicht sogar aus Düsseldorf: »Da drüben, das soll Köln sein!« Und sie lachten so, als wäre der Kölner Dom kaum zu erkennen, und wie das Ganze so wenig elegant aus dem Boden herausschaute. Ja, es war die alte Stadt Köln und dazwischen das alte Wasser, von dem sich auch nicht mehr sagen ließ, als dass es vorbeifloss, ins alte Meer, und dann die Menschen, wir. Und ich. Wir und ich. Und ich nie ganz da, aber auch nie ganz anderswo. An der Nahtstelle von hier und dort, Vergangenheit und Zukunft, Heimweh und Sehnsucht, da war es.

Und auch hier, vor einer beschienenen Stadt sitzend, dem goldenen und hillijen Kölle, kam ich nicht darauf, was mit den Menschen eigentlich war, warum sie geboren wurden und starben und sich, als wäre es damit nicht genug, auch noch stritten und mit Säbeln die Köpfe von ihren Leibern trennten.

Eigentlich kamen die großen Gedanken eher beim Vorwärtsgehen leicht bergauf. Und eigentlich hatte ich in diese zwei Ausstellungen gehen wollen, schon am Freitagmorgen die ersten Workshops und Vorträge schwänzend, die lebenslängliche Schule, die sich Fortbildung nannte, welche die Mitläufer des Lebens bei der Stange hielt: *Marilyn meets Mao – Mao meets Madonna.* Es waren zwei Ausstellungen unter einem Dach auf zwei Stockwerke verteilt: Die eine hieß *In Dialogue – Mao meets Madonna* und sollte eine Konfrontation der Pop-Art mit den Kölner Madonnen, von Stephan Lochners *Madonna im Rosenhag* bis heute sein und war es auch. Der *Car Crash* hing wie *Mao* in der ganzen Stadt herum, und dessen Anblick machte die Menschen auch nicht glücklicher, sowenig Mao die Welt glücklicher gemacht hatte. Erst Warhol musste kommen, um die Sammler mit Mao zu versöhnen und die Investoren glücklicher zu machen. Die andere Ausstellung hieß *In Dialogue – Warhol meets Giacometti.* Ich wusste es schon aus der *ZEIT* und anderen Zeitungen. Beide waren eigentlich schon lange tot. Es war ein Joint Venture von Volkswagen, Mercedes, dem Goethe-Institut und dem Auswärtigen Amt und der Art Miami.

Die Villen der rheinischen Fabrikanten-Sammler, die es immer noch gab, oder wenigstens deren Kinder, hatten einst vollgestanden mit gotischen Madonnen mit den schönsten runden Köpfen, die es damals in Köln gegeben hatte und die ich immer noch durch die Stadt gehen sehen konnte. Gemalt hingen sie an den Wänden des alten Geldes und standen in den Entrées bei Gerling herum, zwischen den Picassos, und auch schon mit den ersten abstrakten Expressionisten schmückten sie sich. Eine Zeitlang noch, als Köln schon die Metropole der Weltkunst war, eine Zeitlang gab es einen Status quo von Madonnen und Pop-Art-Maos; wie auf Taubenfüßen verschwanden die alten Ikonen aus den Sammlungen, und mittlerweile waren die Madonnen aus dem Regal genommen, außer der einen. Und alle hatten sich von Andy Warhol polaroidieren lassen, anschließend fertigte die Factory den ganzen Mist, es gab eine

Warteliste und selbstverständlich Vorkasse, und Andy, den ich allerdings schon wegen seiner tollen Filme liebte, war wohl verstört, fast schon panisch, über so viel Dummheit auf der Welt. Das konnte doch jeder sehen, der diesen weißhaarigen Irrwisch irgendwann zu Gesicht bekam. Wenn das, was ich mache, das Größte sein soll auf der Welt, wie klein muss dann die Welt sein und mit wie wenig gibt sie sich doch zufrieden?, fragte er sich, und man sah ihn ganz ratlos allein inmitten der wichtigsten Leute stehen. Und so ging es mir. Ich aber wollte nun am liebsten *Valossen* singen.

Die Welt war der Ort, wo uns die Zeit davonlief. Und abermals fragte ich mich: Was machst du eigentlich hier?

Alain will nicht, sagte das Kind in mir.

Und dann sagte ich mir: Was mache ich eigentlich hier? Was soll das? Was willst du? Ich will nicht sehen, Alain will nicht.

Ich will nicht!, sagte ich mir. Und um meinen Sätzen Autorität zu verleihen, wie von den Coaches geraten, sagte ich mir: Alain, das willst du nicht, das brauchst du nicht! Die Gehirnforscher, die feindliche Gegenmacht aller Psychologen, jener alten, traditionell mit »Seelengelehrten« zu übersetzenden Zunft, hatten aber meinen freien Willen schon im Voraus als Schwindel durchschaut, und unkontrollierte Sätze schwirrten durch mein linkshändiges Hirn. »Donata ist anerkannte Legasthenikerin!« Als wäre es ein Prädikat. Warum, wusste ich auch nicht.

Schon um 9 Uhr hatte ich mich in einer Schlange am Eingang gefunden, wobei das größte Arschloch, wie im Stau, wahrscheinlich ganz vorne stand, wahrscheinlich schon stundenlang, wobei die Madonna-Schlange noch etwas länger war als die Giacometti-Schlange. Man konnte sich zwischen den Hauptikonen Madonna und Marilyn und den Kölner Madonnen einerseits entscheiden und Warhol und Giacometti andererseits, und das geschulte Auge hätte eine erste Anthropologie erstellen können. Giacometti! Ich war ihm hinterhergereist, weiß Gott! In Stampa war ich an seinem Grab gewesen, als *Eli Lotar*, sein letztes Werk, noch nicht gestohlen war, ja, ich habe ihn geliebt, verteidigte seine nach obenhin verwachsenen Gespinste nun schon ein Leben lang wie *La Place*: Menschen, die einander nie begegnen, und doch fällt ihr Schatten in dieselbe Richtung! So zitierte ich mich selbst.

Aber nun: Was soll das? Was habe ich damit zu tun?

Ich habe eine Frage. So war ich einst auf den Künstler losgegangen. Er aber sagte »Ich habe viele Fragen« zu mir. Es handelte sich um Eduardo Chillida, und das war in St. Gallen, in der Erker Galerie. Nun fuhr ich seit Jahren am Bundeskanzleramt vorbei, an seinem trotz seiner Größe irgendwie verlorenen Meisterwerk, ich im Taxi, vom Hauptbahnhof herkommend, der schon im ersten Jahr seiner Existenz für Millionen saniert werden musste. Er war von einem Stararchitekten, der hauptsächlich in China und in den Emiraten tätig war, gebaut worden, wie es hieß. Aber eigentlich war es doch auch hier eine Masse von irgendwelchen Leiharbeitern. Der ganze Innenraum blieb ohne jede Sitzgelegenheit außer in den Lounges und Coffeeshops und Sushitempelchen, und natürlich war das Rauchen unter Androhung der Todesstrafe, wie ich auf jeder Packung lesen konnte, verboten. Für eine öffentliche Hinrichtung hätte ich schon in die USA müssen oder den Hinrichtungskanal Huntsville bei Pay-TV abonnieren. Oder nach Saudi-Arabien fliegen. Aber da wäre ich, bei meinem Lebenswandel, auch gleich geköpft worden, vielleicht am Tag, da die Bundeskanzlerin mit einer hochrangigen Delegation aus den Vertretern der Wirtschaft den saudi-arabischen Freund und König in Berlin empfing. Der König, in dessen Reich die Kunst verboten war, wäre an der Chillida-Plastik vor dem Bundeskanzleramt vorbeigeschritten oder auch im Rollstuhl vorbeigefahren worden, ich weiß nicht, und dann wurden die Verträge mit Krauss-Maffei und den anderen gemacht, und die Hochdruckkärcher, mit denen mein Blut nach dem Freitagsgebet vor der Moschee weggespült worden wäre, waren auch hochsolide Wertarbeit vom Bodensee. War das die Welt, in der ich lebte?

Was machst du eigentlich hier? Und dann, in der Schlange, drehte ich mich einfach um und ging. Ich konnte nicht sagen, was mich dazu bewegt hatte, wer mir den Befehl gab, das hätte nur ein Hirnforscher erklären können. Für mich war es nur eine Tatsache, dass ich meinen linken Fuß hätte sehen können, wie er ausscherte. Oder sollte ich ich sagen? War das mein freier Wille, gebündelt oder verschleiert im Wort ich?

Die Putzfrau weint sich aus, der Implantatsgeschädigte gibt auf, die Hungrigen bücken sich mit der bloßen Hand nach den rohen Kartoffeln, und solche kleinen Sätze. Die Hungrigen bücken sich mit der nackten Hand nach den bloßen Kartoffeln. Die Hungrigen bücken sich mit der bloßen Hand nach den nackten Kartoffeln, und ich schon wieder unterwegs mit meinen weinfarbenen Augen segelnd übers fremdsprachige Meer zu fremdfarbenen Menschen, bugger me.

Ich sah die Putzfrau von Tante Elfriede in New York an der Wand hängen, es war im MoMA als Foto von Paul Strand. Der war eines Samstagnachmittages nach Schwäbisch Mesopotamien gekommen und hat sie nach New York mitgenommen. Da hing sie nun und kehrte für immer oder wenigstens für lange Zeit den Hof von Tante Elfriede. Sie hatte ein Kopftuch, wie es damals noch alle Frauen trugen, da wo das Land war, einst. Es war ein Kopftuch, unter dem man kein einziges Haar sah, nur vielleicht an einer Stelle ihres feinen, schon etwas verhärmten Putzfrauengesichts. Die Frauen auf dem Land waren damals die Woche über nie richtig frisiert, der Samstagabendputz stand unmittelbar bevor, als Letztes noch das Kehren des Hofes, und dann nach Hause, in der Küche solcher Häuser stand damals noch der Badezuber. Die Dauerwelle war wohl noch nicht erfunden. Und die hätte sie sich auch nicht leisten können.

Die Dauerwelle, angereichert um dieses und jenes Schöne, das damals im sogenannten Trend lag, hatte dann Tante Elfriede. In eine Familie eingeheiratet, leider auf der Rauhen Alb, sagten sie unten in den Städten, aber nicht ich, die im 19. Jahrhundert beinahe nobilitiert worden wäre, doch dann endete der Fortschritt mit dem Krieg. Immerhin, jenes Sommerhaus mit Blick auf den See und die Berge und auf alles blieb ihnen, wie es sich für eine tüchtige Fabrikantenfamilie vom Fuß des Hohenzollern oder aus Tuttlingen, der Stadt von Kannitverstan, gehörte, und am Ende hatte Tante Elfriede es doch nur zu einem zweifelhaften Mann geschafft und zu einer Putzfrau, mit der sie gerne Sherry trank und die sie mit ihrer Lebensgeschichte vom Putzen abhielt. Das war aber günstiger als ein Therapeut, dachte ihr Mann und ließ sie machen. Obschon, die Putzfrau nahm auch schon zwanzig Mark. Uff!, sagte er zwar noch nicht, ihm war das auch gerade recht: Die Sekretärin wartete schon darauf, in Elfriedes Räume einzuziehen und alles neu machen zu lassen. Nur sollte es keiner mitbekommen, dass seine Frau sich zu Tode soff. Sie mussten nur noch abwarten. Das Ende der Leberzirrhose und ihr Freitod fielen fast zusammen.

Das war nach der Messegeschichte eine Unausweichlichkeit gewesen. Elfriedes Mann hieß Erich und war mit Frl. Weber auf der Hannover Messe gewesen. Sie hatte einen Pelzmantel bekommen, den sie im Schrank des gemeinsamen Hotelzimmers vergessen hatte, doch da war es schon zu spät: Der vielleicht böse Empfangschef, solche gab es überall, besonders in den besten Hotels, hatte diesen Mantel, kaum, dass die beiden das Messehotel verlassen hatten, an Frau Direktor Kinkele auf die Rauhe Alb am Fuß des Hohenzollern geschickt, und Elfriede hatte nun den Beweis. Andere hätten sich nun umgebracht, Frl. Weber jedoch lebte weiter und zog nach dem Tod von Tante Elfriede schließlich in die Villa. Schwamm drüber! Ein anderes Mal!

Die Putzfrau war die Einzige, die Elfriede noch bis dahin geblieben war. Bei ihr konnte sie sich ausweinen. So weit, so klug. Irgendwann war auch damit Schluss. Die Gottheiten der Nacht hatten von Elfriede Besitz ergriffen, sie besorgte sich Rattengift, lag dann ein paar Tage herum, und hätte es Ratten gegeben im Haus, wären auch sie an diesem Gift zu Schaden gekommen.

Diese frei herumfliegenden grünen Vögel, die nach einem anderen Glauben auch vielleicht nur als inkarnierte Pilger zu den Heiligen Drei Königen nach Köln gekommen waren und blieben, sagten sich wohl: Wozu noch weiter, hier ist es am schönsten. Mit diesem Gedanken in ihrem Papageienhirn flogen sie um mich herum und konnten es nicht anders sagen und sängen dereinst, wer weiß, im Nirvana mit Willi Ostermann *Ich möch zo Foß noh Kölle jon.*

Und ich dachte wohl Ähnliches.

Doch nun wurden sie längst, eigentlich kaum, dass sie da waren, schon als Plage bezeichnet von den entsprechenden, ungläubigen Menschen.

Mit diesen Vögeln war es aber auch nicht besser als mit den Menschen und all den Säugetieren, die auf Ölbildern, sogenannten Papierarbeiten und als Vintage Prints in den Depots des MoMA gelandet sind. Immerhin hätten sie alle als Adresse nun »New York. Museum of Modern Art« angeben können. Auch sie, die Papageien, mussten sterben, wenn auch sie angeblich nichts vom Tod wussten, das war einerseits sinnvoll und einleuchtend, was ich aber, andererseits, mein Leben lang bezweifelte, denn gab es nicht die Eulen und die Nachtigallen, und lange her, die Kapitolinischen – oder die Freiburger Gänse, die an jenem 27. November 1944 so laut schrien, dass das Wort »schnattern«, das mir noch nie gefiel, schon nicht mehr passte, doch der Mensch war so gewarnt vor den britischen Fliegern. Und in einem davon saß der Vater von Toby, der, kaum fünfunddreißig Jahre später als Student nach Freiburg gekommen, das Schnitzel in der Frohen Einkehr gleich um die Ecke unserer Wohnung in der Eschholzstraße über alles liebte. »I love it!«, sagte er mit einem New Yorker Mädchenakzent, um sich über alles und auch über uns ein wenig lustig zu machen. Es war ja nur ein paar Jahre später, und was sind schon ein paar Jahre, wenn sie vorbei sind, da gingen wir durch diese Stadt, als wäre es zwischen immer und nie.

Was war also nun mit diesen Vögeln, die ich vor mir sah?

Sie hätten den ganzen Himmel für ihr Glück gehabt, und doch schien nichts anderes in diesen Köpfen und Spatzenhirnen, diesen als weise geltenden Krähen und diesen als diebisch verschrienen Elstern, als sich genau um diesen Platz zu streiten, als wäre es des Futters oder der Liebe wegen; vielleicht war es aber auch nur ein Vorwand, um aufeinander los zu können und dann sich zu töten. Sie kämpften nun schon seit Jahren mit den herbeigeflogenen Ausländern, den grün schimmernden Halsbandpapageien, um Leben und Tod, struggle for life, survival of the fittest, doch ich hasste dieses Treiben schon von der ersten Turnstunde an, das darwinistische Leben, all diese sogenannten Spiele und Kampfsportarten, die in einem Sieg endeten, all diese nachgeborenen Computerspiele, und wie uns allen, dachte ich, wie uns die neue Welt aufgedrängt wurde mit dem Satz: »Was du alles damit machen kannst!« Der pornographische Anteil im Netz entsprach in etwa einer Zweidrittelmehrheit, der Rest war Liebe.

Alles war wie immer, nur ein paar Jahre später … jeder hat seine eigene Lügengeschichte.

Ich rauchte und sah, wie sie mir beim Rauchen zusahen.

Die schrecklichen Nichtraucherinnen gab es auch in Köln am Rhein, die auf dem übernächsten Bänkchen gestikulierten, als wollte ich sie auf der Stelle töten, sie brachten mich doch etwas von Köln ab. Sie sahen aus wie gepflegte Säuferinnen, die mit ihrem Prosecco-Bewusstsein gleich jemanden in den

Tod fuhren. Aber auf ihren diskreten Flaschen stand nichts von »Saufen tötet«. Ich war aber schon besoffen.

Auf dem Bänkchen kippte die Stimmung dann zunächst etwas um, was war schon mein Rauch gegen das Gewicht der Welt, es schlichen sich Zweifel ein, wie bei einem, der zu träumen glaubt oder den Hauptgewinn für eine Falschmeldung hält, bis er es schwarz auf weiß hat, und sich auch dann noch in die Wangen kneifen muss: Lebst du?

Und nun war ich hier, das heißt: dort. Auf meiner Bank mit dem Blick auf alles, auch Köln. Köln lag, von Sankt Pantaleon aus gesehen, vielleicht auch am Jakobsweg, und der war nun ein Tummelfeld der Extremsportarten geworden, zu denen heutzutage das Wallfahren gehörte. Der Ironman von Hawaii war nichts dagegen. Vielleicht nicht einmal der erste Marathonlauf.

13. Mausi

Ihren Eilbrief hatte Mausi aber immer noch nicht abgeholt. Vielleicht hatte sie ihn doch vergessen.

Den ersten Mittagsschlaf machte sie manchmal schon am Morgen, so gegen elf. Auch sie neigte wie Alain dazu, die Dinge hinauszuzögern, auch die schönen, selbst die Liebe.

Was war denn so ein Roman anderes als ein paar Rauch- und Kratzspuren von solchen, die hatten leben wollen? Aus die Maus, es war ein Liebesroman. Was für eine Geschichte!

Aber erst hatte Mausi sich, von der Küche und dem Bad zurück und mit einem sogenannten Mischgetränk versehen, wieder auf ihrem schlanken weißen Bruno-Paul-Korbsessel ausgestreckt, leichtbekleidet, das Strandhandtuch über das Möbel vom Sonnendeck der Columbus I vom Norddeutschen Lloyd geworfen und lebte. Die Sonne stand gerade im Zenit. Da war es kurz nach 1 Uhr Sommerzeit am schönen 25. Juni 2004, das Jahr war gerade wieder umgekippt, der Juni jener Monat mit dem sich verdunkelnden multiplen Grün.

Inge hatte auch schon wieder angerufen, mit einer seltsamen Stimme, dachte sie, nachdem sie das Band abgehört hatte.

Mausi hatte weder auf Post noch Anrufe Lust. Mausi kam mit Post zurück. Mausi war doch zum Briefkasten gegangen. Und kam mit einer Todesanzeige zurück. Mit dem Brief in der Hand (sie wusste aber ja nicht einmal, wen es getroffen hatte), war die schöne Tageseuphorie verflogen. Der Brief war ohne Absender, wie üblich, aber das wusste Mausi nicht, denn sie bekam nicht jeden Tag eine Todesanzeige. Mausi traute sich nicht, diesen Brief zu öffnen.

Sie war endlich zum Briefkasten gegangen, weil sie auch noch zum Müll in den Keller musste. Als Mausi an jenem schönen Tag im Juni 2004, von dem hier die Rede ist … vom mühseligen Briefkasten zurückkam und unterwegs schon die unschwer als solche zu erkennende Todesanzeige (also noch schwarz umrahmt und nicht in den bunten Farben der Todesverweigerung) gesehen hatte … erschrak sie und machte den Brief noch nicht auf aus Angst vor dem Namen. Abergläubisch war sie auch noch, zur Zeit des Mittagsdämons. Und dazu das Kindergeschrei vom Spielplatz her. Mausi fragte sich, warum der Mensch nicht alt auf die Welt kam und sich dann immer mehr verjüngte. Unten ein Kind: Mama … Das Kind … schrie Mama, und Mausi hörte es. Das galt nicht ihr, doch auch sie wusste, was da fehlte, und wie es war, allein auf der Welt zu sein.

Und dann öffnete sie den Brief doch. Nach einem ersten Schreck, der aber ziemlich lange anhielt und sich erst in einer Lähmung auf dem Bruno-Paul-Sessel aus dem Musikzimmer der untergegangenen MS Columbus zeigte, wurde Mausi von der Enttäuschung eingeholt, und am meisten von wem sonst als von diesem Namen, den sie da gelesen hatte, mit dem sie nun nicht mehr reden und alles klären konnte, so dass die Techniker des Lebens bald wieder hätten »alles klar« sagen können, und weiterleben im Glauben, alles wäre herauszufinden, das Leben wäre systematisierbar und eine Frage von System und Berechnung, in ihrem Einsteinglauben.

Nun war Mausi vom Leben eingeholt, das heißt: vom Tod, ihre heitere Stimmung war verdorben. Und nun folgte eine irrsinnige Wut auf Inge, auf Justus, diesen Schabian, den Nachfahren des berühmten Mediziners Autenrieth, nach dem die Universitätsklinik Tübingen benannt war, mit seiner Autenrieth'schen Maske, die Justus in seiner Version wohl auch Elfi angelegt hatte.

Sie hatten ihr alles verheimlicht. Was genau, wusste Mausi noch nicht. Die näheren Umstände. Ob sie sich das Leben genommen hatte. Ob sie diese Anzeige selbst aufgesetzt und alles so wollte. Auch ob Mausi, die beste Freundin auf der ganzen Welt von einst, erst danach davon erfahren sollte.

ELIDA ELFRIDA RAUSCHZEIT
1964–2004

Unsere Elfi ist tot.

Trauerfeier auf dem Dahlemer Waldfriedhof
Samstag um 14 Uhr in der Trauerhalle. Bitte keine
Trauerbekundungen.
Statt Blumen bitten wir um eine Spende für Pro Animale.

Für die Freunde:
Inge Möhrle-Autenrieth und Dr. Justus Möhrle-Autenrieth
mit Donata Zagatta
Rose Rauschzeit-Wild, New York

Ingrit und Leif Mommsen-Wilamowitz
Dolf Weizsäcker, Immanuel de Maizière und
Isabellita Wolf
Irène »Mausi« Oberlin-Pyritz und Alain Oberlin
Orsola de Longval Oberlin, Ohio
Die Familien Karow, von Pyritz

Teil II

1. Alain

Aus Lissabon, bald 250 Jahre nach dem Erdbeben an Allerheiligen 1755, kam an diesem Tag die Nachricht, dass die mittlerweile von Otto Rehhagel betreute griechische Fußballnationalmannschaft es ins EM-Halbfinale geschafft und die Raumsonde Cassini die neuesten Aufnahmen vom Saturnmond namens Titan gemacht habe, die dessen Oberfläche deutlicher als jemals zuvor zeigten. Ich aber musste bei Cassini immer an Perinaldo denken, jenen schönen Ort in Ligurien hoch über dem Meer, über dem Cassini zum ersten Mal die Sterne gesehen hatte, und auf der anderen Seite in jenem Tal stand das Haus von Karen, in dem sie das halbe Jahr verbrachte und aus dem Dänischen, Norwegischen und Schwedischen übersetzte. Gerade gestern hatte sie mir ihr neuestes Werk, *Das Paket* von Jörg Hannemann, überreicht. Im vergangenen Frühjahr hatte ich sie dort besucht, und sie hatte mir von den Schwierigkeiten erzählt, einen Verlag zu finden. Karen war meine Vertraute vom Augenblick an, da ich sie zum ersten Mal singen gehört hatte, wie sie tirilieren konnte wie ein Kanarienvogel und schöner als Rosita Serrano. Ich konnte mich noch daran erinnern, wie sie »Ja, du hast kein Glück mit deinen Verlagen« gesagt hatte, das war aber ein Missverständnis gewesen. Tatsächlich hatte ich gesagt: »Ich habe kein Glück mit meinem Verlangen.« Und dann sang sie für mich, als Trostpreis *Du hast Glück bei den Frau'n, Bel Ami.*

Da war mir abermals Elfi eingefallen, wie sie mich und alles fotografiert hat, und wie ich zusammen mit dem Meer und dem Leuchtturm in ihre Kamera lächle.

Den Workshop nach der Kaffeepause hatte ich ausfallen lassen, und auch *Mao meets Madonna* wollte ich nicht mehr. Aber nicht wegen Elfi, denn davon wusste ich noch nichts. Es hatte mir schon diese Bank, mein Platz im Leben, an diesem Freitag genügt, wo ich schon allerhand gesehen hatte und gehört: wie das Kind auf mich zeigte und einfach »Opa« sagte. Das war nicht weiter schlimm.

»Sitzt du?« Ja, ich saß auf meinem Bänkchen.

»Elfi ist tot! Elfi hat sich das Leben genommen. Depressionen. Die Leiche ist freigegeben. Morgen wird sie schon begraben.«

Ja, ich saß, ich saß um diese Zeit am Freitag, da in Berlin die Nachricht eintraf und auch bald darauf Mausi bei mir anrief, in Köln auf meiner Bank und rauchte gerade meine erste Romeo y Julieta, im vergangenen April von Havanna aus in die Welt geschickt, zu mir, und ich wusste nicht, ob ich hätte »herunter« sagen müssen oder »herüber«, ich hatte dem Rauch, dem Wasser, den Schiffen und den Wolken hinterhergeschaut. Und mir nichts gedacht.

Es war Freitag, in der Todesstunde zwischen zwei und halb drei, die Swantje fuhr gerade flussabwärts, als das Telefon klingelte. Und dann: »Elfi ist tot«, ja. Und ich konnte nur »Spinnst du jetzt?« sagen.

»Danke!!!!«, habe Mausi in Inges Apparat geschrien und aufgelegt. Und dann habe sie gleich noch einmal bei Inge angerufen und »Elfi ist tot!« ins Telefon geschrien. »Und ihr? – was ist mit euch?« Und wieder habe sie aufgelegt. Wenig später habe sie Inge zurückgerufen: »Weißt du, was Tosca heißt? Das ist Russisch und heißt: die Schwermut.« »Elfi hat es so gewollt.« »Es war Schwermut.«

Am Ende habe Inge »Es war ein schmerzfreies Gehen« gesagt. »Und morgen ist schon die Verabschiedung … Es war ein schmerzfreies Gehen.« Da wurde mir wieder einmal klar, dass es dafür keine verlogeneren Wörter gab als Gehen und Verabschiedung. »Die Kundera-Sätze halfen ihr schließlich auch nicht weiter.« »Dass ich nicht lache: *Beim nächsten Mann wird alles besser*.« Und nun? Es war ein schmerzfreies Gehen.

Und nun hätten wir über das Unbeschreibliche und das Unübersetzbare sprechen können.

Die Empörung Mausis über Inge und Justus ging mir nicht aus dem Kopf, wie Inge am Telefon gesagt habe: »Elfi hat sich das Leben genommen. Depressionen. Die Leiche ist freigegeben … Sie ist schon verbrannt … Sie wollte verbrannt werden … Morgen wird sie schon begraben.« Inge meinte wohl die Urne. Mehr wusste ich nicht. Und ich hätte nun »Ach, Elfi!« sagen wollen und sie in den Arm nehmen: Was machst du für dumme Sachen. Und auch Mausi. Den Satz »Wie geht es dir? Wie kann ich dir helfen?« hatte ich lange nicht gehört. Ich fragte Mausi, wie sie geschlafen habe, weil sie mich das auch gefragt hatte: »Und wie hast du geschlafen?« Aber ich wollte es nun wirklich wissen, wie sie geschlafen habe, denn ich war Mausi mit einem Mal ganz nahe und sie mir, ich hörte es, ich konnte es hören. Ich wollte Mausi nun ganz nahe sein, ja, sie in den Arm nehmen und von ihr in den Arm genommen sein und nichts anderes mehr, für immer, Reflexe der Verlorenheit. Wir dachten, nein, wir empfanden nur das Gleiche, das Ungeheuerliche unseres Lebens, und das Ungeheuerlichste daran war, wie kurz und verloren wir im Weltraum herumschwirrten, so ebenerdig. Wie wenig der Mensch war und wie viel. Und wie er seine kurze Zeit in der Unendlichkeit verbrachte. Einmal auf der Welt. Und dann so. Das war schauderhaft. So waren wir (wieder) bei Elfi. Bleiben wir zusammen!, sagten wir uns.

»Sie war eine wunderbare Freundin. Trotz allem.« Das hätten wir ihr auch einmal sagen können. Sie wurde nun, je mehr wir über sie nachdachten, noch wunderbarer.

Ich hätte ihr nun einen Brief schreiben wollen, in dem hätte stehen sollen, dass jeder Brief so aufhören müsste, als wäre er der letzte. Er müsste auch so beginnen, als wäre er der erste und letzte. Selbst jeder Satz müsste so beginnen, ja jedes Wort, als wäre es das letzte und das erste. Vor allem die erste und die letzte Seite müssten so beginnen, und ja, jedes Leben, dachte ich, müsste so aufhören, als wäre es das erste und das letzte gewesen. Und muss es. Und was einem so alles in den Kopf kommt, wenn man schon in Gedanken hinter einem Sarg hergeht. Und nun in Du-Form, als wäre es zu Lebzeiten: Wenn ich an dich denke, muss ich immer daran denken, wie ich dich dastehen sehe und schauen, wie du schautest, und auf der anderen Seite deiner Augen: Das war ich. Und nur du schautest so, und ich werde mich nun ein Leben lang daran erinnern, und erinnern wird das andere Wort für »vermissen« sein, das bessere, ja, das einzig richtige. Ich werde mich erinnern, du aber wirst bleiben als etwas Schönes, Kostbares über jedes Wort hinaus. Wenn ich an dich denke, bin ich der, der sich erinnert haben wird, und in der Mitte meiner Erinnerungen steht immer der Satz, dass Vermissen und Erinnern eins sind.

So hätte ich ihr es schreiben wollen, schreiben sollen, in Du-Form, zu Lebzeiten. Und ohne jeden Rabatt. Das Meer war vielleicht doch ein Bauch, in dem alles verschwand, wie in jenem Gedicht von Thomas. Auch die Freunde. So sagte es Mausi, nachdem sie über alles lange genug nachgedacht hatte, sagte sie. Elfi muss im Glauben gestorben sein, doch keine Freunde mehr zu haben. Sonst hätte sie sich bei uns gemeldet? Hatte sie sich nicht bei uns melden wollen?

So fanden wir in unseren Labyrinthen gleich mehrere Schlupflöcher für unser schlechtes Gewissen.

»Elfi ist schon verbrannt«, das ging von einem Tag auf den anderen. »Sie ist schon verbrannt!«, sagte mir Mausi. Ich konnte mir aber nicht vorstellen, dass ausgerechnet dieser Satz »Ich möchte verbrannt werden« in ihrem Testament erschien. Elfi war nun auch tot. Wer noch? »Vor der Zeit«, wie alle sagen würden, selbst der evangelische Pfarrer, morgen Nachmittag gegen Viertel nach zwei. Was waren schon 41 Jahre, wenn sie vorbei waren. Wir sprachen so vom Tod, und worüber man nicht sprechen konnte, als könnte man darüber sprechen. Die Nachricht machte jeder Logik und jedem System ein Ende. Und so war es nun auch in unserem wirren Kopf. Ein Satzfetzen folgte auf den anderen. Zum Tod konnte es eigentlich nur Kraut- und Rübensätze geben.

Ja, es hatte diese Krise gegeben. Doch Mausi und ich hätten nun Elfi keinen anderen Satz mehr auf den Weg geben wollen als diesen: Statt »Es ist alles aus!« hätten wir ihr »Es ist alles gut!« sagen mögen. »Es soll nie wieder eine Krise geben, das soll die letzte sein!« Das hätte ich und auch Mausi, das hätten wir ihr noch gerne gesagt, wenigstens dies. Und das war nun noch ein Ding der Unmöglichkeit. Und es hätte uns das Herz zerreißen können, und »aus« und »gut« wären ein Wort gewesen.

Elfi war wunderbar, und während Mausi mit ihr telefonierte, war sie für uns immer wunderbarer geworden. Und dann der Schlusssatz: Es sterben immer die Falschen. Und das konnte, was so klar war, dass Mausi es mir gar nicht sagen musste, nichts anderes sein als ein Gedanke an einen anderen, Norbert, der nun auch seit so vielen Jahren fehlte, gegangen war und nicht wiedergekommen. Und daran erkannte ich, dass es kein verlogeneres Wort für Sterben geben konnte als Gehen. Die Empörung über diesen Tod ging auch mir nicht aus dem Kopf.

Jetzt waren beide tot. Elfi und Norbert. Wenn ich bisher an etwas Unvergleichliches dachte, dann waren es immer sie: Elfi, die Fotografin, die also ein Leben lang nicht auf ihren Bildern war oder allenfalls in ihrer unsichtbaren Sehnsucht, wie sie auf ihren Shots zum Vorschein kam, und Norbert, wie er mit seinem Schwanz in Elfis Kamera lächelt. Wie er im nächsten Augenblick auf sie zugeht. Das Foto war auch schon fast tot. Sterben war ein Tuwort, und Tod war ein Hauptwort. Und ich konnte Elfi niemals wieder fragen: Möchtest du mit mir schlafen? Oder wenigstens: Wie hast du geschlafen? Und nicht einmal: »Wie geht es dir?«

Wenn Mausi oder ich im Lauf der Jahre an Norbert gedacht hatten, kamen wir nie über den Satz hinaus: Es sterben immer die Falschen. Und nun kam zu diesem Satz Elfi hinzu. Jetzt, bei der Nachricht, dass Elfi tot war, war das mein erster Gedanke, und so sagte ich es Mausi auch: Mein erster Gedanke war: »Es sterben immer die Falschen.« Auch Mausi hatte gedacht, was ich ihr am Telefon gesagt hatte: Es sterben immer die Falschen, ohne konkreter zu werden. All die kleinen Tode. Und dann der Tod, das große Wort im Singular, auf Deutsch war er etwas im Maskulinum, auf Französisch etwas im Femininum, und eigentlich war er am besten im deutschen Neutrum »das Geheimnis« aufgehoben. Ja, da in jener Nacht, auf unserer Reise, in Mailand oder war es doch in Florenz?, musste Norbert sich den Tod, von dem wir nie wussten, was er sein wird, geholt haben.

Wie es zum Tod von Elfi gekommen war oder gekommen sein musste, wusste Inge mittlerweile auch schon, und so hatte ich es von Mausi erfahren, das war Inges Version: »Du weißt, sie war ja Alkoholikerin« – so fingen Inges Sätze an, und am Ende stand das Wort »Leberzirrhose«, aus dem ich sogleich wieder »Lebenszirrhose« machte. Als wäre damit alles erklärt, dass es verklärt oder verwirrt wurde. Als hätte Elfi es wieder so gemacht wie einst als Kind, als sie, noch gar nicht richtig auf der Welt, zum ersten Mal heimlich aus dem Schrank ihrer Tante jene Cointreauxflasche entführt hatte und dann mit Mausi in den Taubenstall ging, unten am See. Wo sie gefunden wurden, in dem ersten Rausch ihres Lebens. Inzwischen nannte man das Komasaufen. Und dann folgte das Magenauspumpen. Mausi genügte das. Doch Elfi …

In späteren Jahren hat sie sich immer wieder an diesem

Schrank vergangen und anschließend die Flasche mit Wasser aus dem Stölpchensee aufgefüllt.

»Du weißt ja, Elfi hat dann wieder zu saufen begonnen.« Sie war ja trocken, aber dann, nach dem Tod von Norbert … Das war doch erst vor fünf Jahren. Und Inge sagte »an der Flasche hängen« wie man »an einem Menschen hängen« sagt, und das Wort »trocken« klang bei ihr nicht viel anders als »stubenrein«. »Das kommt ja bei den Säufern im Endstadium hinzu.«

Oder war es so wie bei Gabi Potempa?

Inge erzählte dann, als wollte sie mit noch schlimmeren Fällen kommen und ablenken, mit Gabi, die wir niemals zu Gesicht bekommen hatten, und doch hätten wir schon jetzt einen Roman schreiben können. »Dabei sollte Gabi nur die Blumen gießen, hatte den Schlüssel, die Nachbarin war nur einen Tag weg.« Und hatte vergessen, die Minibar, jenes Fahrzeug, das eigentlich zur Ausstattung eines gehobenen Lebens der fünfziger Jahre gehörte, zusammen mit dem Käseigel- und dem ERNTE23-Set wegzuschließen oder den Schlüssel so zu verstecken, dass Gabi ihn nicht fand. Und diese fahrbaren Minibars standen wohl immer noch in irgendwelchen gehobenen Haushalten von einst herum.

Genaueres wusste Inge auch nicht, aber sie würde es irgendwann schon noch herausbringen, und mittlerweile war über diese Geschichte auch schon wieder so viel Gras gewachsen, dass es nur noch für ein paar kurze Sätze reichte, und da fand man sie, die arme Gabi, neben der Minibar liegen, und sie war tot, wahrscheinlich schon gleich ins Koma gefallen, nachdem sie die Tullamore-Flasche noch lange nicht leer hatte, so weit war sie gekommen, ein Gewaltverbrechen war es nicht. Wenigstens nicht auf den ersten Blick.

Und Elfi? Bitte: Morgen war schon die Trauerfeier.

Das war Inges Art zu erzählen, und auch: »Das kenne ich, ach, das hatte ich alles auch, nur bei mir war es noch schlimmer«, selbst wenn es um ihr eigenes Leben ging, war es immer so, als wollte sie davon ablenken, und nun hatte Inge, statt Mausi endlich zu sagen, wie es mit Elfi war, noch einmal die Geschichte von Gabi erweitert. Du weißt ja, Gabi hat gesoffen, die Leberzirrhose fiel mit dem Koma nach jener Flasche zusammen, mit dem letzten Mal, als sie mit Alkohol in Berührung gekommen war … Sie hatte bei der Nachbarin, die wir noch weniger als Gabi jemals zu Gesicht bekommen hatten, sie hieß Ilse Mopp, die Blumen gegossen. Sie sollte auch die Katze versorgen. Die Katze war aber beleidigt, da Frau Mopp, ihr Frauchen, verreist war, anyway.

Also: Elfi schwere Alkoholikerin … Also: Der Tod war ein vertuschter Selbstmord …

Und wir?, sagten wir uns, Mausi und ich. Wir machten nichts … wir ließen sie einfach weitersaufen.

Und dann Grabreden halten und seinen Namen setzen unter ihren Namen in der Todesanzeige der *FAZ*, sich mit fünfzig Euro beteiligen – und so wieder einmal seinen Namen in der *FAZ* lesen, unter hundert anderen, um auch einmal in der *FAZ* genannt zu werden, alphabetisch, mittendrin, Inge Möhrle-Autenrieth, Justus Möhrle-Autenrieth, Pech gehabt, Alain Oberlin, Irène Oberlin-Pyritz … Also auch wir. Wir sollten uns an einem Kranz beteiligen … den Justus wohl schon bei der Steuer eingereicht hatte, in der Rubrik: Gewinnerzielungsabsicht. »Warte mal ab, die werden uns noch eine Rechnung schicken«, sagte Mausi.

Und dann dachten wir uns all die Namen dazu, die fehlten.

Elfi war im Grunde ein armer Hund … Das »im Grunde« hätte sich Mausi sparen können. Doch der arme Hund stimmte, ja, denn die Hunde hatten es im Süden und besonders in den arabischen Ländern noch schwerer, die armen Hunde, die Mausi viel lieber waren als jede Katze, denn sie kamen auf geradem Weg auf den Menschen zu und bellten ihn an und zeigten ihm die Zähne, mit denen die Nachbarkatze immer wieder ihre Amseln totbiss, nach einem langen Vorspiel, und sie am Ende auch noch wie eine Trophäe auf die Türschwelle legte und dafür auch noch gelobt sein wollte. Am Ende musste der Mensch »ich« sagen und »immer« und dass es nicht so schön geworden, wie es gedacht gewesen war, zumindest anders geworden, anders gewesen. Und der Mensch wäre jeglicher Hoffnung beraubt, hätte ihm das Schicksal nicht auch noch das Wort »vielleicht« geschenkt. Aus die Maus. Und du?

2. Mausi

Mausi saß da und lebte und war sprachlos. Sie war doch zum Briefkasten gegangen, in Verbindung mit dem Gang zum Müll. Das hätte sie vielleicht lieber nicht tun sollen, dachte sie nun. Aus ihrer Heiterkeit war ihre Niedergeschlagenheit geworden.

»So war es Elfis Wunsch.« Die Todesanzeige sollte erst am Tag vor der Beerdigung kommen. Und sie sollten vorher nichts von ihrer Lage erfahren. »Sie wollte euer Leben mit ihrem Tod nicht beschweren«, behauptete Inge. Nachdem Mausi »alles mit Alain besprochen« hatte, war sie nicht mehr so ganz wütend, doch »Lass dir ja nichts anmerken! Nimm ein Dociton!«. Sie nahm also einen Betablocker und wartete eine Stunde, aber dann, durch die Tablette einigermaßen ruhiggestellt, rief sie wieder bei Inge an, um sie zur Rede zu stellen. Doch sie kam auch dieses Mal nicht weit. »Und was hat unser Name auf dieser Anzeige verloren?« »Weil Elfi es so wollte.« Auch die Versendung der Todesanzeige, punktgenau wie ein Filet, sei eine ganz wichtige, zu befolgende Anweisung Elfis gewesen. Und dann sagte Inge schon: »Aber bei heute Abend bleibt es. Das ist Elfis letzter Wunsch.« Mausi: »Seid ihr verrückt?!?! Glaubt ihr, dass ich heute Abend mit euch in die Oper gehe???« Mausi war aber bald wieder über ihren Tisch gezogen. Inge ließ schon wieder das Wort »Zirrhose« fallen. Und Mausi entgegnete: »Ist die aber nicht sichtbar und über die Jahre verteilt? Blutet es denn da nicht aus allen Stellen?« Wir haben nichts gesehen. Und wir sollten nichts davon bemerkt haben? Am Ende wusste Mausi gar nichts. Es blieb ein undurchsichtiges Geflecht aus Wörtern wie Patientenverfügung, Sterbehilfe, Alkohol, Krankheit, Selbstbestimmung, Betreuung, Kalkül, von letzten Wünschen und unlauteren Absichten. Dass sie am Abend in die *Tosca*, die Elfis Lieblingsoper war, gingen, das müsse sein.

Mausi wollte nun ein erstes Mal »Ich kann nicht mehr« sagen.

Von Sterben und Tod war ja eigentlich schon lange nicht mehr die Rede. Nun war es fast schon zu spät. Ihr Psychologe Pfützenmeister hatte gerade wieder auf ihrem Geburtstag vor zu weitreichenden Patientenverfügungen gewarnt, denn wenn es dann so weit sei, sagte Professor Pfützenmeister, und die Wärter mit der Spritze kämen, auf die der arme Mensch wie das Kaninchen auf die Schlange starren würde, das heißt, auf das Tablett mit dem freundlichen Mischgetränk darauf, von erwartungsvollen Angehörigen umringt, und der, um den es ging, nichts mehr dagegen sagen und tun könnte, dann breche oftmals der unbändigste, der unbeschreiblichste Lebenswille aus in so einem Gesicht. Aber dann sei es zu spät. Professor Pfützenmeister, den Inge Pfützenmacher nannte, ihr gelegentlicher Therapeut, hatte Mausi und auch Alain immer wieder vor Patientenverfügungen gewarnt, denn wenn es dann so weit sei, wollte der Mensch gar nicht mehr sterben. Er sei aber dann angeschnallt, dabei wollte er nichts anderes als entkommen und leben. Mausi hoffte sehr, dass es nicht Justus war, der Vollmacht über Elfi gehabt hatte in ihren letzten Tagen. In seiner langen Berufspraxis war Pfützenmeister immer wieder auf Sterbende gestoßen, die beim Notar eine Patientenvollmacht hinterlegt hatten, im entscheidenden Augenblick aber, wenn der Helfer mit dem Glas kam oder unterwegs zum Knopf war, der alles abstellte, gar nicht mehr wollten und nichts mehr als leben wollten um alles in der Welt … Unter dem Zwang, immer alles recht zu machen und sich nicht zu blamieren, greife der durch die eigene Unterschrift zum Tod verurteilte Mensch zu seinem Glas oder sage noch einmal ja oder gebe mit seinen Wimpern ein Zeichen.

Und einmal zu viel genügte eigentlich schon, oder nicht?

Wenn dann der Becher hingestellt werde, umgeben von lächelnden Menschen, die ihn nötigten, ihn nun endlich hinabzukippen, breche oftmals ein unbändiger, zweibeiniger Lebenswille aus. Inge lehnte den zweibeinigen Therapeuten ab und sagte »Ich nehme lieber einen Hund«, aber das war auch nur ein alter Plan, so alt wie eine Lebenslüge. Sie sagte, nicht ganz zu Unrecht, meinte Alain, dass das Wort Depression der Versuch von Psychotechnikern sei, den Menschen um den Schmerz des Lebens zu betrügen, um den Schmerz, der aus ihnen, diesen Menschen, erst ein Ganzes machte. Das durfte aber nicht sein.

Ach, die Menschen. Sie bekamen Aufheller und wurden sediert mit falschen Versprechungen vom schmerzfreien Gehen. Als wäre es Inge jemals um diese Art von Schmerz gegangen. Von Pfützenmeister wollte Inge aber in diesem Augenblick und in Verbindung mit dem nahen Tod von Elfi gar nichts wissen, da reagierte sie ziemlich allergisch. Mausi dachte sich, dass zu einer frechen Frau kein Name besser passte als Inge. Im Dänischen war das ja auch ein Männername. Und von da schloss sie, dass es sich bei der blonden Inge, Dr. Holms Tochter in Thomas Manns Erzählung *Tonio Kröger*, um einen Mann handeln musste, den Thomas im Alter von sechzehn Jahren liebte.

Obwohl das Thema nicht passte auf ein Geburtstagsfest, denn ein vierzigster Geburtstag hatte noch Potential genug, hatte Pfützenmeister selbst uns darauf gebracht, vielleicht wusste er über Elfis Zustand Bescheid. Wie auch immer: Wir waren nachdenklich geworden, so dass wir nun reif gewesen waren für das Spiel »Was wir am meisten bereuen«.

… Die Erinnerung sei der typischste Fall der Verdrängung, und kein anderer Gedanke als »Ich will leben« kam Mausi nun in den Sinn.

Das alles musste sich Mausi im Telefonat mit Inge nun anhören, bis sie sagte: »Ich kann jetzt nicht mehr.« Und dann sagte Inge: »Aber bei heute Abend bleibt es. Aber pünktlich, Mausi!« Ja, so ließ sie mit sich reden. »Aber bei heute Abend bleibt es. Also gut. Ich sehe dich um 18 Uhr 30 bei den Speerkandelabern.«

3. Alain

Kaum hatte ich aufgelegt, »Mach's gut!« gesagt, fiel mir das ein, was ich noch hätte sagen wollen. Beinahe hätte ich »Wir schaffen das!« gesagt, ich konnte mich gerade noch an das erinnern, was Mausi gesagt hatte und was ich gesagt hatte.

»Sterben ist ein Tuwort.«

»Der Tod ist ein Hauptwort.«

»Der Schmerz ist der wahre Vorname des Lebens.«

»Jener Schmerz, der aus uns ein Ganzes macht?«

»Ja, jener Schmerz, der aus uns ein Ganzes macht.«

»Wir haben also wenig voneinander gelernt?«

»Und am wenigsten von unseren Eltern.«

»Und schon gar nicht das Sterben.«

Und dann sterben wir irgendwann, und die Überlebenden können mit der Illusion leben, dass sie eine Antwort erhalten hätten, wenn sie nur gefragt hätten. »Tatsache ist, dass wir nichts gesagt und nichts gezeigt bekamen.«

»Nicht einmal recht, wie man den Hosenladen öffnet und solche Dinge.«

»Ach, hör doch auf damit! Schwamm über die Geschichte!«

Elfi war nun tot, nun einmal tot, ach Elfi. Einmal tot genügte, war schon zu viel. Ja, sie hatten sich in den vergangenen Jahren etwas auseinandergelebt. Elfi und Mausi. Aber doch nicht so, dass es nicht für das ganze Leben eine Tatsache gewesen wäre, dass die eine zur anderen einst sagte: Du bist meine beste Freundin auf der ganzen Welt! Das hatte Elfi doch gerade erst gesagt, und mit diesem Satz hatte sie ihre Freundin Mausi für immer auf dem Bootssteg zurückgelassen. Sie hatten sich das auf dem Bootssteg gesagt, der von Tante Mausis Wiese ins Wasser ging. Und solche Kinder- und Kundera-Sätze standen ein Leben lang nicht zur Disposition.

Es war vor allem die Leberzirrhose, sagte Inge, die Lebenszirrhose … von der Mausi und ich keine Ahnung gehabt hatten. Wir wussten zwar, dass Elfis Hände zitterten, und sahen es, und dass sie auf jeder Vernissage mit dem Proseccoglas auf den Fotos herumstand, kurz, dass sie soff, dies schon. Und dass sie sich in letzter Zeit immer wieder mit dem Satz, mit dem man sich in Hamburg für alles entschuldigen konnte, entschuldigt hatte: »Ich fühle mich nicht.« Auch hätte das geschulte Auge doch sehen können, dass es immer wieder blutete, aus Elfi herausblutete, dass Blut ausbrach, und die Mediziner nickten und sagten »Leberzirrhose«. Und ich las auf meiner Packung: Rauchen kann tödlich sein. Das Leben war es. Sie hätte jeden haben können; und dann starb sie.

Elfis Vater war Havariekommissar, das wäre wohl zu einem anderen Zeitpunkt einer Erklärung schuldig gewesen. Und Zeitpunkt war noch so ein Wort, dachte ich. Peitzunkt wäre auch nicht unverständlicher gewesen als Elkrälung, so dachte es mein Hirnforscherobjekt. Nur so viel: Einen Havariekommissar hätten sie jetzt brauchen können, denn der Mensch war ein Joint Venture aus Himmelshöhen, De profundis, Ebenerdigem und Untergang. Und Petronius hatte gesagt: Wenn ich genauer hinsehe, so ist überall Schiffbruch, das war die Übersetzung von mir selbst. Doch der Mensch hatte immerhin die Möglichkeit, von einem auf den anderen Schmerz auszuweichen, also wenn ich Leberzirrhose hörte, konnte ich getrost zu meinen Zigarillos greifen, denn das eine hatte mit dem anderen nichts zu tun: Saufen und Rauchen, das sind schon zwei verschiedene Paar Stiefel, Leberzirrhose und Lungenkrebs. Ich musste es so salopp denken, um über den Schmerz hinwegzukommen. Elfi war mir immer voraus gewesen, nun auch beim Sterben.

Eines Tages, das war aber nicht erst vor sechs Wochen, hatte auch Mausi dieses Album entdeckt, es war beim Blumengießen bei Elfi. Es war schon zu spät, um zu einer Ehekrise zu führen. (Doch) für eine Enttäuschung reichte es (noch). Es war vielleicht so … wie man auf den Grund einer leeren Flasche schaut durch den grünen, vielversprechenden Flaschenhals. So schaute Mausi wohl auf dieses altgewordene Foto und mich. Und je jünger ich darauf aussah, desto älter war es. Als wäre ich ihr selbst noch als Foto eine Enttäuschung gewesen, in einer Kette von Enttäuschungen. Wie ich sie mit meinem Leben enttäuscht hatte. Dass ich so sein konnte, wie ich war. Ihr und ihnen allen gegenüber, den Frauen und den Männern meines Lebens. Aber am Ende war ich es, der Enttäuschteste von allen. Und am meisten war ich enttäuscht von mir selbst.

Sehr früh war ich von mir enttäuscht, auch schon als Kind. Meine erste Erinnerung ist vielleicht schon eine Enttäuschung: Ich sitze im Laufstall, und keiner spielt mit mir. Und so ging es weiter. Da ich mich an die Laufstallzeit eigentlich nicht erinnern kann, musste ich das Wort »eigentlich« streichen, diese wohl wahre Erinnerung erfinden oder einen Zeugen aufrufen, der es mir so gesagt hat. Bei diesem Zeugen hätte es sich wahrscheinlich um meine Mutter gehandelt, die mir tatsächlich immer wieder erzählt hat, wie drollig und herzzerreißend es aussah, wenn ich dasaß und schaute und bald weinte. Wahrscheinlich konnte ich schon früher weinen als lachen; und auch dieses Wort »wahrscheinlich« ist schon eine erste Übertreibung, die an meine erste Lüge grenzt. Wusste ich doch, alles habe mit einem Schrei begonnen, derart mit dem Licht der Welt konfrontiert: Mein erster Schrei sei der erste Beweis gewesen, dass ich lebte, hieß es. Und ja, ja, ja, mein letzter Schrei wird der letzte Beweis gewesen sein, dass ich gelebt habe, sagte ich mir, wem sonst, bugger me! Mausi wollte ich einen derart hässlichen Satz ja nicht sagen. Mein wahres Lügenleben begann jedoch erst in dem Augenblick, als ich selbst das Wort »gewiss« durch das Wort »wahrscheinlich« ersetzte. Als ich noch weinte, log ich wahrscheinlich noch nicht. Doch zum Zyniker schaffte ich es nie. Immerhin zu einer halben Minusfresse. Es reichte immer wieder, für alles danke zu sagen, dafür, gerade noch einmal davongekommen zu sein, und das war von Herzen. Zu einer Empfindung, dass es etwas Großes war, dem ich nicht gewachsen war, mein Leben.

Die Liebe war das Undemokratischste von der Welt. Da konnte nur noch der Tod mithalten und gab jedem Vulgär-Darwinisten und seinem survival of the fittest und seinem »That's life!« recht.

Jetzt sah ich, dass ich gar kein Foto hatte von ihr. Elfi war ja Fotografin gewesen, und die Tragödie einer Fotografin, ein Leben lang, wenn es auch nur ein paar schnelle Jahre gewesen waren, war, fotografiert zu haben und selbst nicht auf dem Bild zu sein. Auf manchen Bildern wäre ich lieber nicht zu sehen gewesen, ich dachte dabei gerade an jene Szene in Mausis Datsche in Leest. Es gab mich und meinen Schwanz, wie ich mit ihm in Elfis Kamera lächle und dabei selbst auf Mausis altem Kühlschrank sitze, als wäre ich der Einzige auf der Welt. Elfi hat aber auch Mausi und mich fotografiert, da draußen in Leest, mit dem Blick zu den Ausläufern von Sanssouci, ich werde ein Leben lang Heimweh haben nach diesem Blick, schon im Voraus, das weiß ich, sagte ich mir, denn Mausi hatte mir ja erst in den letzten Tagen gesagt, dass sie die Datsche nun endgültig verkaufen wolle. Warum wusste ich auch nicht, konnte es mir aber denken. Auch wir, Mausi und ich, waren ja festgehalten auf manchen Elfifotos, anständigen und unanständigen, wie Tante Mausi noch sagte, wie sie uns zwei, Mausi und mich, als Adam und Eva, damals fotografiert und festgehalten hat, wie wir nackt im Schilf stehen, dahin dirigiert von Elfi, und uns mit dem Schilf und dem Kirchturm von Golm und den Ausläufern von Sanssouci ablichten lassen, als liebten wir uns. Was für ein altmodisches Wort: ablichten, und das Bild sah dementsprechend aus, wie ein David Hamilton, o Gott. Bei diesem Namen fiel Elfi kein anderes Wort als ein ungläubiges »o Gott« ein, was nun gar nichts mit ihrem Glauben zu tun hatte, von dem ich nur so viel wusste, dass es ihn gab. Elfi glaubte. An alles. Und vor allem an den Glauben, an die Hoffnung und die Liebe.

Und dann immer wieder hatte sie uns abgelichtet oder aufgenommen, in welches Reich eigentlich? In ihres, das eine, wenigstens auf dem Weg dahin, wie wir hintereinander unterwegs ins Wasser sind, es konnte die Wublitz sein, wo wir uns im Biosphärenbiotop die Füße am Schilf aufschnitten, oder auch auf den Leuchtturm von Cap Ferret zu, und dann in den Wellen stehen bleiben, wie Wellenbrecher, schon an den Wellen scheitern beim Versuch, uns im Wasser zu lieben und auch da Adam und Eva zu spielen oder wenigstens so aussehen sollte es, was wieder einmal bewies, wie sehr die Fotos lügen konnten, als wäre es ein Kinderspiel, ein paar Meter auf den Leuchtturm hinzuschwimmen. Auf dieser Aufnahme war zu sehen, was nicht zu sehen war. Sie zeigte das, was nicht gewesen war. So waren wir von Elfi in ihr Reich aufgenommen und aufgehoben.

Aber ein Foto von ihr, das ich hätte nun auf meinen Schreibtisch stellen können, hatte ich nicht.

Jetzt merkte ich, dass ich kein Taschentuch bei mir hatte, keine Angst, ich dachte nicht daran, zu weinen. Doch nicht einmal ein Tempo hatte ich bei mir, um gegen meine Tränen gerüstet zu sein wie einst das Kind. Ein richtiges Taschentuch hatte ich schon lange nicht mehr bei mir, es gab keine Taschentücher mehr, nur noch Tempos. Da fiel mir wieder Elaine ein, meine Mutter, sie gab mir damals ein richtiges Taschentuch mit. War das nun das Leben? Einst, als noch Taschentücher mitgegeben wurden und gewinkt wurde und geweint wurde. Ging es damals für immer nach Amerika oder für immer in den Krieg oder nur zum Zahnarzt, von dem ich mit einem Milchzahn in diesem schönen Taschentuch zurückkam, und eingestickt waren die Initialen meines Lebens und Namens: AO. Es war Selbstgesticktes zum Weißen Sonntag von meiner Tante in Hyères. Und im Nachhinein war auch meine Zukunft bis zu diesem Augenblick hier in Köln schon wieder eine einzige Vergangenheit: Ging es mit diesem Taschentuch zur Führerscheinprüfung? Zum ersten Rendezvous? Zum Abschlussball des Tanzkurses? Und was war mit meinen Augen? War ich nur erkältet? Oder waren es tatsächlich die Tränen? Elaine konnte es nicht anders sagen, und ich auch nicht. Jedes Mal gab sie mir einen Apfel mit auf den Weg. Ich schaute widerwillig: Sollte es ewig so weitergehen? »Wir werden danke sagen für den Apfel, den du uns nahmst.«

Ein Requiem auf jenes Taschentuch, das mir Elaine auf dem Weg zum Zahnarzt mitgab, für den Milchzahn, den ich vom Zahnarzt zurückbringen sollte, ja, es gab Menschen, die es gut meinten, auch mit mir, wie sie versuchten, vom Schmerz abzulenken, im Voraus, vom zukünftigen Schmerz, von dem sie wussten, auf den hin ich unterwegs war. Ja, ihre hilflosen Versuche rührten mich, aber nun hatte ich niemanden mehr, der mir mit einem Scherz über meine Tränen hinweggeholfen hätte.

Und zu diesen Menschen, Männern und Frauen, die es gut meinten mit mir, gehörte zweifellos meine Mutter Elaine, und dann Mausi und Elfi. Was mit Babette war, wusste ich nicht. Wahrscheinlich meinte sie es auch gut mit mir, als sie damals aus meinem Leben verschwand.

Einer der dümmsten Sätze fing mit »Liebe macht blind« an. Ich war doch ein guter Schwimmer, wie die einfachen Sprachleute sagten, aus dir hätte noch etwas werden können, doch nun schien es mir, dass alles, was jetzt noch nach dieser gedankenverschlagenden Nachricht, welche der Tod war, käme, nur noch Nichtschwimmergedanken sein könnten. Mitschwimmergedanken. Wenn die Gedanken schwimmen könnten. Eigentlich waren sie Nichtschwimmer und Wanderer, doch bei mir: Ich weiß nicht.

Wie haben wir über die armen Frauen gelacht, die damals in die Buchhandlung hereinkamen und *Die unerträgliche Leichtigkeit des Seins* kauften, und noch mehr vielleicht über jene, die nach *Beim nächsten Mann wird alles besser* fragten.

Es war nie weit bis zum nächsten Friedhof, auch wenn keiner mehr hinging. Doch so, wie man auch aus mehreren Gründen leben konnte, so konnte man auch aus mehreren Gründen sterben. So war es auch bei Elfi. Ja, die Liebe: Schmerzauslöser und Schmerztablette zugleich, und ich sagte, ja, so war es. Ja war das vieldeutigste Wort überhaupt. Es konnte auch nein bedeuten. Du warst mir immer voraus, selbst beim Sterben.

Elfi ist tot. Scheiße. Kant, bugger me, die ersten Anzeichen eines später diagnostizierten Tourette. Meine Augen auf dem Rhein entlang, und meine Gedanken waren wieder einmal Nichtschwimmer. Nun sollte sie tot sein? Und wir waren die Übriggebliebenen. Wer sagte hier aber »wir«? Die ganze Baggerseezeit und das ganze Freiburg, unsere Jeunesse dorée brach auf einmal weg. Jetzt waren nur noch Mausi und ich aus jener Zeit übrig. Norbert und Elfi waren tot, Babette und Toby blieben verschwunden, und aus Justus und Inge war ein einziges Ärgernis geworden. Ich bin in einer trostlosen Ratlosigkeit, hatte Mausi mir am Telefon durchgegeben, da kam von ihr wieder einmal der schönste Satz zu diesem Thema, wie eine Verneigung. Mausi hatte gesagt: Sie war so rein in ihrer Wollust. Das hätte auch eine Überschrift über Elfis Leben sein können. Ja, sie hätte jeden haben können und jeden Universitätsprofessor ohnehin … Aber all das wollte sie nicht. Sie schwärmte für die Männer von der Tennenbacher Straße kurz vor ihrer Entlassung. »Diese Räuberhände.« Ganz anders als Madame Peau, meine alte Lehrerin, die auch mit 75 noch so tat, als müsste sie den Männern auf die Finger hauen, und zwar allen. Nicht zu fassen: Elfi war tot. Es war grausam, vom Tod so heimtückisch eingeholt zu werden. Auf die Stunde genau vor einer Woche hatte sie sich um diese Zeit vielleicht ein letztes Mal noch gedacht: »Es wäre Zeit, mich langsam frisch zu machen, ich habe eigentlich keine Lust auf Feiern, ich fühle mich nicht.«

Elfi hatte die letzten Wochen ganz abgewandt von uns gelebt, heimlich. Und Inge und Justus hatten das Ihre dazu getan. Es war wohl Elfis Wunsch gewesen. »Sie fühlte sich nicht«, habe sie gesagt, wie in Hamburg, und den Satz hatte sie ja auch aus Hamburg, von ihrer Mutter.

Und was wurde nun aus ihrem Haus? Elfi hatte zwar immer wieder durchblicken lassen, dass sie für Mausi und Alain ja nicht sorgen müsse, zumal sie keine Kinder hatten, im Gegensatz zu Justus, Inge und ihrer vom Wunder- zum Sorgenkind mutierten Donata, Elfis Patenkind. Aber irgendwie würde sie schon bedacht sein, doch das war jetzt so was von egal! Wie Inge am Telefon sagte, die schon mehr wusste.

Und was nun aus Elfis Dingen werden sollte? Nur Inge wusste das angeblich noch nicht, sagte Mausi am Telefon. Eigentlich hatte Elfi die Jahre über immer wieder zu uns gesagt: »Für euch ist gesorgt, auch wenn ihr gar nicht darauf angewiesen seid, aber man weiß ja nie, was alles noch kommt.« Und so fort. Nun war dieser Satz wahrscheinlich auf eine Anmerkung im Testament und ein paar kleine Andenken wie »Die schöne Biedermeierkommode soll an … gehen« zusammengeschmolzen, von Justus so diktiert. Und ein Schriftsteller hätte sich nun schämen müssen für solche Gedanken, so nahe an Leben und Tod gebaut. Aber Justus war kein Schriftsteller und hatte auch keinen Respekt vor ihnen. Lyrik war für ihn ein Schimpfwort, mit dem der coole Redner seinen Kontrahenten an die Wand fuhr im Deutschen Bundestag. Justus hatte das Testament »für sie«, wie er sagte, zwar hieb- und stichfest aufgesetzt, doch eine letzte Sicherheit über die Zuverlässigkeit ihrer Freundschaft brächte erst der Erbschein, sagte er im sogenannten Vertrauen zu seiner Frau, und nicht einmal dieser: Erst wenn sie wirklich ihre Namen läsen, und zudem nicht in Verbindung mit zwei alten Küchenstühlen und tausend Vermächtnissen, sondern kurz und bündig mit dem Wort »Alleinerbe«, und dann die Auflistung von Adressen und Konten.

Es sei ein schmerzfreies Gehen gewesen, so hatte das Inge gegenüber Mausi wiederholt behauptet, immer wieder war es dieser Satz gewesen, als wollte sie sich rechtfertigen und das, was geschehen war und geschehen sein musste. Eine Zeitlang hatte Mausi daran gedacht, die Polizei einzuschalten, so hatte sie mir das gesagt, und hoffte insgeheim beim Telefonieren mit mir, dass wir abgehört wurden, und die Polizei sich von selbst einschaltete.

Damals hatte selbst Inge noch gesagt: »Also meinen Brüdern gebe ich keine Vollmacht, sonst lande ich noch im Tierheim.« Und dann, ein anderes Mal: »Ich sehe mich schon im Tierheim.« Das hatte auch Elfi einmal lachend gesagt, und wir verstanden sie nicht. Und auch keine Patientenvollmacht, sonst lande ich noch in der Schweiz oder in Holland. Das Kreistierheim in Bietigheim-Bissingen, wohin Inge im Alter zurückwollte, hatte im Übrigen einen ausgezeichneten Ruf. Das war wohl nur so dahingeredet und möglicherweise zur Tarnung gesagt. Bei Elfriede war es nun so: Sie brauchte Dignitas nicht mehr.

»Dieser Kerl hat Elfi in den Tod getrieben!«, sagte ich. »Die Menschen als solche hält er im Prinzip für gestohlene Zeit.« Und Mausi: »Das ist ja auch nur so ein Satz.« Wir meinten aber keinen anderen als Justus, der einst als Schlafwandler, wie er sich herausreden wollte, auf Mausis Bettkante gelandet war. Ja, er hatte Elfi zur Patientenverfügung gedrängt und sich selbst als Generalbevollmächtigten einsetzen lassen.

Elfi war als Patin ausersehen, Donata allerdings niemals getauft worden aus unerfindlich-altmaoistischer Anhänglichkeit an die Mao-Bibel vielleicht. Oder aus einer tiefsitzenden altlutherisch-pietistischen Feindschaft gegen Rom.

Sobald Donata aber zu sprechen begann, wurde sie von ihren Eltern angehalten, dass sie Elfi mit »Tante« anredete.

Nun hatte sich Elfis Satz »Für euch alle ist gesorgt« wahrscheinlich als Schall und Rauch herausgestellt. Als Rall und Schauch. Elfi machte sich nichts aus meinem Tourette, so wenig wie Mausi, im Gegenteil, das machte mich noch wertvoller und liebenswürdiger. Im Verlauf von Mausis Anruf hatten wir nun Mitleid mit ihr wie noch nie, auch wenn wir es nicht sagen konnten, so viel konnten wir uns doch sagen:

»Ach, Elfi. Du hättest jeden haben können.«

Ja, sie hätte jeden haben können … besonders in Studentenzeiten jeden Universitätsprofessor, aus dessen Liebe längst Kartoffelsuppe geworden war.

Fotografiert hatte sie in aller Welt. Besonders in den Schlafzimmern dieser Welt zwischen Ko Samui und Montevideo.

Und auf den Küchentischen und in den Duschlandschaften und Wellnesszonen.

Und nun war Elfi tot, und ich blieb in ihrem Album, vor dem ich Angst hatte, so dass ich die Erinnerung an diese Bilder lieber aus meinem dummen Kopf verbannte. Im Grund wäre aber Mausi, nach der ersten Enttäuschung nach ihrer Entdeckung, doch froh, dass es gerade Elfi war, und dass sie mich so aufgehoben, in guten Händen sozusagen, wissen konnte. So tröstete ich mich im Voraus.

Ein letzter Satz: Damals, als wir das Meer noch nicht jeden Tag mehrfach im Fernsehen sahen …

Und auch der Zwiebelfisch am Savignyplatz war längst nicht mehr das. Das wusste ich von meinem letzten Besuch mit Elfi. Danach fuhren wir noch nach Leest. Ich hatte den Schlüssel. Zwar hatte Mausi gesagt: Überall, nur nicht in meinem Bett, doch gerade dies war es wohl … Auch im Zwiebelfisch stand nun eine Glotze herum für Leute, die allein um den Tresen herumhockten und irgendwo hinschauen mussten und doch nicht hinsahen.

4. Mausi

»Es ist ein Architekturstudent von der TU«, flüsterte Elfi ihr zu, »ich muss dir nachher erzählen …«, und dann verschwand sie in ihrem Schlafzimmer. Mausi hätte schon gerne gewusst, mit wem sie da telefonierte, und auch wie dieser Mann da aussah, der es vermochte, Elfi derart in Beschlag zu nehmen, ja, dachte sie: in Beschlag nehmen, so muss es heißen. Als sie das hörte, was von nebenan herüberkam an ihre Ohren.

Eigentlich war Mausi bei Elfi zum Essen eingeladen, Justus und Inge waren verreist. Doch es war nichts vorbereitet, und Mausi dachte schon, sie hat mich vergessen. Doch dann sagte

Elfi: »Du kannst schon mal in die Küche.« Da ging Elfi dann auch hin, doch nichts deutete darauf, dass es hier bald ein Abendessen geben könnte.

Elfi sah auch irgendwie müde aus.

Doch kaum klingelte das Telefon, kam das Leben wieder zurück.

Elfi sagte nur kurz »entschuldige«, ging mit dem Telefon nebenan in ihr Schlafzimmer und rief noch: »Du kennst dich ja aus.« Mausi hörte bald vertraute Geräusche, die aber nun gar nicht zu dieser Einladung passten.

Ein paar wenige von Elfis Vintages hingen an der Wand, durchweg Männer, die ihr Hauptsujet waren. Und dann lagen da, auf ihrem Graphikschrank, zwei dieser Fotoalben, und Mausi wusste nicht, ob Elfi gerade am Ordnen und Arbeiten gewesen war, ob sie eine Art Coffee Table Book sein sollten, oder ob Elfi sie vielleicht absichtlich hingelegt hatte für sie. Mausi griff danach und blieb stehen, denn abgesehen davon, dass diese Volumina zu unhandlich waren, um sie einfach so auf den Schoß zu nehmen, wollte sie sich auch nicht beim Blättern erwischen lassen.

Mausi griff nun in ein Fach von Elfis Bücherwand, vielleicht in das falsche, das das richtige war, denn Elfis Bücherwand war eine Reihe von übereinander gestapelten Obstkisten, in denen sich allerlei Krimskrams befand. Ein wenig wie bei Züs Bünzlin, auf der Höhe von 2004. Kraftkugeln, Klangschalen, in Watte gebettete Buddhas, daneben ein Dildo aus Elfenbein und andere Souvenirs, über deren Herkunft Elfi bereitwillig Auskunft gab und viele schöne Dinge dazu erzählen konnte, die Handschellen aus Uruguay zum Beispiel (ein möglicher Buchtitel, dachte Mausi) und auch ein paar Bücher aus dem Grenzbereich von Erotik und Esoterik, in denen sich der zweifellose Weltuntergang in der zeitgenössischen Version der Klimakatastrophe und die Rettung der Menschheit durch die richtige

Liebestechnik die Waage hielten. Apfelbäumchenliteratur, alles war vertreten, Informations- und Wohlfühlliteratur überwog, das neueste Buch von Elke Heidenreich, *Kamasutra*; kurz, wenig literarisch, aber das machte Mausi nichts.

Sie blätterte in einem Album. Es war ja alles eine Sache von wenigen Minuten, einer gefühlten zeitlosen Ewigkeit, selbst ein katholischer Priester hatte sich fotografieren lassen, bis zum Letzten, wie in der Galerie der Päpste in San Paolo fuori le Mura. Das ist ja unerhört, dachte Mausi, wie all die fremden Männer auf Elfis Bett saßen. Das Album musste zeitweise auf dem feuchten Balkon gelegen haben. Als habe sie das gelebte Leben der Natur übergeben wollen. Die Nacktschnecke hatte sich vielleicht auch schon über es hergemacht.

Der Nächste im Album war wohl ein Reiseführer, ein Ramón, ein Exilkubaner aus Bottrop mit folgender Widmung: »Danken möchte ich auch meinem Team, das dazu beigetragen hat, aus dieser Reise ein Ereignis zu machen.« Elfi war wohl das Team, das Fototeam. Und einer, es war in Montevideo, war ein Polizist und hatte ihr ein Paar Handschellen geschenkt, zur Erinnerung an die Liebe. Er hieß Raúl und hatte sich in den Handschellen fotografieren lassen, die er ihr dann schenkte, so hatte Elfi ihr das erzählt, und Mausi konnte dann unter dem Foto in Klammern lesen: (Raúl, Polizist, Montevideo, 23. Oktober 1999) Elfis Leben war also weitergegangen, so kurz nach dem Tod von Norbert. Aber vielleicht war sein Tod doch auch nur ein letzter Grund, sich nun erst recht ins Leben zu stürzen. Und wäre sie Georg Büchner gewesen oder Danton, dann hätte sie sagen können: die unglaublichsten Experimente, was wir Menschen nicht alles machen können! Die Männer, die Fotos hatte Elfi als Souvenirs mitgebracht, das wusste Mausi schon lange, und immer so, wie sie mit ihrem Schwanz in die Kamera lächelten. Und Mausi, zu deren Besonderheiten es gehörte, niemals rot geworden zu sein, hätte schon gar nicht über diese

Fotos, die sie nun sah, eines nach dem anderen, rot werden müssen, was war ein Mann schon anderes als ein Mann, und was war ein Schwanz schon anderes als ein Schwanz, und was war ein Wort schon anderes als ein Wort. Die Erinnerung an Uruguay war in einem Paar Handschellen aufgehoben, das nun in Elfis Obstkistenregal lag, und so konnte sie sich jedes Mal an einen süßen Tag in Colonia del Rey erinnern. Und doch: Was waren so ein paar Fotos, so ein Album anderes als ein paar Kratzspuren von einer, die hatte leben wollen? Sie hatte ihnen jeden Kuss geglaubt, wie man sagte.

Als Elfi dann aus ihrem Schlafzimmer zurückkam, hatte sie vergessen, was sie Mausi sagen wollte; Mausi aber traute sich nicht, danach zu fragen, was Elfi ihr hatte sagen wollen.

Gerade im rechten Augenblick klingelte wieder das Telefon. Elfi kam und ging, mit der Auskunft: »Ich muss dir nachher erzählen …«

Und Mausi griff zum nächsten Album im Obstkistenregal. Es musste eines aus der letzten Zeit sein, das letzte, wie sie beim schnellen ersten Durchblättern feststellte, wo man eigentlich nur die erste und die letzte Seite schon mal sich vornimmt wie beim Lesen von Bestsellern.

Das ist ja unerhört! Plötzlich hatte sie ein ganz anderes Album in der Hand. Sie erkannte ihre Ikeamöbel, die Decke aus Indien und das Poster von Arthur Miller über dem Bett. Das war in ihrer Datsche in Leest. Und auf ihrem Bett saßen nie gesehene nackte Männer, einer nach dem anderen und fotografiert von Elfi. Auch ihr hatte Mausi es gesagt, wie auch all ihren Menschen und Männern und Liebhabern und Geliebten, zu denen auch Norbert und Alain gehörten: »Überall, nur nicht in meinem Bett!« Die Einrichtung ihrer Datsche? Nicht wie bei den Nachbarn und ihren sozialistischen Gartenzwergen. Ganz hübsch war es im Lauf der Jahre geworden, bis hin zum kleinen Bootssteg. Es war zwar kein Bruno Paul, aber immerhin Ikea, das wäre noch verwechselbar gewesen, aber durch jenes Bild an der Wand dahinter, ein Geburtstagsgeschenk, das doch eher in ihren Freizeitbereich passte, konnte Mausi eindeutig erkennen, dass es ihre Datsche auf den Fotos war. Und auch an der Aufnahme, wo man durch das Fenster jene Konifere ausmachen konnte, noch aus der DDR-Zeit, die den Menschen einen Hauch von exotischer Ferne zu vermitteln versuchte.

Da saßen Männer auf ihrem Bett herum, Wildfremde, wie es immer noch hieß, und keiner wusste mehr weshalb. So viele waren es wiederum nicht. Mit zwei begann schon die Mehrzahl. Doch Mausi gegenüber, die ganz allein diesen Bildern ausgesetzt war, genügten schon zwei solcher nackter Männer, die auf ihrem Bett saßen oder lagen, dabei, Elfi zu beeindrucken. Ein oftmals kläglicher Versuch, dachte Mausi nun.

Das war nun alles in ihrem Datschenschlafraum aufgenommen. Mausi konnte das, was sie gerade im Album gesehen hatte, Elfi gegenüber nur schlecht verbergen. Und doch, wie in jenem Kultspot aus Zeiten des Hüftgürtels lächelte sie in die Kamera, als Elfi vom Telefonieren zurückkam. Mausi an der Stelle, an der jene Dame, gespielt von Catherine Deneuve, gerade »Mein Hüftgürtel bringt mich um!« in einem huldvollen Ton ihren Verehrern ins Mikro gibt.

Überall, nur nicht in meinem Bett. Das war Mausi etwas zu viel. Trotz allem, trotz aller Freiheit zwischen Alain und Elfi und ihr in diesen Dingen, trotz aller Toleranz, die schon an Gleichgültigkeit grenzte.

Nur nicht in meinem Bett: Das war die Verabredung zwischen ihnen gewesen. So hatte sie es Elfi gesagt, bei der Übergabe des Schlüssels zur Datsche. Ach, diese Möbel … Und die, hätten sie sprechen können, hätten nur gesagt: »Ich bitte dich, Mausi, es geht um die Liebe!«

Mittlerweile vermutete Mausi, dass Elfi für sie mit Absicht diese Situation geschaffen hatte, dass dieser Anrufer bestellt war, aber nicht aus Angeberei oder aus Rache. Sondern um ihr die Möglichkeit zu geben, etwas über ihr Leben zu erfahren. Es war so, als hätte sie das Fotoalbum extra für sie auffällig hingelegt, so dass Mausi gar keine andere Wahl blieb, als darin zu blättern. Es war eher Mitleid, und genau das empfand Mausi nun für ihre tote Freundin, wie sie in deren Erinnerung herumblätterte.

»Was hast du?« »Nichts?«

Gerade im rechten Augenblick klingelte noch einmal das Telefon, und Mausi dachte: Jetzt reicht's. Sie sagte aber nur: »Wollen wir nicht so langsam kochen und essen?«

»Ich komme gleich wieder, ich will nur sehen, wer es ist, versprochen!«

Da blieb Mausi nichts übrig, als in Elfis Poesiealbum weiter herumzublättern. Wie Mausi all diese Männer sah, dachte sie: Das sind ja Witzfiguren, auf die Elfi hereinfiel, die sie zu Göttern verklärte, dabei war das einzig Geradlinige an ihnen wohl meist nur ihr Schwanz. Ein Zwischending von Erregung und Enttäuschung war es bei Mausi gewesen, aus Neugier und aus Liebe. Am Ende war sie enttäuscht von diesen Männern und noch etwas mehr von Elfi. Bei manchem Mann dachte Mausi: eher nicht. Elfi nahm ja ihre Motive von der Straße weg, wo sie die Leute ansprach oder gleich von ihnen angesprochen wurde, so ansprechbar schaute sie ja, dachte Mausi, und Elfi hatte bis dahin nichts von ihnen gewusst, nichts als das, was sie gesehen hatte, wie sie ihr entgegenkamen und lächelten, meist, um einfach nur an ihr vorbeizugehen. Was Ken betraf, so konnte Mausi sich keine endgültige Meinung bilden, ob es eher etwas Göttliches war oder nicht. Sie war ja bereit, ein Leben lang und immer wieder, an Gott zu glauben, wenn der Mann danach war. Oder auch wieder nicht. Ja, ein Liebesleben lang öffnete Elfi der Illusion jede Tür. Sie hatte ihn in der Filmabteilung von Babelsberg getroffen … Er hatte ihr zwei Kassetten *Coming home 1945* geschenkt – »Till then« … das Einzige, was es außer dem Foto und der immer mehr verschwimmenden, dabei eindeutig schwanzartiger werdenden Erinnerung noch gab. Ihre Freunde … und Lover … Darunter waren nun auch schon richtige Verrecker, wenn einer mit fünfzig sich noch als Lover herumtreibt … auch Immobilienagenten, zwischen Alt Töplitz und Schmachtenhagen, im Biotop der Verrecker.

Das alles musste sich Mausi nun dazu denken. Und das hatte ja zur Sendepause mit Mausi in den letzten Wochen und zur vegetarischen Option mit Alain geführt.

Selbst Inge war vorübergehend mit Elfi in schwere Turbulenzen gekommen, nachdem auch sie auf das Album gestoßen war und auch auf Justus, es war beim Blumengießen, und da hatte Inge all die Männer entdeckt mit dem erektionssteigernden Namen Mark und dann auch Justus, als Bettname kein Appetizer, in der Zeit, als er noch so tag- wie nachtaktiv war. Denn den im Leben fortgeschrittenen Menschen überfiel gerade zur Mittagszeit oftmals eine Müdigkeit, der mancher immer noch das Wort »sterbens« oder gar »tod« voranstellte.

Doch Mausis Groll und alles wäre nun fast vergeben gewesen. Wenn nicht auch noch die folgende Geschichte dazugekommen wäre.

Elfi war weiterhin nebenan verschwunden. Sie macht wohl Telefonsex, freilich unbezahlt und aus reiner Lust, dachte Mausi, und mit dieser Einschätzung war sie wieder einmal ganz nahe. Da, wo die Kinder beim Suchen »heiß« riefen. Elfi, die es sich mit Mausi nicht weiter verscherzen wollte, dachte, Mausi solle auch etwas davon haben, kam mit dem Telefon herüber und winkte sie zu sich und hielt ihr den Apparat ans Ohr. Mausi aber winkte ab. Später stellte Elfi auf Mithören. Fein war das nicht.

Gut. Elfi hatte als Liebesnest Mausis Datsche in Leest missbraucht, gut, geschenkt; sie hatte ja seit Jahren den Schlüssel. Elfi liebte, wie sie sagte, Leest über alles. Gut, ihr erstes Poesiealbum mit den Rosenbouquets war abgelöst worden durch ein anderes, etwa zwanzig Jahre später angelegtes: Da waren all die Männer zu sehen, die sie – vorher oder nachher – fotografiert hatte in aller Welt von hinten und von vorne. Gut, Elfi war Fotografin, und klar war, dass es auch bei den Fotografinnen nicht beim Fotografieren blieb. Oder? Elfi war keineswegs so promisk, dass sie sich nicht hätte erinnern können an die Liebe. Ihr Poesiealbum war eigentlich nur die Partitur eines nie geschriebenen Romans. Auch Elfi hatte auf die Liebe gewartet, und es kam das Leben. Und sie wurde mit Bonbons abgespeist, so erschien es Mausi beim Blättern, ein paar Küsse, dies schon, auch Zungenküsse dabei, von denen die Anfänger sprachen wie die frechsten Schüler vom Ficken und und und, auch dies hatte es gegeben, einmal brach sogar ein Bett ein, das war in Paris, ja, was die Liebe nicht alles zuwege brachte, ein paar Transkontinentalflüge, Jamaika, Kenia, Pie de la Cuesta, Ko Samui und dieser und jener Strand. Und danach das Aufatmen in den Strandliegen und das Weiterträumen, das war's im Grund. Das waren die Bonbons, die Elfi vom Leben bekam wie einst die Kinder, die von allem noch nichts wussten, als ihnen *Kommt ein Vogel geflogen* von den schauderhaftesten Erzieherinnen beigebracht wurde. Und Mausi hatte nun Mitleid mit ihr: »Ach, Elfi. Du hättest jeden haben können.« Ja, sie hätte jeden haben können ... die größten Alphatiere.

Aufschreiben ist etwas für die Zeit danach, wenn es vorbei ist. Du hättest einen Roman schreiben sollen. Du hättest singen sollen ... Die anderen machten es sich leicht. Mausi dachte: Ach, Elfi, zu diesem Namen passt eigentlich nur ein heiteres Leben. Sie machte es sich schwer ... Das sagte sich so leicht.

Dieser Verdacht, dass die Menschen vielleicht doch etwas vom Leben hatten, kam Mausi beim Sehen und beim Blättern in diesem Album.

Und auch, als sie auf einem Foto den Schatten an der Bunkerwand sah, den Schatten eines Schwanzes, der sich über jede vernünftige Dimension hinweg über die abgerundete Bunkerecke warf, gleichsam um die Ecke, wie das nur Schatten so gut können, und es war Alains Schwanz und sein Schatten und das dazugehörende Gesicht, von der Seite lächelnd, als wäre er im Begriff, gleich etwas Unstatthaftes zu versuchen, etwa gegen die Bunkerwand zu schiffen, damit aber noch etwas warten musste, bis seine vorerst heimatlose Erektion etwas abgeklungen wäre. Das war Alain.

Und dann der eigentliche Schreck: »Meiner Sonne.« Das Foto im Album mit Elfis Handschrift darunter: »Der Sommer von 1983.« Sie sah Alain, wie er da am Atlantischen Wall in Elfis Kamera lächelt, ein Schwarzweißfoto, und da funkelten die Sandkörner auf seiner Haut. Mausi las: »Meiner Sonne.« Ja, das Licht. Also doch. Alain: Es war ein frühes Foto, Alain mit langem Haar aus seiner Sacha-Distel-Zeit, schon 1983! Am Meer – und sein Schatten erschien als groteske Zeichnung auf der Bunkerwand.

Mausi war zwar an jenem Tag, als diese Aufnahme gemacht wurde, noch gar nicht mit Alain zusammen, das kam erst am folgenden Tag, als Babette verschwunden war, ausgerechnet mit Toby, dem nettesten von allen, und außerdem Mausis damaliger Liebhaber, mit dem sie von Freiburg aus in den Sommer ans Meer gefahren waren. Babette mit Alain und sie mit Toby, die ganze Vierer-WG; und dann mussten sie sich erneut zurechtfinden im Leben. Für Mausi war das kein solches Problem, denn so nahe war Mausi Toby nie gekommen, dass sie nun hätte lieber sterben wollen. Keineswegs. Eigentlich hatte sie ja immer schon mit Alain gewollt, nachdem es abzusehen war, dass ihre große Liebe unerreichbar bliebe, über gelegentliche Hausbesuche hinaus. Das war ja Norbert gewesen. Und selbst, dass Norbert in diesem Album gelandet war, tat ihr nicht weh.

Mausi wusste längst von diesem Album und konnte sich

auch denken, dass Norbert naturgemäß in ihm gelandet war. Aber gesehen hatte sie das noch nicht.

Eine Zeitlang war Elfis Sonne Klaus Torsten gewesen … bis er eines Tages, eines Nachts flüchtete und ihr »forget about that« zu verstehen gab, als sie mit ihrer Hand kam. Und Schwanz war kein der Sonne gewachsenes Wort mehr. Bis sie in Elfis Album abermals auf Alain stieß, einen Mann, der zeitweise »bi« war, was ihr aber, wie sie ihm selbst gesagt hatte, »so etwas von egal!« war. Auf diesen Anblick hätte Mausi aber lieber verzichtet. In diesem Augenblick war ihre vegetarische Entscheidung gefallen, und dann, fast schon posthum, jetzt noch einmal, als sie Alain da mit seinem Schwanz in Elfis Gesicht hineinlächeln sah. Und Cher kam gerade aus dem Radio und stellte Mausi die entscheidende Frage, Alain und die Männer, Mausis Leben und die ganze Liebe betreffend: *Do you believe in life after love?* »Do you believe in love after love?« Das konnte kein Zufall sein, und Mausi fügte noch ihre Fragevariante »Do you believe in life after death?« hinzu.

Nun aber erkannte Mausi das Bett in ihrer Datsche auf diesem Foto in Elfis Album. Anhand des Schilfs und des Kirchturms von Golm … und dann auch ganz ungeniert auf ihrer Terrasse. Und darunter las sie: »Für meine Sonne.« Das schreibt man nicht jedem ins Poesiealbum.

Wie Alain auf Mausis Bett saß, wie von Gott geschaffen oder nicht. Ob es Gott gab, wusste sie nicht, aber sie glaubte es. Dieses Bett aber war nun eindeutig ihr Bett, ihre Bettdecke, ihr Alain und sein Schwanz. Von hier zu Mausis Wort »vegetarisch« war es dann nur noch ein Katzensprung. Überall, nur nicht in meinem Bett!!!, hatte sie gesagt, als könnte der Mensch Gott spielen und Eva den Apfel verbieten. Überall, aber nicht in meinem Bett! So war die Abmachung gewesen. Die dumme Mausi: Wusste sie nicht, dass solche Abmachungen eigentlich nur dazu da waren, sie nicht einzuhalten? Wie für den Sünder die Sünde dazu da war, sie zu begehen? Immerhin war Elfis Album auch für Mausi der Beweis, dass ihre Sorgen, Alain sei mittlerweile ganz ins Bi-Fach abgedriftet, umsonst gewesen waren und dass ihre Liebe vielleicht auch umsonst gewesen war.

Die Erinnerung sei der typischste Fall der Verdrängung …

Ein typischer Fall von Verdrängung! Hatte Professor Pfützenmeister, ihr Therapeut, abermals gesagt, dessen Hilfe sie nach der Entdeckung dringend benötigt hätte, denn auf diesem Foto lächelte Alain besonders frech in Elfis Kamera. Und noch ein Foto, dann ohne Kopf, dann beim Wichsen, Mausi erkannte ihn auch so: Es war das kleine Muttermal, das sie, wenn auch spiegelverkehrt, rechts von dem altmodischen Wort Schwanz entdeckte. Es war sein Schwanz. Warum nicht Schwanz sagen, Schwanz ist doch ein ehrliches Wort, hatte schon Tante Mausi gesagt. Wie war Elfi als Fotografin? Nun ja. Sie fotografierte. Auch nicht schlechter als Gunter Sachs mit seinem Outdoor-Equipment. Doch gerade beim Fotografieren hätte sie darauf kommen können und kam vielleicht auch darauf, dass das Schönste nicht fotografierbar war.

Zum Essen kam es dann allerdings nicht mehr. Zwar war Elfi irgendwann aus dem Schlafzimmer zurückgekommen, und da saßen sie nun. Mausi schon etwas verschnupft, Elfi ein wenig unsicher, ob sie zu weit gegangen war, aber sie konnte wohl nicht anders. Sie hätten nun mit dem Kochen beginnen können. Mausi sagte: Ich habe keinen Appetit mehr, weiter ließ sie sich aber nichts anmerken. Sie dachte sich vielleicht: Darüber muss ich mit ihr noch sprechen. Elfi hätte ihr nun etwas sagen können, vielleicht sogar erklären, aber da klingelte das Telefon ein letztes Mal. Nun gab Elfi, die von Mausi nicht ganz zu Unrecht verdächtigt wurde, telefonsüchtig zu sein, auf ihre unnachahmliche Art ihr »Ja, bitte«, das sich ein wenig wie »na bitte« anhörte, in die Telefonmuschel. Und Mausi glaubte schon wieder eine halbe Erektion auf der anderen Seite des Apparates zu hören, das Geräusch, mit dem ein Schwanz wie eine Feder aus dem Slip hinausspringt und das elastische Slipband gegen einen rasierten Waschbrettbauch schlägt, plopartig. Und nun machte Elfi zu Mausi hin, die dieses Mal nach draußen auf den Balkon gegangen war, durch die geöffnete Balkontür eine weitausholende Armbewegung als Zeichen, dass der Anruf auch für sie, Mausi, war. Da Mausi keine Anstalten machte, in die Küche zurückzukehren, stellte Elfi auf »Mithören«.

Elfi schloss nicht einmal die Balkontür. Auf der anderen Seite eine Männerstimme, die sich Jean-Claude nannte. Der »Student der FU«, als der er sich ausgab, sprach mit schwäbisch-französischem Akzent. Mausi erkannte diese Stimme an der Art, wie sie sich verstellte: So hatte er einst Onkel Wunibald nachgemacht, was Elfi nicht wissen konnte. Elfi, die sich merkwürdigerweise Natascha nannte, sagte nun: »Ich habe ganz spitze Schuhe an, weißt du, wie das piekst?« und »Ich liege auf dem Boden«. Dann hörte Mausi, wie die Stimme noch »Ich komme gleich!« stöhnte und auflegte.

Es war Alain.

5. Alain

Amaryllis, meine Winterfreude. Die Amaryllis am vierten Tag ihrer Blüte sah nun schon so schön aus wie eine reife Frau von 39 Jahren. Das war eine Erinnerung an den vergangenen Winter.

Es war im Zwiebelfisch am Savignyplatz. Draußen alles so tief verschneit und so kalt, dass bewiesen war, dass es sich bei Berlin um eine Stadt im Osten handelte. Über Nacht musste jemand ein Fenster eingeschlagen haben, vielleicht war es auch von der Kälte gesprengt worden, meinte Elfi, und der Raum war vorerst nur notdürftig gesichert.

Jetzt, auf meiner Bank in Köln, dachte ich an die Tatsache,

die, wie alle Tatsachen, die Eigenschaft hatte, dass sie nicht zu ändern war, dass ich mich hatte bei der Liebe fotografieren lassen von Elfi, noch ein letztes Mal im vergangenen Winter, nachdem wir erst über die Bismarckstraße, an der Deutschen Oper vorbei, und dann über die Heerstraße nach Leest gefahren waren, wo wir erst einmal enteisen mussten, aber dann sorgte der Donnerofen bald für eine entsprechende Wärme. Und gegenüber sah ich die wenigen Häuser von Golm, wie der Rauch kerzengerade nach oben ging und im blauen Himmel verschwand wie in jenem Gedicht von Bertolt Brecht. Manchmal waren Dummheiten und Tatsachen Synonyme, doch eine Dummheit gemacht zu haben ließ darauf schließen, dass es Liebe war.

Brecht war seit fast fünfzig Jahren tot und nun auch Elfi, und ich blieb in ihrem Album und er in seinem Gedicht. Und anrufen konnte ich sie auch nicht mehr, und ich glaubte, dass Mausi im Grund froh war, nach einer ersten Enttäuschung nach ihrer Entdeckung, froh, dass es Elfi war und dass sie mich so aufgehoben, in guten Händen sozusagen, wusste.

Wir hatten ja keine Ahnung, man hat ihr überhaupt nicht angesehen, dass Elfi etwas fehlte, hatten Mausi und ich uns gerade noch am Telefon eingeredet … und Elfi hatte noch einmal, wie immer, ein Foto gemacht von mir.

Ich lebte vielleicht im Irrglauben, es ginge immer so weiter, und wir hätten uns alle noch gegenseitig bis in die Alters-WG hinein, über die wir scherzten und lachten, dann finge alles wieder von vorne an, wie einst im neunten Stock in Freiburg, dann wäre es wieder wie auf dem Erstsemesterball.

Und nun tat es mir von Herzen leid, dass ich die letzten Wochen hatte einfach verstreichen lassen, ohne nach Elfi zu fragen.

Dass ich in ihrem letzten Album gelandet war (das wievielte in ihrer Sammlung war es eigentlich?), stellte sich als eine zweifelhafte Ehre heraus. Dass ich schon in Elfis erstem Album gelandet war, nahm Mausi mir nicht weiter übel, dachte ich; aber dass ich auch noch einmal in ihrem letzten auftauchte, und zwar auf Mausis Bett: Das war die Geschichte. Sollte sonst noch etwas vorgefallen sein, so wusste ich es nicht. Oder nur aus Andeutungen. Mausi hatte mich etwas komisch gefragt: Mit wem hast du am 30. April telefoniert? Das wusste ich freilich nicht mehr, ich telefonierte ja jeden Tag mehrfach. Das »vegetarisch« führte ich auf das Album zurück.

Im Zwiebelfisch im letzten Winter waren Elfi und ich beim allmählichen uns Zu- und Schöntrinken, in Berlin gab es ja praktisch keine Alkoholkontrollen, das wussten wir.

Bevor Elfi weitersprach, nahm sie erst einmal einen kräftigen Zug. Auch das Damenzigaretten-Set lag immer griffbereit neben ihr. Sie nahm einen Zug, es konnte auch ein tiefes Glas sein, und dann sprach sie weiter, und nur Elfi konnte so über Gott und die Welt, die Männer und die Liebe reden, und hatte sich schon wieder alles schöngetrunken, auch mich, und kein Mensch am Tisch, vor allem ich, erlaubte sich, Elfi zu unterbrechen und in diese Generalpause hineinzureden.

Sie konnte es nicht anders sagen, und ich auch nicht. Sie sagte: weißt du. Und machte dann erst einmal eine große Pause.

Weißt eh – sagte der alte HC, als er schon längst nicht mehr weiterwusste.

Auf dem T-Shirt, ja, so war der Dicke gerade hereingekommen, las ich ein überlebensgroßes O – wie in einem konkaven Spiegel das O aus dem Wort Sport. Ich konnte diesen Buchstaben nicht leiden. Das O sah immer wie ein Loch aus. Und klang auch entsprechend.

Eine unglaublich korpulente Person, eine Frau, offenbar im Partnerlook, vielleicht die Frau des Dicken, kam bald darauf in einem dunkelblauen Trainingsanzug zur Zwiebelfischtür herein und ging auf den Dicken zu, der auch noch leicht tätowiert war, und grüßte ihn, indem sie gegen seine Flasche hin eine lässige Geste machte. Sie konnte ihren Namen auf seinem rechten Unterarm, mit dem er früher in manche Schlägerei verwickelt gewesen sein mochte, lesen, sie hieß Mandy. Es zog, meinten selbst die immunisierten Vollbildalkoholiker um diese Zeit des Tages und Jahres.

Ach, die Menschen, abends, im Zwiebelfisch, beim allmählichen sich Zu- und Schöntrinken, da hatte Elfi mir von dem Nachhilfeschüler erzählt (in Deutsch, sie gab hauptsächlich Nachhilfeunterricht in Latein, und dabei war immer auch ein wenig Liebe), der in sie gerade unsterblich verliebt sei. Das mochte vielleicht jener nette Kerl sein, von dem sie mir erzählt hatte. Verliebt: Das hätte eigentlich genügt, sie hätte gar nicht zusätzlich sagen müssen, dass auch sie verliebt sei. Also nicht sagen, nichts sagen, so wie die anderen, wenn sie von der Liebe sprachen. Er ist 29! Sagte sie, und er wusste, was er von Elfi wollte, und er bekam es, zusätzlich zum Nachhilfeunterricht, als Dreingabe sozusagen, so wie es früher zwei Eier im Tante-Emma-Laden gab oder bei einer größeren Anschaffung als Skonto. Die dazugehörende Geschichte ließ sie aus, ich konnte mir eine wie jene vom Ende ihres Albums dazudenken, der Student von der Technischen Universität, sie auf dem Küchenboden … Ach, die Menschen, im Zwiebelfisch, am Wochenende, nachts.

Elfi. Sie konnte es nicht anders sagen, und ich auch nicht. Ich kam kaum in die Gänge. Und nun fürchtete die Frau im Trainingsanzug um ihre Deutungshoheit im Zwiebelfisch. Ein überlebensgroßes O auf dem T-Shirt, das Wort Sport: O. Elfi lachte, und wie. Sie konnte diesen Buchstaben auch nicht leiden. Dagegen das M wie in »Mark«. Schon in der Erektionszone. Im Erektionsbereich. Der Spieler dachte sich: mal sehen. Das Leben war für die Alphatiere ein Kampfsport. Ein Spiel, aber eines von jenen, das den Kampfsportarten zugerechnet wurde. Nicht aber für Elfi. Sie brauchte keinen Umweg über Sport oder Spiel.

»Sie war so rein in ihrer Wollust«, sagte Mausi dann am Telefon, das war jenes Schlusswort, welches ihr zu Elfi eingefallen war; und ich ergänzte diesen schönen Satz Mausis um den Gedanken, dass das Wort Wollust das einzige Wort auf der Welt war, das eigentlich mit drei l hätte geschrieben werden müssen, dachte ich, und sagte »Salut Elfi!« vor mich hin, so dass man es hätte hören können und sich wundern.

Nun saß ich ihr in Gedanken wieder gegenüber. Und es zog im Zwiebelfisch. Größer als das O in Loch oder das Loch in O ging es nicht. Mach dich nicht so klein, du bist nicht so groß.

»Morgen kommt der Fotograf, und ich fühle mich nicht.« Ich sagte zu Elfi: »Kranke können auch fotografiert werden.« Und dann: »Ich war auch nie zur rechten Zeit gesund«, und unterschlug wieder einmal, dass es diesen Satz schon gab und dass er wahrscheinlich von Thomas Mann war. »Und auch nie so recht finanzfrisch.« Vielleicht hätte ich doch fragen sollen, was sie hatte oder was ihr fehlte. Sie erzählte mir von ihren Anrufen bei der Filiale 130 der Deutschen Bank und der Frage aus dem Callcenter: Wer betreut Sie? Das hätte ich auch gerne einmal gewusst. Sagte Elfi, eigentlich finanzfrisch bis zuletzt. Aber sie war ja noch nicht sechzig, sondern erst vierzig. Mal sehen, was noch wird … Die Anrufe der Bank, als drohte ihr einmal die Altersarmut, waren angeblich gut gemeint, angeblich, um Elfi wieder zu einem bequemen, überschaubaren Minus zu verhelfen, ihr Haus war wohl doch nicht mit Hypotheken bis unters Dach belastet, wie Inge behauptete, um von sich und ihren Plänen abzulenken. Von der Lebensversicherung sprach sie nicht.

Das war eher auf meiner Seite ein Leben im Minusbereich geworden.

Es war ein Eher-über-die-Verhältnisse-Leben, auf Kosten

von Mausi und meiner Großmutter. Und es schmerzte und kränkte mich, wenn Frau Dr. Musch dann, meine sogenannten Werte analysierend, behauptete: »Sie leben zu gut!« Was wussten sie bei der Bank von mir eigentlich? Alles wissen … das muss ja auch nicht sein. Aber ich hätte manches vielleicht nicht aus Neugier wissen wollen, sondern aus Liebe.

Das war auch ein möglicher Schlusssatz, und ich empfand, dass er nie mehr gestimmt hatte als gerade jetzt, als ich so langsam begriff, dass es Elfi war, die nicht mehr lebte. Weißt eh – sagte der alte HC, als könnte das Leben gereimt werden, als er schon längst nicht mehr weiterwusste.

… Elfi: Du verstehst … Mit dieser Schlussbemerkung »Du verstehst« endeten oftmals ihre Sätze mitten im Wald. Man kommt darüber ins Philosophieren, sagte sie immer. Ein Satz wie ein Holzweg. Plötzlich hörte er mitten im Wald auf. Als wären Sätze nichts als Holzwege, die in den Wald führten. Und nimmer aus ihm heraus. Und nicht genug: Als wäre es mit den Sätzen wie mit dem Leben. Und was sonst zu später Stunde so alles verhandelt wurde, »bei Wein und Verlorenheit«. Die »großen Zusammenhänge«, die alten Lügen. Da war sie mit ihrem Latein am Ende.

»Wie kannst du nur so etwas denken, was ist schon ein schöner Satz gegen den Tod deiner Freundin, und was ist das schon für ein Gedanke, dass du einen schönen Satz dem Tod eines im Grund immer geliebten Menschen verdankst, wenn er dir auch mit den Jahren eigentlich abhandengekommen ist«, dachte ich.

Und ich hörte mich »Gehen wir zu dir? Nimmst du mich noch etwas mit?« sagen, und wir lachten noch ein letztes Mal, wie man lacht, wenn das Schönste noch kommt. Ich habe den Schlüssel. Sagte Elfi. Sie war also schon mit dem Schlüssel für Mausis Datsche in den Zwiebelfisch gekommen. Das wäre aber nicht nötig gewesen, so wie einst die Hausfrau in Burladingen sagte, wenn sie die Blumen in Empfang nahm, und, nur kurz suchend, gleich in die richtige Vase stellte.

Ich sah ja nicht das geringste Zeichen, behauptete ich meiner Erinnerung gegenüber.

Und trotzdem fuhren wir dann nach Leest …

Und schon waren wir in Leest. Auch ich hatte meinen Schlüssel. Wir hatten also zwei Schlüssel dabei, doppelt abgesichert, und kamen uns doch ein wenig wie Einbrecher vor, aber das Gefühl, dass es nicht ganz recht war, was wir da machten, ließ ich nicht aufkommen, und beim Öffnen der asbestverseuchten DDR-Errungenschaft hatte ich eine Empfindung wie einst zwischen der Düne und Biscarosse, als ich die Tür hörte, wie sie nach innen aufging.

Leest war gar nicht so weit von Tante Mausis Stölpchensee, und überdies kam Tante Mausis Mutter von da, das Grundstück war ein Erbteil Mausis. Da die Tante keinen Brief, der aus der DDR kam, jemals öffnete oder gar beantwortete, stand sie nach dem Zusammenbruch der DDR immer noch als Eigentümerin im alten Grundbuch. Auf dem Foto erkannte Mausi dann das Bett, und nicht genug, im großen Wandspiegel war auch noch seitenverkehrt der neueste *Spiegel* zu sehen, zusammen mit mir, als wäre es mit mir nicht genug gewesen, wie ich mit meinem Schwanz in die Kamera lächle.

Ach Elfi. Sie sagte: Ich will endlich wieder leben. Ja, wann willst du endlich leben! Wie lange schon willst du endlich leben! Es war nur ein Selbstgespräch, und keiner hörte es, außer mir, nicht einmal sie selbst.

Einmal sah ich eine wie Jane Fonda vor mir herumturnen: Es sah einsam und töricht aus, auch ein wenig schamlos und stumpfsinnig, wie sie so vor mir und dir ihr Leben ausbreitete. »Jetzt macht sie Frühsport.«

Auch zu Hause konnte ich um diese Zeit oftmals die Schatten eines Jane-Fonda-Videos erkennen, das so programmiert war, dass man sich mit dem Mittagssport den Mittagsschlaf und das Essen sparte. Und dass man selbst an den Umrissen noch erkennen konnte, wie schön sie einst gewesen war. *Das Geschick fährt in einem goldenen Wagen*, diesen Text, die berühmte Vorrede, hatte ich gerade ins Französische übersetzt, ganz für mich, wie man sich das um das Jahr 2000 herum dachte. »Mein Ich ist nur eine schlechte Übersetzung von mir«, dachte der Übersetzer. Wenn ich »ich« sage, so bin ich nur ein schlechter Übersetzer von dem, was meine Augen gesehen haben.

Ich sah hingegen nur eine Frau hinter ihrem Fenster armselig herumturnen, schon gegen sechzig, wie sie ihre Ärmchen gegen den Himmel streckte, dann etwas kreisen ließ. Dann fallen. Es sah hilflos aus. Vielleicht zu einer Musik. Vielleicht war es Cher, wie sie *Do you believe in life after love?* sang. Das passte nun schon fast immer. Aber so weit war es noch nicht.

Was wusste sie von mir eigentlich? Alles wissen … das muss ja auch nicht sein. Aber vielleicht hätte auch sie manches nicht aus Neugier wissen wollen, sondern aus Liebe vielleicht.

Das war ein möglicher Schlusssatz, und mit ihm sollte dereinst mein Roman beginnen.

Als ich dann zu Hause ankam und Mausi mich fragte: Wo warst du?, und ich etwa so schaute wie von der Kirchenchorprobe zurück, wusste sie wieder einmal Bescheid. Und ich wusste Bescheid, dass sie Bescheid wusste, als sie ein »War es schön?« hinterherreichte.

Das war alles. Auf die Fotos und auf den Anruf kam Mausi nicht mehr zu sprechen.

Offen war für mich geblieben, ob Elfi mitbekommen hatte, dass Mausi mich in dem Album, das zufälligerweise im Regal hinter ihrem Kopf steckte, entdeckt hatte. Fest stand nur, dass Mausi mich da entdeckt hatte. Und dass ich auch nicht der erste Mann war, der sich vor Elfi und Mausi ausgezogen hatte, wusste Mausi auch. Das war im letzten Winter gewesen. Und dann erinnerte ich mich noch weiter zurück, an jenen 30. April, am Abend vor dem Tag der Arbeit, fast alles war nun immer schon ein paar Jahre her.

Und nicht genug.

Elfi gab damals noch Suchanzeigen auf. Sie suchte Männer. Und nannte sich Uschi, warum schon. Und wie ich auf Uschi zufuhr und auf alles, was sich darauf reimte. Der Treffpunkt war jener Parkplatz auf dem Ruinengelände des Olympischen Dorfes, die Russen waren auch schon ein paar Jahre weg. Erst erschraken wir. Und dann lachten wir.

Wir fuhren dann gemeinsam über den Berliner Ring und die Ausfahrt Potsdam Nord und Marquardt und Golm nach Leest, wieder einmal auf den Satz »Zieh dich aus!« zu. Das war einer der süßesten Sätze überhaupt, die ich gehört habe. Ich ähnelte mit meiner Hand auf ihrem Bauch nun einem Handwerker, dem die Frau im Pornofilm die Tür öffnet und als Erstes »Hi, bist du auch so geil wie ich?« zu hören bekommt, und dann ging die Geschichte im Indikativ Präsens weiter. Ich gehe mit meiner Hand auf die Mitte zu … mit einer Männerstimme und einem französischen, zudem nachtaktiven Akzent, bei dem sich der Kenner unschwer eine Gesamtbehaarung vorstellen konnte.

Und wie wir dann in der Freiluft-Badewanne im blickgeschützten Innenhof von Mausis Datsche lagen und versuchten, Liebe zu machen. Es stellte sich heraus, dass dies gar nicht so einfach war. Wir hatten es bald hinter uns, wieder einmal. Wer weiß schon, wann es das letzte Mal ist. Auf dem Weg zum Kühlschrank, der nur wegen seiner glatten Oberfläche als Pinnwand meiner Erinnerungen diente, als müssten sie auch eingefroren werden, stieß ich auf das Wort »Reißverschluss«, ein Name und ein Datum auf der Pinnwand.

Auch nebenan wurde, auf ganz ähnliche Weise, schon am Vorabend der Tag der Arbeit gefeiert, die alten Genossen vom

Kombinat aus Werder Potsdam Mittelmark. Der 1. Mai, das war der einzige freie Tag von Mausis Vater gewesen, damals in Russland, vier Jahre in einem Lager Stalins, auch nicht zum Spaß, unweit des Polarkreises, und es hatte noch Schnee. Also keine Sommerfrische. An diesem Vorabend zum Tag der Arbeit jedoch konnten wir dann die Nachbarn, die Metzger, bei ihrer Huckepackpolonaise beobachten, das heißt: Uns blieb nichts anderes übrig. Das waren die mit einem Mal reich gewordenen Proleten, welche sich die Filetstücke am See sicherten, gerade noch FDJ-Bezirkssekretär für Propaganda des Marxismus-Leninismus, nun wenig mehr als ein Leni-Nismus, das war geblieben neben den wohl schnell in den Erinnerungsmüll entsorgten Wimpeln und FDJ-Sachen, das Filetgrundstück und der 1. Mai, und dann ging es los: zunächst wie auf einem Parteimarsch, und hatten von da den 1-a-Zugriff auf die Unterlagen und Seegrundstücke im Rathaus von Werder, bald Seilschaftsmillionäre.

Wir konnten bald durch die Berberitzenhecke sehen, wie sie, zunächst noch geordnet wie in alten Zeiten, die Männer mit ihren Frauen Huckepack voranschritten, und hören, wie sie dazu sangen, es war ein Westimport: *Wir ziehen los mit ganz großen Schritten, der Erwin fasst der Heidi von hinten an die – Schulter*, und schon waren sie umgefallen, die Frauen- vielleicht noch etwas mehr als die Männerstimmen, und gingen in einem Gelächter, in einem bald in ein Grunzen übergehenden Etwas unter.

Der arme Graf Schwerin! Hatte nach langen Jahren und Prozessen sein Schloss zurückkaufen können, und ich konnte ihn gerade mitten im Feld seiner Ruinen, seinem Ruinenfeld im ZDF, stehen sehen. Das waren die Folgen von über vierzig Jahren Errungenschaften des Sozialismus, im Schloss war vieles untergebracht gewesen, auch die Kita mit ihren sozialistischen Kinderklos, der vielleicht widerwärtigste Teil des Ganzen, derweilen bezog die Witwe des obersten Funktionärs ihre Rente in

Chile, und jene Mauerschützen, die mit ihrem Boot und seiner Schiffsschraube über den Flüchtling hinweggepflügt waren, wurden freigesprochen aus Mangel an Beweisen. Der Tod galt als Beweis nicht. Alle wurden freigesprochen, aus Mangel an Beweisen. Und Justus, der Jurist, hätte nun dazu »what shall's!« gesagt.

Das war schon dreist von Elfi und mir, damals, als wir uns als »Uschi« und »Mark« trafen, und dann jeweils mit dem Leester Schlüssel zu Mausis Datsche fuhren. Elfi hatte ihrer besten Freundin Mausi immer gesagt, dass sie diesen Ort sehr liebe. Das wenig schönnamige Leest. An einem ebensolchen unschönnamigen See namens Wublitz. Ich dachte mir, es wäre wegen des Sees und der schönen Aussicht von der kleinen DDR-Asbest-Terrasse aus. Ich hatte mit Mausi an diesem Platz im Leben die schönsten Stunden verbracht, mit dem Auto waren es fünfzig Minuten über die Heerstraße, und dann nach links, so Mausis Vorstellung und Erklärung. Die Wörter links und rechts, gegen die ich eine Abneigung hegte, hatte Mausi aber durchaus auch in ihrem geographischen Wortschatz.

Oftmals verbrachten wir unsere Werktage hier, am Wasser, und wer weiß, es erinnerte uns immer auch an unseren Platz beim Leuchtturm von Cap Ferret. Von hier aus konnten wir den Fernsehturm von Potsdam sehen, den Spionagemast noch aus der DDR-Zeit. Und das Spionagecenter der Amis auf dem Teufelsberg war auch nicht weit.

Mausi saß auf ihrem Platz, und ich auf meinem. So lasen und übersetzten wir vor uns hin. Wir lasen gerne hier und vergaßen dann ganz, wo wir waren, und dann, an einer besonders schönen Stelle im Text, die wir noch etwas nachwirken lassen wollten, gingen wir dabei mit unserem Kopf nach oben und schweiften mit unseren Augen wie automatisch über dem Schilf auf dem glitzernden Wasser herum, und wenn ich aufschaute, sah ich bis zum Kirchturm von Alt-Marquardt und dieses und jenes vorbeifahrende Schiff mit Ausflüglern, die uns wohl um unseren Platz im Leben beneideten und sich bei uns eine glückliche Geschichte dazu dachten, und erst jetzt fiel uns ein, dass wir ja am See waren, und nicht unterwegs in Afrika oder in den Bergen von Montana oder in Oberlin, Ohio, im Übersetzerworkshop mit den berühmtesten Schriftstellern, die wir lasen und übersetzten.

Mit den Augen zum Wasser hin, zum dort vertäuten, leicht angemoorten Boot im Brackwasser, zum Schilf, wo wir ganze Nachmittage beim Rauchen und Lesen verbrachten. Von dort sah man die Ausläufer des Parks von Sanssouci. Und mehr. Und weiter.

Und da nun hatte Mausi mich wohl auch noch entdeckt, im Album dieses vertäute Brackwasserboot, und auf der Bank saß er, das war ich, im Adamskostüm. Das war es also auch, warum auch Elfi diesen Ort so sehr liebte. Und das war nun der Ort, wo Mausi und ich manch schönen Sommertag gar nicht so weit von einem späten Benn-Gedicht verbrachten.

Auf dem Weg zum Kühlschrank, mit dem Blick zur Wublitz, stieß ich auf das Wort »Reißverschluss«, ein Name und ein Datum auf der Pinnwand. Ach, Elfi. Sie sagte: Ich will endlich wieder leben. Ja, wann willst du endlich leben! Wie lange schon willst du endlich leben.

Wir waren uns ja im Lauf der Jahre immer wieder begegnet, und immer noch suchte sie nach dem Glück, als wäre es ein großer Fisch.

6. *Mausi*

Als Alain dann an jenem Tag nach Hause kam, empfing sie ihn ohne weiteres mit der Frage: Wo warst du am 30. April? Dieses Datum hatte sie nämlich dem *Spiegel* entnehmen können, der neben Alain auf dem Bett lag, auf dem ihn Elfi zum letzten Mal fotografiert hatte, es war Mausis Bett.

Er hatte »Das weiß ich nicht mehr« gesagt, und so war es.

Das Foto vom vergangenen Winter, auf das sie nun im Mai gestoßen war, und vielleicht noch etwas mehr dieser Anruf am selben Tag, bei ihrem letzten Besuch bei Elfi, hatten zu dieser Sendepause geführt, die bewirkte, dass Elfi, obschon geladen, nicht zu ihrem Geburtstag kam, und es wäre ja auch nicht gegangen, Elfi war tatsächlich krank, aber keiner glaubte es, denn alle logen und machten sich nichts daraus. Das ungewöhnliche Schweigen hatte eben bis dieser Nachricht angehalten. Sonst telefonierten sie mindestens dreimal in der Woche.

Meine größte Liebe … aber das sagte Elfi oftmals, und der Ausdruck war vielseitig verwendbar und recycle-konvertibel. Dieses Mal stimmte es, ja, sie hatte von einem jungen Mann gesprochen, einem Architekten von der TU … Und Mausi hatte es ja wieder vergessen.

Elfi hatte ja nun in der Vollweibzeit gelebt, »die Frau um die vierzig«, wie Inge gesagt hätte. Ja, auch Elfi hätte vielleicht nichts anderes geblüht, als sich am Ende mit irgendwelchen schönen Männern anzufreunden, wie ihr und Alain auch. Ja, das wusste Mausi nun. So viel hatte sie vom Leben herausgebracht. Und von ihrem immer noch vorzeigbaren Alain auch, um den sie ahnungslose Frauen in der Oper immer noch beneideten. Wenn auch die vegetarische Option schon von Anfang an im Raum ihres Lebens zu zweit gestanden hatte.

Wen die Götter lieben … mit 85 war Elfis Leben eigentlich unvorstellbar. Und der zurückgebliebenen Frau wäre am Ende vielleicht nichts anderes übriggeblieben, als zu hören, wie eine wie Inge dereinst zu ihr sagte: »Sie müssen aber einmal bildschön gewesen sein«, und dann bliebe ihr nicht viel mehr, als sich mit schwulen Männern anzufreunden, mit denen sie sich in der Deutschen Oper zeigte, an deren Arm sie in der Pause zwischen dem zweiten und dem letzten Akt von *Tosca*, bevor sie in den Tod sprang, sich zum Büfett aufmachte, um sich mit einem Prosecco zu erfrischen. Mit irgendwelchen Balletttänzern wäre sie vielleicht noch im Leben unterwegs gewesen, welche die Robe der Kunstnerzträgerin, sonst wäre sie von den Tierschützern mit ihren Augen totgeschlagen worden, gekonnt zur Garderobe brachten, und nachher in der Bar beim Bolerosänger *Bésame mucho* bestellten, bevor sie bald darauf an der Haustür abgeliefert wurde, unverrichteter Dinge, und dann ab ins Bett, dem Schauplatz ungeschminktester Einsamkeitsanwandlungen. Schwarzes Meer, Rote Liebe, Goldener Tod.

Umso weniger konnte Mausi nun verstehen, was nicht zu verstehen war. Und dass morgen schon die Beerdigung sein sollte. Morgen war schon die Beerdigung.

Beim erinnerungsweisen Blättern in diesem Album und dann wieder beim Herumstreunen in ihrer Erinnerung dachte sich Mausi zu all diesen Männern: dass das einzig Geradlinige an ihnen ihr Schwanz war, wie die Dichter sagten. So hatte sich das bei den meisten herausgestellt, und so hatte Elfi es dann auch unter den Fotos festgehalten. Elfis und auch Mausis gemeinsame große Liebe war zweifellos Norbert, aber der erschien nicht mehr in diesem letzten Album. Und die anderen Männer auf der Welt schauten nun so, als wäre es das Selbstverständliche auf der Welt gewesen, nicht am meisten geliebt worden zu sein.

Und auch Elfi selbst hatte nicht gewusst, was aus diesem Fotoalbum noch einmal werden sollte. Ob es sie überleben würde oder schon vorher von ihr entsorgt werden, in einem höchst aufgeladenen Augenblick, nach außen hin vernünftig, innerlich würde sie aber – »das war's« sagen und dann das Autodafé.

Geschenkt, sagte sich Mausi mit diesem Album vor Augen. Geschenkt, sagte Mausi vor sich hin. Und auch, was Elfi und Alain anging. Herr Schmigotzki hätte nun hören können, wie

Mausi »Ich verzeihe dir« vor sich hinsagte. So laut, dass es fast schon eine Drohung war. Wen sie meinte, hätte er freilich nicht gewusst.

7. Alain

Die Cyclamen blühten im Unterholz. Einmal hinauf und einmal hinunter, einmal hinein und einmal hinaus. Der melancholische Schmutzfink sang schon im Voraus im Nachhinein, *Warum ist es im Rhein so schön*, und die Liebe war zum Sterben schön, sagten die Kitschseelen, und in Frankreich hieß das »La petite mort«, und was nicht klar war, konnte nicht Französisch sein, also war die Liebe eigentlich nichts Französisches, auch wenn dieses Wort »französisch« in den Kontaktmagazinen und nun im Internet immer noch herumgeisterte. Das konnte dann auch am Baggersee sein.

Wollte ich Elfi nicht ein Denkmal setzen? Wir müssten ihr ein Denkmal setzen, sagte ich zu Mausi am Telefon. Und zwar genau da, wo sie einst am Rimsinger See ins Wasser ging, genau an ihrer Lieblingsstelle. Du musst ihr ein Denkmal setzen in deinem Tante-Mausi-Roman, sagte ich ihr. Wir müssen ihr ein Denkmal setzen, und ich meinte auch mich, und in der Mitte müsste der Satz stehen, dass es nicht wahr sei, jeder Mensch sei zu ersetzen. Die Wahrheit sei das Gegenteil, kein Mensch sei zu ersetzen, und am wenigsten Elfi, und dass jene Todesanzeige, in der »ist von uns gegangen« zu lesen war, nichts war als ein Betrugsversuch, ja, sie wollen uns um den Schmerz des Lebens betrügen, der aus uns ein Ganzes macht, dachte ich, und war schon ein halber Grabredner, und ich hätte auf jenes Denkmal für Elfi den Satz geschrieben, dass das nicht zu Verschmerzende nicht zu verschmerzen sei, und keine andere als Elfi hätte mich gleich darauf zurechtgewiesen: Wieder einmal ein typischer Satz von Alain, kann es sein, dass mein Lieber etwas spinnt? Und noch vor der Atempause hätte sie gesagt: Komm, gehen wir ins Wasser, und dann wären wir einander davongeschwommen, und in mir wäre das Gerücht vom Kampfkarpfen im See, der den Schwimmern ganze Schwänze wegbiss, mitgeschwommen, und vielleicht hätten wir beide Angst davor gehabt, uns in den Schlingpflanzen zu verheddern oder das Stahlseil der Baggerfähre zu berühren, das einen Meter unter Wasser durch den See lief. Oder auf sonst etwas zu stoßen. Elfi war eher blond als nicht, eher größer als kleiner, und schon gar nicht verhuscht, ihre Swatch war so farbig wie ihre Zeit eckig war; mondän war sie, das sagten die anderen von ihr, und zwar so: Wenn sie im vollen Ornat am Baggersee erschien, so konnte es zur Zeit des Mittagsdämons sein, des drohenden Abfalls von der Welt, dass sie einfach da war, und alles war wieder gut, mit ihrer Sonnenbrille, ihren Pumps, vielleicht noch mit ihrem grellgoldenen Stirnband aus Acryl, auf dem »no comment« zu lesen stand, das war alles, und sonst nichts. Zwischen dem Stirnband und den Pumps war nichts, nur Elfi. Inge sagte dafür nur pudelnackt, ich musste mich nicht für ihre Adjektive entschuldigen. Wenn Elfi da um die Ecke auf ihrem Fahrrad erschien, als wollte sie die Parade abnehmen, einmal hinauf und einmal hinunter, so wie ein Flitzer, so kurz, als wäre es wie mit dem Leben. Und alles war so wenig, war so viel, dachte ich, und außerdem kam mir immer der Satz: Amerika ist ohne dich arm.

Dagegen Elfis kleine Freundin! Anni. Sie traten als Paar auf. »Wir wissen es nicht«, sagten die besten Freunde, und das waren doch wir. War Elfi in den letzten Jahren auch noch lesbisch geworden? Seltsam. Aber so war es. Auch Anni fotografierte. Sie hatte ein trotzdemschönes, dabei vorsichtiges Gesicht, eher konkav, als wollte es sich schon wieder zurückziehen. Ein Gesicht, das es nicht ganz geschafft hatte. Nicht ganz in die erste

Reihe des Lebens. Also fotografierte sie. Es war eine gewaltige Sehnsucht auch bei diesem grauen Mäuschen, armen Mädchen, ja, von welchem Ort der Welt hätte die Sehnsucht jemals größer sein können als von ihrem aus. Und an dieser Stelle dachte ich weit voraus, wer weiß, bis ins Jahr des Herrn 2016: Verurteilen Sie mich nicht wegen meiner Wörter und vielen Adjektive, gnädige Frau.

Eher schlank und eher klein war sie, versteht sich, bei diesem Leben. Nur ihre langen Haare, eher schwarz und dazwischen etwas rot, gingen nach außen und zeigten ein Interesse an der Welt, und dass sie ihr nicht egal war, die Welt, und doch schaute sie so, als wäre sie immer kurz vor dem Verschwinden, als wollte sie sagen »Ich bin schon mal weg«.

Auch Elfi war keine Frau der vielen Wörter. Dafür fotografierte sie. Man übersah sie dabei nicht. Als wäre es nur einmal und für immer, so wie in alten Zeiten, als der Wanderfotograf alle paar Jahre nach Onstmettingen kam, bis hin zu Paul Strand, der die Putzfrau meiner Tante Elfriede eines Tages nach New York mitnahm, und da steht sie nun mit ihrem Besen, Samstagnachmittag um vier, in der Fotoabteilung des MoMA, für immer. Das verband die Aufnahmen: Früher schauten alle todernst, denn der Fotograf hatte ihnen gesagt, dass es das Einzige wäre, was von ihnen bleiben würde; heute grinsten alle, denn der Fotograf hatte ihnen »Alles cheese!« zugerufen. So wie einst »Alles Walzer!«. »Grinsen« und »cheese« waren zwei i-Wörter.

Elfi kannte dieses i-Wort auch, sagte aber nichts, wenn sie sich an die Aufnahmen machte, kein einziges Mal sagte sie »cheese« und nahm wie nebenbei ihren Apparat, während wir unsere Witze machten, immer ein Zeichen von Übermut und Vorfreude auf das unmittelbar folgende Leben, und dann fotografierte sie uns, unsere unterschiedlich roten und appetitlichen Fressen (in Berlin hieß das: Schnitten) und die Flaschen.

Und fast schien es so, wenn ich nun daran dachte, dass alle Aufnahmen ihm zuliebe waren, Norbert.

Und auch schon ein paar berühmte leere Flaschen der »Le Beaujolais nouveau est arrivé!«-Zeit stehen da für immer in meinem Kopf herum. Und wie wir in die Kamera lächeln oder lachen, ganz von selbst, ohne dass Elfi hätte etwas sagen müssen, ohne jedes nötigende Wort.

Wir mochten sie alle. Elfi. Und Norbert auch. Von Anfang an, schon in der Küche des UZH in Freiburg wollten wir mit ihr und Norbert gleich nach dem Essen ans Meer aufbrechen oder wenigstens zum Wurstschnappen nach Lyon, ja, so war sie: Sie wäre die Erste gewesen, die mitgewollt hätte und dabei gewesen wäre, und wir hätten ihr alle »meiner Sonne« ins Poesiealbum geschrieben: jeweils einzeln. »Meiner Sonne«, das schreibt man nicht jedem ins Poesiealbum, meinte Mausi. Und dann auch unser Platz unter der Sonne im Bunkerschatten, wie sie, immer gerne etwas später, vom Jagdhaus her angefahren kam. Wie sie auf dem leichten, festen Weg über Piniennadeln unter den Pinien hindurchfuhr auf jenem alten Fahrrad, einem Herrenfahrrad von Peugeot, das einmal meines gewesen war, das wohl auch stolz war auf sie, vielleicht sogar schon etwas verliebt, eine solche Fahrerin zu haben, die sehr geschickt durchs Unterholz jonglieren konnte und dabei nackt an uns allen vorbeifuhr. Und wie sie vor Ort dem Leuchtturm von Cap Ferret Konkurrenz machte, ja, dem Meer. Nur im Sand fahren ging nicht. Und wie sie uns nun davongefahren war für immer.

Inspiriert durch ihren Aufenthalt in Uruguay meldete sie sich dann im Freiburger Gefängnis als Betreuerin an, für Häftlinge, die auf ihre Entlassung vorbereitet werden sollten. Diese Räuberhände. Wenn diese Räuberhände … Das wusste ich alles von ihr.

Doch bald zog sie nach Berlin, in jenes schöne Haus in Tante Mausis Nachbarschaft, das sie geerbt hatte, ebenfalls von einer ledig gebliebenen Tante, und Inge und Justus zogen bald nach, und sie bildeten eine Wohngemeinschaft. Für Justus und Inge gab es dafür ganz andere, verschiedene Gründe. Im Lauf der Jahre hatten die zwei, zu denen sich bald noch ihr Wunderkind Donata gesellte, unsere gemeinsame Freundin erobert. »Attrappe« schreibt man mit zwei tt und zwei pp! Und nun bitte ein kleines Denkmal für Elfi! Elfi war eine Frau, ohne die Amerika arm war.

Sie hatte ihnen jeden Kuss geglaubt, wie man sagte.

8. Mausi

Und Mausi wollte die Geschichte von zwei Liebenden, deren große Zeit vorbei war, schreiben. Wie sollte sie es halten: Entsagung oder Brotmesser? Oder einfach ein Rasiermesser? Es gab ja keine so großen Rasiermesser mehr.

Und auch Alain dachte vielleicht daran, ein Buch zu schreiben über zwei, deren große Zeit vorbei war. Das teilten sie mit dem, der dies aufschrieb, und wohl auch mit jenen, die das lesen würden.

9. Alain

Blöde Kuh, sagte ich vor mich hin. Und dachte an Inge, der unschöne Vergleich war aber ausgelöst durch jene Frau auf der anderen Bank, die sich mit irrsinnigen Handbewegungen verrenkte, als sie mich beim Rauchen einer Zigarre entdeckte, als wollte sie mich wegbefördern aus ihrer Welt. Neben mir lag immer noch *P.S. I love you*, die Originalversion, und in meinem Kopf dachte ich Ähnliches.

Ich hatte aber keine Lust, in einem Buch zu lesen, solange die dazugehörende Geschichte nicht gelebt war. Ich hörte sie nebenan eine halbe Stunde lang vom Wetter sprechen. Der Himmel schien nur einen Kondensstreifen weit entfernt zu sein. Das tatsächliche Wetter, den schönen blauen Himmel, erlebte der Mensch nur noch als Bestätigung der Wetternachrichten, und nicht mehr als Ereignis an seinem eigenen Leib. Die virtuelle Welt hatte überhandgenommen, und die Welt selbst, der blaue Himmel und wie es war, wenn seine Sonne auf den Leib schien, war in der Globalisierungskelter der virtuellen Welt verschwunden. Doch einem wie Norbert war die Sonne auf den Leib geschrieben.

Und zurückfahren nach Berlin musste ich auch noch. Schon jetzt ein Albtraum, wegen Elfi.

Was waren das für Leute, die solche Bücher verschenkten wie *P.S. I love you* und *Abscheu vor der Weltgeschichte*? Und dann auch noch Leseexemplare, die sie selbst geschenkt bekommen hatten, wie gerade Inge auf Mausis vierzigstem Geburtstag? Und dann kamen mir auch noch folgende Mitläufersätze aus der Morgenandacht des Deutschlandfunks, gleich nach halb sieben, in die Quere: Was waren das für Leute, die bei den Verkehrsmeldungen im Radio, »eine Kuh auf der Autobahn«, lachten? War der Tod der anderen im Prinzip ein Witz? War es ein schadenfrohes Gelächter von solchen, die dem Fahrer, dem Tierbesitzer, den Fleischfressern den Schaden gönnten? Oder dachten sie dabei an einen Otto-Film? Oder an einen Western, wenn der Bösewicht vom Pferd fiel? Der Tod, gut genug für einen Otto-Waalkes-Witz? Aber Inge war genauso. Sie war eine, die mit den grauenhaftesten Redensarten wie »Da beißt die Maus keinen Faden ab« oder »die Kuh vom Eis« oder »Da ist die Scheiße am Dampfen« ihr Sprachleben bestritt, durchaus virtuos. Ja, auch Inge konnte manchmal ein Gesicht machen, als käme sie von Pro Animale wie Elfi. Was aber sagte Animal

Peace zu »und ein paar Zerquetschte«? Davor hatte mich immer am meisten geekelt, noch mehr als vor deutschen Wörtern wie »Frühstück« und »Imbiss«. Was sagte eigentlich Pro Animale zu den ständigen Tiervergleichen, von »blöde Kuh« bis »alter Esel«, zu all diesen Tierbeleidigungen?

Ach, Köln. Ich hatte hier etwas studiert, etwas, ein wenig, und meinen dreißigsten Geburtstag hatte ich auch hier verbracht, und zu schreiben begonnen hatte ich hier auch. Das heißt, es war ein Weiterschreiben, denn zu schreiben begonnen hatte ich ja schon bei Madame Peau. Es war an meinem dreißigsten Geburtstag, in jenem Café in der Berrenrather Straße, mit der Hand fand ich zu mir, versuchte es, und nichts anderes als Babette hatte mich damals zum Schreiben getrieben. Erst die Blüten und dann die Blätter. Und wie sich im Deutschen »blühen« und »glühen« reimte in meinen Reimdepp-Ohren. Und wie meine diagnostizierten Adleraugen Babette mit einem Mal wieder vor mir stehen sahen, und ich musste es wieder einmal aushalten, mein Hirn und meine Augen, ich, ein längst promovierter Tagträumer, sah sie wieder einmal vor mir stehen, gut zehn Jahre, nachdem mein Jeremy, das Fluchtfahrzeug, an der Haltestelle von La Teste aufgefunden worden war, immerhin abgeschlossen, Babette wusste, wo ich den Zweitschlüssel bei mir zu Hause hängen hatte. Da stand sie nun wieder einmal vor mir, ganz so, als wollte sie mit ihren Augen »Je t'aime« sagen zu mir, und gleich noch einmal mit ihren Händen. Abgesehen von den nächtlichen Träumen, wo sie dem Papst irgendetwas ins Ohr flüsterte, gab es auch diese Nachtgespenster den Tag über immer wieder.

Schreib es endlich auf, dann bist du es los, mach es wie Goethe, sagte ich mir. Das war nun zehn Jahre her. *Mit der Zeit tut nichts mehr weh*, das schöne Lied stimmte schon damals nicht. Und jetzt wieder nicht. Damals: Sag jetzt nicht: Ich habe in ihr auch schon einmal geweint. Und ich lebte jeden Tag »von einer

Schmerztablette zur anderen«, von einem Aufheller zum anderen, und am Abend auch die Spirituosen nicht zu vergessen. Und dann all die Liebesgenerica. Die Ersatzdrogen.

Blöde Kuh, dachte ich, und keine Beleidigung passte mehr zu ihr. Mein Nachbar auf der Bank konnte es hören und dachte sich bei mir wohl einen verlassenen Mann hinzu. Ich meinte aber sie, die Liebe. Die Liebe ist eine blöde Kuh. Was hätte nun aber Madame Peau, unsere hochintelligente Deutschlehrerin und Leserin und Kritikerin meiner Aufsätze, zu diesem Satz gesagt? Auch die Wörter »Schmutzfink« und »Sprachgitter« kippten um und richteten sich nun schon wieder gegen mich.

Ich sah, dass auf dieser ungepflegten Seite Kölns, wohin sich damals kaum ein Tourist verirrte, obwohl er von dort die schönste Aussicht auf die Stadt gehabt hätte, die meisten Bänkchen noch leer waren, so viele waren es gar nicht, dafür die Flaschen daneben von der vergangenen Nacht her, ich sah den überfüllten Abfalleimer, dahinter die Türme sah ich auch. Die kleine spätgotische Kirche, deren Namen ich nicht weiß, war wie eingezwängt zwischen Verwaltungsgebäuden und dem Hyatt Regency Business Hotel Cologne, »luxuriös«, für das es vielleicht sogar einen Architekturpreis gegeben hatte, doch jetzt sah es schon aus wie der Friedrichstadtpalast, also ziemlich heruntergekommene siebziger Jahre des vergangenen Jahrhunderts. Nichts war ferner als der Schnee von gestern.

Asdfkjaöl! Asdfkjaöl! Asdfkjaöl! Kam es aus mir heraus.

Die ersten Spaziergänger drehten sich schon wieder nach mir um, als wollten sie es gar nicht wissen, was das für einer war. Als drehten sie sich gar nicht um, und es sähe nur so aus. Ich war längst diagnostiziert. Ich war diagnostiziert. Also war es oder ich dann nicht so schlimm? Als wäre das (richtige) Leben eine Frage des richtigen Verhaltenstherapeuten. Damals, als ich noch bei Madame Cyprian auf dem Schoß saß, war es aber noch nicht so schlimm … Da war – was später als »diagnostiziert« abgeheftet wurde – noch als »drollig« durchgegangen, ein Buchstabe weniger wäre »rollig« gewesen. Auch das reimte sich, wie vieles, wenn man einen Buchstaben wegließ, doch auch das passte längst nicht mehr zu mir, das heißt, bis gestern Abend vielleicht, als ich all diese Konferenzteilnehmer sah. Doch alle Wörter passten immer zu jemandem. Das war das Leben. Dass dieselben Wörter zur selben Zeit auf diesen Menschen bezogen lächerlich sein konnten oder das Gegenteil, Aphrodisiaka, ja. Ja, aus den Aphrodisiaka von einst waren Konferenzteilnehmer geworden, wie ich sah, die mit ihren Tags und Konferenzakten in der Kaffeepause herumstanden und »That's interesting!« sagten.

Nur im Liebesroman war die Zeit aufgehoben, und alle durften sich ungestraft in das Unglück stürzen.

Ich sah auf der Promenade Menschen vorbeigehen. Menschen gingen vorbei … Adidashosen … Nie gesehene Menschen und Hosen und Schmutzfinken. »Leute laufen hier rum«, hatte Tante Mausi gesagt, als sie zum ersten Mal mit mir und Mausi in Saint-Benoist-sur-Mer war. Es war auch das einzige Mal.

Damals gingen die anderen luststeigernd an mir vorbei. Gingen sie vor mir her. Lagen sie vor mir herum, als warteten sie auf nichts, immer noch zwei und noch zwei, und doch sah es irgendwie nach mehr aus, wie sie sich auf dem schmalen renaturierten grünen Streifen ausbreiteten, so leichtbekleidet wie erwartungsvoll. Vielleicht warteten sie nur noch auf die Nacht und bis ich verschwunden wäre.

Dieses Kind mit seinem Ballon … Wie übersetzen? Ballon, Kind, Eltern … in die Wörter hineinstechen … Nicht einmal hineinstechen ging, aus Angst, dass sich herausstellte, dass es nichts als Luft war. So ein Luftballon, der im Himmel verschwinden konnte, vor seinen und meinen Augen, wo ich schon das Fliegen als ein Wunder, als eine Art Himmelfahrt empfand, als Beweis dafür, dass oben mehr als unten war und nichts weniger als etwas und ja mehr als nein, eine erste Metaphysik. Das war das Kind in mir, das nichts verstand und über alles staunte, und weiter kam ich eigentlich nie. Und so fort. Nur ein Luftballon. Und jetzt wieder.

Es war so lange, lange her, seitdem ich den letzten Luftballon gesehen hatte. Und wenn ich ehrlich war, noch länger her, dass ich einem Kind beim Spielen zugeschaut hatte, wirklich zugeschaut hatte. So früh am Tag, das war ja die Zeit der Alten und ihrer senilen Bettflucht und der Kinder, die etwas vom Tag haben wollten, dachte ich. Und, wie ich nun sah, wie ich stellvertretend eine Gänsehaut bekam, wie dieses Kind mit seinem Vater, der darüber vielleicht auch erschrak, diesen Ballon malträtierte, so früh am Tag, im Leben, als wollte es ihm den Hals umdrehen, und immer so kurz, bevor ihm die Luft ausging, ihn noch einmal weiterleben ließ, als spielte dieses Kind mit diesem Ballon wie die Katze mit der Maus. Wer Augen dafür hatte, konnte einen Schreck bekommen vom Leben, von den ersten kindlichen Tötungsversuchen an, und speziell von der sogenannten Natur, ich sage lieber nichts. Was war es für eine Freude am Töten, wenn dem Kind danach war. Dachte ich. Und solche Wörter wie »grauenhaft« und »nie wieder!« gingen mir im Kopf herum, und wie Mausis Onkel Adalbert, der noch ein Herr von Geist war, nun hätte sagen müssen: Ich kenne deinen Gedanken nicht, aber ich missbillige ihn! Es gab Menschen, Großeltern, die stifteten ihre Übernächsten zu dieser und jener Schandtat an und waren glücklich, wenn sie ihren Enkeln beim Töten zusahen, die bekamen dann vom Christkind als Belohnung für alles einen Spielzeugpanzer von Krauss-Maffei Wegmann oder wie ich ein gedankenloses Kommunionsmesser.

Nun war ich schon wieder beim Übersetzen, das war praktisch, denn es half beim Leben weiter. Der griechische Satz: »Ungeheuer ist vieles, doch nichts ist ungeheurer als der Mensch«, der auf Deutsch so verschieden übersetzt wurde, dass die eine Übersetzung das genaue Gegenteil von der anderen war, wie es oftmals beim Übersetzen herauskam, von »gewaltig«, »groß«, »wunderbar« über »ungeheuer« bis zu »schrecklich«. Und wie der Gummi des Ballons quietschte, davon bekam ich Gänsehaut, schon beim Zusehen, und so war mir manches Vergnügen auch nach der Luftballonzeit versagt. Und was man alles mit Gummi machen konnte, Opa! Unerbittlicher ging es nicht. Ich wusste nicht, ob das Kind seinen Großvater meinte. Oder mich.

Und das Schicksal des Übersetzers war es wieder einmal, mit seinem Namen nicht auf der Titelseite des Romans zu sein. Da dachte ich auch an Elfi, wie das Schicksal der Fotografin war, nicht auf ihren Bildern zu sein, wie die Männer mit ihren Schwänzen in ihre Kamera lächeln. Aber sie war doch da zu sehen für mich, als Seele des Ganzen.

Hinter meinen Gedanken glitt das Schiff an Groß Sankt Martin vorbei und verdeckte für ein paar Sekunden das Domfundament, und das Kind schaute hinüber, wie der holländische Frachter mit dem Auto und den Fahrrädern darauf vorbeischwamm, als wäre es ein Fahren. Wahrscheinlich war es das Auto, das auf diesem Schiff stand, was den Jungen zum Hinschauen verführte, und als wäre es nicht genug gewesen, sagten die Eltern: »Schau, ein Schiff!« – Es klang, wie wenn einer zu einem »Pass auf!« sagt, wenn der schon auf die Schnauze gefallen ist, sorry. Wenn ein Auto zu sehen war, hatte der Rest der Welt keine Chance, auch ein Schiff nicht. Das Kind war mir entgegengerannt und wollte mir das Schiff zeigen und war dabei wieder einmal hingefallen und hatte, begleitet von Pass-auf-Sätzen, geweint. Auch noch, als es sich schon wieder aufgerappelt hatte, nicht zum letzten Mal, und als es dafür zu spät war, hat der Vater auch noch wie eine Mutter »Kannst du denn nicht aufpassen!« hinterhergerufen. Und das Kind weinte, denn der Luftballon war nun auch weg und trieb schon zwischen Himmel und Erde.

Die Power-Walker dagegen waren ebenerdige, fluchtartige Erscheinungen. Sie gingen ganz schnell und ungerührt an mir und allem vorbei, als wollten sie etwas davon haben, von allem und am meisten von sich und ihrem Leben. Als wollten sie von allem etwas haben. Das hatten ihnen die Mediziner eingeredet. Die neuen Blätter auf dem Ahorn gegenüber sahen wie grüne Blüten aus, als wären es Juniblüten, die Flamboyants von Köln, jenes wunderbare Rot der Tropen, das ich so sehr vermisste, wo es schon nicht mehr zu blühen, schon fast zu brennen schien.

Es waren ja nur ein paar Fotos und was von einem Menschen so übrig blieb. Denn meist war es ja nur noch Asche, die sich bald mit der Friedwaldwelt als ihr Dünger vermengte.

Ich dachte gar nichts, als ich von Elfis Tod hörte, ich sagte, ich dachte, das gibt es nicht, die Welt stürzt ein, und dann weinte ich, und als ich weinte, kam sie mir wieder vor Augen, und »scheiße, das Fotoalbum« sagte ich vor mich hin. Beim letzten Besuch bei Elfi hatte ich es noch mitgehen lassen wollen, aus dem Verkehr ziehen. Elfi hatte mich erwischt und gesagt: Was machst du denn da? Wo warst du denn mit deinen Augen wieder? Ich hatte gerade die Seite vor mir, die mich zeigte, wie ich der unsichtbaren Fotografin entgegenlächle, mit nichts als mir und meinem Schwanz und … Was machst du mit deinen Augen? Was hast du wieder mit deinen Augen vor?

Und doch träumte ich wieder davon, eine Infrarotbrille zu haben und alles zu sehen wie damals. Ja, eine Brille, mit der ich hätte in die Zukunft sehen können. Indem ich den Rauch meiner Zigarre zu Ringen formte, glaubte ich, dem leeren Kern des Lebens näher zu sein oder dem Kern meines leeren Lebens. Oder dass meine schwarzen Gedanken einen harten Kern hatten. Die einzige Gewissheit war, dass es nur so aussah, als dächte ich über das Leben nach. Gewissensbisse konnten nämlich auch wie Gedanken aussehen in den Augen von Menschen, die aber zumeist keine Psychologen waren, sondern wissenschaftsgläubig. Sie sagen, das Denken sei eine Art von Heimweh. Ich aber sah nur diese grünen Vögel, diese Papageien, die über mich hinweggeflogen kamen, und dann übers Wasser hinweg auf die andere Seite und schließlich im Westen am Horizont verschwanden, es war Süd-Südwest, und irgendwann waren sie am Meer beim Leuchtturm von Cap Ferret und den Dünen, finis terrae, Ende der Welt bei Biscarosse, wo ich einst aufgebrochen war.

Schienen die Eltern auf nichts anderes zu warten als darauf, dass jemand zu ihnen »Opa« und »Oma« sagte?

Der Rhein wurde vom Hinausschauen auch nicht größer.

Wie du mit deinen Augen vorangingst und es meinen Händen leichtmachtest, dass sie den Weg zu dir fanden. Es war ein Stockwerk darunter, im Erdgeschoss ein Sommerfest.

Jenes Foto, eines von den frühen, alten … Es war in der Woche, bevor wir alle von Freiburg aus nach Arcachon aufbrachen. Das war ja erst gestern … und wir waren bei Dingen, die nur im Dunkel denkbar sind, du liebe Zeit.

Mein geistiger Grundriss aber war nicht so sehr von der Tatsache bestimmt, dass Madame Cyprian mir gesagt hatte, ich sähe aus wie eine Verbindung von Gérard Philippe und Maurice Chevalier, und es wäre Alain Delon herausgekommen, sondern vielmehr davon, dass von Monsieur Kneller ein leichtes Tourette diagnostiziert wurde, allerdings erst, als es für eine Therapie zu spät war. Die hätte ja schon pränatal einsetzen müssen, sagten die Experten. Bei diesen Eltern! Sie hätten sich niemals zusammentun dürfen, dann wäre das Schlimmste verhindert worden, ich war also auch ein Teil des Schlimmsten.

Und mir blieb nichts anderes, als Übersetzer zu werden, von allem.

10. Mausi

Es gab nur einen für Elfi, und das war Norbert. Damit war ihre Geschichte entschieden. Die Liebe war ihm auf den Leib geschrieben. Das war die Rolle seines Lebens.

Nur mit ihm war Elfis Album vollständig und hatte einen Sinn.

Wir werden niemals vergessen, wie Elfi ihn dann mit allem versorgte, was er noch brauchte, und dann von Berlin aus wieder für ein Jahr nach Freiburg zog, so lange dauerte nämlich die letzte Etappe, und dann bis hin zum Alibi einer Todesanzeige, in der Elfi als trauernde Gattin erschien.

Sie war ja viel mehr. Und doch. Norbert. Dieser Mensch war weniger als ein Strohhalm.

Elfi und Norbert: zuletzt geheiratet, der Todesanzeige wegen, das war für die Batzenberger Verwandtschaft und eine ganze, seit 1984 vom *Spiegel* aufgehetzte Meute.

Sie hatten ja geheiratet. Das war offiziell als Josefsehe deklariert, aber wohl nur nach außen hin. Tatsächlich war es Liebe. Denn Mausi sah nun, wie das Leben nach der letzten Reise nach Florenz und nach dem *Spiegel*-Aufmacher und nach dem positiven Test für Norbert weiterging.

11. Alain

Mir blieb vorerst nichts, als mich in die Poesie zu flüchten. Norbert. All die verschneiten Sätze. Jeder Liebesroman, erzählt von einem Überlebenden, war auch ein Nachruf. Jede wahre Liebesgeschichte war auch ein Nachruf.

Im Himmel schwammen Fische herum.
All die verschneiten Sätze.
Cyclamen im Unterholz der Liebe.

Das war nun ein Gedicht, und ich war nun schon so verwirrt, so verschneit, dass ich das Wort »Weinangebot« mit einem Seminar aus dem alternativen Bereich verwechselte. Als wäre »weinen« kein Tuwort mehr gewesen. Der schöne Norbert! Wenn er in Freiburg zu uns in die Eschholzstraße kam, brachte er jedes Mal einen Pornofilm mit und ein Glas selbstgemachter Marmelade. Selbst zu Weihnachten kam er mit einem Glas selbstgemachter Marmelade und einem frauenschonenden, frauenfreundlichen Pornofilm für Mausi und mich, die selbstgemachte Marmelade war o. k., mehr auch nicht. Das alles ist ja längst so ge- wie vergessen, und an allen Stränden dieser Welt konnte sich der Mensch den Tod holen. Und dann kam er mit Norbert nach Freiburg, der Tod. In einer dunklen Nacht ging ich aus meinem stillen Haus, weiß nicht, weiß noch: Mausi ging zu Fuß. Haus Uhlenhuth, auch der war einer von jenen gewesen, hochanerkannter Rassenforscher bis zum heutigen Tag, das ganze Institut hieß nach ihm, nur hieß es nicht mehr Rassenforschung oder Eugenik, eine Spielart des Darwinismus, sondern ganz einfach Humangenetik. Die Hirnforscher waren die Theologen unter den Darwinisten. Für uns alle – Elfi, Mausi, mich und wen sonst noch? – waren, seit dem *Spiegel*-Artikel und dem langsamen Sterben von Norbert die Sommer vorbei, so wie sie bis dahin gewesen waren. Ganz abgesehen vom Verschwinden Babettes. Da war nun ein »Riss im Himmel«, so hätte die Zustandsbeschreibung des Bildes unserer Zukunft sein müssen, ein impressionistisches Gemälde auf einer Leinwand von Lucio Fontana. Es war die Ouvertüre des Todes in unserem Leben. Wenn Mausi oder ich im Lauf der Jahre an Norbert gedacht hatten, kamen wir nie über den Satz hinaus:

Es sterben immer die Falschen. Und wie viele Holzwege es waren bis zum Tod, zu Menschen mit Namen, die ich vergessen habe, zu denen ich Weltreisen gemacht hatte.

Er starb im schönen Alter von 35 Jahren.

»So ein schöner Tag, so ein schöner Mann, so ein schöner Hund«, das konnte in Inges Sprache eine Abfolge sein. Einer der dümmsten Sätze hieß »Liebe macht blind«. Die Liebe war etwas Wunderbares, so nutzlos wie das Warten auf den ersten Schnee als Kind, der nie kam. Was war die Liebe? Eines Tages, und das war jetzt, wusste ich, dass die Liebe das Warten auf die Liebe war. Ich mit meinem Samen und meiner Sehnsucht und sonst nichts. Eine gewaltige, ungeheure Sehnsucht überfiel mich. Nur noch das Wort »ich« kam häufiger vor. Nun komm, der Heiden Heiland! Das war schon fast eine Nötigung, jedenfalls in meinen Ohren, wie gesungen von den Tölzer Sängerknaben und dirigiert von Nikolaus Harnoncourt.

Norbert: Sein Leben bestritt er, soweit ich weiß, mit Gelegenheitsarbeiten. Dabei: Barmann in unserer Lieblingsbar, genannt Das Loch. Dabei Pharmavertreter, ein Posten, den er ohne jede Qualifikation bekam, außer seinem Charme, mit dem er Männer und Frauen gleichermaßen für sich einnehmen konnte, und mir fiel kein besseres Wort dafür ein als »betören«. Eine Zeitlang reiste er für eine Firma herum, die mit Antiklimakteriumspräparaten Marktführer war. Das heißt, Norbert hatte sich vom offiziellen Vertreter dieser Firma, der mit Antibabypillen zu einem der reichsten Männer Freiburgs geworden war und seinen Führerschein wegen Alkohol am Steuer zuerst auf ein Jahr und dann für immer verloren hatte, anheuern lassen, ganz Südbaden mit Lust- und Schmerzmitteln zu beliefern, und für diesen Generalvertreter war Norbert eine Goldgrube. Andere aber sagten, er habe sich nur im Bett des Generalvertreters hochgearbeitet. Für alle war Norbert eine Goldgrube, nur für sich nicht. Bei Foto Stober hat er noch ein paar Wochen in der Dunkelkammer gearbeitet, als man schon sehen konnte, dass etwas nicht mehr stimmte mit ihm. Beschwerden und Reklamationen hat er einfach unbearbeitet weggeschmissen. Bis er selbst ein letztes Mal hinausgeschmissen wurde. In den Jahren zuvor war er manchmal auch Beifahrer für einen Kunsttransportunternehmer, der seinen Fuhrpark aus ehemaligen Viehwagen rekrutierte, und es passierte weiter nichts. Norbert arbeitete auch gelegentlich als Aufseher im Museum für Moderne Kunst. Der schöne Mann, das arme Tier, vermochte im täglichen Leben nicht viel. Er hatte keinen Einfluss auf das Schicksal. Er hatte es ja nicht einmal geschafft, für seinen Kanadier eine Stelle bei Berlitz zu bekommen. Alle wollten in seiner Nähe sein. Alle, das heißt: auch Elfi. Auch Babette. Auch Mausi. Auch ich. Selbst Justus. Selbst Inge. Doch keiner von uns schaffte es für immer. Er konnte niemanden halten. Schließlich starb er. Alle weinten. Fast alle. Und auch »sterben« war ein Tuwort, das aber schon lange durch »gehen« ersetzt war. Doch wie niemals wieder sonst im Leben hofften wir, dass »gestorben« nicht stimmte und dass »ist von uns gegangen« das richtige Wort wäre, wir müssten nur lange genug warten, dann stünde er mit einem Mal wie ein Vermisstester wieder an der Haustür, in der Hand ein Glas selbstgemachter Marmelade und einen selbstgedrehten Pornofilm mit Elfi und ihm selbst in der Hauptrolle.

Dieses längst aus dem Verkehr gezogene Wort Pornofilm, und auch das Tuwort »sterben« war wie das Tuwort »halten« ja längst nicht mehr da. Doch damals war das Haltenkönnen, einen Geliebten halten zu können, eine Lieblingsvorstellung, selbst von Inge, deren Erregtheit der Schmutzfink am besten dadurch erkennen konnte, dass sie ohne Punkt und Komma auf ihn einredete, bis Norbert sie mit »Halt du jetzt mal dein Suppenloch!« in die Schranken wies. Ja, das hätten sie auch mich manches Mal im Leben wissen lassen sollen, wenn ich mit ihnen, den Menschen wie den Unmenschen, zusammenkam und dann meinen Mund aufmachte, oftmals, so schien mir, war es ja nur, um mich um Kopf und Kragen zu reden. Sie haben ja alle recht, ich bin schlecht, es reimt sich, dachte ich, ja, ich habe gesündigt, und jetzt bitte ich alle Rosenkrank-, sorry: Rosenkranzbeter um Verzeihung, ja Erbarmen. Die Tatsache, dass ich ein Sünder war, der kein Sünder sein wollte, unterschied mich gerade noch von den Zynikern, die am Ende oder auch schon zu Beginn von allem nichts anderes als »Was soll's!« zu sagen wussten. Schwamm drüber!

Das Vergessen war (m)ein Schwamm, der sich mit meinen Erinnerungen vollsog. Ich kam schon wieder ins Schwimmen. Summa: Nichts war im Blick auf Norbert einleuchtender als die Polygamie. Auf Norbert konnte auch ich eigentlich nicht verzichten und verzichtete meine Erinnerung auch nicht. Die Erinnerung war aber doch nicht viel mehr als ein zweites Mal.

Elfis Fotoalbum als summa … die Männer, die Elfi ihr Leben über fotografierte, meist nachher, danach, denn vorher hatten sie wohl keine Zeit … hatte sie Fotos als Souvenirs mitgebracht, wie sie mit ihrem Schwanz in die Kamera lächelten. Auch ich. Doch Elfis Erinnerung an Uruguay war in einem Paar Handschellen aufgehoben, so wie meine Erinnerung an Norbert in einem Glas selbstgemachter Marmelade und dem neuesten (manchmal selbstgedrehten) Pornofilm. Aus den Männern waren Fotos geworden, und aus den Fotos Erinnerungen, die nun auch noch entsorgt werden mussten wie der Spazierstock von Dr. Arenhövel, der gestern Morgen in Berlin noch zum Container herausgeschaut hatte und heute vermutlich schon geschreddert war, und ich wusste nicht, wohin das Leben verschwand. Sang Elfi nun zusammen mit Norbert und Willi Ostermann im Himmel *Ich möch zo Foß noh Kölle jon*, und sie hatten vielleicht auch ein wenig Heimweh nach uns? Und nicht nur umgekehrt?

Und doch: Was waren so ein paar Fotos, so ein Album anderes als ein paar Kratzspuren von solchen, die hatten leben wollen?

Wenn Elfi in ihre Obstkiste griff und sich mit den Handschellen und dem Album allein ins Bett legte … und konnte sich so jedes Mal, wenn ihr danach war, an einen süßen Tag in Colonia del Rey erinnern. Und wie bei Frau Wäschle gab es auch Dildos bei ihr zu Hause. Schon seltsam: Schwanz und Montevideo in einem Satz, dachte ich. Und auch »lesen« reimte sich wieder einmal auf »gewesen«. Ihr Album würde wohl nie als Bildband erscheinen. Sie hatte es nicht zu einem einzigen Fotoband ihrer wichtigsten Aufnahmen geschafft. Nicht einmal zu einem Katalog. Und doch.

Ganz zu Beginn hätte Elfi (sie schrieb, wie viele, auch zeitlebens an einem Buch in ihrem Kopf und dachte sich Titel aus und hatte wohl schon einzelne Sätze und Bilder) ihr Fotoalbum, veröffentlicht, *My Babies* nennen wollen, und das Norbert-Buch hätte einfach *Baby* geheißen. Auch Mausi hatte sich so etwas überlegt wie den oftmals von Tante Mausi gehörten Satz: Darüber müsste man ein Buch schreiben! Auch Mausi. Nicht erst, als sie an jenem Grab stand, Baby. Und ich daneben. Baby: Da wäre die ganze Geschichte in einem Wort versammelt gewesen. Doch dann kam Mausi darauf, dass es wahrscheinlich keine Gemeinsamkeit gibt zwischen einer, die bleibt, und einem, der geht. So war es schon immer. Und dass kein einziges Wort der Liebe gewachsen war. Und nun bitte noch ein kleines Denkmal, das erste Kapitel einer Biographie, die mit dem Satz »Er starb im schönen Alter von 35 Jahren« begann, und lebte ab da in Elfis Herzgegend weiter, bis auch Mausi eines Tages die Nachricht »Unsere Elfi ist tot« zu lesen bekam. Und das war heute.

Was mit Elfi war, an welcher Stelle ihres Lebens sich der Tod eingenistet hatte, wussten wir immer noch nicht. Doch ihr Fotoalbum bewies abermals: So viele Dummheiten gemacht zu haben ließ darauf schließen, dass es die Liebe war. Konnte es aber nicht auch jene Krankheit sein, mit der Norbert so lange gelebt und dann gestorben war? Was waren schon fünf Jahre. Aber so etwas musste man doch nicht mehr vertuschen. Oder? Wir lebten jetzt doch schon im 21. Jahrhundert, und das Leben wurde immer freier und besser.

Das Einzige, was Elfi mit Norbert vereinbart hatte: nicht in meinem Bett! Aber gerade dagegen verstieß er immer wieder, was tun, wenn einer aus den Weinbergen kommt und es nicht lassen kann, in die Reben zu gehen, der kam ja aus den Weinbergen, stammte in gerader Linie von Adam und Eva ab. Was war aber dann mit all den Dummheiten, die Elfi gemacht hatte, als wäre ihr Leben eine Folge von Dummheiten gewesen? Wahrscheinlich war es Liebe. Ach, die Sprache. Durch das Wort »wahrscheinlich«, das inmitten eines Satzes auftauchen konnte, gab sie uns Hoffnung oder nahm sie uns wieder. Doch niemals war sie so unerbittlich wie wir, wenn wir einander »Es ist aus« sagen.

Die Liebe, wenn es Liebe war, war aber etwas so Großes, dass sie nur in einem Satz mit dem Tod genannt werden konnte.

Ich wusste nicht, wie es mit Elfi morgen auf dem Dahlemer Waldfriedhof wäre, und ich wollte mir das auch gar nicht ausmalen … Nun waren auch schon Jahre vergangen, seitdem ich das letzte Mal auf einer Beerdigung herumgestanden hatte, wenn ich von jenem Platz in den Weinbergen absah, wo Norbert jetzt lag. Das konnte schon gar nicht mehr Friedhof genannt werden, jener Platz an der Sonne. Nur die Trauersitten hatten sich auf Taubenfüßen geändert, und man sagte schon gar nicht mehr Trauerfeier, sondern Verabschiedung, als wäre da einer nur gegangen, als wären das Sterben und der Tod so aus der Welt geschafft, blieb mir also nichts als die Erinnerung an jenen Tag im Weinberg, im Batzenberg zwischen Pfaffenweiler und Kirchhofen. Immerhin standen wir bei der Trauerfeier noch um einen richtigen Sarg herum, es war noch ein Sarg, keine der lächerlichen umweltgerechten Urnen mit dem aussortierten Schwermetall. Wir standen da, Mausi, Elfi, ich und die anderen, wir staunten, wie viele Freundinnen und Freunde Norbert hatte, die wir gar nicht alle kannten, und waren stolz auf ihn, dass ihn so viele irgendwann geliebt hatten und dann wohl ein Leben lang, einseitig.

Vielleicht war es auch bei Elfi so. Auch ihr Leben und Sterben war »selbstverschuldet«. Wie könnte es anders sein! Doch vielleicht war auch dieses Leben nur ein Beweis, dass die Liebe kein Irrtum war.

Und wir sahen den Sarg mit Norbert darin auf zwei Hockern stehen, angeschleppt aus seinem Lieblingslokal, der Frohen Einkehr, auf denen er bis zuletzt, auch mit Elfi, so gerne gesessen hatte. So war es Norberts Wunsch gewesen, und an den Sarg gelehnt sein Lieblingspaddel, und keiner konnte etwas anfangen mit diesem Zeichen, so wenig wie mit Mausis Muscheln und dem Sand vom Sommer 1983, als wäre es ihr Strand. Es war in der Leichenhalle im Postmoderne-Outfit, mit ihrem ornamentalen christlichen Restspur-Programm, mit ihren in die auf die integrierte Apsis gemalten blassen Engeln und an einem ebensolchen Himmel sich verlierenden Palmzweigen aus dem säkularisierten ebenerdigen 19. Jahrhundert, das den Glauben an das Jenseits durch den Glauben an den Fortschritt ersetzt hatte und immer noch so tat, als hätten auch die Materialisten eine Zukunft, und nicht nur eine Vergangenheit. In der *Deutschen Apotheker Zeitung* hatte ich zwar gerade gelesen, dass nicht einmal mehr 46 Prozent der Deutschen an Gott glaubten, als wäre auch Gott von der Meinung der Mehrheit abhängig, als müsste er mehrheitsfähig sein. Und dass das Jenseits mittlerweile Lichtjahre entfernt war oder schon im Schwarzen Loch gelandet, das konnte ich mir dazudenken.

Auch Mausi hatte Norbert zum Abschied nicht geküsst, aus Angst vor dem Tod, mit der auch sie durch jenen *Spiegel*-Aufmacher im Herbst 1984 infiziert worden war. Als wir, Mausi, Elfi, Norbert und ich aus Florenz zurückkehrten, lasen wir im *Spiegel* von den 300 000 Toten bis 1999, und tatsächlich: Norbert war einer von ihnen, würde einer von ihnen gewesen sein. Sein Tod auf der hermetisch abgeriegelten Station für Tropenkrankheiten, benannt nach einem alten Nazimediziner namens Uhlenhuth, der auch den höchsten Bundesverdienstorden vom Bundespräsidenten persönlich überreicht bekommen hatte und ebenso den Nationalpreis der DDR, war noch so eine Tatsache, welche die Welt nicht schöner machte.

Es war nun bald zwanzig Jahre her seit diesem Einbruch ins Leben. Es folgten die Jahre der Aids-Hysterie, und mittendrin lebten wir, mussten wir leben, ein paar Jahre war es wohl so wie an der Front. Viele waren »gefallen«, alle blieben aber vermisst, nicht nur die Vermissten. Einige kehrten lebend zurück. Norbert war aber nicht dabei, so wenig wie Luis und der schöne Harald, der sich mit neunzehn zwischen Emmendingen und Zähringen aus Angst vor dem Aids-Tod vor den Holland-Italia-Express warf, und zwar so, dass es ihn noch ein paar hundert Meter in Richtung Süden riss, das war Harrys Liebesrichtung.

Norbert schaffte es noch kurz vor der Jahrtausendwende bis zu jenem Tag in den Weinbergen. Sein Leben und Sterben bis dahin zog sich über zehn Jahre. Und es gab Menschen, die sagten, das sei die Strafe gewesen für alles. Der Aufmacher des *Spiegel*, der uns alle zu Tode erschreckt hatte und manchen von uns in den Selbstmord getrieben, musste von einem Schwulenhasser und Sadisten konzipiert und geschrieben worden sein, sagten wir uns. Das Sterben Norberts zog sich hin, und manchmal sah es aus, als käme er davon. Aber dann war das Haus Uhlenhuth seine letzte Station, benannt nach Professor Uhlenhuth, von 1923 an in Freiburg, NSDAP-Mitglied, der ließ alle Juden aus seinem Bereich entfernen und beantragte noch 1944 beim Oberkommando der Wehrmacht (Wehmacht, sagte ich) wissenschaftlich-untertänigst, Immunisierungsversuche an farbigen Kriegsgefangenen durchführen zu dürfen, war 1950 Ehrenbürger von Freiburg und jahrelang auch Nobelpreiskandidat und Nationalpreisträger der DDR, und das war er immer noch. Noch so ein toller Mediziner, das wusste ich alles von Elfi, die in den letzten Monaten von Berlin wieder nach Freiburg gezogen war, zu Norbert, mit dem sie ja schon seit 1985 offiziell verheiratet war. Aber das war ja eher eine Formsache gewesen, eine damals noch notwendige. Tatsächlich war es Liebe.

Dass das Haus Uhlenhuth dann umbenannt wurde, half Norbert auch nichts mehr. Da wurde er von einem Spezialteam in Schutzkleidung, Angestellten von Bestattungen Klingele zu seiner letzten Fahrt abgeholt, sie führte mitten durch Freiburg, noch einmal an der Eschholzstraße, an unserer Wohnung über der Brennnessel vorbei, die anderen Autos erschraken, und schon sah der Fahrer den Schauinsland und dann noch einmal abgebogen ins Tal hinein, und Norbert sah nichts von allem; der Sarg blieb versiegelt, wurde noch einmal desinfiziert und wurde gleich auf diese zwei Hocker gestellt, eine Stunde, bevor die Totenglocke zu läuten begann, und ein Sicherheitsmann vom Hygienischen Institut hat alles diskret beaufsichtigt. Und Mausi, das wusste ich von ihr, hätte beim »Was wir am meisten bereuen«-Spiel an ihrem vierzigsten Geburtstag sagen müssen, dass es Norbert war, den sie bei ihrem letzten Besuch zum Abschied nicht geküsst hatte, weil sie Angst hatte, davon zu sterben.

Nun galt es, den unteilbaren Schmerz hinunterzuspülen, nach Norbert kam nun Elfi dazu, beide waren jetzt tot, und wir bestanden darauf, dass es nicht anders sein konnte, als dass sie nun für immer wiedervereint wären. Ich bin in die Welt gekommen, den Schmerz hinunterzuspülen, nicht hinunterzuspielen … »Wir wollen aber daraus keinen Bibelvers machen und auch keine Preise verteilen dafür, welche Beerdigung nun am schönsten war.«

Da war ich mit meinen Gedanken am Ende, kurz bevor ich vom Rhein ins Hotel zurückging.

Immerhin hatten wir (nur Alec, Babette und Toby fehlten freilich seit über fünfzehn Jahren, und zwar immer wieder in meinem Kopf) es auf den Friedhof in den Weinbergen geschafft, auf halber Höhe des Batzenbergs. Norbert war der erste Tote von unseren Freunden von einst. Für Mausi und Elfi und ein wenig auch mich war es ja noch viel mehr. Mausi warf ihm also statt einer Rose eine Handvoll Muscheln (Möglicher Buchtitel! Aber schon ausgelutscht, dachte ich) hinterher, eine Handvoll Muscheln, die sie von ihrem Meer, und das war meines, von der Düne herunter, mit dem Blick hinüber zum Leuchtturm von Cap Ferret, mitgebracht hatte. Ach, auch das Wort werfen. Es hätte auch ein Schneeball sein können. Ich warf einen Blick zurück, erinnerungsweise.

Lebte Norbert nun im Schweinehimmel, zusammen mit Elfi, Madame Cyprian und all den anderen?

Ja, Norbert. Sein freches Lachen war es, das uns bewies, dass der Mensch etwas Einmaliges und Unersetzliches ist, ganz gegen die Behauptungen der Verwaltungsbeamten und Juristen. Ja, Norbert ließ uns mit seinem Leben, wie es war, immer wieder aufleben. Er lebte und liebte so, dass wir keine andere Möglichkeit hatten, als selbst noch neben der Liebe her zu lachen, als wäre auch sie im Grund ein Witz. Eine Woche vor seinem Tod hat er noch einen Mazda gekauft, alles auf Pump, hochverschuldet, keine Fahrt mehr, er sah nur noch vom Krankenzimmer aus, wie das Auto von Uwe, seinem Chauffeur, gebracht wurde. War ein richtiger Hallodri, ein Kerl. Elfi hat dann für alles bezahlt, auch die Beerdigung.

Norberts Beerdigung in den Weinbergen. Das war um diese Zeit des Jahres. Konnte es einen schöneren Ort für so etwas geben? Und vielleicht war dieses Leben auch nur ein Beweis, dass es doch nicht umsonst war. Immerhin hatte Norbert es auf den Friedhof in den Weinbergen, auf halber Höhe des Batzenbergs, geschafft, in schönster unverbaubarer Aussichtslage.

Wir blieben noch etwas am Grab stehen, als alle weg waren. Elfi, Mausi, ich. Da sagte ich: Du, ich ruf ihn jetzt an. Und das tat ich auch. Es gab schon Handys, die erste Generation, die auch noch als Mordwaffen durchgegangen wären im Anatomischen Institut und in den zeitgenössischen Krimis auch als solche vorkamen, und Norbert war einer der Ersten, die damit herumliefen und telefonierten. Es klingelte wie immer. Und dann seine Stimme: »Ich bin im Augenblick nicht erreichbar. Bitte rufen Sie zu einem späteren Zeitpunkt an.«

Ich weiß jetzt, was eine Novelle ist!, sagte Mausi zu mir, als wir jenen Friedhof in den Weinbergen verließen, es war ein guter Boden, der Batzenberg, auf dem noch lange ein guter Wein wachsen würde. Wir begnügten uns schließlich mit dem Satz »C'est la vie«, der dann wieder am Ende aller Gedanken stand, aufrecht wie ein Grabstein, und lebten weiter. Wir waren in die Stadt zurückgefahren, wo wir unseren Schmerz hinunterspülten, mit diesem und jenem Willi, so dass bald wieder gelacht wurde. Das war dann im Badischen Hof, unserem Lieblingslokal neben der Frohen Einkehr. Dort gab es Ruländer und Spätburgunder, Batzenberger, Gutedel, und von Cioran stammte die Behauptung, dass der Wein die Menschen Gott nähergebracht habe als jede Theologie.

12. Mausi

Eigentlich war keine einsamer gewesen als Elfi, zwar nie allein …

Vor einer Woche Mausis vierzigster Geburtstag und das Spiel »Was wir am meisten bereuen«. Und was sie nun am meisten bereute, war, dass sie Norbert bei ihrem letzten Besuch auf der hermetisch wie ein Hochsicherheitstrakt abgeriegelten Station Uhlenhuth, benannt nach einem Nazimediziner, nicht geküsst hatte, ihm nicht einmal mehr richtig die Hand geben wollte und nachher eine halbe Stunde ihre Hand desinfiziert hatte aus Angst und Hysterie, in die sie wie alle durch den *Spiegel* und die *Bild*-Zeitung gestürzt worden war. Vielleicht ekelte sie sich auch vor dem Tod. Und auch das wäre etwas gewesen, was sie nun weinen ließ. Und dass sie Elfi einfach sterben gelassen hatte. Dass nichts blieb, außer Erinnerungen an Fotos.

Das Album, wohin damit? Wahrscheinlich würde es Justus an sich nehmen und in seinem Safe verschwinden lassen. Was für ihn sprach und gegen die anderen, tat er lieber in den Safe als in den Schredder und dann ins Feuer. Elfi war tot, verbrannt, irgendwann; wann genau, wussten die Leute ja nie. Es war irgendwann, dass Elfi gestorben war, in den letzten Tagen, während Mausi dem Leben nachging und übersetzte, sie ihre Annie Proulx und Alain seinen Jean Paul, das konnte dauern, auch das Brennen. Es war nun gleich Zeit, in die Oper aufzubrechen: Dass sie gehen sollten, das war Elfis letzter Wunsch gewesen, so hatte das Inge Mausi eingeredet, und Mausi dann sich selbst. Und danach den Tag mit etwas Rotwein ausklingen lassen, im Andenken an Elfi. Das würde Mausi gerade noch schaffen. Und was morgen wäre, würde sie dann sehen. Vor der Trauerfeier graute ihr. Alain hatte es gut.

Die Tage wurden nun schon wieder kürzer, und jener Juniabendhimmel, der sich dann am Ende des Tages zeigte, wäre schöner als jedes Bild. So viel wusste sie schon vom Himmel. Der schwarzblaue Abendhimmel, falls es nicht regnete, war irdisch und himmlisch auf einen Blick in einem Blau, mit dem Hugo van der Goes den Mantel der entschlafenden Maria gemalt hat. Und blauer als jeder Himmel von Piero della Francesca. Es regnete ja nicht, und der Himmel, der sich über den Dächern von Berlin zeigen würde, zur Meerseite hin, zur Elbe hin, wäre schon jenseits von Ultramarin, jenem Blau, universalblau, königsblau, »am kurzwelligen Ende des Farbenspektrums« … und schöner als jeder gemalte Himmel, und ganz anders als der gemalte Kulissenhimmel über der gemalten Engelsburg im Augenblick, da Tosca singend und schreiend von da in den Tod sprang, anschließend an der Garderobentür Autogramme gab und nachher beim Italiener noch lachend und glücklich herumsaß und bewundert dafür, wie glaubhaft sie als Sängerin das Unglück in ihre Stimme legen konnte. Wie glaubhaft sie wieder einmal das Theater, das Bühnenunglück des Theaters, verkörpert hätte. Davor würde Mausi grauen. Das wusste sie jetzt schon.

Die *Tosca* war die Folteroper schlechthin, und für keinen mehr als für die Menschen in Berlin, die sich nun so langsam in die Bismarckstraße aufmachten, nur wussten sie es noch nicht. Was sie erwartete. Außer den Masochisten, für welche die *Tosca* ein Fest war. Dazu auch noch in dieser Inszenierung. Mausi kannte alles schon. Erst das lächerliche Herumrennen auf der Bühne, die eine Kirche sein sollte. Dann die Schreie von Toscas Geliebtem Cavaradossi nebenan beim Verhör, die Schreie hatte er üben müssen, so verlangte es der Regisseur. Verhör reimte sich auf Regisseur, das war schon Folter genug, und schließlich auch noch der letzte Akt, wo der Komponist und der Librettist aus dem Tod einen Tumult, der gesungen sein wollte, gemacht hatten, und der Regisseur hatte das Seine dazugetan. Unter diesen Bedingungen zu leben und zu sterben war nichts als eine besonders schwere Art von Folter. Da aber der Mensch verschieden war und seine Verschiedenheit geblieben war, als eine der wenigen verbliebenen Gemeinsamkeiten, nachdem er einmal geboren war und ein anderes Mal sterben würde, gab es gewiss den einen oder anderen, der alles genießen würde. Beispielsweise Justus. Schließlich hatte es auch den Marquis de Sade gegeben. Die *Tosca* wäre vielleicht seine Lieblingsoper gewesen; aber vielleicht war de Sade auch zu musikalisch, ich weiß nicht, dachte sich Mausi, dann wäre es schon wieder Folter gewesen, eine Lust, bei dieser Musik.

Die *Tosca* war mit der *Traviata* und *Zar und Zimmermann* die Lieblingsoper der unmusikalischen wie der musikalischen Masochisten. De Sade war tot, aber Menschen wie Justus gab es immer noch, der sich schon in Freiburg über jeden Marterpfahl freuen konnte und lachte, wenn der Mensch tot vom Pferd fiel, und der immer noch am liebsten Tierfilme schaute, bei denen eine Horde von Löwinnen einen alten Elefanten ganz langsam zu Fall brachte, und die Löwinnen in ihn hineinbissen. Davon konnte Justus begeistert erzählen, es genügten einem wie ihm schon Tierfilme, es musste überhaupt keine nackte Haut zu sehen sein, zunächst. Es genügte Justus schon, um erregt zu sein, wenn er im Meer vor der Halbinsel Valdés einen Killerwal gesehen hatte, der einfach nur sein Maul öffnen musste, und es schwammen ganze Schwärme in ihn hinein, einfach so. Toll, daher all die *Star Wars* und die Krimis, *Dracula*, das ganze *Tatort*-Elend der Zuschauer und Mitläufer, die sich selbst nicht trauten und dafür andere töten und sterben ließen. Das mit dem Killerwal war im Naturfilm *Letzte Paradiese der Erde* gewesen. Ja, der Himmel des Killerwals war die Hölle der Sardinen. Geh mir weg mit der Natur, dachte Mausi. Und nicht genug: Die Oper spielte mit dem Tod, das war das Schlimmste.

Also, es würde Mausi eine Folter erwarten, die sie schon überstehen würde. Es war ja alles nur gespielt. Du kannst ja die Augen schließen, hatte Alain am Telefon gemeint. Aber das war vielleicht noch schlimmer. Ihre Augen und Ohren hatten ja schon so vieles überstanden. Ganz besonders Mausis Ohren, die als Urgroßvater ein Wunderkind hatten und als Urgroßmutter ebenfalls ein Wunderkind, eine Wienerin, Tochter einer Opernsängerin und eines Musikprofessors, schon mit zwölf auf Tournee in den USA gewesen, die Besprechung ihres Auftritts in der *New York Times* vom 13. September 1871 war hymnisch, nicht ganz so die des sie begleitenden Ersten Europäischen Damenorchesters, auf dem Hinweg noch mit dem Lloyd Adriatico vom österreichischen Triest aus, zurück dann mit dem Norddeutschen Lloyd nach Bremerhaven, und dann Bremen, wo sie ein erstes Mal ihren späteren Mann sah, das damals 21-jährige Wunderkind Max. Ihre Urgroßmutter sang dann, allerdings nicht als Urgroßmutter, so viel Präzision muss sein, zwanzig, dreißig Jahre und später noch von Stuttgart aus jedes Jahr in Bayreuth, alle großen dramatischen Sopran-Rollen und dann auch die erste Tosca am Königlich Württembergischen Theater von Stuttgart, vor zwei Jahren Opernhaus des Jahres. Worüber Mausi hätte schon wieder ins Grübeln kommen können, war, wie sehr die Leute in die *Tosca* strömten, wie sie ihre *Traviata* langsam sterben sehen wollten, wie sie es sehen wollten und hören, und wie ihre Urgroßmutter es ausgehalten haben konnte, jahrelang die Tosca zu singen und von der Engelsburg aus Pappmaché in den Tod, der nur gelogen war, zu springen. Das war die schnellste Variante, nur noch ein Schuss war schneller, der hatte kurz zuvor ihren Geliebten getroffen, Cavaradossi, der nachher beim Italiener neben der Tosca saß und lachte. Und auch, dachte Mausi, wie ihre Urgroßmutter die *Tosca* immer wieder überstehen konnte. Sie wie auch das lebenslängliche Publikum, sie alle mussten irgendwie eine masochistische Ader haben, als genügte ihnen einmal zu sterben nicht, als wäre es das höchste Fest des Lebens, wie diese Menschen ein Leben lang den Tod feierten. Und wie ihre Urgroßmutter ihr ganzes Leben ausgehalten hatte, bei dieser Erkenntnis war Mausi nun angekommen.

Da war sie vom Wunderkind längst schuldhaft geschieden, und keiner wusste warum, nur, dass es nach preußischem Recht war, mit den entsprechenden Folgen: Sie durfte ihre Kinder, das jüngste war gerade fünf Jahre alt zum Zeitpunkt der Scheidung – so viele Jahre, wie sie verheiratet gewesen war –, nicht sehen. Das war also Mausis persönliche Vorgeschichte zu dieser Oper.

Und nun waren alle tot, das Wunderkind, seine Frau und seine Kinder; und alle, die das Wunderkind und seine Frau gehört hatten, auch der Kritiker der *New York Times* samt seinen Ohren. Und auch Elfi. Der Tod hatte das Seine dazugetan. Mausi bestellte das Taxi.

Die Tosca sprang zum zweitletzten Mal in dieser Spielzeit von der Engelsburg in der Bismarckstraße. Was für ein Theater. Und nachher wollten auch sie in das Restaurant gleichen Namens. »Da können wir dann über alles reden.« So hatte das Inge in Aussicht gestellt, oder so war ihre Drohung formuliert.

Mausi war schon wieder knapp in der Zeit. Sie schaffte es hoffentlich noch. Doch statt zum Bayerischen Platz zu gehen, um mit der U-Bahn-Linie 7 dann direkt zur Deutschen Oper zu fahren und dann von unten herauf vor Inge und Justus zu erscheinen, dachte sie: Bestell dir ein Taxi, das geht schneller, und so wählte sie die Nummer, die groß in ihrer Diele auf der schleiflackweißen Schuhkastentür stand. Und wieder einmal musste sie erklären: Ecke Bamberger, Haberland – ja – die kleinste Straße von Berlin nach der Tusnelda-Allee. Sie wurde schon am Telefon belehrt vom Taxistand aus, der als Adresse wahrscheinlich schon die Berliner Straße hatte, zwischen Robbengatter, Apollo Brillenstudio und der Apotheke am Bayerischen Platz (»Bei uns werden Sie sich wohl fühlen. In unserer

Apotheke stehen Sie im Mittelpunkt. Das halten wir schon seit neunzig Jahren so«), und ganz nahe Blumen Hübner. Und auf der anderen Seite hätte Mausi die wunderbare Frau Fritsch in ihrer Buchhandlung am Bayerischen Platz stehen sehen können, wie sie gerade einer Kundin »Sie müssen *Endmoränen* von Monika Maron lesen!« befahl, das schöne Buch, immer noch, wie sie es erst gestern auch Mausi nahegelegt hatte mit dem Satz: »Infizieren Sie Ihre Nachbarn! Oben! Unten! Alle müssen *Endmoränen* lesen!« Und dann öffnete Mausi ihre schwere, doppelt gesicherte Tür, ging hinaus, und dann stand sie schließlich unten in der Haberlandstraße, zum ersten Mal an diesem Tag, die Rosen blühten und würden weiterblühen bis Weihnachten. Vielleicht war es eine neue Züchtung, vielleicht der Klimawandel, vielleicht beides. Und sah auch noch Herrn Schmigotzki, wie er mit seinen Taschen aus der Videothek am Prager Platz kam, und auch den Spazierstock im Container, der doch nicht abgeholt worden war, wie versprochen, und nun wären das ganze Wochenende wieder Sperrmülltouristen unterwegs, die sich ihre Sachen für den Flohmarkt vor dem Schöneberger Rathaus zusammensuchten, und dann wartete sie doch umsonst, denn der Taxifahrer, der alles wusste, wusste es wieder einmal nicht. Mausi hatte zum Glück ihr Handy dabei und konnte genervt anrufen.

Das Taxi fuhr dann auch nicht so, wie sie es gewünscht hatte, also nicht über den Fehrbelliner Platz und dann über die Kaiser-Friedrich, sondern in Richtung Zoo, da war aber alles gesperrt wegen eines Halbmarathons. Wahrscheinlich wusste der Fahrer es und wollte einen Umweg machen. Mausi wollte schon aussteigen und per Kurzstrecke zu ihrem Ziel, doch das hätte ihr auch nichts gebracht. Von Inge kam schon eine SMS: »Wo bleibst du??? Wir warten!!!!« Also war sie wieder einmal zu spät und wurde beim Aussteigen von Justus und Inge mit entsprechenden Mienen empfangen.

Sie kam etwas zu spät zu den Speerkandelabern, traurig, dass dieses Wort auch noch dabei sein musste. Mausi kam an, und sie wurde mit Vorwürfen von Inge überhäuft. »Wo bleibst du denn! Es hat schon geklingelt.« Inge gab ihr die Karte. Und nun los! Mach schon!

Justus stand daneben und beobachtete sie. Ja, solche Menschen gab es.

Der Däne fehlte im Übrigen auch noch.

Teil III

1. Mausi

Die Deutsche Oper in der Bismarckstraße war ein demokratischer Nachkriegsbau, und von allen Plätzen aus konnte man alles sehen. Nur noch die runden Tische in Hollywood bei der Oscarpreisverleihung vermochten mehr Demokratie vorzuspielen oder auch die quadratischen Runden bei den Gipfelkonferenzen. Doch gab es etwas Undemokratischeres als die Liebe?

Es war am 25. Juni 2004, Spielbeginn *Tosca*, Achtung: vorverlegt auf 17 Uhr, so der aktuelle Spielplan. Reine Spieldauer zwei Stunden. Erster Akt: Kirche Sant'Andrea della Valle. Die Oper hieß so wie die Heldin, die am Ende aus Liebe oder der Angst vor einem langsamen qualvollen Tod von der Engelsburg hinuntersprang: Tosca. Und sie hatte wieder einmal den Satz »Etwas Besseres als den Tod findest du überall« hinter sich gelassen, bis zur nächsten Aufführung, aber Mausi wusste, es liefe dieser Abend auf eine Folter hinaus. Immerhin ein Lichtblick war ihr verheißen: ein blonder Däne, der das Ganze auf dem Platz neben Mausi würde mitansehen müssen. Allerdings von Justus in Aussicht gestellt, von dem Alain immer sagte: Den könnte ich mir gut als den wissenschaftlichen Leiter eines Folterzentrums vorstellen.

Die Oper spielte am 17. und 18. Juni 1800. Geschrieben in ein paar Monaten Anno 1899 und uraufgeführt am 14. Januar 1900, alles in Rom. Mausis Geschichte folgte am 25. und 26. Juni 2004. Aber das war ein Zufall. Und sonst nichts. Diese Angaben entnahm sie dem Programmheft. Wörter wie Abonnement oder Nachmittagsveranstaltung sowie das Wetter sorgten für das entsprechende Publikum.

Mausi war dann ohne Punkt und Komma unterwegs zu ihrem Platz ein Stockwerk höher, in der 22. Reihe, im Parkett rechts. Das war der Platz von Elfi, den diese von ihrer Tante geerbt hatte. Deren Lieblingsoper war die *Tosca* gewesen, und nun hätte unser Papagei »Chacun à son goût« gesagt.

So machte sich Mausi auf den Weg zum ersten Akt der *Tosca* und überlegte sich, abzubiegen und das Gebäude zu verlassen, denn dieser erste Akt hätte für sie eigentlich nicht sein müssen. Vor dem ersten Akt der *Tosca*, in der Kirche von Sant'Andrea della Valle, mit den töricht hin und her rennenden Ministranten, einem schwachsinnigen Küster, der für die voraufgeklärte Welt stand, ja, als Relikt der Restauration, sowie vor diesem singenden Maler, als wäre es ein Caravaggio, dem sich der Komponist aus einem nationalen Größenwahn heraus wohl verbunden glaubte, hatte ihr schon immer gegraut. Sie wollte in das Café an der Krummen Straße, bei der Kirche, um die alte *ZEIT* zu lesen, was sie immer noch nicht getan hatte. Sie lag ja zu Hause und blieb da meist ungelesen liegen, bis zum nächsten Mal. Und dann wollte sie wieder zur zweiten Pause zurückkehren, wie damals in Bayreuth, als sie den uralten *Parsifal* fluchtartig verließ, denn sie konnte die schwarzen und grauen und braunen Bayreuther Sackgewänder nicht länger ertragen. Das ersparte ihnen damals den zweiten Akt, vor dem Mausi immer schon, in jeder Oper, graute. War damals mit der wunderbaren Karin Hempel dort gewesen, sie lebte ja nicht mehr, der Tod tat das Seine hinzu. Und am allermeisten quälte Mausi, mit Elfis Geschichte versehen, die Aussicht auf den dritten Akt. Nachdem auch Elfi tot war, sollte Mausi diese Verhöhnung des Lebens und des Todes mitansehen? Aber dann ging sie doch die Treppe nach oben. Die Hirnforscher wussten es schon. Und auch, dass die Damen an der Tür sie gerade noch hineinließen. Es wurde in diesem Augenblick dunkel, und als sie sich setzte, klatschte das Publikum. Bald diese tumultartige Musik. Der

Platz neben ihr blieb leer. Schade, dachte Mausi. Es war schon eine gewisse Enttäuschung. Also doch nicht.

Mausi saß auf ihrem Platz und wartete auf die zweitletzte Wiederholung in dieser Spielzeit. Alles im Theater war Spielzeit, wo die Erwachsenen ihr Spiel spielen konnten.

Wie sollte sie da hineinfinden? Der Tod war doch kein Spiel, nach dem man sich beim Italiener verabredete. Und dann stellte sich der Dirigent in einer Denen-zeige-ich's-aber!-Pose vor der Masse auf, war von ihr schon für sein bloßes Erscheinen beklatscht worden, scheinbar gerührt, aber er hatte nun nichts anderes im Sinn, als sich im Größenwahn über manche Stelle der Partitur hinwegzusetzen. Schon das tumultöse Musik-Entrée hatte Mausi in ihrem Argwohn bestätigt. Der Dirigent tat ja so, als wäre er der Komponist und Eigentümer, so wollte es auch das Publikum, das oftmals stundenlang sitzen konnte, als wäre es eine Maso-Session, um dann am Ende »Bravo« hinauszuschreien, zur Belohnung für einen fünf Stunden lang hinausgezögerten Orgasmus. Bei der *Tosca* dauerte es wegen der Pausen etwas mehr als drei Stunden. Bis es so weit wäre, musste oder sollte Mausi aber noch das haarsträubende, auch haarsträubend schlecht übersetzte Libretto mit den Parolen Voltaires auf dem Teleprompter mitlesen. Das Libretto ging auf das Drama *Tosca*, einen Bestseller von Victorien Sardou zurück, dessen Urenkel Michel sein Leben lang für die Wiedereinführung der Todesstrafe gekämpft hatte. Wie Mausi von Alain wusste. Daher konnte er ihn nicht leiden, auch wenn sie damals auf dem Weg nach Arcachon mitsangen, bald grölten, wenn aus dem scheppernden Kassettenrekorder Michel Sardou sang: *Elle court, elle court, la maladie d'amour, dans le cœur des enfants de sept à soixante dix-sept ans*, ein Lied, das nur mit einer Weinflasche in der Hand vorstellbar ist, kurz vor dem Delirium, kurz bevor die weißen Mäuse ihren ersten Auftritt haben. Oder es musste schon die Liebe auf Leben und Tod sein.

Inge und Justus würden nun von ihrem Platz aus dem Treiben zusehen und freuten sich wohl schon auf die Pause und die Begegnungen. Nur schämten sie sich mittlerweile beim Gedanken, mit Donata gesehen zu werden, ihrer orangefarbenen, violett gepiercten Tochter. Und grauten sich vor dem Gedanken, mit Donata in den Foyers herumzustehen und sie vorstellen zu müssen. Selbst noch bei den heutzutage seltenen Trauerfeiern wäre das den Eltern des immer mehr missratenden Wunderkindes ein Problem gewesen, das aber erst morgen zu lösen sein würde oder nicht. Die Eltern wussten wahrscheinlich noch nicht, ob Donata sie auf den Waldfriedhof begleiten würde, das wusste Mausi mittlerweile auch schon. Sie sprachen, wenn Donata irgendwohin mitgenommen werden musste, so mit ihr, als siezten sie sich, als wäre es die Austauschschülerin aus einem ungehobelten Land, vielleicht aus London, währenddessen das eigene Kind ein Gastjahr an einem College in Neuengland verbrachte. So gingen sie ja auch mit ihrer dicken, aber wichtigen Freundin mit dem migräneträchtigen, migräneverdächtigen Namen Gesine um: Was waren das für Adjektive. Da sagten sie am liebsten zehnmal hintereinander laut und deutlich »Frau Professor«, auch wenn sie per Du waren. Die beiden saßen ohne Donata, der sie das Mitkommen hatten ausreden können, als »Freunde der Deutschen Oper« in einer Seitenloge links, ganz nahe bei der Proszeniumsloge, denn sie wussten, dass sie so im ersten Akt den lächerlichen Küster nicht sehen müssten, der sich auf der linken Seite auf der Bühne herumtrieb, gleich um die Ecke. Dafür konnten sie so bei den wichtigsten Szenen dem Sänger direkt ins Gesicht sehen, schon im ersten Akt, wie er als Künstler beim Malen seiner Madonna war, wie er malte und sang; und dann wieder in der Kerkerszene beim Singen von *Und es blitzten die Sterne* und Gefoltertwerden. Und vor allem konnten sie so der Tosca im dritten Akt ins Gesicht sehen, erst beim Singen, wie sie ihnen noch einmal entgegensang, bevor sie sich umdrehte und sprang. Mausi saß auf dem zweitäußersten Platz, gleich neben einer der Türen, das war ihr recht so, denn da konnte sie, wie es auch Elfi immer getan hatte, am schnellsten fliehen. Und auch für die neueste Generation des Asthmasprays in ihrem Necessaire war sie der Wissenschaft wirklich von Herzen dankbar. Mausi wappnete sich gegen das, was andere nicht einmal bemerkt hätten, so feinfühlig war Mausi wie mancher Übersetzer, der aus einem Satz etwas herausholte, was der Schriftsteller gar nicht hineingeschrieben hatte.

Am liebsten aber war Mausi allein beim Hören, und zwar zu Hause; und wenn es schon die Oper sein musste, dann am liebsten im Parkett, 22. Reihe, rechts, das war auch Elfis Lieblingsreihe, geschützt vor Fragen und Blicken wichtiger Menschen. Heute hätte Mausi es aber gerne gehabt, dass Alain nicht in Köln gewesen und der Platz neben ihr nicht leer geblieben wäre. Und dass sie danach hätten mit Elfi zum Italiener gehen können.

Das konnte sie auch kaum aushalten, ungezogene Alte im Konzert, dieses Schnaufen und Seufzen, ja Grunzen, dieses Aufschnarchen und Transpirieren, dieses Schwitzen und Husten in die Pausen hinein, dieses Angst-haben-Müssen, dass man es nebenan nicht rechtzeitig zur nächsten Toilette schaffte. Solche Gedanken verdarben Mausi immer mehr die öffentlichen Veranstaltungen schon im Voraus. Am schlimmsten war das Hineinschnaufen in die Pausen, ungewiss ob aus Rührung oder Unvermögen, was die Atemkontrolle betraf. Die hätten alle mal in die Middendorf'sche Atemschule am Viktoria-Luise-Platz geschickt werden sollen. Und dann immer dieser Mann mit Fliege in der Proszeniumsloge, die es auch in diesem modernen Haus noch gab: ganz ungeschützt vor jedem Blick der Öffentlichkeit, und das war diesem Herrn wohl gerade recht. Mausi kannte ihn, konnte sich an ihn vor allem deswegen erinnern, weil er Mausi jedes Mal vergessen hatte, wenn sie sich wiederbegegneten, da stellte er sich immer neu vor. Tante Mausi sagte: Die Leute hören nichts so gerne wie ihren Namen, also in das Gespräch immer den Namen des Gegenübers einflechten. Nicht vergessen! Auch dieser Herr mit Fliege war einer von denen. Dazu ein Jurist, Freund der Deutschen Oper, wie Justus dann zu sagen wusste, der über die Menschen so hinwegschauen konnte, als sähe er sie nicht.

Justus, mit dem sie nicht zum ersten Mal in der Deutschen Oper war, sagte jedes Mal, das sei ein bedeutender Anwalt. Gab es so etwas überhaupt? Da hätte man doch genauso »ein bedeutender Friseur« sagen können, einer von ihnen, die in Berlin zweifellos herumliefen, hatte es zum Berater der höchsten Politiker gebracht, bis hinauf zu späteren Kanzlerinnen. A-Prominenz war aber nicht in der Aufführung, schließlich handelte es sich nicht um eine Premiere in Bayreuth oder Unter den Linden, sondern nur um die zweitletzte Aufführung in der Spielzeit einer Uralt-Inszenierung aus den siebziger Jahren. Und dennoch.

Wo die entscheidenden Kompositionsaugenblicke, die Pausen, den Menschen zum Zuhören nötigten, und das waren die bevorzugten Stellen, schnauften sie, seufzten sie und husteten und schneuzten sie hinein. Und Mausi konnte nichts anderes mehr denken, als dass sie wieder einmal alles falsch gemacht hatte und dieses Mal aber endgültig, gleich zu Beginn: Sie wollte nie wieder in die Oper gehen und sich fortan mit ihren Komplettaufnahmen und Einspielungen begnügen. Zum Glück war es in der Oper von der Bühne her meist laut genug, dass man ungestört hineinhusten konnte, auch hineinschluchzen, und sich ungehört davonschleichen konnte, wenn man wie sie ganz außen in einer der hinteren Reihen saß oder im Brokattheater einer der kleinen Logen, wegschleichen gerade auch von dieser Musik im Stil der italienischen Nationalhymne, einer Marschmusik für Kinder, die Krieg spielen wollten. Gewiss, die *Tosca* hatte auch ihre intimen, unvergesslichen Augenblicke, wo man kurz den Himmel offen sehen konnte, wenn auch vielleicht nur den Liebeshimmel, etwa die paar Takte und Seufzer von Cavaradossis *E lucevan le stelle*, die, wenn Mausi jetzt daran dachte, den Ausschlag gegeben hatten, dass sie überhaupt in der Deutschen Oper geblieben und nicht schon auf dem Weg zum ersten Akt von allem geflüchtet war. Das wollte sie hören, auch wenn sie an die Begleitumstände dieses Gesangs lieber nicht dachte.

Aber am meisten hatte Mausi vor den Sprüngen der Puccini-Helden Angst. Es mussten ja beim Sprung und bei der Todesdrohung immer Frauen sein in den Männerköpfen. Wenn sie nur an *Gianni Schicchi* dachte. Sich in den Arno zu stürzen, klang schon nach etwas, die Spree wäre lächerlich gewesen, und Inge war so stolz darauf, diesen Titel richtig auszusprechen, dass sie, so oft es ging, an den unmöglichsten Stellen *Gianni Schicchi* hinausplärrte, und sie sagte dann auch jedes Mal, dass eine Sängerin der *Tosca*, dieser Männeroper, eben nicht die stimmliche Möglichkeit für *O mio Babbino Caro* habe. Von allen Puccinis war Mausi trotzdem *Gianni Schicchi* am liebsten, den sie wegen dieser zweieinhalb *Babbino*-Minuten über sich ergehen ließ, das einzig richtige Wort für die Zeit bis dahin wäre »ungerührt« gewesen, auch wegen dieser schrillen tumultuösen Musik, mit der es Puccini seinem Publikum zeigen wollte, was für ein Virtuose er war. Und vielleicht war es ein wenig auch deswegen: Um zu sehen und zu hören, wie es war, wenn eine Frau aus Liebe damit drohte, sich vom Ponte Vecchio in den Arno zu stürzen, wenn nicht … und da schaute Mausi, wenn Justus neben ihr saß, jedes Mal zu ihm hinüber, um zu sehen, ob er auch zu ihr hin schaute, ja, es waren nur ein paar Sekunden Lust im Ohr, bis es so weit war, als wäre die Lust eine Trüffelpraline, und dann die Ernüchterung wie bei der Liebe, und dann machte Lauretta doch wieder einen Rückzieher und sprang nicht, così fan tutte. Welche Komödie! Und *Gianni Schicchi* war ja vom Komponisten auch als eine solche gedacht. Doch man soll nicht mit den Gefühlen der Frauen spielen. Und Männer sollten dies schon gar nicht tun. Doch da saß nun einer in seiner Seitenloge und erregte sich schon am Schmerz in den Stimmen.

Und »Spiel nicht mit mir!« war auch der Hauptsatz von *Ta Bouche*, einer Operette von Maurice Yvain, Paris 1922, die Mausi zusammen mit Alain damals in Freiburg gehört hatte; ihr Schweizer Freund Beat inszenierte damals und wohnte bei ihnen in der Eschholzstraße, und Mausi hatte immer noch nicht vergessen, wie Hannelore Lübeck, die Hauptdarstellerin, dem Freiburger Publikum den Operettensatz »Spiel nicht mit mir« an den Kopf warf; und der Chefkritiker von der *Badischen Zeitung* beim Freiburger Theatertreffen sprach diesen Namen Beat immer englisch aus, beat, und der Schotte John Runnicles, über San Francisco als Gastdirigent nach Berlin gekommen, hatte damals dirigiert. Unvergesslich. Wunderbar. Doch wenn Alain auf Berlin mit seinen drei Opernhäusern zu sprechen kam, sagte er immer: »*Ta Bouche*! … So wurden wir in Bordeaux musikalisch abgespeist«, und ich hörte schon die drei Pünktchen und das Ausrufezeichen.

Spiel nicht mit mir. Das hatte Mausi oftmals gedacht, wenn sie an ihr Leben dachte, an ihr eigenes. Und schon gar nicht sollte man während der Fahrt auf der AVUS nach Berlin, wie die alten Wannseer immer noch sagten, die Tür öffnen und mit dem Äußersten drohen: hinauszuspringen. Die Tür zu öffnen und so tun, als wollte man hinausspringen. Der Fahrer sagte damals nichts, nicht einmal »Spiel nicht mit mir«, und hinten im Wagen saßen drei Kinder, die sahen und hörten es. Dahinter steckte wohl auch nur eine Liebesgeschichte, eine unglückliche. Da konnten diese Kinder diesen ersten Menschen nie vergessen, auch nicht den Fahrer, der mit seinem separaten Liebesleben seine Frau in diese Drohung hinauszuspringen getrieben hatte. Der Gedanke an eine zukünftige Ehe war ab da im Prinzip für Mausi schon als Kind ein Selbstmordgrund. Die Autobahn wäre zwar weniger poetisch als der Arno gewesen. Doch darin waren sich all diese Spieler und Hasardeure der Liebe gleich: Es war ihnen in ihren Augenblicken alles egal, sie konnten schon Kinder in einen Abgrund stürzen. Zu springen überließen sie dann Tante Mausis Nichte, Inge und Lauretta, alle, die ein Leben lang immer wieder mit dem Äußersten drohten, der Tosca und all den anderen, die zweifellos hinuntergestürzt waren zu allen Zeiten, von der unglücklich verliebten Sappho an. Bei ihr soll es ein Mann und Gott namens Apoll gewesen sein, weswegen sie sich von jenem Felsen an der Südküste von Lefkada gestürzt habe, unerwiderte Frauenliebe, zweifellos Männerprosa. Und diese stellte im Lauf der Geschichte das schöne Leben und die Behauptung der Bremer Stadtmusikanten »Etwas Besseres als den Tod findest du überall« immer wieder skandalös in Frage. So auch der Komponist der *Tosca*. Er baute sich dann eine Villa an einem schönen See und so seither auch all die großen Sängerinnen und Dirigenten, gerne in steuergünstigen Weltgegenden, am Genfer See und im Salzkammergut. Die Schweizer Seite des Bodensees tat es auch schon. Da lebten nach- und nebeneinander so große Sängerinnen wie Maria Stader, Lisa della Casa und die von Alain ganz besonders geliebte Anneliese Rothenberger, wie sie zusammen mit Nicolai Gedda *Tausend kleine Englein singen: Habt euch lieb!* in den Weltraum hinein sang, und alle kannte er schon vom *Blauen Bock* in den Sommerferien bei seiner Großmutter. Und sie alle samt Dirigenten wie Ferenc Fricsay waren nacheinander glücklich und unglücklich und meist keines von beidem. Zu springen überließen sie, die Dirigenten, die Zuschauer und das ganze Publikum, den anderen. Und der Tosca. Es hatte dabei auch schon

Bein- und Beckenbrüche gegeben und Dirigenten, die am Pult gestorben waren.

Und das war noch ein Grund, warum Mausi vor der *Tosca* zurückschreckte. Sie bekam jedes Mal wieder dann doch Todesangst, kurz bevor die Tosca zu ihrem Sprung ansetzte, da kamen ihr wieder die Bilder von ihrer Fahrt auf der AVUS.

Geschafft!

Mausi kam genervt aus dem ersten Akt heraus und stieß sogleich auf bedeutungsvoll auf und ab schreitende Paare, die das Leben hinter sich hatten, die nicht wussten, wo sie waren, und schon gar nicht, ob sie mit ihren Schritten am Kommen oder am Gehen waren. Und doch: Sie kamen so daher, als hätten sie etwas gesehen und wären nun unterwegs zu einer (weiteren) Erkenntnis.

Die Ersten begannen schon, etwas herumzustehen.

Mausi ging, wie verabredet, auf Inge zu, die sie schon mit ihrem »toll, nicht!« in Empfang nahm.

Da sah sie ihn. Das war schon alles. Jesper. Sie sah es, und die Welt war eine andere. Es war im Foyer. Mausi sah ihn, wie er mit seinem Proseccoglas im Spiegel stand und lebte.

Justus stand daneben und beobachtete sie. Und hatte schon seinen Plan gemacht. Mausi erschrak. Sie sah sogleich die Ähnlichkeit mit Norbert, wie Norbert in Florenz im Giubbe Rosse. »Du hättest mich nicht gesucht, wenn ich dich nicht gefunden hätte.« Mausi war verwirrt, denn sie hatte Jesper dastehen sehen, blond wie Norbert und Brad Pitt zusammen, und lächelte, lachen Sie nicht!, und lieben war von nun an das schönste aller Tuwörter. Den Rest vergaß sie. Und Justus stand mit ihm da und schäkerte. Und weidete sich an Mausis Blicken, die ihm sagten, dass sie angebissen hatte. Viel gesprochen wurde nicht. Immerhin hatte Justus nun den Ersatz von Alain Mausi vorgestellt, und der Prosecco war auch getrunken. Den Rest vergaß sie.

Da klingelte es schon wieder. Es klingelte abermals. Und nun stand Mausi der zweite Akt bevor. Jesper war auf dem Weg dahin noch einmal kurz verschwunden. Auch Inge hatte sich ohne Justus aufgemacht, um sich vorher noch einmal »hinten kurz frisch zu machen«, und dann erschrak Mausi noch einmal, schon wieder, als Justus ihr im Vorbeigehen »Du kannst ihn haben!« ins Ohr zischelte. Und es brannte bis in ihre Seele hinein.

Und sie konnte das Herz, das sie hatte, bis in ihre Ohren hinauf schlagen hören.

2. Alain

Es war in jenem Gebäude der Universität, die nun nach Albertus Magnus hieß, benannt nach einem Schwaben aus Lauingen an der Donau, wie sie zwischen Ulm und Ingolstadt an allem vorbeifloss. Auch noch an jenem Tag, den ich wahrscheinlich einmal zu den unvergesslichen gezählt haben werde, und das war gestern. Professor Pfotenhauer war gerade mit seinem Vortrag *Ich war nie zur rechten Zeit glücklich – Nachgetragenes zu Jean Paul* zu Ende gekommen, und ich war nun ein Mann von vierzig Jahren, der so langsam sein Buch *Ein Mann von vierzig Jahren* hätte beginnen müssen und schreiben, dass ich nie zur rechten Zeit glücklich gewesen war, das sollte mein erster Satz sein, doch der ging nun überhaupt nicht mehr. Denn gerade hatte ich sie wiedergesehen, Babette. Beim Büfett, im Spiegel, vor diesem armseligen Büfett mit einem Proseccoglas in der Hand, wie sie mit Professor Pfotenhauer in ein Gespräch, wohl über seinen Jean-Paul-Vortrag, den alle glänzend nannten, vertieft war. Und ich war jener, der es sah.

3. Mausi

Da kommt er! Doch noch. Mausi hörte ihr Herz immer noch bis in ihre Ohren hinauf schlagen, so wie ein Mensch, der mitten im Wald, durch den er musste, aus dem Unterholz heraus angesprungen wurde. Auch wenn er keinen Schlag vor Schreck bekommen hatte, schlug doch sein Herz noch stundenlang so weiter, dass er es nie vergaß.

Es hatte schon so ausgesehen, als bliebe der Platz neben ihr nun auch im zweiten Akt leer und es setzte sich vielleicht ein anderer, der gesehen hatte, dass da einer nicht gekommen war, an die Stelle von Alain, neben Mausi. Es war schon wieder fast zu spät. Es war schon wieder abgedunkelt, die Dame an der Tür ließ auch ihn noch herein.

Nun war er da, lächelte ihr noch kurz zu.

Sie hörte, wie die freche Berlinerin hinter ihr direkt in Mausis Ohr sagte: Wo war der junge Mann denn im ersten Akt? Hat ea im Kürschenchoa mitjesung?

Das hätte auch Tante Mausi sein können. Sie berlinerte nicht, konnte es aber ganz gut nachmachen.

Der Puls Mausis hatte sich wieder etwas beruhigt, und doch vergaß Mausi den zweiten Akt komplett, samt der Pause und allem, außer dem einen. Der zweite Akt war so doof wie der erste, das wusste sie, es hätte alles in einem Satz Platz gehabt, wäre nur der Mann neben ihr nicht gewesen, und dann die Pause. Und dann der letzte Akt. Tosca sprang von der Engelsbrücke. Und bis dahin blieb der Sängerin noch Zeit genug, um ihre Variante des alten »Ich sterbe jetzt!« zu singen. Der Tod auf der Bühne und die Musik dazu, die Streicher und die Bläser, die tatsächlich ungerührt unten im Orchestergraben saßen und an die Kantine und das Bier danach dachten oder sonst etwas, während die anderen oben starben und mitweinten, … und Mausi … bis zum letzten Sprung hin. Wenn aber, wie es nun in der Deutschen Oper Berlin geschah, die Sängerin zu ihrem letzten Sprung ansetzte, von der Engelsburg hinunter, von der man allerdings nur ein schwarzes Etwas aus schnell zurechtgeschustertem Betrugsversuch aus Plastik, genannt Bühnenbild, genannt Theater, sah, sagte sich der Mensch, der dies mitansehen musste: Es ist aus. Sie sprang. Tatsächlich. Und war dann in das Tutti des Orchesters hineingesprungen. Und war weg. Tosca für immer.

Und dann das gnadenlose Gelächter, als sie und ihr Kopf noch einmal kurz zu sehen waren, hinaufkatapultiert durch ein entsprechendes Lebendgewicht.

Wie die Leute lachten, denn das war ja von der Regie nicht vorgesehen.

Alle lachten, nur Mausi und Jesper lachten nicht. Sie waren schon irgendwo anders.

Warum Jesper nicht lachte, hätte Mausi nicht sagen können. Vielleicht hatte er diesen groben Humor nicht. Sie hätten so lachen müssen, wie man lacht, wenn das Schönste noch kommt und man Angst haben muss, ob es jemals so weit kommt. Weil die Technik das Gewicht der Sängerin wohl falsch berechnet hatte. Der Fehler ging vermutlich auf eine falsche Angabe der Sängerin zurück, sie hatte gemogelt und zwanzig Kilogramm unterschlagen, so dass sie das Trampolin noch einmal ganz kurz, aber für alle sichtbar nach oben katapultierte, und die Zuschauer, die mit ihr gestorben waren, fühlten sich um den Tod betrogen, der im Laufe eines Opernlebens immer wieder geübt wurde, als gäbe es für den Tod eine Generalprobe. Vielleicht wollte sich die Technik auch nur lustig machen über die Oper und das Publikum. Vielleicht auch noch, weil sich ein Techniker von der Humanistischen Union lustig machen wollte über den Auferstehungsglauben, ja beweisen, wie leicht es bei der Liebe war, etwas vorzuspielen, wie bei den letzten Dingen, bei Glaube, Hoffnung und Liebe zu mogeln, selbst bei der Auferstehung.

Und dass es kein Jenseits gab, nur jenen Himmel, von dem der Mensch abstürzen konnte, den John Lennon ersehnt und besungen, und von dem Gagarin behauptet hatte, er sei dort gewesen und habe Gott nicht angetroffen, der Himmel sei leer. *Imagine.* Einen solchen Himmel wollte aber auch Mausi nicht.

Immerhin war einigen Zuschauern, denen die *Tosca* zu Herzen gegangen war, die Pointe, der Sprung in den Tod, gestohlen worden, und jenen, die keinen Sinn für Klamauk hatten, war die *Tosca* schließlich verdorben. Sie waren um den Schmerz betrogen. Aber sie klatschten doch, als wäre es um sie gegangen in diesem Bühnenstück, ja, als wären sie selbst es gewesen, die gesungen hatten und gestorben waren. Das ganze Theater war doch nur eine Stellvertretung, und so war es auch bei ihr: Sie hatte nun gleichzeitig sterben und leben wollen, so verrückt war sie, wie nur die Menschen sein konnten, die hören wollen, wenn die Sängerinnen »Ich sterbe jetzt!« singen.

Mausi war schon angezählt, von diesem Lächeln an, dieses Lächeln und kein anderes hatte ihr gegolten, und nun war es zu spät dafür, dass sie noch etwas anderes tun konnte als lieben. Lieben war das schönste aller Tuwörter.

Was mit Jesper war, wusste sie nicht. Das würde sie noch wissen oder nicht. Jesper – es musste sein. Auch wenn sie vorerst nicht wusste, wie.

Und Jesper und Mausi wollten es vielleicht schon machen wie die Verliebten, und nach Verliebtenart nur das tun, was dem anderen gefällt. Und das Schönste daran war: Sie wussten es nicht einmal.

Mausi hatte in den vergangenen zwanzig Jahren mindestens fünfmal die *Tosca* gesehen, bei Jesper war es zum ersten Mal, wie sie schon von ihm wusste, das hatte er auf ihre Frage hin gesagt. Nun reichte es.

Wie er dann am Ende noch dastand und lächelte; das war so wenig. Und das war so viel. Nein: alles.

Das Einzige, was Mausi von Jesper bis dahin wusste, war, dass er vorher noch im KaDeWe »swarze Schuhe und swarze Socken« gekauft habe und deswegen zu spät gekommen sei. Und in der Kabine anziehen musste er sie auch noch. Offenbar gehörte Jesper zu jenen, die mit ihren neuen Sachen gleich von der Umkleidekabine weg ins Leben hinausgingen. Wie er »swarze Socken« sagte. Das genügte Mausi wohl. »Architekturstudent von der TU, schon 29, es wird langsam Zeit«, sagte er und lachte. Dann verabschiedete er sich plötzlich, aber sehr freundlich.

Justus hatte dafür gesorgt, dass Jesper ging. »Es war mit Rücksicht auf dich!«, behauptete Justus nun, da war er schon im U-Bahn-Schacht zur Linie 7 verschwunden, Mausi wusste nicht, in welche Richtung er nun unterwegs war, ob nach Rudow oder Spandau. Jetzt hätte Mausi diesen Justus am liebsten umgebracht, immerhin zum ersten Mal an diesem Tag. Justus hatte Jesper angelogen. Mausi wolle nach Hause, müsse nach Hause, sie sei unglücklich, habe wohl eine Depression, sie habe es schwer, vor allem mit ihrem Mann, der sei ja gerade wieder einmal verreist, in Köln, und komme erst nächste Woche wieder. Sie seien ein sehr tolerantes Paar, hätten sich nichts mehr zu sagen …

Das alles hatte Mausi aber nicht gehört, doch immerhin Gesprächsfetzen wie: »Ja, reizend«, »Sie ist wirklich reizend«, »Ich sagte es dir doch«.

Und Mausi hatte daraufhin gedacht: »Du blühst also noch« und wieder Hoffnung geschöpft und war fast schon glücklich. Die Unerbittlichkeit des Wortes »wahrscheinlich«: So ein Wort konnte einen Menschen zur größten Hoffnung verleiten und genauso sie wieder nehmen.

»Vielleicht sieht man sich mal wieder« hatte aber keiner gesagt. Aber dass man sich das wünschte, hatte sie auch ihm angesehen.

Der ist ja unglaublich freundlich und sympathisch, sagte nun auch Inge. So ist er.

Jesper war weg. Inge stand etwas abseits mit Justus. Und Mausi fragte sich: Was machst du nun? Wie geht es weiter? Und dann kam Justus auf sie zu, lockte sie unter einem Vorwand beiseite und eröffnete ihr: »Du kannst die Nummer haben.«

Und er gab ihr seinen Zifferspielplan durch. Sie sollte, zu Hause angekommen, ihn anrufen, und dann würde sie die Telefonnummer von ihm bekommen. Es blieb Mausi also keine andere Möglichkeit. Sie wusste außer dem Vornamen nichts. Und konnte auch nicht wissen, dass Justus ihn weggeschickt hatte mit einer anderen Geschichte. Aber das war eine andere Geschichte.

Sie nahm wieder ein Taxi, um möglichst schnell zu Hause zu sein; und außerdem, weil sie jetzt Tante Mausi im Ohr hatte mit ihrem »Kind, es ist ein Unterschied, ob du in der U-Bahn weinst oder in einem Mercedes«. Ihr war aber gar nicht nach Weinen zumute, sondern nach Lieben.

Mausi aber konnte etwas Persisch, und das Erste, was sie in jeder Sprache wissen wollte, war, wie »Ich liebe dich« hieß. Persisch war es vielleicht am schönsten: من شما را دوست دارم dooset daram. Dooset daram, liebe dich. Aber was »Ich liebe dich« auf Dänisch hieß, wusste sie nicht, und fand nun, dass dies eine Schande war. Das war das Erste, was Mausi zu Hause herausfinden wollte. Und auch, was Jesper auf Deutsch hieß.

Den persischen Taxifahrer, der ihr mit seinem را دوست دارم من شما dooset daram, »Ich liebe dich« gekommen war, hatte sie verstanden und überstanden, der auf sein Liebesbekenntnis hin seine Hose geöffnet und aus einem schönen Satz einen Schwanz gemacht hatte, mit dem er nach oben mitkommen wollte. Mausi hätte nun kotzen können. Und dann im Treppenhaus, vor der Wohnungstür, hörte sie gerade noch ihr Telefon klingeln. Zu spät. Drinnen ließ sie sich erst einmal, nachdem sie ihre Schuhe abgestreift hatte, in ihren Sessel fallen. Aufgewühlt wie nie.

4. *Alain*

Genießen Sie den schönen Tag! Hatte es im Wetterbericht geheißen. Zurück vom Gruppenbild der Tagungsteilnehmer mit Professor Pfotenhauer in der Mitte, stand ich mit meinem Glas herum und wartete auf die Salzburger und die Frankfurter und auch auf Karen Bunkenburg, die berühmtesten Übersetzer waren angereist, alle, deren Manuskripte in New York verhandelt wurden.

Am Denkmal des Albertus Magnus, des vielleicht größten Gelehrten des Mittelalters, von dem heute keiner mehr redete, hatten wir uns aufgestellt. Die Konferenzmanagerin hatte uns an unsere Plätze bugsiert, immer mit einem Lächeln, als wollte sie uns umlächeln, sehr professionell. Das Licht war schon etwas schlecht um diese Zeit. Die über hundert Teilnehmer sowie der Staff, alle kamen auf das eine Foto, von dem Zackzackkünstler in Shots digitalisiert, und in der Mitte Professor Pfotenhauer, dem man ansehen konnte, dass er noch aus einer anderen Welt kam, old Europe, und wie sehr ihn sein Vortrag mitgenommen hatte, und dass er immer noch in einer anderen Welt lebte, wo das Glück und das Unglück ebenbürtig waren und ein Großes bildeten. Das Gruppenfoto war eine Sache von ein paar cheese-Sekunden. Gemessen wurde in tausendstel Sekunden, nicht in Augenblicken, das war das Zeitmaß des Fotografen. Träumte davon der Schriftsteller, der zehn Jahre an einem Buch schrieb?

Die Veranstaltungssprache war, der Satz war eigentlich überflüssig, das amerikanische Englisch auf der Höhe von 2004. Es hieß eigentlich international, tatsächlich bedeutete das nichts anderes als US-Pidgin. Das arme alte Englisch missbraucht und zu einem Informations- und Transportmittel verkommen. Die Tagungsteilnehmer liefen drei Tage lang mit ihren Tag-Ketten aus Plastik herum, als wäre es gelebte Demokratie; und auch auf diesem Foto sollten wir kreisförmig erscheinen, niemand oben und niemand unten, das war nicht ganz einfach und noch ein Beweis, dass Amerika demokratisch war, und wie die Experten dann in ihren Lobby-Bars das Whiskyglas in die Hand nahmen und »Yes!« sagten, da konnte es keinen Zweifel mehr geben.

Wohlmeinende Zeitgenossen mussten mich hingegen immer schon und immer wieder auf den Hosenladen hinweisen. Manche Aufnahme zeigte mich mit offenem Hosenladen! Und ich war ja längst diagnostiziert, man sah es mir auf den Fotos nicht an, doch ich wusste es. Und man hätte es beinahe auch auf diesem Foto sehen können, wenn nicht Christl und Sophie gewesen wären, zur Konferenz angereist aus Wien und Hamburg, und ich freute mich derart, sie zu sehen, dass ich sofort wieder vergessen hatte, dass ich mit offenem Hosenladen und einer überschwappenden Kaffeetasse herumlief. Sophie sagte mir, was mir nur die allerbesten Freundinnen sagen durften. Sie sagte zwar nur »dein Hosenladen«. Sie sagte sogar: Hosenstall, da sie aus Hamburg kam. Und ich wusste nun nicht, ob sie die Reste von Samenspuren gemeint haben könnte oder den offenen Hosenladen oder beides. Und noch ganz anderes. Und noch viel mehr. Vielleicht glaubte sie auch, Samenspuren ausgemacht zu haben, und wollte mich so vor einer Blamage vor den Übersetzern bewahren, die das hätten in alle Weltsprachen übersetzen können, und das möglicherweise für immer auf dem Gruppenfoto festgehalten wäre. Also kam gerade noch rechtzeitig das Wort Hosenstall. Doch für das Foto war es nun schon zu spät. Den zweifelhaften Fleck konnte ich mit etwas

Spucke zwar minimieren. Auch hier konnte ich wieder die Erfahrung machen, dass … dass mit mir etwas nicht stimmte. Das war eine gute Voraussetzung der Selbsterkenntnis: Ich hatte auf diese Weise ein Auge für Menschen, bei denen auch etwas nicht stimmte, Erröten und Fingernägelkauen hin oder her. Und für die anderen war es ein erstes Indiz dafür, dass mit ihnen etwas stimmte. Dass sie leider nichts waren als normal, meinte Mausi, um mich mit Löwenklauen zu verteidigen. Es gab auch Systemanalytiker, denen man gar nichts angesehen hätte, die von einem Vermüllungsvirus namens Messi befallen waren. Das heißt, man konnte meist nur so viel sehen, dass man nichts sehen konnte. Doch schon ein Blick in den Garten verriet mir, zum Beispiel, um was für einen Gärtner es sich handelte oder um welche Gärtnerin, schon bei Madame Cyprian, wenn sie die herausgerissenen Geranien auf den Komposthaufen warf, die mit den Wurzeln nach oben liegen blieben und in der Sonne vertrockneten und umkamen. Oder auch nur, wie andere den Fleurop-Strauß mit den verblühten Rosen behandelten, wie sie ihn in die Mülltonne taten, begleitet von einem Wegwerfsatz und einem kleinen Gespräch mit Madame Ferret, noch ein Mensch, der lange tot ist, mit demselben Grundriss lebte bis dahin, über alle Grundstücksmauern hinweg, über die Grundstücksmauer hinweg. Oder wie sie in Isigatreute den Rasen mähten, kurz bevor es blühte. Im Dreiländerdreieck unserer Häuser stießen ja unsere Mistgruben aufeinander: Da kamen wir am engsten zusammen. Und Madame Cyprian sagte »merde« vor sich hin, das war ihr Begleitsatz, schon beim Selbstgespräch angekommen. Bis dahin hatte sie, vielleicht an ihr Leben denkend, »merde« gedacht. Bis dahin waren es Wegwerfgedanken gewesen, gekrönt vom Wort »merde«. Nach außen hin sah man mir ja weiter nichts an. Und wie ich mich so dastehen sah und mir das Wort »Grund-Riss« einfiel. Und wie ich mir ins Leben hineingeschwindelt vorkam, ja, wie ich in meinem eigenen Leben neben mir selbst zu stehen schien, ob fotografiert oder nicht.

Sophies Angst war doppelt unbegründet, was das Foto betraf, denn ich stellte mich, wenn es mehrere Reihen gab, immer in die hinterste, und manchmal sah es aus, als wäre ich am Ertrinken. Oder als wäre ich die untergehende Sonne hinter einem großen Berg, das war dann der Mensch, der vor mir stand und mich fast ganz verdeckte. Was meine Größe betraf, so hätte ich »halbgroß« angegeben oder »einen halben Kopf kleiner«, so rechnete ich, so verrechnete ich mich mit der Welt.

Und was war mit den anderen auf dem Foto? Darin glichen wir uns am meisten, dass wir uns überhaupt nicht glichen.

Nicht alle waren gleich. Einige passten wunderbar, immer. Es gab jedoch Menschen, die sahen auf jedem Foto wie hineingeschwindelt aus. Es gab Menschen, vor allem aber mich, der sich als hineingeschwindelt vorkam, ins Leben wie auf dieses Gruppenfoto, wie jener, der sich immer auf die Staatsfotos schlich und nicht unbedeutender oder unglücklicher aussieht als die anderen und auch nicht weniger stolz darauf, auf ein so wichtiges Foto gekommen zu sein. Doch im Grunde sah ich auf jedem Foto hineingeschwindelt aus, als nicht mit aufs Bild gehörend … Daher mogelte ich mich am liebsten in die hinterste Reihe, da konnte ich auch noch den Zigarillo hinter mir verstecken, und ich schaute so in die Kamera, als wäre in meinem Kopf der Satz »Ich war nie zur rechten Zeit glücklich«, und machte auch noch Faxen, als hätte der Schuldirektor recht, der mich einst stehen ließ mit dem Satz »Es sind immer die Gleichen, die auffallen wollen«, als hätte ich nichts anderes gewollt, als … bugger me. Freilich auf Französisch. Und ich überlegte gerade, was aus diesem Satz »Ich war nie zur rechten Zeit glücklich« noch werden könnte.

Das Schöne an diesem Satz war, dass alle, die auf ihn stießen, glaubten, er sei für sie geschrieben. Bis sie auf die Liebe ihres

Lebens stießen, wie sie glaubten, und ab da diesen Satz nicht mehr gelten ließen; und sie brachten sich mit dem Schicksal in Verbindung, so wie die Sterngläubigen, die glauben mochten, das Universum richtete sich nach ihnen. Und außerdem: Im Blick auf mich hätte ich vielleicht auch noch jenen Satz einflechten können: »Mach dich nicht so klein, du bist nicht so groß«, als wäre ich ein Deutscher. Denn ich hatte mich für das Foto auch noch, als wäre es zum Spaß, einen Kopf kleiner gemacht, neben die 1 Meter 90 große schönnamige Isabel Dupré und ihren großen Namen gestellt, aber so, dass man es sehen konnte, also nach außen hin, so dass es aussah wie Carlo Ponti neben Sophia Loren. Mal sehen, was daraus würde, welchen seiner Shots der Fotograf für den besten erklärte. Die Technik erlaubte es, dass alle schon am nächsten Morgen einen Abzug ausgehändigt bekommen sollten, und fast schien es, als wollten wir dem Thema entsprechend in die Welt schauen.

Diese Gruppenaufnahme wäre ja gar nicht nötig gewesen, es war nur noch ein Ritual, denn schon konnten einige von uns alles mit ihrem Handy abklicken, kurz anschauen und dann, wie meist, gleich das Mülleimerzeichen. Die meisten, die um mich herumstanden, standen mit ihrem Cheesegesicht da wie überall auf der Welt, als wäre es Glück. Dann lieber doch ein Jean-Paul-Schmutzfink, den ich aber auch so von manchem Gesicht las. Die Schmutzfinkin gab es ja nicht, daher hätte meine Rechtschreibmaschine zu Recht dieses Wort als zweifelhaft und politisch nicht korrekt moniert. Da wurde von manchem Gesicht etwas behauptet, als wäre es das nackte Glück. Trotzdem standen sie mir da, als hätte Jean Paul ihnen gerade ein Kompliment gemacht und seinen Satz zurückgezogen.

In dem mensaartigen Clubraum, wo das Büfett stattfinden sollte, wartete ich auf die Freunde. Und dachte über Pfotenhauers Vortrag nach, und ob ich mir diesen Satz von Jean Paul überhaupt richtig gemerkt hatte, und ob er stimmte oder nur so ein schöner Satz war, auf den ein Mensch wie ich, der dachte, der Satz wäre, wenn schon nicht von ihm, so doch für ihn geschrieben, hereinfiel.

Das Büfett hatte eine Emphase auf dem Vegetarischen, wie sich Karen dann wieder einmal sehr gepflegt ausdrückte, falls sie den Nudelsalat und die Brötchen von Kamps meinte, und das passende deutsche Wort war »basic«. Das zeigte mir wieder einmal, wie mit dem armen Englisch Schindluder getrieben wurde in aller Welt, von *Basic Instinct* her gedacht, dachte ich als Übersetzer. So war es; vielleicht auch, weil die Universität sparen musste, so mutmaßten wir, auch noch beim Essen. »Alles strömte zum Büfett, das doch wieder einmal enttäuschend war«, würde dann wohl in der Rundmail der beflissenen Karen hundertfach zu lesen sein. Zwar gab es etwas mehr als Wasser und Brot, es war also nicht ganz so wie auf den Empfängen der Akademie der Künste zu Berlin, eine Maßnahme, die wegen der vielen unbefugten Gäste getroffen werden musste, die zu den ursprünglich opulenten Ereignissen, zumal in sicheren Mauerzeiten, gekommen waren. Das Büfett … all die Petits Fours, die in der Sprache von Köln »Häppchen« hießen, wurden angeboten von entsprechenden, ins Runde oder Konkave spielenden Gesichtern, die in der schönsten Jahreszeit ihres Lebens als Funkenmariechen von den Wagen ihre Karnevalskamellen geworfen hatten, immer wieder ins konvexe Konklave gegangen waren, wie man im katholischen Köln unter den Gebildeten seiner Verächter sagte, so sagten es die gebildeten katholischen Schmutzfinken, und die bösartigeren oder sehnsüchtigeren der Funkenmariechen von einst hatten vielleicht auch noch versucht, diesen und jenen Menschen am Kopf zu treffen, ob sie ihn kannten oder nicht. Es waren bei diesem Büfett auch Gesichter, wie ich sie in meiner schönen Kölner Zeit auch auf den Reliquienbehältern im Dommuseum gesehen hatte, aus den Zeiten der heiligen Ursula und ihren elftausend

Jungfrauen, von denen sie irgendwie in ungerader Linie abstammen mussten, ob sie damals schon Kölsch sprachen und tranken, wusste ich nicht. Kölsch, das Bier, gab es auch, doch das gehörte zu den wenigen Dingen, mit denen ich mich hatte in meiner Kölner Zeit nicht anfreunden können.

Alle standen auch hier nun schon wieder etwas mit ihren Häppchen herum. Alle. Außer den Hauptpersonen, die schon jetzt Angst haben mussten, dass es in ihrem Leben nicht mehr für ein Ehrengrab auf Montparnasse reichte. Die waren gleich wieder in ein entscheidendes Gespräch vertieft wie Susan Sontag. Und schauten schon wieder auf die Uhr. Wohingegen nachgeordnete Erscheinungsformen des männlichen und weiblichen Lebens bald dazu verdammt sein würden, den Rest des Abends herumzustehen und mit einem Kölsch in der Hand, das bald getrunken war, über das Wetter reden zu müssen und dann wieder einmal nach Hause oder ins Hotel zu gehen wie immer.

Ich stand nun wieder mit Karen. Leider ging sie bald abermals weg, denn sie hatte immer noch etwas Appetit. Vielleicht hatte es ja mit mir zu tun? So schöpfte ich doch wieder ein wenig Hoffnung. Aust war schon zu spät zum Vortrag gekommen. Da hatte sie mir »Es ist aus!« ins Ohr geflüstert. Ich erschrak wie selten noch. Was für ein Satz, was für ein Omen, denn ich bezog diesen Satz auf Karen und mich, Mausi und mich, das Leben und mich und was weiß ich. Und nun kam Aust in den Raum, der aber dadurch nicht komplett wirkte. »Es ist Aust!«, hatte Karen mir zugeflüstert. Es war also gar nicht aus, auch nicht mit Karen, mit der ich später ja noch im Setaccio (deutsch: Sieb) verabredet war, und mit den Freunden aus Salzburg, Frankfurt und Wien; und ich sagte Karen: Wie Aust sehen viele aus, sein Name ist das Seltenste an ihm … und ich, ich, ich … las schon wieder in meinem Leben herum und lebte, niemandem gewachsen und schon gar nicht mir und nicht einmal der Auszubildenden am Telefon des Einwohnermeldeamtes oder dem Kaminfeger, wenn er mit seinen Durchführungsvorschriftsverordnungen ins Haus kam. Sie alle sagten mir, wie es zu machen war. Nach meiner Meinung fragten sie erst gar nicht, und dabei blieb es. Warum Aust gerade jetzt hereinkam, würde ich auch nie erfahren, doch für mich sah der Raum nun immer noch nicht aus, als wären wir vollzählig. Wie er mich noch mit Karen dastehen sah, dachte Aust sich wohl: »Der alte Schwätzer, der hat doch gar keine Chance bei diesem Superweib, der hat doch einen Knall!« Er seinerseits war im Gespräch mit dem Direktor des Bundestags namens Zeh, dem Vater der Künstlerin, ein höflicher Mensch, der aber nicht »Quatsch«, das Lieblingswort der Experten, sagte, wie Aust die ganze Zeit, sondern »interessant«. Nun schlich sich Aust an mich heran, vielleicht auch nur, weil er mich über Karen ausfragen wollte, die längst woanders war. Es konnte aber auch sein, dass er mich entweder für so interessant hielt, dass er mit mir sprechen wollte, oder, was wahrscheinlicher war, mich mit einem anderen verwechselte, auf den er strategisch zugeeilt war. Doch es war nichts. Ich war nichts. Als er seinen Irrtum bemerkte, ließ er mich mitten im Satz stehen. Zudem: Sagte ich etwas, dann hörte sich das aus meinem Mund immer so an, als stimmte es nicht. Den Leuten fielen dann Wörter wie »Schwätzer« ein, und einem Mann, der zum Stottern und Erröten neigt, glaubten sie weniger, und außerdem bewirkte das eine überaus freundlich abwimmelnde Ungeduld wie im Umgang mit einem Behinderten. Dachte ich, sagte ich mir. Und einem mit dem Tonfall von Oggersheim glaubten sie immer schon weniger als einem Berliner oder Hamburger Großmaul, das ihnen die Welt erklären kann, selbst mir, dachte ich.

Und bald stand ich wieder einmal allein.

Die Salzburger und Frankfurter waren wohl noch in der Büfettschlange, bevor die Platten, trotz ihrer Dürftigkeit, ganz abgefressen waren, als hätten die Kollegen vergessen, dass wir uns nachher noch sehen wollten, als hätte Jean Paul doppelt und dreifach Appetit gemacht, auch aufs Weiterleben nach dem Jean Paul'schen Exkurs im Grenz- und Absturzbereich von Glück und Unglück. Doch ich kam mir nun wieder einmal wie der einzige Mensch auf der Welt vor. Da sagte ich, wie zum Spaß »Man ist doch ganz allein auf der Welt« vor mich hin, aber so, dass es meine Nachbarn hören konnten. Vielleicht spielte ich nur mit diesem Satz, ich weiß es nicht. Denn irgendwie modulierte ich meine Stimme so, als wäre es ein Witz. Das hatte Professor Pfotenhauer wohl gehört, der wahrscheinlich einmal hatte katholischer Priester werden wollen. Und auf der Stelle erbarmte er sich meiner. Professor Pfotenhauer war nicht so. Er hatte Stil. Sympathisch war auch, dass er nicht zu den militanten Nichtrauchern gehörte, die um mich herum die ganze Zeit mit ihren Minusfressen herumfuchtelten, wenn sie durch die Raucherabteilung mussten, die war schon nach außen verlagert, im Mülleimerbereich. Es war im letzten Jahr vor dem totalen Rauchverbot in Nordrhein-Westfalen. Ich stand also vor Pfotenhauer, und hinter ihm der ziemlich verschossene, ungepflegte Großraumspiegel. Ich lobte seinen Vortrag. Doch er kam bald auf das Ende von Jean Paul zu sprechen. »Ich finde schon, dass seine letzten Jahre eine bittere Geschichte sind«, sagte Pfotenhauer dann. »Man kann nicht sagen, dass er in seinen späten Jahren glücklich war.« Das letzte Wort seines letzten Romans, sagte er, Pfotenhauer, sei Entsetzen. Und ich vernahm ein Verlangen, ihm dieses Wort abzukaufen, fast schon übermütig geworden, diesen Satz schon wieder in meine Sprache zu übersetzen: Der letzte Roman seines letzten Worts war Pfotenhauer, so Entsetzen. Denn …

Im Spiegel … entdeckte ich jene Frau wieder, die zuvor schon so lange mit Pfotenhauer gesprochen hatte, und die jetzt so schaute, dass es nicht zum ersten Mal sein konnte, vielleicht hatte sie mir schon fünf Minuten lang so ins Gesicht gesehen, mich wohl schon die ganze Zeit gesucht mit ihren Augen, mich wieder und wieder überflogen, gecheckt, als suchte sie etwas, und das, was sie suchte, war … und mir …

Wie sie so schaute, fiel mir wieder mein Leben ein: Es war Babette. Babette (und außerdem): meine erste große Liebe. Wie sie mir einst am Gartentor davonrannte. Und wie sie dann vor über zwanzig Jahren aus meinem Leben verschwand. Ich dachte, es wäre für immer.

Ich sah bald so in den Spiegel, dass auch Professor Pfotenhauer sich umdrehte. Entschuldigen Sie. Es war die Frau, mit der sich Pfotenhauer gerade eben so lange unterhalten hatte. Nun wusste ich es. Sie war es. Es war Babette. Sie beobachtete mich weiterhin über den Spiegel hinter dem Büfett, der das karge Angebot etwas streckte, opulenter erscheinen ließ. Doch nun so, als wüsste sie immer noch, wie es am schnellsten ging, dass ich rot wurde, so, als wollte sie mir »Forget about that!« sagen, was für ein kleiner, schmutziger Reim! Doch bald war eigentlich keine andere Antwort als »Ich bin's!« mehr möglich. Spätestens als diese Frau mit ihren Augen »Forget about that!« sagte, wusste ich, wen ich vor mir hatte. »Du bist aber grau geworden.« Und dann war alles sehr schnell gegangen.

Irgendwie musste es ja weitergehen, nachdem es zu Ende war. Es war die Geschichte von zwei Liebenden, deren große Zeit vorbei war.

So hatte ich es noch vorgestern gedacht, als ich mit mir und meinen Sachen zum Late Check-in im ibis im Hauptbahnhof ankam, war ich schon wieder auf Jagd gewesen, eher in Gedanken, auf Abenteuer, auf Jagd, auf Abenteuer in Köln. Ichichich hatte mir von der Konferenz auch einen erotischen Mehrwert versprochen, wie die anderen auch, ach, auch ich wollte wohl etwas erleben. Endlich wieder etwas erleben, hinausschreien wie die migräneschwangere millionenschwere Gesine: »Ich will endlich leben!« Ein großer Ja-Sager sein.

Doch bald war eigentlich keine andere Antwort als »Ich bin's!« mehr möglich. Jetzt war ich mir sicher. Ich hörte sie nämlich lachen. Und das Nächste, was ich hörte, war ihr süßer kleiner Sprachfehler, wie sie »bien sûr!« sagte. Es wurde nämlich zwischendurch doch auch noch Französisch gesprochen. Es war der süße alte Sprachfehler, wie sie »bien sûr« sagte. Den anderen ein Gelächter, mir eine Erektion. Und mein Schmutzfinkschmerz war schon dabei, sich in ein Schmutzfinkglück zu verwandeln.

Du bist aber grau geworden!

Es war etwa auf der Höhe des Büfetttischs, da, wo früher die kalten Platten mit den Käseigeln etc. ausgebreitet waren, etwa zwischen Lachsplatte und den Petits Fours aus der Region Köln (gastronomisch war das, sorry, ein No-Go – Köln war ja sonst meine Lieblingsstadt in Deutschland) hatte ich sie wiedergesehen, da stand sie mit ihrem Petits-Fours-Teller herum und glänzte.

Und jemand, der es genau wusste, sagte, wie sie so dastand: Das ist Elizabeth McSinwell, die Verfasserin des Schlüsselwerks zum *Schimmelreiter*. Sie ist eigentlich Französin. In dritter Ehe mit einem Medienmogul verheiratet. Ihr Mann hat auch das Konzert mit Mae Su Geng bezahlt – und so fort. All dies wusste ich nicht und ließ mein Herz schlagen. Nur dass sie Französin war und ich grau: Das wusste ich.

Durch das »aber« vor »grau« jedoch wusste ich auch, dass etwas nicht stimmte. Auch eine schöne Lüge war eine Lüge. Doch eine Lüge war glaubwürdiger als zwei.

Und dann ließ sie mich mitten im Satz stehen.

Ich aber hatte mich nur treiben lassen von der Zeit.

»Du bist aber grau geworden«, sagte sie und schaute dabei so, als wollte sie mir eigentlich schon »Forget about that!« ins Gesicht sagen.

Von allen, die ich kannte, von allen, die mich kannten, kannte mich niemand so schlecht wie ich. Denn mit etwas mehr WWW-Geschick und Online-Know-how hätte ich längst auf die Vermissteste meiner Verlorenen stoßen können, aber vielleicht wollte ich es auch gar nicht.

Um diese Zeit sollte in Berlin zum vorletzten Mal die Tosca singen und sterbend die Engelsburg hinunterspringen. Es war wieder eine Sängerin, deren osteuropäischen Namen am Telefon auszusprechen schon ein Abenteuer war, das Inge nicht bestand. Die Kombination von süßem kleinen Sprachfehler und ihrem Erscheinen, das war es.

»Es ist aus!«, hatte mir Karen zugeflüstert. Und das nahm ich nun als Omen. Und schon: *P. S. I love you*: »I burned a hole in the dining room table.« Da stand sie und sah mir in die Augen und lächelte nicht.

Bist du es? Sie hatte mich behandelt wie Josef seine Brüder … Dabei war nicht ich es, der sie verkauft hatte. »Du bist grau geworden.« Das war das Erste, was ich von ihr hörte. Nach zwanzig Jahren, in denen ich auch mir selbst gegenüber nur so tat, als hätte ich sie vergessen.

Als Professor Pfotenhauer das hörte, entfernte er sich, als wäre er Zeuge geworden, wie gerade der Schmerz zur Hauptperson gemacht wurde und das Glück zum Statisten. Gerade beim Wort Hoffnungsschmerz angekommen, sah ich sie mit ihren Amuse-Gueule auf dem Teller, so, dass es …

»Du bist aber grau geworden.« Und mir fiel nichts anderes ein als »und du blond«. Vielleicht war es auch nur das besonders gute Deutsch, und sie wusste von der Bedeutung des nachgestellten »aber«, wie wir es in Freiburg gelernt hatten. Sie würde mir nicht sagen, dass sie meine längst aufgegebene siebenstellige Telefonnummer, die ich längst vergessen hatte, immer noch auswendig hersagen konnte, das werde ich ihm nicht sagen, dachte sie vielleicht.

Wie sie jetzt vor mir stand und »Alain?« sagte. Als wäre es

wie am verrosteten Gartentor, das kleine Mädchen hinter den Stäben, das »Ich bin's« sagte, mit der Betonung auf der ersten Silbe, so dass es wie »Fürchte dich nicht« klang. Doch ich hörte noch das Fragezeichen und ebenso das Ausrufezeichen hinter »Das Grau steht dir aber!«.

Und dann hatte sie mir doch noch gesagt, auf diese Weise mit ihren Augen gesagt, dass sie mich auch nie vergessen habe, aber so, ein wenig so, als wäre dies eine zweifelhafte Erinnerung. Ich wusste es zuerst nicht recht zu deuten, aber so verstand ich es bald wie ein Verliebter, der von seiner Frau einen Absagebrief bekommt und ihn so lange liest, bis es am Ende eine Liebeserklärung ist. Schon seltsam diese Sprache mit ihren Augen und Liebeserklärungen und ihren Kriegserklärungen. Bald konnte ich meinen Herzschlag in meinem Ohr spüren. Und doch: Das Wort Himmel war mir aber nun noch viel zu wenig, nachdem sie »Ich bin's« sagte, als wollte sie »Ich bin's doch« sagen. Da machte ich mich unter einem Vorwand davon. Mit den Salzburgern war ich auch noch zum Essen verabredet. Erst später, das hatte noch Zeit.

Draußen auf dem Albertus-Magnus-Platz wusste ich dann, dass der schöne Satz Jean Pauls, auf diesen Augenblick bezogen, der falsche Satz war. Und schon waren »Schmutzfink« und »Sprachgitter« zwei schöne Wörter von Jean Paul, die mich nun unter dem Denkmal des großen Philosophen aus Lauingen an der Donau weiterbrachten. Zum Singen brachten, und ich sang ganz laut, fast schon jodelnd, die Jean-Paul-Wörter »Schmutzfink« und »Sprachgitter« vor mich hin.

Und trotzdem musste ich nun fliehen.

Ich spürte immer noch meinen Herzschlag in meinem Ohr. Und nun saß ich wieder da, auf meinem Bänkchen, auf meinem Platz im Leben, in meinem Schmutzfinklicht, und die Sonne schien mir von Westen, von der Abendseite her, ins Gesicht, und ich versuchte auch eine Variation auf meinen Satz »Der

Schmerz hat einen Vornamen«, der mir am 15. August 1983 bei den Dünen von Arcachon und unserem Lieblingsbunker vom Atlantischen Wall eingefallen war, nachdem Babette und Toby aus meinem Leben verschwunden waren. Ich sang nun: »Der Schmerz hat k-k-einen Vornamen.« Und dazwischen fünfmal hintereinander »bugger me!« in Es-Dur, und die Menschen, die mich zufällig hörten, dachten sich wieder einmal: »Leute laufen hier rum ...« Da saß ich aber schon, ziemlich vereinzelt, denn es war die Schäl Sick, aber nicht für mich.

5. Mausi

Mausi rauchte nun eine Zigarette nach der anderen. Den schweren schwarzweiß glänzenden mexikanischen Aschenbecher aus Acapulco, der auch als Mordwaffe hätte dienen können, hatte Mausi zur Strafe auf das Gesicht von Justus gestellt, auf jenes Urlaubsfoto von Pie de la Cuesta. An sich tat sie das nie, den Aschenbecher auf Gesichter zu stellen, nicht mal in der Zeitung, nicht einmal auf die Gesichter von Diktatoren oder sonstigen Unmenschen, noch nicht einmal eine Kamillenteetasse, sowenig Mausi über Teppiche mit heiligen Symbolen oder Tieren ging. Der Aschenbecher auf einem lächelnden Gesicht: Das war eine Maßnahme, die überhaupt nicht zu ihr passte, nun aber sein musste.

Die erste Ziffer der Telefonnummer hatte Mausi am Taxi von ihm mitgeteilt bekommen: Es ist die 8! Und sie hatte nun Angst, dass sie diese kostbare Zahl auf der Fahrt nach Hause vergessen könnte.

Justus hatte Mausi gesagt, sie solle, wenn sie zu Hause angekommen sei, bei ihm anrufen, dann würde sie Jespers Nummer bekommen; und das tat sie nun auch. Mausi rief bei Justus an, wie verlangt auf der Festnetznummer, sämtliche Licht- und Erkenntnisquellen, die sonst doch das Leben und Tun Mausis bestimmten, waren auf null heruntergedimmt. Sie hatte sich auf das Spiel eingelassen. »An etwas anderes zu denken lag nicht mehr in meiner Macht«, der Satz war zwar aus den Erinnerungen einer französischen Bestsellerautorin aus dem 19. Jahrhundert, die später auch heiliggesprochen wurde, Therese von Lisieux, und Mausi hatte ihr Buch *Geschichte einer Seele* gelesen, weil Alain dies so gewollt hatte, und war nicht recht hineingekommen, doch dieser Satz stimmte. Er war der genaueste von allen Sätzen, die Mausi jetzt in den Sinn kamen. Schon schräg, dass sich gerade jetzt eine andere Schriftstellerin, die für ihr Buch heiliggesprochen worden war, mit ihren Sätzen dazwischenmogelte.

Ja, es musste sein. Zwar hatte Mausi in der Zwischenzeit schon mehrfach »Spinnst du jetzt?« vor sich hingesagt, dann rief sie aber doch in der Kohlhasenbrücker Straße an, die Privatnummer von Justus, und versuchte einen geschäftsmäßigen, leicht heiteren, eher beiläufigen Ton. Sie hatte keine Ahnung, ob Inge von diesem Spiel etwas wusste. Eher nicht. Nein, bestimmt nicht. »Aber das ist mir jetzt alles vollkommen gleichgültig.« Sie musste die Nummer haben. Sie wählte im Glauben, dass sie nun die restlichen sieben Ziffern von Jespers Telefonnummer bekäme, es war ein Festnetzanschluss mit Berliner Vorwahl, die Handynummer hielt Justus wohl zurück. Und dann hörte sie, wie er sein »Ja« ins Telefon gab, das konnte Mausi schon gar nicht leiden. Wenn er sich sonst bei ihnen meldete, wusste sie meist schon, wer es war, wenn auf ihrem Display »unterdrückt« gemeldet wurde.

Und dann sagte er nur: »Es ist die 8.« »Und wie geht es weiter? Besteht die Nummer aus zwei Ziffern? Zweimal die 8? Sind wir auf dem Land?« Doch Mausi wusste, dass sie nun nicht mit ihm streiten konnte, da wäre diese Geschichte ganz schnell zu Ende gewesen. Also gab sie sich so gelassen, als wäre es ein Spiel, wie zum Spaß. Sie lachte sogar, ein Lachen, auf das Justus wohl nicht hereinfiel, sondern ihn eher noch in seinem Treiben bestärkte. Er lachte auch, aber so, dass sie davon hätte schockgefroren werden können, und auch so, dass Mausi nun wusste, dass er Bescheid wusste. »Du musst die Spielregeln einhalten, Mausi, sonst wird es nichts! Das ist so im Leben. Das Leben ist hart«, sagte er, wie es ihr Zahnarzt sagte, der wohl ähnlich gepolt war wie Justus, wenn er mit der großen Spritze kam, und dann die Zeit auf dem Zahnarztstuhl, einmal waren es vier Stunden am Stück gewesen, und das hatte sie auch überstanden. Sie verdächtigte alle Zahnärzte dieser Welt, insgeheim Sadisten zu sein und dass sie nur deswegen Zahnärzte geworden waren. Dass sie als geldgierig galten, kam für Mausi noch hinzu. »Das Leben ist hart« und solche Sätze kamen nun aus dem Apparat. Es fehlte gerade noch, dass er »Du schaffst es!« und »Trau dich!« gesagt hätte, wie mancher Mensch und Sadist, um dann mit der Klatsche zu kommen. Und Elfi schien vollkommen vergessen. »Wir machen es so: Für die restlichen sechs Ziffern rufst du mich auf die Sekunde genau an, jeweils nach einer halben Stunde. Punktgenau. Wir beginnen um neun. Dann hast schon drei, das ist doch was!« Das war schon in zehn Minuten.

Das war der Wissensstand Mausis kurz vor neun. Bis dahin konnte sie gerade noch einmal ins Bad und eine Flasche Châteauneuf dekantieren. Denn anders ginge es wohl nicht. Sie würde es sonst nicht aushalten, das wusste sie. Vor dem Zahnarzttermin hatte sie immer zwei Aspirin 500 genommen, und der Arzt fluchte dann bei der Arbeit, wie es blutete und nicht aufhören wollte. Zwar fragte Mausi noch ein letztes Mal: »Spinnst du jetzt total?« Es war eine rhetorische Frage. Und so ginge es weiter, nun wusste sie, wie lange es weiterginge. Sie wusste jetzt schon, wenn es so weiterginge, dass sie die ganze

Nummer eine halbe Stunde vor Mitternacht hätte, sie wusste also, was ihr für ein Abend bevorstand. Was waren schon zweiundeinhalb Stunden. Das würde sie aushalten. Das würde sie überstehen. Und das war nun ihr Seelendiagramm: »An etwas anderes zu denken lag nicht mehr in meiner Macht.«

6. Alain

Zuerst war ich glücklich. Bald darauf wieder unglücklich. Dann wieder glücklich. Aber immer etwas. Und so ging es weiter. Ich flüchtete an den Rhein und spürte immer noch mein Herz. Und dann schlich sich die Angst ein, ich könnte mich in ihren Augen verlesen haben. Und auch das »aber« in ihrem Satz »Das Grau steht dir aber!« bestärkte mich in meinem Zweifel.

Es ist aus! Es war aber nicht aus, nicht Aust, sondern Babette.

Nun lebten alle von damals, jeweils für sich und über die ganze Welt verstreut: in Berlin, Neubrandenburg, London, Schmieheim, Paris, Edmonton, in Aha am Schluchsee und in Miami.

Und jenen Sommer von 1983 vergegenwärtigend, wäre uns allen, von denen ich so gut wie keinen mehr fragen konnte, wohl kein anderes Wort als »immer« eingefallen.

Und »alle da«. Ja, die Welt war einmal vollständig gewesen.

Unglücklich durfte man schon aussehen, wenigstens zu Hause, aber es muss schön unglücklich sein. Schön unglücklich aussehen, nicht hässlich unglücklich, selbst diese Tränensäcke hätten eine schöne Geschichte des Unglücks erzählen sollen. An dieser Stelle zeigte sich mir auch, was für ein hässliches Wort »Sack« ist.

Und so ging es weiter.

Ein fotografiertes Gesicht war auch schon fast tot. Zumindest auf dem Gruppenfoto, das uns am anderen Morgen ausgehändigt werden sollte, würde sie mir also bleiben. Ich wollte ja nur zu jenen gehören, die im Satz »Es gibt« enthalten waren. Da, wo ich bin. Das war meist eine Lüge, denn wer konnte schon sagen, wo er war. Gut, ich war in Köln, und Mausi war in Berlin. So viel glaubte ich sagen zu können.

Und wie es sich anfühlte, der Letzte zu sein.

Der Vortrag hatte mich aber auch in meinem Zweifel bestärkt, dass man es den Menschen recht machen konnte. Aber abfinden wollte ich mich damit nicht. Den Himmel gäbe es erst dann, wenn alle mit allen beim höchsten Fest versammelt wären. Aber solange die meisten »heaven« mit »sky« verwechselten und den Menschen mit dem Verbraucher …

Nachdem ich Babette entdeckt hatte, und vor allem sie mich: Asdfkjaöl! Asdfkjaöl! Asdfkjaöl!

Es war zwar nicht wie bei den Indianern, von denen Lichtenberg sagt: Als der erste Indianer den Columbus entdeckte, machte er eine böse Entdeckung …

»Das Grau steht dir aber!«, hatte sie gesagt.

»Ich bin's.« Das war alles. Die Betonung war aber so schön, dass ich wusste, dass ich gemeint war. Also nicht auftrumpfend auf der zweiten Silbe, wie ein Star, der erkannt sein möchte, sondern ganz einfach so, wie damals am hinteren Gartentor, das, längst verrostet, zu Madame Cyprian hinüberführte, das Mädchen mit einer Kleinmädchenstimme, fragend und staunend, Coreopsis, Mädchenauge.

Doch dann ließ sie mich mitten im Satz stehen.

Da musste ich fliehen.

Ich, Alain, floh durch die Zülpicher Straße, die ich kannte … beim hässlichen Lufthansahaus rannte ich fast schon, als wäre ich ein undisziplinierter Jogger, der vom Weg abgekommen ist, quer über den Rasen zum Rheinufer hinunter, der Weg hatte einen Namen und hieß seit 1963 wohl Kennedyufer, und weiter am Müll der vergangenen Nacht vorbei direkt zum Wasser, schaute etwas hinaus, ging dann wieder, fast schon zu mir gekommen, das Ufer rheinabwärts entlang unter der Brücke hindurch, an dem aus schweren Steinquadern gebauten Brückenkopf vorbei, mit manch finsterer Eisentür und vergitterten Fenstern, einst wohl Speicherraum der Leute von den Kölner Verkehrsbetrieben und jetzt von der Stadt vermietet als Eventraum für die SM-Szene. Schon sah ich das sogenannte Hyatt Regency und die sogenannte Hohenzollernbrücke vor mir, und dann war ich fast schon da, wo ich hinwollte, zu jenem Bänkchen am Rhein, das ich kannte, ja liebte. An einem der vielen Kioske, die das Leben der Kölner säumten, das, was früher ein Tante-Emma-Laden war, hätte ich noch eine Flasche Trollinger mit Drehverschluss bekommen, eigentlich ungenießbar, oder einen badischen Süßwein, wie kannst du nur!, also ließ ich es doch. Ich brauchte ja noch einen klaren Kopf. Doch so ersparte ich mir wenigstens an diesem Abend den Blick auf den Korkenzieher und den Korken und auf all die leeren Flaschen der billigsten Regalsorte von Aldi, es war ja nicht der Automobilsalon von Genf, sondern die Universität Köln, die Gastgeber spielte, und das war auch das Hauptthema des Smalltalk-Publikums, und doch stand da der große Name Bordeaux und »Entre deux mers« drauf, alles Flaschen, die von irgendjemand weggeräumt werden mussten, doch irgendjemand war nicht irgendjemand.

Ich hatte ja meine Zigarren dabei, und auf dem Bänkchen öffentlich aus einer Flasche zu trinken hätte ich mich doch nicht getraut, nicht einmal zu Hause vor mir selbst. Was die Zigarren betraf, so hatte ich gestern schon aufgefüllt, in jenem feinen Laden dem alten Wallraff-Richartz-Museum gegenüber. Das war in Köln immer einer meiner ersten Wege.

Ob es sich um eine Stadt handelte, konnte ich immer ganz leicht festmachen an der Tatsache, ob es ein Zigarrengeschäft gab oder nicht. Und ob es eine Stadt war, die ich lieben konnte,

konnte ich auch ganz einfach feststellen: Taugte der Zigarrenladen etwas oder nicht. Doch auch ganz unabhängig von jedem Genuss des im Leben fortgeschrittenen Menschen: Köln gehörte nun wieder zu meinen liebsten Städten auf der ganzen Welt, wie ich als Kind noch gesagt hätte an jenen Tagen, an denen sich das Abendrot mit dem Morgenrot streifte, ja berührte … wie gesehen von Sappho in ihrem Gedicht, wo es am Ende heißt: das, was man liebt. Also von mir an jenem Tag im Juni. Und das war gerade zwei Stunden her. Und der Beweis, dass es kein Traum gewesen, war das Foto, das Gruppenbild mit Professor Pfotenhauer, das mir morgen ausgehändigt würde, und schon sah ich nur noch uns zwei auf diesem einen Bild. Seitdem sie »Ich bin's« gesagt hatte, mit der Betonung auf der ersten Silbe, wusste ich, dass der Satz »Ich war nie zur rechten Zeit glücklich« zusammenfiel mit seinem Gegenteil. Und die Liebe war ein Hauptwort im Singular, feminin und hatte wieder einen Vornamen.

War »treu« nur ein anderes Wort für »träge« und »faul«? Oder gar für feige? Treu, wenn sich einer zum Leben nicht traute? Nicht einmal zum Gedanken: Ich will endlich leben?

Auf dem Weg hierher wurde ich von zwei jungen Männern, die mich links überholten, wie es im Straßenverkehr vorgeschrieben war, nach einer Straße in Deutz angesprochen. Ich wusste es nicht. Ich kannte die Heribertstraße von Deutz nicht. Da wurden sie genauer: Ob ich ihnen sagen könnte, wo der nächste Puff sei. Dorthin nämlich zog es sie … auf der Suche nach ihrem Schwanzglück.

Und ich war die vorletzte Station dorthin, sah vielleicht so aus wie einer, der den Weg dorthin schon hinter sich hat und weiß, wo es langgeht.

Es ehrte mich, dass sie mich angesprochen hatten. Doch … »Gott weiß, dass ich ein Stachelschwein bin«, das wusste ich. Nebenan auf der Bank hatte ich aber gehört: »Ott weiß, dass ich ein Stachelschwein bin.« Kannte er mich so gut? Aber da hatte ich mich getäuscht, ich war immerhin ein ansprechbares Schwein, hierin wie die anderen, in deren Kopf immer nur das Eine war. Und auf das Eine reimte sich: Und ich dachte wieder einmal, dass »Männer sind Schweine« doch stimmt. Und ich? Mit meinem Hoffnungsschmerz, mit meinem Samen und meiner Sehnsucht und sonst nichts: »Sag: es war nichts«? Es war die Zeit der Hafennutten nicht mehr? Kein Schiff wird kommen mehr? Die Schiffe, die ich sah, waren nur noch Container. Da fiel mir Kafka ein … an Tagen wie diesem, da einem der Nebel die Zunge herausstreckt, schreibt Kafka in Meran. Er war im Übrigen ein Anhänger von FKK, da hätte er aber in Köln seine Freude gehabt wie alle Spaziergänger und Migranten, die auf dieser Seite des Rheins um diese Zeit unterwegs waren, und ich dachte an den Beruf von Elfis Vater, er war Havariekommissar, warum, weiß ich auch nicht.

Ich konnte es diesen Männern nicht sagen, musste auch nicht lügen, weil mir so schnell, wie das routiniert viele Menschen machen konnten, keine Lüge eingefallen war, und ich die beiden so weit in die falsche Richtung hätte schicken können, dass ich schon nicht mehr da gewesen wäre, wenn sie mich hätten zur Rede stellen wollen.

Aber erröten konnte ich doch. Woran sie erkannten, dass ich Bescheid wusste und ein seltsamer Mensch war. Was nun als neuronales Flattern daherkam, ausgelöst vielleicht von dem Schwarm Halsbandpapageien, die nun in freier Wildbahn lebten, war allenfalls eine Information, dem Schmerz keineswegs ebenbürtig! Die Sätze, die mir nun in mein Kopfhirn kamen, waren allenfalls der Abruf einer Information, die dem Schmerz niemals gewachsen war.

Ich saß nun auf meinem Bänkchen am Rhein, zwischen dem Bleibenden und dem Fließenden und meiner Beobachtung, dass das Fließende das Bleibende war, wäre, sein und gewesen sein würde und dass das Vergängliche das Ewige war, und so hatte ich einen Blick auf alles.

Ich saß an diesem Fluss und war ein Mann von vierzig Jahren.

Ich hatte das Recht, auf diese Stadt hinüberzuschauen, ich kannte sie. Und nun mehr als je.

»De Böötche om Ring« flimmerten nun im Gegenlicht, kamen mit dem Licht über das Wasser und verschwammen mit den Türmen von Groß Sankt Martin, ich sah fast nichts mehr vor lauter Licht, und mir blieb nichts anderes übrig, als diese Stadt zu lieben, und das tat ich auch, schon lange, obwohl … was sah ich schon …

Damals war Trude Herr gerade von den Fidschis zurück, wohin sie ausgewandert war, doch das Heimweh nach einem Hämmche trieb sie nach Köln zurück, eine gescheiterte Liebesgeschichte musste ich mir wohl auch dazudenken, vielleicht auch zwei, vielleicht war auch noch das Meer dabei, und es hatte sich eine Zeitlang alles gereimt, Trude und das Meer, diese zwei. Und auf dem Grund der Gründe vielleicht doch dies: wie sie sich getäuscht hat mit ihrem »Mit der Zeit tut nichts mehr weh«.

Vielleicht war es auch ihr mit dem ewigen Meer und seinen Hängematten und Baströckchen zu viel geworden. Und nun war sie wieder auf der Fahrt zurück nach Köln und versuchte wohl, sich wieder ins Leben einzufädeln, als wäre eine Rückkehr in die Vergangenheit möglich, ja ein Vorrecht aller, die einmal in ihrem Leben etwas geliebt haben. Bei ihr waren es auch die Hämmche. Schon in jener verkommenen Autobahnraststätte musste es sein, ja, das Hämmche, noch vor Köln, man sah schon die Türme, so weit war es gekommen, dass sie niemanden mehr hatte, der sie am Flughafen in Wahn abholte, jedenfalls nicht jenen geliebten Menschen, zu dem sie ja sagte, nur ihr Verlangen und das Hämmche waren geblieben, ihr

Hunger und Durst stellten die Kontinuität des Lebens her, und sie hat wohl in einem Heißhunger wie in Zeiten von *Ich will keine Schokolade, ich will lieber einen Mann* in diese Haxe, in dieses Eisbein, hineingebissen.

Und nun vermischte sich ihr Heimweh mit meinem Heimweh, ihr Verlangen mit meinem Verlangen, ihr Schmerz mit meinem Schmerz. Die Stadtmenschen fragten ja nie nach den Zutaten, ob nun der Currywurst oder des Döner, und was es eigentlich war, wohinein sie bissen. Sowenig sie nach den Zutaten des Schmerzes fragten, nach der ganzen Vorgeschichte, vom automatischen Köpfungsförderband an, die vielleicht auch meine Geschichte war. Bei einem Hämmche wusste Trude Herr wenigstens, was sie vor sich hatte. Und das Wort »Stimmungskanone« aus dem Mund des Talkshowmoderators, schon drei Tage nach der Heimkehr der verlorenen Tochter, trieb ihr dann eine zusätzliche Träne in die Augen, ich sah es im Fernsehen. Und mir nun auch. Wahrscheinlich hatte die Produktionsfirma den Rückflug bezahlt, es ging nicht anders. Doch wer weiß, auch in den Anstalten des öffentlichen Rechts war die Schäbigkeit eingekehrt, dachte ich, und schon aus der Schule wusste ich, dass der Finanzminister der oberste aller Minister war.

Es ging immer nur um das eine … Wie ich sie nun verstand! Und mehr: wie ich Mitleid hatte mit ihr, dem armen, dicken Mädchen, das im Leben nie recht glücklich geworden war, im Leben, mit dem Leben, und wie es möglich war, so schön zu singen von dem, was nicht stimmte und nimmer wahr sein konnte. Eine Zeitlang sang sie noch *Mit der Zeit tut nichts mehr weh* im Fernsehen, ich kannte sie ja nur von da. Bald starb sie. Köln war die Stadt, wo man im Himmel vom Heimweh nach Köln sang. Irgendwo, in einer Galaxie mit einem Schweif von zweihunderttausend Lichtjahren, nun aber war ich nur einen Augenblick von ihr entfernt.

Meine Erfahrung war, dass auch ich nie darüber – ich dachte

nun an jenen 15. August vor über zwanzig Jahren – hinweggekommen war, und ich erinnerte mich nun daran, dass ich in der darauf folgenden Nacht zwar nicht gestorben war, wie ich mir es gewünscht hatte, doch mit einem Mal weiß geworden war, wenn auch nur eine einzelne Strähne von mir, auffällig wie ein Muttermal, wenn auch nur für ein paar Tage. Später rappelte sich mein Haar wieder auf, es erholte sich wie Onkel Adalbert, als er nach einer Ohnmacht aufseufzte: Es geht schon wieder. Als hätte mein Haar sprechen können. Aber sagen konnte es mir etwas, am Tag darauf, als Babette und Toby weg waren.

Mausi und die anderen sahen es und sagten vor Schreck nichts.

Ja, zwanzig Jahre später rückte mein universales Grau von heute ganz nahe an jenen 15. August vor über zwanzig Jahren. Es war dann ein schönes Grau. Manchen Frauen gefiel es.

Und nun? Ich sah … dass ich nun langsam so alt aussah wie ich war oder sogar älter, als hätte die Zeit mich schon überholt und dass nun meine grauen Haare mit meinem Gesicht übereinstimmten, mein Leben mit meiner Geschichte. Dass die Geschichte, schlagartig weiß geworden zu sein über Nacht, einen wahren Kern hatte, wahrscheinlich stimmte. Dass also ich und meine Geschichte einen wahren Kern hatten. Das war aber auch schon fast alles. Wahrscheinlich stimmte es, dass meine Haare nicht mehr wollten, dass die Farbkörper und die Farbkörperlehre versagten, und zwar schlagartig, das heißt: Ich wurde schlagartig weiß. Wenn auch nur an einer einzelnen, einzigen Stelle. Vielleicht gab es ja auch negative Wunder. Wer sagte denn, dass mein Haar und mein Schmerz kein Paar waren und dass mein Haar meinen Schmerz nicht am besten verstand. So führte ich alles auf jenen Tag am Meer zurück und darauf, dass all die schwarzen Gedanken meines Lebens einen harten Kern hatten. Das konnte sie nicht wissen. Aber sie hätte es sich denken müssen. Dachte ich. »Du bist grau geworden.«

Und nun? Und wann, wenn nicht jetzt die drei Pünktchen, welche jede Kontur verschwimmen ließen und das Erkennungszeichen des selbsterklärten Idioten waren … Doch so viel konnte ich sagen: Die Farbe zog sich mit einem Mal schlagartig zurück, und dann dauerte es noch gut zwanzig Jahre, bis ich so grau war wie heute, und vielleicht wird es noch einmal so lange dauern, bis ich wieder ganz weiß sein werde, wie ich in jener Nacht geworden war, an jener einen Stelle.

Und später, und nun? … Keine Angst, den Frauen gefiel es. In den Clubs herrschte der gnadenloseste Darwinismus, da machte mich das sogar interessanter, verschaffte mir einen Vorteil, und ich hatte mich, ohne dass ich weiter etwas sagen musste, damit brüsten können, wie Casanova, dass ich so, wie ich aussah, vieles gesehen haben und kennen wie können musste. Casanovas Eroberungen waren ja meist Nutten, die sich bezahlen ließen, und bei mir kamen sie schon im Duschbereich auf mich zu und fragten »Dove vai, bello«. Wenn ich das jemals gewusst hätte!

Und dann ginge es mit Willy Ostermann weiter, wie er nun im Himmel *Ich möch zo Foß noh Kölle jon* weitersang … und sein Singen vermischte sich mit dem der vorerst Zurückgebliebenen, die alles noch vor sich hatten, und mit der hörbar leisen Entschlossenheit in der Stimme Willy Ostermanns fraternisierten und auch nur darauf warteten, dass sie dem Petrus einmal auf gut Kölsch ihre Meinung sagen könnten, darüber, wohin er sie gebracht hatte. Was war der Himmel schon im Vergleich zu Köln! Die Hoffnung, dass das Lied Willys nicht umsonst wäre, hatten sie immer noch nicht aufgegeben. *Ich möch zo Foß noh Kölle jon*, und es wäre genauso, wie Willy Ostermann es gesungen hatte und sang, ja, die Realisierung seines Wunsches duldete nun keinen Aufschub mehr, so dass der höchsten Autorität im Himmel, und das war Petrus, keine andere Möglichkeit blieb, als dieses singende Ich aus dem Himmel nach Köln zu entlassen. Und Petrus hatte ihm noch hinterhergerufen: »Dann geh doch nach Köln … ich bin nicht beleidigt, ich verstehe dich ja, du fiese Möpp, hau doch ab, hinaus mit dir, verschwinde!« Dann geh doch nach Köln, und ich sah, wie Petrus nun den Kopf schüttelte.

Und was waren Köln und der Himmel schon gegen Babette und mein Wiedersehen mit ihr.

Da war ich nun, in Köln. Und bei mir war es genauso wie bei Willy Ostermann, nur dass ich an seiner Stelle »Himmel« und »Köln« durch Babette ersetzt hätte. Ein wenig übertreiben durfte ich doch, auch mir gegenüber, wenn es um die Liebe und den Tod ging?

Ja, sonst konnte ich bei den Kölner Karnevalsliedern schon von Anfang an heraushören, wie meine Geschichte ausging, schon den Aschermittwoch aus dem ersten Ton heraushören, diesen Zug zum Moll, das Ende. Nun hörte ich den Himmel heraus. In Köln sagte man für das, was nach dem Ende kam, immer noch Himmel. Im Dom war immer noch vom Himmel über dem Dom die Rede, da wurde noch das »Vater unser im Himmel« gesungen, und mancher Geistliche sprach noch vom lieben Gott. Wie liebte ich es nun an diesem Tag, dass der Mensch vor Ort so schön ja sagen konnte für nein, ja, dass der Mensch hier sein Nein als Ja singen konnte.

Zurück in Köln sang Willy Ostermann immer noch, solange es Köln gab, auf mancher Beerdigung auf Melaten, wo er lag, immer noch kam wundersamerweise diese Stimme von irgendwo, und alle konnten es hören, auch die Amseln, und sich ihren Reim auf das Leben, die Welt und diese Stadt machen. Als wäre es wie gewesen für mich. So wie die schönsten Liebeslieder Heimwehlieder nach der Liebe waren. Für Menschen gesungen und von ihnen, jenen wie mir, für die sich längst herausgestellt zu haben schien, dass die Liebe das Warten auf die Liebe war.

Gerade hatte sie »Ich bin's« gesagt, und »I have been waiting for you all my life« hörte ich schon mit. Ich wusste nun, dass der Satz von Jean Paul ganz falsch war, und schon sah ich sie vor mir stehen, und ich musste nicht einmal »Ziehst du dich aus?« fragen. Auf das Ausziehen habe ich mich immer am meisten gefreut. Und ich war schon wieder dabei, die Wörter »Köln« und »Himmel« durch »Babette« zu ersetzen; und nun hätte Onkel Adalbert »Wer's glaubt, wird selig!« dazwischengerufen. War es umsonst? Das würde ich erst am Ende wissen, sagte ich mir. One day she'll come along … the one I love …

War es ein erotischer Traum? Wollte Inge immer wissen, sie hatte früh gelernt, die Leute zu nerven. Leider waren es meist keine schönen Träume, keine Schmutzfinkträume, zu denen Pharisäer wie Inge »erotische Träume« sagten, es waren schon viel zu lange eher Albträume, und so bedauerte ich höchst selten einmal, wenn ich davon aufwachte.

Immer wieder war mir Babette in einem Baströckchen erschienen in den vergangenen Wochen, um das wie bei Josephine Baker oder Trude Herr ein Kreis von überreifen Bananen herunterhing, und sie ließ mich wissen, dass jene, die sagen, dass die Zeit Wunden heilt und uns den Schmerz nimmt, nur noch nicht wissen, wie falsch dieses böse lateinische Sprichwort ist, und dass jene, die »Nicht einmal den Schmerz lässt man uns« sagten, leider recht behielten.

Das sogenannte Unterbewusstsein, etwas, das es wahrscheinlich gar nicht gab, narrte mich nun schon ein Leben lang, so wie der Wind, die Gewalt von nichts über etwas. Und auch Träume, Geschwisterkinder des Nichts. Blutsverwandt.

Ich hatte in den vergangenen Jahren immer wieder von ihr geträumt, den gleichen Traum, da waren wir wieder vereint, doch nun wusste ich gar nicht, was ich mit ihr reden und tun sollte, und sie wusste es auch nicht. Ein ähnlicher Traum quälte mich, in dem Babette sang: *Some day he'll come along … The man I love* von Gershwin. Und dann mein Aufwachen ins helle, ebenerdige Leben. Und dann? Was tun? Meinen Großvätern diesseits und jenseits des Rheins war Wichsen noch streng verboten, von den Medizinern wie von den Theologen, denn es führte zum Tod. Die Schulmedizin galt damals und noch nicht wieder als Scharlatanerie und Aberglaube. Nur die Theologie soll heute für alles herhalten, und die Medizinmänner waren immer noch die Halbgötter in Weiß. Andererseits, metaphysisch wie biologisch, stimmte es ja, dass Wichsen zum Tod führte. Was bedeutete eigentlich »bergab«?

Ich saß auf dieser Bank und lebte (nur) (noch).

Ach, es war in meinem Leben so wenig Raum zwischen verfolgen und verflogen, immerhin: … ich friere jetzt besser!, konnte ich mir sagen. Nicht begonnene Liebesgeschichten hatten den anderen voraus, dass sie nicht enden. Und dass es keine Abschiedstränen geben konnte.

»Ein Herr von Geist sagte, er möchte lieber gefickt als verstanden werden.« Gewiss ein Zitat, de Sade, als reimte es sich: ich und mein Reimzwang als meine Spielart von Tourette. Doch die Tragödie von einem wie de Sade und mir war doch, dass wir ein Verlangen hatten nach einer Welt, in der das Wort »gefickt« durch das Wort »geliebt« ersetzt war und das Wort »ficken« nicht mehr vorkam, nur noch »lieben«.

7. Mausi

Die dritte Ziffer hatte sie tatsächlich um 9 Uhr bekommen, und draußen war es immer noch hell, und die Menschen saßen auf ihren Balkonen herum, wie verabredet, als wollte Justus ihr zeigen, dass die Welt nach Plan lief bei einem, der die Übersicht hatte und die Sache im Griff, bei einem, der wusste, wo es langging, bei ihm.

»Ja.«

»Es ist die 4.«

Und er legte auf.

Dieser Dreckskerl. Dieses Ja! Diese Zifferngeschichte. Als wären es die Lottozahlen. Es war aber Mausi, die sich darauf eingelassen hatte.

Dieser Dreckskerl. Was sie am meisten bereute: dass sie ihn damals nicht von der Bettkante gestoßen hatte. Und nun musste der erste Satz sein: dass sie an diesem Abend doch in die Oper gegangen war. Im Vorbeigehen hatte er ihr zugezischelt: Du kannst ihn haben. Du kannst die Nummer haben.

Und nun: Jesper – es musste sein. Auch wenn Mausi vorerst nicht wusste, wie. Wäre Alain dabei gewesen, wäre ihr alles erspart geblieben.

Was wir am meisten bereuen, war das Spiel an ihrem vierzigsten Geburtstag gewesen. In diesem Augenblick war es, Justus kennengelernt zu haben, was sie am meisten bereute. Und vielleicht auch schon ein wenig, sich auf dieses Spiel mit den Ziffern eingelassen zu haben. Aber es war ja kein Spiel. Es musste sein. Und wie sollte sie bereuen, was sich nicht vermeiden ließ. Wie hätte sie das Schicksal vermeiden können? Das nicht. Aber sie war diejenige, die ihn damals nicht von der Bettkante gestoßen hatte, so viel musste sie sich sagen oder sagen lassen vom Schicksal.

Vorbei oder zu spät. Vorbei, zu spät: zwei dumme Wörter. Die meisten Menschen suchten sich, ganz gegen den Anschein, die Menschen ihres Lebens doch nicht aus. Schon das Kind wurde von seiner Mutter ins Nachbarhaus gebracht und einer anderen Mutter gezeigt, und so war es auch, als Mausi und Elfi einander zum ersten Mal sahen, sie hatten es naturgemäß vergessen. Als wäre es ein erster Leistungsvergleich, die erste darwinistische Probe, denn da war ein gleichaltriges Baby, beide gleich schön, gleich groß, das war das Ergebnis, so zeigten sie sich einander, das erste Mal. Die eine war Elfi gewesen, die andere ich, dachte Mausi. Im Kindergarten und dann in der Schule ging es so weiter, und dann wieder im Studentenheim, überall waren Menschen dazugekommen in Mausis Leben und fast alle wieder verschwunden. Und jetzt dies. Aber dieser Dreckskerl Justus war ihr geblieben. Doch so viel konnte sich Mausi auch in diesem Fall, es war ja ein Fall, sagen: Sie hatte sich das und auch diesen Justus nicht ausgesucht. Aber dass sie ihn nicht hinausgeschmissen hatte und ihn immer wieder kommen ließ und dass sie mit so einem und seiner ebenbürtig unstatthaften Inge nun schon über zwanzig Jahre lang Umgang hatte, wie Tante Mausi noch sagte, das bereute sie nun wirklich wie nichts sonst, und als alte Bibelleserin wusste sie, dass das dazugehörende alte Adverb nun »bitterlich« gewesen wäre.

Eines Tages, und es war nachts, entdeckte sie Justus, wie er auf ihrer Bettkante saß und sagte, er habe geträumt, die Blumen gießen zu müssen, und jetzt sei er so aufgewacht und könne sich das auch nicht erklären. Auch Mausi war mitten in der Nacht aus einem Liebestraum aufgeschreckt, und Justus saß mit geöffnetem Hosenladen auf ihrer Bettkante. Sein Schwanz war schon wieder indoor. Und es war wohl seine rechte Hand gewesen, mitten in einen erotischen Traum Mausis hinein. Vielleicht war sie von diesem seltsamen Geruch, von seinem Schon-gekommen-Sein aufgewacht, von diesem postkoitalen Geruch, in den immer die Tristesse, die Trauer über die Vergänglichkeit des Fleisches hineinspielte. Vielleicht waren es auch nur die seltsamen Geräusche, die sich beim virtuosesten Wichser nicht ganz vermeiden ließen. Und seine Hand war auch ganz woanders gewesen, die Tante sagte immer »wo sie nicht hingehört«, meinte aber nicht so etwas. Und Justus, man glaubt es nicht, erklärte Mausi nun, er sei ein Schlafwandler, und entschuldigte sich mit seinem Blumentraum. »Und wo ist die Gießkanne?« »Du spinnst wohl!« »Doch, es ist diagnostiziert«, behauptete Justus, als wäre es so rechtfertigt. Und als wollte er wie ein Bestsellerschriftsteller Romanseiten herausschinden und die Leute bei der Stange halten, folgte nun ein Dialogpingpong mit unendlichen Pausen dazwischen. Aber woher kam diese Redensart »bei der Stange halten« schon wieder?

Justus kam ihr damals mit seinem Schlafwandlertrauma und erklärte ihr alles noch zusätzlich mit seiner schweren Kindheit, sagte, dass er immer noch davon träume, wie er von seiner Mutter mit dem Kochlöffel geschlagen werde, und wie er von da eine Allergie gegen Ge- und Verkochtes habe, dass er immer von seiner Mutter mit einem Kochlöffel geschlagen worden und dabei oftmals der Kochlöffel gebrochen sei und Justus von daher traumatisiert. Und er machte nun für alles seine Mutter verantwortlich, eine Angehörige der höchsten altwürttembergischen Ehrbarkeit, die ihn immer geschlagen habe, aber vielleicht war es doch nicht genug, und so wäre er jener geworden, der er war, und so geworden, wie er war und eigentlich nicht sein wollte noch sollte. Und dazu kämen seine angeborene Kurzsichtigkeit und sein diagnostizierter Somnambulismus. So erklärte er damals Mausi das mit einer Kräuterteefresse, die er auch machen konnte. Ab da schloss sie dann doch das Zimmer im Studentenwohnheim ab, auch wenn dies damals als spießig galt. Andere auf dem Stockwerk hatten sogar Tag und Nacht ihre Zimmer geöffnet, zum Zeichen ihrer Verbundenheit und Offenheit mit der Welt, das waren die Nachwehen in den Gründerjahren der Grünen, die wohl auch aus Freiburg stammten.

Sein Schlafzimmerblick, mit dem er das Leben über im Leben herumschweifte, war manchmal so, dass die Leute einschliefen, auch wenn sie es gar nicht wollten, mitten im Satz, als wäre es Hypnose. Und wäre Alain so ein Strolch wie Justus gewesen, dann hätte er die ungeheuerlichsten Sachen erleben können. Dagegen war Alain eher ein Christkind.

Anderswo hätte das als besonders heimtückische Vergewaltigung im Schlaf gegolten. Justus konnte, wenn es sein musste, aber ganz schnell weinen und ein Gesicht machen, als wollte er nun wegen dieses ihr zugefügten Schmerzes lieber sterben. Als wäre aus ihr plötzlich wieder ein Mensch geworden, so kurz auf den Blutrausch folgte die Ernüchterung, und in den Betten, auch diesem, in dem Mausi lag, war es nun die semipostkoitale Tristesse, die Justus überfiel, und die Frau keine Frau mehr und der Mann kein Mann mehr, kein Ungeheuer mehr, sondern nur noch ein Mensch, der ihr Leides getan hatte, als wäre es wie in einem Gedicht. Als wäre Justus wieder ein Mensch gewesen wie du und ich, wie tagsüber beim Espresso.

Damals, es war in jenem engen Zimmer des UZH im Dezember 1982, hatte sich Mausi auf das Wort »diagnostiziert« hin schon wieder etwas gefangen, denn sie war zu jenem Zeitpunkt auch noch wissenschaftsgläubig und ging auch schon ganz fromm und artig zum Therapeuten, und das Wort »diagnostiziert« hieß damals so viel wie »bewiesen«. Bald machte Justus ein Gesicht, als wollte er Mausi alles verzeihen, was sie ihm da angetan hatte, und Mausi sah so in die Welt, das heißt, zum Che-Guevara-Poster und dem Waschbecken hin, als glaubte sie es auch noch, es, ihm, als glaubte sie ihm »es«, und Mitleid, das in Verständnis überging, regte sich. Und dann das große Verzeihen, auf welches das große Erbarmen folgte. Das erregte Justus wahrscheinlich noch mehr, es gab einen Rückfall, und auch der Ekel Mausis kippte erst in eine wohlige Umarmung der Welt um und dann auch noch in Lust. Sie wehrte sich zwar dagegen, wie sich ein Katholik wohl gegen die Todsünde wehrte, es gab ja eigentlich nur eine. Doch Mausi ließ Justus machen und fuhr ihm bald über seine Haare, als wollte sie ihn trösten, während sein Gesicht sich schon irgendwo anders vergraben hatte, so sehr, als wollte er irgendwohin zurück, als wäre es Heimweh. Das war der Lauf der Dinge gewesen oder anders gesagt: Das waren die einzelnen Stufen oder Schritte Mausis gewesen in ihrem Kopf, vom Aufwachen zum Erschrecken zur Empörung zur Beruhigung zum Verstehen zum Mitleid zum Erbarmen zum Vergessen und Verzeihen, zur Lust; und dann fing es wieder von vorne an.

(Das war vielleicht auch die erweiterte Kurzformel des Lebens.)

Ach, es waren immer dieselben, die etwas von sich erzählten, und dieselben, die nichts von sich erzählten, und so war es auch hier: Justus kam auf diesen Vorfall niemals wieder zu sprechen, als wäre er so aus der Welt. Doch Mausis Kapital war ihre Erinnerung, ihre Qual. Was wir am meisten bereuen …

Es folgte nun eine Liebesnacht, an die sich Mausi nun lieber nicht erinnert hätte. Dieser Schabian! Das war ein altes Wort noch aus der Zeit ihrer Großeltern und mit ihnen ausgestorben.

Als der Schlafwandler dann schon in der nächsten Nacht wiederkam, anklopfte und Mausi ihn aus dem Schlaf heraus mit seiner Ingwer-Orange-Fenchel-Stimme ihren Namen flüstern hörte, so viel Poesie im Bauch musste sein, herrschte Mausi ihn mit einem definitiven »Forget about that!« zur Tür hin an.

Sie hatte, aus dem Schlaf heraus, ihre Stimme noch nicht unter Kontrolle und hatte ziemlich geschrien, so dass die anderen, falls sie es wollten, alles mitbekamen. Aber das war den anderen ohnehin egal.

Justus aber hatte sich das alles gemerkt und verwandte das alles nun, über zwanzig Jahre danach, gegen sie.

Und nun fiel ihr wieder Alain ein. Der hatte es jetzt in Köln wohl besser.

Sie wollte es nicht mehr durchgehen lassen, wie Inge und Justus über ihn sprachen, gerade um diese Zeit vor einer Woche wieder. Über seine diagnostizierte Spielart des Tourette. Als sie alle »Was wir am meisten bereuen« spielten. Ihr schien, als hätten Inge und Justus sie und Alain wieder einmal ausgelacht. Ja, Mausi hatte Mitleid mit ihm. Das war aber keine gute Voraussetzung für die Rettung ihrer Ehe, für Patienten wie sie. Beim Eheberater wurde ihnen geraten, sie sollten es doch einmal auf dem Küchentisch versuchen oder in einem Leder-Outfit oder mit Handschellen. Das kam schon wegen Elfi nicht in Frage. Oder mit ungewohnten Lustschreien, die sie aber hätten üben müssen wie die jungen Hähne? Für so viel Zuversicht war es doch vielleicht schon zu spät.

Also der vegetarische Lösungsvorschlag.

Das Mufflon war zwar gelobt worden. Darüber, was das war, Mufflon, hatte sie sich eigentlich auch noch nie einen Gedanken gemacht, und sie fürchtete, dass es nun auch dafür zu spät war.

Justus, dieser Hund! Und schon wollte sich Mausi bei allen Hunden und Tieren dieser Welt entschuldigen, dass sie für so vieles an Ungeheuerlichem herhalten mussten, auch noch als Schimpfname. Aber da fiel ihr ein, dass es auch Liebkosungen sein konnten: wie Alain Mausi sagte. Der Name Mausi war der Beweis.

»Es gab wunderbare kleine Nasen, auch Männer hatten manchmal eine solche Nase, und es passte, wenn ich nur an Thorsten dachte.« Das hatte Alain so gesagt. Hier aber passte es nicht. Seine Nase gehörte nicht dazu. Justus war einer, der die Menschen mit emporgezogener Nase anschaute, als wären sie Briefmarken, so schaute er, als wollte er gleich sehen, ob es mit den Zacken stimmte. Als wollte er gleich die Taschenlampe herausnehmen und mit der immer mitgeführten Lupe und mit zusammengekniffenen Augen die Sache näher inspizieren und »Aha!« ausrufen. Da haben wir es! Auch hatte er etwas von einem Zahnarzt, der gerne die Hände über dem Kopf zusammenschlägt und dessen Lieblingsvokabel »Totalsanierung« ist. Dazu kam, dass Justus das Recht mit Rechthaberei verwechselte, fortwährend schrieb er Briefe, um sich irgendeinen kleinen Vorteil zu erstreiten, es ging bis zu einem Tetra Pak Milch, den er als Entschädigung für eine abgelaufene H-Milch haben wollte. Dafür schrieb er zwei Stunden einen Brief. Immer führte er irgendeinen Prozess eines kleinen Vorteils wegen. Dafür hatte er ja eine Rechtsschutzversicherung abgeschlossen, um sich ständig Schmerzensgeld zu erstreiten, für einen Schmerz, für etwas also, das er gar nicht kannte. Etwa Schmerzensgeld für ein Zimmer mit seitlichem Meerblick, die Hauptaussicht war auf eine Müllhalde gewesen, die ihn auch nicht weiter gestört hätte, ja, sie hatten dieses Zimmer nur gebucht, um dann fünfzig Prozent der Reisekosten zurückzubekommen, ja, solche Leute gab es, die nur deswegen verreisten, um anschließend die Möglichkeit zur Klage auf Preisminderung zu haben, das Meer war ihm nämlich im Prinzip so fremd wie einem Sportler, der jedes Gewässer ab zwei Meter Tiefe mit einer Bademöglichkeit verwechselte, wie einer, dem die Welt nicht viel mehr war als eine Möglichkeit für Outdoor-Aktivitäten.

Und einem solchen war sie nun ausgeliefert.

Es war nun bald 22 Uhr und immer noch hell.

8. Alain

»Es war nichts« zu sagen, brachte ich einfach nicht über meine Lippen, solange ich noch am Leben war.

Die meisten Übersetzer lebten so weit weg vom Meer, dass sie nicht zu sagen wussten, ob man Reling mit oder ohne h schrieb, und überhaupt Reling mit einem Ort in Bayern verwechselten; und schon gar nicht wussten sie, was eine Reling war und noch viel weniger, was eine Duckdalbe oder ein Leichenfänger. Und dieses Beispiel hätte ich nun auf mein Leben und meine Sprache übertragen müssen und auf mich und mein linkshändiges Hirn, wo sich mir die Bedeutung der Wörter bis zu ihrer Unverständlichkeit auflöste, äasltaatbsdp narklj gerkj hrbnlfaölsnp tohkths pkö hdöf gjlöäj, und sich so, in Klang aufgelöst, im Universum verlor. Die anderen nannten es, wenn sie mich hörten, gerne Tourette, schon auf der Höhe des neuesten wissenschaftlichen Sprachbestecks, sie lebten sozusagen direkt aus der Schublade, und was eine bipolare Störung war, wussten sie schon lange, bevor es so etwas gegeben hatte, und dann sahen sie nur, wie ich dazu auch noch Faxen machte, allerdings nur ganz kurze, und Mausi wusste, dass es dann auch schon wieder vorbei war. Und meine Freunde, mit denen ich eigentlich um zehn im Setaccio verabredet war, wussten es freilich auch.

So ging es mir auch mit den meisten Wörtern, wenn ich sie nur lange genug im Mund hatte, so ging es auch meinen Wörtern und meinen Fremdwörtern. Jede Sprache wurde, sprach ich nur lange genug, zu meiner Fremdsprache, die kein Mensch noch verstand, auch ich nicht: äääaölaöltjljjnbtrbz. Alle Wörter wurden zu Fremdwörtern. Jede Muttersprache war eine Fremdsprache. Und jeder Körper wurde zu einem Fremdkörper, angefangen mit meinem eigenen Körper, meinem Fremdkörper, bugger me.

Mit meinem Namen Alain ging es mir auch so. Der war schon immer etwas zu nahe ans Wasser und ans deutsche Wort »Allein« gebaut. Bugger me.

Ich kehrte nun zu den »Idioms« zurück. Es war, außer dem Ersatzvortrag, die einzige Veranstaltung gewesen, in die ich vor Professor Pfotenhauers wunderbaren, mich ins Mark treffenden Vortrag gegangen war, alles andere ließ ich sein. Ich musste also auch dafür nicht extra nach Sülz. In die Kirche gegangen, in die Vorlesung gegangen, durchs Feuer gegangen, ins Feuer gegangen, in den Tod gegangen, was nicht alles gehen sein konnte.

Folgende Wörter waren über den Overheadprojektor an die Wand des Workshops »Idioms« geworfen worden: Dedigitate! Bugger me! Aber ich war für diese Wörter nun eigentlich schon zu alt. Also lieber: »Sag: Es war nichts.« Und doch rutschten sie auch mir manchmal heraus. Bugger me!

Darüber waren wir uns alle einig: Ein Buch, dessen Hauptperson »Elfriede« oder »Gudrun« hieß, hatte auf dem internationalen Markt überhaupt keine Chance, auf die Hotlist zu kommen. Schon Anna gegen Anne nicht, wenn die Autorin darauf beharrte, der Name ihres Hauptgeschöpfs sei wie deutsch »Anne« auszusprechen. Und gegen Amy war derzeit überhaupt nicht anzukommen. Das war schon eine Million wert. Und die zweite Million: eine Vorstadt von St. Louis, und bitte nicht Bielefeld. Das war möglicherweise der Ort mit dem wenigsten Sex-Appeal auf der Welt, für alle, die ganz woanders sein wollten als da, wo sie waren. Immerhin gab es in Deutschland Berlin, wenn auch ganz am Rand, das sich selbst für sexy hielt. Und jederzeit und überall gab es New York im TV. Meine Großeltern sagten aber noch Neu York und York-la-Neuve und schon gar nicht Big Apple, die Erzfrucht des Paradieses.

Gleich zu Beginn wurde die neue Übersetzung von Patricia Highsmith gerühmt, ich fasste mir ein Herz und meldete mich. Bald gab ich auch zu, dass ich die allermeisten Bücher, die es gab und die wir hätten lesen müssen, immer noch nicht gelesen hatte, und von Patricia Highsmith hatte ich überhaupt noch gar nichts gelesen … und was ich da zufälligerweise beim Radiozappen in Radio Figaro gehört hatte, enttäuschte mich so sehr, dass ich für die restliche Zeit auch gar nicht mehr beginnen wollte damit. Sagte ich. Es war, wie ich am Ende hörte *Das Zittern des Fälschers*. Und sogleich meldete sich die Patricia-Highsmith-

Übersetzerin: »Das ist nicht ihr Bestes … Lesen Sie *Der Ruf der Eule.*« Ich konnte nur »Ich bleibe bei Faulkner« sagen. Der zog mich aber auch ganz schön herunter, denn er schrieb seine Bücher in ein paar Wochen, wofür mir mein Leben nicht gereicht hätte. Einmal hatte sich das Nobelpreiskomitee nicht vertan. Gide hingegen kannte ich so gut, dass ich schon ein wenig ins Plaudern kam, so dass es, wie auch manchmal sonst im Leben, meinen Nächsten leicht zu viel wurde, dann kam ich derart ins Reden, als hätte ich einen Roman über Gide schreiben wollen über ein verpfuschtes Leben zwischen tunesischen Ärschen und Stalin und dem Nobelpreis für Literatur.

Ich wollte wissen, warum Kafka in Frankreich so wenig gelesen wurde. Als ginge es um eine Tasse Mokka. Meine Logotherapeutin hatte mich gerade in Berlin gefragt, ob Kafka noch am Leben wäre. Und ich wollte außerdem wissen, warum er, obwohl er so viel aß, sein Leben lang so gar nicht dick war, und ohne abzuwarten kam ich schon mit meiner Antwort auf eine Frage, die mir gar nicht gestellt worden war. Das war in Köln, wo man mit dem Antworten ebenfalls sehr schnell war, gemäß der Devise: erst einmal antworten auf Fragen, die dir gar nicht gestellt wurden. Ich sagte: »Die Ernährungswissenschaft, also die Lehre von dem, was dick macht, ist noch nicht einmal auf dem Stand der Wetternachrichten und der Astrologie.« Und dann, das ungläubige Staunen bemerkend über meinen Redebeitrag, hatte ich noch gesagt: »Mein Ich ist nur eine schlechte Übersetzung von mir.« Und: »Wenn ich ich sage, so bin ich nur ein schlechter Übersetzer von dem, was meine Augen gesehen haben.«

So redete ich dahin. Meist sagte ich nämlich nichts, aber dann, einmal in Fahrt … Und nun ging es mir so wie Gide: Meine Zuhörer ergriffen die erstbeste Gelegenheit abzuschweifen, und nachher wollte keiner von meinem André Gide mehr etwas wissen, es war wie auf Mausis vierzigstem Geburtstag, heute vor einer Woche, kurz bevor das Speck-Amuse-Gueule von Mausi hereingebracht wurde, als Inge in Richtung Küche »Wie weit seid ihr specktechnisch?« gerufen hatte. Die großen Köche und Friseure hatten längst den Platz der Dichter und Philosophen eingenommen, und ich wunderte mich nur, warum es noch keinen Koch- und Frisiernobelpreis gab.

André Gide hatte manches Mal neben meiner Großmutter auf dem Boot nach Cap Ferret an der Reling gestanden, da war noch eine Frau dabei, bescheiden im Auftreten wie nur die Allerreichsten dieser Welt es sich erlauben konnten, Frau van Rysselberghe, die kleine Madame, kaum einen Meter fünfzig groß, die Schwiegermutter, die jeden Tag im Leben Gides aufschrieb, angeblich in aller Heimlichkeit, neben der Gide in seiner ganzen männlichen Größe auftrumpfen konnte, als wäre es ein Beweis, damit er sich zu ihr, an der Reling stehend, hinunterbeugen konnte und Madame sagen, Gnädige Frau, ja, ein Leben lang waren sie, wie es auch bei uns mit der Tante aus Hyères noch üblich war, beim »Sie« geblieben. Das heißt beim »Ihr«, wie in alten Zeiten bei Goethe und auch in der Sprache von Deutschachberg, da gab es auch kein Sie, nur ein Ihr. Auch meine Eltern sagten in der Öffentlichkeit »vous« zueinander, und das war in den Ohren meiner Verwandten von der Alb schon ein halbes »wuwu«, also ein kleines Hundegebell vom Tag der Vermählung an. Die Nächte zu einem solchen Leben musste man sich dazudenken, und diese zwei, André Gide und seine Schwiegermutter, als sie schließlich den Hafen verlassen hatten und dem offenen Meer entgegenfuhren, auch. Sie atmeten nun auf, als wollten sie ja sagen zu allem, so hatte es mir meine Großmutter erzählt, ja, selbst zum Wind, dieser Gewalt von nichts über etwas, und ja, die Sonne, das Wasser und das Licht, das aus dem Meer einen Gottesbeweis machte, genügten damals noch, so bescheiden waren selbst die Vergnügungen von Millionären und Nobelpreisträgern. Meine Großmutter kannte freilich auch sein anderes Gesicht, wie er, was sehr verdrießlich und auch etwas hochmütig aussah, mit Mantel und Schal statt des fehlenden Haars die Promenade von Le Pilat auf und ab ging, und vielleicht gerade über die fehlende Anerkennung des Schriftstellers im 20. Jahrhundert, auch im Materiellen, nachdachte. Aber vielleicht ging er nach einem dieser Abendspaziergänge mit Madame noch einmal hinaus, um den Jungs hinterherzusehen, und weh dem Dichter, der einen pissenden Bengel mit etwas anderem verwechselte oder mit einem Engel. Mehr war es ja nicht. Oder?

Bei der kleinen Madame hätte ich gelesen, sagte ich in meinem letzten Redebeitrag, daraufhin wurde keiner mehr angenommen von mir, dass Gide einmal am Tisch bemerkt habe, er sei kein guter Erzähler. Das habe er folgendermaßen herausbekommen: Wenn er in Gesellschaft gerade eine Geschichte erzähle, etwa bei Tisch, und irgendetwas anderes komme dazwischen, und er sei unterbrochen worden, so sei es noch nie vorgekommen, dass irgendjemand wissen wollte, wie seine Geschichte weitergehe.

Und so ging es mir nun auch.

Von Gide wollte erst recht niemand mehr etwas wissen. Er würde niemals mehr übersetzt werden.

Und nun? Was! Bei Simenon eingeschlafen! Und es war kein Fragezeichen, sondern ein Ausrufezeichen, das ich hörte. In meinem ganzen Leben hatte ich noch keinen einzigen Krimi gelesen, von wem auch immer geschrieben.

Ich wurde als Barbar überführt. Das war schon fast ein Todesurteil. Und … mein Name war nun wieder so nahe an Allein oder auch an Aline, Aline, du bist fort, und den dazu passenden Liedern. Oder Liebern.

Aber Babette war wieder da.

Das war der Timetable für diesen Tag: Pfotenhauer 18 Uhr. Gruppenfoto 19 Uhr 30. Empfang 20 Uhr. Kleines Gershwin-

Konzert für die Konferenzteilnehmer und ihre Gäste: Mae Su Geng 21 Uhr 30.

Ihr Name: Mae Su Geng. Es handelte sich um eine Chinesin aus Kanton. Ein Konzert im kleinen Festsaal der Universität, das im Anschluss ans Büfett stattfinden sollte. Sie würde die *Rhapsody in Blue* spielen und das wunderbare *The Man I love*, und ich würde nicht hingehen, ihr Kleid würde nicht rauschen, und mein Herz würde nicht stillstehen, fast so wie in *Der Idiot* von Dostojewskij. Das eine wusste ich aus dem kleinen Programmzettel. Und dass sie immer weithin nackt und enganliegend in einem kleinen acrylroten Ding des führenden Designers, für den sie eine eigene Kollektion entwarf, auftrat, wusste ich auch schon. Es war die Zeit der dicken Interpretinnen und der rauschenden Gewänder nicht mehr. Für die meisten war Mae Su Geng der heimliche Höhepunkt, denn was sollte ein Professor mit seinem Jean Paul schon ausrichten gegen das Erscheinen einer einzigen Frau, die sich an den Flügel setzte und die *Rhapsody in Blue* zu spielen begann, oder gegen Stimmen wie die von Kathleen Ferrier und Stimmen, die mehr weinen als singen. Aus Liebe.

Die Virtuosin arbeitete auch als Modeschöpferin für Dolce & Gabbana, das Gewand war von ihr, sie hatte ein eigenes Eau, war auch Botschafterin des Kinderhilfswerks der Vereinten Nationen, von Greenpeace und Amnesty International, und außerdem galt sie als beste Übersetzerin von Jean Paul und Simenon und Patrick Süskind ins Chinesische, im Augenblick arbeitete sie an einer neuen Übersetzung von *Das Parfum*, weil alle bisherigen Übersetzungen nichts taugten. Ihre einzige Schwäche war, dass sie der Küche von Kanton verfallen war, mit ihren Affen-, Hunde- und Schlangenrezepten. Und der schnelle Satz dazu war: Nobody is perfect. Das wusste ich alles, bis auf die abschließende Einschätzung, das hatte ich den Konferenzunterlagen und dem kleinen Programmzettel entnommen. Was sollte ich gegen so einen Menschen schon ausrichten.

Auch sie war wegen des Streiks in London verspätet in Köln eingetroffen, zu dieser Tagung kam sie aber nur wegen des Pfotenhauer-Vortrags angeflogen. Sie war seine Schülerin. Im Workshop war sie freilich nicht gewesen, und morgen früh reiste sie auch wieder ab.

Ihre Prada-Tasche war von Harrods in London, sie lebte in New York und in Paris und hatte gerade in Abu Dhabi das komplette *Wohltemperierte Klavier* an zwei Abenden durchgespielt. Meine eigene Welt würde bald in der Globalisationskelter verschwunden sein, das Meer wäre bald überall gleich schön, und alle Strände würden Amerikanisch sprechen und ihre Wörter verlieren, von plage und playa bis zu Strand und Gestade, alles weg, bis auf das einnamige, einsilbige »beach«. Das war kein schönes Wort, dachte ich, im Deutschen müsste es eigentlich »bietsch« geschrieben werden, und hatte es auch schon gesagt. Das zeigte mir, dass das Deutsche ein Problem hatte, noch eines: Wie die Wörter geschrieben aussahen, das stimmte meist mit dem überein, wie sie klangen. Das war einerseits der Trick des Englischen: »beach« sah geschrieben viel schöner aus, als es klang und im Deutschen hätte geschrieben werden müssen. In dieser genialen Vertuschung blieb aber die Sprache, die von sich sagte »Was nicht klar ist, kann nicht Französisch sein« die Meisterin. So dachte ich von mir selbst vor mich hin.

Summa: »Ich bin nicht gerne jener, der ich nicht sein sollte«, sagte ich mir. Und ich? Wie übersetzen? Mit »Hasenherz«? Mein Leben war eine Vermeidungsstrategie, damit es glückte. Also eine Art Antikampfgeistexistenz.

Und auch der Milchmann kam nun umsonst. Wie hoch war die Selbstmordrate auf den Fidschis? Ich liebte Stimmen, die mehr weinten als sangen.

Fbhahf aföhlka #zoie+zuiskuj#truism u,sptukms üpruismütumüis ütuimsrütum, Ütui4,9w4. C bildschirmkonvertibel.

9. *Mausi*

Mausi griff zum Hörer und wählte. »8«, sagte Justus und legte sofort auf. Nun hatte sie die vierte Ziffer. Das Glas war jetzt schon halbvoll. Aber konnte es sein, dass es schon wieder eine 8 sein sollte? Oder war, wenn es so weiterginge, ein ganz anderer am Apparat? Nachdem sie die sechste Ziffer hätte, könnte Mausi neunundneunzigmal wählen, dann wäre die richtige Nummer dabei, die möglicherweise die falsche wäre, und sie wäre am Ende mit der Geheimnummer von Justus verbunden, oder sie wäre dann im Hobbykeller im Haus eines hochgestellten englischen Politikers gelandet, der unter falschem Namen in Berlin sich ein Luststudio eingerichtet hatte, von Justus, der sich im Netz als Lustdienerin Natascha ausgegeben hatte, dorthin dirigiert. Oder es wäre eine hochgestellte Persönlichkeit des sogenannten öffentlichen Lebens, dessen Geheimnummer sich Justus verschafft hatte.

Mausi kam von der *Tosca* zurück, noch mit dem Schrei beim Liebestod im Ohr – nun ging ihr der Name Jesper durch Mark und Bein. Die *Tosca* galt als die Folteroper Puccinis. Und so war sie nun in der Zeitfolter, und so einem war sie nun ausgeliefert. Solche Menschen gab es. Justus war ein Folterknecht. Er hatte es so verfügt. Er hatte die Nummer. Er hatte sie wissen lassen, dass er auf die Minute genau ihr die nächste Ziffer mitteilen werde, eine Minute zu früh oder zu spät werde er auflegen. Jede halbe Stunde, auf die Sekunde genau, am Ende hätte sie die achtstellige Telefonnummer zusammen, und dann wäre es noch Zeit genug, ihn anzurufen. Jenen Mann. So lange wollte Justus sie zappeln lassen. »Bist du verrückt?« Auf so etwas hatte sie sich noch nie eingelassen in ihrem ganzen Leben. Bald musste sie sich sagen: »Ich brenne. Jetzt brenne ich.« Das ist Brandstiftung!

Was wir am meisten bereuen? Jede Liebe beginnt mit einem Blick. Es folgen die Tuwörter. Es folgten die entsprechenden Tuwörter. Bereuen. Der nächste Satz musste eigentlich mit dem Wort »seither« beginnen.

Mausi saß auf ihrem Bruno-Paul-Sofa im Bruno-Paul-Musikzimmer und lebte und hörte die Schreie von nebenan. Nun war Mausi es, die gequält wurde. Sie hörte Frauenschreie. Er sah wieder Filme. Die sie quälten und quälen würden. Am anderen Morgen würde Flohmarktzeit sein. Und die Rechte nicht mehr wissen, was die Linke getan hatte.

Mausi war schon ganz verzweifelt, weil sie immer noch so viel Hoffnung hatte. Sie wusste jetzt aber auch, was eine halbe Stunde war. So alt musste sie werden, damit sie dies wusste. Gleich konnte sie bei diesem Schabian wieder anrufen. Und nach einer halben Stunde noch einmal. Das war's dann für heute!, würde Justus sagen, und: Wehe, du rufst vorher an!

10. Alain

Auch an diesem Tag würde es dunkel werden. Die Tosca war in Berlin mittlerweile wohl schon hinuntergesprungen und Mausi zu Hause – was sie gerade machte? Du musst nicht mehr anrufen, wir telefonieren morgen früh, so hatten wir es einander gesagt. Wir wissen wenig voneinander. Dachte ich.

Es war eine große Gleichzeitigkeit. Die einen lebten, die anderen starben oder wurden gerade erst geboren in diesem Augenblick, von Augenblick zu Augenblick, von Ewigkeit zu

Ewigkeit. Währenddessen starb der eine tatsächlich oder aus Liebe. Der andere lebte, hatte vielleicht gerade Geburtstag. Der eine war gerade im siebten Himmel, der andere sah schon weiße Mäuse. Oder nichts von allem.

»Beginnen wir mit Samen und Eizelle!« So eröffnete Madame Peau damals ihren Biologieunterricht, wir sollten gezeigt bekommen, wie es funktioniert. Wir sahen auf einer Schautafel die Umrisse. Wir sahen Schwanz und … Das sollte das Zwischenziel meiner Sehnsucht sein? So sollten wir ins Leben eingeführt werden? Das war mir aber entschieden zu wenig, schließlich hatte ich »du« und »ja« gesagt, und hatte ich nicht den Himmel offen gesehen? Ja, ich hatte den Himmel offen gesehen, ich glaubte, den Himmel offen gesehen zu haben, es war Liebe. Das war die Liebe. Ich verstand mich nicht als das Ergebnis einer Aktivierung der Funktionstaste aus Schwanz und Bauch und auch nicht als eine Vereinigung aus Samen und Ei, sondern als fleischgewordene Sehnsucht, und dann, am Ende vielleicht als letzter Stein, als Ruine einer beidseitigen, bilateralen Heimatlosigkeit.

Der Tod von Elfi hatte das Seine dazugetan. Und was wohl Mausi gerade macht?, fragte ich mich.

Heute vor einer Woche um diese Zeit hatten wir ihren vierzigsten Geburtstag gefeiert und waren bald beim Spielen von »Was wir am meisten bereuen«, und Inge hatte gerade zur Küche hin »Wie weit seid ihr specktechnisch?« gerufen.

Wir waren nun schon beim Mufflon vom Biometzger.

Und ich saß immer noch auf dieser Bank in Köln am Rhein und würde nun bald zum Setaccio aufbrechen.

Ich wollte ja nur zu jenen gehören, die im Satz »Es gibt« enthalten waren.

Du kannst doch schreiben … das hatte mir mein Großvater Alain gesagt, in der Hoffnung, dass ich dereinst über seine Zeit ein Buch schriebe, was bisher auch nicht geschehen war.

Denn einer, der schreibt, wird nicht verschmerzen, was nicht zu verschmerzen ist. Und wie es nun weitergehen sollte, wusste ich auch nicht.

Jedes Wort passte immer zu jemandem. Und jedes Foto passte immer zu etwas. Da, wo ich bin. Das war meist eine Lüge, denn wer konnte schon sagen, wo er war. Gut, ich war in Köln, und Mausi war in Berlin. So viel glaubte ich sagen zu können. Und wie es sich anfühlte, der Letzte zu sein.

Und wie es sich anfühlte, zu warten. Ob es der Tod oder das Leben war, alles oder nichts, auf das ich wartete, und ob es ein Unterschied wäre? Und was aus uns würde, das wüsste ich spätestens morgen früh. Wenn ich Babette wiedersähe. Ich kannte ja nun ihren Namen. Das Wort Himmel war mir trotz aller sich einschleichenden Zweifel noch viel zu wenig.

Der Himmel, den ich nun in Köln an diesem Tag über mir hatte, war ein verhangener Himmel. Oder sagen wir: ein wohltemperierter Himmel, der Wetterbericht hatte wieder einmal versagt. Es war, wie fast immer, »bewölkt« gemeldet worden. Mehr wurde keinem Lügner geglaubt. Alle Wetteronkel und -tanten wurden für ihre grauenhafte Arbeit, die schon durch ihr tägliches Hauptwort »bewölkt« für eine permanente psychische Schieflage des Volkes mit beträchtlichem volkswirtschaftlichen Schaden sorgte, aber nie zur Rechenschaft gezogen und gingen Tag für Tag ungestraft ihrem Hand- und Mundwerk nach. Als wären der Winter und die Jahreszeiten ein Irrtum der Natur, für den sie im TV immer wieder zur Rechenschaft gezogen und verurteilt wurde.

Es war ein wunderschöner Himmel, einst, als der Schmerz noch einen Vornamen hatte und der Mensch noch nicht im Rechts-Links-Verkehr unterwegs war auf den Strandpromenaden dieser Welt, selbst auf den Promenaden. Und Gott noch nicht wissen konnte, was für einer aus mir geworden sein würde … Ich wusste von ihm, ob er von mir wusste, wusste ich nicht … ich … der alte Adam … die alte Eva, mehr wurde nicht aus uns, aus mir, kaum Herr meiner Gedanken … und auch hier und jetzt schoben sie sich, Menschen wie Unmenschen, auf diese Weise zwischen den Rhein, das Wasser, die vorbeifahrenden Kähne, die Türme auf der anderen Seite und mich.

Und damals, als der Mensch zur schönen Seebrücke von Arcachon hin noch nicht im rechten Winkel abbog, rundumversichert bis hin zur Austernvergiftungsversicherung und ADAC-Sterbegeldversicherung. Und Auferstehungsschutz. Das war eine Maßnahme bei den Kremierungsöfen der neuesten Generation. Nun wollten sich ja neunzig Prozent verbrennen lassen, die Auferstehungsaktien waren in einer derartigen Baisse … »Urnen-Rücktransport von jedem Ort dieser Welt.« Ach, meine Freiheit und der allwissende Gott. Nach den Gesetzen des Darwinismus habe ich es ziemlich nach oben geschafft, dachte ich … und ihr auch, die ihr zu den vorerst Überlebenden gehört!

Es begann schon mit der Samenzelle, die sich durchsetzte, im struggle for life. Ein paar Jahre später las ich schon Faulkner. Und durch ihn angeregt, dachte ich mir schon *Die Schwanzlänge bei Stelzen* als Doktorarbeit aus. Das sollte noch so ein Scherz sein.

Madame Cyprian schaute mir bald böse hinterher. Sie schaute zwar so, als wäre das schöne Leben nun vorbei, aber für den Gedanken, aus mir eine Gartenplastik aus Gips zu formen, einen Gartenzwerg, und ihn ganz bunt zu bemalen, reichte es noch. Das wusste ich von Babette. Die dazugehörende Geschichte muss ich auch noch erzählen. Das wäre dann der vierte Teil eines Buchs, das *Ma Vie* heißen müsste.

»Wir wissen wenig voneinander.« – Eure Geheimnisse – eure Gehemmnisse – eure Gehheimnüsse – »machen dich ziemlich allein«. Und konfirmierten zudem den Satz: »Die Menschen lügen. Alle.« Immerhin war dieser Satz von mir selbst, das ehrte mich dann doch wieder, gerade in Köln. Vielleicht wollte ich es auch gar nicht wissen, und niemand kannte sich so schlecht, wie ich mich kannte. Von allen, die ich kannte, kannte mich niemand so schlecht wie ich.

Was ist Glück? Weiß nicht. Die Erinnerungen mit dieser Frage beginnen?

Bevor ich darüber nachdachte, wusste ich es noch? Der alte Reim auf nichts?

Was war schon mein Rauch gegen das Gewicht der Welt! Es schlichen sich, so kurz, nachdem ich Babette wiedergesehen hatte, bald Zweifel ein wie bei einem, der die Nachricht vom Hauptgewinn erhalten hat und zu träumen glaubt. Lebst du?

Ich saß und rekapitulierte das Unerhörte. *Abschweifungen des Lebens*: Das war der Untertitel des Jean-Paul-Vortrags gewesen.

Und dann: »Grau geworden.« Von da nun Erinnerung an den Sommer von 1983. An den Anfang meiner Erinnerung die Glückseligkeit des ersten Augenblicks am Gartentor, ma vie, ma vue. 1983 fuhr sie mir davon, mit Toby, und nun ließ sie mich einfach stehen. Jetzt hatte sie das wieder so gemacht.

So stand sie mit ihrem Teller, ihrer Cocktailtomate auf Babyananas und tat so, als wäre es das Selbstverständlichste auf der Welt, vor zwanzig Jahren durchgebrannt zu sein, weg von mir … Das war an jenem 15. August gewesen, an Mariae Himmelfahrt vor nunmehr über zwanzig Jahren, mitten in unseren »days of sweet expectations and light dressed happiness«.

Und ich wusste noch nicht, ob unser Wiedersehen Glück oder Unglück war. Nur so viel: Mein Herz hatte ab da einen Wackelkontakt, und ab jetzt vergaß ich die Konferenz für den Rest meiner Reise.

Mit dem Vergissmeinnicht wird so viel Schindluder getrieben … Ich las in der Zeitung, die auf der Bank nebenan liegen geblieben war und die ich zum Lesen geholt hatte, ohne hygienische Bedenken: »Sein Leben war eine Suche.« Wer konnte da mehr gemeint sein als ich? Hatte da schon jemand meinen Nachruf veröffentlicht?

Der Mensch will bleiben. Aber er muss gehen. – Es war paradox: Das Fließen des Wassers entfachte in mir immer ein Verlangen, hier zu sein und zu sagen »Ich bleibe«. Der Stein hingegen, eben ein Stein, brachte mich auf keine andere Idee, als zu gehen.

Und nun saß ich da. Und doch. Das Wort Himmel war mir aber nun noch viel zu wenig, nachdem ich sie wiedergesehen hatte. »I have been waiting for you all my life …«

Da fiel mir wieder ein, wie Babette mit ihren Augen »Je t'aime« sagte. Es war Liebe. Damals, als mein Glück Ausschau hielt nach dir, ja, mein Glück hielt Ausschau nach dir, ich suchte dich, und ich fand dich. Vom Forsthaus her durch die Kiefern ans Meer, und ich sah dich schon unten liegen, auf unserem Handtuch an unserem Platz neben unserem Lieblingsbunker, jene Bunker, die da wie eine schwarze Perlenkette die Dünen entlang im Sand versanken bis hinab nach Saint-Jean-de-Luz, das war der Atlantische Wall, doch mehr Liebe als damals ging nicht.

Mehr als Liebe ging nicht. Hinter dieser Liebe ging es nicht weiter.

Und dann gab es noch das Forsthaus, von dem aus, zwischen den Kiefern, das Meer bei Cap Ferret zu sehen war, und jenen einen Bunker, der die Sicht zum Leuchtturm etwas verdeckte, und sonst keine Spur von etwas wie dir und mir und meinesgleichen, nur nachts kamen die Lichtsignale in regelmäßigen Intervallen mit dem Geruch des Meeres zu uns herüber. Einst schien mir das wie eine Verheißung, bald wie eine Drohung, und wenn ich nun daran dachte, war es wie Heimweh. Der Satz zum Film, den nun eine sonore Filmstimme aus dem Off sagen musste, war: Die Zukunft war damals meine Sehnsucht, wie nun die Vergangenheit mein Heimweh ist.

»Beginnen wir mit Samen und Eizelle!«

Und nun?

Was Mausi wohl gerade machte? Die Fotos vom vergangenen Geburtstagsabend hatte ich schon im Handy gesehen. Wir schauten so auf den Fotos, als hätten wir gerade den Stammhalter gezeugt oder wenigstens unser erstes Kind. Mit Augen wie Chinchilla-Hasen, das kam von den Cocktails. Ich schaute schon so, als wollte ich gleich mit meinem Schwanz »Je t'aime« in den Schnee schreiben und mit meinen Händen »Je t'aime« sagen. Und reichte es nicht, die drei großen Wörter mit meinem Wichsgriffel nachzuziehen? Jetzt fiel mir der alte Plan ein, über alles ein Buch zu schreiben und es ganz einfach *Ma Vie* zu nennen. Du kannst doch schreiben … hatte mir doch auch schon Babette gesagt, damals, als ich für meinen Aufsatz zum *Unverhofften Wiedersehen* von Madame Peau eine Eins bekam, nur einen Punkt von möglichen zehn Punkten, die schlechteste Note überhaupt, und nur, weil ich geschrieben hatte: »Unverhofftes Wiedersehen: die arme Frau, die ein Leben lang auf ihren Bräutigam, der im Bergwerk von Falun verschüttet worden war, auf seine Rückkehr hoffte: Sie hat ihr Leben verwartet und vertan.« Jetzt dachte ich wieder an diesen Satz, nun, da ich Babette wiedergesehen hatte. Und ich sagte mir: Du wirst schreiben, du wirst ihr schreiben, statt eines Buches ein Leben, mein Leben, du wirst ihr wieder mit deinen Händen »Je t'aime« auf ihren Leib schreiben und so darauf antworten, wie sie einst mit ihren Händen »Je t'aime« sagte und dann Afgkljadfhlkeoi59zöählwnöukörlunkldfklbkhsöblerzpzlj. Du wirst singen.

Auch du wirst singen, ma vie. Von den Dünen an. Wie dein erstes Wort Swimmingpool war, wie du das Meer zu deinen Füßen liegen sahst als Kind. Und dann die Zeit. Das Mädchen.

Das Gartentor. Das erste Mal. Du wirst die Sommer von 1982, 83 aufleben lassen, die Wasser von Rimsingen und Opfingen, die Fahrten ans Wasser von Rimsingen, den Weg zu Fuß vom wilden Waldparkplatz zum Wasser, das Glitzern und Hinausschauen, das Handtuch, die Hose und das Liegen. Das sich Drehen der Sonnenblumen nach der Sonne, Anfang September. Die Gladiolengärten auf dem Nachhauseweg, den Nachsommer und dann den Weizen und die Reben und dann … Und aufleben soll euer Herz für immer.

So unvermittelt grausam Babette 1983 verschwunden war, so langsam und schmerzlich kam sie nun zurück, augenblicksweise, satzweise. *Ma Vie*. Denn einer, der schreibt, wird nicht verschmerzen, was nicht zu verschmerzen ist. Und wie es nun weitergehen sollte, wusste ich auch nicht.

Als ich damals oben auf der Düne von Arcachon angekommen war und aufs Meer hinausschaute, wusste ich wieder einmal, dass mein Leben als Glück gedacht war. Doch das Meer wurde von meinem Hinausschauen auch nicht kleiner. Und ob das Meer etwas von mir wusste, wusste ich auch nicht. So schwammen meine Meeresgedanken in mir, in meinem Kopf, in meiner Weltkugel herum.

11. Mausi

Mausi saß da und lebte.

12. Alain

Ende Juli waren wir in Freiburg aufgebrochen, fast übermütig, wie wir in unseren zwei Autos hintereinander her das Leben vor uns zu haben glaubten, ja … die Welt war damals noch vollständig. Es waren Elfi, Norbert, Mausi, Inge, Justus, Beverly, Alec, Toby, Babette und ich.

Nach zwanzig Minuten schon waren wir in Frankreich, denn Freiburg ging mit seinen Vororten und Blicken bis an den Rhein, das war die Grenze. Aber nur für jene, die keine Augen im Kopf hatten. Für die anderen war es Sehnsucht.

Und dann das erste Mal ins Meer, im Sommer von 1983. Wir hatten uns schon ausgezogen und rannten auf die Wellen und den Leuchtturm zu und waren mit der Welt per du.

Wir schliefen meist im Forsthaus meines Vaters Roland, in den lichten Wäldern von Les Landes, da hatte er sich aber etwas Schönes ausgesucht, gar nicht so weit vom Meer und Strand, bei Biscarosse, wo es noch einmal fast zweihundert Kilometer nach Süden weiterging, bis zur Grenze, und dann wurde es spanisch.

Es war das letzte Mal. Der 15. August 1983. Mein Velo wurde dann am Bahnhof von La Teste gefunden, Babette und Toby blieben verschwunden, erst dachte ich, nur bis morgen, denn es hatte ja diesen Streit gegeben, diese Ohrfeige. Dann dachte ich, sie wird sich irgendwann melden, aber bald. Und nun wusste ich, dass zwanzig Jahre vergangen waren, bis ich sie wiedersah. Wir Übriggebliebenen saßen dann am Tag danach ratlos im Sand und wussten nicht. Irgendwann sahen wir den Leuchtturm wieder, und Norbert griff zur Gitarre und zupfte für Mausi und mich die Akkorde von *We Shall Overcome*, und Elfi sang den Text. Es war wie auf einer Beerdigung, doch es war für mich.

Und dann gab es immer noch das Forsthaus, das übrig blieb, von dem aus, zwischen den Kiefern, das übrig gebliebene Meer bei Cap Ferret zu sehen war, die Welt und jener Bunker, der die Sicht zum Leuchtturm etwas verdeckte, und sonst sah man nichts, und keine Spur von etwas wie dir und mir und meinesgleichen, nur nachts das Licht des Leuchtturms in regelmäßigen Intervallen, wie immer, kam mit dem Geruch des Meeres zu uns herüber.

Einst schien mir das Meer wie eine Verheißung, bald wie eine Drohung, und dann war das Meer ein Bauch, in dem alles verschwunden war, auch meine Jahre mit Babette; und wenn ich nun daran dachte, war es wie Heimweh. Weißt du es noch? … ich war einmal … und die Zukunft war damals meine Sehnsucht, wie nun die Vergangenheit mein Heimweh ist. Und dann sah ich mich auf dem Rücken meines Vaters unterwegs zur Düne, und wenig später schon auf dem Rückweg, und kaum zurück, sehe ich meine Mutter, wie sie mir hinterherschaut, wie ich auf dem Vélosolex mit Babette und dem Schlüssel unterwegs zur Jagdhütte bin. Was war eine Jagdhütte schon anderes als eine Jagdhütte. Die eine schaute hinaus, der andere hinterher.

Und alles, die Zukunft von einst wie die Vergangenheit von einst, war in einer einzigen Vergangenheit aufgehoben. Und da waren alle nun vereint, die Lebenden und die Toten. Und das Meer blieb eine große Gegenwart.

Alle: Das war das einzig richtige Wort. Und der einzig richtige Satz war: Ja, einst waren wir vollzählig. Und nun waren Elfi und Norbert tot, Babette war mit Toby verschwunden und blieb es, bis zu ihrem Satz: Du bist grau geworden. Von Toby wusste ich schon gar nichts, nie wieder etwas von ihm gehört, und das genügte, er lebte wohl noch, wie Beverly aus South Carolina auch, mit ihren jetzt vierzig Jahren, ich wusste immer noch, an welchem Tag sie Geburtstag hatte. Beverly, melde dich doch! Sagte ich vor mich hin. Ich hoffte nur, dass sie noch lebte, wahrscheinlich auch nur »irgendwie«, und konnte davon ausgehen, sagten die Juristen, die im Wahn lebten, das Leben sei systematisierbar, gar eine Frage des Dezimalsystems und der entsprechenden Paragraphen, so natürlich wie Grenzziehungen.

Die meisten Menschen lebten gar nicht, sie überlebten immer nur, irgendwie, das hatte ich oftmals so gehört, führten ein Mitläuferleben. Und auch wir waren irgendwie übrig gebliebene Überlebende, eine seltsame Viererbande: Ausgerechnet Justus und Inge, Mausi und ich, ausgerechnet ich, mit dem ich am wenigsten gerechnet hatte, lebte noch immer. Was Justus und Inge betraf, passte das Wort »ausgerechnet« noch besser. Wir hatten sie immer nur mitgeschleppt. Sie waren immer irgendwie dabei gewesen, wobei das Wort »irgendwie« auch das Einzige war, das mir einfiel, und das für alle, die bisher überlebt hatten, immer passte. Am meisten aber für diese beiden und mich selbst.

Ja, der Sommer von 1983 hatte sich als Abschiedsfest herausgestellt, es war das Abschiedsfest von der Jugend. Da waren noch einmal alle dabei. Alle, auf die es ankam, von denen, die dabei gewesen waren. So stellte sich das heraus. Die vergangene Zeit bewies es. Alle: Das war das einzig richtige Wort. Und der einzig richtige Satz war: Wir waren vollzählig. Alle. Und nun waren Elfi und Norbert tot, Babette blieb verschwunden und Toby auch.

Doch eine Dummheit gemacht zu haben ließ bei uns darauf schließen, dass es Liebe war. Wahrscheinlich war es Liebe. Durch das Wort »wahrscheinlich« gab sie uns Hoffnung oder nahm sie uns. Doch niemals war sie so unerbittlich wie wir, wenn wir einander »Es ist aus« sagen.

Einst saßen da im Sand: Elfi, Mausi, Babette und Inge. Und ich saß unweit von ihnen, im Sand, neben dem Bunker, der ein Atlantischer Wall sein sollte, auch im Sand, sie sahen mich nicht, und der Wind trug dieses und jenes Wort an mein Ohr.

Die Frauen beobachteten währenddessen, als wäre es nebenher, Toby, Norbert und Justus, wie sie mit ein paar zufälligen Strandbekanntschaften Volleyball spielten. Damals noch ganz nackt, nicht einmal Schuhe, als wären sie so armselig und vielleicht so glücklich wie die spielenden Jungs im Sand von Sansibar. Und was das Glück betraf, so stimmte es ja vielleicht.

Ich saß in einem Abstand, Babette redete und redete, und währenddessen fuhr sie mit ihrer Hand durch den Sand und ließ dann eine Handvoll durch die Finger gleiten. Und wenn sie aufschaute, sah sie die Männer zwischen dem Leuchtturm und dem Meer, wie sie auf dem Sand herumrannten und Volleyball spielten. Und ich hörte auch, etwas abseits, wie die Frauen über mich sprachen. In der dritten Person. Sie sagten immer nur »er«, und ich hörte es, ich hörte es an der Bunkerwand, die Windverhältnisse machten es möglich. Mich aber sahen sie nicht. Ich erfuhr alles, was war, mein Leben hatte also in ein paar Satzfetzen Platz.

»etwas verrückt ist er schon«

»es ist ja nur ein leichtes Tourette, gar nicht so schlimm, man gewöhnt sich schnell daran«

»ja«

»überdies in dieser Variante sehr poetisch, andere sprechen von Reimzwang«

»wegen des Tourette«

»ja … deswegen Übersetzer geworden«

»da denkst du schon an deine Kinder«

»Und seine Geschwister?«

»um Gottes willen«

»der Vater hatte bei denen nicht viel zu melden«

»seine Urgroßmutter«

»Madagaskar«

»Passion France«

»Arschficker«

»Messer«

»von so einem keine Kinder«

»Toby hat die besseren Gene«

»stammt in gerader Linie vom Monsieur de Paris ab …«

»lieber keine Kinder«

»von so einem wie ihm«

Und so fort. Das war alles O-Ton, doch die O-Ton-Qualität war schlechter geworden.

Ich kam nun noch etwas näher, war irgendwie geduckt herangekrochen, damit sie meinen nahen Schatten nicht sehen konnten. Das war auch nicht fein.

»Und seine Geschwister?«

»Zwei von seinen vier älteren Geschwistern … die beiden ältesten waren schon so alt, dass sie schon fast aus dem Haus waren, als Alain noch hinzukam … ach … Sie waren bildschön und kauten Nägel. Studierten an der École Normale, waren Wunderkinder von Piano bis Schach und Farsi, und sie spielten mit dem Gedanken, ihren Vater aus der Welt zu schaffen.« Es war freilich nur ein Spiel, doch was für eines, in dem Alain mitspielen sollte.

»Ist das dein Ernst?«

»Ja … Sie hatten eine Höhle im Wald, und es machte ihnen nichts aus, ganz allein dort zu schlafen. Dort verbrachten sie ihre jungen Jahre damit, zu überlegen, wie sie ihren Vater aus der Welt schaffen könnten. Sie hatten sich immer wieder im Wald versteckt und die Öffentlichkeit in Aufruhr gebracht, nach der ›Rettung‹ erfanden sie dazu eine passende Geschichte.«

Das hatte Inge von ihrer Schwägerin erfahren, die erst einen Deutschen namens Möhrle geheiratet hatte.

»… mit dir verwandt?«

»… Quatsch«

»… längst geschieden«

»… ja … und danach einen Perser namens Mohammed. Sie behielt ihren deutschen Namen, und er nahm den ihren an, das ist so üblich in Persien.«

»… der heißt jetzt Mohammed Möhrle.«

»Von den fünf Kindern sind also mindestens zwei missraten.«

»Es war eines ihrer Spiele, sich auszudenken, auf welche Weise sie ihren Vater aus der Welt schaffen könnten.«

»Wer die schaurigste Geschichte erfinden konnte, hatte gewonnen.«

»Alain hat es seinen Geschwistern geglaubt und davon ein Trauma bekommen. Immerhin war er nun informiert, wie es am besten ginge. Es war alles dabei, vom einfachen Gifttod über Maiglöckchen bis zur raffiniertesten Selbstmordvortäuschung und gefälschten Abschiedsbriefen. Ich habe nie herausbekommen, ob sie es ernst meinten oder nur so taten.«

So redeten die Frauen dahin und was so geredet wird an einem schönen Nachmittag, wenn man am Meer zusammensitzt, das Leben Revue passieren lässt, der, um den es geht, ganz woanders ist, und wenn der Mensch sich schon auf den Abend freut.

Und doch hatte ich Mausi seither in Verdacht, dass sie sich ab da aufmachte, mich zu retten. Als wäre ich ein Gefangener gewesen, der auf seine Befreiung, ja Erlösung wartete. Dass sie mich, anstatt zu lieben, retten wollte, bei dieser Herkunft und Vorgeschichte. Es war wohl auch ein Rettungsversuch. Das war ihre Spielart der Liebe.

Mein Leben bis dahin war der Prolog unserer Geschichte gewesen.

Meine Urgroßmutter war eine geborene de Longval, das wusste ich. Und wäre es die genealogisch gerade Linie gewesen, hätte ich nun Alain de Longval geheißen. Zum Glück blieb mir dieser Name erspart, obschon die Geschichtskenntnisse waren auch in Frankreich nicht mehr sehr ausgeprägt, innerhalb von ein paar WWW-Jahren würde alles weggewischt sein, in der großen WWW-Kelter verschwunden, irgendwo im All.

Wie es begann? Ich wusste es nicht. Mit meinem Großvater,

meine ich, so korrigierte ich mein linkshändiges Hirn, pass auf: Der neue Stock … bon, der Lehrer hatte einen neuen Stock bestellt, und die Geschichte, das Leben meines verstorbenen Großvaters Alain, damals ein ganz altmodischer Name, hatte um blühende Weißdornhecken herum begonnen, er war nicht der Einzige, der den Duft dieses Krauts ein Leben lang in seiner Nase hatte, auch wenn er niemals davon sprach, ja, es nicht einmal wusste. Bald waren die Schläge dazugekommen. Frage: Wie war es? Das hätte ich meinen Vater einmal fragen müssen, was nie geschah. Doch vom Großvater erfuhr ich es ungefragt, freilich zu Lebzeiten: »Bon, der Lehrer hatte beim Vertreter einen neuen Stock bestellt …« … wie jedes Jahr, und der Vertreter, angereist aus Châlons-sur-Marne, aus immer und nie, hatte einen Katalog *Pädagogisches Zubehör* mitgebracht, auch schon einige Probeexemplare, und die verlockendsten wurden auch gleich ausprobiert; dazu mussten sich die Mutigsten melden, es wurde dafür Abzug zukünftiger Strafen in Aussicht gestellt. So hat der Lehrer nebenbei auch noch erfahren, wer der Dümmste war, das wusste ich also von meinem Großvater, wie man so etwas herausbrachte. Oder vielleicht war dieser Junge auch schon ein wenig SM, wie dieser Lehrer ganz gewiss und wohl auch der Stocklieferant. »Bon, der Lehrer kaufte immer drei Stöcke der neuesten Generation.« Und es blieb nichts davon als ein paar Erinnerungen und ein Segment in der Pornoindustrie (»britisch«), die Geschichte spielte aber in Lisle-en-Rigault. Monsieur Van Lierde ging bis zu seiner Pensionierung mit dem Stock die Reihen auf und ab und starb bald, unversöhnt mit dem Leben, und gegen Ende hin fragte sich auch mein Großvater: Soll das nun alles gewesen sein? Immer wieder war Asche auf sein Bett gefallen, er rauchte in seinem Bett, und die Großmutter sagte, so lange sie lebte: Du verbrennst mir noch. Er sprach nicht viel, war geduldig, schien zu wissen, was er wollte, und hatte einen guten Schlaf. Und so war es dann auch, zum Glück. Das erste Leben meines Großvaters, vom Staat in Beschlag genommen, angefangen mit der Schule, endend mit der Kriegsgefangenschaft … und dann mit der anschließenden Ehe mit der Frau, die er zwar liebte, mit meiner Großmutter, die ihm aber verschwiegen hatte, dass sie in gerader Linie vom Monsieur de Paris abstammte, angeblich von Charles Henri Sanson, dem Henker von Paris. Nun wusste ich es. Aber was ich nicht und niemals wusste, war, ob das überhaupt stimmte. So viel wusste ich, dass es nun zu spät dafür war, das Schicksal zu korrigieren. Auch sie kannte schon »Inschallah« als ihren Lieblingssatz fürs Leben. Wie alle anderen hätte auch sie sich sagen können und sagte sich, dass auch sie von solchen Menschen herrührte, die irgendwann, aber gewiss, andere getötet, vielleicht sogar gefressen hatten, nur konnte sie keine Namen nennen, schließlich stammte sie von den Kelten ab, wie sie glaubte, auch ich, und dass wir alle im Prinzip von solchen Menschen gemacht und geboren wurden, die andere getötet hatten und von ihnen lebten, ja bis hin zu den Menschenfressern, die Kelten sollen ja Menschenfresser gewesen sein. Und Charlemagne, von dem, wie ihnen gesagt wurde, alle in gerader Linie abstammten, war ja auch erst ein Mörder und dann ein Massenmörder gewesen, und später kam ein Glanz darüber, nach all den Siegen, denen wir unser Leben verdankten, und er ließ alles aufschreiben in seiner Version und segnete es ab. Doch das war eigentlich auch kein Trost, schon gar nicht für mich. Homer, die ganze Schlachtplattenprosa, die Kochbücher von Erna Horn und all die glorreichen Hymnen, angefangen mit Perseus, wie er den abgeschlagenen Kopf einer unsichtbaren wütenden Menge zeigt auf der Piazza della Signoria. Und schon David war einer von ihnen, von uns Sängern und Mördern.

Von der Mutterseite meines Großvaters Alain blieb ein Kochlöffel, den meine Urgroßmutter wie ihre Vorgängerinnen, die ihre Tage in der Küche verbracht hatten, aus einer irrsinnigen Wut manchmal von seinem Platz an der Besteckwand nahm und damit die nachwachsenden, aus ihr herausgewachsenen Menschen für alles strafte, wie ihre Vorgängerinnen auch.

Der alte Kochlöffel der Urgroßmutter meiner Urgroßmutter war auf geradem Weg aus dem Haus des Monsieur de Paris in dieses Haus gekommen, ob es nun stimmte oder nicht. So genau wussten wir es nicht und wollten es auch nicht wissen. Vielleicht wollten sich meine Menschen nur aufspielen, wie ich mich auch, am Ende mit mir, ich wusste es nicht. Ich tröstete mich mit dem Gedanken, dass auch Königin Elizabeth von Menschenfressern abstammte. Die Urgroßmutter deiner Urgroßmutter: So weit, wie du dir das denken magst, dachte ich, auch stellvertretend duzte ich mich, ist das wiederum auch nicht, bei einer Zahl von bald sieben Milliarden Menschen bekommt das Wort »blutsverwandt« wieder einen Sinn, und bei diesem Wort lachten vielleicht manche schon wieder, wie bei mancher Verkehrsmeldung, wenn es hieß: »Vorsicht, frei laufende Kühe auf der Autobahn!«, und ich hätte bei dieser Meldung schon wieder weinen können. So entfernt von deinem Leben ist eine Urgroßmutter, die auch über dein Leben mitentschieden hat, auch wieder nicht. Und ich entschuldigte mich wieder einmal bei mir selbst, wie ich derart die Wörter Kühe und Urgroßmütter zusammenführen konnte, so dass es fast schon der Engführung in einer Fuge entsprach, und machte meinem Hirn die allergrößten Vorwürfe, denn ich hatte keinen Hirnforscherglauben als Alibi.

Mausi versuchte ich es später einmal so zu erklären: »Fangen wir mit Adam und Eva an: Du hast doch auch einen Vater und eine Mutter, du hast doch auch eine Mutter und zwei Großmütter. Eine Ururgroßmutter ist ja nichts als die Großmutter deiner Großmutter, die ihrem Enkelkind übers Haar strich und sich dabei innig gewünscht hat, dass es ihr Enkelkind einmal besser haben möge als sie. Also etwas eigentlich Unvergessliches, und geblieben von ihr war aber nur dieser alte Kochlöffel, dieser Löffelgriff, auf halbem Weg zum Eigentlichen abgebrochen, und nun als Dekoration in der Berliner Poggenpohlküche, die wir von Tante Mausi übernahmen.«

»Woher weißt du das alles?« Fragte mich Mausi. Und ich konnte ihr nur sagen: »Ich weiß es.« Auch dass ich wusste, dass ich nicht wusste, ob es stimmte oder nicht. Der immer wieder alles zerbrechende Kochlöffel wird doch nicht alles gewesen sein? Der Kochlöffel, als Reliquie aus der Küche des Monsieur de Paris ins Haus der Urgroßmutter gekommen, wurde bald zweckentfremdet eingesetzt gegen die unbotmäßige Menschheit im eigenen Haus.

All die Stöcke, die in jenem langen Lehrerleben zu Bruch gegangen, waren längst verschwunden, wie auch die Menschen, die auf diese Weise noch einen unvergesslichen ersten Eindruck von der Welt bekamen, längst verschwunden sind.

Die Frau meines Urgroßvaters hatte immer wieder versucht, ihren Mann zu Schlägen anzustiften … der Sohn sollte bestraft werden für alles. Doch der Mann wollte nicht so recht. Vielleicht war er auch nur zu faul, um seine Kinder zu schlagen. Hat also auch noch diese Arbeit seiner Frau überlassen. Das Einzige, was von ihr übrig blieb, ihr Kochlöffel, war wohl übrig geblieben von den Jahrhunderten, als ihre Vorväter den Königen von Frankreich und anderen Menschen hocherhobenen Hauptes die Köpfe vom Leib schlugen … Es wurde ausgegeben als ein heiliger Rest, Gerechtigkeit widerfahren zu lassen … als hätte dieses Abschlagen der Köpfe mit ihrem Glauben zu tun, als wäre es zur Strafe für den Unglauben der Ungläubigen, dabei hatte es allein mit ihrer Lust zu tun, mit ihrer Freude am Töten, die selbst die Menschen, die dies auf dem Revolutionsplatz sahen, mit den unglaublichsten Voyeurs-Orgasmen beschenkte. Die heilige Johanna, die ich liebte, war den meisten meiner

Menschen nur noch eine Gänsehaut wert beim Gedanken, wie sie die erste Flamme erreichte auf dem Marktplatz von Rouen.

Der arme Kochlöffel wurde auch irgendwann aus dem Verkehr gezogen und zweckentfremdet vererbt, als Küchendekoration, die immer wieder von der Wand genommen wurde und als Waffe gegen die unbotmäßige Kreatur. Er brach nie ab, anders als der immer wieder alles zerbrechende Stock des Lehrers, all die Ruten jener Lehrer im Quellgebiet der Mosel und in jenen Wäldchen der Ardennen, überall, wohin der Stockvertreter seine Ware gebracht hatte.

Und nun wäre ich schon wieder von jenen Menschen, die immer alles wissen wollten, zur Rede gestellt worden: Woher weißt du das alles? Und warum kommst du gerade jetzt damit an? Ich konnte auch hier nur sagen: Ich weiß es. Mein Kinderwissen steht nicht zur Disposition. Und die vornehmste Aufgabe des Schriftstellers ist es, Äpfel mit Birnen zu vergleichen. Das hatte ich auch heute schon in meinem Workshop gesagt.

Und so ging es weiter mit mir.

Eine andere Kochlöffel-Genealogie besagt jedoch, dass der ganze Klumpatsch von irgendeiner Großtante, die es zweifellos gab, auf dem Flohmarkt von Saint-Dizier zusammengekauft worden war und so ins Haus gekommen, und so lange hatte sich keiner getraut, die Sachen wegzuwerfen, bis sie zu ehrwürdigen Reliquien geworden waren und in die Familiengeschichte eingebaut wurden; vielleicht war es auch so mit den Memoiren des Monsieur de Paris samt seiner ganzen Geschichte.

Doch das blieb von ihr, dass diese Geschichte eines Tages irgendjemand irgendjemandem erzählen konnte, und das war an jenem Tag einer Himmelfahrt, am 15. August 1983, vor mir die anderen und der Leuchtturm von Cap Ferret, und dazwischen das Meer, das auch eine Geschichte hatte, in deren Bauch die Geschichten verschwanden. Das Meer war jener Bauch, in dem die Geschichte im Bauch der Geschichten verschwand.

»Seine Urgroßmutter …«, hörte ich, als wäre sie nicht eine der Mütter gewesen, sondern ein Fremdkörper, den es zu eliminieren galt.

Meine Mutter Elaine führte wie schon ihre Schwiegermutter alles auf die Gene zurück. Jahrhundertelang hatten die Messieurs de Paris die Köpfe von den Leibern getrennt, zuletzt noch mit Hilfe der Guillotine von Dr. med. Guillot, der auch Klaviere herstellte, und eines für Jacques Offenbach, mit dem er vierhändig darauf spielte. Die Köpfe und die Leiber indes hatten anschließend nach den Durchführungsverordnungen ihrer Zeit entsorgt werden müssen, zu denen immer noch der Priester mit der Letzten Ölung und ein christliches Begräbnis gehörten. Oder vielleicht auch nicht. Ja, die Revolution! Als steckte nicht das Todesgen wie ein Spielgen in uns allen. Und immer ein wenig auch der Homo necans. Als wären wir Katzen, die mit der Maus spielen mussten. Und brauchten dafür ein Alibi.

»Alain stammt in gerader Linie vom Monsieur de Paris ab«, hörte ich. Es war wie bei der stillen Post. Die ganze Geschichte, mit der ich traktiert worden war in der Schule, schien mir auch eine Art »stiller Post« zu sein, nur noch viel schlimmer. Die Geschichtsbücher waren die reinste Schlachtplattenprosa. Und dann all die grausam stumpfsinnigen Historiker, die Schlachtenbummler der Geschichte, der sensationslüsternen: Dass ich über 31 Urgroßväter und Urgroßmütter nicht vom Monsieur de Paris abstammte, interessierte sie nicht und rettete mich in ihren Augen nicht. Ja, ob es stimmte oder nicht, oder ob meine Geschichte, die Geschichte meines Lebens, nur ein Flohmarktergebnis war: Ich war er, dem es gesagt worden war, er stammte in gerader Linie von einer anerkannten Giftmörderin ab, die von ihrem eigenen Mann, dem Monsieur de Paris, ins Jenseits befördert wurde. Doch die Geschichte, die ihnen Babette erzählte oder auftischte, ging weiter.

Bald war ich aus königlichem Geblüt, doch linker Hand. Die Urgroßmutter der Urgroßmutter meiner Urgroßmutter rechnete zu ihren edlen Vorfahren auch François I., freilich linker Hand. Mögen andere von ihrer Schande sprechen, doch die Schande, das war oftmals die geradlinigste Linie überhaupt. Es gab freilich auch die königliche Linie, den Königsweg des Samens, von Adam und Eva her morganatisch, und das war Geschichte: so dass er wie ich (wir) von unendlich vielen Eltern herrührten. Nach den Gesetzen der Mathematik waren es um 1792 schon im Schnitt, doch so viel ist klar: immer genauso viele Männer wie Frauen, um 1792 waren es schon möglicherweise 8448 Personen: Was für eine Symmetrie, der Zahlenmystiker kam ins Träumen. Rein nach den Zahlen gerechnet also auch von François I. her in gerader Linie.

Das war das einzig Geradlinige an den Männern, das einzig Geradlinige an ihnen war meist ihr Schwanz, wie Tante Mausi sagte. Und von ihr hatten Mausi und auch ich diese einleuchtende Redensart übernommen, so dass wir in gerader Linie nicht nur von der Giftmörderin abstammten, sondern auch von ihrem Henker, unabhängig von jedem Stock und Kochlöffel, und nicht genug: Auch mit Ludwig XVI. waren wir verwandt, genauso mit seinem Henker, von dem sogar in direkter Linie, und auch der Monsieur de Paris, der Henker, war mit seinem Opfer blutsverwandt, mit dem armen Ludwig, und zwar über die gleiche genealogische Linie, über uns! Und spätestens über Adam und Eva waren wir alle miteinander blutsverwandt.

Was war sonst noch an jenem Tag im August vor über zwanzig Jahren? »Der Sommer von 1983 war o. k.«, hatte gerade Inge auf Mausis vierzigstem Geburtstag gesagt, und wie Johann Peter Hebel von seinem *Unverhofften Wiedersehen* über die Zeitung erfuhr, so hatte auch ich damals nur in der Zeitung gelesen, dass Rudi Völler vom SV Werder Bremen zum »Fußballer des Jahres« gewählt wurde. »In einer Rede vor verdienten Parteimitgliedern in Moskau forderte der sowjetische Staats- und Parteichef Juri W. Andropow drastische Wirtschaftsreformen. Zugleich sprach sich der Kreml-Chef für eine Kampagne gegen ›Disziplinlosigkeit, Passivität und Schmarotzertum‹ aus«, und Prinzessin Anne war nun auch schon 33 … so alt wie der ratlose Christus von Wilsnack, einen Tag vor der Kreuzigung. Und Anne würde es niemals zur Königin schaffen, und Toby trank ein Dosenbier auf sie. Und ich würde es auch nicht schaffen, und Toby trank noch ein Dosenbier auf Anne und mich: »Englische Königin wirst du auch nicht mehr.« Und ich fragte ihn zurück: »Was noch, was ich nicht mehr werde?« Anne hörte es nicht, aber ich. Eigentlich waren es nur Andeutungen, was am anderen Morgen sein würde, wusste er schon, ich aber nicht. Ja, so viel wusste ich schon: Ich würde es niemals zur Königin schaffen, und Elizabeth war die Königin meines Lebens, ich kannte ja nur sie, war nun schon mein ganzes Leben mit Elizabeth II. gestraft. Der Gedanke war meinem linkshändigen Hirn geschuldet, und Babette hatte ja recht: Etwas verrückt ist er schon. Auch ich sprach von mir manchmal, und zwar wenn ich nicht mehr weiterwusste, schon als Kind, wie von einem Er, und schob alles auf ihn: Alain weiß nicht, Alain will nicht … Und wie es nun mit mir und uns weitergehen sollte, wusste ich schon gar nicht.

Toby war ein Kerl wie Dosenbier, nebenbei keine schöne Vorstellung, es war ja Sommer, und ich glaubte, mich schon am Morgen gehen lassen zu können, indem ich nichts vorhatte als den ganzen Tag faul herumzuliegen und zu schauen, mich ans Leben heranzupirschen, möglicherweise bis zum Schuss, vielleicht auch nur zum Appetit holen, wie Inge sagte, denn gegessen wird zu Hause. Ja, für manchen Menschen war der Strand eine Art Jagdgebiet und die Handtuchzone eine Art Hochsitz, die Augen wie Jagdzubehör, und die Hände waren Waffen, mit denen sich der Jäger auf den Weg von la chasse machte. Nur

Sprichwörter wie »Wer zuletzt lacht, lacht am besten« hasste ich noch mehr.

»Etwas verrückt ist er schon«, hörte ich Babette damals an unserem Strand sagen, und vis-à-vis der Leuchtturm. Wo sie, wohl am unglücklichsten in die Strandseite des Lebens verliebt, über mich sprachen. »Die zweibeinige Zeit war lange her.« »Alain stammt in gerader Linie vom Monsieur de Paris ab …« Vielleicht war das gar nicht so schlimm, möglicherweise noch schlimmer, Sätze, wie wir sie auch von Tante Mausi hörten. Wahrscheinlich wollte Babette Mausi doch nur ein wenig schrecken, nur so sehr und so weit, dass auch noch ein Spielraum für sie bliebe, nicht von mir abzulassen, ja im Gegenteil, mich nun erst recht retten zu wollen. Babette kannte nämlich Mausi genauer, als diese sich es vorstellen konnte. Aber so herzlos war Babette nicht. Sie wollte, dass es weiterginge mit mir. Mit wem auch immer. Und am liebsten vielleicht mit ihrer Freundin Mausi. Und Babette ließ währenddessen ihre Hand durch den Sand gleiten und spielte mit ihm und mit mir, und wenn sie aufschaute, sah sie zwischen dem Cap Ferret und ihren Augen das Meer und ihre Männer, wie sie im Sand Volleyball spielten.

Es ging um mich. Er, das war ich.

Entweder sah sie mich nicht, oder es war ihr egal, oder es war ihr recht, vielleicht glaubte sie auch nur, dass ich bei dieser Distanz nicht mithören konnte am Meer, aber der Wind wollte es so, und vielleicht sogar sie. Und tat nur so, als bemerkte sie mich nicht.

Und auch Inge saß noch bei ihnen und Elfi, bis die eine »Ich geh Wellen schaun« sagte und die andere »I geh mit« und dann »overhear«, was, daran musste ich mich auch erst gewöhnen, nicht »überhören« hieß. Wie sie über mich sprachen. In der dritten Person. Die Frauen. Sie sagten immer nur »er«, und ich hörte es, ich hörte es an der Bunkerwand, die Windverhältnisse machten es möglich.

Doch dann war Inge schon wieder zurückgekommen und Elfi auch.

Es war keine Schlägerei, nur eine Ohrfeige. Die Strandszene schloss mit dem Wort Arschficker und der Ohrfeige, wer damit gemeint war, und wer die Ohrfeige bekam, die ich zwar nicht sah, doch hörte, wusste ich nicht.

An diesem Tag in jenem August habe ich ja gar nicht gehört, was zu jener Ohrfeige führte. Ich hörte nur das Wort »Arschficker« … Dieses Mal jedoch gab es keine Schlägerei wie vor einem halben Jahr noch im Treppenhaus des Freiburger Studentenwohnheims, und keine weitere Schlammschlacht. Ich habe nur gehört, wie die eine von der anderen eine Ohrfeige bekam. Inge und Elfi. Und noch mehr den wütenden Aufschrei danach. Es muss etwas Monströses gewesen sein, wie einst, als Inge ihr »Ist doch nur ein Arschficker!« in die Nacht hinausschrie und Norbert meinte »Ihr wollt alle doch nur in den Arsch gefickt werden!«. Als hätte sie ein Gesellschaftsproblem auf den Punkt gebracht. Und anschließend hätte es »Moment mal!«-Zwischenrufe gegeben: Wen bitte meinst du mit »alle«? Oder sie meinte vielleicht auch mich, und die Ohrfeige war für den Satz »Lass dich doch in den Arsch ficken von ihm«.

Es war wohl Inge. Und die andere war Elfi. Ich hörte aber nur diesen Satz und das Wort »Arschficker« mit einem Frage- und einem Ausrufezeichen zugleich. Und dann … Was Babette daraufhin zu Inge sagte, muss auch kein schöner Strandsatz gewesen sein.

Nun rannte Inge davon, und Elfi und Babette und Mausi rannten ihr hinterher. Und auch Toby, der dies gesehen hatte, rannte von seinem Volleyballfeld in Richtung Wäldchen, wo die Frauen verschwunden waren, in Richtung Jagdhaus, wo es nun wohl weiterging, vielleicht sogar eine Schlägerei, wie damals, als auch Inge vollbesoffen in die Opuntien gefallen war.

Toby ihr hinterher. Und dann glaubte ich noch, Toby gesehen zu haben, wie er Babette an den Händen fasst und sie zurückhält. Es war genau in jenem Blickwinkel zwischen Wald und Bunker.

Allein ich, nach allem. Und sprachlos. Ich dachte nicht daran, dieser Meute hinterherzurennen, die nun wahrscheinlich im Haus aufeinander losging. Ich dachte nicht daran. Was ich da gehört hatte: Mit Babette würde ich erst einmal kein Wort mehr reden, dachte ich. So war ich auch: Es gab ganze Tage, da war ich vollkommen verstummt und redete kein einziges Wort, das war die Aphasie, und sie gehörte als mein »Nichts ist ohne sein Gegenteil wahr« zu »bugger me«, meinem Tourette. So war es diagnostiziert.

Ich saß nun in meinem Sand, so, als hätte man das Tuwort »saß« eigentlich mit drei a schreiben müssen, dem Leuchtturm von Cap Ferret gegenüber, auf der anderen Seite des Meeres. Ich blieb einfach sitzen, zwei Stunden oder mehr, und ließ mich auch nicht von Mausi, die gut auf mich einredete, wegziehen. Mausi sagte dann, es seien über drei Stunden gewesen.

Wie jetzt in Köln auf meinem Bänkchen. Eigentlich war es wie jetzt.

Und nun bellte ich alle Wörter hinaus, die in »bugger me« endeten.

Wie ich meine Wörter hinausbellen konnte. Die Leute dachten bei mir ja immer, es sei ein kleiner Hund in der Nähe, wenn es wieder losging, sie hörten die vorausgehenden und begleitenden Nebengeräusche, das Knurren, die Begleitgeräusche, die Gegleitberäusche, kam ich wie ein Poetry Slammer gleich hinterher, meinem Hang zur Inversion frönend. Und sie sahen mich, wie ich ansetzte, und dann das Hinausbellen meiner Wörter. Es klang nicht unfreundlich, und doch erschraken alle, die mich sahen und sogleich »der Arme!« dachten. Gerade noch hatten sie mich streicheln wollen.

Am Ende: Es war Liebe, nichts anderes wollte ich …

Und Mausi hatte Mitleid mit mir, an sich die geringste der erektionsfreundlichen Regungen. Mitleid war immer schon die kleinere Schwester der Lust, wenn nicht die kleinste.

Am anderen Morgen war sie verschwunden, Babette … und Toby auch.

Es war wieder so ein schöner Strandtag gewesen, zwischen immer und nie. Das war einen Tag und 22 Jahre nach dem Bau der Mauer, die Mausis Elternhaus in unmittelbare Todesstreifennähe gerückt hatte, mitten in den Kalten Krieg, und dieser Tag war ein Sonntag, und das Wort Atombombe war in den Köpfen von Ost und West noch fest verankert.

Mir gefiel der Nebel, der machte die Welt abstrakter, als sie war, fast schon eines der letzten lichten schwarzen Bilder von Mark Rothko. Doch mit einem Mal hatte Babette nicht mehr gewollt. Ich habe eigentlich nie erfahren, warum. Schon gar nicht den Grund der Gründe.

Was war sie? Was war ich? Kein Kreuzworträtsel, sondern eher ein Geheimnis wie du und ich. Ich wusste es so sehr, dass ich es vergessen hatte. Es hätte also gleich mehrere Gründe gegeben, um von mir zu fliehen. Anyway, hatte sie wohl gesagt, und aus der Betonung hätte ich hören können, dass es doch etwas ganz Schlimmes war, was sie ein ganzes Leben lang nicht aushalten konnte. Das alles war vielleicht nur vorgeschoben von ihr: Tourette, das hatte für sie keine Rolle gespielt; es war ja zu Beginn sogar reizvoll gewesen für sie.

Auch Babette und ich waren damals wohl schon unterwegs zu einer Frühstufe des vorehelichen Vegetariertums. Hauptgrund wohl auch nicht die Herkunft von der Monsieur-de-Paris-Seite. Sondern vielmehr diese Andeutungen, dass wir vielleicht sogar miteinander verwandt waren, ich wusste es nicht, ich weiß es nicht.

Ja, es schmerzte mich. Immer noch. Anders ließ es sich nicht reimen.

Einst, als ich vom Fahrrad fiel und sah, wie es blutete, fragte ich mich, nachdem ich wieder zu mir gekommen war, wahrscheinlich noch nicht, warum alles so sein musste, wie es war. Oder? Doch als Lateinschüler dachte ich mir dann schon, dass, gäbe es so etwas, der Genitiv von »bluten« »blühen« sein müsste. Demgegenüber machten es sich die Genealogen und Heraldiker einfach mit dem Leben. Sie sagten und schrieben »blüht noch« und meinten einen Namen in der 20. Generation. Zu ihnen gehörte auch ich, ich war einer von ihnen. Und mit einem Mal wollte Babette nicht mehr. Der Grund der Gründe? Das war ich. Was war ich? Kein Kreuzworträtsel, sondern eher ein Geheimnis wie du und ich. Ich wusste es so sehr, dass ich es vergessen hatte.

Ich war aber verstummt und wollte sie nach diesem Mitlauschen gar nicht mehr sehen und wusste selbst nicht, wie lange es dauern würde, dass ich kein Wort mit ihr spräche. Mindestens bis morgen Abend, kein Wort, so viel wusste ich schon aus Erfahrung.

Es hätte also gleich mehrere Gründe gegeben, um von mir zu fliehen.

Die Nacht war entsprechend. Ich hatte mich in das Zimmer von meinem Vater Roland zurückgezogen, das das einzig abgesperrte im Haus war. Doch ich hatte den Schlüssel, und da versteckte ich mich nun und schloss ab und wollte mit keinem Menschen dieser Welt mehr sprechen. Auch wenn Mausi und Elfi abwechselnd immer wieder zaghaft an der Tür klopften und ihr »Alain, komm doch« fast schon flüsterten, aber doch so, dass ich es hören und weiter grollen konnte und eine Grobheit hinausschreien.

Am anderen Morgen waren sie fort. Babette und Toby. Das machte mir noch gar nichts: »Ich denke nicht daran«, sagte ich zu Elfi, »sollen sie zum Teufel!«

»Laisser pisser le mérinos.« Sagte ich zu Elfi und auch zu

Mausi. Und das stand im Sprachlexikon. »›Die Merinos pissen lassen‹ bedeutet, dass man sich in einer Situation bis zu einem Ende hin treiben lässt, ohne zu reagieren. Die Merinos sind eine Schafrasse, die zum häufigen Urinieren neigt.«

Doch am Abend waren Babette und Toby immer noch nicht zurück, und dann fanden Inge und Justus meinen Jeremy, mein Velo, an der Bahnstation von La Teste-de-Buch. Vielleicht steckten die beiden ja mit ihnen unter einer Decke. Das konnte ich mir aber doch nicht vorstellen, denn ich hatte ja mit eigenen Ohren gehört und mit eigenen Augen gesehen. Aber vielleicht war es doch inszeniert, und Inge und Justus waren in die Abreisepläne eingeweiht, und das Ganze war ein großes Theater. Vielleicht würde ich das jetzt in Köln von Babette erfahren, vielleicht schon morgen, da würde ich sie ja wiedersehen. Inge nahm mich aber bald in die Arme, als wollte sie mich hinwegtrösten, fast schon so, als wollte sie mit mir fraternisieren. Ich, aber nicht sie, hatte den Tag über noch gedacht, dass sie bald zurückkehrten und sich für die Dummheit entschuldigten. So dumm war ich. Da hatte ich mich aber wieder einmal getäuscht!

Anyway, sagte Babette, hatte ich noch in meinem Ohr; und aus der Betonung konnte ich hören, dass es doch etwas ganz Schlimmes war, was sie ein ganzes Leben lang nicht aushalten konnte. Wie ein Wind, der von unten nach oben ging, die Gewalt von nichts über etwas, streifte mich, alles, was der mitlauschende Alain, der ich war, damals aus dem Mund von Babette hörte.

Das alles war vielleicht nur vorgeschoben von ihr: Babette, Tourette, das hatte für sie keine Rolle gespielt; es war ja zu Beginn ganz reizvoll gewesen. Es reimte sich ja auch fast: Babette, Tourette. Und der Name Babette hatte, sorry, immer schon etwas Glitschiges, war ein richtiger Melkfettname, den man in den Allgäuer Ställen und Schlafkammern brauchen konnte und in den Mund nehmen gleich hinter Deutschachberg.

Schon meine Mutter Elaine hatte mein Sprachverhalten für ein frühes Zeichen dichterischer Begabung gehalten, und wer weiß, vielleicht stimmte das sogar, was mein Leben aber auch nicht leichter gemacht hätte, denn ich wusste ja damals schon, dass es sein musste, ob sie wollten oder nicht, ob ich wusste, was es war, oder nicht; und »Laisser pisser le mérinos«.

Von Mausi und dem, was mit mir sein würde in den Jahren danach, wusste Elaine, obwohl sie zur Hellseherei neigte und sich im Nachhinein immer wieder bestätigt fühlte, noch nichts. Und auch ich wusste von Mausi und von mir noch nichts. Gut, das wusste ich, Elaine hatte mich geboren, und Mausi und ich hatten schon in der ersten Freiburger Woche miteinander geschlafen. Doch von den Jahren bis hierher wusste ich noch nichts. Von mir wusste ich immer noch nichts, doch den Traum Elaines, wie ein Kind ihr unter dem Esstisch die Beine hochkrabbelt, konnte sie selbst damals noch nicht einordnen. Das war wohl einer von jenen Träumen, die immer nur ein Problem wären, niemals gelöst bis zum Vergessen hin.

Wer weiß, vielleicht dachte sie, Elaine, dass es, mein Leben, nun mit Norbert weiterginge, den Elaine mit ihren Augen auch gesehen hatte, dastehen, in der Blüte seiner Jahre, wie Mausi und ich. Und wie sie auch uns hinterherschaute. Wir fuhren mit ihm dann zurück nach Freiburg, und kein Jahr später ging er zum ersten Mal zum Blutabnehmen, zum Test, wie man bald nur noch sagte.

Vielleicht dachte Elaine, die wir manchmal an ihrem Lieblingsplatz auf der hinteren Terrasse besuchten, dass ihr Jüngster, immer schon ein wenig anders, nun endgültig so war, wie er war, zu sich gekommen wie eine Achberger Brezel, wenn sie eine Zeitlang aus dem Ofen ist; und sie stellte auch einen Zusammenhang her von Linkshänder und anders, von Erröten und anders, von Tourette und anders. Sie sagte aber noch nicht so, sondern nahm es als eine Art von Stottern und Dichten:

ein Hinweis, dass ich oftmals gereimt daherkam. Ja, ja, so, ja, so, dass »ich« ein Reim auf »mich« war, ja, so, als wäre »es« auf »ich« ein Reim gewesen bei mir, als wären meine wiederholten Wörter fast schon ein Stottern und keine Poesie. Ist ja auch nur so ein Reim gewesen von mir. Wenn ich zum Beispiel an einem Satz oder Wort einen Narren gefressen hatte, wenn ich zum Beispiel zehnmal nacheinander – die Raben schafften es dagegen nur bis zu vier-, fünfmal – »forget about that« aus mir herausschleuderte, war ich aber ganz bei mir. Später wurde ich nur noch von Egon in seiner Voliere übertroffen, da lebte Tante Mausis Papagei, ein Erbe noch aus dem Haus des Wunderkindes, der diesen Satz, der wie kein anderer die Vergeblichkeit der Liebe bewies, den ganzen Tag wiederholen konnte, allerdings hörte man bei Egon kaum noch, dass es sich eigentlich um einen Reim handelte. Ade-Adele – ich stotterte schon wieder.

Sie hatte den Absprung schon in der nächsten Nacht … sie hatten wohl den Absprung schon seit langem geplant, Toby und Babette, wer weiß, Babette vielleicht schon seit jener ersten Begegnung am verrosteten Gartentor, da war sie mir ein erstes Mal davongerannt. Damals hatte sich Babette auf Französisch verabschiedet, wie meine Verwandten in Isigatreute sagten.

Am nächsten Tag waren sie weg. Währenddessen war Tante Mausi, mit Hurtigruten unterwegs, im Hafen von Tromsø. Sie wurde gerade an der Reling von einem wohl netten Matrosen fotografiert, und kurz darauf, gerade noch dabei, mit einem Lächeln zu danken, war sie zusammengebrochen: das Herz! So fassten es die, die es gesehen hatten, später in einem Wort zusammen.

Babette und Toby verschwanden aus dieser Geschichte. Vielleicht zuerst als Schwarzfahrer und dann weiter vielleicht per Anhalter. Am anderen Morgen waren sie weg. Das war fast schon so deutlich wie Peng! Sie hatte sogar ihre Sachen liegen lassen. Damit wir glauben sollten, sie kämen nach zwei, drei Tagen wieder zurück. Doch das war's. Ein paar Fotos und Schuhe. Die anderen waren auch noch da, wie du und ich. Wie Reste.

Zum Glück gab es Mausi noch und Norbert und Elfi. Auch Inge, und Justus klimperte auch noch irgendwo herum. Alec saß genervt und gelangweilt zusammen mit Beverly herum. Ratlos berieten wir und lebten dann die überflüssige Zeit der Ferien weiter, bis zum Abbrechen der Zelte.

Und wir saßen im Sand und wussten auch nicht, wie das Leben nun weitergehen sollte. Allein Justus versuchte uns zum Mitsingen zu animieren … zupfte auf seiner Gitarre so auffällig schlecht herum, dass meinen Ohren und mir klar war, dass die Musik nicht der einzige Grund seines Spiels sein konnte.

An jenem Nachmittag hätte es ich sein sollen, der den Absprung plante. Und tatsächlich war ich auch mit Fluchtgedanken eingeschlafen. »Schon morgen früh werde ich nach Hause fahren und untertauchen.« Doch dann waren es Toby und Babette. Wir wussten aber da noch nicht, ob ihnen etwas zugestoßen war, ob sie vielleicht entführt worden waren oder geflüchtet, dafür sprach dann, dass wir davon nichts mitbekommen hatten und dass mein Jeremy fehlte, mein Vélosolex. Und am anderen Tag, nachdem wir zunächst gar nichts wussten, bis mein Vélosolex am Bahnhof von La Teste-de-Buch verwaist aufgefunden worden war, und zwar von Justus, saßen wir im Sand und wussten auch nicht, wie das Leben nun weitergehen sollte. Allein Justus … sprach danach wie die Politiker frech von Plan B, als gäbe es einen Plan A, jenseits aller Machtgelüste. Und ich habe nie herausbekommen, wie er in diese, in meine Geschichte verwickelt war. Er wollte mir das Leben doch nicht als Krimi verkaufen, die Zeit als eine Folge von *Tatorten*?

Es hatte zwar schon vorher sogenannte Spannungen gegeben, und doch wunderbar, wie wir die lichten Kiefern hindurch das Meer bis hin zum Leuchtturm von Cap Ferret sehen konnten und fast schon riechen, und ich weiß nicht, warum mir jetzt das Wort malerisch einfällt, da lag immer noch, wie verlassen, auch jener Bunker vom Atlantischen Wall aus den »days of sweet expectations and light dressed happiness«, der langsam im Meer versank und vermutlich bald auf der UNESCO-Liste der Weltkulturgüter stand.

Der Sommer war vorbei, mit ihm die Jugend. Hatte ihre Sachen zurückgelassen, damit ich glauben konnte, sie käme wieder. So war es ja auch. Das Glauben hatte geholfen. Es gab damals noch kein Handy, und es hatte keinen Sinn, bei der Polizei eine Vermisstenanzeige aufzugeben.

Du warst mir immer voraus, auch noch im Verschwinden. Und daneben die große Geschichte, die zwanzig Jahre, und alles verlief wie das Hornberger Schießen, der Sommer und Babette, du und ich.

Ihr Fluchtfahrzeug war mein Vélosolex, und ich sah wieder vor mir, wie es aussah, was ich niemals sah, Babette mit ihren Händen um Tobys Bauch, und dann eben erst wieder gestern.

Ja, es war Liebe. So viel stand fest. Aber so viel stand auch fest und steht es: Du bist mir davongefahren, heute vor drei Tagen, neun Monaten und zwanzig Jahren. Dachte ich. Und meine Kölner Bank war mit einem Mal ganz hart.

Immer, wenn sie das Wort »Lebenskünstler« hörte, begannen bei Mausi sämtliche Alarmglocken zu schrillen, und ich wurde sehr traurig bei diesem Wort, und dachte mir noch eine entsprechende Geschichte hinzu, die vielleicht mit dem Satz »Auch er hatte versucht, allem zu entfliehen und zu leben. Und eines Tages war er tot« endete. Und ich hoffte inständig, dass Mausi mit dem Wort »Lebenskünstler« nicht insgeheim mein Schicksal meinte.

Gleich kommt der Sheriff und sorgt für Ordnung.

Babette aber blieb verschwunden, wie manch geliebter Mensch vom einen auf den anderen Augenblick verschwunden war und andere augenblicksweise über Jahre hin im eigenen Bett starben. Und Mausi, die tüchtige Krimileserin, hatte sich zu Hause dann auf den Weg in die Bibliothek gemacht, die sie immer noch für einen der besten Orte hielt, um über sich selbst und vor allem auch mich etwas herauszufinden. Wir waren wohl schon tatsächlich unterwegs zum vorehelichen Vegetariertum. Hauptgrund wohl auch bei ihr nicht meine Herkunft von der Monsieur-de-Paris-Seite. Und doch hatte Mausi es, als alles vorbei war und wir ein Paar in Freiburg, gelesen und handschriftlich exzerpiert und dann mir gezeigt und mich gefragt: Wusstest du das? Ausgangspunkt war der Satz Babettes: »Alain stammt in gerader Linie vom Monsieur de Paris ab …« In der Bibliothek des Institut français von Freiburg hatte Mausi dann folgende Sätze exzerpiert und mir als Zettel hingelegt: »Gabriel-Alain (1769–1792), seit 1790 Assistent seines Vaters Charles Henri und Bruders Henri, war beim Zeigen eines abgeschlagenen Hauptes durch Sturz vom Gerüst zu Tode gekommen.« Und weiter: »musste 1847 wegen seiner krankhaften Spielsucht seine Guillotine verpfänden«. »Als sein Nachfolger im Amt des Henkers bestellt, der nach zwei Jahren von Jean-François Heidenreich abgelöst wurde.« »Henri-Clément Sanson schrieb in den folgenden Jahren seine Memoiren«, verdammt, schon wieder ein Reim!, dachte ich, »und die seiner Familie«. Die Memoiren waren das Hochzeitsgeschenk eines in Madagaskar frühzeitig verrückt gewordenen Urgroßvaters, eine wertvolle Erstausgabe, von einem, der schon vor über 150 Jahren einen Madagaskarkoller bekommen haben musste.

Das hatte Babette wohl alles erzählt, vielleicht mit einer Betonung, die es noch schlimmer machte. Aber so, dass die aufmerksame Zuhörerin noch eine eschatologische Vorbehaltsklausel und einen Sinn herauslesen konnte.

Babette war nun, als es darauf ankam, zurückgeschreckt vor einer Heirat (mit mir, mit ihm) wie vor einem Attentat. Und bei Mausi kam das Verlangen auf, mich zu retten. Denn der Mensch war zum Glück verschieden. Darin, dass er sich nicht glich, glich er sich am meisten.

Babette hatte Angst vor dieser Familie, das war wohl der eine Grund, es gibt ja für alles oftmals mehrere Gründe und Grundlosigkeiten.

Und jetzt, in Köln, fürchtete ich abermals, dass es nichts wurde und dass Babette auch heute wieder einen Rückzieher machte im letzten Augenblick. Babette hatte nämlich auch einen Korken, so sagte es Inge.

Vermutlich wusste sich Babette nicht anders zu retten, als in eine andere Geschichte zu fliehen, vielleicht war auch zu Beginn etwas Liebe zu Toby dabei.

Babette hatte auch Elfi bei stundenlangen Strandspaziergängen von ihrem Leben mit mir erzählt, aber kein Wort von ihren Fluchtplänen preisgegeben, von den Schwierigkeiten. Das sagte mir Elfi dann. Das schreckte sie jedoch keineswegs ab, und Mausi auch nicht. Sie hatte nun eine Aufgabe mehr, und Aufgaben auf der Welt waren nicht dazu da, nicht gelöst zu werden, so war sie. Vielleicht wurde in Mausis Gehirn nun erst recht das Helfersyndrom aktiviert, das Rettungssyndrom wie bei mancher Frau, die einen Massenmörder heiratet. So weit ging meine Geschichte auch wieder nicht.

Und nun?

Nur Mausi und mich gab es noch. Und nun wieder sie, Babette. Wir waren übrig gebliebene Überlebende, eine seltsame Viererbande: ausgerechnet Justus und Inge, Mausi und ich. Ich, mit dem ich am wenigsten gerechnet hatte, lebte noch immer. Wie es mit uns weiterginge?

Mit mir in Köln, Mausi in Berlin, und morgen war auch ein Tag.

Ach, zum Baden … zum Baden waren es ein paar Schritte ins Meer, und vor dem Haus von luxuriöser Einfachheit jene Wasserstelle mit dem Schlauch, wo wir uns nach dem Meer abspritzen konnten, ich habe noch das lustvolle Geschrei im Ohr. Genau dies hatte zu manchen Turbulenzen geführt, denn so frei, wie wir sein wollten und taten, waren wir nicht.

So war ich in ihrem Leben, nein: So war mein Leben zweite Wahl geworden. Noch auf Jahre hinaus standen da die matt gewordenen Rosen in Sichtweite der Erinnerung. Babette und Toby waren da aber schon ganz woanders, unterwegs zu einem Ort, wo sie dann »wir« sagten.

Der letzte Tag mit Babette. Und Tante Mausi war da auf dem Weg zum Nordkap. Und während wir an jenem Tag unsere Zeit abwechselnd mit Hinausschauen und Lieben verbrachten, war unsere Tante Mausi mit Hurtigruten unterwegs, im Hafen von Tromsø, kurz vor dem Ziel.

Odysseus konnte es eigentlich nur in der Einzahl geben und immer wieder, wie auch Orpheus, wie auch Eurydike. Nur die Sirenen und all die anderen gab es im Plural, und auch ich war längst ein Odysseus von der Route touristique geworden.

Babette verschwand mit Toby, und der Schmerz hatte ab da einen Vornamen, bis er in die Erinnerung überging, die manchmal eine Wundnarbe sein konnte, die dann auch noch eines Tages verschwand, denn nicht einmal den Schmerz lässt man uns, wie der Dichter sagt.

Doch einer, der schreibt, wird nicht verschmerzen, was nicht zu verschmerzen ist. Und ich ging ein Lichtjahr meiner Erinnerung zurück. Die Erinnerung ist ein Rückspiegelschmerz. Meine Erinnerung, mein Rückspiegelschmerz.

Und ich wusste all die Jahre immer nur: Es tut weh, ich erinnere mich, es blutet, ich bin.

13. Mausi

Um zehn, es wäre die Bekanntgabe der fünften Ziffer gewesen, sagte Justus ihr dann: Wir müssen das Programm ändern. Wir machen eine Pause. Ruf mich doch bitte morgen früh um zehn an, dann hast du den ganzen Tag für dich. Das ist besser.

Sogleich widerrief er, es sollte ein Scherz sein. Solche Kinder gab es schon beim Spielen: wie sie einem plötzlich ins Ohr schrien, dass es hätte einen Trommelfellriss geben können, oder auf den Kopf hauten und dabei lachten oder auch so lange kitzelten, dass es in Folter überging, oder aus irgendeiner Hecke heraussprangen und dazu Tier- oder Räuberlaute von sich gaben, um dabei die Menschen, es konnten auch die eigenen Großmütter sein, zu Tode zu erschrecken, ihnen einen Igel oder eine Maus hinterherwerfen; und auch dazu lachten sie, manchmal ein Leben lang, wenn sie sahen, wie der Säbel den Kopf herunterschlug im Fernsehen, solche Kinder und Menschen gab es. Und solche Bilder und Menschen waren nun im Kopf Mausis, ihrem Glücks- und Unglücksspeicher, und das meiste war doch nur Hirnzellenmüll, und dann hatte es noch ein Spiel gegeben in ihren Kinderzeiten, wo man unten am See einem Frosch den Kopf abbeißen sollte und immer wieder Ameisen in den Mund nehmen und nicht hinunterschlucken, das war damals von den Kindern als Mutprobe deklariert, fünf Minuten später hatten sie es schon vergessen und spielten etwas anderes. Und die Erwachsenen ließen sie machen und spielten ihre Spiele, so wie jetzt dieser Perversling mit mir. Das waren nun Mausis Erinnerungsüberfälle.

Früher, in der Freiburger Zeit, musste man sich noch vordrängeln. Denn schön lächeln konnte er auch und zuweilen ein schöner Anblick sein. Das war's. So dass er bald von zahlreichen Augen mit einem anderen verwechselt wurde, mit jenem, der er nicht war. Ja, in seiner besten Zeit sah Justus wie einer aus, der ständig mit einem anderen, besseren Menschen verwechselt wurde. Ein wenig Angst vor ihm hatte sie auch. Hatten sie alle. Sie hätte es nicht gewundert, wäre noch herausgekommen, dass er früher für die Stasi gearbeitet hatte. Solche Leute lebten ja immer noch. Aber irgendwann gab es doch einmal das Verzeihen. Das galt auch für Nichtkatholiken wie sie. Gut, er war einmal eine Augenweide gewesen, doch bald war ihm sein Leben ins Gesicht geschrieben, wir wollen es aber nicht so weit treiben wie Lavater, hatte das nicht Goethe gesagt?

Ursprünglich sah es so aus, als wäre er ansprechbar.

Wenn sie zusammensaßen, sagte er meist nichts. Sah aus wie einer, der sich alles merkte. Und wenn Mausi nun über ihn nachdachte, war es eigentlich nichts, woran sie sich erinnern konnte. An nicht einen Satz. Gerade Frauen. Speziell Frauen fühlten sich von ihm so angeschaut. Wie Briefmarken. Da fehlten ein paar Zacken. Ein Abend, gipfelnd in einem Mufflon vom Biometzger am Bayerischen Platz und einem anschließenden Gesellschaftsspiel – das war noch am Wochenende zuvor ihr Geburtstag gewesen: Was wir am meisten bereuen. Mausi fragte sich abermals, ob es die Entscheidung war, doch in die Oper zu gehen. Es gab Mufflon, einen Sauerbraten an Schokoladensauce, und anschließend wechselten sie ins Bruno-Paul-Zimmer, die Welt hatten sie sich da schon etwas schöngetrunken. Und seine Frau Inge? Mausi hatte den begründeten Verdacht, dass auch Inge an einem Roman, in dem der Satz »Sie sah nun so aus, als wüsste sie, dass der Dumm-fickt-gut-Satz stimmt« der rote Faden sein sollte, schrieb, und dass Elfis Leben für Inge zu den Steilvorlagen gehörte. War sie schon in einen Wettbewerb getreten mit ihr, wer als Erste mit dem Elfi-Roman durch wäre? Wenn Mausi nun gesagt hätte, was mit ihr war, dann hätte Inge gesagt: Das hatte ich auch schon, nur viel schlimmer.

Mausi wusste aber nun zum ersten Mal in ihrem Leben, wie

lang eine halbe Stunde sein konnte. Allenfalls auf dem Zahnarztstuhl hatte sie ähnliche Erfahrungen gemacht oder einst am Sonntagnachmittag beim Spazierengehen am Kleistgrab vorbei auf dem Weg zu Loretta.

Es war aber noch lange nicht dunkel. Pfotenhauer hatte in Köln seinen Vortrag nachgeholt, und Alain war jetzt wohl im Setaccio mit ihren gemeinsamen Freunden.

Sie dachte auch noch: Ich werde ihm alles sagen. Wenn es vorbei ist. Morgen früh telefonieren wir. Und dabei bliebe es.

Was er wohl gerade machte? Er würde sie verstehen, das wusste sie. Doch zum Glück musste sie jetzt nicht anrufen. Wir telefonieren morgen früh, so hatten sie es einander gesagt.

Derweil hätte wieder einmal die Welt untergehen können und ging unter.

Sie wussten wenig voneinander. Und dabei bliebe es?

Mausi saß in ihrem Bruno-Paul-Sofa aus dem untergegangenen Rauchersalon erster Klasse der MS Columbus und lebte.

Sie rauchte. Denn Rauchen war einfacher als Denken. Auf dem Bruno-Paul-Sofa in Taubenblau. Zwar hatte sie schon etwas intus, es spiegelte sich, aber sie sah noch nicht doppelt und noch lange keine weißen Mäuse. Aber die Zweifel. Sie hatte nun Angst, dass er schwul sein könnte. Absurde Geschichte. Sie wusste nichts von ihm, vielleicht war er ein Psychopath.

Wer von der Hoffnung infiziert war, wollte »zu spät« nicht gelten lassen und wusste nur nicht, dass es zu spät war. All diese Scharlatane, all ihre Schwimmringe, für jene, die auf Rettung programmiert waren, mit dem Hoffnungsgen ausstaffiert. Jetzt rächte es sich, dass sie mit Medizinern und Psychologen zusammengelebt hatte, die ihr Fach als Wissenschaft verstanden, und dass Mausi schon vom neunten Stock in Freiburg die Witze aus dem *Pschyrembel* kannte, *Klinisches Wörterbuch*, und von da wusste, was eine konsumierende Krankheit war, warum sollte Mausi davon verschont werden, zumal die Symptome stimmten. Verschlimmernd kam hinzu, dass sie jetzt auch noch nach den gefährlichsten Symptomen googeln konnte. Sie wusste von Hirngespinsten und Erscheinungen, und was das *Klinische Wörterbuch* dazu zu sagen hatte.

Sie wusste ja vieles, gerade von der Liebe, doch das half ihr nun wenig. Wusste, dass der Albatros einmal um die Welt flog und mehr … und dass die Zugvögel von selbst nach Hause fanden … und dass sich eine Verrückte auch verlieben konnte und mehr und noch verrückter werden, wenn nicht gleich etwas geschah … und sie sah, wie nun die weißen Mäuse schon an Jesper herumknabberten.

Mausi wurde nun von Liebesgeschichten gequält und ihren Bildern. Währenddessen saß sie quer auf dem geräumigen Bruno-Paul-Lesesessel, als wäre es auch quer zur Geschichte Alains, ihre Beine über die gut gepolsterte Lehne des Sessels geschlagen, der auch seine Geschichte hatte, die hier noch erzählt werden wird, quer zur Geschichte Alains und vielleicht auch quer zu ihrem bisherigen Leben, und sie wartete auf die Bekanntgabe der nächsten Ziffer. Das alles wollte sie Alain später sagen oder genauer: beichten.

Sie hörte sich dazu schon Norah Jones' *If I were a painter I would paint my reverie* singen.

Jesper. Jesper.

Sie schaute im etymologischen Namenswörterbuch nach.

Kaspar, Jasper (niederdeutsch, dänisch, englisch) Jesper (norweg., finnisch)

»ghaz« = der Schatz (altpersisch);

bar = verwalten, leiten, versorgen (altpersisch)

Jasper – der Name passte, der erste der Heiligen Drei Könige. – Aber das wusste Mausi noch nicht, als sie ihn da stehen sah.

Jesper. Aber diese Geschichte spielte nicht im Winter, als reimte sich Welt auf Schnee.

War die Welt am schönsten vielleicht, wenn man nichts von ihr sah?

Nur keine Bilder.

Wenn aber Jesper einer der Heiligen Drei Könige war, dann der schönste, wie auf dem Bild von Hugo van der Goes, das sie zum ersten Mal in der Gemäldegalerie in Dahlem gesehen hatte. Jetzt war sein Schicksal ungewiss, in lieblosen Räumen der Museumsmeile untergebracht, es drohte diesem Bild voller Wunder die Auslieferung und ein Exil auf der gottlosen Museumsinsel im Kern der alten Hauptstadt der DDR.

Dieses Bild hätte sie auf die Insel mitgenommen und wäre dann ganz schön allein gewesen, denn nun war es Jesper.

Jesper – es musste sein. Auch wenn sie vorerst nicht wusste, wie.

Sie hätte sich nun wie die Tosca hinuntergestürzt – und unten in der Straße stand kein Trampolin.

Ihr kamen nun die schauerlichsten Sturzgeschichten, damals, es war vom Freiburger Münster, da hatte ihr ein Augenzeuge gesagt: Jetzt weiß ich, dass der Mensch zu über siebzig Prozent aus Wasser besteht, als wäre er eine Erde im Kleinen, wo es ja auch so war, zumindest nach außen hin.

Und sie hätte es getan, wäre in diesem Augenblick hinuntergesprungen, wenn er es gewollt hätte, ach, die verwegensten, gesungensten Liebeserklärungen waren wohl von Édith Piaf, da konnte noch der Himmel auf die Erde fallen, und alles war verschwunden, nur die Liebe nicht.

Mausi lebte, ganz trunken.

Sie sah schon alles verfilmt … Jesper in der Rolle von Brad Pitt … Sah alles doppelt und verfilmt … und doppelt … Jesper, falls er die Rolle ablehnte, musste aussehen wie der junge Brad Pitt oder auch Moulder-Brown im Augenblick, da er seiner Liebhaberin die Tür öffnet … Aber nicht als Hochstapler wie bei Thomas Mann, die Liebe eigentlich auf Frühstückskellnerniveau, auch ein Band mit Liebesgedichten auf den Pizzabäcker der *Tosca* wäre möglich gewesen, sondern als Engel, wie Terence Stamp in *Teorema*. Und mittlerweile hatte der Wein Mausi dem Himmel nähergebracht als jede Theologie.

Teil IV

Ma Vie

Es tut weh, ich erinnere mich, es blutet, ich bin.
»Im Grund war alles nach Hause geschrieben.«

Ich liebte das morgenschöne Leben. Schon als Kind konnte ich den Herbst und seinen Wind nicht leiden, und wie der Wind die Blätter am Boden im Kreis herumjagte, die gefallenen Blätter im Kreis herum, ein Circulus vitiosus, als begänne da etwas ganz Kleines ganz groß und hörte mit nichts auf, ganz schauderhaft: mit nichts. Das sollte alles sein? Als gäbe er jenen recht, die das Leben für systematisierbar hielten und die Welt für eine Frage der Zahlen, und weniger als je konnte ich den Herbst und den Wind leiden, diese Gewalt von nichts über etwas, und auch nicht seinen Geruch, wie ich am Ende schon das Ende herausschnupperte aus der Ernte von Äpfeln und Wein.

Bald wird es schneien, sagte mein Großvater Ende November und starb dann auch bald, und mit ihm starb der erste Schnee, die ganze Welt, wie vorausgesagt in einem Gedicht von Jewtuschenko. Die kleine Stereoanlage stand versteckt hinter dem ausgehobenen Grabhügel, in dem das geschulte Auge noch Restspuren von Vorgängerlebensläufen entdecken konnte. Das sollte alles gewesen sein? Bach, wie gesungen von der Japanischen Bachakademie, kam von der CD, *Liebster Jesu, mein Verlangen*, solche letzten Wünsche gab es, und der Zeremonienmeister des Tages hoffte, dass sie nicht hängenblieb. Bei den Aufnahmen aus Leipzig aus den siebziger Jahren hörte ich dagegen noch oftmals den ganzen Unglauben in den Leithammelstimmen der Staatspreisträger heraus. Ich aber wollte doch, wenn ich schon nicht geglaubt haben sollte, einst, als ich jenen Sarg sinkbereit auf dem automatischen Senkgerät stehen sah, beim Hören doch hören, dass da eine Stimme glaubte, wenn sie sang, wenigstens solange sie sang. Und auch der Schriftsteller, solange er schrieb, an das glaubte, was er schrieb und dann, welch ein Absturz, in der Zeit danach oftmals ein Leben lang noch öffentlich ausbreitete wie einen Mist. Ich aber wollte, dass es wahr gewesen wäre und es die ganze Welt wissen lassen, und nicht wie ein atheistischer Staatsschauspieler, der das spielte, was er sang. Und Westgeld bekam, Dollars. Dagegen *Liebster Jesu, mein Verlangen* wie gesungen in Nagasaki und nur etwas zeit- und ortversetzt. Und dann gab der Priester das Zeichen. Hinab mit dir, hinab zu den anderen!

Es quietschte etwas in die gesungenen Wörter hinein. Da lag er nun, mein Großvater, und blieb liegen und liegt wohl noch. Das Schindluder, die Zeit wollte es so.

Auch meine Empfindung war es, eine Einbildung oder eine optische Täuschung?, dass die 24 Stunden eines Tages im Winter nur halb so lang waren, und diese Empfindung nahm jedes Jahr wieder von mir Besitz mit dem Abschied von der Sommerzeit und der Liebe unter freiem Himmel. Manche Frage war so schön, dass es darauf keine Antwort geben konnte. Vom ersten Augenblick der Liebe an bis hin zum Tod. Nicht eine Frage der Zahlen war es, sondern der Zeit. Und die Zeit gehörte zu jenen Erscheinungen, die nur eine Geschichte hatten, aber keine Antwort. So viel Luft ist auf der Welt, nur nicht für mich. Sagte mein Großvater, der Philosoph, am Ende seines Lebens, als hätte er Walter Benjamin gekannt, der am Ende geschrieben hatte: so viel Hoffnung, nur nicht für mich. Der Unterschied dieser zwei Toten war, dass der eine »Hoffnung« gesagt hatte für das eine, und der andere »Luft«.

Es waren nur Schneeflocken, und ich sah, wie dazu die Schneeflocken in das Grab hineinfielen, vom Wind verweht, wie in der Bibel, nichts als Spreu, vom Winde verweht, ein Bibelvers, Psalm 1, so viel konnte ich übersetzen … und wie diese Schneeflocken in das Grab hineinfielen, als wären sie, als wären es Blumen, Lieblingsblumen, ganz in Weiß, die auf dem

Sarg und dem Boden liegen blieben, noch eine Zeitlang, als wollten sie aus dem Tod ein Wintermärchen machen, und wie der Wind immer weiter in dieses Grab hineinfuhr mit seinem Schnee, und wie er liegen blieb, der Großvater und der Schnee. Und dann wieder der Wind, die Gewalt von nichts über etwas, auch über diesen Schnee, wie dieser Wind mit diesem Schnee spielte und diese zwei mit mir. Wie schnell sie da unten angekommen waren. Vom ersten Augenblick, da sie mir am Himmel erschienen, bis zum Tod.

Die Schneeflocken fielen mit einer irrsinnigen Geschwindigkeit in diesen Tag hinein, und ich sah es. Ich hatte noch nie über die Schneeflockengeschwindigkeit nachgedacht und auch über die Geschwindigkeit der Blätter nicht, wie sie das Jahr über von ihren Bäumen fielen, was zweifellos berechnet werden konnte, und nun war es der richtige Augenblick, und ich dachte, vielleicht ist es ja gar nicht ihre Laune, vielleicht hängt ihr Tempo vom Wind ab, dieser Gewalt von nichts über etwas, wie ich schon als junger Mensch herausgefunden hatte, und von ihrer Dichte, manche waren so leicht, dass es fast beim Fliegen und Träumen blieb, irgendwo zwischen der großen Düne von Pilat und Deutschachberg. Vielleicht haben sie ja auch einen Willen, oder es ist wenigstens der Wind, der einen Willen hat, wenn auch keinen freien? Oder vielleicht hatte wenigstens jener einen Willen, der hinter diesem Wind und diesen Schneeflocken war, wie sie da ganz in Weiß auf dem Sarg zu liegen kamen, wie eine Decke von der Himmelsseite her. *Imagine* hatte dagegen keine Chance.

Oder war es wie bei Newton, freier Fall, das bloße Gewicht, kleines Einmaleins des Physikunterrichts? Unten angekommen, schmolzen sie sehr schnell, nach einem anderen physikalischen Gesetz, oder blieben noch etwas bis zum Schnee von gestern liegen. Wie immer schon.

Der Schnee war und blieb etwas so Schönes, auch nachdem

er geschmolzen war, allein die Erinnerung an das Schreiben des Wortes Schnee … Ich möchte den kennen, der nicht versucht hat, »Je t'aime« in den Schnee zu schreiben. Mit seinem Samen und seiner Sehnsucht, mit seinem ganzen Herzen und mit seiner goldfarbenen Pisse, weißt du. Du und ich, ich weiß auch nicht, es war, als wollte ich »Je t'aime« in den Sand schreiben oder ins Wasser oder in den Schnee. Als hätte ich »Je t'aime« in den Sand schreiben wollen und meinte das Meer und dich und alles, als wäre ich auch mit dem Meer und dem Schnee per du gewesen so wie mit dir und mir. Ja, am meisten war ich nun über die Jahre per du mit mir, auf dem Weg zum Selbstgespräch, so erinnerte ich mich dahin … und schon war Sommer, Sommerabend, am Rand jenes Wäldchens in der Rheinebene, das den Baggersee säumte. Aber das war es wohl nicht: Dich freilich gab es auch noch, ja, manchmal ein wenig mehr als mich selbst. Und als ich vom Pinkeln zurückkam, die Herzlosigkeit, wie du meine Hand zurückgewiesen hast, troppo tardi, du wusstest ja, woher ich kam. Aus Liebe war Hygiene geworden mit der Zeit, aus der Liebe war das abwaschbare Leben geworden, ja, wir wurden zu gepflegten Erscheinungen. Denn, so sagte es der Dichter: »Wir wollen ankommen bei denen, die uns verlassen haben werden.« Jetzt weißt du's! Das musste ich auch mir sagen. Und dass es trotz allem Menschen gab, die glücklich waren, dass es mich gab, zum Beispiel du. Glücklich, dass ich lebte. Manchmal gehörte ich selbst zu diesen Menschen und dachte dabei an dich und mich.

Wir alle haben ja eine Geschichte, nur eine: Und mein Vater und meine Mutter, sie, und keine anderen zwei, das waren ja nur die zwei unmittelbaren Vorgänger, der Prolog meines Lebens. Und jetzt bitte diesen Satz durch die Tempera und Modi! So sagte es unsere Lateinlehrerin, Madame Peau. Es begann mit mir schon mit der Samenzelle, die sich durchsetzte, im struggle for life. Und meine Mutter war, wer weiß, froh, dass sie es hinter sich hatte. Und jetzt auch diesen Satz bitte durch die Tempera und Modi, dachte ich, also: Deine Mutter wird froh gewesen sein.

Schon mein Großvater, ein Großvater von zweien, schaute am Ende auf sein Leben vielleicht, als wäre es eben gar nicht sein Leben, sondern ein anderes gewesen. Und eben reimte sich auf Leben nur im Gedicht. Und auf seine Hände schaute er, als wären sie am Ende gar nicht seine, sondern die eines anderen gewesen.

Und so war es auch bei mir, tu sais, als wären es gar keine Hände, sondern etwas anderes gewesen, das da im Spiel war. Bald wollten meine ersten Menschen, dass ich ihnen mit meinen Händchen die Glückszahlen ankreuzte. Das war ihrem Glauben, ihrem Aberglauben geschuldet, dass ich unschuldig war. Aber das war ja auch nur so ein Glaube. Und alle anderen Glaubensformen waren es auch nur, bis hin zum Wissenschaftsglauben. Der auch nur ein Glaube war, selbst der Unglaube war auch nur ein Glaube. Ja, der Mensch entkam sich nicht, wenn er auch glaubte, sehr weit gekommen zu sein im Augenblick. Ja, es war nicht weit, wie jener Philosoph gesagt hatte, von der Steinschleuder bis zur Wasserstoffbombe. Und nun?

Und wenn ich mich nun an alles und die Glückszahlen und an das Verlangen nach Glück der Menschen, die es gegeben hat, die gestorben sind, erinnere? Das Verlangen nach Glück war eine Tatsache, welche die Menschen am Leben hielt, und dann starben sie. Mir aber wollte nun scheinen, dass dieses Verlangen eine Tatsache, etwas Schöneres war als jeder Unglaube und jeder Wissenschaftsglaube bis hin zum Schwarzen Loch.

»Was ist Glück?« Nachher hätte er es gewusst, aber da war er tot. Mein Vater hat die Glückszahlen ausfüllen lassen durch mich. Ich musste, solange ich noch für unschuldig gehalten wurde, für Madame, Monsieur und für Vater als Kind die Zahlen für die Weihnachtslotterie eigenhändig ankreuzen. Und dabei hatte Madame dazu noch irgendetwas Geweihtes mir in die Hand gegeben. Eine Kerze brannte auch. Auch sie gehörte zu den Menschen, die glaubten, das Glück wäre zu erzwingen. Auch mein Vater war des Glaubens, die Wissenschaft müsste nur lange genug arbeiten, und dann wäre der Tod aus der Welt geschafft, und überdies: Es gäbe nur Rätsel, die gelöst werden könnten, also kein einziges Geheimnis mehr. Manchem Menschen genügte schon die Überzeugung, dass der Mensch im Prinzip auch Gold herstellen könne, er sei nur noch nicht so weit. Manchem genügte nun schon die Übersetzung des Beipackzettels, du weißt, wovon du lebst. Die Fortschrittsidee hatte sich im Prinzip schon seit Adam und Eva und der Vertreibung aus dem Paradies in den Menschen hineingefressen. Denn die Menschen waren verschieden, darin glichen sie sich vielleicht am meisten. Zurück zur Bodenstation! Es gab Länder, die einen wesentlichen Teil ihres Staatshaushalts über die Weihnachtslotterie finanzierten.

In Arcachon wurden auch etliche Millionen alte Francs verspielt. Unser Lotto hieß Loto, und unser Glücksspiel hieß »La Française des Jeux«, wir sagten FdJ wie die Freie Deutsche Jugend. Nachher saßen einige von ihnen zuoberst im Deutschen Bundestag, ja, auf der Regierungsbank. Wir spielten in Arcachon auch beim spanischen Weihnachtslotto mit. Das Land spielte verrückt, wie nur noch bei der Tour de France und beim Beaujolais nouveau. Vater Roland wie andere Schwerenöter und Hasardeure meiner frühen Kindheit – und dazu gehörte auch Madame Cyprian – machten bis zuletzt mit bei diesem Spiel, spielten immer noch und warteten ein Leben lang auf das große Glück, so groß, dass Es großgeschrieben werden musste. Es war überall so. Madame, die (angeblich, lange genug glaubte ich das) keine eigenen Kinder hatte, ließ dabei sogar eine geweihte Kerze brennen, während Babette von ihr angehalten wurde, mit dem nötigen Ernst bei der Sache zu sein. Das war in einer Zeit, als wir noch nicht beim Doktorspiel erwischt worden waren in den Bambushecken, die die Grundstücksmauer entlangliefen. Das war in der Morgenfrühe unseres Lebens gewesen. Nachdem sie uns aber bei diesem anderen Glück entdeckt hatten? Ab da waren wir als Glücksbringer nicht mehr gefragt.

Auch Monsieur de Cyprian, ein geborener Schmutzfink, darin bildete er mit seiner Frau ein Vorzeigepaar, Madame Hortense-Vivienne und er, Clovis-Charles-Louis, der auch an der Weihnachtslotterie in Spanien teilnahm, hatte besonders gegen Ende hin noch über die Welt nachgedacht, und daraus ergab sich für ihn zwangsläufig, dass er sich das Jahr über an den verschiedensten Lotterien und Glücksspielen, aber nur solchen, bei denen man bis zu hundert Millionen gewinnen konnte, teilnahm.

So sagte es Monsieur de Cyprian, der zudem, aber das war nur der naturgemäße Gang der Dinge, ein enttäuschter Liebhaber und übrig gebliebener Schmutzfink geworden und am Ende seines Lebens von da noch zum utilitaristischen Philosophen als Philosophiekritiker aufgestiegen war: als wäre er nun noch Marxist geworden, einer von jenen, die aufgrund ihres Neides zu ihren Überzeugungen gekommen waren, und er hätte Marx verinnerlicht bis hin zum Satz, dass die Philosophen über die Welt nachgedacht haben, es aber darauf ankam, sie zu verändern. Ja, das Ergebnis sahen wir, sagte er. Am Ende glaubte er vielleicht, vom Leben zu wenig bekommen zu haben. Sein Parallelgedanke war nun: Die Philosophen sollten einmal darüber nachdenken, warum der Mensch jung geboren wird und alt stirbt, warum nicht umgekehrt? Und warum er nicht in einer Zeit das Geld hat, wenn er wüsste, wofür. Sondern erst dann, wenn er nicht mehr weiß, was er damit machen soll. Das Leben war also etwas, das zu früh oder zu spät war. Das richtige

Leben wäre etwas zur rechten Zeit gewesen wie das Glück, als wäre die Definition von Glück »zur rechten Zeit« gewesen, und dann kam er mit einem Vergleich, von dem er glaubte, ich hätte noch keine Ohren dafür. Als müsste das größte Glück in einem Atemzug mit der größten Sauerei genannt werden.

Die Spieler glaubten wohl, das Glück ließe mit sich rechnen … als könnte man mit dem Glück rechnen, als wäre das Glück gar kein Glück und wäre etwas anderes und hieße nur so, als wäre es eine Frage der richtigen Zahlen (und zudem, im Hinterkopf, als könnte sich das Glück in einer Zahl ausdrücken). Ich wusste nichts und hatte auch nichts herausgefunden, aber so viel wusste ich: Das Glück war nicht systematisierbar, sowenig wie das Leben; und der Tod hielt sich schon gar nicht an die Dezimalrechnung, im Sekundentakt war es aus auf der Welt mit dem vollen Terminkalender, aus und vorbei, ich sah auf meine Junghans-Uhr, und die Welt war verschwunden in der Globalisierungskelter. Und jede Woche neu, bis es zu spät war, mussten sich diese Träumer, diese Spieler mit dem Gedanken anfreunden, dass es nie zu spät war für das Glück.

Als Kind … auch ich wartete … Selige Zeiten, da der Mensch noch »mein Lieblingsbruder« sagen konnte. Und es Bushaltestellen der Liebe gab. Ja, das Warten. Ich wartete zum Beispiel mit Elaine kein einziges Mal in meinem Leben an einer der Bushaltestellen. Sie hätte mich auch nie zur Haltestelle bringen müssen, denn es ging alles zu Fuß, die ganze Schulzeit über. Nur zur École Maternelle fuhr sie mich, abwechselnd mit Roland. Also gab es in meinem ersten Leben keinen Schulbus und keine Bushaltestelle, an der ich warten musste. Aber ich wartete auch, insgeheim, mit Elaine, die insgeheim und ein Leben lang auf ihren Lieblingsbruder wartete. So lange war der Krieg nicht vorbei. Er endete also nie für sie.

Ein Kind erschnuppert etwas wie ein Tier, und so erschnupperte ich das Warten von Elaine. Und dann wartete auch ich, so wartete ich insgeheim als Kind auf meinen Onkel Anton, dass er eines Tages vor der Tür stünde und »Nun ist alles gut« sagte. Mehr als ein paar Sätze und Fotos kannte ich nicht. Er und sie alle hätten ja immer noch leben können. Und erst kurz vor ihrem Tod gab Elaine diesen Glauben vielleicht doch auf, gesprochen darüber hat sie ja nie, und verlagerte ihren Glauben am Ende aufs Jenseits, in dem Maße, wie sie sich vom Diesseits verabschiedet hatte, und freute sich nun manchmal auf den Tod wie in einer Bachkantate, da er ihr das Wiedersehen in Aussicht stellte wie manch alter, längst aus dem Verkehr gezogener Grabstein, wo das häufigste Wort »Wiedersehen!« war. Es wäre ja noch immer möglich gewesen, auch nach ihrem Tod, dachte ich, dass ihr Bruder zurückgekommen wäre, denn Onkel Anton wurde ja erst im nächsten Jahr achtzig. Was war das schon, wo der Mensch heute hundert wurde oder gar nicht erst das Licht der Welt erblickte, das war nun alles eine Frage der Designer. Seinen zwanzigsten Geburtstag hatte Anton gefeiert vor sechzig Jahren am 10. Mai 1945 oder auch nicht. Ich würde es wohl niemals erfahren. Dinge der Unmöglichkeit waren ein Kinderspiel für Träumer. Dass Tote als Lebende zurückkämen und lachend und weinend vor der Haustür stünden auf dem Ach-Berg. Als wäre es ein Roman des Wiedersehens, eine Gegenwart von allem in allem von allen mit allen. Und dass alles gut wäre. Da dies im Leben nicht mehr möglich war, wartete ich mit allen Gläubigen auf das große Fest, da alle versammelt und alles mit allem versöhnt wäre, und keine Träne mehr. Alle versammelt außer den Tränen, alles da, nur keine Tränen mehr. Das war aber erst im Himmel, das konnte ich schon jetzt sagen, und so lange glaubte ich. Und so lange glaubte und lebte ich. Solange ich lebte, glaubte ich.

So dumm war ich, so zeitweise. Ja, die Pflaster: Die Kindheit und auch meine war eine Welt voller Pflaster, als könnten mit ihnen im Voraus die Schmerzen gelindert werden, welche die erwachsenen, dem Leben fast schon entwachsenen Enttäuschten auf dem Knie ihrer ein erstes Mal im Laufstall und dann auf dem Dreirad und so fort immer wieder gefallenen Kinder mit dem Begleitsatz »tut gar nicht weh« im Nachhinein zu überkleben versuchten.

Ach, all die Geliebten, die zu Muttis geworden waren, und von Vati auch Mutti genannt wurden: So versuchten sie den Schmerz zu überkleben, als wäre er sichtbar in einem Pflaster, das alles überklebte, und für Kinder sichtbar und hörbar zugleich, und hörbar in einem Wort, wie das Kind hörte, wie Vati nun längst Mutti sagte zu dieser Frau, die keine Geliebte mehr war, seine Geliebte von einst, und wie so ein einseitiger Schmerz aussah in den Gesichtern der Lebenden. Wie auf dem Gesicht dieser Frau der Schmerz aussah, als wäre es ein Glänzen, ein vergebliches.

Ja, die Kindheit war die Zeit, da immer ein Pflaster im Haus sein musste, mit dem man dem Schmerz begegnen wollte, als wäre ein Pflaster ein kindlicher Trost und das Schmerzmittel Nr. 1 für den Kinderschmerz, verabreicht mit ein paar Lügen wie »Ist ja schon gut!«, welche ich nie wieder so durchschaute wie als Kind. Als wären irgendwelche Sätze irgendeinem Kinderschmerz gewachsen gewesen. Sie versuchten uns Kindern, die wir waren, den Schmerz mit einem Pflaster auszutreiben, wenn wir schrien, und sie wiesen uns mit ihrem »Ist ja schon gut!« zurecht, als wäre es so halb so schlimm.

Ja, ein Pflaster war der hilflose Versuch, ein Kind zu betrügen und über den Schmerz des Lebens hinwegzulügen. Und dann kam bald das Wort »enttäuscht« hinzu … kaum vierzig Jahre später. In der Zwischenzeit war ich … war ich manchmal gewesen, ja; ich war gewesen; ja so gewesen wie … ich war so hart und so scharf, die Latte einer Bisamzahnratte war nichts dagegen. Sagte ich an Onkel Adalbert geschult in meiner tourettistischen Reimzwangvariante, aber nur im Deutschen reimte sich Latte auf Ratte und nicht auf Französisch, denn »was nicht klar ist, kann nicht französisch sein«, es war also Liebe, und ich war ein Kind. Schon als solches schnupperte ich heraus, was Onkel Adalbert meinte: Es musste mit Liebe zu tun haben. Und dann?

Sehr früh war ich von mir enttäuscht. Am meisten vielleicht beim Aufwachen, auch schon als Kind. Meine erste Erinnerung ist vielleicht eine Enttäuschung: Ich sitze im Laufstall, und keiner spielt mit mir. Und so ging es weiter. Da ich mich an die Laufstallzeit eigentlich nicht erinnern kann, müsste ich das Wort »eigentlich« streichen, diese wohl wahre Erinnerung erfinden oder einen Zeugen aufrufen, der es mir so gesagt hat. Bei diesem Zeugen hätte es sich wahrscheinlich um Sultan, das war aber nicht Roland, unser Vater, den meine älteren Geschwister so nannten, sondern um unseren Papagei gehandelt.

Die Hauptzeugin meines ersten Lebens war Elaine, meine Mutter, die mir tatsächlich immer wieder erzählt hat, wie drollig und herzzerreißend es aussah, wenn ich dasaß und schaute und bald weinte. Wahrscheinlich konnte ich schon früher weinen als lachen; und auch dieses Wort »wahrscheinlich« war schon eine erste Übertreibung, die an meine erste Lüge grenzte. Wusste ich doch, alles habe mit einem Schrei begonnen, den Elaine gehört haben muss, sie war ja nicht örtlich betäubt, und ich war ja kein Kaiserschnitt. Ich wurde ja geboren, und zwar von keiner anderen als von ihr. Ein seltsames Ding, ein Wunder, das mit einem Schrei begann, den zuallererst sie, die Mutter meines Lebens, gehört haben muss, der sie ins Mark des Lebens getroffen haben muss, aber davon sprach sie seltsamerweise nie, derart mit dem Licht der Welt konfrontiert: Mein erster Schrei war der erste Beweis gewesen, dass ich lebte. Und ja, ja, ja, mein letzter Schrei wird der erste Beweis gewesen sein, dass ich gelebt habe, bugger me! Und ich würde auch noch sterben und nicht einfach gehen. Mit etwas Glück würde ich einfach einschlafen, wenn ein gütiger Arzt in der Nähe wäre, aber ich würde sterben und nicht gehen, sondern tot liegen bleiben, im Schlaf gestorben, aber nicht gegangen sein, sondern daliegen. Zunächst einmal, und dann würden die Zurückgebliebenen mit einer Todesanzeige kommen, die nun Trauermitteilung hieße und im Satz »ist von uns gegangen« gipfelte, hätte ich das nicht zu Lebzeiten untersagt. Und kaum gegangen, würde ich schon von Grieneisen abgeholt und entsorgt. Das Glück war aber nicht systematisierbar, so wenig wie das Leben.

Mein wahres Lügenleben begann jedoch erst in dem Augenblick, als ich selbst das Wort »gewiss« durch das Wort »wahrscheinlich« ersetzte.

Als ich noch weinte, log ich wahrscheinlich noch nicht. Es reichte immer wieder, für alles danke zu sagen, dafür, gerade noch einmal davongekommen zu sein, und das war von Herzen. Zu einer Empfindung, dass es etwas Großes war, dem ich nicht gewachsen war, mein Leben.

Viel wusste ich nie von ihm, von ihr, von ihnen, von dir und mir, nur so viel kann ich sagen: dass allein die Erinnerung in der Gegenwartsform zu Hause ist. Der Inhalt selbst ist Vergangenheit. Ich kann noch »Ich weiß« und »Ich weiß noch« sagen. Was war Vergessen anderes, als nicht richtig hingesehen haben? Oder nicht richtig hingehört haben, wie das Meer rauschte, die Glocken klangen und die Uhr schlug? Aber am Ende war ich es, der Enttäuschteste von allen, auch von mir selbst. Als wäre das geglückte Leben ein Sprung von der Enttäuschung ins Vergessen. So wollten die Psycho- und die Wellnesstechniker uns auch noch um den Schmerz des Lebens betrügen, der aus uns doch erst ein Ganzes machte, und wie viele Holzwege es waren bis dahin zu Menschen mit Namen, die ich vergessen habe, und wie sie mir dann wieder einfielen, im Bett liegend, in den üblen

Morgenstunden, den Augenblicken des Aufwachens fielen sie mir dann wieder ein, die Namen, die Menschen, mit denen ich gemeinsam auf Jagd gewesen war, in Hütten übernachtet hatte, mitten im Wald. Und anschließend gestorben war, beinahe. Und dann, irgendwann wird es so weit sein: … Marasmus senilis … Altersschwäche, Altersstarrsinn, und die Ährenmaus (Mus musculus musculus) machte auch vor Friedhofsmauern nicht halt.

Und auch dieser Prolog machte nicht halt. Weder vor den Friedhofsmauern noch vor der Ährenmaus, noch vor den Papageien, noch vor der Rauschzeit, noch vor mir. Er blieb nur vor jenem Roman stehen, der mein Leben war.

Und auch diese Papageien machten nicht halt, weder vor dem Friedhof noch vor mir und meiner Erinnerung. 1969 war das Jahr der Mondfahrt oder nicht? Das Jahr, als diese grünen Viecher zum ersten Mal am Kölner Himmel gesichtet wurden. Und der Sommer, als Babette zum ersten Mal bei ihrer Tante Madame Cyprian am Gartentor erschien. Das war auch das Jahr, in dem die von Anfang an langweilige Inszenierung der *Tosca* an der Deutschen Oper Berlin zum ersten Mal gegeben wurde, die Mausi nun hinter sich hatte.

Du könntest dich so langsam melden! Dachte ich.

»Es wartet alles auf dich.« Es war aber nicht irgendein Baum, irgendeine Blume und irgendein Vogel so wie in der romanischen Poesie »un arbre«, »un oiseau«, »parfumé comme une belle fleur«, nein, es war eine Akazie, weiß und rauschbereit, es waren diese Rosenbeete, die Inge nun schon als Unkraut bezeichnete, und es waren mehrere Lebewesen aus der Familie der Alexander- oder Halsbandsittiche, die um mich herumflogen, so dass ich staunte, sie hier zu sehen, besonders einen, als wollte er mir etwas sagen. Und es war nicht irgendein, es war mein Halsbandpapagei, meine Akazie und mein Gedicht, es war mein Wiedersehen, es war ihr Verschwinden, es war ihr Leben, es war mein Leben, und es war meine Liebe.

Gerade noch am Morgen hatten wir die Redensart aus dem Übersetzerkolloquium »noch keine Haare am Sack, aber im Puff vordrängeln / den Luden spielen wollen« in alle Weltsprachen zu übersetzen versucht, auch ins Französische.

Wahrscheinlich jedoch waren diese Vögel gar nicht entflohen, und es waren Menschen, denen sie davongeflogen waren, denen sie lästig geworden waren, ein Paar genügt im Prinzip, es war auch nicht anders als bei Adam und Eva, die nächste Generation hat einander schon bekriegt und gefressen. Und es war vielleicht schon zu spät, es noch herauszubringen, woher diese Vögel ursprünglich kamen, und jene Erscheinungen, die der Mensch mit Wörtern wie »grün«, »Vogel« und Namen wie »Halsbandsittich« unter seine Herrschaft zu bringen versuchte, flogen vor mir herum, als wüssten sie, was sie wollten, als wüssten sie Bescheid, und wenn sie aus dem armen Baum aufflogen, sah es so aus, als wüssten sie, wohin.

Wir fotografierten nun schon unser Essen, das war wohl das Ende. Inge und Justus hatten damit begonnen, und langsam wechselten wir von Kant, ich übersetzte: Die Sterne über mir und das Gewissen in mir, zu einer Küchenphilosophie aus Halbgefrorenem, Die-Seele-baumeln-Lassen und Fit for Fun. Was ist Glück? An den Bushaltestellen der Liebe aussteigen? Gut, für Mausis Vater war es ein Autogramm von Marlène Charell, das ich ihm zum neunzigsten Geburtstag besorgte, Udo Walz hat es vermittelt, und der Urenkel von Claude Monet, mit dem ich mich schon seit langem per du wusste, der nun wieder in Berlin wohnte, war der Bote und hat es bei Wanda in der Kleinen Philharmonie vorbeigebracht, und dann freute sich ihr Vater noch eine Zeitlang über solche Beine. Das setzte die Geschichte von Menschen voraus, deren große Zeit vorbei war, ja, es war die Geschichte von zwei Liebenden, deren große Zeit vorbei war. Das teilten sie mit dem, der dies aufschrieb, und wohl auch mit jenen, die das lasen: »Die Ehe war die Gummizelle der Mitläufer des Lebens. Man sollte lieber Ehe kleinschreiben, ehe es für das Leben zu spät war.«

»Jetzt hörst du aber auf!«, sagte Mausi: »Ich kann es nicht mehr hören! Willst du denn ewig beschreiben, wie du das erste Mal vom Fahrrad gefallen bist, in die Opuntien hinein? Und wie dir der Schmerz die Sprache verschlug und dir fast glückte, »Je t'aime« in den Schnee zu schreiben mit deinem Schwanz, oben auf dem Schauinsland, und wie das Leben unter deinen Wintermänteln verschwand im Wintersemester von 1982 auf 83?«

Und wie Mausi enttäuscht war von mir, wie sie mich da entdeckte, auf Elfis Foto, auf ihrem Bett in der Datsche? Es hätte auch beim Blumengießen sein können. Und wie ich noch ihren Satz »überall, aber nicht in meinem Bett!« in meinen linkshändigen Ohren hatte?

Und dann das Wort »enttäuscht«. Aus ihrem Mund.

Nun aber sollten solche Sätze nicht mehr gelten, Sätze wie Blumen, die um das Wort »enttäuscht« herum drapiert waren.

Ja, das Wort »enttäuscht« gab es, als wäre es ein Haupt- und ein Tuwort zugleich. Wir vom Leben und das Leben von uns. Wie auch du von mir. Und ich von dir und sie von mir. Und so fort. Kein Adjektiv leuchtete mir nun mehr ein als »vegetarisch«. Und das Wasser des Rheins floss von meinem Zuschauen auch nicht schneller. Aber am Ende war ich es, der Enttäuschteste von allen. Und am meisten war ich enttäuscht von mir selbst, du weißt es. Als wäre mein Leben nur ein Prolog gewesen bis zum Tag der ebenerdigen Enttäuschung. Schwarzes Meer, Roter Flieder, Gelbe Gefahr, Gelber Sack, Grüner Sack, Totes Meer, Rote Fahne, Kaltes Herz, Tote Seelen, Schwarzer Schnee, Rotes Meer, Weiße Fahne, Rotes Wasser, Kalte Liebe, Toter Schnee, entschuldige meine Adjektive, sagte ich mir, öalöhtbna jahbimeaöltn ajlnölgjnnln bpomöizmjxmüüüüxylon. Und nun war es nicht der grüne Schnee, es waren zwei Schmetterlinge, vom Winde verweht wie in Psalm 1 und aufs Wasser hinausgetrieben von einem Ostwind, und ich sah wieder einmal die Gewalt von nichts über etwas. Ich würde Babette nie wiedersehen. Suddenly you crossed my heart.

Mädchenauge, Coreopsis, weit zurück, und weit zurück ... unser Haus in der Ville d'Hiver. Einst, als wir noch nach der Liebe des Himmels zur Erde rochen, war die Gartenwiese, die sich die Mauer entlangzog, die unser Grundstück, das Haus meiner Großeltern zu Madame Cyprian hin aufs Schönste abgrenzte, übersät von Mädchenaugen, Coreopsis, zu Deutsch: Mädchenaugen. Meine Großmutter Madeleine konnte Rasen nicht leiden, also war es eine Sommergartenwiese, von Mädchenaugen gesäumt, mit viel weißem Kieselsplitt dazwischen, und fast im Winter blühten die Cyclamen, allüberall, die kleinen Alpenveilchen. Und dann Coreopsis tripteris »It flowers in summer« und wehe! Im Testament meiner Großmutter standen Sätze der Enterbung beim Bau eines Pools. Es war ein Garten, der es mit Rosamunde-Pilcher-Verfilmungen und *P. S. I love you* aufnehmen konnte, nur fehlte der Pool, das war für die Investoren dann ein Schönheitsfehler, doch die Menschen, die es damals sahen, sagten: Das ist Glück! Coreopsis. Mädchenauge.

Und ab da war das Wort Mädchen eins mit Glück für mich und ist es immer noch. Ich konnte bald schon lesen und übersetzen und las in den verschiedenen Lexika, zuerst in der *Encyclopedia Britannica*: »Coreopsis tripteris is a species of flowering plant in the aster family, Asteraceae. It is native to eastern North America.« Ich wollte alles herausbringen zu Coreopsis tripteris, nachdem ich Babette zum ersten Mal am Gartentor gesehen hatte, auch in jenem *Bertelsmann Lexikon* Band I, über das ich mit der Zeit ein wenig mehr ins Hochdeutsche hineinkommen sollte. Es war wohl ein Weihnachtsgeschenk aus Deutschachberg aus den mittleren sechziger Jahren, wohl einem armen Reisenden abgekauft, einem aberkannten Dr. phil. habil., der nach 45 keine Stelle mehr bekommen hatte, einem ehemaligen General und Nahkampfspangenträger oder einem Hölderlinforscher, wie es auch der Bierfahrer und auch der Kunstdüngervertreter beim Fürsten von W. gewesen war, der es nicht geschafft hatte, sein Leben abzustreifen und unter einem neuen Namen eine neue Karriere zu machen wie die Rezeptionsästhetiker oder wie die Kochbuchautorin Erna Horn, die sich mit den Tantiemen aus ihrem *Deutschen Eintopf* hatte ein Schloss bauen können und nach dem Krieg unter dem Namen Maria Anders noch einmal einen Flachdachbungalow am Chiemsee, alles mit dem Geld aus ihrem Megabestseller *Kalte Platten.* Das war dann Ende der Fünfziger, am Ende der Fresswelle. Aus unserem Hölderlinforscher war nun ein Simultanvertreter von Guano und Kunstdünger geworden, von Miststreuern der Firma Mengele und auch von Bertelsmann, ein Mann, der, bei *Was bin ich?* nach seinem Beruf gefragt, ein Zeichen in die Luft hätte machen müssen, das vom Rateteam gedeutet worden wäre mit »eigentlich nichts« oder einer Schlinge, die sich um den Hals zieht, und da es keinen Henker mehr gab, deuteten das empfindsame Menschen, dass hier sich einer selbst richtete, und dachten sich: »Selbstmörder in spe«, was aber auch kein Beruf war.

Diesem Reisenden, der sich auch nicht erschoss und nicht erschossen wurde und noch bis Ende der sechziger Jahre in jedes größere Haus auf dem Land von Deutschachberg bis Zwiesel gekommen war, dem mein Onkel Max das große *Bertelsmann Lexikon* abkaufte, verdankte ich nun den Eintrag: »Coreopsis oder Hohes Mädchenauge. Ist eine anspruchslose, dauerhafte, ausläuferbildende Solitärstaude mit straff aufrechtem Wuchs, dabei gut standfest, somit auch für Gehölzränder oder im Hintergrund von Phlox paniculata geeignet. Braucht humosen Boden. Blüte Mai bis August. Nicht zum Verzehr geeignet.« Das las ich, und der Himmel schien mir nun wieder nur einen Kondensstreifen weit entfernt zu sein. Zwischen den Pinien das Meer und ein Horizont aus Meer- und Himmelblau, dazu der Leuchtturm auf der anderen Seite, eine ganze Postkarte war es. Und in der Mitte von allem Babette.

Diesseits und jenseits der Pyrenäen, und das Baskenland, in seinem schönen Stil war ja auch das Haus in der Ville d'Hiver gebaut, dem Schauplatz meiner ersten Welt. Vom Rest der Geschichte, die in diesem Menschen inkarniert war, wusste ich noch nichts.

Einmal, da war ich keine zwei Jahre alt, war ich im Gehen eingeschlafen, und dann mit vier sollte ich zum Kinderarzt, wie vorgeschrieben. Da sagte ich: »Alain will nicht zum Doktor. Alain hat kein Bauchweh.« Und dann saß ich wohl schon manchmal in meinem Laufstall herum, wollte nicht stehen, wollte nicht gehen, und mein erstes Wort hätte auch »nein« gewesen sein können, ja, ich saß manchmal schon da wie mein Vater, als es nicht mehr lange ging, und Madame Cyprian mir sagte: Siehst du, wie er da sitzt und geht, das geht nicht mehr lange. Und dann starb auch er. Und nun war es zu spät, ihm alles zu sagen und ihn alles zu fragen. Als der Vater tot war, war es ein Leichtes, sich zu sagen, er hätte alles gewusst und vielleicht auch eine Antwort, du hättest nur fragen müssen.

Ich weiß nicht, mein Vater hätte gerne einen gehabt, der in den Wäldchen um Arcachon herum die Liebenden am Fuß der Düne beim Liebesspiel im Auto störte, ganz nahe heranschlich und mit der Taschenlampe hineinleuchtete und wildfremde Männer um ihre Orgasmen betrog und dann, von den Liebhabern verfolgt, einen Kinnhaken bekam und dabei schon mit fünfzehn den ersten Zahn verlor in einer Schlägerei oder vorher schon einen Milchzahn, wenigstens beim tollkühnen Fahrradfahren auf der Strandpromenade zur Seebrücke hin. Ich weiß nicht, vielleicht hätte er aber doch wenigstens in mir als Letztem lieber einen gehabt, der sich von selbst mit fünfzehn nach Bamako durchschlug und am Ende Tananarive. Einen, fast wie er. Der noch am Ende der Welt die Welt anbrennen wollte. Und der, wäre es in Berlin gewesen, wenigstens den Frauen in der Kurfürstenstraße hinterherpfiff, so wie die Söhne unseres Freundes Yilmaz, das war zu vermuten. Vielleicht war er es ja, dem ich imponieren wollte, aber den Zahn verlor ich auch so, und die Zahnschmerzen bekam ich auch so, und die waren überdies das Erbe von der Mutterseite. Die schönen Zähne, die ich verlieren sollte, waren von ihm her, sie schienen mir gar nicht zum Beißen da; die Zahnschmerzen hingegen kamen aus Deutschachberg. Manchmal schien das Einzige, was ich von ihm geerbt zu haben schien, dass ich gar nichts von ihm geerbt hatte, außer vielleicht dem Vermögen, alles zu sehen, was ich sein lassen musste und nicht sein konnte. Das verdankte ich vielleicht ihm: meine Augen, die Fenster zur Welt. Die Ophtalmologin sprach dann von Adleraugen. Sie dachte vielleicht darwinistisch, mich aber schmerzten sie oftmals. Es war immer nur Mitleid, wenn ich in die Welt schaute, und erst recht fehlte mir jeder Killerinstinkt, wenn ich mit meinen Augen unterwegs war, und am Ende nach la chasse, auf die ich auch ging, auch da war es immer Mitleid, das ich mit meinen Opfern hatte. Meine armen Augen, meine armen vergeblichen Zähne. Meine armen Adjektive. Doch im Grund war es eine Beißhemmung, bugger me.

Und es schmerzte mich dein Schmerz, den du ein Leben lang nicht zeigen konntest, Vater. Immerhin: Es reichte auch bei mir, ein Leben lang immer wieder verliebt zu sein und zu lieben. Oftmals unglücklich, wie die Leute sagten, die etwas davon verstanden oder nicht.

Auch mein Vater wäre wahrscheinlich insgeheim stolz gewesen auf einen anderen, als ich es war und sein konnte, auf solch einen Jungen, der schon heimlich ins schlimmste Puff ging, in eine Razzia geriet, erwischt im Bett mit zwei Frauen, einen, den man bei der Polizei auslösen musste wegen dieser und jener Delikte, dieser und jener Sauerei, wie Onkel Adalbert gesagt hätte, wegen Dingen, die schon früh darauf deuteten, dass zu viel Testosteron im Spiel war. Wie gerne hätte er mich immer wieder wegen so etwas zur Rede gestellt oder wenigstens mit Sätzen wie: »Wehe dir, wenn das noch einmal vorkommt!« Vielleicht täuschte ich mich auch. Denn ich hatte ja auch gelebt und gefreit in der Zwischenzeit, du Schwätzer.

Was für eine Sauerei? Als bestünde das wahre Leben aus einer scheinbar unendlichen Folge geglückter Sauereien. Ich aber hätte immer noch Liebe gesagt, das war ein Satz wie ein roter Faden, der sich seither durch mein Leben zog, hochgerechnet auf die Zeit, die vergangen war.

So viel wusste ich aber. Ich war ein anderer, keiner von ihnen, von jenen, die ich hätte sein sollen. Er hatte wohl in mir noch auf einen gehofft, mit dem es endlich glückte, sein letzter Schuss. Und seine Mädchen, die Feministinnen geworden waren und von so einem wie ihm nichts wissen wollten, waren unerbittlich bis aufs Sterbebett mit ihm, von ihnen schien er noch enttäuschter als von seinen missratenen Söhnen in Liebessachen, bis herab zu mir. *Welt, ade! Ich bin dein müde* wurde ihm nicht gesungen. Auch noch als alter Mann bemühte sich mein Vater, so auszusehen und zu gehen, als wäre er unterwegs zur Mobilmachung, auch noch im Sand sah es und er so aus, wie einer, der es kann. Der weiß, wie man es macht.

Da hatte dieser Vater aber einen seltsamen Sohn, dazu seinen letzten. Musste ich mir sagen. Vielleicht war schon mein Vater doch eher ein Träumer als ein Denker.

Einst schien das Leben ein Fest zu sein. Am Ende waren alle verschwunden, eine nach der anderen, einer nach dem anderen. Und mit einem Mal hatte ich niemanden mehr, mit dem ich hätte spielen und streiten können, an dem Schauplatz meiner ersten Welt, in der sich meine Mutter mit meinem Vater stritt, und meine Brüder stritten mit meinen Schwestern.

Auch deswegen nicht, weil es diesen Schauplatz nicht mehr gab, als Filetstück verkauft von der Agence Immobilière Grolleau. Doch einst … Meine Brüder und Schwestern, die jüngste war schon doppelt so alt wie ich, als ich zehn war. Ich war ihnen zu jung und nicht satisfaktionsfähig, sagten sie, um sich mit mir streiten zu können oder zu wollen, so wie ich das ein Leben lang bei meinen wahrscheinlich gemeinsamen Eltern gesehen habe. Sie stritten sich anscheinend gerne. Doch es war manchmal selbst mir, der ich nichts anderes kannte, zu viel, so dass ich in so einen Weltraum, in dem ganze Messer von *Passion France* und Baguettes hin und her flogen, hineinschrie, meine Eltern sollten sich doch endlich scheiden lassen! Und es folgten daraufhin oftmals tagelange Sprechpausen. Und dann wieder ein Gesicht wie: »Ich kann ohne dich nicht leben.«

Was für ein Theater. Ich mochte dieses Theater nicht. Das Wort Theater war das beste Wort, das es für Theater gab. Und doch: Welche Sehnsucht erschien nun in meinem Glücks- wie Unglücksspeicher. Die Hirnforscher sagten dafür cerebrale Synapsen, andere schon Festplatte. Und daneben blühte eine japanische Kirsche. Eigentlich war es ganz einfach: Mein Vater konnte es nicht leiden, dass Elaine den ganzen Tag Klavier spielte, und hasste sie dafür, dass sie seine Gourmetexistenz bis hin zu den Brüsten unserer Nachbarin Hortense Vivienne Cyprian verachtete, dachte ich, und machte es mir wieder einmal zu einfach. Ich träumte lieber von etwas Schönem, denn Träumen war schöner als Denken, und Träumen war auch leichter als Denken, und – wie soll ich es ganz einfach sagen? –, manchmal war ich schon ganz verzweifelt, weil ich immer noch so viel Hoffnung hatte. Und meine Mutter war stolz darauf, dass sie nicht kochen konnte, und es gab noch einen Plattenspieler, wir hörten damals in die Wellen hinein die *Kreutzersonate*, *Le Printemps*, die *Symphonie Fantastique* und Jean-Pierre Collard und auch noch Cortot, wie er die ersten Chopin-Préludes spielte, fast schon im Takt mit dem Meer und seinen Wellen. Doch das Meer wurde von ihrem und meinem Hinaussehen und -hören auch nicht kleiner, und ich wusste auch nicht. Und schon gar nicht wusste ich, ob das Meer etwas von mir wusste. So schwammen meine Meeresgedanken in mir, in meinem Kopf, in meiner Weltkugel herum. Und schon jenes kleine Kind, das ich einmal gewesen, hatte sich getäuscht auf dem Rücken seines Vaters, als es glaubte, ein großes Schwimmbad zu sehen, dabei war es das Meer. Als hätte ich noch etwas anderes gesehen, noch etwas weiter. Und da rief ich auf Kinderart: »La piscine!«

Ja, das Meer und ein Junge, der ich war, mit seinem Vater, auf seinen Schultern, die Düne von Pilat hinauf wie auf dem Rücken eines Pferdes. Das sah aus. Da hinaufzukommen war für so einen Vater ein Kinderspiel. Und dann, wie sie oben auf der Düne standen, und wie der Vater ihn noch einmal auf seine Schultern hob, damit er noch weiter sähe, doch schon von da ein erster Schwindel. Und dann fragte der Vater: »Was siehst du?« Und der ich gewesen war, rief mit seiner ersten Stimme: »La piscine!« Und der Vater lachte und lachte nicht, und freute sich, einen solchen Vater hatte er, der ich gewesen war. Damals war er wahrscheinlich noch stolz auf mich. Der Vater sprach ja nicht viel. Nun war es zu spät, ihn zu fragen. Das war ja nur im Nachhinein möglich, in einem sogenannten Selbstgespräch, tu sais. Da befiel mich noch einmal jene Wehmut, dass ich nicht der geworden war, der ich hätte werden sollen, und war gleichzeitig froh, dass ich nicht der war, der ich hätte sein sollen. Welcher Vater wünschte sich für sein Kind schon die Karriere eines Erythrophobikers. Dann schon eher so etwas damals noch Unbekanntes wie Tourette, bugger me.

Ich sagte nun »Swimmingpool« vor mich hin und sah schon das Meer vor mir. Dieses Wasser, das da zwischen den Domtürmen und mir vorbeifloss, hatte es schließlich auch bald ins Meer geschafft.

Was für ein großer Anfang, das Meer. Es folgte aber das Leben, die mitwachsende Angst, und eines Tages erschrak ich vor diesem Meer, vor diesem Nichts als Wasser, das allenfalls, wie die Dichter sagten, ein nach unten hin offener Bauch war, in dem alles verschwand.

Mein erstes Wort sei ein Fremdwort gewesen. Swimmingpool. Immerhin etwas, das es gab. Es hätte auch »Nein!« sein können, der Gegensatz von allem. »Où Est Le Swimming Pool« war damals der Name einer Band und die Einsamkeit eines Kindes, wie es dasteht, ganz allein auf der Welt, die Angst, so groß wie die Augen eines Kindes, wie es vor dem Leben steht, muss man sich dazudenken.

Und wie ich das erste Mal, als ich das Meer von oben erblickte, es war auf dem Rücken meines Vaters, »le swimming pool est bleu« gesagt habe. Ich vergaß es, aber so wurde mir das gesagt, vielleicht mein erster ganzer Satz, der einzige, der blieb aus meiner seligen Vorzeit der einzelnen ersten Wörter: Maman, bleu, pool, mer. Ja, das soll mein erstes Wort gewesen sein, ein Fremdwort … für das Meer ein Fremdwort. Das einzig Richtige.

Mein Vélosolex gab es noch nicht, und Deine Hand um mich geschlungen, wie wir zusammen ans Meer fahren, auch nicht.

Demgegenüber war das gar nichts. Und dann abermals das Wort »enttäuscht« … Abermals Sätze wie Blumen, die um das Wort »enttäuscht« herum drapiert waren. Ja, das Wort »enttäuscht« gab es, als wäre es ein Haupt- und ein Tuwort zugleich. Wir vom Leben und das Leben von uns. Von der einen Geschichte weiß ich nur noch den Schluss. Ich weiß es nur noch, weil sie Schluss machen mussten. Und an die andere kann ich mich nur wegen des Wortes Knall erinnern.

Dein Vater … deine Mutter … Mein Vater, meine Mutter …

In der Nacht meiner Sätze … Die Liebe, gerade, wenn es die falsche war, schien mir immer die privilegierte Möglichkeit zu sein, den Himmel auf Erden als Hölle zu erfahren. So war es immer schon, ein Blick in die Prozessakten genügte, bis in die Hexenverbrennungszeit hinunter, ja, bis nach Konstantinopel, als der Sultan mit seinem Säbel in die Hagia Sophia einreitet, ja, über Dschingis Khan, Alexander und Alkibiades bis hinab ins Zweistromland, in die Zeit der Assyrer und ihrer Tontafeln, dazu da, die abscheulichsten Dinge festzuhalten, die es gegeben hatte.

Schon meine Großmutter hatte immer wieder mit einem Satz, der mit »Dein Vater … deine Mutter« begann, angesetzt, als wollte sie mir eine schlimme Geschichte offenbaren, und dann blieb sie hängen, weiter kam sie nicht. Mein Geheimnis blieb ihr Geheimnis. Die Nacht ihrer Sätze.

Sie hat mir nie gesagt, was sie mir sagen wollte. Da hätte es einiges zu erzählen gegeben, nicht nur von dem einen.

Dein Vater und deine Mutter …

Ihre Sätze begann sie auch gerne mit: »Dein Großvater war nämlich der Sohn der Tochter, deren Urgroßmutter die Urenkelin des letzten …« Und dann brach sie ab. »Meine Schwiegermutter, mit der ich zeitlebens per Sie war, ist …«, und dann brach sie einfach ab. Weiter kam sie nicht. Sie hat es mir nie gesagt, doch ich wusste ja alles schon, auch dies, von Madame Cyprian, auch was Babette bei ihr abgelauscht hatte und auch ich. Meine Ohren genügten und auch die Augen, wie sie ihre Andeutungen machte, ihren Finger wie einen Pfosten vor ihren Mund legte und dann auf mich zeigte. Und ich sah und hörte es.

Mein Vater kam aus den dunklen Wäldern von Sedan über Madagaskar nach Arcachon – in die Wälder von Les Landes. Erst liebte er meine Mutter, gewiss, doch dann fiel er in sein altes Leben zurück mit seinen Frauen und Messern, unter seinem letzten Kopfkissen lag jenes Messer aus dem Katalog von *Passion France*, das war für Männer und Menschen, die für die Liebe »la chasse« sagten, sie zur Königsdisziplin der Jagd rechneten, also mit dem Messer und nicht mit dem Maschinengewehr. Der Katalog war die Lieblingslektüre meines Vaters und auch von Monsieur de Cyprian, Lieblingslektüre, auch die Jagdzeitungen bis hin zu den Publikationen, wie sie in Berlin bald bei Manufaktum angeboten wurden.

Von Wörtern mit Wacholdergriff konnte ich da lesen.

Vielleicht noch von seiner Dschungelzeit her hatte Roland immer ein Messer in seinem Bett, er schlief mit ihm unter seinem Kopfkissen. Wir haben es dann weggeworfen, ich war es, auf einer Fahrt nach Cap Ferret ließ ich es backbord in einem unbeobachteten Augenblick ins Meer fallen.

Und Madame gab es damals auch noch.

Mein Vater kam aus den Ardennen und sprach nicht viel. Und schon gar nicht von seiner ersten Zeit in den Ardennen, da war ein Geheimnis, von dem wir doch wussten, weil keiner davon sprach. Einmal im Jahr vielleicht, da sagte er: »Einmal im Jahr schien die Sonne. So warm war es bei uns.« Und dann sollten wir darüber auch noch lachen, aber nicht zu lange, als wäre das Leben der Menschen, die da gelebt hatten, nichts wert gewesen, nicht einmal eines längeren, aufmerksameren Gelächters, die einmal im Leben vielleicht aus ihrem Wald hinauskamen, wenn sie das Glück oder das Unglück hatten, Männer zu sein. Und dann war Krieg. Und kaum aus diesen finsteren Wäldern hinaus, staunten sie über die Größe der Welt. Die Frauen kamen vielleicht bis ins nächste Dorf, meist blieben sie zwischen Iden und Kalenden ein Leben lang da, wo sie waren, und dann sagte man, nachdem sie nichts von der Welt gesehen hatten als das Oberdorf und das Unterdorf, sie seien geerdet, geerdeter als die Männer. Zum Meer schafften es die Ardennen freilich nie.

Er, also auch ich, kam aus dem genetischen Pool, aus dem auch Louis de Funès und Mitterrand und etwas früher Napoleon kamen.

Ja, er sah aus. Und die Frauen sahen es. Die Männer auch. Die Frauen noch etwas mehr, aber geheiratet hat er dann doch eine andere, meine Mutter Elaine, die den ganzen Tag Klavier spielte, das er aushalten musste, so war es.

Man sah ihm immer noch seine männliche Vorgeschichte an, die nächtlichen Zweikämpfe und den Dschungel, die Front in der kleinstmöglichen Version von entweder du oder ich! Also du! Fuck me, kurz: Auch wenn er nun meist in seinem Dienstanzug den Strand auf und ab ging zwischen den durchnummerierten Bunkern der Deutschen, zwischen Bunker IV und V, auch wenn er nun der oberste Strandaufseher der Côte d'Argent und der oberste Waldhüter der Staatsdomänen von Les Landes war, sah er doch ein Leben lang aus wie von der Fremdenlegion, zuerst wie ein junger Legionär und dann ein alter, man sah meinem Vater auch noch ganz spät die frühen Jahre an, Madagaskar, die Zeit von Tananarive war in sein Gesicht geschrieben, und man dachte sich eine Geschichte wie in Cheyenne dazu, Tabascopfeffer und die dazugehörende Machetenzeit. Freilich, am Sack hatte er sich wohl nie gekratzt, und auch Spucken oder so kam nicht vor, das hatte man ihm beigebracht oder auch nur abgewöhnt, er war mit den Jahren ein Herr geworden, vor dem auch der Abbé Pezeril Respekt hatte, spätestens von meiner Taufe an. Ich glaubte aber, dass er und auch mein Vater von Anfang an so waren, wie sie waren. Weder angeboren noch anerzogen. Was aber dann? Wer meinen Vater in jungen Jahren sah, dachte an einen schönen Tag, der in einer Schlägerei enden würde, einem Liebesvermögen zuliebe, mit dem dieser Mann wohl ausstaffiert war.

Es war ein traditionelles französisches Laguiole-Messer,

»handgefertigt und geschmiedet, hier mit Griffschalen aus Wacholder« (laut Katalog).

So viele Jahre konnte ich nun auch schon übersehen, und fast alles hatte schon in einem Satz Platz.

Mein Vater Roland war damals ja schon lange über vierzig. Ein alter Vater, doch weil er so aussah, wie er aussah, und weil er so war, wie er war, schämte ich mich nicht, wenn er mich bei der École Maternelle mit seinem Geländewagen ältester französischer Bauart, einer Art Jeep noch aus der Algerienzeit, aus Autos und Algerien machte er sich nichts, abholte. Er stieg aber nicht aus, wie die anderen, die sich ihrer Liebe zu ihren Kindern nicht schämten, die sich solcher Väter schämten, die mit ihnen schmusen wollten. Mein Vater wollte nur sehen, ob ich schon die schwere Tür öffnen könnte und ob ich von selbst in das hochachsige Fahrzeug, sozusagen aufs Pferd kam. École Maternelle hörte sich auch nicht männlicher an als Kindergarten, dachte der Übersetzer in mir.

Nun aber saß ich auf diesem Bänkchen, und das Wasser des Rheins floss an mir und allem vorbei, als wüsste es schon, wohin. Nun war ich bald so alt wie einst mein Vater. Damals noch nachtaktiv, wie ich jetzt wieder, an diesem Tag, der bald vergangen war, und ein Leben lang bemühte sich Roland, auch sonst so auszusehen und zu gehen, noch im Sand, als die Schritte kleiner geworden waren und das Leben überschaubar, noch ein paar Schritte bis fast an den Leuchtturm.

Er wurde ja vielleicht nicht ohne Grund von seinen Frauen schikaniert. Er war so einer. Vielleicht stimmte es doch, und Roland war ein Bigamist. Zumindest von Madame Cyprian wusste ich … und dass sie nun schon seit Jahrzehnten … ich sage nichts, sagte da die Großmutter immer.

Die Hintertür ihres schönen Hauses war ja nicht abgeschlossen, und in jenem Zimmer gab es ein Schlüsselloch, und bald kam die Zeit der unwillkürlichen Erregung, die anderen nannten es Pubertät. So hieß das auch in der Schubladensprache. Ich aber war in einem solchen Zustand, dass ich das Schlüsselloch ausgeleckt hätte, hinter dem mein Leben lag.

Meine erste große Liebe war Winnetou, und eigentlich war es Pierre Brice. Da war ich acht?, und es war so sicher wie der Tod, dass daraus niemals etwas würde. Alle wussten es, nur ich nicht. Es war vollkommen ausgeschlossen, dass ich Winnetou jemals in meinem Leben noch begegnen würde, denn er war ja in die ewigen Jagdgründe eingegangen, und daran konnte es gar keinen Zweifel geben. Ich hatte es mit eigenen Augen gesehen, wie er gestorben und in die ewigen Jagdgründe eingegangen war.

Das ganze Haus trauerte mit. Alle, das hieß: die Menschen und alle anderen Lebewesen, die um mich waren und die es gab für mich – alle, was für ein schönes Wort, denn das hieß, dass meine Welt damals noch vollständig war. Bis auf einen.

Aber sie konnten es doch nicht sagen. »Alle«, das hieß: zwar nur ein paar Lebewesen meiner ersten Welt, die Welt aber war damals noch ganz. Alle, die unter demselben Dach wohnten, trauerten mit mir, bis hin zu meinen Freunden, auch Petit, der mich die ganze Zeit leicht anknurrte, als wollte er »Nimm's nicht so schwer!« sagen, nur ein Jagdhund, der es nicht anders sagen konnte, und auch Bijou, die mir aus dem Weg ging, vielleicht nur eifersüchtig war auf Katzenart und so zeigte, dass sie es mitbekommen hatte und wusste, und vor allem auch Sultan, unser Papagei, der wusste es vielleicht am meisten, und er war auch der Einzige, der es mir sagen konnte, ja, Sultan hielt damit nicht zurück, »mon pauvre Alain« vor sich hin zu krächzen in Staatstrauer. Den einfühlsamen Satz hatte er wohl aufgeschnappt vom einfühlsamsten Menschen im Haus, und das war Elaine, die das wohl vor sich hin gesagt hatte, und er, nicht ich, hatte es gehört. Aber so wusste ich es mit Gewissheit. Ich hätte es auch so gewusst. Vielleicht war Sultan auch von selbst daraufgekommen, und die anderen haben seinen Satz übernommen. Sultan war nach Elaine vielleicht doch der einfühlsamste Mensch im Haus. Elaine, die zwar nicht im Lichtspieltheater namens Apoll in Lindau dabei gewesen war, in den Sommerferien von 1973, also keine Augenzeugin war, wie Winnetou erschossen wurde, hatte mir das wohl trotzdem angesehen und mitbekommen, wie ich einen Liebesbrief versuchte und mit Roland wohl darüber gesprochen hatte, denn auch mein Vater war nicht trotz, sondern gerade wegen all seiner Messer ein im Grund liebender Mann, der sich in einen wie ihn, der ich einst war, hineinversetzen konnte, und daher sagte Roland zu Elaine: »Ich schreibe ihm!«, und das tat er dann wohl auch in seinem besten Französisch. Winnetou war zwar in die ewigen Jagdgründe eingegangen, doch Pierre Brice gab es noch, so gut unterscheiden zwischen Liebe und Gegenwart konnte ich schon. Ich hatte sogar seine Autogrammadresse herausgefunden. Er musste irgendwo in Norddeutschland leben.

Mein Vater, der alles durchschaute, sollte einen Brief für mich schreiben, und zwar an Winnetou im Himmel wie auch an Pierre Brice auf Erden, der ja auch ein Franzose war. Mein Vater hat meinen handgeschriebenen Brief abschreiben müssen, in die Maschine, das konnte ich noch nicht. Und auch frankieren und zur Post bringen. Diese Arbeit hat er stillschweigend und allein getan. Ich weiß auch nicht, was Roland an ihn geschrieben hat, was von dem, was ich schreiben wollte, übrig blieb. Winnetou war doch in den ewigen Jagdgründen und Pierre Brice in Frankreich fast unbekannt. Ich war wohl der Einzige am ganzen Atlantik, der von ihm wusste, ja, ich hatte ihn bei meinen Großeltern kennengelernt, das heißt im Kino von Lindau, wo mancher Mensch seinen ersten Film gesehen hat, der lange tot war. Und nun auch Winnetou. Es war das erste Mal. Und dann gleich so.

»Ich schreibe ihm … Ich schreibe den Brief für Alain.« Und da dachte Roland wohl an die armen Verliebten, wie er sie auf Madagaskar gesehen hatte, die nicht schreiben konnten, die in Tananarive vom Schreibmaschinenschreiber unter einem Tamarindenbaum einen Liebesbrief sich schreiben ließen an einen Menschen, der nicht lesen konnte. Es war an der Ausfallstraße zum Flughafen Ivato, benannt nach König Ramada I., über dessen Liebesleben ich auch nichts wusste, vielleicht war er auch nur ein Mensch, der verliebt war und nicht schreiben konnte. Aber immer gab es einen, der lesen konnte. Der es lesen konnte und auch so etwas vorlesen; und mindestens einen und eine, die es hören konnten. »Armer Alain, ich schreibe ihm«, hörte ich von Sultan, der uns auf unseren Reisen immer begleitete, was dieselben auch nicht einfacher machte, in allen möglichen Tonlagen, und auch »Ich liebe dich«. Alles freilich auf Französisch. Diese zwei trostvollen Sätze, die meinen ganzen Hoffnungsschmerz enthielten, habe ich dann von Sultan noch jahrelang gehört, als diese Liebe längst so sehr hinter mir lag, dass ich darüber zu lachen begann, und Sultan mich längst zu nerven. »Ich schreibe ihm!«, und es war damals für mich eine Tatsache, dass irgendwie unser Papagei und mein Vater an Pierre Brice und an Winnetou den gleichlautenden Brief schreiben würden, auf ihre Art. Vielleicht war Sultan ein Medium und hatte heimliche Verbindungen zu Winnetou und den ewigen Jagdgründen, irgendwie, was wissen wir schon. Und so viel wusste ich doch auch, dass das Unsichtbare mehr war als das Sichtbare, fast alles Große war ja unsichtbar und doch da, so wie die Liebe, das wusste schon ein Kind. Ich konnte Sultan nie fragen, das heißt, ich habe nie herausbekommen, ob Sprechen oder Schreiben über die Liebe schwieriger war, gerade für ihn, und ob es auf Deutsch oder Französisch schwieriger war, und in welcher Sprache es schöner war für ihn, über die Liebe zu sprechen und zu lieben.

Mit meinem Vater habe ich darüber freilich auch nie gesprochen, vor allem später nicht, als ich in ein Leben hineingewachsen war, da man über eine solche Kinderei lachen musste.

Kam eine Antwort? Kam ein Echo außer der samt Unterschrift vorgedruckten Autogrammkarte? Vielleicht war meine Enttäuschung so groß, dass ich es vergessen hätte, wäre nicht Sultan gewesen, der ja immer noch lebte. So herzlos konnten wahrscheinlich nur Liebende sein, die sich irgendwann »Es ist aus!« an den Kopf schrien oder insgeheim und stillschweigend sich diesen kurzen Satz sagten, denn eines Tages fiel mir jene Autogrammkarte wieder in die Hände, und ich, der alles vergessen hatte, dem nun wieder alles einfiel, blieb nichts anderes übrig, als zu lachen und noch einmal Verrat zu üben am Häuptling der Apachen.

Und all die kommenden Liebesgeschichten, die ich im Haus verfolgte, waren doch nur eine einzige Geschichte der Grausamkeit, wie sie Schluss machen mussten, wie es hieß, meine Geschwister mussten immer wieder Schluss machen, lange vor mir: Roland hatte Pascal, der ersten großen Liebe meiner Schwester Marie-Odile, eine Frist gesetzt im Namen der nicht in Erscheinung tretenden Elaine, und wie er es sagen musste, und draußen wartete die Limousine. Dass er nicht mehr kommen und mit ihr gehen dürfte. Das machte die Geschichte nicht verständlicher für mich. Und auch nicht, wie wenig später meine Schwester sagte: »Der hat doch überhaupt keine Chance! Der hat doch einen Knall!«, als Hugo einen Vorstoßversuch machte, in das Liebesvakuum von Marie-Odile einzudringen. Und wie jenes Ich, das ich war, »Dann nehme ich ihn!« sagte. Und schon wollten sie sich streiten. Das kam von innen. Hugo, ausgesprochen Ügó. Ich war ein kleines Tier, das auch schon Augen hatte im Kopf. Ein kleines Menschentier, ungewiss, ob es erstes Mitleid oder erste Liebe war bei ihm, bei mir. Und die

Eltern glaubten nun darüber Bescheid zu wissen, worüber sie niemals mehr sprachen.

Es waren früh kleine Scheidungen fürs Leben. Als wäre das Leben nichts als eine Folge von Trennungen und Abschieden. Das war schon, als Marie-Odile Schluss machen musste mit Pascal: Er dürfe nicht mehr kommen, nicht mehr mit ihr gehen, noch eine Geschichte aus unverständlichen Sätzen in den Ohren eines Sechsjährigen, die Eltern hatten es verboten, und sie wollten es einfach nicht mehr haben, sagten: Sie passen nicht zusammen. Ich verstand damals weder »zusammen gehen« noch »zusammenkommen«, der Schmutzfink sagte einfach »kommen« dafür. Und bis zum heutigen Tag verstehe ich diese Wörter nicht ganz so, wie von einem Philosophen vielleicht gedacht.

Das habe ich auch nicht vergessen. »War das nicht Liebe? Ein toller Stoff! Ich könnte mir sogar einen Film vorstellen!« So Inge dann bei unserer Krisensitzung vom 16. August, ratlos zwischen Bunker und Meer, denn von Toby und Babette war nur das Fluchtfahrzeug an der Haltestelle von La Teste geblieben, und Justus klimperte ein wenig auf seiner Gitarre herum, und ich sollte auch noch singen. *All you get from Love is a Love Song*, wie gesungen von den Carpenters.

Anne war auch schon lange tot, dachte ich mir auf meiner Plastikbank die Welt zurecht. Wie der eine oder andere unglücklich Verliebte auch, den dieses Lied einst tröstete. Menschen kamen nicht zu Schaden, außer Pascal, es folgte die Psychiatrie. Da lebte er dann und hielt sich für eine Inkarnation von Édith Piaf, wie sie *If you really love me* singt. Ich aber musste nun allein in meine Welt hineinwachsen, und es hätte auch schiefgehen können, so ein Leben. Ich habe mich ja dann doch noch ins richtige Leben eingeklinkt, wie sie zu Hause sagten. Wenig später verließ meine ältere Schwester schon wieder ihren nächsten Liebhaber, und abermals zu meinem großen

Schmerz. Das machte die Geschichte und die Geschichten, wie sie kamen und gingen, nicht verständlicher. »Ich will ihn nicht mehr haben!«, hörte ich abermals. Ich war nun schon zu alt, um noch einmal »Dann nehme ich ihn« zu sagen. Aber ich wusste immer noch nicht, was das genau bedeutete: Der hat doch keine Chance! Also die Kinderfrage. Und in das laszive Gelächter auf der Höhe von 1970 mischte sich nun allmählich die Angst der Eltern, dass ich nicht wäre wie sie. Als wäre es ihr innigster Wunsch gewesen, dass ich wäre wie sie, und nicht wie ich. Schließlich war ich mittlerweile so alt, dass ich, wie die drastische Madame Cyprian dazu sagte, durchaus schon oben und unten, vorne und hinten unterscheiden konnte. Das hatte ich auch bald bei ihrer Nichte, meiner Babette gelernt, auf spielerische Weise, ja, beim Doktorspielen vielleicht aufs Unvergesslichste. Und dann auch bei Madame selbst.

Du siehst, wie ich beim Schreiben stottere und bei diesem und jenem Wort immer noch leicht erröte. Spätestens als ich vierzehn war, kippte aber das Doktorspielen in Liebe um. Auch Marie Laure wurde (wie später Babette) zu einem Sprachkurs nach Bournemouth geschickt. So sagte man unter feinen Leuten dafür, wenn sie nicht von »wegmachen« sprechen wollten. Das habe ich auch nicht vergessen, wie ich hörte, wie ein Termin bei Dr. Lacrosse gemacht wurde und ein Ausflug nach England folgte, Sprachschule in Bournemouth, zwei Monate, eine Zwangsabtreibung als Sprachkurs getarnt, fast schon China 2004, Mao-Welt. Und nach drei Wochen war Marie Laure wieder von dort zurückgekehrt, als wäre nichts gewesen, und wurde gefragt, ob sie nun Fortschritte gemacht habe, und wie ihre Eltern redeten: Das Kind braucht nun etwas Erholung. Die Eltern hatten ihr dann noch eine Woche Chamonix geschenkt. Ich weiß nicht, sie wollten wohl keine Unmenschen sein. Das war auch eine ganz einseitige Geschichte. Und meinen Eltern schlug ich vor, sich doch scheiden zu lassen, denn wenn sie in jener Zeit noch etwas miteinander sprachen, dann war es nur die Ouvertüre zu einem Streit. Sie sollten sich doch trennen, und nicht meine Schwester von ihrem Glück.

Madame Cyprian sah auch bald, dass mit mir etwas nicht stimmte. Ja, bevor ich bemerkt hatte, dass mit ihr etwas nicht stimmte, hatte sie herausbekommen, dass mit mir etwas nicht stimmte. So wiederholten sich meine Sätze.

Als dann mein Spielen mit Babette dazukam, die mich eines Tages mit ihrem Mädchenblick zwischen den verrosteten Stäben des Gartentors angelockt hatte wie vielleicht der Panther den Dichter im Jardin du Luxembourg, atmeten meine Eltern erst recht auf, nach Pierre Brice, Hugo und den Besuchen bei Madame, von denen ich immer so seltsam zurückkam, dass sie erschnüffelten, dass da etwas nicht stimmte. Sie atmeten insgeheim auf, nun wussten sie, dass ich wohl wäre wie sie und dass es mit ihnen weiterging. Aber warum eigentlich? Hatten sie ihr ebenerdiges lebenslängliches Hadern und Leben nicht als einen Schrecken ohne Ende empfunden? Dass ich war wie sie: War das nicht ein Todesurteil über das Leben? Eigentlich hätten sie erschrecken müssen.

Aber nach einem anfänglichen Aufatmen war ihnen das auch wieder nicht recht, und zwar offiziell, weil Babette eine Nichte von Madame war, und der Seite von Madame war es auch nicht recht, weil ich ein Sohn von Roland und Elaine war.

Ich war sein letzter Schuss, wie der vulgäre Mensch, der Monsieur de Cyprian, der Jagdkollege meines Vaters und Gatte von Madame Cyprian zuzeiten sein konnte und sagen. Sein letzter Schuss: Das sagte er gerne von meinem Vater und mir, wenn ich mit ihnen ein paar Schritte im Wald unterwegs war, auf Holzwegen, als wäre das die genaueste Definition für ihn und für mich.

Ich habe noch den Klang des Rostes im Ohr, das hintere Gartentor, wie Roland das Cyclamenbeet entlang und im Sommer an den Mädchenaugen vorbei hinüberschlich zu Madame mit seinem Eau de Vetyver. Es war derselbe Weg, den auch ich dann nahm. Von meinen älteren Geschwistern war Roland so enttäuscht, dass er niemals mehr über sie sprach und sie machen ließ. Vor allem in Liebessachen.

Die Geschichte meiner Liebesgeschichten muss ich wohl ganz früh beginnen lassen, noch bevor seine Samenzelle ihr Ziel erreichte. Und dann hieß es von mir, dass ich ein Kind der Liebe war oder sein letzter Schuss. Und alles wiederholte sich. Zuerst war es wohl mit meinem Vater auf seinem Rücken die Dünen hinauf, wie ich das erste Mal das Meer sah. Und dann die Bushaltestellen meiner Liebe, Odysseus, segelnd übers fremdsprachige Meer zu weinfarbenen Menschen. So war aus mir ein Odysseus der Route touristique geworden?

Das Schreiben war nichts anderes als Übersetzen, so viel konnte ich jetzt im Workshop in Köln sagen; und Schreiben wäre Übersetzen der Welt in die Sprache gewesen, übersetzen in die Welt der Sprache; und mein Schreiben wäre mein Übersetzen in meine Welt der Sprache und zurück gewesen, und mein geglücktes Buch wäre das Übersetzen meiner Welt in meine Sprache gewesen.

Doch mit solchen Sätzen wollte ich eigentlich Menschen, die keine Zeit hatten und für eine Patek Philippe, schon für eine IWC, hätten zu lange lesen und arbeiten müssen, nicht quälen.

Ach, du liebe Zeit. Mit dem Vergissmeinnicht wird so viel Schindluder getrieben.

War denn die Zeit der großen Erzählungen vorbei? Ich sah sie auf der anderen Seite, wie sie herüberschaute zu mir. Ich entdeckte ein kleines Mädchen auf der anderen Seite, wie sie herüberschaute vom Nachbargrundstück von Madame Cyprian.

Ich sah, wie ein Mädchen zwischen den verrosteten Stäben hinter jener Gartentür ganz am Ende der gemeinsamen Grenze stand und herüberschaute.

Ich sah ein Mädchen dastehen und herüberschauen nach Kinderart, einfach so, das nichts sagte und schaute, als wollte es etwas gefragt werden. Und auch ich stand da nach Kinderart und sagte nichts. Sie sagte nichts und schaute und rannte weg, als wäre sie erst jetzt erschrocken oder hätte es sich anders überlegt.

Oder wie eine Katze in der Rauschzeit wegrennt, damit sie der Kater verfolgt bis zum Ende des Spiels?

Das Mädchen war etwa so groß wie ich und ganz nah.

Die Tür war vielleicht schon seit Jahrzehnten keine Tür mehr. Auf unserer Seite verlief der Kiesweg, grau schimmernder Kies, und die Mauer entlang eine sparsame Rosenhecke, die Lieblingsrosen meiner Großmutter, mit ihren rotgezackten Blättern, und auf der anderen Seite im Sommer Coreopsis, Mädchenaugen, so wie jetzt.

Und darüber noch, auf der Mauer, ein verspielter Zaun aus einem Pappelholzgeflecht, schon ziemlich durch. Als Sichtblende gedacht. Dahinter ging es in die Tiefe des Gartens hinein, da verlief die Gartenmauer, nicht allzu hoch, bis ans Ende. Und da als einstige Verbindung jene immer verschlossene Eisentür, mit den Gitterstäben, unten durch eine Eisenplatte verstärkt, Schutz vor dem Nachbarhund und irgendwelchen Tieren.

Es war die Zeit der kleinen Schritte.

Bald konnte ich über diese Platte hinwegsehen, etwa von der Zeit an, als ich schon etwas größer als eine Schwertlilie war, durch die rostigen Stäbe hindurch, die einzige Stelle, die einen freien Blick hinüber ermöglichte, wenn auch schon die Bambushecke fast alles erobert hatte.

Sie schaute herüber, und ich schaute hinüber.

Da sah ich sie. Und sie mich. Sie stand an der Tür wie der Kleine auf dem Bild von *Les Saltimbanques*, der auch nicht mit mir sprechen konnte, und schaute zwischen den Stäben zu mir herüber und sagte nichts. Bis sie wegrannte.

Und sie rannte weg, wie es Kinder tun, dastehen und der Welt ins Gesicht schauen und nichts sagen und wegrennen.

Vielleicht war es nur die Stimme von Madame Cyprian, die nach Babette rief.

Das war, wie sich herausstellte, ihre Tante. Und ich wusste nun auch, wie das Mädchen hieß. Die Tür blieb zu.

Madame rief sie zurück.

Am anderen Tag waren sie abgereist und hatten den Sommer hinter sich gelassen und vielleicht auch bald vergessen. Ich konnte sie aber nicht vergessen.

Es war schon so lange her, dass sich das Kind nicht mehr erinnern konnte, aber zwei, drei Jahre konnte es schon her sein, dass Roland und Elaine mit Madame und Monsieur Cyprian einmal sehr befreundet gewesen waren. Bis zu einem Knall, so dass es nur dunkle Bilder waren.

Meine Eltern hatten offiziell keinerlei Verbindung mit diesen Nachbarn, wegen irgendeiner Geschichte, deren Hintergrund zu kennen ich zu jung war, sie waren bis zur Sprachlosigkeit zerstritten miteinander, aber so viel vernahm ich doch, dass die Liebe im Spiel war. Vor allem Elaine und Madame schlossen sich gegenseitig aus, als wäre es logisch, so lebten sie. Ich sollte sie auch nicht grüßen und schon gar nicht winken und hinüberrufen und Anstalten machen, auf ein Bonbon zu warten.

Nachdem Babette verschwunden war, drängte es mich nun doch auf das Grundstück von Madame, und eines Tages stand ich vor ihr. Ich hatte Angst, aber es stellte sich heraus, dass sie mich ganz gerne sah und ich heimlich zu ihr hinüberging an jener Stelle. Und sie sagte mir, dass Babette im nächsten Jahr wiederkäme.

Ich hatte sie bis dahin nur gesehen und gehört, wie die Tante nach ihr rief. Es musste schon am letzten Tag gewesen sein, denn am anderen Tag war sie verschwunden. Das nächste Jahr kam sie wieder, nun mit ihren Eltern. Babette kam dann jedes Jahr mit ihnen, etwa vom 13. Juli bis 16. August. Ab dem zweiten Jahr bewohnten sie das Gartenhaus direkt an der Bambusgrenze, die auf der einen Seite wie eine große Mauer die beiden Grundstücke teilte.

Die Nachbarn und ihre Gäste genossen in unserem Haus trotz ihrer Herkunft von internationalem Anklang nicht den besten Ruf. Es ging hin bis zu Schlägereien. In diesen Kreisen waren Schlägereien eher unüblich, und am anderen Tag schien alles vergessen … wie sie in die Opuntien gefallen waren. Zu sehen waren sie kaum, aber zu hören, wie sie mit ihrem Hund und ihrem Kind im selben Tonfall sprachen. Im zweiten Jahr hatte das Mädchen schon jenes Loch, oben, im Bambusgeflecht, das auf der Mauer entlanglief, entdeckt.

Die Bambushecke war gegen vier Meter hoch, die Mauer davor hingegen nur einen Meter, doch auf dieser Mauer verlief ein weiterer Zaun aus Pappelholzgeflecht, ein lichtes Holzgitter, aus dem Babette dann ihr Schlupfloch machte, es war für Babette gar nicht schwer, sich einen Durchgang zu verschaffen. Und doch: Nur ein freches Mädchen kam auf so eine Idee. Bald hatten wir unser Versteck im Bambus, und die Zeit der Doktorspiele begann.

Mit folgender Geschichte auf kleinstem Raum endete diese erste Zeit mit Babette auch schon wieder: Wir wurden von ihrer Tante beim Doktorspielen erwischt. Sie hatte sich einfach von hinten herangeschlichen und dann »Salo!« hinausgeschrien, was ich als Übersetzer etwa als männliche Form von Schlampe hätte wiedergeben müssen, so laut, dass man es noch auf unserer Seite selbst in den Schlafzimmern, die nach Osten hin lagen, hören konnte. Dann drohte sie, das heißt, sie schrie es heraus, meiner Mutter, dieser feinen Madame, alles zu sagen, was sie da für ein Früchtchen der Welt geschenkt habe, das heißt: Sie wollte es über den Gartenzaun schreien und tat es auch, denn die beiden Damen sprachen ja seit Jahren, doch wohl wegen Roland, kein Wort miteinander. Also schrie sie es hinüber. Und Roland hat sie das doch noch zukommen lassen, ich weiß, und hat ihm wohl zu mir das erste Mal gratuliert und »marche ou crève«, »ça marche«, das wird noch was gesagt und dabei auf ihre Art mit der Zunge gespielt. Als wäre es schon eine Vorfreude. Eine Dame war Madame nicht. Dafür liebten wir sie.

Zu meinem Glück und auch wiederum nicht fuhren wir schon am nächsten Tag in die Ferien, nach Deutschland zu den Großeltern und Tanten von Deutschachberg.

Ich war der Strafe von Madame entzogen, denn, wie ich glaubte, hatte sie noch keinen Tumult gestiftet.

Es war herzzerreißend für mich, ein erstes Mal auseinandergerissen zu werden. Es gab ja noch kein Telefon für mich. Ich hatte nichts als meine Sehnsucht.

Wir brachen also wieder in Richtung Deutschachberg auf, wie immer sehr früh am Morgen, und ich hätte nicht sagen können, warum es so früh sein musste, denn schließlich wollten wir es am ersten Tag nur ins Dorint-Hotel von Nevers schaffen. Wahrscheinlich war es wegen der Mittagspause und einem guten Wein. Ich saß während der Fahrt auf meinem Rücksitz und schaute so, als hätte ich die Szene von gestern und das Geschrei von Madame vergessen, als hätte es keiner von denen, die nun in unserem Wagen saßen, gehört. Dabei war hier keiner, der nicht gehört hätte, wie sie mit ihrer markerschütternden Pigalle-Stimme »Salo!« in den schönen Sommertag hineingeschrien hatte.

Immer wenn wir von Frankreich mit dem Auto in die Heimat meiner Mutter fuhren, war es eine Reise in meine Vorgeschichte, zugleich auch der Prolog zu meiner Geschichte, und das meiste verschlief ich an verschlafenen Orten wie Ceyzériat en Bresse vorbei, die damals alle noch wie schöne Landmädchen aussahen, kurz bevor sie aufwachten. Und ich hörte nicht einmal das Krähen der Hähne und träumte und glaubte zu träumen, ich träumte vom Fliegen und flog. Der Satz stimmte.

Brive-la-Gaillarde lag schon einen Tag hinter uns, die in der Hitze brütende Auvergne mit Hölderlins Fußspuren im Schnee von gestern wie La Charité-sur-Loire und die am Rand gestreifte Sologne ebenso. Wir hatten in jenem Jahr die mittlere Route über das Massif Central genommen und bei der heiligen Bernadette in Nevers übernachtet, das heißt im dortigen Dorint-Hotel, und die Eisvögel der oberen Loire waren auch etwas Schönes, und ich erinnerte mich, wie ich – das Hotel hatte keinen Balkon, was damals noch nicht so schlimm war, denn das Rauchen in den Zimmern war noch nicht unter Androhung der Todesstrafe verboten, und auch, weil ich damals ja noch nicht rauchte – aus unserem Zimmer, das ich mit meiner zehn Jahre älteren Schwester teilte, auf die Loire hinunterschaute und jene Bisamratte entdeckte, die auch nur irgendwohin unterwegs war, unterwegs zu sich und ihrem längst zurückliegenden – darf ich so sagen? – Tod? Und ich sagte zu meiner Schwester, die damals das letzte Mal mitgefahren war: »Siehst du das?«, und ich sagte »Bisamratte«, »Un rat musqué« …, sagte ich, »le rat musqué ist männlich«, sagte ich, »und im Deutschen weiblich, muskrat auf Englisch«, sagte ich, und sie schüttelte ungläubig den Kopf darüber, woher ich das alles wissen wollte, und wie sie beim Wort »rat« eine Panikattacke bekam wie Marguerite Duras, wenn ihren Namen jemand wie »Dürá« aussprach, deutsch wäre das »von Ratte« gewesen. Doch da hatte mich meine Schwester längst mit ihrem Ekel vor dem Wort »rat« angesteckt und mir die Zunge herausgestreckt, ach, wie sie mich ansteckte und wie sie mir die Zunge herausstreckte. Und wie ich dann wieder im Auto so lange das Wort »le rat«, meine Aussprache auf »le roy« hin changierend hinausplärrte, bis mein Vater »entweder er oder ich« aufbrüllte. Und dann fuhren wir über den Morvan, das Burgund und an Freiburg im Breisgau vorbei so lange weiter, bis wir in Schwäbisch Mesopotamien angekommen waren, dem Land zwischen zwei Flüssen, der schönnamigen Donau und dem Rhein, wie er zum Bodensee ausgebuchtet war, der eigentlich auch nur ein Hintersee, der Hintersee von Oberschwaben war, und für mich allenfalls eine schöne Erinnerung daran, dass ich nicht zu Hause war, und im besten Fall ein Auslöser von Heimweh nach dem Meer sein konnte. Mit dieser Wand von Bergen vor mir.

Doch »erst Sigmaringen, der Erinnerung und den Gräbern zuliebe, und dann Deutschachberg«, so mein Vater, der diese Orte so bedeutungsvoll aussprach, als ginge es um Manhattan und dann um die Welt, die zu erobern war. Mehrfach musste ich mich übergeben. Schon durch den Morvan hindurch war es so gewesen, als wäre es an ihm vorbei, so versuchte Roland das Fahrzeug und seine Fracht zu lenken … Dass es eine finstere Gegend war, die schon vom Wort her in ganz Frankreich diesen Ruf hatte, hätten die Eltern uns im Vorbei gar nicht erklären müssen: Wir Kinder sahen es auch so. Und unser Vater, der ja auch manches Mal in seiner späten Zeit mit einem Staatspräsidenten verwechselt wurde, hätte gar nichts sagen müssen, das wäre vielleicht noch wirkungsvoller gewesen. Wie wenn Mitterrand versucht hätte, verträumt zu schauen, oder sonst eine zwielichtige Gestalt, so sah es manchmal aus, kurz bevor er zum entscheidenden Sprung und zum entscheidenden Schlag ausholte … Und das war: »Le Morvan« … und sonst nichts, und das erinnerte mich daran, wie die Großmutter »Dein Vater … Deine Mutter …« sagte, als wüssten wir so Bescheid, und so saßen wir in unserer bewusst anspruchslosen Limousine, ta mère, ton père … Als wüssten wir nun Bescheid, wie er »le

Morvan« sagte, und dabei zeigte er sich an die Stirn und schob sein Kinn nach vorne wie Louis de Funès kurz vor dem Anfall oder wie Swjatoslaw Richter, im Augenblick, bevor er an seinem Yamaha zu spielen beginnt. Ich weiß bis heute nicht, ob es »Denk mal darüber nach« heißen sollte, oder ob er so auf den geistigen Zustand Mitterrands, der ganzen Welt und all ihrer Klavierspieler deuten wollte, ja, es war eine Moorgegend, die Toten zählten wir nie auf diesen Fahrten. Als lebte schon mein Vater im Biotop oder Teufelsmoor eines Schriftstellers. »Le Morvan – und dann ging es doch noch weiter: Mitterrand« … sagte mein Vater, der auch schon eine Neigung zum Reimen hatte … und vielleicht war sein männliches Fluchen und seine Bewegungen, die immer ein Kinnhaken-Austeilenwollen anzeigten, zu dem er immer wieder ansetzte, vielleicht auch nur ein umgepoltes domestiziertes Tourette, das man ihm in Afrika abgewöhnt hatte.

Und dann, wie immer an Freiburg vorbei, das ich erst ein paar Jahre später, im schönen, doch grausamen Alter von neunzehn Jahren kennenlernen sollte, auf das Höllental zu, waren wir bald bei der Brunzmarie. Die hatte am Titisee einen Kiosk mit eingebautem Klo oder umgekehrt, und ihr Mann ließ sich als Eisbär auf dem Bootssteg, der auf diesen kalten, tiefen See hin lief, gegen Geld fotografieren. Es gibt ein Foto. Ich kannte den Schwarzwald und seine über die Hügel geduckten Gehöfte auch nur vom Vorbeifahren. Es hatte vom Fahrersitz aus »Voyez!« nach hinten geheißen, als wäre es das Meer, und so wurde der Schwarzwald zum zweiten Sehnsuchtsort meiner Kindheit. Wir sind ja immer nur an allem vorbeigefahren, niemals ausgestiegen, vielleicht einmal nur zum Eisholen an den Titisee, aber nur, wenn es Sommer war, und Sommer war ja auch nur einmal im Jahr, das Leben von einst ließ sich also an den Fingern meiner Hand abzählen.

Die Brunzmarie betrieb das Klohäuschen direkt am Titisee,

in der ersten Reihe, so war es, und ihr Mann spielte den Eisbären, zog sich im Klohäuschen seiner Frau um und ließ sich mit den Kindern in seinen Krallen und ihren Eltern daneben fotografieren. Davon lebten sie, und beide brachten es zu einer beträchtlichen Summe, schafften es aber nicht, mit ihrem so erworbenen Geld sich Ansehen zu verschaffen bei den Leuten, anders als jene Wüstenscheichs, die nun schon seit Jahrzehnten die teuersten Hotels in Europa am Leben hielten und Jahr für Jahr auch im großen Adler von Hinterzarten residierten. Die Tagesgäste und Pensionsbewohner kamen zum Fotografieren in die Auffahrt zum Adler, »eine Landplage, ich sage Ihnen!«, stöhnte der Chef de Rang, und sie alle wurden weggescheucht von staatstragenden Portiers wegen eines einzigen Wüstenscheichs mit seiner Entourage, gedeckt von den sogenannten Kommunalpolitikern, wie sie in nicht staats- noch geschäftsschädigendem Sicherheitsabstand am Hoteleingang herumlauerten, vergebens, denn in ihrem edlen Schleier und Burnus, dem Tschador, in den abgedunkelten Limousinen und hinter Sonnenbrillen fuhren die vornehmen Gäste aus Saudi-Arabien über einen Waldweg an diesen Leuten vorbei und ließen sich auf dem Titiseesteg mit dem Mann der Brunzmarie fotografieren – Sie glauben es nicht? –, und am Ende hingen die Brunzmarie und ihr Mann, der unvergessliche Eisbär, neben dem ich auf einem meiner ersten Sommerfotos stehe, im Herzen ihres Klohäuschens, tot wie sie waren. So war es. Was wohl aus den Gästen aus Saudi-Arabien und ihrem Foto mit dem Eisbär geworden sein mag?

Die ganze Geschichte erfuhr ich freilich viel später in Freiburg, neben der Liebe her, von einem schönen Mann, der aus Titisee kam, den seine Freundin Putzi nannte oder Mäuschen, es war im Goetheseminar von Professor Baumann. Dass ich einmal in Freiburg nicht nur studieren würde, sondern auch leben und arbeiten, war damals noch nicht abzusehen. Was der Mensch nicht alles »arbeiten« nannte, mein Vater dachte bei diesem Wort noch an seine Wälder und die Arbeiter und an sich selbst in Madagaskar, wo er mit seinem Messer und seiner Pistole unterwegs war. Mein Leben in Freiburg … erst ein paar selige Monate nur, die das Leben waren, zunächst in einem ziemlich heruntergekommenen Studentenheim auf dem neunten Stock, wo ich eines Tages auch Mausi kennenlernte, wie sie in einem Norwegerskipullover in der Gemeinschaftsküche stand, dann, schon mit ihr, Babette und Toby in einer WG in der Eschholzstraße, und zurück vom letzten Sommer unserer Jugend, dann allein zu zweit in der Wentzingerstraße in Freiburg. Das konnte ich ja damals, neben dem Eisbär stehend und zu ihm hinaufschauend, noch nicht wissen, als wären das Nichtwissen und dieser Eisbär als sein Symbol die Lösung eines Rätsels, dabei war es nicht einmal ein Rätsel, sondern nur eine Tragödie, für alle, die es hätten wissen wollen, die Geschichte von zwei Menschen, die nicht mehr leben wollten, so war es.

Ein paar Jahre später, was ist das schon, wenn es vorbei ist, arbeitete ich gelegentlich für die Franzosen, wie man in ganz Deutschland zu diesen Menschen auf der anderen Seite des Rheins wie des Lebens sagte; es gab damals noch fünftausend Franzosen, die zogen aber dann unter allergrößtem Bedauern der Freiburger weg. Dabei waren sie eigentlich als Besatzer gekommen. Eine solche Liebesgeschichte, anfangs vielleicht verordnet, hatte es zwischen zwei Ländern noch nicht gegeben. Und alles verdankten sie De Gaulle und Adenauer. Die karolingischen Katholiken hatten sich, so glaubten es gewisse Leute im bis 1989 aus dem Geschichtsregal herausgenommenen Preußen, gegen das kurzlebige Deutsche Reich von 1866 und 1871 an verschworen, ja die Bonner Republik … Schuman war mittlerweile sogar von Rom heiliggesprochen, womit sich die katholische Kirche ihren Anteil an der europäischen Einigung, die ja noch nicht abgeschlossen war, schon einmal prophylaktisch sichern wollte. Und die Humanistische Union dankte Gott, dass Gott nicht in die Verfassung gekommen war, und arbeitete seit langem darauf hin, dass auch die Muttergottes von der Flagge verschwand. Dass nun auch endlich die zwölf goldenen Sterne auf blauem Grund, ein Symbol, das direkt aus dem zwölften und dem dreizehnten Kapitel der *Apokalypse*, dem letzten Buch der *Heiligen Schrift*, stammte, aus der europäischen Flagge verschwänden. Wir wurden damals mit dieser deutsch-französischen Freundschaft und ihren Jumelages geimpft, von der ich ja auch lebte.

Einmal hatte Elaine auf jenen Fahrten im Auto Geburtstag, wir haben unterwegs aber auch nur zum Pinkeln angehalten, laisser pisser le mérinos … den ganzen Tag verbrachten wir auf der Strecke von Nevers über den Morvan bis Sigmaringen, das in meinen halbfranzösischen Ohren auch einen besonderen Klang hatte. Nur etwas mehr als zwanzig Jahre zuvor war Elaine an ihrem Geburtstag von den Tieffliegern von Tuttlingen her, der Stadt von Kannitverstan, angepeilt worden, um ausgelöscht zu werden. Sie, neunzehn Jahre alt, die Bedingung meiner Möglichkeit, war in den Jahren bis dahin mehrfach von Tieffliegern von Westen her angepeilt worden, die eigentlich die Bahnstrecke Ulm-Friedrichshafen-Lindau zerstören sollten. Der Tiefflieger hatte Pech.

Elaines Erfahrung mit dem Krieg war nur fünf Minuten lang, und dann, mon père, über das weitere Leben hin. Die fünf Minuten genügten jedoch, um Todesangst zu haben: Es war ein Tiefflieger, der so tief über sie hinwegflog, dass sie einen Kopf, den Kopf eines Menschen erkennen konnte, der zum Glück danebenzielte. Sie warf sich mit ihrem Fahrrad ins Gras und hörte ihr Herz schlagen bis in ihre Ohren, und auch noch, als sie zu Hause angekommen war. Und dann noch Marschall Pétain, den sie in Sigmaringen manchmal vorbeifahren sah.

Ende April 45 lebte Leni, die dann, fast zwanzig Jahre später, meine Mutter Elaine wurde, bei ihren Großeltern in Deutschachberg, und die Franzosen kamen auch nicht irgendwohin, sondern nach Sigmaringen, in jene Kleinstadt von Elaines Herkunft, sie war ja keine Pflanze und kein Baum, und Wurzeln hatte sie nicht. Sondern Eltern, Vater und Mutter, keine Wurzeln, sondern Beine, mit denen sie, sobald es möglich war, allem entkommen wollte. Die Familie kam aus Sigmaringen. »Ursprünglich« war auch ein Wort, das keine Wurzeln im Leib hatte, sondern Sprünge, so musste ich mich mein Leben lang um die Ecke denken und schleichen. Sigmaringen war damals noch die Hauptstadt von Hohenzollern und an jenem Tag auch von ganz Frankreich: Ich kannte es sehr wohl, und was eine Wüste ist, wusste ich auch.

Das ist der Prolog zu meiner Geschichte. »Wenn Sie so wollen«, sagte meine Großmutter immer sehr vornehm, wie das auf Französisch klang, bien sûr. Und: »On peut dire que.«

Von der Schwarzwaldtannenschwermut wusste ich noch nichts.

Und ich konnte mich auch nicht erinnern, dass ich in einer der Zeitungen die vergangenen zehn Jahre auch nur einen Satz zu Madagaskar gelesen hätte. Doch da hing ein Bild über dem Esszimmertisch. Zwar nicht Madagaskar, wo mein Vater seine fünf schönsten Jahre verbracht hatte, wie, weiß ich nicht. Roland sagte es zwar nicht, aber ich wusste es. Es musste mit Liebe zu tun haben. Der Kilimandscharo, gemalt nach einem Schwarzweißfoto, hing stillschweigend all die Jahre über unserem Esszimmertisch. Es war ein Auftragswerk von Elaines Eltern zur Hochzeit der beiden, und der Künstler, der selbst in Afrika gewesen war, hat für das Bild einen ganzen Sack Kartoffeln und ein halbes Schwein bekommen, ein Vermögen!, wie es hieß. Es war nämlich in der schlechten Zeit, wie sie sagten, 1946, und Fritz Lang, der Maler, musste auch von etwas leben.

Das Bild war auch eine Erinnerung meines Vaters an die Besteigung des Kibo, des Hauptgipfels, und seine Mutter, die gerne mit ihrem Sohn angab und, wenn neue Gesichter ins Haus kamen, bald aus ihrer Handtasche die Fotos ihres Sohnes herauszog, hat sich damit ein Leben lang gebrüstet. Er aber sagte nur: Das war gar nichts. Was meine Großmutter freilich nicht wusste, aber sie ahnte es, dass dieses Bild etwas mit der Liebe ihres Sohnes zu tun haben musste. Es war die gemalte, anders nicht formulierbare Sehnsucht ihres Sohnes.

Mein Vater sprach kaum ein Wort Deutsch, er konnte es nicht sagen … fast nichts sagen, wenn er nach Deutschachberg kam … und dort hing noch einmal der Kilimandscharo im Schnee, noch ein Original dieses Künstlers, zwischen zwei Winterbildern von Jakob Bräckle. Und wenn, dann wären es Wörter gewesen, die bei uns zu Tisch nichts verloren hatten. Es wären Wörter aus einem Wortschatz gewesen, den die O-là-là-Existenzen, die es überall gab auf der Welt, verstanden hätten, nicht aber jene Großmutter, die sich ihre Haare nicht blond färben ließ und doch ganz auf der Welt war und lebte. Keine zehn Kilometer Luftlinie, aber ein Lichtjahr oder sämtliche Lichtjahre von einer wie ihr entfernt, hatte mittlerweile Dr. Mang sein Schönheitsimperium aufgebaut.

Summa: Sie hätten sich auch nicht verstanden, wenn sie sich verstanden hätten. So lächelten sie sich gegenseitig an und sagten: »Bon appétit.« Und dass mir Elaines Spiel auf dem Flügel nebenan gefiel, dass es mit dem Vergessen von etwas Dunklem und dem Verlangen nach etwas Schönem zusammenfiel, so dass sich in meine süße Fresse ein kindlicher Ausdruck von Glück schlich, war ihm, meinem Vater, wohl schon zu viel, er hat es ja nie gesagt, aber ich weiß es doch. Dadurch dass er nichts sagte, wusste ich von dem, was er sagen wollte und nicht sagte. Immerhin waren auch die Vorfahren von der Vaterseite her sehr musikalisch, der eine hat sich einen Flügel von

Monsieur Guillot, der seinerzeit ja auch ein berühmter Klavierfabrikant war, bauen lassen, auf dem der andere im Duett mit Jacques Offenbach spielte. Dass er das wusste, genügte ihm. Die Menschen waren verschieden, die einen winkten mich herbei wie Madame Cyprian, zuerst mit ihren Madeleines von ihrer alles überblickenden Veranda aus, die anderen winkten mir hinterher. Dazu gehörte Elaine, meine Mutter.

Und wie meine Mutter Elaine mir eigentlich von Anfang an hinterherwinkte, mir hinterher, mit ihrem besorgten Gesicht, vermischt mit ihren Blicken in die Zukunft – als gäbe es für sie jetzt nur noch den Rückwärtsgang als einzig richtigen. … Und wie ich ihr letzter Fehler war, zusammen mit ihm, dem Großwildjäger, und wie es war, mit einem Großwildjäger verheiratet zu sein, der, wenn auch längst aus Afrika zurück, niemals zu einem Ehemann mutiert war, ja, aus diesem Mann war niemals ein Ehemann geworden und schon gar nicht ihr Ehemann, es war auch nur eine hochverlogene Ehe, die weit mehr als ein Fehler war, wenn schon, dann falsches Leben. Aber wenn sie mir hinterherschaute, kam ein Verlangen dazu, etwas Versöhnliches, dass vielleicht doch nicht alles falsch war. Und nun dachte sie fast schon ein Leben zurück, wie es gewesen war, und dass sie da vor ihren Augen ein Joint Venture aus Großwildjagd und Schubertsonate Deutsch-Verzeichnis 850, zweiter Satz, davonfahren sah: Das war ich.

Als könnte ich mich daran erinnern, als wäre es wie am Sonntag Reminiscere, erinnere dich, Schnee von gestern, eine Verbindung aus Hoboken und Köchel, Deutsch und BWV, Poisson-Culot, Wacholdergriff, la Chasse und Sehnsucht.

Sich erinnern und den Schmerz aufleben lassen, wie ich in den Rückspiegel schaue, und da steht Elaine und schaut dir hinterher. Und nun führst du schon ein Selbstgespräch mit deiner Erinnerung. Die Erinnerung, das heißt: Ich sehe sie dastehen. Wie ich ihr davonfahre. Wie sie mir davonfährt. Wie sie mir zurückbleibt. Wie ich ihr zurückbleibe als jenes Bild in ihrem Kopf, auf dem ich ihr davonfahre.

Meine Mutter: Das war jene Frau, die mir und allem hinterherschaute, der Vergangenheit und der Zukunft, die ich gewesen war. Die Kontinuität ihrer Geschichte stellten die Leibspeisen her, was sage ich: allein das Wort »Leibspeisen«.

Ich musste nun nur noch diese Mutter, die lieber Klavier spielte als kochte, und, wie es in der Ville d'Hiver hieß, gar nicht kochen konnte, mit dem Wort »Leibspeisen« in Einklang bringen.

Als ich meine Mutter anschaute, sagte sie mir mit ihrem Blick: So ist es eben. C'est la vie! Sie hatte bemerkt, wie ich sie ansah, ihre schönen Falten, die sie nur vom Spiegel kannte, und was sonst noch in so ein Gesicht geschrieben ist, wenn sie sich an den Flügel setzte und spielte.

Komm zurück hatte sie damals auf Schellack gehört, noch zu Hause auf jenem Hang hinter Isigatreute, von dem aus sie sich wegsehnen konnte, bis in den äußersten Westen ihrer Augen, und von Roland wusste sie noch nichts. Die jungen Männer kamen in Gegenrichtung von selbst zu ihr heraufgefahren, wie unergründliche Tiere in der Rauschzeit, und versuchten, mit ihren Motorrädern einen Blick auf sie zu erhaschen und fuhren an ihrem Haus vorbei, bis ihr Vater gesagt habe: »Jetzt reicht's!«, so etwas sagte man schon lange nicht mehr.

Von ihrem früheren Leben war nur *J'attendrai* übrig geblieben, das auf Deutsch *Komm zurück* hieß.

Was blieb? Was blieb sonst noch von ihrem Leben? Der nicht mehr geleerte Postkasten. Der nicht mehr kommende Brief. Das für immer verlassene Bett. Eine bloße Erinnerung an das morgenschöne Leben, das sich hinter ein paar Sätzen duckte. Das Familiengrab mit den übrig gebliebenen Namen. Nur die schrittweisen Pferde aus Mörikes Gedicht, sie fehlten nun, *Denk es, o Seele*.

Und ich? Dass ich am Ende ihres Lebens noch auf Trennkost umstellte, tat ihr weh. Es schmerzte sie nun doch, obwohl sie ein Leben lang darauf stolz gewesen war, nicht richtig kochen zu können und mir wenig an Leibspeisen bieten konnte. Dafür war sie nicht zuständig. Und doch schmerzte es sie, dass ich ihr Essen nicht mehr wollte. All die Tartes und Dinge, die Roland am Samstagmorgen für sie bei Monsieur Grolleau holen musste, und dann die Sachen bei Madame Ferret, wie sie mit ihrem Messer von *Passion France*, Typ »Poisson-Culot«, hinter der Theke stand.

All die schönen Essen, die für mich zubereitet worden waren, für ungültig erklären, für falsch, ja, dass all mein bisheriges Essen und Leben ein Fehler gewesen war? Und aus den schönen Erinnerungen an das Leben war mir nichts geblieben außer einem Bedauern, dass es zu viel gewesen war? Davon fett und krank geworden zu sein und alles falsch gemacht zu haben?

Trennkost, damit ich nicht mehr sagen musste: ein paar Sekunden Lust auf der Zunge und dann ein Leben lang es büßen müssen um die Hüften herum, wie Tante Mausi?

Daraus könnte ein ganzes Buch werden! Hatte sie wohl immer schon gesagt, wenn sie an ihr Leben dachte, und zuletzt sagte sie es immer mehr, je mehr sie nicht weiterwusste. Doch keiner sagte mehr: Ich weiß nicht.

An seine Eltern denken tat fast immer weh. Und auch an sich selbst zu denken tat fast immer weh. Manchmal hatte ich den Verdacht, dass ich im Suff gemacht war. Dass sich meine Eltern noch ein letztes Mal hatten gehenlassen, denn ich war ja der Jüngste und der Letzte von allen. Elaine fraß wohl alles in sich hinein, das ganze Leben. Andere sagten nur »Ich fresse alles in mich hinein«, ein Satz, der das Gegenteil bewies. Einen solchen Satz hatte Roland schon gar nicht in seinem Sprachgepäck und Sprachbesteck. Nachts schrie er immer wieder einmal »Nicht schießen!«, freilich auf Französisch. Tagsüber schwieg er meist. Wenn er zu Hause war. Unterwegs bis zuletzt wohl seine O-là-là-Fresse. Der lebenslängliche Krieg wäre erst mit dem Tag zu Ende, da sie ihren endgültigen Platz im Leben gefunden hätten, und das war auf dem Heimatfriedhof von Arcachon. Das sollte ihr Ort sein. Und so stand es dann in der Zeitung.

Mit einigen, die hier lagen, war ich per Du gewesen, von den Lebenden jedoch gab es keinen mehr.

Was hast du heute dazugelernt? Wurde ich einst von Madame Peau und der Schule zurückgefragt. Nun hätte ich sagen können, ja: Es hatte alles, das ganze gewesene Leben, in ein, zwei, drei Sätzen Platz. Vom ersten Löffel an, vom ersten Wort an. Und dann auf dem Friedhof, bei den anderen, mit seinen 16 000 Kaufgräbern und selbst in einem der 3000 Urnenplätze.

Und dann fragte sie bald: Was hast du wieder mit deinen Hosen gemacht? Und ich: Ich habe darin gelebt.

Am Ende … Im Garten standen später die Skulpturen von Tante Elfriede herum. »Nie wieder Krieg!« Und nun war es ein Bozzetto genau dieser Arbeit, den sich meine Mutter Elaine als ihren Grabstein gewünscht hatte, wo er ein paar Jahre lang stand, bis er, mit einer Arbeit von Henry Moore oder Giacometti verwechselt, schließlich gestohlen wurde. Das hatte auch sein Gutes, denn nun war die Geschichte dieses Grabes zu Ende, die Erinnerung daran, dass sie beide gelebt hatten, und der Beweis, dass sie tot waren, und die Liegegebühren waren auch nicht mehr fällig, und es drohte kein brutales Schreiben vom Friedhofsamt, entweder zu bezahlen oder der Grabstein werde abgeräumt und entsorgt und bald umfunktioniert. Nur in meinem Kopf bliebe noch eine Zeitlang so etwas übrig. In diese Zeit fiel auch der Tod von Tante Elfriede.

Erst ganz zuletzt sagte sie »nein«, das heißt »ja«. Und sie nahm, da nichts anderes da war, ein Unkrautvertilgungsmittel, denn lieben war ein Tuwort.

Eine Liebesgeschichte, die von da nach dort führte. Das Kind, das ich war, konnte sich keinen Reim machen. Es gab wohl noch eine Frau und noch eine und immer wieder eine andere in seinem Leben. Du Schabian!

Das Kind, das ich war, verstand die Geheimsprache der Alten nicht. Wie sie da redeten. Es kam eine Frau vor und noch eine Frau, ein Strick und auch das Wort Gift. Die Wörter »Rauschzeit« und »andere Weiber«. Nur das Wort Liebe fehlte, entweder kannten sie es nicht, oder sie trauten sich nicht, die Liebe in den Mund zu nehmen. Sie zeigten auf das Kind, das ich war, und machten wohl Zeichen hinter meinem Rücken, welche ich im großen Spiegel neben der Standuhr sah, auch wenn der Raum ziemlich verraucht war, und die entsprechenden Stimmen musste ich mir nun auch wieder dazudenken. Sie nahmen andere Wörter dafür. Sie sagten nicht »Frau«, »Gift«, »Schaum«, »Mund«, »Schäumen«, »Tod« für Liebe. Sie sagten: »dumme Sachen«, »Dummheiten«. Wenn es hoch kam, sagten sie »Weiber«. Dummheit war das Hauptwort für Liebe, da, wo das Kind, das ich war, das Sehen und das Hören lernte, und dann das Lesen und das Schreiben, das Dazuzählen und das Abziehen.

»Das sind so Geschichten.«

»Sie war halt schwermütig.«

»Ja.«

»Ja.«

Das Modewort »bipolare Störung« war noch nicht in Umlauf gebracht, und die Welt war der Ort, wo wir uns in der Zeit verloren.

Dummheit war da, wo ich zu hören begann, das eigentliche Wort für Liebe, vielleicht war es immer schon so gewesen, einst, ganz aus dem Innenraum der Welt heraus, wer weiß. Das Hören kommt vor dem Sehen, wie wir von der pränatalen Diagnostik wissen und wie die Experten sagen.

Aber darauf konnte ich auch von selbst kommen, mit nichts als mir und meinem Hirn ausstaffiert, meinem Glücks- wie Unglücksspeicher. Doch jede Liebe begann mit einem Blick.

Eine Dummheit gemacht zu haben bei ihnen ließ darauf schließen, dass es Liebe war. Dummheit und Liebe waren eins. Und mir zerriss es das Herz, dass es mir nicht das Herz zerriss.

Jahrelang lebte Tante Elfriede im Glauben, ihr erster Mann, ihr geliebtester, sei in einem Lazarett in Frankreich gestorben und habe davor noch ein Bein verloren. Und sie und ihr gemeinsamer Sohn bekamen dann vom Staat eine schöne Pension, die es nicht gegeben hätte, wäre Karl einfach so gestorben, als Kranker im Lazarett. So galt er als gefallen. Aus dem Lazarett kam dann ein Stenobrief, welcher der Familie vom einbeinigen Schicksal mitteilte. Es war außerdem der letzte Brief von Elfriedes Mann. Und damit lebte sie nun weiter. Heiratete dann aber doch, nicht aus Liebe, einen Fabrikanten von der Rauen Alb namens Erich, und der übernahm auch den Sohn ihrer großen Liebe. Das war sehr großherzig von Erich; und eine schöne Frau hatte er so auch noch bekommen, dazu auch noch Attribute, wie sie später in den Bekanntschaftsanzeigen der *ZEIT* erschienen, wie »parkettsicher« und »nicht unvermögend«.

Tante Elfriede schuf dann, so sagte man damals noch, ihren *Einbeinigen Soldaten* aus Anhänglichkeit an ihren lebenslänglichen Geliebten (der Fabrikant aus Onstmettingen konnte hier nicht mithalten). Sie arbeitete künstlerisch eigentlich jahrelang nur noch am *Einbeinigen Soldaten.* Das wiederum verstimmte Erich irgendwann doch, er war eifersüchtig auf diesen *Einbeinigen Soldaten*, wenn auch ein wenig stolz, als er sah, welche Bedeutung seine Gattin mit dieser Arbeit in den Landkreisen und Städten, die Teil der deutsch-französischen Freundschaft und ihren Städtepartnerschaften waren, gewonnen hatte, bis in die hohen siebziger Jahre hinein.

Selbst in Goslar, der Partnerstadt von Arcachon, und an zahlreichen anderen Orten, wo damals den deutsch-französischen Städtepartnerschaften gehuldigt wurde, stand nun ein Abguss des *Einbeinigen Soldaten*, und manche davon hatte Elaine, Elfriedes Schwester, vermittelt, und wäre Tante Elfriede nicht mit dem vermögenden Gatten gesegnet gewesen, der diese Frau und ihre abwesende Liebe allerdings auch aushalten musste, dann hätte sie auch so von ihren Verkäufen bequem leben können.

Meine Tante Elfriede war eine Künstlerin, immerhin Meisterschülerin von Professor Henselmann, bitteschön!, und auch von Kokoschka, das waren die zwei Juwelen in ihrem tabellarischen Lebenslauf und einer Liste, wo die Teilnahme an sämtlichen AOK- und VHS-Kunstausstellungen (eine Art Leistungsschauen) zwischen Lörrach und Wangen im Allgäu, im Milchwerk Radolfzell, in der Oberschwabenzentrale von Ravensburg und selbstverständlich auch in Wangen im Allgäu, dokumentiert war, alles unter dem Buchstaben G (Gruppenausstellung). Der *Einbeinige Soldat* war und blieb aber ihr Bestseller.

Von dem sie, wäre sie nicht mit ihrem Fabrikanten, ihrem Zweitmann, verheiratet gewesen, dann hätte ganz gut leben können.

Erich liebte sie, doch bald merkte er, dass er nur ihre zweite Wahl war, sie zog sich ganz von ihm zurück, und so sah sich Erich, allein mit seinen Hormonen, gezwungen, sich anderweitig umzusehen. Das war aber Elfriede auch nicht recht.

Nur der ursprüngliche Entwurf sowie der erste Guss der Büste, welche in ziemlich drastischer Weise in Bronze zeigte, wie es aussieht, wenn ein Bein fehlt, blieb als Bozzetto erhalten. Allerdings in der Asservatenkammer, und auch da noch unter einem Tuch … Als anstößig betrachtet und ausjuriert, machte sich Tante Elfriede noch einmal an die Arbeit.

An der zweiten Version hingegen, in der das über das fehlende Bein hingeworfene Tuch Teil der künstlerischen Komposition war, so dass man vom fehlenden Bein nichts mehr sah, so wie vom Tod im Wort »gefallen«, hatten die Kunstsachverständigen der Stadt und auch der Stadtrat keinen Anstoß mehr genommen, weil die Künstlerin einen gnädigen Mantel des Vergessens über den auf dem Boden hingestreckten Invaliden ausgebreitet hatte, der in seiner Schönheit durchaus mit dem *Sterbenden Gallier* in den Kapitolinischen Museen zu Rom konkurrieren konnte.

Die verbesserte Bronze des zweiten und endgültigen und von der Jury gutgeheißenen Abgusses stand nach wie vor im Foyer des Rathauses. Im Sockel war zu lesen: »Nie wieder Krieg!« Zur Erinnerung an die deutsch-französische Freundschaft.

Mit der haperte es in letzter Zeit etwas, besonders seitdem abzusehen war, dass es mit den rheinischen Katholiken im Kanzleramt, nun in Berlin, ein Ende hätte.

Es war eine Plastik aus dem besonders harten Nusplinger Granit, die als Mahnung gegen den Krieg vor manchem Rathaus in Baden-Württemberg aufgestellt wurde, so wie später die Lenk-Brunnen, enthüllt zu manchem Jubiläum, besonders der deutsch-französischen Städtepartnerschaft. Und dann hatte diese Arbeit sogar im deutsch-französischen Nachkriegsgeschäft der alten Bundesrepublik ihren Siegeszug angetreten zwischen Sigmaringen und Cérisy-la-Neuve, Arcachon und Goslar, Deutschachberg und Combray. Später wurde sie ins Foyer genommen, wo sie wohl immer noch Anstoß als moderne, mordende Kunst erregte.

Die Künstlerin Elfriede nahm die Züge von beiden, die Geschichte von beiden, ihres geliebten Mannes und auch des ebenso geliebten gemeinsamen Bruders von Elfriede und Elaine, und schuf einen Schmerzausdruck in einem Bozzetto und mehreren Abgüssen, denn auch ihr Schmerz hatte zwei Vornamen.

Mich interessierte gewiss mehr mein eigener Onkel als der

angeheiratete Mann von Tante Elfriede. Und von ihm, so hieß es, hatte ich einiges geerbt, auch was mein Aussehen und meine Eigenarten betraf, man sagte aber damals noch nicht Tourette, sondern eine Gewohnheit, und in den Städten: einen Tick.

Und dann, Jahrzehnte später, nahm Tante Elfriede noch einmal diesen sorgsam als Reliquie gehüteten Stenobrief ihres Mannes aus dem Lazarett: Es war an seinem achtzigsten Geburtstag. Und dann sollte mein Cousin Karl Rudolph die rührende Geschichte noch einmal vorlesen, um den gefallenen Vater, der ein bedeutendes Institut für Stenographie gegründet hatte, ganz zu vergegenwärtigen.

Und dann stockte Karl Rudolph … und tat so, als wäre es die Schrift und nicht das, was er da gerade gelesen hatte. Doch mein Cousin war schneller als der Argwohn seiner Verwandten und zitierte nun Dürrenmatt: Wie ein Schauspieler sich erst einmal hinstellt, bevor er etwas sagt, als wäre es von ihm, schaffte er sich einen Freiraum und tat so, als läse er still, eine Generalpause lang, und dann rief er in den Raum hinein: »Lesbarkeit ist die Höflichkeit der Schrift!«, und alle lachten. Wieder einmal hatte der Mensch durch einen kleinen Witz von den Tatsachen ablenken können. Die bestanden darin, dass Karl Rudolph gerade in diesem ehrwürdigen letzten Brief des Vaters aus dem Lazarett gelesen hatte, dass im Bett nebenan ein Mann mit großen Schmerzen liege, denn ihm fehle nun ein Bein. Mehr hätte die Postüberwachung ohnehin nicht durchgehen lassen. Aber auch diese Angst war wohl umsonst, denn wer machte sich schon die Mühe, all diese Briefe, und dann noch Steno, zu lesen.

Die Tante war doch sehr erschüttert über diese Nachricht, die ihr Lebenswerk in Frage stellte und sie zudem in Angst versetzte, der Staat könnte Regressforderungen stellen, daher behielt sie für den Rest ihres Lebens diese Tatsache oder Wahrheit bei sich, hatte aber nun einen Glauben weniger.

Es blieb aber noch der vermisste Bruder, mein Onkel, dessen Geschichte wohl die eines lupenreinen Todes im Krieg aufhob. Auch er war ein hübscher Bursche, wie der vom Bergwerk von Falun, so konnten auch Männer und Frauen sagen und auch die Dichter, als müssten sie sich distanzieren, ein hübscher Bursche, als wäre es nicht ganz so schlimm gewesen, von so einem nicht geliebt zu werden, ein hübscher Bursche, mehr ging nicht, das wusste ich von jedem Foto, und auch, weil es meine Großmutter immer wieder wie nebenbei gesagt hatte, als wäre es ihr gar nicht so wichtig gewesen. Er machte das Leben über solche Grimassen, so dass die Menschen, die nicht hinschauen konnten, ihn mit einem heiteren Menschen verwechselten, das rächte sich nun, denn es kamen die Grimassen seines Lebens ins Spiel, was in Friedenszeiten manchen auf dem Friedhof heiter stimmte. Wie sollte ich es sagen?

Was soll ich sagen? Mein Onkel hatte eine sogenannte »Gewohnheit«, hieß es. Mein Onkel hatte einen sogenannten Tick, was man aber auf den Fotos nicht sah und schon gar nicht hörte. Das war die Eigenschaft der Fotografie, dass man vom tatsächlichen Leben eigentlich nichts hatte und mitbekam.

Damals, als man noch nicht Tourette sagte, gab es das auch noch nicht, denn es gab nur Dinge, für die wir ein Wort hatten.

Die meinen Onkel noch kennengelernt hatten, sagten sich insgeheim: »Er hat es von seinem Onkel«, mit »er« meinten sie mich, und untereinander mussten sie nicht einmal weiter erklären, was »es« war. Und mancher glaubte, dass sie es im Ausland nicht mitbekämen, so wie einen Sprachfehler oder sonst eine Besonderheit, immerhin verstand nicht jeder in Berlin, wenn ich »merde« sagte oder »bugger me«. Aber sie sahen es doch.

Meinen deutschen Onkel kostete es vielleicht das Leben, da er sich so dem Feind, zu dem auch mein Großvater und meine

Großonkel von der französischen Seite gehörten, ungewollt verriet Asdfkjaöl! Asdfkjaöl! Asdfkjaöl! Asdfkjaöl! Asdfkjaöl! Asdfkjaöl! Zur Buchstabensuppe gewordenes Asdfkjaöl! Asdfkjaöl! Asdfkjaöl! Auch mein Onkel gehörte wohl zu diesen Problemen, die nur eine Geschichte hatten, aber keine Lösung, es wäre dann der Tod gewesen. Wie soll ich es sagen? Die Jahre, die andere wie ich schon mit Liebesdingen verbrachten, war er an der Somme gewesen, es war im Jahr, als der Soldat aus Neapel einen Brief an seine Braut schickte vom Isonzo nach Hause, kurz bevor er starb.

Und dann blieb er mit dem Kopf nach unten in einem Schlammloch liegen, ungewiss, ob es ein Schuss war oder ob er einfach erstickte. Zu Hause hieß es aber dann, er sei vermisst, und hätte es gefallen geheißen, hätte es keiner, nicht einmal der Bürgermeister, der mit solchen Nachrichten damals unterwegs war, geglaubt. Für den Kaiser und das Vaterland oder »mort pour la France« als wäre es eine Frau gewesen.

Und dann blätterte ich im Atlas, wenn meine Eltern sich auf Leben und Tod stritten, mein Schlupfloch verregneter Wintertage, denn auch am Meer regnete es, so dass ich nicht hinauskonnte. Ja, und selbst am Meer gab es Menschen, die wegwollten. Der *Diercke Weltatlas* bei Georg Westermann war ein Geschenk aus Deutschachberg zum Weißen Sonntag, damit ich die Orte und Länder der Welt auch auf Deutsch wüsste. Da machte ich meine ersten Weltreisen. Ich war auf dem Pazifischen Ozean zwischen den Bikini-Inseln, Neukaledonien mit seinen Kanaken, Tonga und seinen Frauen und der Osterinsel unterwegs und überall, zwischen immer und nie.

Die Erinnerung ist ein Rückspiegelschmerz, ihr Ort heißt: Ich war einmal.

Wir alle haben eine Vorgeschichte, und diese Geschichte ist noch mehr als eine solche Geschichte, eine Geschichte, der schon mein Großvater wie auch mein Vater hatten entfliehen wollen, von Sedan her nach Madagaskar. Das schaffte er auch. Auch er. Aber dann kehrte er doch zurück und heiratete meine Mutter, die Geschichte ging weiter.

Abermals Sätze wie Blumen, die um das Wort »enttäuscht« herum drapiert waren in der Nacht meiner Sätze … Ja, das Wort »enttäuscht« gab es, die Geschichte ging weiter, und das, was vorbei war, wurde immer mehr.

Ich wurde zur Zeit der Schlüsselblumen geboren. Gezeugt allerdings als Letzter während der Hundstage in Erinnerung an den heißen Sommer von 1945, ich war ein Nachzügler der Liebe, ein letztes Mal, und blieb es, lebenslänglich. Als die Liebe schon vorbei war. Gelegentlichen Sex muss es also in dieser fortgeschrittenen Zeit immer noch gegeben haben. Daran mochte das Kind, das ich war, lieber nicht denken.

Dass ich selbst einmal als Übersetzer von allem fungieren sollte …

Was habt denn ihr für ein Kind? Das war eine Frage, die ich nicht nur einmal hörte. Das konnte ich allerdings nur mithören und meist in der Version von »Was haben denn die für ein Kind?«. Die Frage hing vielleicht auch mit meiner Mutter zusammen. Sie wunderten sich immer, warum ich so gut Deutsch sprach. Allerdings kam das Kompliment, das ich erst in Freiburg und dann in Berlin immer wieder erhielt, immer von Menschen, die Sprache mit Aussprache verwechselten und Welt mit Provinz und von meinem komischen Akzent sprachen. Es hörte sich für sie irgendwie schwäbisch an in Berlin. Gut, meine Mutter liebte angeblich immer schon alles Französische und wollte immer schon Französisch studieren, und um den Weg nach Frankreich vielleicht abzukürzen, hat sie Roland geheiratet. Eigentlich war mein Vater für sie nur ein am Ende gescheiterter Fluchtversuch. Ja, die meisten Ehen waren doch nicht viel mehr als am Ende gescheiterte gemeinsame Fluchtversuche. Damals war es aber ein Skandal. In Frankreich vielleicht noch mehr als in Deutschachberg. Ich kam erst zwanzig Jahre später dazu. Eigentlich sollte ich Yves heißen oder Fidelis, nach Fidelis von Sigmaringen. Da hatte sich meine Mutter noch einmal in den Kopf gesetzt, dass ich, ihr Spätgeborener, der Beweis, dass sie auch noch nach zwanzig Jahren Ehe ab und zu Umgang gehabt haben mussten, wohl einer wie Yves Montand sein sollte, ich, ein Echo der Schritte im Sand, welche von den Wellen hinweggespült werden und ihre Spuren ziehen bis in die Ohren der heutigen Tage, und dann war es eigentlich nur Gebell und Erröten.

Schon Elaine fürchtete sich vor den Menschen und hielt sich daher zurück. Sie galt als das Gegenteil von leutselig. Doch ihre Empfindsamkeit wurde ihr falsch ausgelegt, schon in Deutschachberg. Mit den einzelnen Menschen, wenn sie mit ihnen allein war, konnte sie besser als alle Alphatiere und öffentlichen Seminarlautsprecher, die, waren sie mit einem Menschen unter vier Augen zusammen, fast schon tot waren, so sprachlos waren sie. Menschen, die in den Talkshows alles wussten, vor allem, wo es langging, und sich vor einer Million Menschen hinstellen konnten, als handelte es sich um Krautköpfe aus der Bresse, brachten zu Hause bei ihrer Frau oftmals kein Wort mehr heraus und waren dabei schon zum fünften Mal verheiratet. In den Medien hieß es dann, sie hätten sich nichts mehr zu sagen, als hätten sie sich jemals etwas zu sagen gehabt, nachdem es, wie Tante Mausi sagte, im Bett nicht mehr klappte. Ich habe in der Schule, nach der École Maternelle, was war das Wort »Kindergarten« eine Schönheit gegen das Wort »École«, von Maternelle bis Normale Superieure, nie wieder erzählt, dass meine Mutter aus Hohenzollern kam, von dem sie am Bassin d'Arcachon nichts wussten, noch nie gehört hatten, und wenn, dann mit Preußen verwechselten, dem alten Feind der alten Geschichte, wo die vielen Toten lagen, zwischen Waterloo und El Alamein, die manchmal noch einen Namen hatten und

Kinder, die noch lebten. Und von den schwäbischen Hohenzollern, aus dem Kernland des alten Karolingerreichs und unter denselben heiligen Sankt Martin und Saint Michel, wussten sie schon gar nichts. Und dass die Europaflagge direkt aus der Apokalypse nach Brüssel und Straßburg gekommen war, die zwölf goldenen Sterne auf blauem Grund … De Gaulle, Adenauer, De Gasperi, Robert Schuman, alles karolingische Katholiken, der eine sogar heiliggesprochen.

Und der deutsche Großvater? Alle sagten, er sei kein Nazi gewesen.

Doch ihr Pfarrer, der ihnen ihre Stammbäume mit der Hand herausgeschrieben hatte, wie vom Kaiser verlangt, und Elaine auch die erste Beichte abgenommen und ihr einen Tag darauf die erste heilige Kommunion überreicht hatte, starb kurz darauf an Herzversagen in Dachau.

Einmal sah sie Pétain vorbeigehen, beim Spaziergang an der Donau entlang, sie sah Céline im Café Seelos herumsitzen und dann Ende April in Deutschachberg … Leni war gerade neunzehn geworden, stieß auf Roland, schon ein paar Jahre älter, aus Madagaskar zurück an der Spitze der von Tuttlingen herkommenden Franzosen, fast ausschließlich waren es ja Marokkaner, um den Herrenmenschen, den Hinterwäldlern, die so etwas so wenig wie einen Elefanten oder einen Ara, jemals gesehen hatten, einen Schreck zu versetzen, und der Pfarrer hatte die Frauen in der Kirche eingesperrt, das half aber nicht viel, denn nicht alle Franzosen waren Katholiken, die von der Möglichkeit von Todsünde und Beichte wussten. Die SS hatte verkünden lassen, dass es sich bei diesen schwarzen Eindringlingen um Barbaren und Menschenfresser handele, denen man ohne Rücksicht gegenübertreten solle. Die Geschichte verlief aber anders.

Auch in Frankreich gab es im Zweiten Weltkrieg übrig gebliebene Frauen genug. Und dann Roland zurück mit einer boche. Die Heirat mitten im Januar 1946 war noch ein Skandal auf beiden Seiten des Rheins. Die Braut in Schwarz, offiziell wegen der Kriegstoten, in jeder Familie gab es ja mindestens einen.

Es war genau der Weg, den Roland genommen hatte auf dem Weg nach Sigmaringen, wie sie Ort für Ort durchkämmt hatten, das heißt: an den weißen Fahnen vorbeimarschiert waren, und dann Elaine, meine Mutter, die damals noch Helene Maria hieß.

Wenn sie dann durchs Dorf gehen musste, um Milch zu holen, am Hauptquartier der nachgerückten Sieger vorbei, hat sie wie alle Frauen und auch Männer vor der Trikolore jedes Mal einen Knicks machen müssen, das war auch nicht viel anders als an der Kirche vorbei, wo sich das Kind auch jedes Mal bekreuzigte. Der Mensch war in solchen Dingen geübt. Und die Angst war auch dabei, vermischt mit Neugier und auch etwas Stolz, denn sie wollte ja beweisen, dass auch in Deutschachberg Französisch gesprochen, ja gelesen wurde.

Sie war froh, dass der Krieg zu Ende war und dass sie nicht mehr so einfach erschossen werden konnte.

Elaine, die Übersetzerin, die freilich nie an einer Übersetzerschule war, hatte gerade nach Freiburg gehen wollen, um Französisch zu studieren, doch dann kam der Krieg. Und dann Deutschachberg, in den Gutshofgebäuden, die zum alten Hohenzollernschen Schloss gehörten, wohin der Großvater seine Familie verfrachtet hatte, weg von Sigmaringen, das Ende April 45 keine gute Adresse war, Hauptstadt vom Frankreich der Kollaborateure.

Roland nahm Elaine dann nach Ravensburg mit zum Service forestier, wo sie beim Übersetzen und Abholzen der deutschen Wälder gebraucht wurde. Als hätte sie dafür Französisch gelernt, beim Abholzen der alten oberschwäbischen Wälder behilflich zu sein, damit auch kein Wald vergessen wurde. Die

Franzosen waren auch keine Engel. Und da geschah es: die Liebe.

Und dann, wie sie schon ein paar Tage in dem Jeep herumgefahren waren, von Wald zu Wald, beim Abholzen der Wälder zwischen Lindenberg und Sigmaringen, Winterreute und Rast, geschah es dann auch. Im Hennenbühl, Gemarkung Fürstliche Wälder von Hohenzollern, früher einmal alter Hausbesitz des Klosters Salem.

Ganz in der Nähe lag Sigmaringen, und damals sagte man dort noch nicht: »Ich hatte Sex mit Céline.« Die arme Mutter, ich hoffte, sie hatte von ihrem Leben etwas mehr als von ihrem Mann und mir, von mir. Und dass wir nicht die einzigen Männer waren in ihrem Leben. Und dass sie von ihrem Leben etwas mehr hatte als ich von meinem, aber ich glaube es nicht. Was wusste ich von meiner Mutter? Ich weiß es nicht. Sie hat ja nie darüber gesprochen, ich fürchte: mit keinem. Eine beste Freundin hatte sie nicht. Und mein Vater? Er schon gar nicht. Man hätte meinen können, die Bücher wären seine Freunde gewesen, denn außer dem Wald und der Jagd auf alle Arten und seiner Leidenschaft für Messer der Firma Passion France, waren es seine Bücher, mit denen er sich halbe Tage lang zurückziehen konnte. Aber obwohl er zeitlebens viel las, hatte er doch von Literatur keine Ahnung und hat gelacht und den Kopf geschüttelt über manches Gedicht von Valéry oder Mallarmé, mit denen sich die Intellektuellen herumquälten, mit seiner unheimlichen Intelligenz war er doch nur auf Wissen aus. So las er sein ganzes Leben und galt dann auch als großer Leser und fraß sich durch. Doch das waren alles Sachbücher zum Krieg, zu den Waffen und Messern, Geographisches, ja die ganze Welt in diesem Zusammenhang, und so las er auch die Menschen: eine Biographie nach der anderen, von Charlemagne bis Louis Neuve (IX.), von Napoleon bis De Gaulle, von Descartes bis … Sartre; meiner Mutter hingegen genügten ein paar Bücher als Lebensgefährten, ja ein paar Sätze, die sie beim Herumblättern aufschnappte, und dann war es fürs Leben. Ihre Lieblingsgedichte kannte sie auswendig.

Was war Heimat? Vielleicht die Erinnerung an dieses Wort, das es in ihrer neuen Sprache gar nicht gab. Heimat war das Gegenteil von Deutschland und Frankreich, Muttersprache war das Gegenteil von Deutsch und Französisch. Beim Mittagessen konnte ich immer zum Kilimandscharoschnee hinsehen, ob nun in Arcachon oder auch in Deutschachberg, dort hing er zwischen zwei Schneebildern von Jakob Bräckle, und dann noch ein Papagei, wie gemalt von Fritz Lang.

Dagegen jenes Bild, das ja zum schönen Leben sagte, das weit weg sein musste, hatte ich aus Havanna mitgebracht, als Kompensationsgeschenk an Mausi, dafür, dass sie mich hatte allein dorthin fliegen lassen, und ich mich zwischen dem Malecón und der Playa del Este herumtreiben konnte. Das Bild hing nun über dem Spieltisch von Bruno Paul. Ich hatte es im vierzehnten Stock bei einem Friseur in Havanna gekauft, es war da oben gemalt, und der Maler schien beim Malen geträumt zu haben: nichts von dem, was ich da oben an Schimmel und Feuchtigkeit zu sehen bekam, war auf diesem Bild zu sehen, sondern ein paar Hütten unter Palmen, und dann die Kokosnuss, die gerade heruntergefallen war, und dann der Schaukelstuhl, auf dem sie gerade gesessen hatte. Sie. Mehr brauchte es eigentlich nicht zum Glück. Und jederzeit konnte sie wieder durch die Schwingtür zurückkehren.

Wenn ich einmal allein mit meiner Großmutter zu Hause war, und sie sollte auf mich aufpassen, wie es hieß, und sie mich für sich ganz allein hatte, begannen auch ihre Sätze gerne mit »Deine Mutter und dein Vater«. Und stockte dann, als wollte sie noch mehr sagen. Mehr wollte sie aber nicht sagen von dem, was ich hätte schon verstehen können. Schließlich war ich ein Kind, und niemals mehr in meinem Leben hätte ich sie mehr verstanden, nur ihre Katze oder ihr Hund verstand sie noch besser. Hätte sie mir es nur gesagt. Und dann sang sie mir »Les petits lapins du champs trottent trottent gentiment«. Die andere Großmutter sang mit mir *Sah ein Knab ein Röslein stehn*. Das war in der Zeit, als sie immer noch auf eine Rückkehr jenes Menschen wartete, und auch sie, als wären das die Wörter alter Menschen, begann ihre Sätze gerne mit »Dein Vater und deine Mutter« … Nur ich stellte die Verbindung von diesen (zwei, drei, vier) sich immer fremd gebliebenen Menschen her, zwischen den zwei ersten Kriegsparteien, und ich stammte in gerader Linie von ihnen ab, diesen Kriegsparteien und ihren Koalitionen. Ich war außerdem auch noch ein letztes Ergebnis eines Ehekriegs, der erst mit dem natürlichen Abschied von der Front des Lebens zum einseitigen Waffenstillstand kam. Beendet wurde auch dieser Krieg nie, so dass ich schon vielleicht mit zwölf dachte, es wäre besser, sie schlössen einen Separatfrieden und trennten sich für immer, was nie freiwillig geschah.

Asdfkjaöl! Asdfkjaöl! Asdfkjaöl!, und wenn die Sehnsucht hätte Fahrrad fahren können, dann hätte sie bergauf bremsen müssen, so wandelte ich immer nur einen Satz von Inge ab, der Vivienne Petrulli galt, in dem sie das Wort »Dummheit« durch das Wort »Sehnsucht« ersetzte.

Der Kilimandscharo sollte eine Erinnerung an Madagaskar sein, so genau nahm man es nicht mit Afrika im Allgäu und auch in Arcachon nicht, und auch die Aras, die mein Vater immerhin von einem Ausflug nach Cheyenne kannte, hatte der Maler nur in einem Stuttgarter Tiergarten gesehen, dem Vorläufer der Wilhelma, und nicht in Afrika, denn auch die Aras gab es ja nur von Amazonas bis Zoo.

In beiden Häusern, also in der Ville d'Hiver von Arcachon und in Deutschachberg, also irgendwo jotwede zwischen Bufflingen und Isigatweiler, hingen im Esszimmer drei Bilder, die Quelle war die kleine Sammlung des Großonkels, der mit den beiden Malern befreundet gewesen war. Die Bilder des einen Malers zeigten den heiligen Berg Schwabens, den Bussen, und die zwei anderen Bilder zeigten den Kilimandscharo sowie einen Papagei in allen Farben, und diese Bilder stifteten mich zu einer gewaltigen Sehnsucht an, zu einer diesseitigen und einer jenseitigen, welche die ganze Kindheit und Jugend vorhielt, und im Grunde bis hierher, bis zu diesem Augenblick.

Und lange her, dachte ich, dass mich die Mutter zum Essen rief. Damals zwischen Bufflingen und Isigatweiler, irgendwo zwischen Moos und Loch, und ich saß zwischen dem Ersten und dem Zweiten Weltkrieg, zwischen Deutschland und Frankreich und zwischen Mutter und Großmutter, und der Ort, aus dem meine Mutter kam, enthielt einen Seufzer, ein Ach, und einen Berg, vor dem der Mensch ein Leben lang stand. Es war irgendwo dazwischen, genauer kann ich es nicht sagen, denn dort lebten immer noch Menschen, die von mir hätten enttäuscht sein können, wenn ich mit meinen Eltern in den großen Ferien ins Dorf meiner Mutter kam, der Ort hieß Deutschachberg.

In meiner Kindheit gab es auf dem Kirchplatz noch ein Kriegerdenkmal, das noch ein Brunnen war, der damals noch floss, und auf diesem Denkmal standen alle, die im Krieg gewesen waren, Lebende und Tote, und so auch mein Großvater, sein Bruder und sonst einige Großonkel von mir, und ebenso die Brüder meiner Mutter als Kriegsteilnehmer und Vermisste. Es waren so viele Namen auf diesem Denkmal, dass ich hätte auf ihm lesen lernen können, und was es tatsächlich hieß, gefallen zu sein. Einige kehrten nach Hause zurück. Das Kriegerdenkmal, aus dem Blut und Wasser floss, war für uns Kinder eine Art Spielplatz, mein Ferienspielplatz, im Brunnen konnten wir die Wasserpistolen füllen und einander vollspritzen und einander abschießen, als gehörte der Tod zu den Kinderspielen. Als übten wir schon.

Und dann hörte ich die Stimme, die mich zum Mittagessen

rief. Da saßen wir dann an einem großen Tisch. Da saß ich zwischen meinem Vater und meinem Großvater, zwischen dem Ersten und dem Zweiten Weltkrieg, und ich sollte auch noch essen, und mein uralter Großvater, der aus dem Ersten Weltkrieg zurückgekehrt war und aus der Gefangenschaft in Southampton, sprach von Hunger und Durst in Southampton, es war nicht im Royal Country Club, und er sah meinen nicht leer gegessenen Teller und sagte nichts weiter, und mein Vater, der aus Madagaskar, dem Zweiten Weltkrieg und als Sieger zurückgekehrt war, sagte gar nichts. An der Stelle, an der ich etwas hätte hören wollen, schwieg er von dem, was ich hätte hören sollen? Über mir die Bilder aus Afrika und Oberschwaben, Kilimandscharo und Bussen. Ich wollte es wissen, was das für Bilder waren, ich sollte nichts sagen, nicht sprechen und den Teller leer essen und nur antworten auf Fragen, die nie kamen.

Draußen blühte es, und sonst nichts, und nicht umsonst, oder vielleicht auch umsonst, und … m… ein Großvater sprach an der Stelle vom Ersten Weltkrieg, an der mein Vater zum Zweiten Weltkrieg schwieg. Nur nachts schrie auch er: Nicht schießen! Jetzt waren fast alle tot, so viel ließ sich sagen. Jetzt konnte man darüber reden, dass man nicht mehr darüber reden konnte. Und darüber streiten, wer am meisten »mitgemacht« hatte im Krieg, der in Deutschachberg »der Erste« und in Arcachon »der Große« hieß: Isteiner Klotz gegen Hartmannsweiler Kopf, die Sommeschlacht gegen die Postüberwachungsstelle mit den herzzerreißenden Liebesbriefen und Sätzen, die in den Mülleimer kamen, Mülleimer der Geschichte, Hochverratsmaterial, in Sonderbehältern entsorgt und verbrannt, der Mann war schon zerfetzt, zuvor schon genug gehabt, »Ich kann nicht mehr« geschrieben, das war Defätismus, zum Glück starb er, sonst wäre er erschossen worden, als Letztes vielleicht mit dem Wort Trommelfeuer in seinem Kopf. Und in der Mitte der Postüberwachungsstelle lagen die zu entsorgenden Briefe von den im Schlammloch erstickten Köpfen mit den bis zur Unkenntlichkeit zerfetzten Bildern darin und den bis zur Unkenntlichkeit begradigten Briefen und Bildern von der Front, auch nicht anders als heute. Nur sagte keiner »Feld der Ehre« mehr.

Ich war also von Anfang an in eine französische und in eine deutsche Linie geteilt. Die Grenze, zuzeiten eine Todesgrenze gewesen, verlief mitten durch mich. Die deutsche Linie ging wiederum in zwei Hohenzollernschen Linien auseinander, die Mutter von Elaine kam aus Deutschachberg, der Vater aus Sigmaringen. Aber vielleicht war es auch bei mir und hier so wie auch sonst im Leben, wo es oftmals zwei, ja mehr rechtmäßige Erben der Schuld und auch des Schmerzes gab. Der Schmerz hatte zwei Vornamen in diesem Haus. Und zwei großgeschriebene Zahlwörter: Erster und Zweiter. Der Krieg war etwas Sprachverschlagendes auf beiden Seiten des Rheins, und doch stritten schon die Heimkehrer mit den Zurückgebliebenen, jenen, die in keinerlei Gefangenschaft geraten waren, darüber, wer am meisten mitgemacht hatte, in unseren Häusern, und ansonsten wurde das ganze Jahr über miteinander geschwiegen und auch in den Sommerferien, auf beiden Seiten des Rheins. Immer anwesend waren die Abwesenden, die Toten, die Vermissten, die aus diesem Haus hinausgegangen waren, denn es saßen damals noch Menschen am Tisch, die warteten immer noch, es fehlten da und dort noch zwei. Und zweimal zwei ist vier, so konnte ich anhand unserer Vermissten multiplizieren lernen, die längst Tote waren, was wir längst wussten und ein Leben lang nicht glauben wollten, dazuzählen lernen und abziehen. Selbstverständlich auch aufgrund der Grabreihen.

Als ich nach langer Zeit wieder einmal auf dem Heimatfriedhof war, sah ich, dass sich hier ein Kind nicht mehr verstecken konnte und auch das Dazuzählen nicht mehr üben konnte und nicht einmal mehr das Abziehen, denn einheimische Barbaren, die sich dann mit den Vorschriften entschuldigten, hatten verfügt, dass alle alten Grabsteine herausgerissen werden, und das stumpfsinnige Volk folgte wieder einmal den Anordnungen, so preußisch wie in den USA, wo man »It's the law!« hinausplärrte und bis zum heutigen Tag jedes Verbrechen rechtfertigen konnte. Nur mit dem Säbel war es nicht mehr. Die Historiker mussten blind für das Leben sein und den Schmerz, vergleichbar den Sammlern von Zinnsoldaten.

Dagegen Elaine. Ihr Schmerz hatte zwei Vornamen. Und von ihrer Großmutter war ein Satz geblieben: Bube drinked Milli(ch). Sie hatte ja noch eine Muttersprache. Von ihrem Vater war ein durchschossener Schuh geblieben, von ihrem Schwiegervater eine zerrissene Brieftasche, eine Reliquie, von der Schwiegertochter entsorgt. Die Orden waren beim Spielen verlorengegangen. Der Kirchliche Suchdienst stellte demnächst seine Arbeit ein. Auf dem Friedhof das Denkmal (die Denk Mall) für die Gefallenen und die Vermissten, auch hier der *Einbeinige Soldat* meiner Tante Elfriede mit der Aufschrift »Nie wieder Krieg!«. Wir Kinder rannten also in unseren Sommerferien hochdekoriert auf diesem Friedhof herum, lernten anhand der Gräber und Grabreihen und Namen also leben und lesen und zählen und spielen, die Erwachsenen ließen uns gewähren, das heißt: Sie bekamen von uns kaum etwas mit. Und meine Cousins liefen am Rosenmontagsumzug von Burladingen mit den EK I und EK II ihrer Väter und unserer Großväter mit. Ja, wir kramten in den Schubladen herum und suchten uns die Dekoration zusammen, die Indianerzeit war schon vorbei, und unser vermisster Onkel Theobald hatte diesen schrecklichen Orden überreicht bekommen. Allein für die Nahkampfspange in Silber zahlten die entsprechenden Sammler mittlerweile fast so viel wie früher für die Blaue Mauritius, das Traumziel der Briefmarkensammler von einst, oder für einen Maserati. Der Orden überlebte den Ordensträger so lange, bis wir ihn beim Karneval, vielleicht beim Singen und Schunkeln in der

Rosenmontagsschleife, vielleicht beim Mitsummen von *In fünfzig Jahren ist alles vorbei* verloren. Vielleicht wurde er mir auch gestohlen. Von einer Kleptomanin mit Feindberührung. Angesetzt auf mich von einem kriminellen Ordensfetischisten. Während ich an ihr etwas herumfummelte in einem ersten Praxistest von dem, was mir Madame Cyprian beigebracht hatte. Aber da muss ich schon aus dem Alter herausgewesen sein, dass ich mit Elaine und Roland in die Ferien fuhr, ja, die Erinnerungen verschwimmen mit der Zeit.

Auch in Deutschachberg gab es Coreopsis, Mädchenaugen, und es war unsere letzte gemeinsame Reise nach A-Berg, wie die Einheimischen, bald Eingeborenen sagten, als wäre es zu schreiben mit AAA. Ich wusste ja, dass Elaines Muttersprache schöner klang in französischen Ohren ohne das deutsche Ch. »Eu hann de gera«, das war kein Chinesisch, das hieß einfach »Ich liebe dich« in der Muttersprache meiner Mutter … laisser pisser, dachten sie wohl, die Menschen, wir … schon auf dem Sprung ins Leben und la chasse.

Babette gab es auch bald schon so wie eine süße Erinnerung an das erste Mal, aber noch nicht so, einstweilen wartete sie wohl in Arcachon auf meine Rückkehr, ich wusste es nicht; und es sollte noch zwei Jahre dauern, bis ich am Tag nach dem ersten Mal von Elaine zum Bus verfrachtet wurde, der mich nach Goslar brachte, wo ich als Übersetzer beim Jubiläum der 20-jährigen Freundschaft von Arcachon und Goslar unverzichtbar war, und außerdem sollte noch die Plastik des *Einbeinigen Soldaten* enthüllt werden, die die Inschrift »Nie wieder Krieg!« trug, zuerst geschaffen von meiner Tante Elfriede für jenen Platz in Sigmaringen, auf dem Marschall Pétain doch kaum dreißig Jahre zuvor mit seinen Staatsgästen defiliert war. Ja, eine Zeitlang war auch Sigmaringen einmal die Hauptstadt von La France, gleich neben »unserem Fürsten«, wie sie in A-Berg sagten, dem hochdekorierten Karl Anton von Hohenzollern, der eigentlich immer schon hoch zu Ross über den armen Soldaten, der unter ihm lag, hinwegschaute, ja hinwegritt, was aber ein Kriegsorden war, wusste ich nicht, konnte es mir nicht einmal richtig vorstellen. So lange hatten sie bei den nicht beachteten, immer noch nicht entsorgten Dingen in jener Schublade des Großvaters herumgelegen. Spätestens beim Ausräumen, man sagte in jener Gegend »beim Verbrennen« dazu, wären diese Dinge ohnehin weggeworfen worden oder einem Alteisenhändler mitgegeben worden mit den Worten »Kaschd hau«. Alles, was keinen Sinn mehr hatte, wurde nämlich verbrannt, selbst die Inflationstrillionen von 1923, der durch den Fortschrittsglauben längst als überholt deklarierte Tauschhandel lebte auf einmal wieder auf. Die Muttersprache arbeitete immer noch nach diesem Prinzip, ein Wort ums andere. Aug um Aug, Wort um Wort, Zahn um Zahn. So sprachen sie miteinander.

Unsere größte Gemeinsamkeit war vielleicht, dass wir nicht miteinander sprechen konnten.

Nur von der Gefangenschaft fiel dann und wann ein Satz, aber auch nur vom Hunger und Durst in Southampton, wenn der Teller nicht leer gegessen war. Niemals aber war die Rede von unseren Toten und Vermissten, aus jedem Krieg waren es diesseits des Rheins zwei und jenseits zwei, die schon an dem großen Achberger Tisch gesessen hatten, irgendwo auf dieser Gemarkung, die preußisch war und fast an Vorarlberg grenzte, zumindest bis 1969, war das nicht auch das Jahr der Mondlandung? Und das Wort »Buchenwald« hätte auch noch irgendwo untergebracht werden müssen von denen, die damals noch an diesem Tisch gesessen hatten und sich an jene Menschen erinnerten, von denen sie niemals sprachen, die an ihrem Platz an diesem Tisch gesessen und von derselben Köchin ihr Essen bekommen hatten, in diesem Herrgottswinkel der Welt, nur dreißig Jahre vor mir. Aber nicht nach dem Kochbuch von

Erna Horn, Verfasserin des Bestsellers *Der Deutsche Eintopf*, für das jene Erna sich ein Schloss kaufen konnte in der Nazizeit, und danach ging es unter dem Namen Maria Anders weiter, in der Fresswellenzeit, in der Käse-Igel-Zeit. Ihr Buch hieß nun *Die kalte Platte*, und der Gipfel war der Waldorfsalat und der Russische Salat auf der Höhe des Kalten Krieges.

Mir schmeckte schon die Schlachtplattenprosa des Homer nie, also das, was wir in der Schule davon vorgesetzt bekamen, von ebensolchen Lehrern, die in Deutschland Friedrich Schiller in einen ersten Rausch versetzte, oder in Frankreich Voltaire und die Jakobiner, die Bücher nicht lasen, sondern missbrauchten oder sie für ihren eigenen Krieg lasen und zensierten.

Als Andenken an den Ersten Weltkrieg blieb unter diesem Dach also der zerschossene Schuh, den mein Großvater auf seinem letzten Fronturlaub mitgebracht hatte. Das Schicksal des Großvaters gipfelte also in Wörtern wie »Trommelfeuer«, »Hunger« und »Southampton«. Es war aber nicht im Royal Country Club. Da waren die großen Namen versammelt. Lord Kitchener, Lawrence von Arabien, Churchill in Südafrika, der Tiger von Eschnapur, Ernst Jünger … All die großen Namen! – All die großen Eroberer. Ich aber sagte, ich aber schrieb dagegen: Es war mein Großvater. Ich wusste es von einem, meinem Großvater. Das war Kinderwissen. Gesichertes Kinderwissen, und diese Wahrheit stand ein Leben nicht und niemals zur Disposition. Welch wichtiger Mann wusste schon von den Toten von Haus zu Haus.

Die richtige Mutter Elaines starb ja an Diphterie, wie auch ihr Sohn, das Josephle, der einen Tag später, bei vollem Bewusstsein, denn Penicillin gab es ja nur für die Hauptpersonen, und das war der deutsche Soldat. Es war dann Anfang April 1945, als sie gemeinsam begraben wurden. Und zwar vom Haus aus, durch das Dorf die Straße zum Friedhof hinauf. Oben zogen schon französische Tiefflieger ihre Runden und versuchten mehrfach, den langen Leichenzug mit seinen Fahnen und dem Wagen mit den Rössern zu treffen. Der Pfarrer schrie, sie sollten sich alle ducken und die Fahnen nach unten. Vergebens, sie schafften es den Friedhof hinauf. Und damit war eine Geschichte wieder einmal zu Ende. Denn außer zwei Menschen, die vielleicht noch leben, wüsste es keiner mehr. Und doch: Mein Großvater heiratete danach noch einmal, es war die jüngste Schwester seiner verstorbenen Frau, das war die Vorgeschichte meiner Sommerferien in Deutschachberg, bei den Tanten zwischen Isigatreute und dem Schenkenberg, zu denen ich Großmutter sagte, denn die eigentliche Großmutter war da schon längst vermodert. Die Pferde scheuten, wären beinahe mit dem schwerfällig pompösen Leichenwagen durchgebrannt, und auch dabei hätte es beinahe noch einmal Tote gegeben. Der Pfarrer habe geschrien, die Fahnen nach unten! Die Pferde waren über sie hinweggetrampelt, hatten die eine Fahne sogar zerrissen, und der heilige Michael lag im Dreck und musste von den Frauen mühselig gereinigt und zusammengeflickt werden. Wahrscheinlich ist er immer noch an vorderster Front bei den Prozessionen. Das war der heilige Michael, eigentlich der alte Verbündete aus Karolingerzeiten zusammen mit dem heiligen Martin. Sie müssten sich alle ducken, in den Restschnee hinein, der sich von den schwarzen Kleidern abhob, nur für die Frontsoldaten gab es kein schwarzes Trauergewand (darüber wäre einmal nachzudenken: dass es für den Soldaten keine Traueruniform gab, als müsste von ihm der Tod am meisten bestritten werden, und das letzte Hemd des Soldaten war noch der Kampfanzug). Der Friedhof wurde von mehreren Bomben getroffen, es gab seltsame Auferstehungen, die Bilder davon blieben noch eine Zeitlang im Kopf und verschwanden mit der Letzten, die das gesehen hat, und das war Elaine. Und sie selbst wäre ja auch beinahe getroffen worden von einem solchen Flieger, dessen Kopf sie erkennen konnte im Vorbeifliegen. Da war Elaine achtzehn und hieß noch Leni.

Ich kannte den Wagen ja noch, seine schauderhaften silbernen Palmzweige an den Seiten, ein kindliches Augentrauma. Ich habe jenen Wagen noch gesehen. Zum letzten Mal wurde mein Großvater da hinaufgefahren, es war das letzte Mal ein archaischer Zug zum Heimatfriedhof hinauf, vom schmerzhaften Rosenkranz eskortiert, von Rosenkranzbetern, in Paradisum. Dann ging es mit dem Spezialfahrzeug von Daimler-Benz weiter bis zum heutigen Tag wohl. Die Feuerwehrfahrzeuge und die Leichenwagen waren ja auch bald Oldtimer, sie mussten nicht bei jeder neuen Daimler-Serie neu angeschafft werden. Und doch gab es später Menschen, die fuhren mit einem gebrauchten, zu einem Wohnmobil umfunktionierten Feuerwehrauto oder mit einem Leichenwagen herum, das machte ihnen gar nichts. Damals hatte ihnen der Patron des Dorfes, der Erzengel Michael, Saint Michel, Geleitschutz gegeben, und die Fahnenträger ließen ihre Fahnen tief ins Grab hineinhängen, und ein Trommelwirbel war die Begleitmusik. Ja, die zwei Brüder Elaines, der eine war der jüngste, zehnjährige: statt Penicillin ein Schnitt in den Hals … der andere war der älteste, der vermisste, vermissteste, wohl gefallen. Der hätte wohl Penicillin bekommen. Wahrscheinlich fiel er und blieb liegen. Aber wir Kinder dachten uns, vielleicht hat er auch eine Frau gefunden, doch Onkel Anton war ja erst achtzehn, als er, vom Staat beschlagnahmt, an seinen Todesstreifen, das war sein Platz im Leben, gestellt wurde, und heiraten hätte er noch gar nicht dürfen, sterben konnte er aber schon. Als Kind dachte ich mir, vielleicht ist er durch ein Wunder gar nicht in den Krieg gekommen, sondern wurde von einer guten Fee zu einer Frau geführt, einer großen Liebe, vielleicht hat er unterwegs zur Front eine Frau gefunden, eine große Liebe, die er nie mehr verlassen wollte, und er war gar nicht im Krieg, und ich rechnete mir aus, dass er nächstes Jahr achtzig würde, dass er über das Fernsehen wiedervereint würde mit seiner alten Familie, und alle würden allen verzeihen, und alles wäre verziehen, und ich hätte in irgendeinem Land noch Verwandte, Cousins, denen ich um den Hals fallen könnte, und alles wäre gut. So viel wussten wir: Es war im Osten, wo er wohl liegen blieb. Das wäre noch die freundlichste Variante gewesen in den Jahren bis zu Elaines Tod, und bis dahin hatte sie nie erfahren, wie ihr Bruder gestorben war, und dachte sich das Leben über zu Tode darüber, und nachts erreichten auch sie die furchtbarsten Bilder und holten sie in ihrem Kopf ein.

Und dann, als wäre es einfacher, den Schmerz auf zwei ebenbürtige gleichberechtigte Zentralen zu verteilen, musste sie auch an ihren zehnjährigen Bruder denken, als wäre es ein Trost gewesen, zugesehen zu haben, wie das Kind starb, als wäre diese Gewissheit halb so schlimm. Und dann kam noch ein Bild, das sie gesehen hatte. Der zehnjährige Bruder fragt seine Schwester: Leni, muss ich jetzt sterben? Sie sind auf dem Weg ins Krankenhaus, das Josephle hat gerade seinen zehnten Namenstag gehabt und fragt meine Mutter, seine älteste Schwester, auf dem Weg ins Krankenhaus: Leni, muss ich jetzt sterben? Was für eine Kinderfrage. Und dann hat es ihr den Hals zugeschnürt, und im Krankenhaus dann der Schnitt in den Hals, der bei Elaine ein Schnitt ins Fleisch war, der durch kein Pflaster zugedeckt werden konnte; der jüngste Bruder der Mutter, mein Onkel, gerade zehn Jahre alt geworden und auf dem Weg im Bernerwagen, mit den zwei Pferden, die dann auch den Leichenwagen zogen. Was eine lebenslängliche Wunde im Herzen meiner Mutter hinterlassen hat und einen ebensolchen Phantomschmerz, den sie an mich vererbte. Trotzdem hat Roland sie nach Frankreich mitgenommen. Aber nicht gleich freilich. Das Leben ging tausendfach weiter. An Liebe war zunächst nicht zu denken. Sie dachte nach zwei Jahren, als sie in meinen Vater schließlich doch verliebt war, dass es lange her war. Aber gegen das Ende ihres Lebens hin rückte diese Fahrt mit ihrem Bruder immer näher an sie heran, und zuletzt war es so für sie, als wäre es gerade jetzt gewesen, und dann starb sie.

Was weiß ich schon, was wusste ich schon vom Bauch meiner Großmutter und der Liebe meines Großvaters zu ihr, und von seinem Muttermal, das er auch in der englischen Gefangenschaft mit sich führte, und damit leicht identifizierbar war als einer, der noch lebte? Ach meine Toten, als hätten sie dem Tod zuliebe noch etwas Hochdeutsch lernen müssen. Und selbstverständlich die einzig verbliebene Weltsprache. Alle anderen waren nämlich in der Globalisierungskelter verschwunden, anyway, es gab immerhin noch Übersetzer, also gab es auch noch Muttersprachen. Trotz allem hatte Elaine um 1964 herum immer noch eine dumme Art von Heimweh; außerdem konnte sie den Namen Fidelis für mich nicht durchsetzen … und zwar, weil erst fünf Jahre vor meiner Geburt Castro, der nach dem heiligen Fidelis von Sigmaringen getauft war, was jedes Kind in Sigmaringen nun wusste, seinen Schaden angerichtet hatte von der Schweinebucht an. Ja, wir waren auch früher einmal international gewesen. Seit 1871 waren wir aber eine stillschweigende Kolonie von Preußen her, das sich nun Deutsches Reich nannte. Mein Urgroßvater, der Großvater meiner Mutter, ein tadelloser Mann, hieß auch schon Fidelis, und meine Mutter war die Enkelin des Bürgermeisters und Apothekers Fidelis Hottenlocher-Amstutz-Vonloch. Als Nachfahren ärmster verfolgter Schweizer Katholiken aus dem falschen Kanton kamen sie bald nach dem Dreißigjährigen Krieg hierher, wo keiner mehr lebte, verschneit oder verschlagen. Mein Urgroßvater war noch so einer, der in gerader Linie von einem Heiligen abstammte und keine Kompromisse gemacht hatte und dann von wütenden calvinistischen Bauern in Graubünden erschlagen wurde. Das war jedoch nur, wenn man so will, die Zwischenstufe, denn bald war er von Rom heiliggesprochen, zusammen mit Camillo de Lellis, und wohnte im Himmel weiter, und in Rom war der Sigmaringer nun der Hauptheilige und Patron der Propaganda Fide. Ja, diese Menschen starben freilich langsam aus, die noch nicht einmal wussten, wie man Nujork sagt, und es noch niederschmetternd fanden, dass von Morgen bis Abend auf allen Kanälen Lieder gesungen wurden, von denen sie kein Wort verstanden. In dieser Welt mussten sie nun ungefragt leben, wie die Eingeborenen, die über die Glotze zu falschen Träumereien angestiftet wurden und Sätze hörten wie »barilla noodles make you comfortable inside, when it's miserable outside«. Bald waren sie Fremde zu Hause, bestenfalls Eingeborene, und saßen, vom Leben draußen ausgeschlossen, am Abend vor ihrer Glotze. Es waren Fernsehbilder; doch keines von ihnen konnte mit »Trommelfeuer an der Somme« standhalten. Oder wenigstens mithalten mit »Der Hunger von Southampton«. Von meinem Großvater, der mit seiner zweiten Frau damals, als wir in der Rauschzeit unseres Lebens waren, noch lebte, blieb also nicht viel mehr als die Erinnerung an einen durchschossenen Schuh, den mein Großvater von der Front mitbrachte, wie andere ihren Weisheitszahn vom Dentisten in der eigentlich immer nutzloser werdenden Nachttischschublade mitbrachten; und an meine Mutter, die mit diesem Schuh nichts mehr anfangen konnte, den ich lange herumstehen sah bei den aussortierten Sachen, und die ihn irgendwann, zusammen mit den Front- und Liebesbriefen, den übrig gebliebenen Orden von Menschen, die sie nie gesehen hatte, nicht einmal auf einem Foto, und allem, was sonst noch in der Gerümpelkammer gestrandet war, entsorgte. Schweren Herzens, wie sie dachte. Das muss noch dazugesagt werden. Also blieb nicht mehr von ihm als die Erinnerung und ich, wir zwei. Überlebende.

»Wollt ihr noch etwas?«

Es war beim Mittagessen an jenem großen Tisch, der mir immer noch zu wachsen scheint, und ich in der Mitte zwischen Menschen, die sich nicht leiden konnten und sich fremd waren. Asdfkjaöl! Asdfkjaöl! Asdfkjaöl! Zuerst war mein Vater meiner Mutter fremd gewesen, dann der Großvater der Großmutter, und ich in der Mitte von diesen zweien, die Schwiegertochter und die Schwiegermutter, mother in law war genauer, zum Glück kamen sie nur selten einmal zum Essen zusammen, ein paarmal im Jahr.

Wie schreibt man Weltkrieg? Groß oder klein? Fragte ich. Und der Großvater sagte: »Diese zwei Kriege waren so groß, dass man Erster und Zweiter großschreibe moss!« Das war seine Eselsbrücke. Und so sein Sigmaringer Hohenzollern-Deutsch, das er in diesem Vers eigentlich nur nachäffte, denn er sprach ja immer ein feines Deutsch, sagten die anderen, denen das Hochdeutsche so fremd war, dass sie es schon fast gar nicht mehr verstanden und an keinem Tag ihres Lebens sprachen. Eine andere Sprache als die Schriftsprache kannten sie nicht; und eine andere Sprache als ihre Muttersprache sprachen sie auch in A-Berg nicht, das war eine auf einem rätoromanischen Fundus aufbauende Version des allgäuischen Alemannisch, und an einem solchen deutschen Tag wie dem 20. April feierte er seinen letzten Geburtstag, mein Großvater, ein paar Jahre gab es da sogar ein Leuchtfeuerwerk, ein Flamme-empor-Brimborium, und die Großmutter sagte dann wohl: »Siehst du das!«, und den Mauerbau erlebte er gerade noch und mich auch, den jüngsten seiner Enkel, und sah, wie ich ihm entgegenwuchs, und dann *Samba Pa Ti*.

Großvater Konrad hatte seine Erinnerungen an WK I und seinen Bruder (†) in Schönschrift aufgeschrieben: »Im Trommelfeuer. Mein Leben im Ersten Krieg, bis zur Entlassung aus der englischen Gefangenschaft.« Immer schrieb er seinen Namen auf jede Seite unten rechts, als wäre es etwas ganz Großes, wie ein Kind, oder als wäre es wie ein Bekenntnis vor Gericht. Oder ein Aufsatz wie in der Schule, in Schönschrift, als bekäme er eine Note dafür, so geschrieben. Satz für Satz, als ginge es in seinen Trommelfeuersätzen ums Schönschreiben. Und ohne Ahnung, dass dereinst ein Enkel käme und alles läse. Oder doch?

Auch in jedes seiner Bücher hatte er seinen Namen geschrieben, in jedem Buch sein Name, ungewiss, ob er sie auch gelesen hatte. Als wollte er durch seine Unterschrift auf diese Art beweisen, dass er lesen und schreiben konnte. Oder ob es nur der Besitzerstolz war von einem, der immer noch an den Satz »Wissen ist Macht« glaubte. Als wäre er ein Arbeiterkind aus der Zeit von Friedrich Ebert gewesen. Dabei war er mitten in den Kulturkampf hineingeboren worden und bezog sein Lesefutter aus der katholischen Borromäusbibliothek und konnte auch auf einen ansehnlichen Hausbestand zurückgreifen, doch all die Gebetbücher, Alban Stolz und Heinrich Hansjakob waren ihm irgendwann doch zu wenig. Sein Lieblingsbuch war *Don Quixote*, noch eine Gemeinsamkeit. Obschon, es war ja ein Leben im 20. Jahrhundert, und er wusste wohl auch, wie schon die Haushälterin von Don Quixote, dass das ganze Leben und Lesen nichts brachte, als verrückt zu werden oder, dass die Welt größer war als er und den anderen gehörte und dass sein Leben zu kurz war und er zu unvermögend, um irgendetwas daran zu ändern. Es war ja nichts mehr von ihm und von ihnen da, außer mir und meinen Geschwistern und deren Kindern und so fort. Meine schönste Vorstellung noch in der Liste der Verluste war, dass wenigstens die Sachen beim Spielen verlorengingen. Dass sie von uns Kindern als spielwürdig erachtet wurden, die Eisernen Kreuze und die Nahkampfspange und die Postkarten und Briefe von der Front, und wir konnten so tun, als läsen wir in ihnen, denn sehen war einfacher als lesen, und dann haben wir das Zeug aus den Augen verloren. Und wurden dann von den Geschichtsschreibern belehrt, Lord Kitchener, der Tiger von Eschnapur, Ernst Jünger … und all die großen Namen! Ich aber wusste es von meinem Großvater.

Nächstes Jahr in Southampton. Und im Anfang unserer Existenz: ein glücklicher Augenblick, höchste Lust … ich komme … ich komme … Ich kam und war da. Und schon in meinem Albtraum die ganze Geschichte noch einmal, da hatte ich in den Spiegel sehen können, da sah ich mein zerfetztes Gesicht, genau in dem Augenblick, wie mein Großvater das Wort Trommelfeuer schrieb. Vielleicht lag es nur an seinem schlechten Englisch, dass er den Krieg und die großen Strategen nie verstand und auch später nicht die Herren Historiker, die über jenes Trommelfeuer schrieben, in dem er gelegen hatte. Und dann schrieb er auch noch selbst, von sich und seinem zwanzigjährigen Bruder, für sich, auch für mich. Der erste Satz begann mit »Mein Bruder«, ging in »zweimal schwer verwundet« über und endete mit einem Reim von »Lazarett« und »Tod im Bett«. Aber nein, … erschossen von einer Kugel, ob feindlich oder nicht, und »lag bewegungslos geschossen mit dem Kopf nach unten und erstickte«, es war ein gewöhnlicher Tod, das Feld der Ehre war ein mit Wasser gefülltes Schlammloch in einem Rübenacker, ungeerntet im November 1916, die Rüben waren das Soldatenfutter, und das Loch war ein Schweineloch, wo sich in Friedenszeiten das Schwarzwild in der Rauschzeit suhlte.

Im Westen gab es auch an jenem Tag außer den Toten nichts Neues über die Telegraphen und Fernsprecher. Das war schon ein Fortschritt, gemessen am Dreißigjährigen Krieg, proportional gab es viel weniger Tote, es hätten eigentlich, gemessen am Dreißigjährigen Krieg, allein auf Teutschland hochgerechnet, vierzig Millionen sein müssen. Dann gab es noch den Schwedentrunk, und mein Großvater und ich sollten nach allem immer noch an den guten Menschen glauben. Dafür war es nun (fast schon) zu spät. Die Leute verhungerten damals vor Ort, einst verhungerten die Menschen auf ihren eigenen Feldern, auch in Irland, das war aber dann schon in der Zeit von Queen Victoria, der Kaiserin von Indien, den verbrannten Feldern, so etwas gab es nun nicht mehr. Zu Hause in Berlin gab es allenfalls noch einen Steckrübenwinter. Aber anderes war dazugekommen, das Giftgas von Professor Haber vom Kaiser-Wilhelm-Institut, der dafür bei der erstbesten Gelegenheit den Nobelpreis für Chemie bekommen hat, das war 1919, nach dem Ersten Krieg, wie die Alten, deren Leben zwischen zwei Kriege gefallen war, noch sagten, und »Mit der Zeit tut nichts mehr weh« war noch ein Lied, das nicht stimmte. Was sollte so ein Mensch wie ich von der Geschichte noch erwarten? Das wusste ich nun genau.

Die Dichter sprachen immer so gerne von ihren Wanderungen, wenn sie von der Liebe sprachen, von ihrem Wein sprachen sie weniger. Oder nur die größten von ihnen. So viel getrunken wie in den ersten zehn Tagen im Mai 1945 wurde in Deutschachberg überhaupt noch nie! Hieß es dann noch auf Jahrzehnte. Und dass der Wein möglicherweise bei der Liebe im Spiel war. Mancher Mensch wurde im Suff gemacht, wie Inge sagte, und sie ließ damit durchblicken, dass sie dabei an mich dachte. Den Scherz machte sie so oft, dass ich ihn schließlich verstand. War es da noch verwunderlich, wenn ich zuzeiten »Asdfkjaöl! Asdfkjaöl! Asdfkjaöl!« vor mich hinbellte? Und mich von dieser Gesellschaft, die genauso krank war wie ich, aber ihre Symptome geschickter vertuschte, nicht diagnostizieren lassen konnte? Das Wort Wurst, neben das ich nun das Wort »Diagnostik« wie einen Fremdkörper stellte, konnte der Mensch aber bald nicht mehr hören. Als ich geboren wurde, war die Zeit des Käseigels immer noch nicht vorbei, den mein Vater Roland, wie überhaupt das ganze deutsche Essen, besonders schauderhaft fand, so dass wir am Tag der Abreise den

Zeitpunkt immer so legten, dass wir zum Abend in der Gegend von Besançon übernachten konnten.

Im Achberger Haus hatte es Erna Horn und Maria Anders nie gegeben, doch was Mausis Verwandte betraf, so lebten sie damals noch am Ende der Fresswelle. Allein die Abteilung »Wurstplatten« in *Kalte Platten* von Maria Anders enthielt 45 Vorschläge, und alle hat Tante Mausi im Laufe eines irrsinnig langen oder kurzen Lebens, das nun – hin oder her – vorbei war, ausprobiert, vom ersten Satz »Wurstplatten sind aller kalten Platten Anfang« an. »Zu verwenden ist alles, was Farbe hat und gut schmeckt.« Keine zwanzig Jahre später schrieb Peter Handke sein *Wunschloses Unglück.* Und bald kam die Zeit, da die Frauen *Angélique und der Sultan* lasen und sich ein paar Jahre später noch an *Die unerträgliche Leichtigkeit des Seins* berauschten, das heißt ebenso meine Tanten und Tante Mausi und als Mann auch der schwule Onkel Adalbert, und alle wollten von so etwas wie Erna Horn und dem *Deutschen Eintopf* nichts mehr wissen.

Zwei Tage und Nächte hatten sie Zeit im Lesekreis, ob nun in Berlin oder in Lindau, dann mussten sie die Bücher weitergeben, Unterstreichungen hätten sie verraten, also ließen sie es. Und ja, ein Buch war noch etwas Kostbares, das mit einem schnell gemachten Einband aus einer alten Zeitungsseite geschont wurde, und Frau Pegoni zog sogar Handschuhe zum Lesen an.

Davon konnten die späteren Bücher nur träumen. Die meisten landeten nun in der Schredderanstalt irgendwo jotwede bei Treuchtlingen. Da müssen Sie mal hin! Hatte mir ein so bedeutender Buchmensch wie Herr Cordes aus Kiel gesagt, um mich abzuhalten, mit dem Schreiben zu beginnen. Leser war ich ja fast schon mein Leben lang. Und er zitierte den Lieblingssatz aller faulen Baumeister, auf die Schriftsteller gemünzt, die sich für unsterblich hielten, als wäre er von *Oblomow*: »Man muss beim Bauen auch ans Abreißen denken.« Irgendwo jotwede bei Treuchtlingen, hatte er gesagt, das war bald unsere Redensart. Der Mensch berauschte sich aber lieber an *Die unerträgliche Leichtigkeit des Seins*.

Ich saß also zwischen dem Ersten und dem Zweiten Weltkrieg, Vater und Mutter, und es schmeckte manchmal doch, so wie das Leben unter dem Schnee des Kilimandscharo. Und doch war nicht einmal der Tod satisfaktionsfähig, wenn es Liebe war. Wie dieses Buch (mein Buch über die Liebe) geschrieben werden musste, wusste ich noch nicht. Ich wusste nur, dass »musste« sich reimte auf »wusste«.

Zurück aus Deutschachberg ging ich gleich zu Madame hinüber in der Hoffnung, da wäre Babette. Wir waren ja wie zwei Katzen, die vom Wächter bei den Saadier-Gräbern von Marrakesch mit dem Stock auseinandergeschlagen wurden, von Madame Cyprian auseinandergerissen worden. Wir waren zwar auseinandergerissen worden, es war aber noch nicht Liebe, aber ein Kinderschmerz war es doch, so hatte ich die deutsche, die Achberger Zeit mit gelegentlichen Gedanken an meine Spielgefährtin verbracht, ein Telefon gab es ja noch nicht für mich. Weil wir nichts anderes kannten, dachten wir, das sei eben natürlich, und vielleicht kam mir da das erste Mal c'est la vie in den Sinn.

Es war wohl schon Taktik, dass ich Madame ganz scheinheilig erzählte, wie es in Deutschland gewesen war, in der Hoffnung, sie hätte in der Zwischenzeit ihr »Salo!« vergessen, und ich tat so, als hätte ich es auch vergessen. Was macht Babette? »Babette?« Die ist mit ihren Eltern zurückgefahren. Sie kommt aber bald wieder. Das aber ging dann, wie sich herausstellte, fast ein ganzes Jahr. Und tatsächlich, es war nicht gelogen. In der Zwischenzeit ging ich nun oft zu Madame Cyprian, Babettes Tante. Sie war nun ganz zugewandt und ermunterte mich,

Tante zu sagen zu ihr und doch immer wieder einmal bei ihr vorbeizuschauen. Da muss ich zehn Jahre alt gewesen sein oder auch elf.

Und was mich nun, was die kommenden Jahre, Babette und mich betraf: Sie gab uns ein paar Jahre, damit lag der Zyniker wieder einmal goldrichtig. Ich sagte dann auch Tante zu ihr, und sie ließ meine Händchen, auf ihrem Massif Central unterwegs gewähren, oui, Madame, ma tante, auch ich sagte Tante zu ihr, und nun, nach dreißig Jahren hatte ich als Übersetzer gleich mehrere Möglichkeiten für dieses Wort parat, auch die vulgären Varianten: tante, tantouse, tapette, lopette, tantouze, deutsch: Schwuchtel, Tante, Trine, Mutti, als wäre sie ein Phänomen aus Sodom, North Carolina. Mit keinem dieser Wörter wäre ihr aber ein Mensch jemals nähergekommen. Sie blieb, was sie gewesen war: irgendwie ein Geheimnis.

Was nun folgte, geschah zwar nur ein einziges Mal. Aber doch so, dass es nicht mehr von meiner Festplatte zu löschen war. Ich weiß aber nicht, ob ma tante das überhaupt mitbekommen hat, was sich mir derart einprägte. Vielleicht bildest du dir das auch nur ein, sagte Mausi, und auch Babette hatte dies schon vermutet, als ich ihr davon erzählte.

Madame Cyprian lebte schon immer nebenan in ihrem schönen Haus, einer Villa im baskischen Stil von Les Landes.

Die Zeit, bis es so weit war, war bei mir sehr kurz.

Und so ging ich schon mit elf zu Madame … Ich durfte schon beichten, zu Madame Cyprian hinüber, man glaubt es nicht?

Und sie ließ mich machen, vor allem in Liebessachen. Schon wieder ein schmutziger Reim auf mein Leben! Dachte ich, ach, ech, ich, och, uch. Der erste Mensch, auch in dieser Kunst, war Madame Cyprian. Sie ließ mich machen und lächelte gnädig dabei, versuchte so freundlich zu sein und zu lächeln, wie ihr Unterbiss es erlaubte. Sie lebte an sich mit Monsieur und kommenden und gehenden Menschen, die sie alle von ihrer Veranda aus dabei beobachtete. Auch mich. Sie sah wohl bald, dass mit mir etwas nicht stimmte. Ja, bevor ich bemerkt hatte, dass mit ihr etwas nicht stimmte, hatte sie herausbekommen, dass mit mir etwas nicht stimmte. Vielleicht täuschte ich mich auch. Und insgeheim hoffte ich, dass sich auch Madame Cyprian täuschte in mir, und ich war ein ganz anderer, als sie dachte, und dann ich. Ach.

Madame Cyprian wollte vielleicht ja nur sehen, vielleicht sogar herausbringen, ob ich ein Mann oder eine Frau war …

Mit zehn, also im Jahr meiner ersten Beichte, war es gewesen, da sie mir diese Art Trockenunterricht, doch schon mit ersten praktischen Schwimm- und auch Bergsteigerübungen gab, wir hielten uns dabei noch in der Nordregion auf, weit weg von jedem Schwanzglück. Madame Cyprian: Nachdem ich sie entdeckt hatte und vor allem sie mich … Es war zwar nicht wie bei den Indianern, von denen Lichtenberg sagt: Als der erste Indianer den Columbus entdeckte, machte er eine böse Entdeckung … Doch: Nimm dich in Acht vor den Menschen, warnte mich Madame vor ihnen, ja Gottvertrauen kam in ihrer Biographie eher nicht vor. Und doch dachte ich nun, an meinen Platz im Leben verwiesen, auf dieses Bänkchen in Köln, an meine Madame mit einiger Sehnsucht.

Wahrscheinlich liebte ich schon Madame Cyprian, in Konkurrenz zu meinem Vater. Wie sie mir mit ihrem voluminösen Oberkörper durch das Fenster zwischen uns entgegenkam, wie könnte ich jetzt Titten sagen!, und sich auf das Kissen stützte, und wie sie mir hinterherlachte, sie sah ja schon, was ich noch gar nicht wusste, wie sie mit dem Gewicht und dem Volumen ihrer Brüste einen wohl Elfjährigen beeindrucken konnte, und derart blenden, dass nun für immer die Bilder meiner Erinnerung mit diesem Bild von Madame Cyprian, wie sie mir mit ihren Brüsten durch das Fenster entgegenkommt, verschmelzen – und wie sie mir Zeichen zu geben scheint mit ihren Augen, sie musste mich nicht einmal herbeiwinken mit ihrem eleganten Händchen, die ihre starken Oberarme wie ein Gedicht beendeten, sie musste nicht einmal »Komm!« sagen. Komm!, sagten ihre Augen. Ich war elf, als es geschah, dass es nicht geschah. Denn weiter kam ich nicht, der Rest war Wiederholung, immer wieder, wahrscheinlich ein Leben lang. Vielleicht war sie derart enttäuscht, dass sie ungläubig auflachte.

Schon mein Vater war am Coreopsis-Beet vorbei zu ihr gegangen. Was er da gemacht hat, erfuhr ich nie. Angeblich war es wegen seines Rheumas, um sich von ihr einreiben zu lassen. So hatte er es meiner Mutter erklärt, sie hat es ihm gerne geglaubt und schüttelte angewidert den Kopf. Madame Cyprian arbeitete als Heilpraktikerin, und wenn der Patient danach war und er es brauchte, gab es auch noch Massagen.

Nachdem ich sie schon ein, zwei Sommer hatte auf ihrer Veranda sitzen sehen und wie eine Eule oder ein Puma oder ein Krokodil reglos hinausschauen. Ohne dass sie mich herbeigewinkt hätte und ich mich getraut hätte, ihre Madeleines, die sie mir dann mit ihrer ringübersäten Hand gereicht hätte, zu nehmen. Ich hatte gehört von ihr, dass sie zu denen gehörte, die wussten, dass der »dumm-fickt-gut«-Satz stimmte. Madame Cyprian: In jungen Jahren … waren es Baguettes und Küchenmesser, die durch ihren Weltraum flogen. Lange her.

Madame Cyprian gehörte nicht zu den Frauen, die sich mit *Paris Match* zufriedengaben, nicht zu solchen, die sich wie die arme Frau Mopp mit der *Frau im Spiegel* oder mit Fragen wie »Ist Margarine gesünder als Butter?« vom Leben abhalten ließen, nicht zu solchen Menschen, die über Generationen mit Fragen wie »Ist Margarine gesünder als Butter?« das Leben bestritten und im Schnitt täglich 3,46 Stunden vor ihrer Glotze saßen. So etwas brauchte sie zum Leben nicht. Sowenig wie den Wetterbericht.

Madame Cyprian – wie vorstellen? Stell dir eine Frau vor,

sagte ich zu Mausi, die in der Lage ist, nein: die gar keine andere Wahl hat, als vom Balkon des zweiten Stockwerks in Sevilla dir einen Blumentopf hinterherzuschmeißen, direkt auf deinen Kopf, dein lebenslängliches Zentrum all deiner geheimsten Gedanken und Begierden …

Damals war sie eine Frau von vierzig und plus Jahren. Stell dir eine Frau vor, die in der Lage wäre, Gott zu spielen, die entscheiden könnte über dein Leben und deinen Tod, stark wie die Liebe, eine, die in der Kirche der Erzbruderschaft der tödlichen Liebe zu Hause war. Und wenn sie es gewollt hätte, dann wärst du tot gewesen, so aber bist du fürs Leben gezeichnet. Und einer wie ich auch. Wie all die Sammeltassenfressen. Ihr Liebesleben, am Ende hatte sie vielleicht keinen anderen Wunsch mehr als den, in ihrem eigenen Bett zu schlafen.

Was wusste ich schon von Madame Cyprian und ihrem Mann, was sage ich: ihren Männern, zu denen auch ich zählte mit der Zeit, im Nachhinein, die immer jünger geworden waren mit der Zeit. So viel kann ich wohl sagen: Die zwei waren mehr horizontal als vertikal begabt. So war es ihr Leben lang. Weißt du, und doch war es ein Leben lang nur Liebeskaraoke, immerhin, die Chemie stimmte. Metaphysiker waren sie nicht. Über einen Satz wie »Der Glaube ist schöner als der Unglaube« konnten sie nur lachen. Ich aber glaubte an unsere Liebe. Und wusste nun, dass es mehr als eine Stellung in der *Bravo* von Dr. Sommer war, die ich von den Sommerferien bei meiner Großmutter in Sigmaringen, die zuletzt im Fürstin-Feodora-Stift lebte und starb, nach Arcachon mitgebracht hatte. Ich wusste nun, dass die Liebe etwas anderes war, das andere, etwas im Lichtbereich und nicht im Rotlichtbereich irgendwie. Auch wenn ich nur »irgendwie« sagen konnte. Aber dieses Wort war der Beweis.

Und er? Bis zu seinem Tod lebte ihr Mann noch, doch ständig mit der Angst, dass sie wiederkäme mit ihrer Stimme und ihn herbeizitierte.

Nicht begonnene oder nicht ganz zu Ende gekommene Liebesgeschichten hatten den anderen voraus, dass sie nicht enden konnten und endeten. Und dass es keine Abschiedstränen gab und geben konnte. Und auch Sätze wie »Das alles kenne ich auch, nur noch viel schlimmer« waren nicht ohne weiteres möglich.

Als wäre die Liebe eine Unart. Die Liebe war mir zu wenig. Das Leben war mir zu wenig. Und nun sollten in meinem ungeschriebenen Brief diese zwei Sätze folgen: »Wir wissen wenig voneinander« und »Ein Urwald ist in der Sprache zwischen dir und mir«. Nun eben in Köln.

Was wusste ich schon von den beiden noch, die wir gewesen waren. Manchmal schien mir meine Sprache nur aus Ausnahmen zu bestehen. Und manchmal schien mir auch mein Leben nur aus Ausnahmen zu bestehen. Und sogleich musste ich, beim Gedanken an mich selbst und was aus mir geworden war, diesen Satz umschreiben: Manchmal schien mir mein Leben nur aus Ausnahmen zu bestehen.

Madame Cyprian, die Nachbarin, aus meiner Coreopsis-Mädchenaugenzeit, hatte mir noch eine Zeitlang hinterhergeschaut, wie ich mich an ihr vorbei mit Babette zum Meer aufmachte, als wüsste sie schon, wie die Geschichte ausging.

Es war so wie in der Schule, wo ich gleich zwei Klassen übersprang, so sagte man, gleich in die Oberstufe … als wäre das Leben nach dem Modell einer Treppe angelegt und führte immer höher zu einem Ziel. Es nützte nichts. Und dann vom Verlangen ohne jede Stufung sogleich in die postkoitale Tristesse. Madame lachte, wie ich noch in diesem Alter so tat, als wollte ich unter ihren Rock schlüpfen, als hätte ich das in einem Film gesehen, dass ich nicht lache! … wie ein Kind, das sich vor der Welt fürchtet und eigentlich zurück will, oder einfach nur aus Schüchternheit, wie das Kind fremdelt und sich abwendet von der Welt, so versuchte ich noch mit elf, der aufmerksame Zeitgenosse wird aber »schon« sagen, mit dem Kopf zwischen die Beine von Madame zu schlüpfen, und sie lachte nur, als wäre das eine Modeerscheinung, und wie Inge sagte: »Das liegt im Trend« – oder »Das hat man jetzt« oder »Das macht man jetzt so«. Es wäre ja auch gar nichts Besonderes gewesen, wäre ich noch zehn Jahre jünger gewesen, jetzt aber hätte der Analytiker vielleicht das erste Mal »polymorph sexuell« gesagt.

Wahrscheinlich war es Madame Cyprian, die mich damals in die Liebe eingeführt hatte, zumindest eine Grundschule wird es gewesen sein, ein erster Unterricht, aber schon mehr als Trockenübungen, was sie mir da beibrachte. Da ich mich ganz darauf konzentrierte, habe ich vergessen, was um mich herum sonst noch war.

Das heißt, so viel weiß ich noch, es war auf ihrem Schoß: Ich saß auf ihrem Schoß und durfte etwas spielen, etwas mit ihren Brüsten spielen, und sie zeigte mir, wie ich es machen sollte und wie es ging. Sie nahm ihre Hand, ihre Hände und strich mit ihrer Zunge über sie. Und dann strich sie mit geschlossenen Augen mit ihren symmetrischen Händen symmetrisch über ihre zwei auch nicht vollkommen symmetrischen Berggipfel wie Alpstein 2501 und Altmann 2436. »Und jetzt du!«, ermunterte sie mich. Und ich machte es nach, wie sie mir es vorgemacht hatte. Als wäre es ein Spiel. Als spielten wir. Als spielten wir nur. Eine Art Doktorspiel. Oder auch, naheliegender für mich, »Bergsteigerei, Schwierigkeitsgrad 2«. Kategorisiert »für fortgeschrittene Anfänger«. Zu Madame Cyprian fiel mir nun der Satz ein: »Das Datum der Erstbesteigung ist nicht bekannt.« Vielleicht war das aber nur ein Traum oder eine kindliche Erfindung.

Die Erstbesteigung bei Madame lag noch weiter zurück, als ich – »… eine nur dem Kenner wahrnehmbare Unebenheit … bemerkte, von gewöhnlichen Kletterern nie erreicht, da immerhin schon 2. Grad … oben konnte man sich im Gipfelbuch eintragen.« Das war bei Madame aber nicht nötig, noch ein Unterschied. Und auch der Duft war anders. Und nun stimmte es wieder mit meiner Erfahrung überein: »Ein klassischer Kletterberg. Unzählige Erstbesteigungen von der Kletterzicke aus.« Es war auch eine Entdeckung, aber nicht so wie beim ersten Indianer, der den Kolumbus entdeckte und eine böse Entdeckung machte. Ich verglich, soweit ich mich zurücksehnen kann, diese zwei Erhebungen immer mit zwei Gipfeln, und dafür hatte ich, von meinen Sommerferien in Deutschachberg an und dann auf dem Witthoh in der Hütte im Hegau zwischen Emmingen ab Egg und Bittelbrunn, den Witthoh als Vorbild, mit dem Säntis und seinen zwei Doppelspitzen. Eigentlich war es ein Ort, von dem aus ich alles sah, was ich sehen wollte. Besonders die Ausflüge zur Graf-Ludwig-Hütte an jenem kleinen See mitten im Wald, der Ort aber hieß Schwackenreute … Ein El Dorado für »la chasse«, mit seinen zahlreichen Jagdhütten, wie die Kenner zu Hause in den Wäldern von Les Landes dafür sagten. Madame Cyprian hatte auch etwas von »la chasse«, die Lieblingsbeschäftigung meines Vaters war also auch schon dabei. Schon war es ein Spiel, als wäre es kein Spiel. Schon ununterscheidbar, ob es das eine oder das andere war. Auch schon etwas Metaphysik, das große Verlangen zum Gipfelkreuz hin wie bei den allergrößten Bergsteigern.

Brüste war kein schönes Wort, überdies so neutral, da durfte es aber keinen Zweifel geben, dass es ihre Brüste waren, ihr Busen und kein anderer, eindeutig, geschlechtsspezifisch …fisch …isch … Und dann, wenig später, anderswo, war ich irgendwann ganz im Süden angelangt. Und wie es klang … meine nassen Fingerspitzen auf ihren am weitesten ins Weltall hineinzeigenden Brustspitzen wie zwei ebenbürtige Himalajas meines Lebens. Ja, aus den fast parallelen Säntisspitzen waren mittlerweile Himalajas über mir geworden.

Da tickt eine Zeitbombe! – hätte Inge nun gesagt. Tous les

garçons et les filles de mon age … Und: *All you get from Love is a Love Song.* War das nichts? … Mit meinen Händen, eigentlich noch Händchen, sie hatten damals noch eine Zukunft vor sich. Die Zukunft war eine Verheißung. »Damals war die Zukunft meine Sehnsucht, so wie nun die Erinnerung an meine Vergangenheit mein Heimweh ist.«

Es war ganz natürlich, dass ich Madame sagte zu ihr … Abwechselnd Madame und Tante. So, wie andere Gäste abwechselnd »puta« und »baby« sagten. Und sie lächelte, als wäre es gnädig und eine Gunst, was sie mich da machen ließ, wie sie es mir mit ihren Händen vorgemacht hatte.

Ein Kinderspiel. Sie machte es mir vor, und dann ich. Sie war damals um die fünfundvierzig (45), ich elf (11) – man glaubt es nicht, dass ich elf war? Es kann schon sein, dass ich erst zehn war, denn meine Erinnerung kommt mir immer mehr ins Schwimmen. Ma tante musste mir nicht einmal sagen, dass ich das Ganze bei mir behalten sollte. So oder ähnlich war es gewesen.

Eine Beobachtung, die ich zum Wort Sünder gemacht hatte: Der Sünder unterschied sich vom Zyniker dadurch, dass er gar kein Sünder sein wollte. Er wusste, dass er ein Sünder war und fand dies nicht richtig. Der Zyniker gehörte hingegen zu jenen, die »Was soll's!« sagten. Ich kannte mich immer noch nicht, aber so viel wusste ich damals schon: Ich würde es niemals zum Zyniker schaffen, bei dieser Welt!, die immer noch meine war.

Es begann schon beim Aufstehen: Der Sünder unterschied sich vom Zyniker im Wunsch, nun nicht mehr sündigen zu wollen. Der Tag manches Sünders begann mit einem Morgengebet, der eines Zynikers wie Justus mit einem ungehobelten Gähnen oder gleich mit einem unmöglichen Furz im Bett, von dem die Frau aus ihren Träumen aufwachte, und sie schrie auf, aus ihrem Albtraum heraus, und so ein Mann dachte sich dann

»Was soll's« und schlief noch einmal ein. Provinz war überall da, wo er nicht war. Als wäre er schon ein Berliner geworden.

Etwas Angeberei musste bei Inge selbst noch in ihren Klagen und Krankengeschichten auch noch dabei sein: »Das hatte ich alles auch schon, nur viel schlimmer.« Später einmal, das war schon abzusehen, würde sie sich mit Mausi und mir darum streiten, wer am kränksten war. Ein wenig protestantischer Sündenstolz, wenigstens bei Inge, kam auch noch hinzu. Man ging ja nicht zum Beichten, sondern in die Gesellschaft und gab schon zu Hause damit bei seiner besten Freundin an, und das war angeblich ich, frech war Inge dazu auch noch, das liebte ich aber an ihr.

Was habt denn ihr für ein Kind? Bald wurde auch Abbé Pezeril eingeschaltet. Wir alle hatten Beichtunterricht bei Abbé Pezeril. Und auch die erste Beichte. Auf die weitere folgten, ich aber hatte mich immer mehr in meinen angeblichen, erfundenen und tatsächlichen Sünden verstrickt.

Und daraufhin fiel mir doch wieder nur der Satz: »Mach dich nicht so klein, du bist nicht so groß« ein, und da erinnerte ich mich an Abbé Pezeril, meinen Beichtvater, nein, Abbé Pezeril erschien nun vor mir, wie ich ihm die unsinnigsten Verbrechen bekannte, wahrscheinlich, um mich aufzuspielen und von mir abzulenken, von meinem Ausflug zu den Brüsten von Madame Cyprian und wie er sich damals wohl sein »Armes Kind, mach dich nicht so schlecht. Du bist nicht so gut« dazu dachte.

Meinen Besuch bei Madame Cyprian zu beichten, das war mir dann doch zu delikat. Und von Babette sagte ich auch nichts. Es war zwar noch vor dem ersten Mal gewesen, doch ich hatte schon so schmutzige Gedanken, die naturgemäß zu einer Todsünde geführt hätten.

Stattdessen waren es die Attentatspläne, die zwei meiner älteren Geschwister, auf deren Geburt ich noch als Letzter gefolgt war, hegten. Ich hatte von den geplanten Schandtaten beim Mitlauschen erfahren. Ich war ein Trittbrettfahrer, der die Sünden, welche Marie Odile und Jean nicht einmal im Traum gebeichtet hätten, stellvertretend übernahm und sie als meine ausgab, alles beichtend bei Abbé Pezeril.

Das Attentat war aber von den beiden als Witz gedacht. Immerhin, so tickten sie, vielleicht wollten die zwei mich auch nur schockieren.

Also wollte ich mich schon bei meiner ersten Beichte als Zehnjähriger mit etwas ganz Großem brüsten, ich nahm ja die Beichte ernst. Und dann, beim Fünften Gebot »Das Leben des Nächsten. Du sollst nicht töten!«, kam ich Abbé Pezeril dann mit meiner schlimmen Geschichte: Das war mein Beitrag zu Paragraph 5 im Sündenkatalog: »Du sollst nicht töten!« Zu den vielen der in meinem Sündenstolz erfundenen Untaten zählte, dass ich mit meiner Schwester ein Giftattentat auf Roland, unseren Vater, geplant hatte, durchaus in guter Tradition jener genealogischen Linie vom Monsieur de Paris her, tu sais.

Es war ein Sündenstolz, wie ich ihn dann oftmals bei Inge und Justus erlebt habe, protestantischen Pfarrerskindern, deren Eltern in Mutlangen zusammen mit Walter und Inge Jens weggeschleppt werden mussten, ihre Karriere jedoch noch als Scharführerinnen beim Bund Deutscher Mädel begonnen hatten.

Außerdem hatte ich das Attentat auf meinen Vater nur adoptiert, abgelauscht den nur halb verstandenen Gesprächen meiner älteren Geschwister, wohl auch eine Erfindung, um den kleinen Bruder zu schrecken. Vielleicht war die ganze Genealogie nur erfunden. Zudem ist der Mensch ja kein Baum und hat keine Wurzeln.

Oder ich wollte den armen Beichtvater, auch hier vielleicht ein Schüler von Madame Cyprian, der alten Jakobinerin, von ihr angestiftet, damit nur schockieren und mich wichtig tun;

doch Abbé Pezeril durchschaute mich bald wieder einmal und konnte sich denken, woher diese bösen Gedanken, die tatsächlich schon zu den Todsünden gehört hätten, kamen. Vielleicht war es nur eine sexuelle Spielart, mich schuldig zu bekennen, ein Gespenst, ein Nachtgespenst wie eine Domina, die auf mir herumtrampelte oder eine Fat Lady, die sich mit ihrem ganzen Gewicht und Volumen auf mich warf, um mich zu ersticken, wie ich es Jahre später, als die Liebe schon zu einer Erinnerung geworden war, in den kalifornischen Filmen gesehen hatte, und vielleicht schon in der Sammlung von Monsieur de Cyprian, solche unappetitlichen Filme, die mir seine Frau vorspielte unter dem Vorwand »So einer ist das!«, und dann winkte sie mich herbei, um mich auf die Seite des Guten zu locken, sie zu trösten.

Und dann?

Und dann ging ich zur Beichte, um dieser neuen Lust, schuldig zu sein, zu frönen.

Die Beichte war ja etwas Internationales, wir Kinder im Beichtunterricht von Saint Annonciation lernten das auf demselben Beichtspiegel, von Rom vorgegebenen Sündenbeichtspiegel wie meine Cousins zwischen Sigmarszell und Schenkenberg. Und überall, auch in Arcachon, war es wie in jedem Beichtstuhl dieser Welt, damals noch. Darin glichen sich die katholischen Kinder dieser Welt, dass sie Angst hatten oder nicht. Vor dem ersten Mal, vor der ersten Beichte. Einige weinten sogar, anderen war es vollkommen egal. Und ich war noch etwas ganz anderes mit meinem Sündenstolz.

Doch darin glichen sich die Kinder dieser Welt vielleicht am meisten: dass sie sich nicht glichen. Die einen, die wohl in der Mehrzahl waren, waren und blieben ein Leben lang ganz immun; die anderen fühlten sich zu Rettungsaktionen der Welt bis hin zur Bekehrung Mao Tse-tungs berufen in wochenlangen nächtlichen Gebetszyklen und Aufopferungen.

Und auch ich entwickelte im Lauf der Zeit einen gewaltigen Sündenstolz, doch der Beichtvater, der zwar bei der Strafe der Exkommunikation nichts von dem verraten durfte, was ich ihm im Lauf von zwei Jahren gebeichtet hatte, kam eines Tages zu uns ins Haus und sprach mit meinen Eltern und sagte ihnen, sie sollten es einmal mit einem katholischen Psychiater versuchen, er habe eine gute Adresse. Der Beichtvater hatte mich anscheinend aufgegeben. Und er gab ihnen eine vertrauenswürdige Adresse, und schon stand ich mit einem Fuß in jenem berüchtigten Institut C. P. von Bordeaux, das sich auf die Jakobinerzeit zurückführte, das keiner ungezeichnet verließ, noch schlimmer als im ersten Satz von Hamsuns *Hunger*. Etwas enttäuscht war ich schon, dass mich mein Beichtvater einfach so abgegeben hatte an einen Psychiater. Das war also auch einer, der mit Dämonen nicht mehr kämpfte wie Jesus. Er war schon ein moderner Priester, der vom Bösen nichts mehr wissen wollte und mit dem Wort Sünde im Grund nichts mehr anfangen konnte. Und in Anbetracht des Zustandes der Welt und von mir eher einen Psychiater für zuständig hielt und einschalten wollte.

Der Beichtvater wusste auch nicht weiter als bis zum Satz, das Kind müsse zum Psychiater geschickt werden. Ich war mittlerweile ein Kind von vierzehn Jahren, und es zeigte beim Beichtvater, der ein fortschrittlicher Mann war, schon die ersten Anzeichen von Tourette, sagte zehnmal »je« nacheinander und dann ebenso viele Male »merde«. Selbst schon nach meiner ersten Beichte hatte ich das Wort »merde« nach jeder Sünde nicht zurückhalten können.

Auch diese Erinnerung holte mich nun ein, suchte nun meinen unordentlichen, gewaltigen Kopf heim, in dem so vieles Platz hatte wie auf der ganzen Welt, ja mein Kopf entsprach der Weltkugel, auf der sich so viel an Entsetzlichem abspielte – und nach innen hin fast noch mehr.

Da fand ich aber nur Entwürfe und Fragmente, es war ein

grauenhaftes Durcheinander in diesem Kopf, gab es etwas Grausameres und Gemeineres als so einen Kopf, diesen Glücks- wie Unglücksspeicher?

Mein Leben war das am wenigsten systematisierbare von allen und schien mit keinem einzigen System kompatibel, ich war ein einziges Fragment, so weit reichte meine Selbsterkenntnis in einer Wolke aus Eau de Vetyver.

Allein, Alain, du mit deiner Sehnsucht und deinem Samen und sonst nichts. Das war so eine poetische Anwandlung, und ein wenig später stieß ich schon auf Babette. Es war unter der L'Oréal-Uhr. Auf der Seebrücke, da wo die Schiffe nach Cap Ferret ablegten zu ihren Ausflügen ins Bassin und zu den Austernbänken. Und manchmal standen da meine Großmutter und André Gide an der Reling. Ganz vorne. Sie hatten sich in einer Zeit kennengelernt, als das Leben schon fast vorbei war, unterhielten sich über den schönen Tag und das Wetter, ganz ohne Folgen. Ganz vorne.

Und am Titisee war es die Nivea-Uhr und am Vierwaldstättersee die Piz-Buin-Uhr. Trockenübungen schon mitten im Winter, Freiluftübungen, Eisschlecken in Le Molleau, und der Liebe ins Gesicht sehen.

Und alles am Bassin d'Arcachon, wie es in den Atlanten stand. Die lichten Kiefernwälder, und dann überhaupt sehr lichte Gärten, etwas Bambus, die eine oder andere Kiefer, unten die Cyclamen und im Sommer Rosen und Coreopsis, das war's schon, das war der Sandboden. Eine schöne Stadt war es auch nicht, doch das Meer war niemals enttäuschend.

Sie hat nie viel gesagt, aber umso mehr geschaut. Wie ich wegfuhr, meine Mutter, meiner Mutter, irgendwann war es zum letzten Mal, doch immer schaute sie schon wie zum letzten Mal, und im Nachhinein glaube ich, dass sie immer schon so schaute, als wäre es das letzte Mal, von Anfang an, vom ersten Mal an.

Der kleine Weg vor der Haustür, durch die schon Menschen

gegangen waren, die alle Kriege erlebt hatten, wie auch sie, erst den Zweiten und dann den Dritten mit Roland, und mehr. Andere waren von hier aus nicht zurückgekehrt, Elaine aber hatte es auch bald geschafft, und das letzte Mal Hinterherschauen lag hinter ihr.

Unsere Haustür, die acht Stufen hinunter und dann links nach Amerika, die ersten zwanzig Kilometer waren noch zu Fuß möglich, bis zur ewigen Ebbe und Flut bei Biscarosse. Seltsam: Das Meer war Anfang und Ende zugleich. Und die acht Stufen und nach rechts; dann hätte ich zu Fuß bis nach Wladiwostok gehen können und weiter. Doch daran dachte ich nie. Der Osten war nicht meine Richtung.

Und wie ich hinausfuhr und sah, wie sie schaute, unter dem Schatten hoher Bäume, es waren jene alten Pinien, die ihr Lied sangen. Vom Nichts, das Gewalt über das Etwas hatte. Und von der Villenveranda nebenan konnte ich in meinem Rückspiegel, der meine Erinnerung war, nun auch wieder Madame Cyprian sehen, wie sie schaute und sah, wie ich ihr davonfuhr. In die andere Richtung schauend wäre es das Meer gewesen, doch sie schaute zu mir. Ja, dem Meer zog sie wohl mich vor. Hätte sie wohl mich vorgezogen, ein Satz im irrealen Nachhinein. Unter den hohen, in lichter Folge stehenden Pinien hindurch.

Der Blick von Madame Cyprian hatte andere Gründe, schließlich war sie nicht meine Mutter, sondern, wie soll ich es sagen, meine erste Frau, auf der meine ersten Händchen unterwegs gewesen waren. Ihre Brüste waren meine ersten Gebirge, deren Gipfel ich spielend erreichte, und mit meinen Händchen kam ich ihr mitten ins Gesicht, ja in ihre Augen. Und sie schlug mir ungläubig lachend auf die Pfoten. Aber am Ende war auch sie es, die mir hinterherschaute. Oder nicht? Wie ich sie nun vermisste.

Und dann Babette. Wir trafen uns bei der L'Oréal-Uhr. Die Liebe war ein Wort für Anfänger.

Im Bambus hatten wir dann unser Versteck für unsere Doktorspiele. Oder waren es nicht unsere? Den Schlüssel für die hintere Gartentür hatte Babette ihrer Tante gestohlen, von ihr einen Sommer lang unbemerkt.

Zum ersten Mal aber fuhren wir dann in die Jagdhütte zwischen Pyla und Biscarosse, ganz schön weit für meinen Jeremy, mein Vélosolex. Dieses Mal war ich es, der zu Hause den Schlüssel gestohlen hatte.

Wir gingen auf getrennten Wegen in die Stadt, trafen uns an der Seebrücke, bei der L'Oréal-Uhr. Und dann fuhren wir los.

Madame Cyprian hatte mir noch böse hinterhergeschaut, sie sah es nicht gerne, dass ich nun mit Babette in die Dünen fuhr. Es war ja auch die Zeit von *Tout les garçons*, das wir heimlich hören und lieben mussten, denn das fand ja auch keine Gnade bei Madame de Beauvoir und Sartre mit ihren Puddingsätzen.

Und was das Wort Vélosolex betraf, so glaube ich, dass es auf einmal alles enthielt, unsere ganze Geschichte. Nach Hause zurückgekehrt, vom ersten Mal, und den Schlüssel hängte ich, wie könnte es anders sein, heimlich an seinen Platz zurück.

»Es ist so weit bis zum ersten Ast.«

Ja. Ich glaubte jedem meiner Küsse.

Aber nach diesem Satz sagte mir Mausi, bei meinem Versuch, das erste Mal in Worte zu fassen: Jetzt musst du aufpassen! Als hätte ich versucht, es zu reimen. Und doch. Die Hoffnung, bald der Verdacht, dass jeder Autor, wenn er schrieb, doch etwas vom Leben hatte, samt seinen Katastrophen, kam mir beim Lesen. Ich wusste nichts, aber das Unbeschreibliche wurde dem Liebenden noch unbeschreiblicher.

Und nun schaute ich Babette und allem hinterher. Mit ihren Händen um meinen Bauch, die mir schon gefährlich nahe kamen, und dem gestohlenen Schlüssel zur Jagdhütte meines

Vaters fuhr ich ihnen weg und davon in Richtung Meer. Auf dem Rücken meines Vélosolex, meinem armen Esel. Ich hatte ihn Jeremy getauft.

War es noch ein Wunder, dass schließlich Babette und dann später auch Mausi den Kopf schüttelte und sagte: »Lieber nicht!« Sie wollte diese Geschichte nicht fortsetzen und keine Kinder, auch kein indisches oder sonst eines, Kindisches, wie das die anderen machten, auch nicht.

Meine Mutter Elaine stand da und lebte. Sie sah es und schaute und dachte sich vielleicht, dass dies die Liebe war, Babette und ich, wie wir das Bild des Lebens waren, in es hineinfuhren, ich weiß nicht, und wie sie hinter uns hersehen konnte von ihrem Abendfenster. Ja, es ging tatsächlich in Richtung Westen, ihr Abendfenster und unsere Fahrt, und sie konnte uns hinterhersehen auf der langen, langen Straße in Richtung Abend, bis wir und unser Jeremy in diesem Bild verschwunden waren wie jener chinesische Maler in seinem Bild oder wie jener Dichter, Koreaner, den ich doch gerade erst gehört hatte, in jenem Film, eingeblendet für die Übersetzer dieser Welt, wie er sagte, noch lieber als ein Dichter wäre er ein Gedicht. Doch wie so ein Gedicht übersetzen und wie mein Verlangen … die Mutter der Liebe mit der Liebe der Mutter zusammenbringen? Es half alles nichts: Ich hatte das absolute Gehör für das Leben und wie es zwischen den Zeilen verlief und verschwand, ich weiß nicht, und *All You Get from Love is a Love Song.* Sag mir, Liebe, war das nichts?

Wie eine Mutter mit der Liebe zusammenbringen, als wäre es nur ihr Wiegenlied gewesen, und wie die Vergangenheit mit der Gegenwart, und wie ich *Je chante!* sang, ja, sing Erinnerung, zeig mir deine Arme, ihre Arme, wie sie um meinen Bauch herum sich anschmiegen, und wie wir Hand in Hand weitersingen wie in einem Lied von Charles Trenet, mit nichts in Händen als Glück.

Mes jeunes années singt, Erinnerungen, Musen, singt …

Wir kannten uns ja schon seit zehn Jahren, vom ersten Mal am Gartentor an gerechnet.

Es, es … Es war dann am Meer auf der Seebrücke von Arcachon, wie wir hinter uns herschauten; als Waffen hatten wir vorerst nur unsere Augen und unser Lächeln, und dann war alles ganz schnell gegangen. Zuerst noch etwas auf einem jener Bänkchen, es war weniger ein Sitzen als ein Herummachen, wie die Älteren noch dazu sagten, doch auch wir saßen wie sie in jenen Jahren und Zeiten, lieber etwas abseits, etwas abgerückt, etwas verrückt vom Hauptstrom, der sich auf der Brücke in Richtung der L'Oréal-Uhr ganz am Ende bewegte, als Höhepunkt sozusagen und »landmark«, wo sie, die Menschen, ob nun im Gehen oder Stehen oder im Rollstuhl und in welchem Tempo auch immer unterwegs, ablesen konnten, wie spät es schon war, ja, selbst das Tagesdatum, bis auf den Sekundenzeiger genau. Und sie konnten noch etwas aufs Meer hinausschauen, als wüsste es Bescheid; wir aber glaubten nichts anderes, als ewig zu sein und an nichts anderes als unsere ewige Liebe; sie aber wussten vielleicht schon, wie vergänglich das Leben war, als hätten sie keinen mehr als das Meer, dem sie das sagen konnten. Es war auch nichts als das Meer zwischen dem Cap Ferret und ihnen, zwischen Amerika und ihnen, doch das Meer wurde auch von ihrem Hinausschauen nicht kleiner. So verwechselten sie das Meer und Gott, ohne es zu wissen, so lebten sie, warum nicht, und Kontingenz war, was hätte sein können, so sagte es Abbé Pezeril, und alles, was der Mensch fühlte, ob er es wusste oder nicht, ob er es sagen konnte oder nicht: So hatte mir das Abbé Pezeril erklärt, mein Beichtvater und Hobbyphilosoph der alten Schule; und auf den alten Türmen mancher Bergkirchen hatte ich wenig später »Omnia vulnerant, ultima necat« lesen können, ja, gerade noch im letzten Sommer auf einem Ausflug ins Ultental. Und dazu war der

Mensch nun auch auf dieser Seebrücke wie überall auf der Welt im Rechts-Links-Verkehr unterwegs und drehte wenig später, vorne angekommen, nach ein paar anerkennenden Worten zur Aussicht und zum schönen Wetter einfach um, ach, ich wollte nicht einfach »unverrichteter Dinge« sagen, denn war es auch bei ihnen nicht die alte Sehnsucht? Und dann sagte, meist war es sie, zu ihm: »Ganz schön hier!« Und es tauchte beim Hinausschauen in ihrem Hirnspeicher vielleicht nur ganz kurz das herzzerreißende Wort »vorbei« auf, das sie aber gar nicht aufkommen ließen, so wenig wie die Tränen am Grab, wenn es nicht hat sein sollen. Aber es war ja ohnehin nicht viel los, das sagte Mausi noch gerne: »viel los«, meist in der Verneinung »Es war nicht viel los«, und von Tante Mausi habe ich noch ihr etwas zu lautes und hohes »O-o!« im Ohr, wenn sie junge Leute wie uns auf den Bänkchen herumknutschen sah, und Knutschen war auch so ein Wort, vor dem ich hätte davonlaufen mögen, war wie »lange Unterhose« ein Liebestöter. Ihr wunderbares »O-o!« habe ich nie wieder gehört, es ist auch längst ausgestorben, war und kam noch aus einer anderen, der altpreußischen Zeit, vielleicht hatte sie es von ihrer Großmutter aus Königsberg, der ältesten Tochter des Wunderkindes und dem einzigen Enkel, den das Wunderkind, das im Steckrübenwinter 1916 starb, noch gesehen hat, ungewiss, ob am Hunger oder an der Kälte. Aber vielleicht gab es auch hier, wie auch sonst im Leben, mehrere Gründe und Ursachen für den einen, einzigen Tod.

Und wir ganz-wo-anders, hätten, glaube ich, auch nichts mehr davon mitbekommen, wenn auf dieser Seebrücke, der Hauptperson eines Sommers an der Ostsee, in Zinnowitz, woher die Zinnows und die Karows und die von Pyritz ja ursprünglich kamen, viel los gewesen wäre, aber was hieß schon »ursprünglich«, wie ich dich so vor mir sah, zum ersten Mal, wie noch nie, nur dich und meine Augen und sonst nichts, und deine Art zu sprechen reizte mich, und ich hatte meinen Jeremy. Und meinen Schlüssel. Und du hattest deine Beine und deine Augen.

Doch das Meer wurde von meinem Hinausschauen auch nicht kleiner, und am Ende blickte ich bis nach Ithaka, und zwischen uns und zwischen Ithaka und mir war nichts als das Meer. Wie auch immer: Es war jene Hütte, und wir hatten den Schlüssel.

Dein Codewort für meinen Schwanz und unsere Liebe war dann auch Jeremy, und am Anfang war unser Wort mit Leben gefüllt bis hin zum Herzschlag in meinen Ohren, doch am Ende … »Jeremy« hatte die Jahre über immer weniger Klang.

Doch bis dahin fuhren wir weitmöglichst, mit meinem, deinem, unserem Jeremy so weit wie nötig weg und so nah wie möglich zueinander. Und auf der Suche nach dem richtigen Ort war es schließlich das Meer, jene Stelle am Meer, die weit genug entfernt war, so dass wir uns nahe genug begegnen konnten. Drüben der Leuchtturm von Cap Ferret, zwischen dem Leuchtturm und uns nur noch das Meer.

Das war noch das Vorspiel, ein halbes Jahr mit Jeremy zur Seebrücke von Arcachon mit der L'Oréal-Uhr.

Denn … an jenem Tag mitten im Winter, kurz vor Weihnachten, an der Seebrücke von Arcachon, bei der L'Oréal-Uhr, an dem vielleicht meine Sehnsucht nach dem ganz anderen, nach dem Sommer, nach dem Liegen in den Dünen und den »days of sweet expectations and light dressed happiness« (der Satz stand aber nicht bei Cecelia Ahern) am größten war, mussten wir vorerst noch einmal nach Hause fahren.

Ich war sechzehn Jahre alt, und ich wartete nun schon ein Leben lang, und auf nichts anderes, so kam es mir vor, und die große Brückenuhr zeigte 16 Grad an und 14 Grad Wassertemperatur. Wir hätten hineingehen können, gut, vielleicht eine Lungenentzündung.

Und dann von der Brücke doch noch einmal zurück nach Hause. Aber nicht mehr lange, das wusste ich … mit nichts als *Je chante* und meinen Händen, wie sie auf dem Weg sich vergewisserten, dass sie da war, und dass sie es war, Babette, und keine andere, sing Muse, ich rufe dich, rief ich, nun zum Zeugen meines Lebens auf. Noch einmal nach Hause. »Nur noch ein paarmal schlafen, und dann kommt Père Noël«, und ich wollte *Bist du bei mir* singen, wie Svetla Protic es spielte.

Denn ich wusste, dass das Warten bald ein Ende hätte. Ach meine Lätte, das war wieder ein Tourette-Querschläger, mein Reimzwang, ein schmutziger Reim.

Mein Vater belebte jenes bescheiden »Jagdhütte« genannte multifunktionale Haus am Meer, das den Forstarbeitern und den Gästen des Service forestier von Les Landes der Arbeit wie auch der Liebe diente … schon lange, bevor irgendein Schriftsteller in seinem Liebesmeerroman, in seiner Inselgeschichte es zum Hauptschauplatz seiner gewesenen gewissen Lust sich erfunden und erschrieben hatte, es war in den Wäldern zwischen der großen Düne und Biscarosse, auf halbem Weg etwa, so dass man den Leuchtturm von Cap Ferret noch als Gegenüber sah, in Biscarosse war es dann schon Amerika. Und ich wusste, wo der Schlüssel war.

Mein Vater war wahrscheinlich oft dort gewesen, auch außerhalb der Dienstzeiten, in den Wäldern von Les Landes, die seit Napoleon eine Staatsdomäne waren; und was sich Chalet und Grange und Rustico nannte, war auch noch etwas ganz anderes für meinen Vater. Ich habe es ja nie erfahren, was ich mir denken konnte: dass er außer mit seinen Jagdkollegen auf manchem Fest, das die Zurückgebliebenen »wild« nannten, auch mit Madame Cyprian und ihrer Schwester Vivienne gewesen war, vielleicht auch mit Elaine, hier gewesen, mit allem »pi-papo und was weiß ich«, sagte Onkel Adalbert aus dem Reich der liebenswürdigen alten Schmutzfinken. Und dass mein Vater vielleicht »Oui Madame!« in die Nacht hinausgeschrien hatte, so dass es noch vom Leuchtturmwärter auf der anderen Seite des Meeres hätte gehört werden können, aber den gab es ja nicht mehr.

Und wie deinen Vater mit der Liebe zusammenbringen? Und wie deinen Schwanz mit seiner Liebe? Oder hatte dein Vater keinen Schwanz? War es ohne dieses grauenhafte Wort geschehen? War er von allen Männern auf der Welt der einzige, der für dich keinen Schwanz haben durfte? Dachte ich. Und du? Bist du etwa nicht geboren? Oder eine Jungfrauengeburt? Kam dein Leben ohne deinen Schwanz aus?

Und glaubst du etwa, du wärst der Einzige, der einem Schwanz, seinem Schwanz sein Leben verdankte?

… eines kleinen Tages der Liebe … es war ja kein großer mehr für Roland und Elaine. Vielleicht waren auch sie eines Tages hierhergefahren. Ich werde es nie herausbekommen. Das war nur ein Gedankenspiel. Und doch: Ich forderte meine Erinnerung zum Singen auf, ja, es gab nichts Schöneres auf der Welt für mich als dieses Leben … auf dem Weg zum Strand zu unserer Hütte … und ich ließ mich noch einmal aufleben, ich wollte mich noch einmal aufleben lassen mit den Wellen von einst als Zeugen, ich forderte die Wellen von einst zum Singen auf, jetzt sing!

Am Ende war die Erinnerung … Oder wie diesen Satz beginnen?

Am Ende war es Folter, wie lange ich es noch aushalten konnte, es würde aushalten können, wie das Gekitzeltwerden, einer Folterdisziplin, auf die sich Kinder am besten verstanden, wie auch aufs Doktorspielen.

Und dann, ein paar Monate später, Anfang Juni, fuhren Babette und ich auf Jeremy unseren Müttern und Tanten davon, sie waren nun im Rückspiegel, ich hatte den richtigen Schlüssel, und die Fahrt über spürte ich ihre Hand in meiner nächsten Nähe, als wäre sie mir näher als ich mir selbst.

Das war die Sehnsucht.

Doch erst noch, als wäre es zum Appetitholen, das Eis von Le Moulleau bei Ô Sorbet d'amour.

Aber es stellte sich im Nachhinein als Vorspiel heraus.

Angeblich war es zum Eisessen, wie wir zu Hause sagten, bei der Hafenmole, unweit der L'Oréal-Uhr. Und ein Leben lang habe ich sie lieber abgeschleckt als abgeschreckt. Was war denn das schon wieder für ein Reim aufs Leben?

Ach, Rückspiegelschmerz. Ich sah meine Mutter und Babettes Tante dastehen, dasitzen, hinterherschauen, wie wir vorne an der Straße gleich nach Westen abbogen, in die andere Richtung, nach Le Moulleau. Die Eisdiele hieß Ô Sorbet d'Amour, 5, Avenue Notre Dame des Passés. Es war unterhalb der Wallfahrtskirche, wo wir vielleicht schon von der Hochzeit träumten, als wir zurückkamen vom ersten Mal und die Liebe noch etwas Heiliges war. Es war in Le Moulleau, auf dem Weg zu jenem Haus im Wald zwischen Pinien und Meer.

Am Sonntag Reminiscere: Die Straße am Meer in Richtung Biscarosse hieß hier Boulevard de la Côte d'Argent. Was war das für ein Name: Silber, wenn Gold alles war. Das musste sich ein sehschwacher, ein sprachschwacher Mensch ausgedacht haben für dieses Gestade, blauer als sonst etwas. Und auch das gehörte zu den beliebtesten Fehlern: »rendevous« statt »Rendezvous« … das ich am liebsten mit »Übergebt euch!« übersetzte, zum »Rendezvous« hatten wir uns aber schon zwei Jahre zuvor, unter der L'Oréal-Uhr auf der Seebrücke von Arcachon, getroffen, nun aber war es Le Moulleau, mit der Église-Notre-Dame-des-Passes darüber, und am Fuß der Panoramatreppe sah ich nun Babette zu, wie sie von ihrem Eis herunterschleckte, wie sie mit ihrem Mund gegen die Eiskugeln ging, als wäre es Brigitte Bardot gewesen.

Die Seebrücke verband uns (im Sommer?) mit Cap Ferret: Es fand auch ein Schwimmen statt, 3,1 km, ich bin ja nie mitgeschwommen, und dem Sieger winkte im Prinzip und … en fin … auch nichts anderes als mir, und mindestens einmal im Jahr sind wir auch mit dem Boot hinübergefahren, es war immer noch das alte, auf dem schon meine Großmutter immer wieder André Gide getroffen hatte. Sie in ihren Sommerkleidern und mit dem Strohhut, und er in seinen.

Doch ich … Danach käme nur noch das Meer und unser Atem, wir genügten uns damals noch, so bescheiden waren damals selbst die Vergnügungen von Millionären und Nobelpreisträgern.

Keine fünfzig Jahre vor uns war hier noch André Gide auf und ab gegangen, und er hatte nach dem Glück Ausschau gehalten und über Gott und die Welt nachgedacht, über alles und nichts.

Vielleicht hat auch er gerne ein Eis geschleckt und gegessen, oder vielleicht sogar eine Bratwurst? Un croque monsieur, Monsieur? Ich weiß es nicht. Worüber er vielleicht gerade nachdachte. Oder auch nicht nachdachte, über Gott und die Welt, alles und nichts, der arme Schriftsteller, der über alles nachdenken musste, der Intellektuelle, den Nobelpreis hat er nicht lange überlebt. Und träumen war einfacher als denken und schreiben.

Der Steg, der ins Wasser führte und zum Boot hinüber nach Cap Ferret, war auch zu sehen und wer da schon alles auf und ab gegangen war die vergangenen hundert Jahre, sagen wir, auch die Prinzessin und all die anderen.

Und Madame Cyprian. Ich kannte sie ja schon so lange, hatte sie in einem Alter kennengelernt, wo das Kind noch »Tante« sagte, und das Wort war für den Übersetzer kein Problem und klang in meinen beiden Sprachen gleich schlecht.

Ich saß da, auf dem Bänkchen in Köln am Rhein, und das

Wort »le printemps« überfiel mich und auf dieses Wort hin sogleich eine gewaltige Sehnsucht nach den blühenden, verblühten Bäumen, und ich sah eine Welt von schön gewesenen Frauen.

Elaine und Madame Cyprian wussten genau, wohin wir unterwegs waren, wie sie uns so auf Jeremy davonfahren sahen. Auf dem Weg dahin also erst zwei Kugeln Eis, in der Avenue Notre Dame des Passés das Ô Sorbet d'amour, als wäre es wegen der zwei Kugeln Eis, bald weggeschleckt, und und und. André Gide war längst tot und bekam von allem, was uns bewegte, nichts mehr mit. Doch ein nachgeborener, ein zufällig vorbeikommender Flaneur, ein Sommergast in seinen weißen Sommerkleidern und mit seinem Strohhut auf dem Weg zu seinem Bänkchen, von dem aus er ein wenig zum Leuchtturm hinüberschauen wollte, hätte sehen können, wie es war, wenn eine Sechzehnjährige vor den Augen eines Verliebten ein Eis am Stiel … »isst« konnte ich ja nicht sagen, das klang wie »ist«, und »schlecken« ging auch nicht und schon gar nicht »lecken«, ein Wort, das keinem ungestraft in den Sinn kommt. Ob jetzt das alte Sündigen oder die Kalorien und der Blick der Weight Watchers gemeint waren.

Und auch auf diesen Bänkchen nebenan weitere Paare, die alles schon hinter sich hatten, vornehm gewordene Damen und Herren, denen nichts anderes übrigblieb als »Weißt du noch?« zu sagen. Um dann hinauszuschauen, als wäre es zurück. Es war auch nur Liebe.

Und wir lachten zu Beginn noch, wie man lacht, wenn das Schönste noch kommt. Dieses Mal fuhren wir noch weiter. Bald lachten wir auch nicht mehr. Ich war schon fast im Himmel, wenn auch nur im Himmel der irdischen Liebe. Das war eine Erinnerung zu Fuß. Das heißt, das war auch nur so ein Gedanke. Träumen hingegen war wie Fliegen, und ich flog schon, es war … beim Eiscafé von Le Moulleau, Ô Sorbet d'amour …

als wären wir deswegen losgefahren, und so waren wir zu uns selbst unterwegs, und ich hatte unter anderem den Schlüssel für die Hütte meines Vaters in der Hosentasche.

Und ich? Ich schaute Babette beim Eisschlecken zu, wie damals, als ich die Freude der Älteren war, alle schauten, wie ich Eis schleckte, als wäre es ein Ereignis und das Leben wäre im Prinzip nun schon gemeistert. Vielleicht war Babette auch nur »zeigefreudig«, und mich schmerzte nun dieses kostbare verlorene Wort und andere Umschreibungsversuche der Liebe, die es im Sprachhimmel der irdischen Liebe schon lange nicht mehr gab. Sowenig wie die dazugehörenden Menschen, und wie sie sich dann in ihren Liebesnestern auf Französisch oder Schwäbisch, Pfälzisch oder Elsässisch oder Berlinerisch hineinsteigerten in die Mundarten der Liebe.

Einst setzte der Mensch die Umschreibungsversuche seiner Sehnsucht in Suchanzeigen ins *Schnapp*, das den Verfassungsschutz und die wichtigen Organe so wenig interessierte, dass derlei unzensiert blieb. Daran dachte ich schon gar nicht, an Wörter, die jede Hausfrau im *Schnapp* lesen konnte wie »zeigefreudig«, und ich wusste, dass die edlen Seelen gegen dieses Wort immun waren, dass also solche Wörter keinen Schaden anrichten konnten. Das war nur für die Techniker unter den Schmutzfinken, die keine Sehnsucht hatten, interessant. Aber das Wort »zeigefreudig«: Das war doch schon eine Verheißung, wie ich dieses kostbare Wort nun vermisste. Ich schaute Babette eigentlich nur beim Eisschlecken zu, ich, ich, ich wollte eigentlich gar kein Eis haben, ich wollte doch nichts anderes als zuschauen, wie das Eis mit Hilfe ihrer Zunge zwischen ihren Lippen verschwand. Und sie beobachtete mich dabei, wie ich sie beobachtete, sie sah mich, wie ich sie sah. Sie schaute mir direkt in die Augen, so dass nichts mehr zwischen uns war. Nicht einmal das Meer.

Wir waren doch gerade erst von zu Hause weggefahren,

und Elaine wie auch Madame Cyprian hatten uns hinterhergeschaut mit so ganz anderen Augen, und nun saß ich auf dem Brückengeländer und ließ die Beine baumeln und schaute Babette zu, wie sie an ihrem Eis herumschleckte, und wie ihre zwei Eiskugeln so langsam in ihrem Mund verschwanden, und mich überkam eine irrsinnige Lust, nun diesen Mund abzuschlecken und tat es dann auch, genau dies. Wir wechselten dazu auf das frei gewordene Bänkchen, und ich näherte mich diesem Mund, als wollte ich ihn fressen, so machte ich es, als wäre ich von den Kannibalen, bei denen es ja vielleicht auch Liebe war, wenn auch nicht auf der Stelle, und kein Mensch auf dieser Welt hatte mir das jemals zeigen müssen, wie es geht. Das mittlerweile aufgebrachte Wasser, die Gischt, deren Ausläufer es gelegentlich bis zu meinen Zehen schafften, muss man sich dazudenken. Und auch die Uhr, die den Flaneuren zeigte, wie spät es war und ob sie das Schiff nach Cap Ferret verpasst hatten, und wie lange sie auf das nächste Schiff warten mussten. Ich hatte währenddessen nichts anderes als die Jagdhütte im Kopf, den Schlüssel hatte ich schon in der Tasche. Und wollte Doktor spielen mit Babette, wie einst im Bambus und sagen: »Machen Sie sich bitte frei!« Doch was wollte ich eigentlich? Was wollte ich eigentlich von ihr? Ich würde es bald wissen und gewusst haben. Unsere Liebesgeschichte auf der Höhe von *Je chante!* singen. Das wusste ich nun.

Und dann fuhren wir weiter, sie mit ihren Händen um meinen Bauch und ich mit meinem Schlüssel in der Hosentasche, und zwischendurch auf der Straße nach Biscarosse versicherte ich mich immer wieder, dass er noch da war. Und ich hätte *Je chante!* singen wollen.

… es war ganz leicht, die Tür zu öffnen.

… an der Stelle, die ich wusste, bogen wir nach ein paar kerzengeraden Kilometern durch denselben alten Wald von der Straße nach Biscarosse nach rechts ab, und dann auf dem groben weichen Weg durch die Pinien mit ihren Nadeln als unserem Teppich. Da sahen wir schon das Meer, wie es dalag und glitzerte, blau zwischen den roten, in alle Richtungen gewachsenen, aber schließlich doch nach oben zeigenden Pinien, und dann gingen wir barfuß die paar Schritte bis zur Tür … barfuß, die Nadeln unter meinen Sohlen ganz lang und dick und dunkel und ganz angenehm, es pikste überhaupt nicht …

Wir sahen die verschlossenen Fensterläden im Erdgeschoss, und mein Herz fiel in meinen Bauch, und erst einmal musste ich die Spinnweben am Türrahmen … Und dann hinein – das Licht kam mit uns … Babette war noch hinter mir … ich spielte den unerschrockenen Pionier und tat so, als wüsste ich genau, was zu tun war, erst einmal die Fenster öffnen und die verriegelten Fensterläden hinausstoßen …

Am Strand war noch niemand, war überhaupt kaum je einmal ein Mensch.

Es war ganz leicht, die Tür zu öffnen, die ins Jagdhaus führte, sie quietschte etwas, es war schon lange niemand hier gewesen, am Meer war das Wort »lange« ganz kurz, ein paar Tage genügten, und das Salz hatte sich schon wieder in den schönen Rahmen hineingefressen, und den Menschen ging es auch so, als wäre die Zeit jene Motten, die sich in das schöne Kleid hineinfressen. Ach, meine Erinnerung, meine Tür. Sie ging nach innen auf.

Ich öffnete die Tür und bald hörte ich mich »Kannst du dich ausziehen?« fragen. Ach, meine armselige Erinnerung, meine kleine, große Frage, das Licht ging noch, und das Brennholz lag verstaubt an seinem Platz neben dem offenen Kamin, der auch entsprechend aussah. Und wäre es im Winter gewesen, wäre keine Zeit mehr geblieben, Feuer zu machen. Das war nun für die Zeit danach. Und die Zeit, als mein Vater aus gleichen Gründen seine Besuche machte, war auch schon lange her. Der Sommer und dann der Winter hatten das Holz wieder einmal auseinandergetrieben, die Zeit hatte das Holz gesprengt, und drinnen schreckten uns die Spinnen nicht, das heißt, nur ein wenig. Babette weniger als mich. Sie nannte mich bald »mon petit lapin«, ich weiß nicht, ob des Kinderliedes wegen, der Liebe wegen oder weil ich so leicht zu schrecken war. Doch erst einmal öffneten wir die Fenster, denn wir wollten schon etwas mehr sehen, bei natürlichem Licht, und ich tat so, als wäre das ein Kinderspiel, die versuchten Bewegungen eines Souveräns in seinem Königreich, dem Reich der Liebe. So lange konnten wir noch warten, bis die Meeresbrise hindurch war, und dann hätten wir Cap Ferret sehen können, wir hatten aber keine Augen mehr dafür. Der Rest war Liebe.

Und gleich daneben der Bunker vom Atlantischen Wall, wie er dann zu unserem Liebesnest wurde. Wir hatten diesen Platz entdeckt, die Hütte war mir schon früh eingefallen, und sie hatte eine Hauptrolle gespielt in meinen Vorstellungen, was ich hier alles mit Babette machen wollte und sie mit mir bei unserem atlantischen Liebesbunker, nicht allzu weit weg, und doch weit genug, wie die anderen vor uns auch schon. Doch das Meer hat immer wieder alles hinweggespült und auch das Relikt vom Atlantischen Wall, das seinen Zweck ja niemals erfüllen musste, denn der Mayday war anderswo. Ich konnte es auch nicht ändern: Wenn ich in den Jahren, in der Zeit, die auf das Leben folgte, an jene Stelle im Schatten der Bunkerwand, im Licht jener uneinsehbaren Mulde aus Sand dachte, fiel mir in Verbindung mit dem Wort Bunker immer nur das Wort »süß« ein. Und Rilke hätte jetzt ein Gedicht gemacht, wo sich alles und eine ganze Elegie auf »Puderzucker« reimte. Gewiss, in Verbindung mit Schnee und Meer und Sand und Teer, alle großen Wörter mehrfach gereimt, kreuzweise wie nur sonst etwas. Die Bunker sahen mit den Jahren immer freundlicher aus und wurden immer lichter. Ich hätte auch »verblichen immer mehr« sagen können. Nicht so meine Erinnerung. Und die

Frauen lachten, bei diesem auf der Zunge zergehenden Wort »Männer«, die einen weniger, die anderen mehr. Es gab sie, Frauen, die solche Männer bewunderten, zu denen sie aufschauen konnten, Babette. Ich war nicht dabei, und daher wohl ihr zeitweiser Abschied von mir. Doch so viel steht fest: Jede Liebe beginnt mit einem Blick, sagen die Dichter, zuallererst ich, und bis dahin hatte ich auch schon sechzehn Jahre gelebt, doch ich weiß nicht. Und nun hörte ich mich schon wieder das erste Mal nach der Doktorspielzeit »Kannst du dich ausziehen?« sagen.

Damals war es noch per Sie, damals spielten wir noch, als spielten wir nicht, und auch dieses grobe Wort »ausziehen« gab es noch nicht, die Welt war noch als höfliche Frage formuliert: »Können Sie sich bitte freimachen … Ja, auch unten.« Gab es nun ein schöneres Wort als »unten«? Fern von seiner sonstigen Bedeutung, etwa in Strindbergs wegweisendem Drama *Fräulein Julie*, wo der arme verliebte Diener »Es ist so weit bis zum ersten Ast« sagen muss. Aber vielleicht war das erste Mal gerade das letzte Mal der Doktorspielzeit, welche die Doktorspielzeit beendete, und ab jetzt nur noch Wiederholung, Rauschzeit beim Schwarzwild mitten im Winter.

Aprèslude. Der Strand war ganz leer bis hinab nach Saint-Jean-de-Luz kein Mensch, so schien es, und auf dem Meer war auch keiner, außer uns vielleicht. Das Strandleben waren nun wir, schon in einem Monat gab es auch hier Sonnenschirme und Menschen und all das Outdoor-Equipment eines schönen Tages am Meer, aber nicht so wie in den Käfigresorts aus den Hochglanzkatalogen.

Und wir atmeten und lebten und sagten ja zu allem, ja, die Sonne, das Wasser und das Licht, das aus dem Meer einen Gottesbeweis machte.

Ich lag auf dem Boden mit nichts als einer Sommerdecke, einer Sommersteppdecke zwischen dir und mir, und ich hörte mein Herz wie Peitschenhiebe schlagen in meinem Ohr, ganz schnell. Cap Ferret, im Bunkerschatten, nichts anderes wollte ich, angefangen mit dem Einatmen. Und dann, so etwas erzählt und zählt man nicht. Nur so viel und nur dir: Ich hörte mein Herz in meinem Ohr schlagen, wie Peitschenhiebe, ganz schnell. Und nachher sagen sie: Mein Mann kommt vom Meer, oder meine Frau liebt das Meer, und was für schöne Sätze.

Das erste Mal, danach. Babette sagte noch nichts, gar nichts. Ich hielt das für Glück. Auch ein Schmerz war in ihrem Lächeln. Ich las das, nein, ich lese es heute als die erste postkoitale Tristesse. Wir ließen die Liebe noch etwas im Sand ausklingen.

Da lagen wir nun, nun noch etwas an unserem Platz beim Bunker, der uns den sichersten Windschatten gab, verlässlicher als jeder mitgeschleppte Satz und all das durch den Sand geschleifte Outdoor-Equipment. Wir hatten ja nur unser Handtuch dabei, in jener Mulde im Sand vor dem Bunker, die man nur vom Flugzeugfenster aus hätte entdecken können.

Nichts anderes wollte ich, angefangen mit dem Einatmen. Eigentlich war es die ganze Zeit nichts anderes als atmen, ein- und ausatmen, das war wohl das Einzige, was mich noch mit meinem ersten Leben verband, hier auf diesem Bänkchen am Rhein zu sitzen gekommen, im schönen Rhythmus meiner Zigarrenringe, denen ich hinterherschaute. Was war die Welt schon gegen meinen Zigarrenrauch und meine Liebe.

Es war Liebe. Nichts anderes wollte ich, angefangen mit dem Einatmen.

Auf dem Rückweg vom ersten Mal fuhren wir wieder an der Düne und auch am Ô Sorbet d'amour vorbei. Und gingen noch einmal hinauf. Als ich mit dir aufs Meer hinausschaute, wusste ich, dass mein Leben als Glück gedacht war. Was für ein Sommer, der folgte. Trotz Madame und ihrer wohlverständlichen Versuche. Und zuerst Goslar.

So waren wir nun schon unser halbes Leben ein Paar, erst

ein kindliches und nun ein richtiges, wie wir an jenem Tag hinausfuhren und uns Madame Cyprian in ihrem Spion hinterherschaute, und die anderen brauchten nicht einmal einen Spiegel, wie ich im Rückspiegel auf dem Weg zur Düne sah: Da drehten sich Menschen unverhohlen um, und es hatte wohl keinen anderen Grund als Babette, wie sie sich an mir festhielt.

Madame Cyprian sah wohl, wie wir zurückkehrten, wie ich auf dem Rückweg Babette nicht bei ihr ablieferte, sondern um die Ecke, und ich fuhr dann auch für mich, als wären wir ganz irgendwo anders gewesen. Elaine sah es mir aber doch an, von welch wichtigem Ort meines Lebens ich zurückkam, und Madame Cyprian sah es wohl auch, sie hatte währenddessen die ganze Zeit in einem unterrockartigen Etwas wie Mickey Fox auf ihrer Schaukelstuhlterrasse gesessen und wie eine Dame in Sevilla ungeduldig mit ihrem Fächer gewedelt. Sie wusste es, das heißt, sie hatte es gewittert und erschnüffelt.

Madame Cyprian, die Nachbarin, aus meiner Coreopsis-Mädchenaugenzeit, hatte mir auch hinterhergeschaut, wie ich mich an ihr vorbei mit Babette zum Meer aufmachte, als wüsste sie schon, wie die Geschichte ausging. Als wäre sie eine Hellseherin gewesen, denn aus mir war ja nicht viel mehr als ein Odysseus von der Route touristique geworden, auch gerade was die Liebe betraf. Wie oft war ich die vergangenen Jahre in Berlin erst die Potsdamer Straße und die Kurfürstenstraße auf und ab gegangen: »Über das fremdsprachige Meer segelnd zu weinfarbenen Menschen.« Unversehens war ich, wie soll ich es sagen, um mir nicht weh zu tun, aus dem Lichtbereich meines Lebens in seinen Rotlichtbereich gelangt. Als wollte ich mich an Madame halten, die mir gesagt hatte: Du musst das tun, was du kannst, und nicht das, was du nicht kannst! Das, so dachte ich, wäre auch der Sprung, den das Leben in die Erinnerung machte.

Das erste Mal, danach. Ich hörte und sah die zweistimmigen Wörter der Poesie. Mein Leben war ganz heiter, und ich war vielleicht auch ein wenig glücklich, dass ich es hinter mir hatte und dass es so schön gewesen war, wie es gewesen war, bueno. Wir lagen da und lebten.

Babette sagte mir aber noch kein Wort, von dem, was sie schon wusste, und was daraus folgte. Was sie aber auch noch nicht wusste.

… und ich musste nun in den Bus nach Goslar, wurde verladen, musste nur noch in den Bus verladen werden, dorthin, wo die vergnügten, immer etwas aufgegeilten, immer etwas liebestollen Gleichaltrigen schon zu singen begannen aus dem Übermut ihrer jungen Tage heraus und dem einen zuliebe, auf das sie hinlebten, und solange lachten oder erröteten, wenn davon, und das war ja täglich, die Rede war.

Ich stellte mich zwar krank und legte mich sogar ins Bett, aber Elaine durchschaute alles und brachte mich trotz des behaupteten Fiebers in ihrem ramponierten Citroën zur Verladestelle, sie legte allergrößten Wert darauf und ahmte da die nobelsten Franzosen nach, die sich aus Autos nichts machten, dafür waren die gröberen Nationen zuständig. Es stimmte ja: Ich war krank. Ich musste mich doch gar nicht krank stellen, aber so weit war ich in meinem Lügenleben schon vorangeschritten, dass ich es selbst nicht glaubte, und glaubte, den Liebeskranken nur vorzuspielen, und keinem anderen mehr als mir selbst. Erst hätte sie sich, so sagte es wenigstens ihre Freundin Charlène, beinahe und am liebsten vor den Bus geschmissen, der mit mir davonfuhr, und wäre noch eine Zeitlang mitgeschleppt worden, dann hätte sie mich am liebsten erschossen, so muss es gewesen sein, solche Gedanken hatten sie wohl gequält, wie mich meine.

Und da der Mensch im Bus nach Goslar nach wie vor verschieden war, sahen die einen gar nichts, die anderen lachten, und dann gab es noch jene, die nun PETA eingeschaltet hätten.

Ja, ich litt wie ein Hund, wie manch grober Mensch gesagt hätte. PETA oder Pro Animale einzuschalten: Das wäre in unserem Fall wohl auch das einzig Richtige gewesen, es war Tierquälerei auf der untersten Stufe, die Liebenden derart auseinanderzureißen wie zwei Tiere, arme Hunde, die sich gerade noch geliebt hatten und nun vom Hundefänger für ein paar chinesische Pfennige verkauft und vom fahrenden Händler in den Wagen getrieben wurden, schon kurz darauf auseinandergerissen in einer chinesischen Hundeschlachterei am Haken hängen. Oder für eine medizinische Forschungsanstalt in Tschechien oder der Pfalz eingefangen, dann langsam gevierteilt und auseinandergerissen wurden, und zwanzig Jahre später gab es dafür den Nobelpreis für Medizin. Oder, das wäre mir, wäre mir als Hund, noch lieber gewesen, in einem schön gelegenen Aussichtslokal zu einer Spezialität verwandelt in diesem und jenem Appenzeller Maulloch zu verschwinden, und dann fragte mich meine Migränemutter an einem solchen Tag, nach einem solchen, im Prinzip vergleichbaren Mittagessen immer: Kind, fehlt dir etwas? Hast du etwa Bauchweh? Machte es etwas aus, dass auf dem Teller statt eines Hundeknochens, den ich abnagen sollte, ein Hähnchenflügel lag oder jene kleinen süßen Schweineknochen, genannt »spareribs«? Und meine aufmerksame Migränemutter ließ nicht locker und fragte »Kind, hast du Bauchweh?«, bis ich sagte »noch nicht«. Doch diese Auskunft ließ ihr keine Ruhe, und sie fragte so lange weiter »Mein Schatz, hast du Bauchweh? Was fehlt dir?«, bis ich tatsächlich etwas hatte, und es war Bauchweh, und mir etwas fehlte, es war dann in einem griechischen Lokal in Nikopolis, an der Bucht von Actium, wo Cleopatra alsbald geflohen war, als wäre ich dabei gewesen, an diesem Schauplatz der Weltgeschichte, wo die wichtigste Schlacht der römischen Geschichte bis hin zur Milvischen Brücke gewesen war, wo ich gesehen hatte, wie noch lebende Frösche, die zusammengebunden von einem Fleischerhaken herunterhingen, das war in Griechenland, und nicht bei den Barbaren!, von den Restaurantgästen mit ihren Pfoten eigenhändig ausgewählt und weggezogen werden konnten, so dass im Lauf der Geschichte manches Froschbein hängen blieb. Der Rest aber, die schon gebrochenen langen Froschbeine mit denen an diesen Beinen hängenden Herzen, dem Koch übergeben werden konnten, der sie ungewaschen in eine Pfanne besten Olivenöls, das sich auch zum Kochen eignete, warf. Und Inge sah es wie immer ganz praktisch und fragte: »Haben die Frösche ein Herz?«, und der aufgeklärte Mensch lenkte sofort ab, indem er »gute Frage« sagte. Ich aber hätte nun für meinen Roman einen Titel gehabt: Er hätte *Froschherz* heißen müssen. Als wäre ich auf dieses Wort zum ersten Mal im Netz gestoßen, als ein Follower von der Ratgeber Community, der sich gerade fragte: Und warum kann ein Froschherz auch noch nach der Sektion schlagen?

Genauso muss ich mir damals vorgekommen sein.

Das war doch die stillschweigende Voraussetzung unseres Lebens, die wir lieber nicht so genau kennen wollten: dass wir es lieber nicht so genau wussten.

Damals war ich froh, zum Glück, konnte ich damals sagen, als endlich ein Mensch in dieses Lokal hereinkam und sich dieser Lebewesen erbarmte, um in einem kurzen Prozess auf sie zu zeigen und auf Griechisch »Alle!«, »Oi polloi!« und »holos« zu sagen, oi polloi, das war aber keine Punkband und keine Hähnchenfirma, die so hieß, und mit »Holos« meinte ich auch nicht den dänischen Eishockeyspieler, aber der Koch war so geschickt, dass er alle auf einmal totschlagen konnte, so sie noch ein Restleben gelebt hätten, sieben auf einmal, wie das tapfere Schneiderlein, und dann war ihre Passionsgeschichte zu Ende gewesen.

Da wären diese schnell gegessenen Frösche doch lieber von einem Lastwagen überfahren worden, nachts an der Strecke von Mesolongi über den Acheron, hinter dem bald Albanien kam, nach Ithaka.

Und ich? Eine Melange, wie ein Wiener Kaffee aus Schuldempfindsamkeit, Schmerz und Lust.

Doch vorerst, nun, nun, nun, schon unterwegs im Bus zwischen Saintes und Tours und Poitiers, da, wo die Schlacht nicht gewesen war, lachten sie die ganze Zeit an Stellen, die mich zum Weinen brachten. Vom Losfahren an, noch nicht einmal in La Teste. Ich schloss die Augen und stellte mich schlafend mit abgewandtem Kopf gegen die ekligen, versifften Sitzpolster hin. »Versifft« war aber damals in den Bussen dieser Welt der Standard, zudem ein Lieblingswort in Freiburg, und überführte jene nun als überlebt, als Relikte der überholten Zeit, die das Wort »versifft« immer noch brauchten; »Stell dich nicht so an!«, hörte ich von der Seite der Vernünftigen, manche Vorurteile hatten wirklich einen harten Kern, wie der Zahn der Bisamratte, doch auch später in den verschiedenen Wohnmobilen dieser Welt bis hin zum Berliner Ring, auf dem Parkplatz zwischen Potsdam Nord und Alttöplitz mit Elfi, sah ich, dass es auch ohne Wasser ging, nur ohne ging es nicht, und »Du denkst mir manchmal etwas zu sehr um die Ecke, Alain«, sagte schon Madame Peau, die allerdings gar nicht mitfahren durfte wegen des vorangegangenen Demenztests.

In den französischen Rathäusern wurde allergrößten Wert darauf gelegt, dass sich Frankreich im Ausland nicht blamierte; und in keinem Land der Welt wollte Frankreich weniger die Grande Nation sein als im damals noch viel kleineren, altverwandten karolingischen Restdeutschland, zu dem Goslar niemals gehört hatte. Doch solange Madame Peau etwas sagen konnte, sagte sie immer wieder: »Alain, du denkst mir ein bisschen zu sehr um die Ecke«, allerdings auf Französisch, und fügte noch den berühmten Satz »Was nicht klar ist, kann nicht Französisch sein« hinzu, um mich wieder auf den rechten Weg zu bringen. Und durch den Demenztest waren alle Erinnerungen und ihre Sätze und Bilder und der ganze Hirnspeichervorrat an Wissen und Bildung ad absurdum geführt.

… und ich hatte die ganze Zeit den Vorhang zugezogen und stellte mich schlafend, als wir die große Garonnebrücke passierten, und ich war nicht der Einzige im Bus, der von dem dazu passenden Hölderlingedicht wusste, das Madame Peau so liebte, dass sie es manchmal in den Raum hineinwarf, um uns ungläubige Schüler wissen zu lassen, was das für eine schöne Sprache war, die wir doch gar nicht lernen wollten oder mussten: »Geh aber nun und grüße die schöne Garonne, und die Gärten von Bordeaux, wo …« Und sie versuchte »Bordeaux« so auszusprechen wie ein Reim auf »O«, wie es der Dichter namens Hölderlin tat, als er hier war, in Bordeaux und auf der Welt, und in der hintersten Reihe, wo naturgemäß die Frechsten saßen, war schon wieder ein »O là là« zu vernehmen. Und sie machten aus diesem Hölderlingedicht schon wieder einen Reim ihres Lebens.

Und ich?

Später, als aus der Liebe Kartoffelsuppe geworden war, wurde ich immer wieder gefragt: »Would you do it?« Und so fort. Die Jugendherberge auf der Giudecca von Venedig, ein Tummelplatz für frühreife Nymphomanen beiderlei Geschlechts, zu denen ich auch bald gehörte. Gefühlswallungen, die nach beiden Seiten hin ausschlugen, so dass mein erster Therapeut sich nicht anders zu helfen wusste als mit manisch-depressiv, zwischen Geilheit auf das Leben und Selbstmordgelüsten.

La chasse, die Liebe, ein Wort, das mir gerade jetzt, wo ich es wieder und wieder vor mir her sagte, noch unverständlicher war als damals den übermütigen südfranzösischen Weintrinkern, bei denen die Alten ein Leben lang und nun auch schon die jungen Männer mit ihrem »O là là!« unterwegs waren. Und glaubten aus französischer Weintrinker-Berufsehre heraus, dazu verpflichtet zu sein, so zu schauen, als müssten ihnen die Frauen gleich auf die Finger hauen. Und waren enttäuscht, wenn dies nicht geschah. Und ich hatte schon wieder in einem Satz drei auf einmal geschafft: schauen-Frauen-hauen! Du tapferes Schneiderlein! Madame Peau war aber in Goslar gar nicht dabei. Sie konnte wegen einer Demenzuntersuchung nicht mit, wie der freche Jean-Luc behauptete. Dabei hatte sie vielleicht nur keine Lust auf solche Leute wie Jean-Luc oder Karl-Heinz in Goslar und die Saufnächte im Harz im Bockbierlicht. Dass Madame Peau gerade ihren ersten Demenztest hinter sich habe, war seine Erfindung. Aber möglich gewesen wäre es schon: abgeholt zu werden und im Krankenwagen fixiert und ruhiggestellt. Die Autenrieth'sche Maske war zwar auch im Autenrieth-Universitätsklinikum von Tübingen aus dem Verkehr gezogen, aber ähnliche Zwangsjacken aus Eisen hatte es die ganze Geschichte Frankreichs über gegeben, gab es immer noch auf der Welt, denn eine einzige aufmerksame Bürgerin genügte wie zuzeiten der Französischen Revolution, eine besorgte Mitbürgerin, eine Jakobinerin, und schon war der Mensch auf dem Wagen zum Schafott, und Madame wäre, im Streit mit ihrer Nachbarin, ins Hôpital Charles Perrens überführt worden, weil sie nicht so schnell zehn Käsesorten aufsagen konnte.

Männer wie Frauen, alle, die im Bus nach Goslar saßen, waren als Botschafter Frankreichs unterwegs. Außer mir. Denn da war ich, kein Botschafter, sondern ein Tourette-Vertreter, immerhin, ich sah damals noch aus. Ich sah aus wie ein morganatisch gezeugtes Ergebnis aus Alain Delon und Gérard Philipe, wie ich es hörte einst, dazu mit meinem franco-alemannischen Accent, das machte es doch etwas feiner: Dazu war es auch noch die Besonderheit meines Tourette, dass es gereimt sein musste, ich konnte als ein Tourettedichter, eine Vorstufe zur Slam Poetry durchgehen.

Trotzdem war ich als Chefdolmetsch ausersehen. Und ich

dachte, dass auch kein Vers und kein Herz meinem Schmerz gewachsen war. Kein Vers, den ich mir machte, kein Schmerz reimte sich … und dann im Bus, kurz vor der Stadt der Liebe, sah ich, was für ein schönes Wort das Wort »Blume« war, und mein Schmerz hatte nun einen Vornamen: Babette. Mehr Blumen gab es nicht. Und sie war die Einzige. Und nun, als ich gerade wieder meinen Schmerz vergessen hatte, das heißt, gerade am Einschlafen gewesen war, schreckte ich auf, wie sie im Bus zu singen und grölen begannen, *Elle court, elle court, la maladie d'amour, dans le cœur des enfants de sept à soixante dix-sept ans.* Und dann noch *We are the champions.* Was für französische Schmutzfink-Ohren gleich wieder eine Brücke zu »champignon«, einem französischen Hauptwort für den deutschen Schwanz bildete, o là là. Es war aber Liebe, und meine Flügel waren gebrochen, und es war nun wie bei manchem Opfer kaum zu glauben: Am Ende sang ich mit. Das war aber für den sterbekundigen Dr. Finisco, den begleitenden Stabsmediziner, sonst das Vorzeichen dafür, dass das Ende nicht mehr weit war. Wenn auf dem Sterbebett noch einmal *Sur le pont d'Avignon* oder das herzzerreißendere *My Bonnie is over the ocean* gesummt wurde zum Beispiel oder *Les petits lapins des champs*, und im Delirium war »champs« (Feld) oftmals durch »chant« (Gesang) ersetzt, sagte auch Dr. Pfützenmeister gerne, und auf den Sterbebetten zwischen Deutschachberg und Burladingen, Bufflingen und Isigatreute wurde das entsprechende *Kommt ein Vogel geflogen*, wenigstens noch einmal die ersten Töne, versucht, wie eine letzte Unterschrift, wie das B-A-C-H am Ende der *Kunst der Fuge*, und das war's dann. Dann sagte der Sterbehelfer »Es ist gut« an der Stelle, an der der Mensch, der andere, hatte noch »Es ist aus« sagen wollen. Am Ende fiel das eine mit dem anderen Fieber zusammen, und in ihre schrille Festlaune hinein rief Jean: »Attent« dazwischen, »Alarme! Mit Alain stimmt etwas nicht … Alain spinnt …

Alain ist ohnmächtig« … Der nächste Satz wäre »Alain stirbt« gewesen.

So ging es rauf und runter unterwegs nach Goslar.

Ich war also auf dieser Fahrt, auf den ersten neunhundert Kilometern, keineswegs gefährdet durch neue Eindrücke.

Das Erste, was ich damals von einem mir gänzlich unbekannten Deutschland sah, waren diese regengeschwängerten Anhöhen um Aachen herum, in denen Charlemagne auf Jagd gewesen war. Schon vor Düren dauerten mich die Jagdhunde, sollte es denn ewig so weitergehen? Aachen schmerzte die Delegation, bis hin zu unserem Busfahrer aus Togo besonders, denn dass das Grab von Charlemagne nun im Ausland lag, rührte an unsere Fundamente, Wahrheiten und Lügen. Offiziell hatten wir keine Zeit für einen Stopp … Aber es war etwas anderes, wir mussten vor Einbruch der Nacht noch im ibis zwischen Zülpich und Köln sein.

Damals in Köln, es war das erste Mal, das erste Mal Köln.

Und nun: Was für ein Wiedersehen. Köln liebte ich von allen Städten am meisten, und ich hätte nicht einmal sagen können, warum, bis zum heutigen Tag.

Damals, auf der Fahrt nach Goslar, wurde uns das Grab von Plectrudis, der Gegenspielerin von Karl Martell, der Vorfahrin von Charlemagne (der in Aachen lag), nicht gezeigt, aber erst gestern war ich wieder bei ihr gewesen, und dass aus dieser Gegend zwischen Köln und Zülpich unser erster König stammte, war uns im Vorbeifahren auch verschwiegen worden. Die Welt war voller Gräber mit Vorfahren väterlicher- und mütterlicherseits, die Welt, die wir durchfuhren, denn ich kam komplett aus karolingischem Gelände, ich stammte in gerader Linie von Siegern, Franken, und Besiegten, Alemannen, ab, als stammte ich von allen ab, nicht nur von Adam und Eva, zumindest seit Chlodwigs und dann noch einmal Karl Martells und Charlemagnes Zeiten stimmte es ja auch; gewiss hatte es auch schon

Menschen und Menschenfresser zuvor gegeben, die Kelten mit ihrer Angst, dass der Himmel über ihnen einstürzt, von denen ich ebenso in gerader Linie abstammte, was waren schon zweitausend Jahre vor dem Chromosomengott. Und eigentlich konnte der Mensch froh sein, dass die Kelten und die Germanen und ihr Glaube und ihre Gottesdienste mit den Menschenopfern und Menschenfressern überwunden waren, eine Hölle weniger auf der Welt. Und ich dachte auch nach Amerika hinüber, wo das Paradies der Killerwale die Hölle der Ölsardinen war.

Damals nahmen wir den Dom mit, als wäre es ein Gewinn an der Börse, aber so waren die meisten Touristen schon unterwegs, die Kunstbeflissenen allemal. Wir hatten aber im ibis bei Zülpich übernachtet. Das war der Ort, wo die Franzosen katholisch geworden waren. Es gab einige Leute, die schmerzte es auch noch, dass Zülpich nicht mehr französisch war und auch nicht mehr recht katholisch … anderen war es »so etwas von egal!«, und ich dachte mir den Tonfall von Donata, meinem Migränepatenkind, hinzu.

… angefangen mit Chlodwig, französisch Clovis, später Louis.

… und das Grab der Plectrudis, Königin von Frankreich, wie ich aus der Galerie der Königinnen im Jardin du Luxembourg wusste, hätten wir auch besuchen können, in Köln, in der Erzkirche von Sankt Maria im Kapitol, aber fast alle wussten es nicht. Zülpich hingegen war ein Must! Das wussten wir aus unseren heiligsten Geschichtsbüchern, das wenig wohlklingende Zülpich war der Ort, wo Chlodwig herrührte mit seinen Fingern im Spiel. In dieser Gegend war er wohl geboren worden oder gleich in Köln, was uns von den Biographen leider nicht richtig mitgeteilt wurde, und danach wurde Europa katholisch. Die Franken gegen die Alemannen, zwei germanische Völker angeblich. Und dann wurden die Franken französisch, und der besiegte Stamm wurde von den Siegern zu den Alemannen herabgewürdigt, das war die Genealogie.

Ein wenig Geschichte muss sein, jetzt, da alles vorbei ist … Zu unserer Verwunderung hörten wir, dass gleich mehrere Königinnen und Könige von Frankreich aus Köln kamen, das nach altfranzösischem Glauben an die Preußen verloren war, wie selbst Aachen, die Grablege von Charlemagne. Die Eroberer, ja, sie hatten immer wieder einmal an die Überführung nach Saint-Denis gedacht, sie zu rauben. Der Kölner Dom wurde schließlich auch über dem Raubgut, das die Gebeine der Heiligen Drei Könige waren, erbaut. Und nach Mailand waren diese Gebeine, zu wem auch immer sie gehört haben mochten, als Raubgut gekommen.

Der Letzte der Merowinger wurde im Übrigen im Kloster von Prüm entsorgt, tief in der Eifel. Das war's dann schon. Aufgebrochen waren sie einst aus dem Kölner Raum, Chlodwig, die Schlacht bei Zülpich, die Franken gegen die Alemannen, und beide konnten sich noch in derselben Sprache die Todesverfluchungen zurufen und sich ins Gesicht spucken, wie die Athener und Spartaner in der Zeit der Seeschlachten. Und ich sollte dafür dankbar sein, dass sie, die Nachfahren, diese Sprache ihrer Vorfahrin und Königin Plectrudis aufgegeben hatten. Im Jardin du Luxembourg, einmal zu Besuch, kein Franzose konnte es sich erlauben, nie in Paris gewesen zu sein bei der Strafe der Exkommunikation, hatte ich die Galerie der ersten Königinnen von Frankreich gesehen, eine nach der anderen … was für Namen … immer sagten sie »französisch«, wo die Deutschen »fränkisch« sagten. Und wir, wie wir das in der Schule gelernt hatten, sagten Charlemagne … Die Deutschen, das sollten aber die Alemannen sein, die Nachfahren der schon vom ersten französischen König besiegten Alemannen.

So viel stand fest: Wir, die wir nach Goslar unterwegs gewesen, waren alle Nachfahren von Chilperich II. und der hochnoblen Plectrudis, wenn ich vielleicht von dem Busfahrer aus Togo und zwei Schülern aus der ehemaligen Kolonie Vietnam absah, und ebenso waren wir auch Nachfahren ihres Todfeindes Karl Martell, des von Plectrudis nicht als ebenbürtig anerkannten Rivalen ihres Sohnes, und zum Teil waren wir auch noch Nachfahren der besiegten Sachsen und der von Karl Martell noch einmal besiegten Alemannen. Wir alle waren aber Kinder von Adam und Eva, eigentlich nur von Eva, fast alles ist zweifelhaft, so viel ist gewiss.

Es gab Wörter, die ich nicht an mein Ohr ließ. Vielleicht hatte man deswegen Goslar, verdächtig nahe beim französisch-ohrenästhetisch absoluten No-Go-Wort Gertrud und beim altfranzösischen Wort und Königsnamen Gertrudis, genommen: weil auch Arcachon für französische Ohren zu nahe an »cochon« gelagert war, wie auch »la mer« bei einem anderen Wort und Ding, ja, »la mer« und »la merde«, das war noch so ein unmögliches feminines Wortpaar. Es glückte nur den größten Sprachvirtuosen, die eine andere Muttersprache hatten, richtig »la mer« zu sagen. Meist hörte es sich fast schon wie das »e« in »la merde« an, eben scheiße, und nicht genug, dazu gesellte sich noch »la mère«, die Mutter, und bildete ein fast homophones Worttrio. Ein Katzensprung entfernt von »l'amour«. Wenn es Liebe war, konnten sie darüber lachen. Und so forderte ich Mausi manches Mal auf, »la mer« zu sagen oder auch »Arcachon« und solche Wörter, welche Liebende beim Vorspiel, sich zu necken einander sagen, um gleich darauf aufeinander loszugehen. Also: Arcachon klang nach Schwein und roch nach Austern und Meer, und Goslar klang und roch nach Gertrud, und »roch« war auch kein schönes Wort. Auf Achbergerisch gab es das ja auch gar nicht. Dort hieß das »es schmeckte« und war etwas Schönes. Und da dachte der schwäbische Schmutzfink vielleicht schon wieder an eine Frau, die Gertrud hieß. Ich vermutete den Grund der Städtepartnerschaft von Goslar und Arcachon darin, dass sich Arcachon in Goslar leicht hinter seinem Namen verstecken konnte, in dem die aufmerksamen, so gelagerten Franzosen immer ein »cochon« mit heraushören konnten, wie auch Goslar dazu passte, denn es klang in französischen Ohren auch nicht besser.

Und wie lächerlich schien es mir, wie sie das Leben in ihr System zu zwängen versuchten anhand ihrer roten Zahlen von Schlachten und Siegen, als wollten sie dem Leben eine Form geben und eine Sprache, bis in den Fußball hinein. Ja, die Historiker waren die Schlachtenbummler der Geschichte. Dabei interessierte mich fast nichts mehr als das Leben, aus dem es in die Geschichte hineinblutete. Und ich war ein übrig gebliebener Schlachtenbummler der Liebe. Dabei begann unsere Geschichte, von Adam und Eva her, mit dem Wort »Mädchenauge. Coreopsis, Mädchenauge«. So begann es.

Ja, ich hätte Historiker werden sollen, bei Jeanne d'Arc! Und vom Hundertjährigen Krieg, den Schlachtreihen und ihrem Feuertod sprachen sie so, als wäre es eine Modeerscheinung gewesen. So kurz nach der Starfighter-Zeit, in der 269 Maschinen abstürzten, und mindestens ein Mensch saß auch noch darin, der sich manchmal mit dem Schleudersitz retten konnte, und so kam heraus, was für ein wichtiges Wort »Schleudersitz« mittlerweile geworden war, französisch »siège éjectable«, und dabei kam wieder einmal zum Vorschein, dass es Wörter gab, die es bessermachten, jedenfalls hatte der Mensch vielleicht doch mehr Vertrauen in »Schleudersitz« als in »siège éjectable«, das heißt, zumindest konnte sich der Mensch etwas deutlicher vorstellen, das klang doch entschiedener, eindeutiger, da machte es doch schon Peng! Immerhin als Wort war »Schleudersitz« ein gutes Wort. Doch keiner weiß, was diese ersten Königinnen von Frankreich, das auf Deutsch Frankenreich hieß, für eine Sprache gesprochen haben, Plectrudis … Französisch war es jedenfalls nicht bei diesem Namen.

Die frühe Geschichte der beiden Sprachen und Länder war nun ein von keinem Historiker mehr aufzulösendes Tohuwabohu. Die altgermanische ausgestorbene Sprache Chilperichs, in dem Erich steckte, bei dem Babette ihr schönstes Kotzgesicht machen konnte, lebte im Niederdeutschen und Holländischen fort. Erich, was war das für ein ungehobelter Name gegen Eric oder gar Eryck! Die Sehnsucht aber war unendlich, und kurz nach Unna wurden die Ebenen weit. Und ich musste nun nicht mehr denken. Laisser pisser! Die Fahrt durchs Ruhrgebiet nahm kein Ende, schließlich Hagen, Westfalen, Hagen-Haspe, Hagen-Hohenlimburg, und dann Unna, ein Stopp dem Frauenklo zuliebe, die Männer machten es wie überall auf der Welt, und auch Hildesheim ließen wir links liegen. Doch am Schmerz von Hildesheim führte kein Wort vorbei. An jenen noblen Bronze-Epitaphen und Lüstern und Toren und tausendjährigen Rosenstöcken. Dagegen Bottrop, banal wie Boxenstopp.

Die Enthüllung des *Einbeinigen Soldaten* war einer der Höhepunkte unserer Fahrt; ich konnte als Abgeordneter der Familie der Künstlerin, meiner Tante Elfriede, glänzen. Das unsichtbar verhüllte fehlende Bein: Was für eine Metapher! Sagte sie, die Empfindsame, meine Tante Elfriede »Nie wieder Krieg!«, und machte etwas daraus. Es war eigentlich nur der Bozzetto aus ihrer Hand, mit dem fehlenden Bein, das man aber nicht sah, wie ihr Zweitmann, der angeheiratete Onkel Erich bemerkte, weil Elfriede das fehlende Bein sehr geschickt unter einer Decke drapierte, und den Rest besorgte die Gießerei. So kam auf einmal die ganze Verlogenheit zum Vorschein, sie lebten alle von diesem verlorenen Bein, und der ganze Bodensee war im Segment Rüstungsindustrie beschäftigt und war Exportweltmeister in Zeiten von *Des Kaisers neue Kleider II*, und es war keine zwanzig Jahre später, dass Europa Belgrad bombardiert hatte. Und das Denkmal konnte angeblich per Fernwärme beheizt werden. Was sollte ich da noch sagen? Ich stand da. Neben dem Bürgermeister von Arcachon und las seine Rede auf Deutsch und zitterte etwas, aber nicht zu sehr. Es war immerhin das erste Mal. Vor dem Vaterländischen Denkmal in Arcachon, nicht weit vom Bahnhof, hatte ich meinem Vater oftmals zugesehen, wie er seine Stimme erhob, vielleicht hatte er ja auch Angst, aber ich sah es nicht, und wie er dann souverän an den Kranzschleifen herumzupfte wie ein französischer Staatspräsident, und immer, wenn mein Vater später nach Deutschachberg kam (das erste Mal war es als Eroberer gewesen, und auch Elaine gehörte, on peut dire, zur Kriegsbeute), sah es so aus, als müsste geflaggt werden. Er konnte ja auftreten wie ein Botschafter, wie fast jeder Franzose auch, immer staatstragend, auch in der Trauer, ja wie der französische Staatspräsident. Am 14. Juli marschierten damals noch ganze Fahnenabordnungen von Männern, die noch keine siebzig waren, vor dem Hôtel de Ville auf. Und nachher saßen sie bei Wein und O là là, und in den ersten Jahren bekam ich wenigstens noch ein Eis. Die Feste waren alle im Sommer. Trauriges Deutschland, wo sie offenbar nur im Düsteren feiern konnten, wenn sie wieder Zeit hatten für das Überflüssige und ihre entsprechenden Mienen dazu machten, und die Hofschranzen ihrer Zeit schritten dann wieder mit tief herabhängenden Mundwinkeln, als wollten auch sie sich vor der Geschichte verneigen, auf eine Wand, auf eine Staatswand mit der Ewigen Flamme zu, als wäre dahinter etwas. Aber es sah nur so aus. Und dann machten sie, die Trauer war geschlechtsneutral, kehrt, gut eingeübt schon in frühen Jahren. Doch es war ja nur eine Nachäffung des Allerheiligsten, Brimborium, den katholischen Zeiten abgekupfert. Alles Theater.

Was sollte ich da noch sagen? Ich stand da. Es war immerhin das erste Mal. In der Rede war damals noch vom Eisernen Vorhang die Rede, und es kam bei diesem Wort ein wohliger

Schauer über die Versammlung. Wir konnten von Goslar ja fast schon hinter die Mauer sehen und haben einen Ausflug an die Todesgrenze gemacht und bedauerten die Menschen, die dahinter leben mussten. Wir dachten an Nordkorea, hatten Mitleid mit ihnen, die da an jenem Tag zu irgendeiner sozialistischen Feier verladen wurden, wie wir glaubten, alles mit Gewalt, und aufmarschierten, ganze Städte, ganze Schulen, wie damals im Olympiastadion am Geburtstag des Führers. »Und denselben Personen haben wir dann paar Jahre später eine Banane auf den Trabi gelegt und eine Rose, wir konnten es nicht anders sagen, unser Glück nicht anders zeigen«, hörte man später, und dann brannten in Rostock die Häuser der Vietnamesen. Der bittere Spruch im Hausflur von Onkel Adalbert »Seitdem ich die Menschen kenne, liebe ich die Tiere« beruhte wohl auf Erfahrung, war aber von Wilhelm Busch.

So stand ich nun da und sollte die Rede und die Welt des Bürgermeisters übersetzen, Wort für Wort, einen Satz nach dem anderen. Es waren Wörter aus dem Suppenloch des Bürgermeisters, wie Madame Cyprian, wieder einmal sehr unfein, gewiss schon im Voraus zu sagen wusste, und keiner von den Verwandten zwischen Isigatreute und Bufflingen, zwischen Loch und Moos hätte herausgehört, nur vielleicht herausgesehen, wie vulgär Madame Cyprian und ihre Sprache sein konnte. Doch »Trou de la Bouche« klang fast schon hochadelig, wie der Name einer frühen merowingischen Königin, wie sie im Jardin du Luxembourg eine nach der anderen zu sehen waren: Gertrudis, Plectrudis, Bilichild, und Babette machte bei diesen Namen immer ein gegen die deutsche Sprache hin gerichtetes Kotzgesicht, und doch ging sie dann mit mir nach Freiburg. Bilichild entsprach in meinen Touretteohren metrisch genau »Suppenloch«, und ich stellte mir nun so einen Mund wie den von Bilichild vor. Suppenloch war genau übersetzt »Bouche de Bouillon«, das klang aber sehr vornehm, fast schon hochadelig, und Zulo de la Bouche wäre fast schon der Name einer Dichterin gewesen, die noch in ihrer baskischen Muttersprache gedichtet hätte, bevor die Franzosen an den Golf der Biskaya kamen.

Und nun schauten mir alle beim Übersetzen zu wie früher beim Eisschlecken, direkt auf meinen Mund, ich weiß auch nicht, nur war ich damals die Freude der Älteren, ja, die Zukunft, die manche schon daran erkennen wollten, wie ich Eis schleckte und ob ich es schon konnte, und alle schauten, als wäre es ein Ereignis, und das Leben wäre im Prinzip nun schon gemeistert. Als könnten sie daran ablesen, wie ich dereinst die Frauen glücklich machen würde oder nicht. Ob ich von selbst richtig drauflosschleckte oder zaghaft in Richtung Alphatier hin, mit der Frage, wie man es machte, und mit dem Blick, dass ich gar keine Lust hatte auf dieses Eis und alles. Und wie es bei der Aufregung so ist: Ich verhaspelte mich wie damals beim Eisessen, als ich ganz lustlos und zaghaft abschleckte, ja, ich meine, ich hätte das Eis auf den Boden fallen lassen, was für ein Omen, und auch noch versucht, einen heiligen Rest zu retten.

Ich bellte nun das vom Bürgermeister von Goslar einmal ausgesprochene »Nie wieder Krieg« dann zehnmal hintereinander hinaus … jamais plus la guerre, und ich wiederholte das Wort »guerre« so lange, bis am Ende davon »merde« übrig blieb … nie wieder Krieg …

Überall standen nun diese *Einbeinigen Soldaten* herum. Es war lange Zeit ein Bestseller, von der die Tante hätte auch so leben können, keineswegs angewiesen auf die Gunst ihres Mannes, von dem sie aber doch abhing, damals noch, denn das deutsche Recht sah es so vor, dass der Gatte seiner Gattin die berufliche Tätigkeit erlauben musste, selbstverständlich auch den Führerschein.

Der Höhepunkt war die Einweihung der schon damals überholten Plastik mit der Inschrift »Nie wieder Krieg!«, denn mittlerweile hatten so viele Kriege stattgefunden, bald war auch schon wieder Belgrad beschossen, von der Europaseite aus.

Auf dem Boden der Gemeinnützigkeit: der *Einbeinige Soldat.* Und das Problem wurde von Tante Elfriede insofern gelöst, als man das fehlende Bein nicht sah, und indem sie eine Decke, einen Faltenwurf darüberlegte, der einem Bild von Eduard Manet oder Tiepolo eine Referenz erweisen sollte. Das war der künstlerische Schwamm über der Geschichte oder der Schwamm der Geschichte über die Kunst.

Der Bürgermeister hatte also nur einmal »Nie wieder Krieg!« gesagt, ich aber, der Übersetzer von allem, hatte es dann auf Französisch zehnmal hinausgebellt, in Anlehnung an die Zehn Gebote, so dass auch der stumpfsinnigste Zuhörer merkte, dass hier etwas nicht stimmte, dass ich mit der verlogenen Rede des Bürgermeisters nichts zu tun haben wollte und seine Sätze wegschüttelte wie in einem Exorzismus. Ach, meine ungebadeten, ungewaschenen Sätze. Und mir war wieder einmal klar, dass ich mich nirgendwo finden konnte auf der Welt, in keiner Gruppe, auch nicht jener der Verfolgten, der Minderheiten, der Verrückten. Ich war allein auf der Welt, allein mit meinem Sperma und mit meiner Sehnsucht.

Und dann warteten die Straßen und der Wind von Goslar auf mich, und wie ich nun wieder einmal den Wind hasste, »die Gewalt von nichts über etwas«, wie ich damals in meinem Tagebuch vermerkt hatte. Vielleicht fuhr ja Elaine nicht mit, weil sie sich meiner schämte? Aber vielleicht war es auch nur ein aufdringlicher Zahnarzt, der auf sie wartete oder sonst jemand oder sonst etwas. Elaine, die Mitbegründerin dieses Theaters genannt Städtepartnerschaft, wäre wieder eine ideale Besetzung für Goslar gewesen, hatte indes schon lange keine Lust mehr, dorthin mitzufahren. In früheren Jahren waren diese Fahrten wohl mit manch erotischem Mehrwert verbunden, zum Beispiel hatte sie wohl einen Mann, den ich ihr von Herzen gönnte, näher kennengelernt, der auch für die glorreichen Ruinen zuständig war und damals auch die mittelalterlichen Bergwerke für die Aufnahme ins Weltkulturerbe vorbereitete, aber seitdem sie erotisch abgedankt hatte, verspürte sie kaum noch eine Lust auf Goslar.

Elaine hat zwar, von der Sigmaringer Zeit an, sie hatte ja noch Céline gesehen, ihr ganzes Leben wohl auch im Bett Französisch gesprochen, doch nie so wie wir. Dennoch wurde ihr schönes Französisch gelobt, vor allem, dass es nicht so hart klang, wie es die Hochdeutschen sprachen, die man auch in Arcachon im Sommer hören konnte … wenn die zweite Silbe zu sehr betont wurde, wie sie es wohl im Französischunterricht gelernt hatten, da konnte man nämlich auch darauf marschieren, sagte Madame Peau, aber das sei grundfalsch, man müsste, kurz bevor man im Mund zur zweiten Silbe kam, das Vorhaben abbrechen, die ganze Kraft, mit der man gestartet sei, auf die zweite Silbe legen, als wollte man kurz vor dem Aussprechen und Betonen auf halbem Weg zur ersten Silbe zurückkehren und so fort. Dazu ein »r« denken, es aber wie ein »d« aussprechen, und ein »o« wie ein »a«, dann habe man herausgefunden, wie es richtig gehe, sagte Madame Peau, wenn sie in ihrem Kurs »Französisch für Ausländer« über die Sonderbarkeiten der französischen Aussprache dozierte. Elaine war trotz ihres vor allem in Sigmaringen bewunderten Französisch das ganze Leben über eine Ausländerin geblieben, wenn sie nur den Mund auftat und »la mer« sagte. Immerhin: Man hielt sie für eine Ungarin oder eine Polin, meist aber für eine Schweizerin, auch wegen ihres entsprechend elegant-zurückhaltend-edlen Auftretens. Die Schmach des wenig prestigeträchtigen deutschen Akzents blieb ihr erspart, auch in Italien, wo die Preußen am Schibboleth-Wort »tutti frutti« überführt werden konnten. Und so fort. Alle erkannten an, dass Elaine bis zuletzt ein wunderbares Französisch sprach, ja, nur der sprachschwache Mensch verwechselt Sprache mit Aussprache!, schärfte uns Madame Peau ein.

Später, in Berlin, gab es Menschen, die meinen Nachnamen Oberlin, in dem Berlin enthalten war, Englisch aussprachen. Sie sagten: Ällen ou Börlin, Allen O'Berlin, als wäre ich etwas Schottisches. Meine Mutter mit ihrem Blick zum Bodensee auf der Höhe des glückseligen Lindau … Von dort aus sah der Mensch in freundlichere Weltgegenden hinein, damals. Indes, dort sprach der Mensch, am herrschenden preußischen Standard gemessen, ein mäßiges Deutsch, einen komischen Dialekt, wie es in Berlin hieß, und immer noch, wenn ich mit meinem A-Berger Deutsch ankam. Meine Sprache war ein Joint Venture aus Arcachon und A-Berg, aus Trauma und Tourette.

So erinnerte ich mich nun auch an die Führung durch das wirklich hübsche Goslar, wegen der Schuhe unserer Führerin, wegen ihres Parfüms und wegen ihres Mundgeruchs, sie sprach von der ruhmreichen Geschichte dieser Stadt, von ihren Reichstagen und ihren Bergwerken, es wird auch Tote gegeben haben. Goslar: ein Joint Venture aus Reichstagen, Bergwerken und Kaiserring. Reichstage: Warum sollte ich das bewundern? Nur weil es das gegeben hatte? Nur weil sich die Mächtigen schon vor tausend und mehr Jahren versammelten, und es kam ein Glanz über die Alphatiere von einst, die es geschafft hatten, das heißt, über die anderen triumphierten und das darwinistische Leben? Reichstage? Das waren doch nur die G-7-Gipfel von einst. Gleich nebenan noch der Todesstreifen. Vielleicht hätte ich aber damals noch mit Zuhörerinnen in der Runde rechnen müssen, die dieses Wort noch nie gehört hatten, was sie ehrte, und die es wirklich wissen wollten. Und so gab es damals auch in Goslar Dinge, die mich Wort für Wort quälten. Und wenn ich meine vornehmen Tanten »Es ist schon etwas kühl geworden« sagen hörte, schritt ich schon gar nicht ein, auch in Goslar nicht, da ließ ich das Wort »kühl« einfach im Raum stehen wie einen unkommentierten Furz. Das war in der Barbarossa-Halle. Wir waren nun auf Stadtführung unterwegs durch die Gassen, die so hübsch waren, dass man es ruhig zweimal sagen konnte, aber von Fachwerk bin ich im Lauf der Jahre immer mehr abgekommen. Die Führerin, sie hieß Jutta Brunzmeyer, war nun naturgemäß bei der preußischen Geschichte angekommen, die ja auch hier erst im 19. Jahrhundert richtig begann. Das Wort F. sollte in einem Text überhaupt nicht vorkommen und in meinen Erinnerungen auf keinen Fall, aber es war an dieser Stelle nicht zu vermeiden. Damals hatte ein Kind, das neben Major von Hornstein stand, in den Raum »Herr Major, der General hat in die Hose geschissen!« hineingerufen, und die ganze Gesellschaft war nun versteinert. Der preußische General hingegen hatte sich daraufhin ohne jeden weiteren Kommentar verabschiedet, war über die Hallentreppe nach oben gegangen und erschoss sich, ohne weiteren Kommentar. Das Kind jedoch hatte von diesem Satz ein lebenslängliches Trauma bekommen. Ich hingegen hielt mich nach meinem ersten öffentlichen Auftritt für geglückt. Nach meinem ersten öffentlichen Auftritt vor so bedeutenden Menschen wie dem Bürgermeister und dem gesamten Stadtrat von Goslar und einem Vertreter aus dem Ministerium in Hannover sowie vom Denkmalschutz in Braunschweig, einer Vertreterin des Direktors von Wolfenbüttel und dem Chef von Jägermeister und so fort, die mich alle in den überschwänglichsten Formulierungen lobten, war es mir ein wenig wie nach dem ersten Mal. Es war wieder gutgegangen. Und Babette war für die Dauer meiner Angst vergessen. Oder war es vielleicht so, dass zwei Schmerzen besser auszuhalten waren als einer, und ich hin und her switchen konnte zwischen Angst und Schmerz? Es war keine drei Tage, nachdem wir zum ersten Mal im Jagdhaus gewesen waren.

Als ich aus Goslar zurückkam, war sie verschwunden.

Ich kam zurück, und die Welt war eine andere. Es folgte das Erwachen. Und dann die Enttäuschung, die Enttarnung von Madame und ihrem Mann: dass Babette die Tochter von Madame Cyprian war und nicht von ihrer Schwester Claire und deren Mann Philibert.

Und nun, nach Jahren also, die Enttarnung von Madame. Jedes frühe Lebensjahr zählte ja doppelt, wenn nicht zehnfach. Und wahrscheinlich war es auch so, dass dem Menschen die Zeit von eins bis achtzehn (oder wann immer das erste Mal gewesen sein mochte) so lange vorkam wie von da bis zum Tod, das sollen amerikanische Studien herausgebracht haben. Ich aber wusste es von mir selbst, dass dieses erste Mal, wie es so schön poetisch genau im Deutschen hieß, mein Leben in zwei Hälften teilte: Bis dahin war es Sehnsucht gewesen, seither war es Heimweh. Oder etwa nicht? Madame Cyprian war die Mutter von Babette und hatte dem Mann ihrer Schwester vorgegaukelt, er sei der Vater, und das müsse sie vor ihrem Mann vertuschen; sie wollte aber gar kein Kind haben, ihre Schwester sehr wohl, die spielte also mit, Monsieur de Cyprian auch; und auch Babette hat alles erst erfahren, als es darum ging, was aus Babette nun werden sollte.

Wer der Vater von Babette war, darüber waren lange die unterschiedlichsten Versionen verbreitet. Alle waren sich aber darin einig, dass es nicht Philibert war. Alle wussten es, nur er nicht. Auch Roland wurde lange als Hosenladengeldkandidat gehandelt. So viel stand fest. Kein Wunder, dass Babette so war, wie sie war. Ich wollte nur sagen, dass auch bei ihr »einiges schiefgelaufen« war, wie die Menschen mit einem Loch im Herzen oder im Kopf sagten oder Inge mit ihrem Hang zur Vereinfachung. Und dass auch Babette einen Korken hatte.

Babette kehrte Anfang Oktober in die Ville d'Hiver von Arcachon zurück. Und dazwischen war sie angeblich in einer Klinik gewesen, anschließend auf Sprachkurs in Bournemouth, und ich musste diese Sätze aushalten, hätte sie aushalten müssen, wenn nicht schon bald ein Lebenszeichen von ihr gekommen wäre, das mir sagte, es gehe ihr gut, und sie komme bald nach Arcachon zurück und wolle mit mir leben (offiziell bei ihrer Tante). Zu ihrer Mutter sagte sie weiterhin Tante. Und zu ihrem Vater Onkel.

Als ich aus Goslar zurückkehrte, waren sie also weg.

Die »Eltern« waren zusammen mit Babette verschwunden. Sie seien abgereist, und von Madame wurde der Welt eine erträgliche Lügengeschichte aufgetischt, sie seien zwischen Tours und Poitiers auf einen Betonpfosten gefahren und »sofort tot gewesen«. Nur Babette habe gerettet werden können, und Monsieur und Madame hätten nun vor, das arme Mädchen zu adoptieren. Diese und andere Versionen wurden der Welt gegenüber von Madame aufrechterhalten. Ich habe es nie erfahren. Oder nur das, was mir Babette davon erzählte.

Und was war nun mit Babette selbst gewesen am Tag, als ich unterwegs nach Goslar fuhr?

Sie kehrte auch erst im Oktober jenes Jahres nach Arcachon zurück. Plötzlich war sie wieder da. Wie in einer Novelle.

Ich erfuhr es erst von Babette, dass sie wohl schwanger gewesen war, und wie die Familie, die es, angeführt von Madame Cyprian, schon herausgeschnuppert hatte. Ich erfuhr es, und zwar erst, als alles schon vorbei war. Half es mir, alles, das alles zu erfahren, nachdem es vorbei war?

Sie musste aber ein Leben lang weiterhin »Tante« sagen zu Madame. Babette wusste es die ersten sechzehn Jahre ihres Lebens selbst nicht. Auch ihr wurde die Lügengeschichte aufgetischt, dass Philibert und Claire ihre Eltern seien, kein Wunder, dass auch sie daraufhin einen »Knacks« hatte, was die Geschichte nicht weniger traurig machte für mich.

Claire wusste es aber von Anfang an, Madame wusste es ebenso, und auch Monsieur. Alle wussten es außer Philibert.

Dass Babette nicht seine Tochter war und auch nicht die von Claire, sondern von Claires Schwester und deren Mann, also von Madame Hortense Cyprian und ihrem Clovis Charles Louis, diesem eigentlichen Auslaufmodell ihrer, einer sich in der Geschichte verlierenden kleinen Geschichte.

Sie hatten Philibert Babette als Kuckucksei »untergeschoben«, wie man sagte. Claire, die immer ein Kind haben wollte und eines brauchte, um die genealogische Linie zu erhalten. Philibert, aus alter Familie aus Nantes, früher einmal Sklavenhändler, die sich aber auch nur Kaufleute nannten, schien wohl eher nicht für die Frauenliebe geschaffen, wie seine Frau Claire bald bemerkte, nun war er übermächtig stolz, dass er es einmal geschafft hatte, ja, und auch Claire tat ganz glücklich im Bett mit ihm. Und der Satz, dass nirgendwo mehr gelogen wird, wurde ergänzt um den Beweis, dass eine Lüge glaubwürdiger war als zwei. Sie spielte eine Zeitlang schwanger und verhielt sich ganz so wie eine Frau, die eine gute Schauspielerin ist, mindestens so gut wie Jeanne Moreau, und spielte eine an der großen Bühne geschulte Scheinschwangerschaft.

Zur selben Zeit war es Madame Cyprian tatsächlich: schwanger, das war eine frühe Form von Leihmutterschaft. Lange schaffte es Claire, die Schwangere zu spielen, zumal Philibert kein großes Interesse daran hegte, der Sache auf den Grund zu gehen: Alle sprachen ganz offen davon, dass Philibert andersherum sei, alle wussten es, nur er nicht, das heißt, er wusste es schon, nur wusste er nicht, dass es alle um ihn herum wussten. Die Schwangerschaft von Claire versetzte ihn in einen Glückszustand, dessen Ursprung er sich eigentlich nicht richtig erklären konnte, als wäre das Glück so bewiesen. Tatsächlich war es Philibert im Verlauf eines Jahres immer wieder einmal geglückt, mit Claire zu schlafen, der beidseitige Alkohol tat das Seine hinzu, und insofern war es für sie gar kein Problem, in ihrem Lügenleben plausibel zu sein. Bald trug Claire schon wallende Gewänder und darunter enganliegende Polster, es war ja auch etwas Winter, und tatsächlich, man konnte es schon sehen: Da war ein Bauch, der sich schon etwas zu wölben schien. Tatsächlich, aber es kam von einer speziellen Bauchdiät. Claire futterte in jener Zeit heimlich, meist in der Küche, wohin sich Philiberts Weg kaum einmal verlor, es war schon ein Mastprogramm. Ihren Philibert, der kaum einmal aufdringlich wurde in jener Zeit, aber doch dann und wann an den Bauch fassen wollte und mit seinen Ohren hingehen, ob man schon etwas hören konnte, ja, um zu sehen, ob schon ein Beinchen ausschlug.

Dann aber, etwa ab dem sechsten Monat, sagte Claire zu Philibert: Ich brauche jetzt etwas Ruhe. Für die restliche Zeit fahre ich zu Hortense nach Arcachon, das ist am Meer, da ist die gute Luft, und dort gibt es auch ein Krankenhaus für den Notfall. Das war Philibert gerade recht, obschon: Logisch war es nicht, denn sie lebten ja selbst in der Nähe des Meeres und direkt neben einem Frauenarzt, einer klassischen Männerdomäne, lebten an einem erst im 9. Jahrhundert verlandeten Seitenarm des Atlantiks, wie er sich in der Vendée zeigt, dazu mitten in einem Dorf, das Saint-Benoist-sur-Mer hieß. Anyway, sagte Babette nun mit Inge: Das war ihm gerade recht. Denn nun konnte er ungestört seiner eigenen Jagd und seinen Dingen nachgehen, und so fort.

Also brachte Philibert sie nach Arcachon, in die Ville d'Hiver: Das war der Ort, von dem sich seine Investoren bei der Gründung »Miscere utile dulci«, »Lasst uns das Angenehme mit dem Nützlichen verbinden!« gesagt hatten. Das war also der Ort, wo all die Lungenkranken weiterleben konnten, siebzig Jahre vor dem ersten Penicillin, und auch ihre Familien, auch wir, alles am Meer, dazu die Austern. Also wurde erst eine Bahnlinie gebaut, von Bordeaux her. Die Namen dieser zwei Gründer jenes Viertels, in dem ich aufwuchs, waren Émile und

Isaac Pereire, Gott hab sie selig und Vergelt's Gott, wie man in Deutschachberg damals noch sagte.

Da musste ich auch wieder einmal an unseren lieben Haberland denken, der ein halbes Jahrhundert später jenes Haus in Berlin hatte bauen lassen, in dem Mausi und ich nun schon seit über fünfzehn Jahren wohnten.

Das Haus des Urgroßvaters von Monsieur de Cyprian, einem Freund von Isaac Pereire, in dem Madame mit Monsieur nun lebte, war eines der ersten in der Ville d'Hiver. Sie lebten da ganz allein, von der Bonne und ihrem Mann abgesehen, die auf demselben Grundstück in ihrer Kate hausten, fast schon ein Grange, und auch von diesen und jenen Gästen, die kamen und gingen. Und abgesehen von Babette.

Im Jahr 1868 wurde das jedes Jahr schöner werdende Haus in einem Phantasiestil gebaut, und die wenigen Bäume, eine Zeder und zwei Kiefern, waren zu ausladenden flächendeckenden Erscheinungen herangewachsen, drei Bäume, mehr waren es nicht, so wollte es der Staat, denn für jeden schönen Baum musste in Frankreich Luxussteuer gezahlt werden. Die Bäume zu fällen hingegen war in Arcachon überhaupt kein Problem: So wurde Platz geschaffen für neue Investitionen und für Fälle mit Meerblick. Und wenn sich einmal ein Mensch in diese schöne Gegend verirrte und eines schönen Sommertags die Familie Cyprian im Schatten ihrer hohen Bäume sitzend entdeckte, sah es fast wie Glück aus.

Es gab zwar schon zwei eigene Kinder, aus einer früheren Beziehung, da war Hortense noch nicht zwanzig, noch nicht achtzehn, sie waren längst erwachsen, anderswo, waren irgendwie verschwunden, wohl auch missraten, das hat mir Babette nie erzählt. Eigene Kinder wollte Madame nicht mehr. Das sagte sie Monsieur aber erst, nachdem sie schon fest verankert war in der »Aurore du Mer«. Ihm war das auch recht. Er wollte auch keine Kinder. Wozu das Unglück fortsetzen, hatte er sich gesagt. Aber mit dem Plan, den Madame ausgeheckt hatte, war er wohl sehr einverstanden, so dass Mausis Onkel Adalbert von der Kalau zum Hofe-Seite schon »zweiverstanden« gesagt hätte.

Madame Hortense hatte hier eingeheiratet, Elaine vermutete, es war vor allem wegen des Hauses, in dem Platz genug war, auch für Madame Cyprians Schwester. Die war mittlerweile aber schon im sechsten Monat schwanger. Monsieur war eingeweiht, im Übrigen tatenlos daneben; ihm machte es nichts, sein Kind abzugeben für einen guten Zweck, er wusste ja, dass dieses Kind einmal alles erben würde: den Besitz von Philibert und dazu auch Arcachon, also auch dieses Haus, das »Aurore du Mer« hieß.

Für einen guten Zweck! So hatte es Madame Cyprian ihrem Gatten eingeredet, und das war es zweifellos: Die Alternative eines Samenspenders oder Leihvaters, ein Gedanke, der von keiner anderen als Madame selbst kam, wurde dann doch verworfen, und Monsieur de Cyprian wurde auf diese Weise Vater von Babette an Philiberts Stelle. Also gab es bald eine Frühgeburt, so schnell, dass Philibert gar nicht herbeigerufen werden konnte. Madame Cyprian hat aber naturgemäß eine Tochter geboren, nach Monaten, und das war Babette. Philibert war überglücklich, das Weiterleben der alten Familie gesichert, und Philibert hat in die Hausakten eigenhändig das Tuwort »blühen« eingetragen, »Der Stamm blüht weiter«.

Sechzehn Jahre war das gutgegangen. Jedes Jahr kamen die drei also angefahren in den Sommerferien aus der Vendée, aus Saint-Benoist-sur-Mer. Und nicht anders zu sagen: Babette blühte, immer mehr. Eines Tages entdeckte ich sie oder sie mich zwischen den Stäben, am gemeinsamen Tor, lange geschlossen, längst verrostet (mein Tourettemaul wäre nun beinahe wieder ausgerutscht, und beim Aufstehen wäre ein »r« verlorengegangen, »verostet«). Und die kleinen Tiere sahen einander an und schauten. Babette war es aber, die damals wegrannte. Und dann kam sie wieder. Und dann: das erste Mal. Und dann die Folgen. Ich musste zur Enthüllung des *Einbeinigen Soldaten* und zum Jubiläum der zwanzigjährigen Freundschaft nach Goslar fahren, weil ich dort als Übersetzer gebraucht wurde, und währenddessen brach die Welt wieder einmal zusammen, wenn auch nur für Philibert sowie für seine Gattin, für Madame und Monsieur Cyprian, und am meisten vielleicht für Babette.

Das wenigste war noch, dass ich nicht gefragt wurde dazu. Die Konstruktion von Madame Cyprians Lügengebäude brach zusammen.

Genau um diese Zeit herum, Ende Juni 1980 war es, fuhr ich zweimal über eine dieser Brücken von Köln, auf dem Weg nach Goslar und zurück. Als ich aus Goslar zurückkam, war sie also verschwunden. Sechzehn Jahre alt und im Besitz von Philibert, entführt als Pfand und Beute. Madame Cyprian hatte erzählt, sie seien gleich nach der großen Brücke über die Garonne gegen einen Betonpfeiler gefahren, alle tot, bis auf Babette. In den Zeitungen stand aber davon nichts.

Ich aber blieb bis Oktober ohne jedes Lebenszeichen, der Sommer war entsprechend. Madame hatte mich sofort des Hofes verwiesen, als ich gleich von der Jubiläumsreise zurück zu ihr hinübergegangen war.

»Verschwinde! Und zwar für immer!«, mehr hatte sie nicht gesagt. Und danach hatte ich und seither habe ich kein Wort mehr mit Madame Cyprian, ma tante, gesprochen.

Was gewesen war und wie es, einmal in den Bus gestiegen, weitergegangen war, habe ich von Babette erfahren. Zwar nicht gleich am Tag meiner Rückkehr. Denn da war sie wieder einmal fort. Aber doch bald nachdem sie wiederkam. Und zwar erst nach drei Monaten und zwei Wochen. Die Zeit muss man sich dazudenken. Madame hatte, aber nicht mir, weiterhin erklärt, ihre Schwester und ihr Mann seien auf der Fahrt nach Hause tödlich verunglückt. Babette sei immer noch zur Erholung in einer Reha, später kam noch ein Sprachkurs in Bournemouth dazu in ihrer Version der Geschichte.

So hatte mir Babette es erzählt: Nachdem ich in den Bus nach Goslar gestiegen war und Babette erst ihrer Tante offenbart hatte, dass sie Angst habe, schwanger geworden zu sein, und alles fast gutgegangen wäre, denn sie wusste schon einen Rat, wie das Problem zu lösen wäre, kam es durch einen Zufall zu einer fatalen Wende der Geschichte.

Es war nun wirklich eine Horrorgeschichte; Babette, wollte sie weiterleben, blieb indes nichts anderes übrig, als Anfang Oktober nach Arcachon zurückzukehren, alleine, die Schwangerschaft war durch den »Sprachkurs in Bournemouth« beendet worden, so kam sie zu ihren Eltern, zu denen sie aber weiterhin »tante« und »oncle« sagte. Philibert und Claire waren aber tatsächlich tot, das stimmte. Ob es Mord oder Selbstmord war, wusste keiner. War damals auch auf kriminologische Weise noch nicht herauszufinden. Wahrscheinlich hat Philibert seine Frau erst mit einem seiner Gewehre erschossen und dann sich.

Babette dachte aber gar nicht daran, wie es Madame Cyprian wollte, nun kein Wort mehr zu sprechen mit mir für den Rest ihrer Zeit. Und dann ging es mit uns weiter. Dieses Mal ließen wir uns nicht auseinanderreißen. Es folgten zwei heimliche Jahre, schon bald der Plan auszuwandern. Und eine erste Stufe dahin war das Jahr in Freiburg, das Madame nicht verhindern konnte. Bis zum Verschwinden Babettes hatte sie mich ja noch auf dem sogenannten Laufenden gehalten, wenn es um Onkel und Tante ging, und ich sah sie ja noch gelegentlich auf der Veranda sitzen mit einem Gesicht wie »Salo!«, das war alles.

Vielleicht käme heute Abend im Setaccio etwas Licht in unsere Geschichte. Und was heute und morgen hier in Köln auf mich zukäme oder wie es weiterginge, wusste ich naturgemäß auch nicht. Wie es damals weitergegangen war, bis zum

15. August 1983, wusste ich aber. Und auch, dass jener Tag ein Montag gewesen war, ein schwarzer. Nachher wusste ich es. Erst einmal fanden wir uns wieder. Wir ließen uns nicht zwei- oder vierteilen. Wir blieben trotz allem zusammen, nachdem Babette aus ihren Sprachferien zurückgekehrt war. Wir wollten auswandern, träumten von einer gemeinsamen Zukunft und wahrscheinlich von zehn Kindern, ich vergaß es. Als wollten wir es der Tante und den Ihren zehnfach heimzahlen. Doch diese Geschichte enthielt schon den Samen der Trennung von Babette und mir. Sie wusste es so wenig wie ich. Zwei Jahre später waren wir in Freiburg, ein seliges Jahr von neun Monaten lang, und wie es dann weiterging, wusste ich auch. Was aber danach mit Madame und Monsieur war, wusste ich nicht. Habe ich nie erfahren. Ich hörte nur gelegentlich, wie der Krankenwagen und die Leute von der Sozialstation kamen und gingen.

Und was nun wäre, würde ich auch bald wissen.

Doch einer, der schreibt, wird nicht verschmerzen, was nicht zu verschmerzen ist.

Die Irrenhäuser an sich lagen gerne etwas ab von den Städten, auf dem Lande, wo ihre Insassen nicht weit kommen und keinen Schaden anrichten konnten. Und auch auf dem OP-Tisch machte so einer wie Monsieur de Cyprian noch eine gute Figur, Und doch. Ja, da lag dann einer vor ihnen, dessen große Zeit schon vorbei war.

Es war alles zu vertuschen gewesen. Mehrere Messer und auch eine Pistole waren im Spiel gewesen. Die Polizei wurde nicht eingeschaltet, dazu brauchen wir die Polizei nicht, hatte Madame Cyprian bestimmt. Aber die Kugel im Fuß von Monsieur war dem Arzt Dr. Finisco gegenüber, der schließlich doch gerufen wurde, wenn auch erst am anderen Tag, einer Erklärung schuldig. Zwar weiter nicht schlimm, ein einfacher Chirurg genügte vorerst, und das war wieder Dr. Finisco, der mit dieser Familie immer schon halb im Spiel war. Sie sagten, um von ihrer Geschichte und auch von Philibert abzulenken, die Kugel sei versehentlich in seinem Fuß gelandet. In Wirklichkeit hatte Philibert Claire und Babette gepackt und war trotz einer Wunde, erhalten von Monsieur de Cyprians Lieblingsmessern, mit ihnen davongefahren. Das »versehentlich« war aber wenig glaubwürdig, sollte die Polizei doch noch ins Haus kommen. Also verständigten sich alle darauf, dass Monsieur selbst sich versehentlich in den Fuß geschossen habe, beim Reinigen der Pistole. Und um die ganze Geschichte hieb- und stichfest zu machen, hatte Dr. Finisco seinen Freund nun auch noch zur Untersuchung in die Psychiatrische Klinik Charles Perrens von Bordeaux eingewiesen. Das hätte er vielleicht doch lieber nicht getan.

Und alles hatte Babette gesehen und aushalten müssen, zwei und drei Tage nach dem ersten Mal mit mir. Ich hatte Babette zwar anzurufen versucht, doch jedes Mal wurde sofort aufgelegt. Professor Pfützenmeister hätte, an dieser Stelle der Geschichte angekommen, von schwer traumatisiert gesprochen.

Auf seiner Visitenkarte war Monsieur Clovis Charles Louis de Cyprian zu lesen, und er war eigentlich ein geübter Jäger, der wusste, wie es im Wald ist, auch er gehörte zu den Abonnenten von *Passion France*, die neben Messern auch noch ein reichhaltiges handgefertigtes Liebeszubehör offerierten und dazu die entsprechenden Abbildungen wie auf einem Pirelli-Kalender oder auf dem Automobilsalon von Genf, wo die Frauen das Nötigste verdeckten mit einem handgefertigten Dildo von Manufaktum oder mit dem Weinbergmesser. Was für ein Messer, Typ Poisson-Culot. Und der Griff war aus Wacholder. Und dann »Hôpital psychiatrique construit en 1890«. Solche Häuser waren spätestens seit Napoleon gerne auf dem Land in alten Klöstern untergebracht. So viel Aufmerksamkeit musste sein. Und alles sah zunächst noch so aus, als wäre auch dies von Monsieur wieder einmal luststeigernd inszeniert worden, vielleicht war es ja auch so, das Spiel fiel mit der Realität zusammen, mit dem Leben als … Am Ende war es ein Zweikampf: erst das Messer, dann die Pistole, benannt nach Herrn Pistol, dann das Gerangel. Am Ende war es die Kugel im Fuß und die Überweisung nach Charles Perrens. Monsieur hatte seine Frau auch schon einmal mit Roland in seinem Bett erwischt.

Doch nun war ihr Lügengebäude zum Einsturz gekommen. Vor allem, was Babette betraf und dann auch den Nachbarn gegenüber, die stillschweigend es und alles schon wussten, auch das mit Roland, und die auch weiterhin das Theater mit der Tante mitspielten. Eine Zeitlang war ja auch Roland als Vater von Babette gehandelt worden, das Hosenladengeld wurde aber nach Bamako und Tananarive überwiesen.

Elaine hatte schon seit zwanzig Jahren kein einziges Wort mehr mit Madame Cyprian gewechselt, und doch begegneten sie sich jeden Tag in irgendeiner Weise. Wenn Babette herüberkam, das konnte Madame ihrer sechzehnjährigen »Nichte« schließlich nicht einfach so verbieten, sagte Elaine immer wieder ganz laut zu Babette: Deine Tante, wie geht es deiner Tante?, so dass Madame es hören konnte und vor Wut etwas ganz Unflätiges hätte herüberschreien wollen, wie sie es von der Rue de Clichy her kannte, oder in die Treppenstufen beißen und Elaine umbringen. Doch nichts davon erschien in ihrem Gesicht zur Welt hin, wenn auch der kleine Unterbiss von Natur aus ihren Gesichtsausdruck immer etwas ins Verdrießliche spielen ließ.

Und vor dem Fenster die japanische Kirsche, wie sie blühte und wusste von nichts.

Merkwürdig, dass die Deutschen uns immer nur zwischen Baguette und Beaujolais ansiedelten, vielleicht noch mit »Monsieur Picon« und »La vache qui rit« aus der TV-Werbung in Verbindung brachten. Man kannte alles zwischen Biarritz und Saint-Tropez, dem Mont Saint-Michel und den Keramiktellern von Picasso, aber dass es dazwischen auch in Frankreich psychiatrische Anstalten geben musste und wie es da aussah … ganz ähnlich wie in Deutschland, wo schon Ortsnamen wie Beelitz oder Emmendingen einen Schrecken auszulösen vermochten?

In Emmendingen, zum Beispiel, war, mit französischem Pass, der Verfasser von *Berlin Alexanderplatz* gelandet, umnachtet und katholisch geworden, lange schon vorher das eine, Alfred Döblin. In den kulturbeflissenen frankophilen Kreisen, die sich damals noch in ihren Städtepartnerschaften austobten bis hin zur Liebe, die in den Anzeigen mit »französisch« inserierte, da wusste man gerade noch von Van Goghs abgeschnittenem Ohr oder vom Marquis de Sade. Die Gemeinsamkeit von jenem berühmten Marquis, Monsieur de Cyprian und mir und allen Menschen, die in ihrem Irrenhaus eingesperrt waren, das die Welt war, war doch, dass wir alle ein Verlangen nach einer Welt hatten, in der das Wort »gefickt« durch das Wort »geliebt« ersetzt worden wäre.

Die Messer, die Monsieur de Cyprian in den vergangenen Jahrzehnten mit sich führte, waren immer von der Firma *Passion France*. So auch das Hauptmesser. Er hätte auch die Geschichte der französischen Messer schreiben können. Er selbst war aber auch ein Messertyp. Er liebte Messer und Frauen. Anders als mein Vater neigte sein Jagdfreund von einst aber zu Messerstechereien und hatte eine Vorliebe für Frauen, die solche Männer, die ein Männerleben lang in Schlägereien verwickelt waren, liebten. Eine solche war auch Madame. Sie konnte nichts dafür. Er auch nicht. Und all die anderen auch nicht. Mir schien, dass sie manchen Fußballer für 35 Millionen kauften, weil er so schön war. Eine vertuschte Liebesgeschichte der Heterowelt des Fußballs. Und mit den Messerstechereien verhielt es sich genauso: Anders konnten sie sich damals, vor einem Vierteljahrhundert, und in weiten Teilen der ebenerdigen Welt nicht näherkommen, in der vorprogrammierten Welt, in der sie lebten, als wenn sie mit einem Messer aufeinander losgingen und sich in den Bauch stachen oder auf dem Fußballplatz übereinander herfielen. Das war selbst in Saudi-Arabien möglich. Monsieur de Cyprian war der Messertyp. Es wäre ihm nie eingefallen, ein anderes Schmerzmittel zu nehmen als ein Messer und zur Not noch eine Pistole. Und schon gar nicht, wenn es dann schon sein musste, auf das Ablaufdatum des Medikaments zu schauen, es lichtsicher aufzubewahren bei der richtigen Temperatur, nicht über 25 Grad, so waren Typen wie Roland und sein Jagdfreund Monsieur de Cyprian nicht. Nicht solche, die Packungsbeilagen lasen und sich ausrechneten, wie alt sie am Tag des Ablaufdatums wären. Was war ein Messer anderes als ein Messer? »Messer« gehörte zu den Stichworten. Und vielleicht auch zu jenen Schmerzmitteln, die mit dem Schmerz für immer Schluss machen konnten. Und schon stand Monsieur mit einem Fuß in jenem berüchtigten Institut Charles Perrens von Bordeaux, dessen Vorläufer schon im 16. Jahrhundert die Menschen schreckten und erst recht jene Institution, die sich auf die Jakobinerzeit zurückführte, ein Haus mit seinen Kellern, das keiner ungezeichnet verließ, noch schlimmer als im ersten Satz von Hamsuns *Hunger.* Ein falscher Bürger genügte, und schon war das Glück in zwei Teilen.

Monsieur legte auf dem Transport Wert darauf, dass die, die früher Irrenwärter genannt wurden, ihn mit Monsieur le Marquis anredeten, obwohl er den Adelstitel gar nicht mehr führte, und Madame Cyprian war eigentlich eine angeheiratete Marquise, über deren Herkunft ich niemals etwas erfahren habe, nicht einmal über ihren Verbleib, ich wusste ja nicht einmal, ob sie schon tot war und wenn, wie lange schon. Das würde ich ja vielleicht morgen schon von Babette erfahren.

Monsieur de Cyprian … Es war für ihn doch angenehmer, in die Psychiatrie eingewiesen zu werden als ins Zuchthaus von

Bordeaux, da täuschte er sich vielleicht auch. Aber so viel wusste er, wie er da bald wieder herauskäme.

Schon nach wenigen Wochen kam Monsieur aus der Anstalt zurück, dieses Opfer war eine der sinnvollsten Investitionen in seinem Leben gewesen, habe er selbst zu Babette gesagt, sagte mir Babette damals.

Ja, und auch ich dachte nun: Einen solchen Vater und eine solche Mutter hatte sie. Und sämtliche Alarmglocken hätten nun schrillen müssen, hätte da Inge gesagt.

… wie er die tumben Psychiater und ihre Schubladen überlistet hat: Es gehörte eine große Gärtnerei zur Anstalt, es war beim Salatsetzen. Die Irrenärzte glaubten: zur Beobachtung, aber es war eher so, dass Monsieur de Cyprian die Irrenärzte beobachtete, und da hat er dann, um vorerst einmal den Gutachter von seiner Verrücktheit zu überzeugen, die Rüben-Setzlinge, die damals noch, wie in den Jahrtausenden zuvor, einzeln und mit der Hand in den Boden gesteckt werden mussten, mit den Wurzeln nach oben ins Erdreich verfrachtet, der untere Teil erstickte, der obere verdorrte bald. Damit hatte er bewiesen, dass er einerseits »unzurechnungsfähig« war und dass zugleich »keine Gefahr« mehr von ihm ausging.

Charles Perrens war von 1920 bis 1952 Direktor dieses Instituts gewesen, das nun seinen Namen trug und schon im 16. Jahrhundert die Verrückten entsorgte. Er war also ein Zeitgenosse von Uhlenhuth in Freiburg, der im Prinzip immer noch nach den Errungenschaften von der Autenrieth'schen Maske her arbeitete, in dessen Haus Norbert am Ende gelandet war. Doch Monsieur de Cyprian entkam, und wie er entkam und wie er als unheilbar entlassen wurde, erzählte er am liebsten selbst.

… Das schaffte er immer, bis zuletzt immer noch, sich herauszureden, er konnte sich herausreden, ein Leben lang, stellte sich verrückt, das war aber nur eine optische Täuschung für solche, die auf so einen hereinfielen, Monsieur de Cyprian war immer eine optische Täuschung gewesen, ein Leben lang. Nichts leichter als dies, er mit seiner Minusfresse, und schon im Wagen hatte er sich gut vorbereitet auf das Gutachten, er sagte die ganze Zeit »Où est le swimming pool« vor sich hin, den Satz, den ich selbst vergessen hatte, hatte er von mir. Das heißt: von seinem Jagdfreund, meinem Vater, als mir einst auf seinem Rücken die Düne hinauf das Wort Meer nicht eingefallen war und ich »swimming pool« sagte, wie mir gesagt wurde. »Swimming pool.« Er aber sprach dieses Wort mit einem geistesgestörten Akzent aus. Das meinten die Gutachter so, sagten es aber anders. So hatten es die Gutachter herausgehört, wenn auch dieses Wort in ihrem Gutachterbesteck nicht mehr vorkam, und sie nun ein anderes Wort dafür hatten, Wörter von »therapiefähig«, »bipolar«, »Störung« bis »austherapiert«, und, zu seinem Tagesziel unterwegs, zeigte Monsieur aufs Meer, das hatte er jenem Kind abgeschaut, das ich gewesen war.

Die Leute vom Blaulichtwagen, mit ihm unterwegs von der einen Anstalt im Palais de la Justice, der dortigen U-Haft, der Détention provisoire, in die andere, ins Centre hospitalier Charles Perrens, waren die Ersten, die an diesem Tag auf ihn hereinfielen. Es war, als ginge es zur Hinrichtung, frühmorgens, und sie redeten ihm gut zu wie einem Tier unterwegs ins Schlachthaus, so ernstgemeint war es, und es war schon zum Staunen, wie viele Scharlatane es unter diesen Fachleuten, die es mit Menschen zu tun hatten, gab. Nichts als Idioten, sagte Monsieur de Cyprian. Frankreich ist ein einziges Irrenhaus, das war sein Lieblingssatz, besonders, wenn er die Gegenwart im Blick hatte.

Und dann kam er auch bald wieder nach Hause und brüstete sich damit, wie er die Psychiater ausgetrickst hatte, die Idioten, nun folgte seine Geschichte mit den Salatsetzlingen, wie sie ihn beobachteten, wie er in der psychiatrischen Versuchsanstalt, die als Gemüsegärtnerei getarnt war, die Salatsetzlinge mit den Wurzeln nach oben in den Boden tat, das sah hübsch aus und war lächerlich, und so etwas reichte als Beweis, dass er verrückt und unschuldig war. Dass die anderen verrückt und er unschuldig war: Frankreich, das ist ein einziges Irrenhaus, sagte er. Er saß dann noch ein paar Jahre auf der hinteren Terrasse an seinem Lieblingsplatz und schaute in die Bambusstauden hinein und rauchte eine selbstgedrehte, filterlose Zigarette. Bis zur endgültigen Überstellung auf den alten Friedhof von Arcachon. Weiß nicht.

Morgen werde ich es wissen. Und auch, was aus Madame geworden war.

Madame Cyprian, sie gab uns wohl noch ein paar Jahre und lag damit von Anfang an gar nicht schlecht. Wer ihre zielgerichtete, meist abwimmelnde Stimme am Telefon hörte, wie sie »non« sagte oder das Wort »Blenoragie« aussprach, kam von selbst drauf, es konnte gar nicht anders sein, als dass es sich um einen Menschen handelte, der alles wusste und alles zugleich war: gut und böse, glücklich und unglücklich, dick und dünn, alles zu seiner Zeit und an seinem rechten Ort. Alles zeitweise. Nichts teilweise. Sie gab den meisten Menschen nur noch ein paar Jahre.

Und Babette und mir? Sie saß immer noch da und schaute, so, als wüsste sie schon Bescheid, wie es mit uns ausgehe, die Liebe machte uns nur eine Zeitlang schön, aus uns nur eine Zeitlang etwas Schönes. Vielleicht sah sie aber auch schon das Wiedersehen voraus und was danach käme, sie wusste immer mehr von mir als ich.

Die Zeit, die nach der Rückkehr aus Goslar folgte, war lang oder kurz, ich weiß nicht. Lang und kurz. Die Schule gab es auch noch. Und Babette und mich. Wir trafen uns dann immer wieder an der Mole von Le Moulleau, danach ein Eis beim Ô Sorbert d'amour, auch in den zwei Wintern bis Freiburg, hatten den Schlüssel zur Jagdhütte, das wusste jeder ... Doch der einzige Unterschied seit dem großen Knall war, dass Babette nun eine Mutter hatte, zu der sie Tante sagte. Und dass sie sich mit mir nicht mehr treffen durfte und dass ich Hausverbot bekam, so hatte es Madame Cyprian verfügt, Monsieur war wohl alles egal, oder er spielte es so weiter. Ja, und noch etwas Neues: Auch Babette fuhr nun mit einem Velo herum, das war auch schön. So konnten wir einander hinterherfahren. Aneinander vorbeifahren, uns überholen, und dann im Rückspiegel das blühende Leben. So fuhren wir allem davon, von dem wir glaubten, dass wir es hinter uns hatten. So fuhren wir allem entgegen, von dem wir glaubten, dass wir es vor uns hatten, Sein und Zeit, Welt und Leben, dachten wir. Und insgeheim bereiteten wir uns schon auf Freiburg vor und hatten beim DAAD ein Stipendium beantragt. Und dann im Rückspiegel; ich sah, wie es blühte am Boulevard d'Ocean zwischen der Ville d'Hiver und der Mole von Le Moulleau.

In diese Zeit fiel auch mein Aufsatz bei Madame Peau. Thema: *Unverhofftes Wiedersehen* von Johann Peter Hebel. Ich sollte die schöne Geschichte nacherzählen und dann auch bewerten. Ja, die Schule. Ein wenig Erziehungsgrößenwahn war wohl auch noch dabei, eine Beschlagnahmung von Mensch und Literatur in einem Aufwasch. Damals missfiel mir diese Geschichte, das heißt: ihr Ende, das heißt: Ich hatte Mitleid mit dieser Frau und nahm dem Dichter, den ich nicht kannte, übel, dass er diese Frau und dieses Leben hatte so enden lassen. Das war ein Mann, dessen Glück es wohl war, das Unglück dieser Frau beschreibend zu seinem Glück zu machen. So war es überall, selbst in der Oper. So schrieb ich es, so ungefähr, sämtliche Essays sind ja verlorengegangen, vom Staat beschlagnahmt in der schönen Gestalt der irgendwie zweibrüstigen Madame Peau, die vor uns herum im wollüstigsten Alter auf und ab ging, und wir sollten uns auch noch über den Todesfall im Bergwerk von Falun, das war in Schweden, den Kopf zerbrechen. Und was wir schrieben, nahm sie wieder an sich und landete wohl bald darauf im Müll, wie die meisten Bücher auch, in den Schredderanstalten zwischen Amiens und Zülpich, Cerbère und Flensburg. Doch was mir Madame wohl am meisten übelnahm und dabei wahrscheinlich an sich dachte, war mein Wort »verwartet«. »Sie hat ihr Leben verwartet und vertan.« So gipfelte mein Essay in einem Schlusssatz, von dem ich glaubte, er wäre zehn Punkte wert. Doch dann war es die Eins, die ich unter meinen vierzehn Seiten las. Es war die schlechteste Note, die es geben konnte, und dies für dieses »verwartet und vertan«, für dieses »sie« in diesem kurzen Satz.

Unverhofftes Wiedersehen. Da war ein Mann gefunden worden … Und eine Frau sah ihn wieder. Sie hatte all die Jahre gewartet auf ihn. Und nun zog sie ihr Brautgewand an … Das war das Ende.

Madame Cyprian war eine Naturbegabung, die scheinbar ohne Sehnsucht auskam, sie fiele wohl ohne Bedauern und Schlusswort eines Tages in ein Koma, und die anderen täten dann so, als müssten sie diesem halben Satz noch einen Schmerz beimischen, dass das Leben so war, wie es war. Schlief sie nun schon im Schweinehimmel? War es ein Leben im Schmutzfinklicht? Und doch: Am Ende hoffte ich, dass sie wüsste, dass ich sie mit den schönsten Augenblicken meines Lebens zusammen sah. So etwas wie sie hatte auf mein Leben abgefärbt, auch wenn wir uns in der uns verbliebenen Zeit nicht einmal mehr grüßten, auch wenn ich laut »Salo!« vor mich hinsagte, wenn sie auf ihrer Terrasse erschien, so dass sie es hätte von meinem Mund ablesen können. Und doch: Als ich gerade an sie dachte, fiel mir kein anderes Wort ein als »unersetzlich«.

Sie war ein bis zuletzt elegant ordinäres Zwischending von Gabriella Ferri und Laura Betti, man stelle sich vor, war schon lange am Sterben in jener Zeit, als ich dem Leben entgegenwuchs. Alles nebenan, in Sichtweite, die Parallelgedanken dazu auf Sichtflug.

Das unterschied sie von den anderen, deren Leben auch vorbei war, die sich aber immer noch Illusionen machten und bis zuletzt an die Zukunft glaubten und also niemals Gewissheit darüber bekamen, dass das Leben nichts war als das Warten darauf.

Und dass der Mensch vor dem Leben stand bis zuletzt. Ihr ins Missgünstige spielender späterer Lebensauftritt, als hätte sie für ihre Zeit das Wort »abgedankt« erfinden müssen … Und so taxierte sie mich von Anfang an beim Wegfahren, ich hatte ihr doch gar nichts getan, außer, dass sie eine meiner ersten Erinnerungen war, immer war sie da gewesen und hatte mir zu Beginn sogar immer wieder einmal eine abgelaufene belgische Schokolade zugesteckt, die ich, obschon des Lesens noch nicht mächtig, instinktiv wegwarf.

… ich hörte nun Geräusche wie Katzengemurr und Miauen, als wäre es aus meinem Bauch … Die Menschen, die an ihr vorbeigingen, konnten bis zuletzt wohl Geräusche wie Katzengemurr und Miauen hören, es kam von der Veranda. Madame wollte immer nur sehen, ob es ein Mann oder eine Frau war … und wenn es eine Frau war, sagte sie »blöde Kuh«, wie Tante Mausi, ja, die sämtliche Frauen, die sie nicht leiden konnte, am liebsten mit »Frau Schloch« angeredet hätte. Und wenn es ein Mann war, dachte Madame »schad drum« vor sich hin und dachte an sich oder an mich. Es war aber bei mir nur ein erster Unterricht, bei ihr hingegen ein letzter. Was war das für eine?

Ich hatte sie so früh kennengelernt, dass mir selbst im Nachhinein, hier und heute, nichts anderes bleibt, als beim »Du« und bei »Tante« zu bleiben, auch noch lange nach der Zeit, als ich mit meinen Händchen zu ihr unterwegs gewesen war. Nach unserem Ende erübrigte sich jede Anrede, auch das Du.

Die erzwungene Trennung aber half nichts. Babette und ich blieben trotzdem zusammen, noch eine gute Zeitlang. Und je mehr sie versuchte, uns zu vierteilen …

Unser Ziel war Freiburg. Wir waren nun achtzehn und Madame Anfang fünfzig. Das war auch das letzte Mal, da ich sie sah, feindlich abgewandt auf ihrer alten Veranda im Rollstuhl. Es war aber nur ein gebrochenes Bein.

Der Bruch mit Madame Cyprian kam auf Taubenfüßen … schon in der Doktorspielzeit, auch wenn ich nach wie vor zu ihr hinübergegangen war.

Und nun malte ich mir aus, dass sie jedes Mal, wenn ich später zu ihr zurückkehrte, etwas anderes sagte zu mir: »bist du aber groß geworden«, »bist du aber ein richtiger Mann geworden«, »bist du aber dick geworden«, »hast aber einen Bauch bekommen«, »bist du aber grau geworden«. So weit schaffte sie es noch, mais … doch dann sähe ich sie ein letztes Mal im Rollstuhl sitzen, und irgendwann starb sie.

Soviel wusste ich aber von ihr: Sie gab uns ein paar Jahre und lag damit von Anfang an gar nicht schlecht. Wer ihre zielgerichtete, meist abwimmelnde Stimme am Telefon hörte, wie sie »oui« sagte, kam von selbst drauf, und auch, dass sie mit ihrer Stimme wie mit einem Stock arbeitete, dass ihre Stimme ihr Stock war. Ihr »oui« war ihr erster Schlag. Und so, als müsste ihr Mann nun gleich mit dem Zählen beginnen. Ja, die Liebe war zuzeiten eine ziemlich infantile Veranstaltung. Sie glaubte schon gar nicht an unsere Liebe, und während ich unterwegs nach Goslar war, hatte sie schon die notwendigen Maßnahmen eingeleitet.

Ausgerechnet am Tag nach dem ersten Mal sollte die Delegation mit mir als Übersetzer, da Madame Peau ausfiel, aufbrechen. Das war kein gutes Timing.

Lang oder kurz war die Zeit, doch das alles hatte schon in einem Satz Platz. Sie hatte eine solche Wut auf mich, weil ich ihre Welt zum Einsturz gebracht hatte, aber auch das wusste ich nicht. Dieses Mal wusste ich es auch nicht. Der Bruch mit Madame Cyprian kam auf Taubenfüßen, er hatte sich auf ihrer Seite wahrscheinlich schon über Jahre hingezogen. Vielleicht waren ihr die alten Geschichten doch unangenehm. Ich war, nachdem sie mich beim Doktorspielen mit Babette geschnappt hatte, wie vorher zu ihr hinübergegangen, auch gleich nach meiner Rückkehr von den Sommerferien.

Aber spätestens seitdem sie mich mit Babette erwischte und ich des Platzes verwiesen worden war, spätestens seitdem ich mich mit Babette unter der L'Oréal-Uhr traf und erst recht am Ende, als Babette ihrer vermeintlichen Tante eröffnete, sie habe Angst, schwanger zu sein, wurde ich vom Hof gejagt. Zuerst winkte sie mich mit Schokolade herbei. Ich war vielleicht drei. Dann die Säntiszeit. Das war um meine erste Beichte herum. Dann die Wende wegen Babette. Das erste Mal. Ich war sechzehn. Das war schon das Ende. Ich habe noch in meinen Ohren, wie Madame dann nach Monsieur rief, aus der Irrenanstalt zurückgekehrt, nie ganz gesund und nie ganz krank, wie er diese zwei Wörter mit seinem Leben ad absurdum führte, und wie sie mit einer genervten Ohrfeigenstimme zwischen süßlich und säuerlich, Dur und Moll, ihre Befehle gab. Babette hatte von Madame »Alainverbot« bekommen.

Ab da sprach Madame kein Wort mehr mit mir. Es gab so viele Gründe, und zuletzt wird es auch noch die Eifersucht gewesen sein, dass es für mich ausgerechnet mit ihrer Tochter das erste Mal sein musste und überdies diese lästigen Folgen hatte, und dass durch diese Schwangerschaft und die Folgen alles herauskam, kurz: Dieser dumme Alain, so hörte ich Elaine zu Roland sagen, hatte ihr ganzes Lügengebäude zum Einsturz gebracht. Und mit diesem Gesichtsausdruck saß sie bis zuletzt auf ihrer Terrasse mit Meerblick, und ich versuchte bis zuletzt, mich ihr mit Blicken zu nähern.

Sie war noch am ehesten mit jener Madame zu vergleichen, die im Roman *Leviathan* von Julien Green die ganze Zeit an der Kasse saß. Aber so, als wäre die Kasse das Leben. Und wie sie über die vielen Spiegel in jenem Lokal doch jeden Augenblick mit der Welt in Verbindung war, mit einem janusartigen Gesicht aus Spaten und Sehnsucht.

Unverhofftes Wiedersehen, mein Essay für Madame Peau, war ganz aus dem Bauch heraus geschrieben. Und wahrscheinlich wäre ich wegen dieses Satzes beinahe sitzengeblieben, und es wäre aus Freiburg nichts geworden. Damals hieß mein Satz auf der Folie meines damaligen Lebens: Sie hat ihr Leben verwartet und vertan.

Doch zwei Jahre später war ich mit Babette in Freiburg.

Es war zu Beginn des Wintersemesters 1982, an jenem Tag. An jenem Tag, an dem vielleicht meine Sehnsucht nach dem ganz anderen, nach dem Sommer und meinem Heimweh nach dem Meer, am größten war.

Was für selige Erinnerungen. Doch wenn der Mensch das genauer haben wollte, hatte die ganze Erinnerung in ein paar Sätzen Platz. Viel mehr als ein paar Erinnerungen, die für jene, die ein Leben lang wahr und richtig verwechselten, scheinbar und anscheinend, nicht stimmten, blieben vom tatsächlichen Leben nicht übrig.

Der neunte Stock im Studentenwohnheim, im UZH! – So etwas Banales wie die Abkürzung DAAD hatte unser Glück von Freiburg ermöglicht.

Was für Erinnerungen, die ein ganzes Jahr zu einer einzigen Erinnerung zusammenziehen. Und so unschöne Wörter wie »versifft« und »Drecksau« hätten auch noch unterkommen müssen. Eine einzige Drecksau auf dem Stockwerk genügte damals, und auch die Küche sah entsprechend aus.

Und so kam es, dass ich nun schon ein paar Jahre später,

auch in der Liebe, von der École Normale Bordeaux nach Freiburg geschickt wurde, zusammen mit Babette. Und aus England kamen Beverly, John und Toby hinzu. Aus Kanada Alec. Das DAAD-Programm.

Schon Ende August kamen wir in Freiburg an, zu einem Intensiv- und Sprachkurs, den wir aber am Nacktbadestrand verbrachten, das heißt, wir lagen in Rimsingen und schauten den Schwimmenden hinterher. Dort lernten wir, das hieß damals: Babette und ich, auch Norbert kennen, der uns bald jeden Tag in seinem Cabrio abholte. Babette war ohnehin ein Sprachgenie, die Sprachprüfung bestanden wir als die zwei Besten.

Es waren ja nur zwei Sommer. Ich aber wollte nun »für immer« sagen. Als wir auszogen, waren wir dann schon zwanzig Jahre alt.

Als wir ins Ulrich-Zasius-Haus einzogen, hatte unsere Liebe schon etwas nachgelassen, wie ich nun wusste. Schließlich waren wir ja damals schon, hochgerechnet auf unsere neunzehn Jahre und das erste Mal, ein halbes Leben lang zusammen oder eine Ewigkeit und drei Tage lang, »pour toujours plus un jour«, forever and a day. So sah die Tatsache, dass wir auf diesem neunten Stock zwei kleine Einzelzimmer bekamen, die weit auseinanderlagen, schon nach einer Art Förderungsmaßnahme aus, als wären eine Sexualtherapeutin, ein guter Architekt sowie ein Theologe im Spiel gewesen, der etwas von der Liebe und dem Herz seines Faches verstand: Das war die Sehnsucht nach dem ganz anderen, Appetit nach der himmlischen Liebe, ganz aus dem irdischen Vorbild gefüttert. Wir waren ein tolerantes Paar geworden, schon mit neunzehn ziemlich ebenerdig, ziemlich einseitig, auch in der Liebe, der Himmel von John Lennons *Imagine* war in unserem Leben fast schon realisiert, das war dann das Ende, das hatte mit Liebe nichts mehr zu tun. Wie die Liebe immer weniger geworden war, und wie Babette mich erwischte beim Danebengehen, erst beim Sex mit den anderen, bald auch mit mir selbst, das war eine Bankrotterklärung, was die Liebe betraf. Es war unter der Dusche, und wie sie nun einfach den Vorhang vorzog und nebenan mit mir weiterredete und den Tag besprechen wollte: Ich sollte nicht vergessen, dass heute ein Sperrmülldatum war, wo wir das eine oder andere finden könnten für unsere neue Wohnung in der Eschholzstraße. Das war am Ende unserer Ulrich-Zasius-Zeit, und Babettes Zimmer lag am Ende des Flures auf der anderen Seite. Es waren jeweils sechs Zimmer und Türen auf jedem Flur. Und dazwischen eben die Gemeinschaftsräume: die Gemeinschaftsküche, der Gemeinschaftsraum und die Gemeinschaftsdusche. Und jetzt hatte der schnelle Rechner schon unseren Grundriss ausgerechnet, was dieses Stockwerk betraf. Der andere, der eigentliche Grundriss, ließ sich ja nicht berechnen. Da fiel mir auch gleich die Geschichte ein …: Das damals noch gehäufte Auftreten des Wortes »Gemeinschaft« war doch ein Zeichen, wie nahe noch die Wörter an der Zeit lagen, als »Volksgemeinschaft« das wichtigste Wort war, das gab es nun nicht mehr, aber vielleicht noch in den Texten der Juristen. Auf dem neunten Stock waren wir, das hieß Babette und ich, von Anfang an zusammen gewesen für die Außenstehenden, vielleicht auch deswegen, weil wir beide aus der Gegend von Bordeaux kamen.

Und dort, in meinem lächerlichen Zimmer, das so klein war, dass man mich schon mit dem Satz »Wenigstens hast du ein Dach über dem Kopf« zu trösten versuchte, unter denen, die mich so trösteten, war in den ersten Tagen meines Hierseins auch ich, aber das Haus hatte ja gar kein Dach, sondern nur eine Decke, da, auf dem neunten Stock, habe ich auch Mausi kennengelernt. Und Norbert, und Elfi, und Justus und Inge, und Toby und Alec, und all die anderen.

Ich sagte zu Mausi: »Willst du …« Wir lebten damals noch weit weg von der vegetarischen Idee.

Die Metaphysiker hatten sich dafür das Wort »Eins-Sein« ausgedacht, das kam aber der Liebe noch am nächsten, »wenn ich ganz ehrlich bin«. Das Buch, das ich jetzt hätte schreiben müssen, hätte aber *Arschtitten und heimatlose Erektionen* geheißen. Noch verlogenere Zeitgenossen hätten dafür »ja, die Liebe« gesagt.

Zusammen waren wir zehn Buchstaben. Zusammen waren es zehn Buchstaben. Alain und Mausi. Mausi und Alain.

Es war zu Beginn des Wintersemesters 1982, da hatte ich sie zum ersten Mal gesehen und bald darauf auch noch näher kennengelernt, und zwar zuerst in der Gemeinschaftsküche, wie sie in ihrem Norwegerpullover, einem teuren Stück, das Tante Mausi ihr von ihren Hurtigreisen als Andenken, damals, als es noch Andenken gab, aus Tromsø mitgebracht hatte, dabei war, sich für den Abend etwas herzurichten, mehr als etwas war es nicht, Pasta asciutta aus der Dose. Und wie sie mich fragte: Willst du? Und wie ich ja sagte. Und die Liebe beginnt irgendwie mit einem Blick, ich weiß nicht, ich weiß nicht mehr: Wahrscheinlich beginnt jede Liebe mit einem Blick. Babette war mit Beverly und Toby, der eigentlich schon mit Mausi zusammen war, zu einem Nicaragua-Vortrag im Joos Fritz, und ich sollte hinterherkommen. Und dann noch mit den Engländern im Französischen Kino, und sie schauten sich den letzten Film von Louis de Funès an: *Le gendarme et les gendarmettes*, der gerade sehr schleppend anlief. Das Publikum war müde von den vielen Filmen, als Klamotten abgetan, und die Kritiker hatten schon abgewinkt, und am 27. Januar 1983 kam die Nachricht, dass Louis de Funès gestorben war.

Und Mausi hatte ausgerechnet mich! gefragt: »Möchtest du?« Vielleicht sagte sie auch nur: »Hast du Hunger?« Und ich lächelte eben wie am Beginn einer Liebesgeschichte. Und sie auch. Ich lächelte, wie ich lächelte. Sie lächelte, wie sie lächelte. Aber das war keine Tautologie und keine Redundanz, sondern der Beginn von etwas. Wir aßen, es schmeckte mir nicht. Und dann war alles ganz schnell gegangen. Es war noch keineswegs Liebe, ich glaube, auch bei Mausi nicht. Doch später datierte sie, was die dann folgende große Liebe betraf, fast schon posthum, die Geschichte mit mir auf diesen Abend. Und ich auch, denn wir neigten, da wir ohnehin nicht wussten, was es war, was mit uns war, gewiss Liebe, aber welche?, zur Traditionspflege. Und doch: Jede Liebe beginnt mit einem Blick, das sagten freilich die Dichter immer schon, und dann auf Zimmer 8, bei etwas Licht in jenem Zimmerchen mit seinem Waschbecken und seiner Sehnsucht, zurück von der Gemeinschaftsdusche. Das war's.

Ins Kino schaffte ich es nun aber nicht mehr. Als die anderen zurückkamen und fragten, wo wart ihr denn?, sagte ich nur: Wo sollen wir schon gewesen sein! Und auf die Frage »Was habt ihr gemacht?« wusste ich auch keine andere Antwort als »Na, was schon … eigentlich nichts«.

Bald ging die Suche nach der Stockwerksdrecksau los. Das war ein Wort von Inge.

Justus war damals auf diesem Stockwerk, also 447 Jahre nach dem Tod von Ulrich Zasius, jenem namengebenden Humanisten des UZH, auf Inge gestoßen, die genaueren Umstände kennen wir nicht. Wahrscheinlich kannten sich die beiden Angehörigen der altwürttembergischen Ehrbarkeit schon von den Familientreffen der Autenrieths her, die ja immer noch wirkten und blühten. John und Beverly, die Engländer vom University College, bestanden ebenfalls darauf, dass es die Deutschen waren mit dem geringsten Seifen-pro-Kopf-Verbrauch in Europa. Ja, von diesen Dingen sprach man damals noch.

Bei dieser von Inge so genannten Stockwerksdrecksau handelte es sich um keinen anderen als ihren Justus, und darauf war Mausi gekommen, wie sie ihn eines Tages, und es war nachts, dabei entdeckte, wie er gerade dabei war, ins Waschbecken zu pinkeln, in ihr Waschbecken, und wie Justus dabei nackt vor ihr stand, und wie seine Augen zwischen dem Spiegel und dem Schwanz hin und her gingen; und Mausi hatte gar nicht gewusst, dass so etwas möglich war im Kopf eines zivilisierten Menschen. Er hatte sie wieder einmal als Schlafwandler aufgesucht. Sie sah es von ihrem Bett aus, in dem sie lag, es ging auch anders, aber so ging es auch. Spätestens das hatte Mausi von ihm abgebracht, trotzdem kam es im Leben von Mausi und Justus noch lange immer wieder zu Rückfällen, wahrscheinlich bis zum heutigen Tag. Der Mann hatte etwas. Andere hatten das gewisse Nichts, er das gewisse Etwas. Inge war übers Wochenende nach Hause nach Bietigheim-Bissingen gefahren oder nach Tuttlingen zu ihrer Tante, der Mutter der Terroristin – und dann … im Bad … und dann in der Küche … und Mausi mit ihrem Verdacht, dass er irgendwie »dirty« war, ein Wort, das damals noch gar nicht vorkam in den Anzeigen. »Den Rest spare ich mir, man muss nicht alles sagen, was man weiß und mit eigenen Augen gesehen hat. Damit du Bescheid weißt!«, sagte Mausi dann später zu mir.

Inge wusste aber auch in diesem speziellen Fall längst Bescheid und wollte nur von Justus ablenken. Auch Inge kam ja aus der Württembergischen Ehrbarkeit, sie waren von da so vornehm, dass der gewöhnliche Berliner nicht einmal davon wusste, dass es so etwas gab: die württembergische Ehrbarkeit.

Manche konnten stundenlang telefonieren und die anderen auf dem Stockwerk so lange damit nerven, bis sie »Wann bist du endlich fertig!« in den Flur hinausschrien und dass wir endlich das Bad freimachen sollten. Denn damals gab es nicht einmal eine Telefonzelle auf diesem Stockwerk, sondern nur einen Apparat, der frei und festverankert an der Wand zwischen Küche und Gemeinschaftsraum hing. Und das Wort »Nasszellenbereich« gab es auf jenen Zimmern gewiss auch nicht.

Beim Telefonieren musste man die ganze Zeit stehen, in der

Nähe des Klos, der Apparat war ja an einer ganz unwirtlichen Stelle, nicht für einen langen Aufenthalt gedacht, und der ganze Stock konnte oder musste jeweils mithören, auch da war der Mensch verschieden, die einen wollten es gerade so, die anderen machte es verrückt, und auch der Meister, der beim Bau für das Verlegen der Leitung zuständig war, wusste das alles. Er muss ein Psychologe gewesen sein. Wahrscheinlich schon lange tot oder im Augustinum, die Planungen des Hauses gingen ja auf die fünfziger Jahre zurück.

»Was habt ihr gemacht?«

»Nichts.«

Das war's schon. Mehr Erklärung brauchte es nicht.

Es gab also zum Glück schon auf dem neunten Stock einerseits nur Einzelzimmer, und das Wort »Kontingenz« füllte damals in Freiburg noch ganze philosophische Hörsäle. Das hieß auf gut Deutsch: was hätte sein können. Oder auch nicht. Kontingenz war keine Frage der Logik. Also die Liebe … Ins Joos-Fritz-Café, wo sich die Erstsemester am Freitagabend zur Liebe trafen, ging ich aber ab da auch nicht mehr so regelmäßig.

Es war schon in einer Zeit, als wir dabei waren, das Schnarchen des Geliebten zu bemerken und schon dazu neigten, davon genervt zu sein. Wir waren schon so weit, dass wir nachts auch einmal ruhig schlafen wollten und nicht immer die Decke weggezogen bekommen, so dass wir manchmal schon von einem eigenen Schlafzimmer und einer eigenen Matratze zu träumen begannen und und und …

Jene Frau, die mit mir von Bordeaux hergekommen war, und unser Begehren war vielleicht schon einsilbig geworden, hatte wohl schon etwas nachgelassen. Und von Mausi wusste ich zunächst nicht viel mehr als dies: dass sie auch nach Freiburg gekommen war, von Berlin her, und dass sie sich glücklich schätzen durfte mit ihrem Zimmer auf dem neunten Stock des UZH. Und dass es auch schön war mit ihr.

Am Ende wurde es immer weniger, wir bemerkten, dass wir schnarchten, wir trennten uns schon insgeheim und träumten wieder vom eigenen Bett. Am Anfang war es noch ganz toll gewesen, die Liebe aus Winterkleidern heraus, die Eisblumen am Fenster, und dann dunkelgrüne Tage mit dem Juni-Ende im Nacken, um diese Zeit herum … Um die Zeit herum, da da da (uns) die Zeit davonlief … Es war aber immer noch Liebe.

Am Ende jenes Wintersemesters zogen wir dann schon in unsere erste WG. Das war in der Eschholzstraße, und zwar ich, immer noch mit Babette, und dazu auch Toby und Mausi, die weiterhin eine ungeklärte Beziehung führten, eine große Liebe war es nicht. Das verband sie.

Doch ich war einer, der so erzogen war, dass er glaubte, seine Vorliebe für Süßes noch verstecken zu müssen, was meine Liebe betraf, und was mein Tourette betraf, sagten sie, meine Menschen, lange nichts. Doch einen, der das erste Mal etwas Unmögliches sagt, gab es immer, und dann war es eine, Madame Cyprian, die sagte als Erste, das sei nicht normal, ich solle einmal zu einem Psychiater gehen. Und als es Babette so langsam langweiliger wurde mit mir, hat auch sie mir sehr vorsichtig gesagt, in einer Frage versteckt, dass ich vielleicht etwas tun sollte, etwas dagegen, was sagte sie nicht. Wogegen sagte sie auch nicht. Babette begann wohl allmählich mein leichtes, damals noch gar nicht diagnostiziertes Tourette zu stören, das ja am Anfang der Liebe gestanden hatte, als sie »mon petit lapin« sagte und noch als etwas Luststeigerndes empfand, so wie ich ihren kleinen, durch ihre Zahnstellung bedingten Sprachfehler (so etwas hieß damals noch Schicksal), ihre S-F-Aberration, gerade beim Liebesspiel. Das heißt, es wurde ihr langweilig mit mir, obschon: Das passte, denn wenn ich damals ein wenig ehrlich gewesen wäre, hätte auch ich mich fragen müssen, ob das jetzt schon alles war. So wuchs ich ganz langsam in meine Enttäuschung hinein, welche mein Leben war.

Vielleicht war es auch nur die Enttäuschung meines Lebens.

Und so war es im Grund gut, dass wir auf zwei Zimmer verteilt waren, was wiederum dazu führte, dass sich unsere Liebe noch eine Zeit länger hielt, einerseits, und dass andererseits Babette mich schon in der ersten Woche einmal mit Mausi erwischte und ein halbes Mal auch mit Norbert.

Es stellte sich heraus, dass er einen Liebhaber auf unserem Stock hatte, und der hieß Alec McSinwell. Aber es war dann vor allem Mausi, die Norbert liebte. Und dann kam auch noch die Liebe von Elfi hinzu.

Norbert hatte eigentlich doch Alec besuchen wollen, aber er kam schon eine Stunde früher. Norbert wusste, dass Alec noch beim Sprachkurs war, wo ich ja gar nicht hinging, und das wusste er an jenem Abend noch mehr.

Norbert, was für ein frecher Besuch, kam in unser Leben hineingeschneit, es schneite zwar noch lange nicht. Auch auf mein Zimmer gekommen war er, wie in meine Welt, und hatte sich zu mir ungefragt auf die Bettkante gesetzt mit einem kleinen Brief, auf den eine Rose gemalt war, die einem erigierten Schwanz glich, das fand ich nun so unerhört, dass ich, derart überrumpelt, so tat, als wäre es das Selbstverständlichste auf der Welt. Ja, zeichnen konnte er, und der Kenner hätte nun »gar nicht schlecht« gesagt, und ein Gedicht hatte er auch noch auf die Bettkante gelegt:

Alain, wenn Du noch glaubst,
dass die Sterne am Himmel sind,
dann glaub mir auch,
dass ich Dich liebe

So sollte ich schwach werden und ihn wenigstens sein und machen lassen, oder vielleicht sogar etwas mehr? »Schön, nicht?«, meinte Mausi. Und Inge: »So ein poetischer Schwachsinn.«

Eines ihrer Lieblingswörter war »schwammig«. So eine war sie. Da ich es immer allen, auch solchen, rechtmachen wollte, dachte ich nun, ich müsste es auch Norbert rechtmachen. Das heißt: Ich habe dann versucht, ihn ganz glücklich zu machen, mein Bestes zu geben aus reiner, verlogenster Nächstenliebe, wusste aber nicht so recht, wie, nur so viel wusste ich, dass sein Glück mit meinem Schwanz zu tun haben musste, aber dann musste ich wie die migräne-namige Gesine »Es geht jetzt einfach nicht« sagen. Ja, es war Mitleid, keine erektionsfreundliche Regung, und es war ja auch nur ein halbes Mal, das hieß, dass nur Norbert ganz bei der Sache war. As a matter of fact beichtete ich gleich alles Babette, zurück vom Intensivkurs, wohin sie mit Toby mit der Straßenbahn gefahren war. Es wäre gar nicht nötig gewesen, denn Babette war ein Sprachgenie und der Engländer Toby der Sohn von Emigranten, die zu Hause in aller Heimlichkeit immer noch Deutsch sprachen, wie Queen Victoria mit ihrem Albert.

Es war ganz leicht für Babette, mir auf der Stelle zu verzeihen, ich wunderte mich schon. Ich wusste aber noch nicht, dass da schon Toby im Spiel war, und vielleicht spielte auch schon halb Mitleid mit im Blick auf mich. Da rächte sich wieder einmal mein guter oder schlechter Charakter, dass ich es allen rechtmachen, ja gefallen wollte, und es wäre selbst mit Leuten so gewesen, die mir gar nicht gefielen. Es war katholisches Rechtmachenwollen, eine Gefallsucht, selbst noch der katholischen Putzfrau gegenüber, Frau Zuschka, die ihre große Zeit hinter sich hatte, die unter dem Vorwand, putzen zu sollen, von der Hausverwaltung, das heißt von Frau Trutschka, eingesetzt war; tatsächlich sollte sie unser Treiben beobachten und melden, wenn sie einmal in der Woche zum Putzen kam. Sie ging aber jeden Morgen sehr früh mit ihrem Besen und Kübel schon durch die Flure, um uns alle zu stören und aufzustöbern. Da hatte ich schon alles weggeräumt, was gegen den Beichtspiegel sprach, das heißt gegen den Beichtspiegel der aufgeklärten Gesellschaft und Welt um 1980.

Norbert sagte dann »Tschüss, ich geh schon mal!«, und das Geräusch seines Reißverschlusses werde ich auch nie vergessen, ich schämte mich unendlich für alles, genauso für das, was nicht gewesen war, wie für das, was gewesen war, und beichtete es, praktisch alles, zuerst mir, dann auch Babette. Doch Norbert war beim anschließenden Abendessen, zubereitet auf Pastaasciutta-Basis in der Schmuddelküche und gegessen auf jenen stumpfen, nie recht gewaschenen Tellern im Gemeinschaftsraum und hinabgespült mit Côte du Rhone aus dem Container, der lustigste Mensch überhaupt. Er lachte, wie nur er lachen konnte, und hatte wahrscheinlich alles schon Alec erzählt, nicht gebeichtet, sondern gelacht, sie lachten wohl gemeinsam über den gescheiterten Versuch, auch mich, und vergaßen es. Und keine Träne blieb zurück.

Und dann: Es war schon im Dezember, da stand mit einem Mal Babette im Gemeinschaftsduschbereich, wie sie Norbert, der es wohl ernst meinte, wenn schon nicht mit mir, so doch mit meinem Schwanz vielleicht, zum zweiten Mal dabei erwischte, wie er sich über so einen tatenlosen Menschen hermachte wie mich. In späteren, politisch korrekten, gendergerechten Zeiten hätte das ganz unhistorisch, ganz lebensfeindlich als Vergewaltigungsversuch gelten müssen. Eigentlich wäre der Vorfall Babette dieses Mal noch egaler gewesen, falls es so etwas geben konnte. Doch. Es war dieses Mal nicht Mitleid, sondern Eifersucht. Vielleicht war sie auch nur gespielt, um von Toby abzulenken, weiß nicht, auch das habe ich niemals herausgefunden.

Vielleicht war sie auch erleichtert, möglicherweise schon mit Absprunggedanken unterwegs, und nahm den Vorfall als Zeichen, dass ich vielleicht doch »bi«, wenn nicht mehr war, wie ihre Tante und Mutter Madame Cyprian ihr Leben lang vermutet hatte, und dann wäre auch der Abschied für sie und für mich nicht so schwer, wenn es einmal sein müsste.

Babette tat nun vorerst so, als wäre es zwischen Norbert und ihr: aus. So etwas ließ sie nicht durchgehen. Das zählte. Sagte sie. Ich zählte wohl schon nicht mehr so. Norbert kam aber weiter jeden Tag zu uns aufs Stockwerk und saß mit uns im verschmuddelten Gemeinschaftsraum, im sogenannten. Das Wort musste von einem Juristen erfunden sein oder einem Nazi-Soziologen.

Ein halbes Jahr später war Norbert auch mitgefahren, und zwar nicht deswegen, weil er ein Auto hatte, in jenem Sommer 1983, im schönen Jagdhaus meines Vaters, zwischen den Dünen und Biscarosse, auf dem Weg nach Amerika, dem Schauplatz mancher Liebesgeschichte und auch unseres Dramas.

Die Einladung konnte Babette mir schließlich nicht verbieten, denn es war meine Jagdhütte, es war meine Einladung, und es war mein Leben. Aber sie hatte es immerhin durchgesetzt, dass Norbert mit Alec, von dem wir nicht viel mehr mitbekamen, als dass er immer irgendwie dabei war, nicht in unserer Jagdhütte übernachten durfte, sondern in einem Zwei-Mann-Zelt etwas abseits im Bunkerschatten. Vielleicht spielte Babette das auch nur. Ich weiß nicht.

Eigentlich sollte es so sein, dass Norbert nun die Nächte im Sommer 1983 in seinem Zelt unter den Kiefern im Schatten des Bunkers, aber auf der Morgenseite, verbringen sollte, gerne mit Alec, so dass uns ihre Lustschreie nicht gestört hätten, wir waren ja tolerant von Anfang an. Aber es war klar, dass Norbert mit Alec schon in der zweiten Nacht zu uns ins Haus gekrochen käme, aus irgendeinem von uns gerne geglaubten Vorwand (»die Ameisen«, die riesigen Kiefernnadeln), und in einem der Zimmer des Jagdhütte genannten Hauses für den Rest der Zeit Quartier nahm.

Alec war immer nur dabei. Das war das Einzige, was wir noch von ihm wussten, und allein deswegen wussten wir überhaupt noch von ihm.

Doch das bleibt von seinem Lover, dieses Bild: Wenn Norbert hereinkam, wenn er aufkreuzte, waren wir vollzählig. Es war ein Erscheinen, und so ging es auch Mausi, Elfi und selbst mir, obwohl ich, wenn überhaupt, doch »höchstens bi« war, wie Inge behauptete, als hätte sie das Recht, in aller Öffentlichkeit so zu sprechen, als wäre es aus Erfahrung.

Immerhin muss es so gewesen sein, dass Norbert zu einem der schönsten und unvergesslichsten Namen überhaupt werden konnte.

Ja, er war »halt«, wie man in Freiburg sagte, ein frecher Kerl aus den Weinbergen südlich von Freiburg, dem beginnenden Markgräflerland zwischen dem Batzenberg und Staufen, Heimat von Dr. Faust. »Einer, der, wenn er da war, dann waren wir vollzählig, dann fehlte keiner mehr«, sagte Inge mit ihrer bei aller Sprachvirtuosität schon damals etwas nachlassenden Grammatik, doch der Inhalt stimmte. Genauso war es. Norbert. Wir liebten ihn alle. Besonders, wie er am Baggersee aus dem Wasser kam und sich natürlicher als Bennie, der Hund, abschüttelte, ja, es gab selbst Hunde, die es sahen und versuchten, es so zu machen wie Norbert. Und die Amseln versuchten aus dem angrenzenden Wäldchen heraus, dem Schaupatz von noch so mancher Liebesgeschichte jenseits der Amseln, so zu singen, wie er lachte. Ja, und sie sangen ihm hinterher, wie wir ihm hinterherschauten, alle, Menschen wie Tiere, wenn er ins Wasser ging. Ja, so schien es zu sein.

Anyway, sagte Inge, und Mausi fragte dann: Anywas?

Wie auch immer: Was Norbert und Alec waren, wusste ich nie, ich weiß nur, dass sie das erste Paar waren, das sich am Baggersee in aller Öffentlichkeit auf einer Luftmatratze auf dem türkisgrünen Wasser des Rimsinger Sees mit einer Aussicht bis zum Grand Ballon hin küsste und versuchte, auf einer einzigen Luftmatratze so lange aufeinanderzuliegen, bis sie das Gleichgewicht verloren. Sie erklärten das zu einem Meditationsversuch aus dem *Kamasutra.* Und Inge sagte: »Siehst du das, ich glaub es nicht! Das ist ja eine Lustmatratze! Die ficken auf der Luftmatratze!« So weit kam es nicht ganz, denn beim Versuch verloren sie immer wieder das Gleichgewicht.

Bei Elfi jedoch hat es an jenem Tag mit dem Fotografieren angefangen. Norbert war wohl der Grund. Weil sie sah, wie er mit Alec auf der Luftmatratze war, weil sie das festhalten wollte im Glauben, wenigstens ein Foto wäre etwas für immer. Die Fotografen hatten für ihre abwegigsten Absichten und Motive ja immer das Licht als Vorwand, und sprachen von den Farben, die sie angeblich festhalten wollten: Es sollte das Türkis sein, das Licht und ich weiß nicht was, sagte Elfi gerne, dabei war es doch das Unbeschreibliche und Unfotografierbare, was die Fotografen und die Schriftsteller festhalten wollten. Das Licht war wahrscheinlich die schönste Ausrede Elfis, und am meisten, wenn es um Norbert ging. Diese Ausrede Elfis, die damals schon am liebsten nackte Männer fotografierte, wie sie in ihre Kamera lächelten und sonst nichts, ließ Mausi allenfalls für Elfis Naturaufnahmen und Strandszenen durchgehen, die sie auch noch machte, auch von uns, es sah entsprechend aus: wie nebenbei. Und was Norbert betraf, musste Mausi nun zugeben, dass es auch mit dem unbeschreiblichen Licht zu tun hatte, wie es nun mit Hilfe des Lichts zu sehen war, was nun zu sehen war, wie Norbert aus dem Wasser kam, es schien ihr mit dem Licht selbst zu tun zu haben, was sie da sah, und so ging es auch Elfi, die dies so festhalten wollte, auch für ihre Freundin Mausi, von der sie insgeheim wusste, dass es die große Liebe ihres Lebens war, die Elfi stillschweigend mit Mausi teilte. Denn, so wurde es gesagt, Norbert war ja schwul. Das hatte auch seine Vorteile, denn so konnte die Liebe bleiben, was sie war. Vielleicht war er auch etwas bi, was für ein blödes Wort, und die Sache konnte noch blöder sein. Nach beiden Seiten hin offen, sagte Inge.

Auch da behauptete Inge, als wüsste sie es genau: »Norbert ist überhaupt nicht schwul! Er ist definitiv bi!« »Als spräche sie aus Erfahrung«, sagte ich zu Mausi. Und sie: »Aus dem Irrealis kannst du einen Indikativ Plusquamperfekt machen, sie ist ja nur eifersüchtig!«

Dass Norbert in Elfis speziellem Poesiealbum gelandet war, erfuhr und sah Mausi aber erst bei ihrem letzten Besuch bei Elfi, gute vier Wochen vor Mausis vierzigstem Geburtstag.

Und in Köln, auf der Bank nebenan, sah ich nun ein Paar, das bis zur Blauheit der Lippen schmuste. Nur das Wort »schmusen« war eklig. Ich war aber kein Voyeur, es war nur Sehnsucht und mein Verlangen, dass ein schönes Leben darauf folgte für diese zwei.

dieses Gedicht sollte für immer sein
als ich dich sah …

So sehr hatte ich Babette und alles vermisst, dass ich es gar nicht mehr wusste. Allein das Verlangen blieb. Vielleicht war das Ganze ein Liebestrauma. Und das Wort »lecken« hätte einen Sprachmenschen wie mich ab da erst recht in den Ruin treiben können. Ich gehörte auch nicht zu den Schauspielern des Lebens, die beim schönen andächtigen Singen von *Warum ist es im Rhein so schön* nicht erröteten, sondern lachten.

Denn es gab damals ja immer noch Babette.

Und außerdem ging damals auf dem Stockwerk vor allem unter den Frauen auch noch die Angst vor einem um, der als Hypnotiseur oder Schlafwandler in den Zimmern der Studenten beiderlei Geschlechts unterwegs war und sein Unwesen trieb, und wieder war Justus der Hauptverdächtige in Mausis Augen. Das heißt: Er war eigentlich längst von ihr überführt.

Denn auch Mausi hatte ihn dabei erwischt, wie er in ihrem bis dahin nicht abgeschlossenen Zimmer mit seinen Händen zwischen ihren Beinen gelandet war, und sie wachte mit einem irrsinnigen Schrei aus ihrem Traum auf, und Inge, Justus' spätere Frau, wollte von Mausi danach nur wissen, ob es ein erotischer Traum war. Inge war ja damals noch gar nicht ganz diagnostiziert, die Analyse bei Dr. Egelreuter ging noch auf Jahre weiter, und Justus versuchte sich damit herauszureden, dass es sich bei ihm um einen Schlafwandler handle; und auch mit seiner schlimmen Kindheit in einem Haus der altwürttembergischen Ehrbarkeit wollte er sich herausreden und verwies auch auf die Tante zweiten Grades von Inge, Gudrun hieß sie, und kam aus Tuttlingen, bei der alles noch viel schlimmer herausgekommen war, schließlich endete sie als Mörderin und Selbstmörderin.

Justus war auch so einer, der, kam er mit seiner Hand an die falschen Stellen, die eigentlich die richtigen waren, sich als Schlafwandler für alles entschuldigte. Ab da schlossen die Mädchen nachts ihr Zimmer ab. Andere gerade nicht. Nur Bernd wartete umsonst. Das Einzige, was ich von Justus mit Gewissheit sagen konnte, war, dass er nicht einmal bi war. Denn Justus war ja mit derselben Entschuldigung, und manchmal mit Erfolg, bei Beverly, Mausi, Inge und Babette erschienen, hatte auf der Bettkante gesessen, und wenn die Frau, aus dem Schlaf geschreckt, aufschreien wollte, hat er zu weinen begonnen.

Das war sein Trick. Und sie trösteten ihn mit ihren Augen und Händen. Ein paar Handbewegungen später musste er wieder sie trösten.

Und Justus hat von seinem frühkindlichen Trauma gesprochen, von dem Missbrauchsschock durch seine Mutter, wie sie ihm mit einem nassen, manchmal viel zu heißen, manchmal viel zu kalten Lappen zwischen seinen Beinen hindurchfuhr, was ihn zum Schlafwandler gemacht habe, auf der Suche nach der wahren Liebe. Und aus einem Er sollte sein Ich werden.

Er solle immer wieder, wenn es so weit sei »Ja, ich bin ein Schlafwandler!« vor sich hinsagen. Das wisse er von seinem Therapeuten.

Auch Babette hatte mich bald nicht nur mit Personen des anderen, sondern auch des gleichen Geschlechts, wie das in den Prozessakten geheißen hätte, erwischt. Bald eben auch mit Mausi, und selbst einmal mit Inge, und das war noch schlimmer. Die Folge: Auch in Babettes Zimmer tauchten für mich erwünschte wie unerwünschte Gäste auf. Das war nicht allein ein Heimzahlen oder weil wir so toll gewesen wären, sondern auch eine Folge der Tatsache, dass wir nun glaubten, in einer aufgeklärten Zeit zu leben, wie wir auch glaubten, es werde von uns so verlangt, und dass der aufgeklärte Mensch, der nichts zu verbergen hatte, sein Zimmer nicht abschließen durfte, bei der Strafe der Exkommunikation aus der Schar der aufgeklärten Erwählten und ihrer Therapeuten, Terrateupen.

Seine Freundin hatte Justus immer noch, die lebte ebenfalls auf demselben Stockwerk, und das war Inge. Das ersparte ihm, wie das Ehemodell überhaupt, kosten- und zeitaufwendige, auch logistisch komplizierte Exkursionen. So war es eben. Man sprach schon nicht mehr von Erwischen und Erwischtwerden, sondern nur noch von Lieben, und eigentlich auch nicht mehr von Lieben, sondern von: »es machen«.

So schaute Babette dann auch, als sie mich das erste Mal mit Mausi erwischte. Es war ihr fast schon egal, vielleicht sogar schon recht. Es war wohl schon in ihrer ersten Toby-Zeit. Mich verletzte das aber doch, dass ich ihr so ganz egal war. Sie sagte nur »sorry« und lachte dabei etwas verlegen, mehr nicht. Das war alles, als wollte sie »Macht es euch etwas schön!« sagen. Wie ein paar Jahre später Tante Mausi, als sie uns fünfhundert DM mitgab für zwei Wellnesstage in Bad Oeynhausen, wo wir unsere Seelen baumeln lassen sollten und sonst nichts. Trotzdem ging es mit uns, Babette und mir, noch weiter. Die WG in der Eschholzstraße war dann noch ein End- oder fast schon Nachspiel. Wie wir dann zu viert zu Beginn des Sommersemesters eine WG gründeten und mit Tante Mausis Unterschrift als Garantie jene Wohnung in der Eschholzstraße bekamen.

Dorthin hatte Babette auch ihr Che-Guevara-Foto gerettet, für das der Fotograf einen Augenblick gebraucht hatte und damit weltberühmt wurde (ich habe gerade seinen Namen vergessen). Ich sah also Che jahrelang mehrfach jeden Tag. Nicht nur auf dem neunten Stock. Er war eine Zeitlang das Letzte, was ich sah, und das Erste. Auch in unsere neue Wohnung in der Eschholzstraße, wo Babette und ich erst in einer WG mit Toby und Mausi zusammen mehr hausten als sonst etwas, war Che mit umgezogen, hat Babette ihren Che mitgenommen und über unser Bett gehängt, das einen großen Teil ihres Zimmers auf Ikea-Niveau einnahm. Da hing er dann, zu einem Schöner-Wohnen-Gegenstand geworden, über unserem Bett, Che, und sah uns beim Leben und Weitergeben zu, an der Stelle des Guten Hirten. Das war im kurzen Sommersemester 1983 gewesen. Und der Hauptgrund, warum ich nicht mehr in den Kaufhof wollte, war die Tatsache, dass da in der Eyecatcher-Abteilung seit Jahrzehnten der meistverkaufte Che Guevara hing, zusammen mit dem *Kuss* von Klimt und einer Blondine, gemalt von Leonor Fini, die eine Frau zeigte, die ich aus dem Leben kannte, mit einem Pferdeschwanz wie ein Wasserfall, in der Erwartung, dass das Schönste noch kommt, und einer Marilyn Monroe im Augenblick einer ebenbürtigen, das heißt: der größten, Illusion. Dann war es aber der Tod in Marrakesch.

Das Foto hing nun zur Strafe bis zum Ende meiner Tage in der Eschholzstraße über unserem Bett, und bis zum Ende aller Tage in jeder Hemingway-Bar. Zur Strafe auch für Che Guevara, dass er da gelandet war, so wie Mao nun in den großen Museen und in den Lofts der Investmentbanker, ich fand immer: zur Strafe für sie. Damals hing dieser Kerl aus Argentinien, in Wahrheit ein ganz schwachbrüstiger Asthmatiker, den sie als Gaucho nicht brauchen konnten und dessen atemlose Nächte aus Asthma und Verzweiflung ich mir dazudenken konnte, in sämtlichen Schlafzimmern der fortschrittlichen, aufgeklärten Menschheit herum, zur Strafe für alle Liebhaber, die immer weniger wurden, und war also noch ein Beweis, dass die Fotos logen. Das war auch schon auf dem neunten Stock so, in Babettes Zimmer, wie er mit seinem Lachen und Rauchen die halbe Welt auf seine Seite bringt, aufs Kreuz legt, und ich war damals nicht der einzige Mann, der bei diesem Gedanken hätte eifersüchtig oder schwermütig werden können. Die entsprechenden leeren Rotweinflaschen und den Kater am anderen Morgen, den Côte du Rhone und den Beaujolais und die kleinen Demos muss man sich auch noch dazudenken.

Und doch wollte ich keinen Verrat an den Heiligen meiner seligen Zeiten üben.

Und so hingen sie stellvertretend in den Schlafzimmern, in einem hing Marilyn, im anderen *Der Kuss* von Klimt, und bei denen, mit denen ich damals verkehrte, war es Che. Marilyn-Che-Kombinationen waren auch möglich. Es war eine Kunst, wo ein Mausklick und eine Signatur eigentlich genügten.

Sie gaben uns ein paar Jahre, damit lagen die Zyniker unter uns wieder einmal goldrichtig. Es war aber die alte Geilheit, und alle schauten so, als könnte alles mit dem Satz »So war es damals eben!« und mit einem hörbaren Ausrufezeichen entschuldigt werden und mit einem schnellen unverbindlichen Gelächter über alles hinweggefahren werden. So war es eben! Als könnte dies ein Schlusssatz sein. So wie auch auf Mausis vierzigstem Geburtstag. Was aber war aus meiner Sehnsucht geworden? Und was war mit dem Wort Sehnsucht? Heute ist das Meer eine gigantische Müllhalde zwischen Kalifornien und Hawaii, und ein Bauch, in dem alles verschwindet, das Leben und der Tod, die Lebenden, die Liebenden und die Toten, und nobelpreisverdächtig die Erfindung, wie die Mülltüten vom Meeresgrund weggesaugt werden könnten, ohne noch größeren Schaden anzurichten. Nur die Wörter blieben die alten – das Meer! Thalassa, la mer. Und die Menschen, les hommes, die sehnsuchtsbegabten Wesen, unabhängig davon, ob ihre Sehnsucht noch ein Ziel hat und ihr Schmerz noch einen Vornamen.

Der Winter und das Frühjahr von 1983 in Freiburg waren so schön … so früh hatten wir das Blühen noch nie erlebt, so dass auch wir schon geneigt waren zu glauben, es gäbe zwei Sorten von Menschen: die einen, die schon in Freiburg lebten, und die anderen, die davon träumten. Das war immer noch der Glaube in Freiburg, wenn das Gesicht der Stadt mittlerweile auch ziemlich verreckt war. Schon im April war die Baggerseesaison wieder eröffnet. Ich hatte mich schon den ganzen Winter auf unseren See gefreut. Und auch auf unsere neue Wohnung in der Eschholzstraße. Und dann kam der Sommer, nach einem ziemlich langen kurzen Winter, in dem unsere Liebe sich unter dicken Mänteln abspielte.

Länger als zwei Semester hielt es da ja kaum einer aus, und schon schmiedeten wir Auszugspläne, gemeinsame. Wir haben ja zum 1. April über Frau Trutschka die Vierer-WG in der Eschholzstraße bekommen: Es war mehr ein gegenseitiges Sich-Überreden, Mutmachen und Begeistern, vor allem Toby wollte nicht so recht, und dann waren es schließlich diese vier: Mausi und Toby, Babette und ich … und das Jahr und Leben auf jenem Stockwerk im UZH ging aus wie das Hornberger Schießen. Wir waren der lebende Beweis.

Irgendwann muss ich auch noch an der Uni gewesen sein und irgendwelche Bücher gelesen haben, Mitschriften und Kopien für die Prüfung, doch nichts ist mehr vergessen als dies. Nur noch insofern es die Liebe tangierte, also die Proust-Arbeit für Babette und so fort.

Wir lebten im Glauben, dass die anderen das Leben hinter sich hatten und dass wir es vor uns hatten. Immer noch. Wie Madame Cyprian und die alten Schmutzfinken. Und doch konnten gerade alte Schmutzfinken Tränen in den Augen haben, wenn Édith Piaf *L'hymne à l'amour* sang, ja schon bei der Ankündigung, wie sie *A Song that I wrote: If you love me really love me* sagte und es anschließend mit einer ebensolchen Entschiedenheit sang. Die Sterne waren aber nicht vom Himmel gefallen, und allein das große »If« blieb von der *L'hymne à l'amour* übrig. Auch die Piaf starb allein, im Bett. Und singend sprang nur die Tosca in den Tod, heute Abend gegen zehn.

… es war auf dem Sommerfest des UZH, im Saal des Studenten- oder Stutenheimes.

Es gab Fotos von den Côte-du-Rhône-Flaschen und uns, kurz bevor wir dann im Treppenhaus hinuntergingen, und auf dem Weg dahin passierte es. Elfi fotografierte damals noch nicht. Damals liebten wir uns auf eine Weise, zwischen dem achten und neunten Stock … Das Foto, das ich noch habe, hat irgendwer gemacht, als wir von da zurückkamen. Auf dem Foto kurz davor haben wir Augen wie Chinchilla-Hasen und sehen aus, wie zukünftige Nahkampfspangenträger wohl ausgesehen haben mögen, hochdosiert, um das Töten und Getötetwerden zu überstehen. Als wir von unten zurückkamen, tanzte die Quicksteplady aus Gottenheim immer noch weiter, unentwegt tanzte sie weiter, ganz für sich, aber nur die schnellen Nummern, und drehte sich um sich selbst und machte ein Gesicht irgendwie selig, als wäre da einer, für die anderen unsichtbar. Sie war immer die Erste, die auf die Bühne rannte und sich mit ihren Armen und Beinen verausgabte.

Es gab Fotos, die taugten zum Gottesbeweis. Und andere eher nicht. Und wir lachten, wie wir alle zusammen Louis de Funès sahen – noch eine große Liebe, die uns näher zusammenbrachte beim Lachen und Sehen, mehr als alle Theologen. Das war das erste Mal, wie wir zusammen im Gemeinschaftsraum den Balduin-Film *Balduin, der Schrecken von Saint-Tropez* sahen. Der Film wurde im Jahr der Mai-Revolution von Paris gedreht. Auch da gab es Tote, die nun schon längst verbrannt und vergessen sind, und wenn nicht, in einem entsprechend freundlichen Boden der großen Gleichzeitigkeit vermodern, Körper wie Erinnerungen.

Du weißt, damals dachten wir, dass es so ein alter Film war, mehrere alte Filme gleichzeitig, die Barrikaden und Balduin …

… in einer großen Gleichzeitigkeit vermodert

… und wie da auf eine Weise die Behauptung Inges schon in der Zeit des UZH, Alain, ich, sei eigentlich schwul ad absurdum geführt wurde. Und wie sie damit nur ablenken wollte und eine falsche Fährte legen.

Die meisten Wörter aus dem weiten Feld der Liebe waren Erinnerungen, die mit »Ich brenne« begannen.

Es war alles zu Fuß, von der Mensa bis zur Eschholzstraße, wie ein halbes Jahr zuvor noch mitten im Winter, unterwegs in unseren dicken Winterkleidern in die Lehener Straße 90, alles zu Fuß, und unser Weg war eine Art Vorspiel, als ob wir es hinauszögern wollten, die ganzen Treppen zum neunten Stock hinauf als Vorspiel oder Prolog. Immer noch mit Babette.

Jetzt gingen wir an der Blauen Brücke nicht mehr geradeaus, sondern bogen nach rechts ab. Wie schön, dass das Haus keinen Aufzug hatte. So konnte ich hinter Babette hergehen … und sehen … Ein Hinterteil mit einem Gedicht zu vergleichen oder mit einem Wintermorgen vor Sonnenaufgang oder mit einer Geißblattranke, war nur solchen erlaubt, die eine Eins in Latein und Bio hatten, das war nur so sprachmächtigen Freundinnen wie Inge vorbehalten, die konnte aber küssen und zitieren!, und mit ihrem »Jetzt leckst du mich am Arsch!« konnte sie ihre Vorlieben poetisch ja auf Schwäbisch verklären. »Ich kenne Ihren Gedanken nicht …«

Madame Cyprian musste mir nicht einmal sagen, dass ich das Ganze bei mir behalten sollte. Alle richtigen Frauen dieser Welt erinnerten mich immer an meine (im Grunde immer noch geliebte) Madame Cyprian, zumal solche (von Format), um die einer wie ich herumgehen konnte, und Frau Wäschle war auch eine von ihnen. An sich war sie um diese Zeit in ihrem Schrebergarten, schon ab morgens um halb sieben, wo sie wahrscheinlich nur noch herumsaß und ihrem Bambang zuschaute, ihrem platonischen Lustknaben, warum nach Kenia fliegen?, ob er seine Arbeit recht machte, wie er sich vor ihr herumbückte. Aber nun war sie allein, vom GOTTLIEB mit ihren Taschen zurück, die, so neben ihr auf dem Boden stehend und in ihrer Schwere von ihr abfärbend, noch schwerer aussahen, als sie wohl waren. Es war auf jenem Plastikstuhl zwischen dem zweiten und dritten Stockwerk im Treppenhaus, und ich bot an, ihr zu helfen, so viel Geistespräsenz war dann doch, aber sie wollte nicht, den Augenblick noch präsenter erfassend als ich. So saß sie auf jenem Plastikstuhl, den sie sich hatte von Bambang, ihrer späten Sommerfreude von der Insel Sulawesi, dahin stellen lassen, zum Ausruhen, und dann machte sie einen Witz darüber, dass das Leben schwer war.

Und dann … gingen wir eben weiter. Und so konnte sie uns noch eine Weile hinterherschauen, es war für sie wohl ein schöner Anblick. Und wir strengten uns auch besonders an, ihr diese Freude zu machen, ich weiß noch. Meine für Frau Wäschle durchaus sichtbare mittlere Erektion seliger Tage von einst, die ich in ihren Augen entdecken konnte, jene Vorstufe des Vollbildes, war vorübergehend abgeklungen, das verdankte ich meinem Unterbewusstsein, das wohl an dieser Stelle meinen alten, eher kleinen Witz aufrief: »Justus, immer kurz vor dem Orgasmus denke ich an dich.« Und schon war er, alles andere als schwul in seinem Herzen, wieder geschmeichelt und fragte, scheinbar derart geehrt: »Warum denn?« Und ich sagte: »Um meinen Orgasmus hinauszuzögern.« Ja, auch Justus wollte geliebt werden, egal von wem, und daher waren er und Inge auch schon lange von den Katzen, die für ihre Treulosigkeit und Lieblosigkeit berühmt waren, die ihr Eigenleben führten, auf die Hunde umgestiegen, auf Harro, von dem sie sich ihre Hände abschlecken ließen. Ich sah es immer wieder, als wäre es nebenbei, wie Justus ihm die Innenfläche seiner Hand reichte, da, wo sie am empfindsamsten war, und ich sah, wie geübt dieser Hund war. Ach, gerade solche beiläufigen Frechheiten schmerzten mich zuzeiten, und Inge erzählte nebenher und schon wieder den *Bild*-Witz des Tages: Frau am Morgen nach der Hochzeitsnacht: »Und jetzt gehst du Kaffeekochen! Oder kannst du das auch nicht?«

Und dann machte auch Frau Wäschle sich wieder mit ihren Taschen an den Rest ihres steilen Weges, von dem ich ja fast gar nichts gesehen habe. Ich weiß nicht. Als machte Frau Wäschle alles nebenher, die Witze wie das Lachen. Als machte sie sich über alles her. Ich weiß nicht, aber bei der irdischen Liebe konnte ich nie lachen, das war nur den Engeln im Himmel vorbehalten, dass die himmlische und die irdische Liebe zusammenfielen. Der Witz an sich hatte ja fast keine andere Aufgabe, als von der Wahrheit abzulenken, die darin bestand, dass wir auf das meiste, was wir haben wollen, verzichten müssen und irgendwann sterben; das war eine banale Weisheit von der Straße, von meinem Mit-offenen-Augen-durch-die-Welt-Gehen.

Wir aber gingen nun weiter, und Frau Wäschle, die von ihrem weißen Plastikstuhl aus alles sah und auch schon voraussah, gerade das Unsichtbare dieser Geschichte, konnte uns nun hinterhersehen und sehen, was ich vor mir sah, und zusätzlich sah sie mich auch noch, so, wie ich mich niemals sah, nur vielleicht einmal im Spiegel, und sie konnte eins und eins zusammenzählen, sah mich und uns und es von hinten. Sie hatte ja Augen im Kopf, dazu eine Kombiniergabe, die besten Voraussetzungen für eine Hellseherin, und auch zu ihr hätte Onkel Adalbert nun einen seiner Lieblingssätze gesagt, als hätte er Gedanken lesen können: Frau Wäschle! Ich kenne Ihren Gedanken nicht, aber ich missbillige ihn!

Frau Wäschle wohnte in der Wohnung direkt über uns, und nun schleppte sie sich mit ihrem eigentlich in der Abdankung begriffenen Verlangen in ihre Wohnung hinauf, und doch: Sie wollte ja alles mitbekommen, gerade heute, wo sie uns ansah, wie vielversprechend der Tag noch sein würde; andere machten um diese Zeit ihren Mittagsschlaf. Und damit sie auch etwas davon hätte, schliefen wir nun bei geöffnetem Fenster miteinander. Und dann waren wir oben, an der Tür zum vierten Stock, kurz vor dem Gipfel der Seligkeit. Das war der vielleicht schönnamigste Gipfel überhaupt. Jetzt wartete nur noch die Tür auf uns, dass sie sich endlich öffnen konnte.

Es waren ja nur drei Monate, ich aber möchte schon wieder »immer« sagen.

Wir lebten im Glauben, dass die anderen das Leben hinter sich hatten und dass wir es vor uns hatten.

Bei den Nachbarn, auf der anderen Seite von Frau Wäschle, bei den Kockas, war es auch nicht besser. Aus ihrer Wohnung kam oftmals ein Geschrei, so dass wir, besonders nachdem wir von Frau Wäschle gehört hatten, dieser Ehemann schlage seine Frau, das Frauenhaus einschalten wollten. Doch wer wen schlug, ließ sich auch nicht so genau herausbringen. Es hieß auch, sie schlage ihren Mann, und nachdem wir auch ihn immer wieder ganz komisch, sagte Inge, die nun fast jeden Tag zum Essen kam, aufschreien gehört hatten, dachten wir daran, das Männerhaus einzuschalten. Bis uns, was uns in diesem Fall wirklich weiterhalf, Frau Wäschle aufklärte: Die seien SM. Und die Flucht auf die Straße sei Teil dieses riskanten Spiels, sie wurden ja auch schon wegen Vortäuschung einer Straftat von der Polizei vernommen, die kam dann ins Haus und sah die Handschellen, und das Schlafzimmer war gar kein Schlafzimmer, sondern eine Playstation. Das war nicht strafbar, es wurde ihnen aber untersagt, nach 22 Uhr und auch in der Mittagspause bei geöffneten Fenstern (auch das gehörte zu ihrem Spiel) nach Hilfe zu schreien und auf die Eschholzstraße hinauszurennen, als ginge es um Leben und Tod, das war Frau Kocka unter Androhung einer Haftstrafe von bis zu einem Jahr, eine Vorstellung, die sie wiederum gewaltig reizte, untersagt.

Ich liebte das Wort »Mai«, schon weil es so kurz war und unverwechselbar und auf gut Deutsch so viel wie »nie« hieß, italienisch gedacht, und weil es sich auf »immer« reimte. Geschichten vom Schnee von gestern am ersten Tag im Freien, die Amselbräute und dann die Amseln, wie sie schon das Einanderhinterherfliegen übten. Und das Einanderdavonfliegen.

»Wenn das nicht schön war, versteh ich nichts von Musik!«, so eine alte Seemannsbraut wie Tante Mausis beste Freundin, das war Donata von Hochgräber, aus der Zeit von *La Paloma*.

Es war zunächst gerade so, wie wir uns das vorgestellt hatten: Wir hatten schon damals in der Jagdhütte davon geträumt … Und auch noch auf dem neunten Stock hatten wir von dieser Wohnung geträumt, und wegen nichts anderem als dem einen träumten solche Menschen wie wir auf der ganzen Welt von der sogenannten eigenen Wohnung, kurz gesagt: Tante Mausi hätte noch gesagt: »Macht es euch ein bisschen schön!«, ohne von irgendjemandem gestört zu werden, wobei schon, wenn nicht bei der Liebe!

Ihr Symbol war das, wie es sich herausstellte, viel zu große Bett, das wir, in übermütiger Erwartung der großen Zeit, bei Ikea geholt hatten, das heißt, es wurde geliefert, weil Norberts Fahrzeug, mit dem wir ins Industriegebiet Nord gefahren waren, nun Pilgerziel für den Verbraucher, zu dem der Sünder geworden, dafür zu klein war. Und der Bettenlieferant war auch nicht so, dass wir ihn von der Bettkante gestoßen hätten, schon der Bettenberater hatte eine zu diesem Fahrzeug, zu uns und diesem Bett passende Bemerkung gemacht, und Inge, die auch wieder dabei war, schloss das Kapitel mit: »Jetzt leckst mich am Arsch! Bona nox!« Das war ein Zitat aus Mozart, vertonte *Bäsle-Brief*-Reime.

Da sie jedoch, zusammen mit mir, die Einzige war, welche die *Bäsle-Briefe* kannte, fiel wieder einmal ein Schmutzfinklicht auf sie und mich.

Es war die vorauseilende Weisheit des Bettenherstellers, dass es solche zwei ein Leben lang nicht füllen könnten, nur eine Rauschzeit lang, das war die vorauseilende Weisheit der Bettenhersteller, die am liebsten möglichst große Betten verkauften, vielleicht war es nicht nur Geschäftstüchtigkeit. Vielleicht war auch etwas Menschenkenntnis, gepaart mit Menschenliebe und mit Nächstenliebe dabei wie bei mancher Lüge, die ja auch Empfindsamkeit sein konnte. Manche Lüge gehörte zu den guten Werken, aus der Abteilung der Barmherzigkeit, um über den einsamen Schlaf des Menschen mit seinen Träumen und Albträumen, nachts, wenn er so lag und schlief, ganz für sich, hinwegzutäuschen. Die Wahrheit auszusprechen konnte zuzeiten auch ein Verbrechen sein. Oder sollten wir Menschen wie Frau Wäschle ins Gesicht sagen, dass sie jede Hoffnung auf Liebe fahren lassen sollten?

Schon gut, laisser pisser, macht nichts, bugger me!, leck mich am Arsch. Wie übersetzen? Zuzeiten machte ich schon ein Gesicht, wie wenn Hamlet »Leck mich am Arsch« statt »to be or not to be« gesagt hätte. Oder sonst ein depressiver Stotterer, Wortverdreher und Tourettesyndromiker. So etwas konnte ich nur vom Spiegel wissen: vom Hineinschauen, und es schaute so eine Minusfresse heraus. Eigentlich schon ein Fall für die

Palliativmedizin. Der »betreutes Wohnen« schon hinter sich hatte. Da fand ich nur noch »Essen auf Rädern« ekelhafter. Da kam ich mir so »wanting« vor – unterbelichtet. Und jetzt erst recht.

Und schon war ich wieder bei meiner Lieblingsbeschäftigung: dem Übersetzen … von Unübersetzbarem – wie zum Beispiel »blühen« übersetzen? Mit »bluten«? Wie »grau«? Mit »Grauen«? Dedigitate! Nimm den Finger aus dem Arsch. Ja, und auch dies hat irgendwann ein Ende, nur die wahre Freundschaft nicht, ja, sie wollten Freunde bleiben. In solchen sprachlos gewordenen Kreisen war es meist nur noch eine SMS beim Schlussmachen. Das war das Hygienischste … die Hygiene hatte das Leben abgelöst, die Geburten wurden ins Krankenhaus verlagert, als wäre das Leben fortan ein Fall fürs Krankenbett, und das Sterben sowieso, als wäre der Tod so aus der Welt geschafft, als wäre er nun aus dem Haus.

Die erste Zeit in der Eschholzstraße: Es war zunächst gerade so, wie wir uns das vorgestellt hatten.

Das eigentlich viel zu große Bett ermöglichte es uns im Lauf der Zeit, im Lauf der Nacht im Schlaf voneinander zu lassen, in die andere Richtung, weggedreht, so war es doch gesünder und bequemer, und dann schon das erste Mal der Versuch, als Erster einzuschlafen, um dem Schnarchen des anderen zuvorzukommen. Und so fort.

Nur Mausi und Toby waren noch hier, im anderen Zimmer. Doch bald hat sich wohl Babette mit Toby darüber den Kopf zerbrochen, wie sie es anstellen könnten, nicht erwischt zu werden, sie erfanden Einladungen, Veranstaltungen und so fort. Das sagte aber später Mausi, und zwar am Fuß des Knüll, bei dem ich mir immer den Knall einer Papiertüte dazudachte, wie ich ihr sagte, und sie staunte, wie viele Wörter und Bilder es gab. Und dann lachten wir, wie man lacht, wenn das Schönste schon vorbei ist, ein Gelächter wie ein Nachschlag beim Essen, und auch ein wenig erleichtert, dass es so schön war, wie es war. Und wir rauchten, Bein an Bein im Bett, was nicht zum Verbrennen geführt hatte, es war in der Rauschzeit. Brunst, Inbrunst, ich wusste es mittlerweile schon, kam von Brennen, es war ein althochdeutsches Wort, aufgezeichnet zum ersten Mal in einem Kloster, St. Gallen, um das Jahr 1000, zweihundert Jahre vor *Tristan und Isolde.*

Und dann gab es noch das Sautierstraßenbett … lange nach dem ersten Mal dann in der Sautierstraßenzeit. Und wie es war zu zweit, du Reimdepp … in jenem Bett in der Sautierstraße (Soti-e-straße) von Freiburg … Die alten Freiburger sagten aber Sautierstraße. So-ti-e war ihnen, wie Justus sagte, zu fotzig, Coiffeursprache. Von diesem Ort ließ sich vieles sagen, nur das Wort »gemütlich« wäre, was mich betraf, in diesem Augenblick deplatziert gewesen. Und doch ging ich auch noch gelegentlich in die Sautierstraße, da lebte auch noch jemand. Ich musste Kopfgeld zahlen. War die Sautierstraße benannt nach einem Herrn Sautier? Das Wort »vielversprechend« stimmte dann nur auf den Tag bezogen noch, in unserem Leben schienen wir schon so weit, dass es fast schon hinter uns lag. Lilianes Liebhaber wohnte auch in der Sautierstraße und hieß Joseph. Das sogenannte Vorspiel hat sie immer für Zeitverschwendung gehalten. Wenn überhaupt, so war es ins Essen verlagert.

Ich sautiere, du sautierst, er, sie es sautiert. »Sauteuse« (hochwandige Pfanne zum Sautieren), »Sautier« (ausgesprochen mit stimmhaftem s und dann ein o wie in »Loch«, und das i-e- wie in »Linie«, das »r« bleibt stumm – ausgesprochen wie: Zotier). Der arme alte Sautier: Die Puristen hatten schon in den zwanziger Jahren verlangt, die Straße umzubenennen, etwa in »Schwenkerstraße« usf.

Ich machte mich bei Wikipedia kundig: »Gastronomie: dünn geschnittenes oder zerkleinertes Gargut in wenig Fett in einer Pfanne mit hohem Rand (Sauteuse) oder in einem Wok bei mittlerer bis hoher Hitzeeinwirkung unter ständigem Rühren oder Schwenken kurz angaren oder fertig garen – Synonyme: garschwenken.«

Wie wir da bei der Liebe waren: Die Sautierstraße war, das wusste ich, keine geschmacklose Erfindung von mir so wenig wie unser Liebesleben. Sein natürlicher Ort war das Bett von Ikea. O ja, manchmal war es wohl eine ins Nichts vordringende Leere, die ich danach als ein bis in meine Seele hinein frierendes Nichts empfand. Es war aber Juni, und manchmal lagen wir am hellen Tag und bis in den Juni hinein auf unserem Flokatiboden, fast schon am Ziel, und grenzten mit unseren Köpfen an den Papierkorb, unter uns nur noch der Flokati und Frau Rittmeister, die Nachbarin unter uns, fast schon ein Phantom vom Mai 1983. Pfingsten war da am 22. Mai gewesen. Zu einem Menschen, den ich liebte, konnte ich doch nicht »du Sau!« sagen. Also war ich zuzeiten im Außendienst.

Das Wort »Baggersee« war damals schon zweideutig, und das Schwimmen gehörte zu den schönsten Sommervergnügen und war auch nur ein anderes Wort für die Liebe.

Die langen Tage im Juni – es waren ja nur dreißig, der Träumer in mir würde jedoch »immer« sagen … waren so kurz, dass ich sie Anfang August schon fast wieder vergessen hätte, wären es nicht jene gewesen. Ich werde niemals etwas anderes dafür sagen können als Liebe. Kein anderes (schöneres) Wort dafür finden als Liebe.

Was sonst noch war, muss ich hier nicht, muss ich hier nicht auch noch erzählen, denn all unsere Tage von 1982, 1983, von den Skipullovern bis zu den atemraubenden Badesachen von Liliane Petrulli liefen auf Folgendes hinaus: Wie sie an uns vorbeigingen, die Tage und Taten … Dieses Kapitel müsste »Days of sweet expectations and light dressed happiness« heißen.

Zuerst mit den Augen. Die ersten Schritte bis dahin zu Fuß. Und dann ging es zu Fuß weiter. Die Tage vom Baggersee … wie sie schöner und schöner werden, vom Ende aus gedacht, respice finem … Bei den anderen mochte es nur etwas Strandsex gewesen sein, tagsüber mit den Decken im nahe gelegenen, nahe liegenden Unterholz, auf ausgetretenen Pfaden … und dann in Lilianes Wohnwagen … Und zu Hause auf dem Boden, in der Küche bei Elfi oder in jenem Bett, von der Mensa zurück mit Babette im vierten Stock, Eschholzstraße 17. Bei uns war es Liebe. Selige Zeiten vom Baggersee, Sommersemester Neunzehnhundertund… einen Arsch mit einem Gedicht vergleichen, das durften sich nur solche erlauben, die eine Eins in Bio hatten, was für ein schmutziger Himmel, und so etwas war nur sprachmächtigen Freundinnen wie Elfi vorbehalten, meiner damaligen multiplen Nachhilfelehrerin, der ich unter anderem mein ins Hochdeutsch verbessertes Schwäbisch verdanke. Elfi, deren Vater als oberster Havariekommissar eines allerhöchsten Versicherungskonzerns, ursprünglich aus Bietigheim-Bissingen, in Berlin gelandet war, wo er in einem feinsten Honoratiorenschwäbisch seine Fälle bearbeitete, das an Theodor Heuss geschult war, wie die Berliner damals noch mit Respekt vor diesem Idiom sagten; mein leidliches Hochdeutsch indes verdankte ich dann vor allem meiner jahrelangen Sprachübung mit Mausi sowie dem Fernsehen, und auch in der Liebe machte ich Fortschritte nach außen hin. Elfis Auffassungsgabe und ihre scharfen Augen waren phänomenal, wie sie ganz schnell das Hinterteil des zukünftigen Mannes jenes Tages kommentierte, den sich Liliane Petrulli ausgewählt hatte als Sommerfreude im Vorbeigehen. Und jenen, die an dieser Stelle der Geschichte an diesem nackten Tag neben sich die *Kassandra* von Christa Wolf liegen hatten oder ein Gedicht von Erich Fried, war auch nicht mehr zu helfen.

Die langen Tage im Juni – es waren ja nur dreißig, der Träumer in mir würde jedoch »immer« sagen … waren so kurz, dass ich sie Anfang August schon fast wieder vergessen hätte, wären es nicht jene gewesen. Die Tage gingen so schnell vorbei, dass sie eigentlich immer schon von gestern waren.

Erst fuhren wir durch das sich hinziehende, sich in den schönen Breisgau hineinfressende Bidonvillers-Freiburg und die anschließenden Weinberge und dann durch das verheißungsvolle Wäldchen bei Merdingen, einem Ort, der in meinen Ohren aber nicht so schön klang, um mir eine Vorfreude zu machen.

Besonders Liliane und dann auch Elfi gaben sich gelassen auf die Vorwürfe der Ehefrauen hin, sie verdürben die Männer. Das Wohnmobil von Liliane kannte ich auch, und so war unser Leben über Orte und Jahre verteilt. Dort, am Schluchsee, traf sie sich wohl mit Herren, die im *Schnapp* mit »zeigefreudig« inserierten. Und mir hätten schon wieder die Tränen kommen können bei diesem kostbaren, aussterbenden Wort und noch etwas mehr beim Gedanken an Elfi.

Frau Trutschka war auch hier. Das Ausziehen dauerte. Sie war eine tadellose Gesamterscheinung, und kein Adjektiv war zu viel. Damals war wahrscheinlich auch noch etwas Nächstenliebe dabei, bei denen, die sich am liebsten, wie man noch sagte, hüllenlos zeigten und im angrenzenden Wäldchen liebten. Die Nächstenliebe war aber nun etwas aus der Mode gekommen beziehungsweise in Verruf geraten. Vielleicht war es bei ihr auch nur eine Mischkalkulation aus Nächstenliebe und Eigenliebe. Nun hatte ich wieder eine gewaltige Sehnsucht nach beidem. So gab sie sich der Ganzkörperpflege und anderen Vergnügungen hin, über die wir damals den Kopf schüttelten, sie war ja schon aus dem schlimmsten Alter (was die Liebe betraf) heraus, also sagen wir: Mitte vierzig, glaubten wir. Ja, wir ertappten sie beim Nacktbaden in ihrem Liegestuhl und konnten nicht bestreiten, dass das Leben weiterging. Und eine Geschichte hatte. Und dass auch Frau Trutschka noch das Recht hatte zu sagen »Ich will endlich leben!«. Statt einfach nur weiterzuleben. Und all ihre Liebhaber, die in ihrem Leben nach dem ersten Mal dazugekommen waren, das ganze Schildpatt. Und dann trafen wir sie wieder, immer wieder in jenem Sommer am Baggersee, der jenem Sommer am Meer vorausging, am Baggersee von Merdingen, was für ein Wort in meinen Ohren! Immerhin war Merdingen ein möglicher, an der Chansonsängerin Barbara geschulter existentialistischer Romantitel.

Die Bademode war das erste Opfer der Globalisierung. Nichts mehr sollte man von ihnen sehen. Nur ihre bloße Zurückweisung. Dem Menschen, der mit so wenig zufrieden war, dem das Sehen eigentlich schon genügte, wurde das Leben nicht leichter gemacht, dem kleinen armen Spanner von nebenan, der durchs Unterholz Inge und Elfi am Baggersee zwischen die Beine zu schauen versuchte, und das war's dann auch schon. Da führten meine beiden Freundinnen das Regiment mit ihrem Arsch, gaben sich gnädig im Vorbeigehen und wackelten etwas, so dass auch Herr Wagenbach etwas davon hatte. Und dann sagte die freche Elfi noch »Weniger wäre mehr gewesen«, als sie sah, wie die geizigen Schönen sich nicht auszogen, doch dafür die Dicksten mit ihren Waden ins Wasser steigen und stundenlang auf und ab gehen konnten und alles zeigten wie am Highway zwischen Scranton und NY JFK. Als wäre es in einem schwäbischen Leistungsvergleich, inmitten einer Leistungsschau. Ja, im Prinzip war es so wie in der Mehrzweckhalle von Bietigheim-Bissingen, bei der Großen Leistungsschau, am Hasentag, beim Empfang der Kaninchenzüchter. Die amerikanische Bademode hatte mittlerweile jeder einfachen Freude, dem Glück des stillen Betrachters den Garaus gemacht.

Wir lagen immer an derselben Stelle, leicht nach oben gewellt die Liegewiese, mit Leuten wie dir und mir drauf, manchmal halbe Tage mit dem Bauch nach unten, so erregt war ich, und davor und darunter sah man den Baggersee liegen, eine Bucht mit einer Baggerschaufel dazwischen und jenem Seil über und unter Wasser, an dem die Schreckhaften unter den Nacktbadern scheiterten wie an den Fischen, von denen sie fürchteten, sie könnten in sie hineinschwimmen. Man hatte ja solche Geschichten gehört von Kampfkarpfen, die plötzlich auftauchten und ganze Schwänze wegbissen, und gleichzeitig welch eine Lichtbahn über dem See, schon vom Westen her, von Silberpappeln umrahmt, und dahinter sah ich den Saum der Vogesen und darüber den Himmel wie auf einem Bild von Hans Rath, ja, die langen Tage vom Juni 1982, 83, und dann das Leben.

Nun hatte ich wieder eine gewaltige, ebenerdige Sehnsucht nach beidem.

Ich werde es nie zum Zyniker schaffen, ich werde die Witzfigur bleiben, die ich war, bin und sein werde, ganz deutlich zu sehen nun schon im Abendlicht, ich werde die Liebe immer Liebe sein lassen, das Glück, das als Glück gedacht war. Und doch. *Die Kontingenz, und was hätte sein können.* So das Oberseminar von Professor von Hermann. Und doch fuhren wir am Ende dieses gemeinsamen Jahres alle zusammen nach Arcachon, und Mitte August war alles zu Ende. Und dann das ortlose Verlangen. Viel mehr blieb vom tatsächlichen Leben nicht übrig, und dann waren es auch noch ungeordnete, ungewaschene Erinnerungen an das Leben im Nasszellenbereich, dazu der ganze Müll um die Spülzeile herum. Es war ein Gegenbild des Lebens, das sich abhob von diesem Fast-schon-Müllplatz-Leben und in diese Welt hineinstrahlte.

Und ich hoffte inständig, Frau Wäschle hätte über jene Zeit ein Dossier angelegt, das es immer noch gäbe, das sie nicht verbrannt hatte … oder weggeschmissen hatte aus Wut und Enttäuschung. Dass wenigstens noch ein paar Bilder blieben, auftauchten, dann, wenn alles vorbei war, jetzt.

Zum Ende fuhren wir alle zusammen von Freiburg aus mit Charles Trenet und *Je chante* im Ohr, damals, als es noch wackelige Kassetten gab, die jederzeit hängen bleiben konnten oder gar reißen, durch la douce France, an allen Heiligen und ihren Erscheinungen vorbei, an Irenäus von Lyon, über die blühenden Cevennen im Sommeratem, machten einen Umweg über Johanna von Orléans und Martin von Tours, und an allem vorbei, was immer war und nie, im Sommeratem, und dann das Meer, wo unsere Geschichte zu Ende war bis zum heutigen Tag. Und das Leben ging weiter.

Es blieb uns nichts, als … über die Cevennen im Sommeratem zurückzufahren.

Als ich dann allein mit Mausi und den anderen mit Norbert als Pilot seines Jeunesse-dorée-Fahrzeugs nach Freiburg zurückfuhr, mit uns darin, die auf dem Hinweg noch *Je chante!* gesungen hatten, und *Douce France* sangen wir auch!, schaute Elaine so besorgt wie noch nie, die immer schon besorgt hinterhergeschaut hatte, wenn es um mich ging. Nur wenn es um ihren Mann ging, atmete sie auf, wenn er von ihr wegfuhr. Aber bei mir war bei ihr immer ein Schmerz dabei, jener Schmerz, wie ich ihn dann im Rückspiegel, dieses Mal im Auto von Norbert, noch sehen konnte. Und auch bei mir. Und jetzt noch einmal hier, auf dieser Bank in Köln, am Rhein, die Erinnerung holte mich ein und gab doch, wie das Meer, »keinen von uns zurück«, *La Paloma* ade, die Erinnerung an jenen Tag, der mein Leben in zwei Hälften teilte: eine bis dahin und eine andere ab da. »Die Zukunft war damals meine Sehnsucht, so wie nun die Erinnerung mein Heimweh ist«, besser ließ es sich nicht sagen, wenigstens nicht (von mir) für mich.

Das war bald mein weiterer Ersatz-Satz fürs Leben. Elaine sah es, wie ich davonfuhr, und sie wünschte mir insgeheim trotz allem viel Glück. Und so wird es bleiben: Diese Mutter war immer eine Frau, die ich mit ihrem besorgten Lächeln im

Rückspiegel entdecke. Und weiter dachte ich, da ich ja vor allem nach außen hin nicht allein auf der Welt war: Die Mütter waren jene Frauen, die wir, die Kinder, mit ihrem besorgten Lächeln irgendwann eines schönen Tages in unseren Rückspiegeln entdeckten und da stehen sahen und sehen und dastehen sehen werden, wie wir, die lebenslänglichen Kinder, ihnen ins Leben davonfahren. Das sollte also alles gewesen sein, und das der Dank für alles, angefangen mit dem Wort »Mama«, das sie uns in den Mund gelegt hatten? Und dann dieses Gesicht, ihres und kein anderes, das ich in meinem Rückspiegel sah. Denn nun war der Sommer auch für sie zu Ende. Und ich hätte gleich in die Mehrzahl gehen müssen und sagen, dass die Sommer zu Ende waren. Als bliebe ein Nachspiel in Grau, das Leben.

Zurück in Freiburg ging Mausi sofort in die Bibliothek des Institut français. Ich weiß, Mausi las damals, kaum waren wir wieder in Freiburg, in der Bibliothek des Institut français, und exzerpierte handschriftlich alles, was sie über meine Familie urgroßmütterlicherseits in Erfahrung bringen konnte.

Es war geraume Zeit vor dem Mauerfall. Ich machte nun die Buchhändlerlehre in der Universitätsbuchhandlung zu Freiburg und sollte da einmal für die Franzosen, die schon dabei waren, die Stadt zu verlassen, und vor allem für die Romanisten zuständig sein in Freiburg, nachdem ich die Einstellungsuntersuchung nach Dr. Pross bestanden hatte. Und zwar vorne und hinten, das heißt in den beiden Hauptabteilungen des operativen Geschäfts, und dann auch noch oben und unten. Das waren die zwei Etagen des Hauses, das schon im 18. Jahrhundert die Leser beliefert hatte, Johann Peter Hebel kannte sie, und ich weiß nicht, was aus ihnen geworden ist und was sie davon hatten.

Damals, als Frauen in die Buchhandlung kamen und nach *Die unerträgliche Leichtigkeit des Seins* verlangten und dabei von mir bedient sein wollten, Frauen, die parkettsicher aufs

Kreuz gelegt werden wollten, waren es, und ich lachte mit Jeannette, der Kollegin aus Eva Hellers Zeiten, und erinnerte mich an sie und solche armseligen Geschöpfe, Mann oder Frau, die *Beim nächsten Mann wird alles besser* verlangten, das Buch hieß aber *Beim nächsten Mann wird alles anders.* Ich stehe an der Kasse, und die Frau kommt herein und verlangt: *Beim nächsten Mann wird alles besser.*

Der Gedanke, auf den ich nun gekommen war … Aus meiner Zeit in der Universitätsbuchhandlung, die Einstellungsuntersuchung nach Dr. Pross, des hochverheirateten Buchhändlers. Keine Redewendung war ihm lieber als »meine Frau«, seinen Griff in meinen Schritt hatte ich geschafft und auch sonst noch einiges überstanden. Und alles war vorbei.

Wenn so eine bessere Hälfte hereinkam, zischelte Jeannette mir zu:

»Kundera?«

»Mal sehen«, und wieder einmal hatte sie recht.

Gewiss, das Buch hatten wir da, die arme Frau bekam es, die mit ihrer Lebenslüge immer noch weiterleben wollte, zur Vorbereitung auf andere Lügen, bis hin zu jenen in den Seniorenresidenzen wandelnden.

Es waren auch vertrauliche Gespräche im Kassenbereich dabei, manche Kundin dachte vielleicht schon, sie hätte in uns Freunde fürs Leben, und als irgendwann, es war ja nur ein paar Jahre später, das treue Hundchen hereinkam, war dieses Tier, das ich war, das jederzeit so verständnisvoll schauen konnte, nicht mehr da. Da war ich schon mit Mausi nach Berlin gezogen und hatte keiner dieser armen Frauen etwas davon gesagt. Und so ging es auch mir, als ich eines Tages vor meinem Frisiersalon Krummer stand: »Verehrte Kundschaft, nach 160 Jahren schließen wir unseren Salon und danken für das Vertrauen, das Sie uns in all den Jahren entgegengebracht haben.« Da fühlte ich mich schon etwas betrogen.

Ach, nicht einmal ihre Niedergeschlagenheit durften sie ausleben, so ein Buch nahm ihnen sogar noch dies, versuchte noch, sie um ihren Schmerz zu betrügen und ihre Niedergeschlagenheit durch das Leben. War es nicht ihr Leben, war es nicht ihre Niedergeschlagenheit? Hatten sie kein Recht auf ihren Schmerz? Oder sollten sie mit einer anderen Geschichte, die so ähnlich war und mehr nicht, abgefertigt werden?

Ich hatte Mitleid mit all den betrogenen Frauen, um ihren wahren Schmerz betrogenen Frauen, mit allen von ihren Männern um das Leben betrogenen Frauen, von *Unverhofftem Wiedersehen* an, vom Theater, das für mich nichts als Theater war, ganz zu schweigen von der *Tosca*, ob gesprochen oder gesungen: So konnte der Mensch doch nicht mit den Menschen verfahren, zu denen doch auch die Frauen gehörten, mehr als alle Männer, zuzeiten. Waren sie zu nichts anderem gut als zur Liebe und dass sie von Fall zu Fall immer wieder einmal geköpft werden konnten oder vom Komponisten zur Absprungkante hin dirigiert? Und alle, die es sahen, hörten und lasen: Das sollte ich ihnen auch noch verkaufen? Denn damals waren die meisten, die solche Sachen malten und komponierten und dirigierten und schrieben, noch Männer. Nur die es zu sehen, zu hören und zu lesen bekamen, waren dann Frauen, als wäre es für sie geschrieben. Sollte ihnen das Leben ausgetrieben werden durch etwas Schönes? Sollten sie sich über das Leben hinwegtrösten durch Sätze? Durch ein paar wenige schöne Sätze, auf fünfhundert Seiten verteilt? So viel schafften doch die meisten Leserinnen gar nicht mehr, und der Bestseller landete für immer im Regalexil, und dann ab in den Schredder!

Wir, die wir damals nach *Die unerträgliche Leichtigkeit des Seins* verlangten, bis hin zu *Unverhofftes Wiedersehen* und was sonst noch in Freiburg und auf der Welt geschah. Ach, all diese Lebewesen, die parkettsicher aufs Kreuz gelegt werden wollten, und ich lachte trotz allem über das, was im Wort »merde«

Platz hatte. Mein ganzes Leben hatte in einem Satz Platz, und ich lachte über meinen kleinen Reim, am meisten über mich selbst.

Und an dieser Stelle angekommen, wusste ich wieder einmal nicht, wie es weitergehen sollte mit mir. So viel wusste ich aber immer noch: Am meisten freute ich mich immer auf das Ausziehen. Zurück von einem unendlich langen, unendlich kurzen Tag, »War das wieder ein Tag!« stöhnend, und Mausi wartete schon auf mich, und wir spielten noch etwas.

Anderen ging es noch schlimmer. Mausis Buch hatte Glück in seiner Einsamkeit, das meiste wurde ungelesen geschreddert, andere schafften es ja nicht einmal, geöffnet zu werden, jemals das Licht der Welt zu erblicken, waren in ihren Regalen gefangen, wie vom Buchhändler am Ende des 19. Jahrhunderts noch geliefert, Seite für Seite unaufgeschnitten, und hundert Jahre später stand manches Buch im Regal oft noch verschweißt. Ja, im Deutschen gab es solche und solche Wörter wie zum Beispiel »Datenspeicherschutzgesetzesdurchführungsverordnungsnovelle«. Also eine juristische Novelle. Und diese Novellen herrschten über uns. Ja, das war der Lauf der Weltgeschichte. Der kleine Mensch vertat sich genauso. Und mein Schmerz vermischte sich mit dem der Frauen, die bei mir *Die unerträgliche Leichtigkeit des Seins* kauften.

Wir waren dann vom traurigen Herbst 1983 an noch einmal fast sechs Jahre lang in Freiburg, bis uns Tante Mausi nach Berlin rief.

Historiker waren jene Menschen, die sich in der Gewissheit suhlten, dass sie diesen Schrecken nicht erleben mussten, und die Buchhandlung lebte von den Jubiläen das Jahr über und Weihnachten vom neuesten Kochbuch und von den Potpourris der Biographen und Großschriftsteller.

Währenddessen sprach der Historiker von der Aufstellung der Schlachtreihen, und davon, dass Cleopatra und Marc Anton rechtzeitig das Weite gesucht, sich zurückgezogen hätten »nach Ägypten, wo seine Spur in der Geschichte verschwindet«, und ich dachte an das Kanonenfutter der Zeit, musste auch wieder einmal an meinen armen Großvater denken, an den Brief an seine Braut, die er zum Glück wiedersah. Kaum aus der Gefangenschaft zurück, wo er beinahe verdurstet wäre, heirateten sie, und es kamen fünf Kinder, und sechzig Prozent dienten dann als Kanonenfutter des nächsten Krieges. Ja, meine Menschen hatten im 20. Jahrhundert gelebt, von Krieg zu Krieg, zwischen den Kriegen und zwischen Leben und Tod, das war schon fast alles. Und dann noch seine Erinnerungen, die er auch noch aufschreiben wollte, damit sie nicht verlorengehen, als wäre es nicht genug gewesen.

Beim Wort »Schlacht« musste ich immer an meine armen Großväter denken und vielleicht noch an das Wort »schlachten«, wie ich es gesehen hatte bei den ungehobelten Nachbarn von Isigatreute, sie nannten es Schlachtfest. Die Große Schlacht, nannte es Professor Strom, und er sagte: Weltgeschichte. Ich hingegen: Es war ein einzelner Großvater, mein Großvater, und was waren seine Jahre, erst an der Somme und dann in Saukempten, schon gegen die Weltgeschichte. Und was war die Weltgeschichte schon gegen einen angekommenen Liebesbrief, dem bald sein Schreiber folgte.

Ja, die Einbettung meiner und auch dieser Liebesgeschichte von 1983 in die Weltgeschichte: »Die Schlacht von Actium war die bedeutendste der ganzen römischen Republik bis zur Milvischen Brücke 312« hörte ich, die wichtigste Schlacht der römischen Geschichte, nur der Milvischen Brücke vergleichbar … »Und Marc Anton und Cleopatra flohen«, als wäre auch diese Schlacht aus Liebe geführt worden. Beim Wort »Schlacht« musste ich außerdem jedes Mal an die Ehe meiner Großeltern und Eltern denken und wohin es führen konnte und ausarten, was wahrscheinlich als Liebe begann. Also Marc Anton und

Cleopatra, Roland und Elaine, Babette und ich. Und dann Mausi. Und ich. Und nun der Vortrag: Da es immer nach einem Liebespaar aussehen musste, hatte der Professor den Titel *Augustus und Cleopatra* gewählt, als wäre auch diese Schlacht aus Liebe geführt worden. Und außerdem war dieses *Augustus und Cleopatra* eine subtile Verleumdung, als stünde hinter jeder Schlacht eine Frau, »wenn man nur genau hinschaut«, so Tante Mausi.

Bald stand Professor Strom auf, als er realisierte, auf was für ein Stühlchen, es war ja ein Ikea-Campingstuhl, er sich gesetzt hatte, und setzte sich stehend fort. Er versuchte, etwas Farbe in die Geschichte zu bringen, etwas Blut, doch das Blut und der Moder sollten nicht alles sein. »Vor bald zweitausend Jahren starb Augustus.« Bis es so weit war … Captatio benevolentiae: die Einbettung der Weltgeschichte in eine Liebesgeschichte … 31 vor … Actium … Sieg des Augustus … Der Mann mit dem erektionsfreudigen Namen Marc Anton war mit Cleopatra geflüchtet, zurück nach Ägypten, aber nimmer lang … Und am Ende war er beim beef angekommen. Da waren Mausi und ich schon halb vegetarisch.

»Die römischen Kaiser waren eigentlich Militärdiktatoren«, sagte der bewundernde Geschichtsprofessor … »Der Augustusfriede war die Voraussetzung für die Ausbreitung des Christentums«, sagte Professor Strom, und am Ende des christlichen Abendlandes waren sämtliche Universitäten Gründungen der Päpste, zuerst die Theologie, Paris, Bologna, Oxford, Salamanca, Padua, Salerno, und dann der Rest, »und dann der Rest«.

Und dann noch die Welt der Sarkophage. Und die Psychoanalyse, die alles erklärte bis hin zur völligen Auflösung, so dass wir gar nichts mehr verstanden.

Ein anderes Mal, es war um die heißesten Tage herum, kam Professor Sichtermann mit seinen Sarkophagen, und wieder mussten wir in der Buchhandlung Stühle herbeischleppen. Die

Moskitos versuchten auch noch, sich gegenseitig von meiner Hand wegzubeißen, der Schweiß lief, und es war mir in jenem Sommer, als wäre ich auf der Galeere gelandet. »Das sind die Iden des August.«

Ich hatte beide Vorträge vermittelt und bedauerte dies schon beim ersten, da ich mit Jeanette ganz allein die Stühle aus dem Keller herbeischleppen musste, und auch sonst. Und mein Schmerz in den Knochen vermischte sich nun mit dem der Frauen, die mir *Die unerträgliche Leichtigkeit des Seins* abkauften, und mit den Tausenden, den Schlachtreihen, von denen nun Professor Strom sprach mit der Begeisterung der Historiker und Kriegsreporter, die sich in der Gewissheit suhlten, dass sie diesen Schrecken nicht erleben mussten. Was die Historiker von einst betraf, so waren sie für mich noch am ehesten mit den Kriegsreportern von heute zu vergleichen. Ich wäre damals wohl auf der Galeere gelandet. Verglichen mit dem Leben von heute, das ich zu führen hatte. Babette war mittlerweile als Niederlage erkannt, doch als solche noch lange nicht verschmerzt.

Ich hatte ja schon etwas Alte Geschichte studiert, das meiste war Schlachtplattenprosa. In einem Non-scholae-sed-vitae-Glauben hatte ich mich einst an die Alten mit ihren Geschichten und Gedichten und ihren Welterklärungen gemacht. Doch alles, was ich davon hatte, war, dass ich nichts davon hatte, nur war ich vielleicht danach noch etwas verstörter als zuvor, bugger me. Immerhin hatte ich die Aufmerksamkeit des berühmten Professors finden können. Und dann fragte ich ihn, ob er in der Universitätsbuchhandlung denn sein neues Buch vorstellen wolle? O ja, nichts lieber als das.

Der Chef hatte schnell ja gesagt, dann aber die Dinge treiben lassen und von sich aus keinerlei Vorbereitungen getroffen, alles blieb an mir hängen, der Professor rief jedoch jeden Tag an und begann bald schon zu nerven. Der Chef machte generell ein Zeichen, er sei nicht da, wenn er hörte, wie ich laut »Guten Morgen, Herr Professor!« sagte. Ich musste nämlich immer ans Telefon, schon am Morgen eine Minute nach neun rief außerdem die Bank an und erkundigte sich nach dem Zahlungsziel. Da musste ich immer sagen: »Herr Dr. Pross ist noch nicht im Haus, er wird Sie aber sofort zurückrufen.« Das Geld zum Leben nahm er aus der Tageskasse.

Einen Tag vor der Veranstaltung waren immer noch keine Einladungen verschickt, und Dr. Pross sagte: Dafür ist es nun wohl zu spät.

Da ich mit Laufkundschaft rechnen durfte und auch damit, dass der Professor von selbst für die Veranstaltung geworben hatte, wie ich auch in meinem Freundeskreis, durfte ich sicher sein, dass wir mehr als vier Personen sein würden. Und doch fragte ich den Chef zwei Stunden vor Veranstaltungsbeginn: »Wollen Sie den berühmten Professor vor diese Kulisse setzen?« Da war eine Bücherwand, ein Regal mit Büchern und quergestellten Bildbänden wie *Die Hundemassage*, die Kochbücher und die Esoterik, die Erotik und die Esoterik mit einem *Kamasutra für Anfänger* sowie, ebenfalls im Querformat aufgestellt, die erotischste, ja säuischste Szene eines Riesenbildbandes *Khajurâho. Tempel der Liebe*, um die Damen, die es damals noch gab, gegen sich aufzubringen oder auch zu erregen. Auch für die Damen galt, dass sie verschieden waren. Und die *Griechische Liebe* und *Amour Bleu* waren vielleicht als eine Anspielung auf die erotische Orientierung gedacht, der Mann und Professor liebte den konvexen Sex, das wussten alle.

Davor sollte ich den Stuhl und das Tischchen und die Leselampe positionieren, ärmliche Hauptzutaten einer Lesung. Und keine Tischdecke, so dass man die ungelenken Bewegungen mitansehen müsste und auch, wie die Versuche, die verschwitzten Hände nebenbei daran abzuwischen, naturgemäß scheiterten. Als wollte auf diese Weise Dr. Pross einen berühmten Professor strafen. Ich dachte, ich höre nicht recht, der Chef, der an der Universität gescheitert war, wollte wohl den Professor so vorführen. Und erst als ich sagte, dass doch das Fernsehen komme, meinte er: »Dann lassen Sie sich etwas einfallen!« Das hatte ich nun davon. Und mein Schmerz vermischte sich mit der unerträglichen Leichtigkeit des Seins und mit dem der Frauen, die mir *Die unerträgliche Leichtigkeit des Seins* abkaufen mussten.

Es war ein herrlicher Tag in Köln, doch ich lebte in meinem Unterbewusstseinsohr den ganzen Tag mit dem Wort »bewölkt« aus dem Wetterbericht. Musste ich leben, wollte ich nicht auf das Leben verzichten, an dem ich doch so gerne teilhatte, neugierig wie ich war, oftmals schon von den 5-Uhr-Nachrichten im Deutschlandfunk an, als wären es schon die ersten Anzeichen der senilen Bettflucht gewesen, von einem, der sich nun mit vierzig so langsam Gedanken machen konnte, sein Buch zu schreiben, das nichts als *Ma Vie* geheißen hätte. Die Wetteronkel waren die größten Weltverschmutzer mit ihrem täglichen Wort »bewölkt«. Die Welt war ja die Welt, die Umwelt gab es nicht, Provinz gab es nicht, es gab nur dich und mich.

Mein Leben und ich, wir zwei: Also gehörten auch wir vielleicht zu den Problemen, die nur eine Geschichte hatten und keine Lösung, und irgendwann wäre es einfach vorbei? Auch »ich« steckte im »Nichts«, und auch ich war von diesem Nichts umrahmt oder in es eingezwängt. Asdfkjaöl! Asdfkjaöl! Asdfkjaöl!

Teil V

1. Mausi

Mausi lebte. Und Jesper war von Ziffer zu Ziffer schöner geworden.

Es war nun bald elf. Mausi sollte gleich die siebte Ziffer bekommen. Sie wählte die bekannte Nummer, zum zweitletzten Mal, und Justus fragte sie: »Ist dir auch so langweilig wie mir?« Nun hatte Mausi so lange durchgehalten, also sagte sie nichts. Sie war nun auch schon betrunken, das sollte dieses Schwein aber nicht merken. »Die letzte Ziffer kriegst du erst morgen früh. Und nun gute Nacht.« Das sollte aber ein Scherz sein. Noch bevor Mausi etwas sagen und tun wollte (was aber so nicht möglich war), bellte er »Es ist die 2« in Mausis Ohr.

»Also bis um zwölf!« »Warum zwölf?«

»Ich kann dir die fehlende Ziffer auch morgen früh geben. Ich brauche jetzt etwas Ruhe.« Mausi hätte die aber ohne weiteres herausbringen können, indem sie die zehn möglichen Endziffern durchgewählt hätte, aber so frech war sie nicht, dass sie um diese Zeit mindestens neunmal riskierte, irgendjemanden zu stören. Also ließ sie es, obwohl es hätte sein können, dass gleich die erste Ziffer, die 1, die richtige gewesen wäre.

Als sie aufgelegt hatte, sagte sie nichts als »Arschloch« vor sich hin. Auf eine Stunde kam es jetzt auch nicht mehr an.

2. Alain

Es war wohl die Geschichte von zwei Liebenden, deren große Zeit vorbei war. Ein Übriggebliebener genügte, um wie Randy

Crawford *One day I'll fly away* zu singen … wie damals *My Bonnie is over the ocean*, als Babette mit Toby durchgebrannt war. Aber erst, als ich wieder singen konnte. Wir hörten es auch bei offenen Fenstern aus dem scheppernden Kassettenrekorder im Jagdhaus, *My Bonnie*, einmal in meinem Leben war das eine herzzerreißende Musik auf der Terrasse vor dem Haus, *My Bonnie*, wie gesungen von Tony Sheridan, und ich schaute auf dasselbe Meer hinaus wie nie wieder.

Doch irgendwie musste es weitergehen, nachdem es zu Ende war, und auch gerade jetzt. Niemandem gewachsen, und schon gar nicht mir. Nun sah ich auf Köln, den Dom, Groß Sankt Martin und den Rathausturm und all die alten Häuser mit ihren alten Gesichtern, kosmetisiert wie ein Mang-Gesicht, und ich sagte mir: Da musst du eigentlich nicht mehr hinübergehen. Das war die erste Zeile, Häuserzeile, Behältnisse glücklicher und unglücklicher Menschen oder nichts von beidem, alles zur gleichen Zeit, die ich mit meinen Augen las. Und dann ging es weiter, als zählte Köln zu den Potemkin'schen Dörfern. Errichtet, das heißt eher auf- und hingestellt, so wie es aussah, nach den Brandbomben.

Ich war nun eigentlich schon in einem Alter, von dem die Menschen von einem wie mir annahmen, es sei für ihn leichter, einen Liebesroman zu schreiben, als geliebt zu werden. Oder? Oder dachten sie bei einem solchen Satz immer nur an sich? Ruh dich bloß nicht auf deinen Sätzen aus!, sagte ich fast schon touretteartig vor mich hin. Auch eine schöne Lüge war eine Lüge. Doch eine Lüge war glaubwürdiger als zwei. Und doch hätte ich nun wieder *Je chante* singen können, wie damals auf meinem Vélosolex, auf dem Weg zum Strand, mit ihrer Hand um meinen Bauch.

Ich hatte Babette im Verdacht, dass sie damals wegen mir mit Freud begann und immer noch nicht austherapiert war. Dass sie meinetwegen nun abreiste, konnte ich ausschließen.

Dass sie meinetwegen angereist wäre, konnte ich nicht ganz ausschließen, denn sie wusste es ja, dass ich kommen würde. Ich hingegen, der meinen Namen bisher nicht geändert hatte, wusste nicht, dass sie kommen würde. Ich war der alte Alain. Sie hatte die Teilnehmerliste gesehen, vielleicht studiert, und das war nun meine Vermutung: Vielleicht war sie sogar meinetwegen angereist, das war nun schon der Übermut des Schüchternen, der im Verlauf eines Rotweinabends eine Absage in einen Liebesbrief verwandelt, ein großes Nein in ein ebenbürtiges Ja, der nun mit seinem diagnostizierten leichten Tourette noch fünfmal hintereinander »bugger me« vor sich her sagte. So wie meine Cousins auf der Schwäbischen Alb »Jetzt leckst mich am Arsch!« ausriefen, vermeintlich geschult am schwäbisch drastischen Götz von Berlichingen, wenn ihnen etwas ganz Großes geschah.

So hatte ich bis dahin auf meinem Bänkchen gedacht, mir meine Bänkchengedanken gemacht, und das Wasser war derweil zwischen mir, dem Dom und Köln und allem, was immer war und nie vorbeigeflossen. Es waren ja nur Bänkchengedanken gewesen, bei einem abermaligen Einparkversuch ins Leben. Mit einer Parklücke von zwanzig Jahren dazwischen.

Ich werde sterben und mir nicht begegnet sein, ja, »so schleppte ich mich durchs Leben und schrieb«. Und nach dem Setaccio müsste ich dann auch noch nach Hause, das heißt ins ibis. Aber vielleicht waren meine Sätze auch nur Nebenwirkungen der Tabletten. Mausi, psychologiegläubig, befürchtete schon einen religiösen Wahn. Und dann kam ihr Lieblingssatz: »Jetzt musst du aufpassen!« Es war vielleicht ein seitenverkehrter Rausch, ein seitenverkehrter Traum, wer sagte denn, dass Träume nicht auch Linkshänder waren oder sein konnten.

Der Mensch nahm sich nicht einmal mehr die Zeit zu lügen. Auch ich nahm mir kaum noch Zeit, um zu lügen, bei meinem vollen Terminkalender, es reichte gerade noch für einen entsprechenden Lovesong *He didn't even take the time to lie*. Und das Leben der meisten Menschen, mit denen ich es zu tun hatte, war seit ihrer Begegnung mit Freud ohnehin in einem Sprachfeld zwischen »diagnostiziert« und »therapiert« angesiedelt.

Nach 10 Uhr, »Aber bitte nicht zu spät!«, war ich noch mit ein paar Lieblingskollegen, die auch nach Köln gekommen waren, im Setaccio verabredet, das war ein Lokal in der Südstadt. Es war ja wie bei den Ärztekongressen. Man sah sich oftmals nach langer Zeit wieder, kannte sich irgendwie und freute sich meist, und verabredete sich nach dem Pflichtprogramm mit den Liebsten oder Sympathischsten zum Essen und für den Abend. Das war dann im Wortsinn Kür. Es kam aber auch vor, dass es Verpflichtungen gab, die ein Übersetzer dann am Tisch mit einem langweiligen Schriftsteller aus demselben Verlag aushalten musste. Irgendjemand wusste immer das beste Lokal, meist war es aber auch eine Enttäuschung, die durch den Alkohol (meist war es Rotwein) hinuntergespült und kaschiert wurde. Aber so viel stand fest: Am meisten freuten sich alle immer auf das Après-Skiprogramm. So war ich »locker«, wie es ausdrücklich hieß, mit meinen lieben Salzburgern, Frankfurtern und Hamburgern verabredet, es sei auf zehn ein Tisch für zehn Personen auf den Namen »Bunkenburg« bestellt. Aber eigentlich war es nur mit Karen.

Den Ausschlag für das Setaccio hatte der Espresso gegeben, der im *Guide Millau* erwähnt worden war. Den Termin konnte ich fast einhalten … und erschien wohl mit einem Gesicht wie manche, die für das Selbstverständliche gelobt sein wollten. Ich kam nur ein klein wenig zu spät, da ich niemals im Stehen oder Gehen rauchte, und die letzte Romeo y Julieta des Tages noch geraucht sein wollte. Zuletzt war es schon im Dämmerlicht gewesen, im Schmutzfinklicht, solche Leute trieben sich um diese Zeit nun schon am Rhein herum. Dieses Wort war nun von mir. Zuletzt hatte ich noch im Schmutzfinklicht gesessen

»wie Charlie«. Das war schon eine Redensart geworden, die aber nur Mausi und ich verstanden. Charlie war kein Zyniker, sein konvexes Gesicht meinte es ehrlich. Auch ich hatte ihn ausgesprochen gern, wie Tante Mausi noch gesagt hätte. Auch konnte er sehr geschickt mit seiner Pisse »Je« in den Sand von Merdingen schreiben, sein Schwanz hatte Format, und fehlerfrei mit der Hand »t'aime« nachziehen konnte er auch, man sah auch so noch, dass es eine Kinderschrift war, über die er nie hinausgekommen war; und mit dem letzten Schultag hatte er aufgehört zu schreiben. Und die dazugehörende Frau, das war Liliane, sagte mir ins Gesicht: »Was für eine Frisur er hat, ist mir egal, Hauptsache, es ist ein Pferdeschwanz.« Sie schaute dabei ein wenig so wie Madame schaute, als wüsste sie, dass der Satz »Dumm fickt gut« stimmt. Gewiss kam ihr so ein ordinärer Satz niemals über die Lippen.

Wozu hinübergehen, über die Brücke zurückgehen, du kennst es eh, und es ist eh vorbei, so oder so. Dachte ich, da, wo ich war. »Der Mensch will bleiben. Aber er muss gehen.« Das sagte mir mein Rauch, der sich mit dem Wasser und der Luft zusammentat, als machte er dem Himmel einen Heiratsantrag, so verschwand er. Und, ach, auch ich wollte ja nur zu jenen gehören, die in »es gibt« enthalten waren.

Da, wo ich bin. Das war meist eine Lüge, denn wer konnte schon sagen, wo er war. Gut, ich war in Köln, und Mausi war in Berlin. So viel glaubte ich sagen zu können. Und saß zwischen dem Bleibenden und dem Fließenden. Und wie es sich anfühlte, der Letzte zu sein.

Hatte sie mich nicht anrufen wollen? Und ich sie? Nicht einmal eine SMS?

Ich saß, von Köln aus gedacht, nun schon so lange auf der falschen Seite. In Deutz, direkt am Wasser, auf einem Bänkchen. Wo, wenn nicht hier, passte dieser Satz besser. Es war ja so lange hell, an diesem Tag würde fast noch bis Mitternacht ein ultramariner Streifen am Dachreiter des Doms zu sehen sein.

Gerade noch hatte ich mich für einen Vegetarier gehalten.

Und nun saß ich da, mit dem Wort »Schmutzfink« in meinem Kopf, das der Mensch auch Jean Paul verdankte, wie ich vor ein paar Stunden in Professor Pfotenhauers Vortrag erfahren hatte.

Das Wort »Schmutzfink« gefiel mir nach wie vor, nur das Wort »Sprachgitter« entglitt mir noch mehr, und ich empfand, dass »Schmutzfink« fast immer passte. Gerade in Köln, gerade jetzt. Ob nun die frechen Spatzen, die überall herumpickten, oder die aus dem Zoo entflohenen Halsbandpapageien und die unergründlichen Hunde, die überall herumschnupperten, vielleicht auch nur auf Fährte nach dem großen Hund, ja selbst auf die Katzen passte dieses schöne Wort, am meisten freilich auf die Menschen. Es waren aber Dreckspatzen, und auch die zugewanderten, aus dem Zoo entflohenen Halsbandpapageien, Lebewesen mit Migrationshintergrund, die nun schon seit zwanzig Jahren in Köln zu Hause waren.

Das Wort »Schmutzfink« war etwas aus der Mode gekommen, wie auch »Dreckspatz«. Schwamm drüber, dachte ich. Das letzte Wort Jean Pauls war aber »Entsetzen«. Das war der Horror Vacui, der auch Pascal überfallen haben mochte, glaubte ich, der aber andere Konsequenzen gezogen hat, dachte ich. So weit war ich noch nicht. Aber eigentlich hatte mein Hirn »Ich glaube, dass« noch nicht durch »Ich denke, dass« ersetzt. Das war aber mehr als ein anglizistischer Wandel, an dessen Ende die schöne Welt in der Globalisierungskelter verschwunden sein würde, glaubte und dachte ich.

Ich sah immer noch Menschen vorbeigehen. Menschen und Männer. Um diese Zeit keine Damen mehr und junge Paare mit Kindern, die gegen die Raucher einschritten. Menschen gingen vorbei … Adidashosen … Nie gesehene Menschen und Hosen und Schmutzfinken. Die unerbittlichsten Powerwalker, die keine Tages- und Nachtzeit mehr kannten, unerbittlich an mir vorüberziehend, mich überholend. Sie holten mich, sie holten mich alle ein.

Und nun saß ich da, sah und dachte um mich herum.

»Ich finde schon, dass seine letzten Jahre eine bittere Geschichte sind«, hatte Professor Pfotenhauer gesagt. Da dachte ich aber nun an Babette und mich. An die vergangenen zwanzig Jahre. Und: »Man kann nicht sagen, dass er in seinen späten Jahren glücklich war.« Was erwartete mich noch? Das letzte Wort seines letzten Romans, sagte er, Pfotenhauer in seinem Vortrag, sei »Entsetzen«. Und ich vernahm ein Verlangen, ihm dieses Wort abzukaufen, und musste dabei heftig grimassieren, als ich diesen Satz und dieses Wort in meine Sprache zu übersetzen versuchte. So meine Übersetzung: Der letzte Roman seines letzten Worts war Pfotenhauer, so Entsetzen. Es war merde, bugger me, Scheiße, ich, in dieser Reihenfolge.

Was für schöne Sätze, die mit »beati sunt« begannen, die vom Glück wussten, und dass es so etwas gab. Und diese Frau, ihr Haar, wohl graublau. Ihr Blond, ihr Blondgewesensein. Und ach, die Welt war voll von schön gewesenen Frauen, auch diesen Satz gab es schon viel zu lange, auch wenn er von mir war.

Und so etwas wollte einmal Förster werden!, sagte ich mir nun wieder einmal, denn auch ich wollte damals das werden, was mein Vater im Grund war, wenn auch als Walddirektor und nachtaktives Tier, ein Leben lang auf »la chasse«, und ich erinnerte mich an Madame Peau, die meine Hände sehen wollte und wohl auch in gewaschenem Zustand sah, dass es die Händchen eines Schmutzfinken waren.

Wie auch schon Madame Cyprian, die meine Händchen nahm, zum Darinlesen … Und dann entdeckte sie wohl, dass diese Händchen zu einem zukünftigen Schmutzfinken gehörten. Sie sagte es mir aber nicht, sondern schlachtete diese Entdeckung für sich aus.

Und nun saß ich da, im Schmutzfinklicht. Ich liebte den Rhein. Und sah es. Und andere sangen damals noch: *Warum ist es im Rhein so schön.* Und ich errötete dabei noch im Traum, solche Träume gab es, und ein solcher Träumer war ich.

Gerade schon war ich geneigt gewesen, mich für einen Vegetarier zu halten und die vegetarische Option Mausis zu übernehmen. Und nun saß ich da, in meinem Schmutzfinklicht, mit dem Wort »Schmutzfink« in meinem Kopf und vor Augen. Das Wort »Schmutzfink« gab es geschlechterneutral, ganz gegen die Grammatik, und im ganzen Tierreich, zu dem auch diese grünen Papageien gehörten wie die Männer und Frauen als solche. Ja, es waren die Menschen, an die Jean Paul gedacht hatte, als ihm das Wort »Schmutzfink« einfiel, es war ein Mann freilich. An einen wie uns hatte er gedacht, als ihm das Wort »Schmutzfink« einfiel, auf die »Schmutzfink« gemünzt war. Vielleicht dachte er aber zuerst an sich, das Wort kam ihm vielleicht aus sich selbst … er wandte es vielleicht zuerst auf sich selbst an, probierte es aus, ja, es passte am besten, fügte sich … und ich oder es stotterte schon wieder ein wenig im Kopf, obschon: Wenn auch das Wort »Schmutzfink« den Menschen abhandengekommen sein mochte, so war es die Sache weniger. Schmutzfink, Futzschmink, Schwutzmink, Mutzwink, der ich war … Schwamm drüber, dachte ich, am besten passte es auf mich, und das letzte Wort Jean Pauls war nun »Entsetzen«. Und jetzt stürzte die Welt wieder über mir ein, das Wort »Entsetzen« ergriff mich, über die Welt, die der Ort war, wo uns die Zeit davongelaufen war, Babette und mir und allen anderen auch, wo wir es nicht sagen konnten wie die anderen auch nicht, und wo wir uns begegneten, als wäre es nichts als die Bedingung der Möglichkeit gewesen, dass du mich verlassen konntest, dachte ich. Bugger me. Die Welt war der Ort, wo wir zur rechten Zeit unglücklich sein konnten. Da, wo ich bin …

Und wie es sich anfühlte, der Letzte zu sein, der Übriggebliebene. Ich wollte ja nur zu jenen gehören, die in deiner Welt und Sprache und in »es gibt« enthalten waren. Was für schöne Sätze also, die mit »beati sunt« begannen, die vom Glück wussten und dass es so etwas gab. Und diese Frau, da, die sich in meinem Kopf herumtrieb, und mein Räsonieren über den Schmutzfink, der ich geworden war. Ich? Ein Joint Venture aus Schmutzfink und Sprachgitter. Aus Futzschmink und Grachspitter. Niemandem gewachsen, und schon gar nicht mir.

Es war nun schon lange nach 22 Uhr, und Herr Klein vom Erdgeschoss hatte die Haustür in der Haberlandstraße vermutlich längst geschlossen, und seit 22 Uhr galt am Freitagabend auch ein Lkw-Verbot auf deutschen Autobahnen. Die Frachter mit den Fahrrädern und Autos, die auf dem Rhein immer noch flussaufwärts und flussabwärts fuhren, wobei »nach Hause« in beide Richtungen sein konnte und war, schoben sich immer mehr zwischen den Dom und mich, die Türme und mich, die Stadt und mich, und von der Wasserseite her kam mir auch noch folgender Vers entgegen: »Du mutest der Welle zu, dass sie dich kenne«, eine Zeile von Gerhard Oberlin traf mich genau. Tatsächlich hatte er den gleichen Nachnamen wie ich. Selbst Flusswellen mutete ich so etwas zu, einen solchen Vergleich, ins Selbstgespräch vertieft, ausgelöst durch etwas Wind und den Frachter namens Swantje, der wohl von Basel nach Rotterdam unterwegs war, und die Erinnerung. Ich wusste es nicht, sowenig wie ich die Ziele der Flugzeuge kannte, die von Wahn aus sich erhoben, ein Stück weit in Richtung Amerika. Bald gab es Apps, die jedem Flugzeug voraus waren. Und die Swantje sah auch nicht mehr aus wie ein Schiff. Ich hätte sie mit einem schwimmenden Container verwechselt, wenn nicht auf Deck das Fahrrad gewesen wäre, zu dem ich mir nun auch eine Liebesgeschichte hinzudachte. Das war ein paar Minuten nach neun gewesen an diesem Tag, dem 25. Juni. Und dann sagte der Mensch, der ich war, ja zu seinen Implantaten. Und: Wir wollen die Welt so ernst nehmen wie sie ist, aber nicht ernster. Beginn einer Autobiographie: Sollte ich bedauern, dass ich in meinem Leben alles falsch gemacht hatte? Ich Schmutzfink, ich Sprachgitter in meinem Schmutzfinksprachgitterbiotop, in meinem Teufelsmoor, ich Teufelsmoor, und über mir der reinste Gegensatz: der Himmel. Das warst du. Oder nicht?

Und am meisten gingen mir nun die Wörter »Schmutzfink« und »Sprachgitter« durch den Kopf. Und was Mausi da gelesen hätte, hätte ich ihr dies alles als Brief geschickt, wäre die reinste Beichte gewesen. »Schmutzfink« und »Sprachgitter«, diese zwei Wörter passten. Und so etwas wollte einmal Förster werden! Sagte ich mir noch ein letztes Mal an diesem Tag. Dieser Satz gehörte nämlich auch zu meinem Touretteschatz und erinnerte mich an die Fußstapfen meines Vaters im Sand, der mir vorausging. Wie die Erinnerungen, die in meinem Kopf weitergingen und sich touretteartig festgesetzt hatten, um mich zu quälen. Ich nun hinter ihm her, und hinter ihr her, meinem Schmerz und seinem Vornamen her, zeitversetzt, auf dem Nachhauseweg, von der Düne her, in den Fußstapfen der Sprache. Ach, »Schmutzfink« und »Sprachgitter« waren zwei schöne Wörter von Jean Paul, die mich doch nicht weiterbrachten, derart angesiedelt zwischen Mausi und Babette, zwischen dem Wasser, das mich zum Träumen vom Bleiben anstiftete, und der fließenden Zeit.

Ich stand auf. Und zwar so, dass das Wort »plötzlich« nichts dagegen war.

Nach dem Gott der Hirnforscher und ihrem Hirnforscherglauben war das paradox: Mein Hirn, das über mich Herrschaft hatte, hatte über mich keine Herrschaft. Mein armes Hirnforscherhirn. Von den Hirnforschern sollte ich mir sagen lassen, dass ich keinen freien Willen hatte, und gleichzeitig: dass das Wort »ich« keinerlei Bedeutung hatte und nur ein ausführendes Organ war, das war aber für mich nur die Metapher einer

Metapher. Dass das Wort »ich« die Metapher der Metaphern für mich war und sich als Reim auf »mich« anbot, das wusste ich auch so. Aber sonst blieb ich doch ungereimt wie das Leben und ebenso unsystematisch. Eines Tages, in einem nicht messbaren Augenblick, machte es einfach Peng! Es konnte aber auch ausgehen wie das Hornberger Schießen, mein Leben, ich würde es nie erfahren. Und ein Zyniker sagte dann schon im Voraus: »Das war's dann!« Die Romantiker indes blieben bei ihrem »C'est la vie«.

Und dann ertappte ich mich wieder beim Gehen, einfach so. Und dachte, dass es doch vielleicht noch ein Ziel gäbe für mich an diesem Tag, und wenn nicht heute, dann morgen.

Ich stand auf. Ich stand kurzentschlossen auf, als wäre es eine Entscheidung, an den Mülleimer zu gehen, und dann ging ich weiter, und am Ende war ich wieder zurück im ibis, denn ich hatte noch etwas vergessen, und was es war, ist jetzt auch egal, dachte ich. Es war mein Handy. »Du wirst gehen.« Hieß das, als wäre es und alles, meine ganze Geschichte, nur den Hirnforschern zuliebe und dass sie Recht bekämen am Ende, und der Rückkehr zuliebe gewesen?

Ich stand auf. Die Hirnforscher wussten längst, wohin ich unterwegs war. Aber da kam mir auf einmal der Gedanke, sie auszutricksen. Ich stand zwar auf, und sie hätten nun: »Aha, also doch« gesagt, dann wäre ich aber nur an den Mülleimer gegangen, um mich anschließend wieder zu setzen, um mir selbst zu beweisen, dass sie nicht recht hatten in meinem Fall. Und gerade dann hätten sie sich bestätigt in ihrem Glauben gesehen, dass der Mensch keinen freien Willen hatte und dass es mein Hirn war, das mich noch einmal zu meiner Bank hin dirigierte. Sie hätten mit meinen Synapsen und meinen Wortverstrickungen ohnehin nichts anfangen können, das wäre für sie doch nur Müll gewesen, ja, sie waren so gesehen auch eigentlich nur Müllplatzverwerter. Mit meinem in ihrem Forschungsobjekt gespeicherten Tagesschmerz hätten die Hirnforscher ohnehin nichts anfangen können. Und mit meinem Nachtschmerz auch nicht. Und studieren war einfacher als denken. Doch ich war ja verabredet und käme zu spät, also ging ich.

Ich ging. Ich ging nun doch. Mit einem Mal ging ich. Wie einst hinter Madame Peau her, neben ihr, aber so, dass ich nicht alles sehen konnte von ihr, was ich hätte sehen können, und noch nicht einmal daran dachte. Bis dahin durfte ich ihr die Tasche nach Hause tragen. Das war das Schönste, wenn ich über mein Leben nachdachte, ja, über meine Liebesgeschichte. Und was dieser Tag brächte, wusste ich zum Glück oder Unglück auch noch nicht. Nur dass sich die Hirnforscher würden bestätigt sehen, das wusste ich.

Da fand ich mich: Ich hätte gesagt: zwischen Sodom und Gomorrha, auf halbem Weg zur Salzsäule. Ich wusste nicht, ob ich über die Brücke gehen sollte oder nicht. In die Stadt oder nicht. Ins Setaccio oder nicht. Ins ibis oder nicht. Ich sagte mir: Du wirst gehen, und ich ging. Und Gott oder seine Stellvertreter, die Hirnforscher, wussten es. Die Kölner Namen haben mir immer gefallen: Kalk, Porz, Deutz, Wahn und so fort. Kalk und Wahn vielleicht am besten. Aklgalgkasdölgnalgax.

Im Hotel fand ich zwar mein Handy, das war schön, denn mittlerweile hatte ich die ziemlich neue Angst aus dem Angstkatalog der Therapeuten gehabt, ich hätte das Gerät irgendwo liegen lassen, mit allen Daten. Oder es wäre mir gestohlen worden.

Aber kein Anruf, keine SMS. In Zeiten der digitalen Totalüberwachung, da konnte man sich nicht einfach herausreden wie in alten Zeiten. Da musste man neue, kompatible, systemverträgliche Lügen finden, also wo es früher die kaputte Telefonzelle war, so nun das kaputte Mobile, das vergessene Aufladegerät, der schlechte Empfang, die Tunnels und so fort.

Hatte mich Mausi danach nicht noch anrufen wollen, wie

es war, in der *Tosca*? Doch das sah ich nun: Sie hatte es nicht getan. Bisher. Aber es war schon 11 Uhr abends. Und auch von Babette nichts.

Und Mausi? Nachdem sie mich nicht angerufen hatte, war ich enttäuscht genug, dass auch ich sie nicht mehr anrief. Ich hätte eine glaubwürdige Ausrede gehabt: vergaß das Handy im Hotel. Dann ließ ich es aber doch. Vielleicht wäre nur so etwas herausgekommen: »Ist etwas passiert?« »Nein, nein, es ist nichts passiert.« Meine Lüge wäre eine Variante von »Eine Lüge ist glaubwürdiger als zwei« gewesen oder »Yesterday we had some rain, but all in all I can't complain«.

Dieses Mal war es ein italienisches Lokal namens Setaccio, was auf Deutsch immer noch Sieb hieß. Vielleicht scharrten sie schon und sagten sich: wieder einmal Alain! Nun hieß es für mich, das Glück zur Hauptperson machen und den Schmerz zum Statisten. Ich würde mir von meiner Geschichte nichts anmerken lassen. Nun aber schleunigst ins Setaccio! Ich nahm ein Taxi.

Wie war das Konzert von Mae Su Geng? Das war das Erste, was ich gefragt hatte. »Sie hat toll gespielt.«

Eigentlich war ich nur wegen Babette ins Setaccio gegangen. Es hätte ja sein können, dass sie mich da überraschen wollte. So wie ich überrascht war davon, wie ich sah, dass sich Karen und Babette gestern Abend zur Begrüßung umarmt hatten, ja, ich kannte ja kaum einmal die Freunde meiner Freunde, so geht es uns allen.

Und ich hatte nun gehofft, dass Karen Babette als Überraschungsgast mitbrächte. Oder wenigstens die eine oder andere Botschaft für mich hätte. Aber nein. Ich sah sie alle schon vor dem Lokal sitzen, unter einer Kastanie, nur sie nicht. Sie war nicht dabei. Gewiss hatte sie schon eine Verabredung anderswo. Doch wir lachten nun wieder so, dass das Schöne nicht mehr weit sein konnte. Es war ja auch der Wunsch der Vater des Gedankens, und noch unmöglichere Metaphern hatten mich besetzt gehalten. Meine Junghans sagte mir, dass es ja erst sechs Stunden her war.

Wir, das heißt besonders Karen und ich, hatten bald über die Herren mit Fliegen gelacht, und wie sie mit ihren vergeblichen Gourmetfressen und ihren Tellerchen in der Büfettschlange herumstanden, und über den Waldorfsalat nach dem Eröffnungsvortrag und dem anschließenden überschaubaren Stehempfang, wo es noch Käseigel gab, als wäre die Zeit stehengeblieben oder als hätte immer noch der Unikantinenkoch die Verantwortung, der damals zum ersten Mal vom letzten Schrei sprach, als er für die feine Gelegenheit den Waldorfsalat als Gipfel der Gourmetkultur einer Universitätskantine einführte. Die meisten nahmen das Eröffnungsbüfett gar nicht ernst, sie rührten es nicht einmal an, denn die Hauptsache kam erst danach. Bis dahin würde ich mich wieder gefangen haben. Ja, sie haben auch etwas gegessen, ich habe auch etwas gegessen, wir haben immer etwas gegessen, ein Leben lang immer etwas gegessen, doch wo war ich gerade? Ach ja, gahh0wta onponzon zyätbn fsdfhlhjpüaüü p üzüiaüizüz. Aß auch etwas und werde etwas gegessen haben und auch getrunken, und ich hätte sagen können, was es war. Der Reihe nach, so wie im *Deutschen Eintopf* von Erna Horn oder wie im *Zauberberg*, wo Thomas Mann schon dabei ist, seine Frau Stöhr die 28 Fischsaucen aufzählen zu lassen, war ihm nichts Besseres eingefallen?

»Wisst ihr eigentlich etwas zu dieser Professorin aus London oder Cambridge?« Nun fragte ich ganz beiläufig, ich wollte wissen, was aus Babette geworden war. Wenn sie mir schon nicht sagen konnten, was aus den Davonfahrenden (Toby und Babette) geworden und was von ihnen geblieben ist. Sie waren aber schon in Abschiedslaune, wie auch schon gestern Abend, als ich ankam. Warum, wusste ich nicht. Karen blieb noch mit mir.

Wir hatten nie über Babette gesprochen, wie auch, denn dass

sie sich kannten, war mir neu. Im Grund wissen wir doch wenig voneinander, sagte Karen nun; und dass Babette und ich einmal »wir« gesagt hatten, wusste sie überhaupt noch nicht. Bevor ich mit Karen übrig geblieben war, hatte ich launig in die Runde gefragt: »Wisst ihr eigentlich etwas zu unserer Professorin aus London oder Cambridge? Mrs. McSinwell? Und ihrem Mann? Ich kenne sie schon aus Arcachon!« Das sagte ich so nebenbei wie möglich. Wenn sie auch gar nichts wussten von meinem Schmerz, so hatten sie vielleicht doch bemerkt, dass irgendetwas nicht stimmte; auch wenn sie nichts davon wissen konnten und nicht einmal, dass es Babette war und wer Babette war.

Ich hoffte mittlerweile, nach sechs Stunden Träumens, nun doch, dass Babette ein klein wenig auch wegen mir nach Köln gekommen war und nicht nur wegen Professor Pfotenhauer und dass sie meinen Namen in der Teilnehmerliste entdeckt hatte. Ich hätte auch gar nicht davonlaufen müssen, als wären wir nun quitt. Im Schock macht man solche Sachen, das wissen wir aus den Prozessakten.

Karen wusste am meisten. Sie wusste sogar von Toby. Er war immer ein netter Kerl, sagte ich. »Sind die beiden noch zusammen?«, fragte ich vielleicht doch etwas scheinheilig.

»Wo denkst du hin? Das war doch klar … Wusstest du das nicht?«

»Woher hätte ich das wissen sollen, deswegen frage ich dich ja.«

Karen wusste vielleicht nicht alles, doch ich hörte, dass Babette erst zu Toby nach London gezogen sei. Wo sie bis dahin gewesen waren, die zwei, wusste sie auch nicht; und auch nicht, dass ich es war, von dem sie davongefahren sind.

Babette sei schon zweimal geschieden, hörte ich, das machte mich zwar nicht glücklicher, doch … und das Wort »längst« sollte dieser Tatsache eine Glaubwürdigkeit verleihen und mich auch wissen lassen, dass mein Schmerz gar nicht so schlimm war, von dem Karen nichts Genaues wissen konnte, und, was Toby anging, so sagte sie, lebe er nun schon seit über zehn Jahren, wenn sie es recht wusste, mit seiner chinesischen Frau abwechselnd auf einer Cayman-Insel, oder war es Mustique?, die nur von Milliardären und ihren Gästen betreten werden durfte und so klein war, dass niemand ihren Namen wusste, und in Edmonton, Alberta, zusammen mit drei Labradoren, und betrieb eine Koi-Zucht. Als ehemaliger Chairman und Senior Adviser eines der großen Hedgefonds in London. Toby lebe auch mit einem Ara-Papagei zusammen, der den ganzen Tag »I love you« sagte, und einem Lover. Was mich sogleich an Flauberts Satz »Sie besaßen einen Papagei und einen Neger« erinnerte. Mausi führte ja wegen dieses Satzes mit unserer alten Freundin, der Linguistin Heidrun Pelz in Freiburg, gerade einen Briefwechsel. Sie wollte es nicht durchgehen lassen, dass Flaubert so ungenau war, und Mausi war überdies gekränkt, weil Heidrun, der sie von ihrem Tante-Mausi-Roman-Projekt bei ihrem Wiedersehen in der Landesvertretung Baden-Württemberg (fünfzig Jahre Baden-Württemberg, das war ja gerade zwei Jahre her) erzählt hatte, sie wissen ließ, ein Papagei komme schon bei Flaubert vor, und zum Beweis hatte sie die Reclam-Ausgabe von *Ein einfaches Herz* geschickt und die entsprechenden Seiten 47 ff. dick unterstrichen. Und nun müsse das Buch noch einmal ganz neu übersetzt werden und dazu auch die Vorlage umgeschrieben: »Un negre« passte nämlich so wenig in die Zeit wie »ein Neger«. Und sie selbst fühlte sich ihres Herzensthemas beraubt. Das alles hatte Mausi in eine Krise gestürzt. Mausi aber konnte ich trösten, da war ich besser als sonst im Leben, war das nichts?, und ich sagte zu ihr: Mausi, Flaubert hat kein Patent auf den Papagei, und keine Institution hat ein Recht auf die Sprache Flauberts und schon gar nicht auf deine Sprache, schreib ruhig an deinem Papageiroman weiter, schreib wie du.

Nun dachte ich, dass auch vielleicht Heidrun, die damals unsere DAAD-Betreuerin war, gewiss auch mit Toby und Babette noch in Verbindung stand, so wie mit Mausi auch, und sie hatte uns dies nun zwanzig Jahre verheimlicht, vielleicht nur auch mir, um mich zu schonen, das wäre ihre Entschuldigung gewesen. Und alle wussten es, außer mir, und Mausi vielleicht, eher nicht.

Nun aber gebe es, was Toby betraf, eine Neuigkeit insofern, als er zurzeit, das heißt, schon seit einem Jahr in einem tadellos geführten Haus für Mentally Deranged Persons lebe. Eingewiesen von seiner zweiten Frau, der Chinesin.

Ich erfuhr, wohin die beiden gefahren waren und wo sie geblieben waren und wo sie sich wieder getrennt hatten und wo das Gericht gewesen war, wo die Anwälte in einem jahrelangen Streitv… und wie viel es gekostet hatte, denn hier ging es um Millionen im zweistelligen oder dreistelligen Bereich.

Ich aber schöpfte nun schon wieder etwas Hoffnung, wenigstens für den kommenden Tag.

»Babette pendelt zwischen London und Toronto.«

Ich ließ mir aber auch gar nichts anmerken … und spielte mit mir selbst und sagte, dass ich mir überlegt hätte, alle Schauplätze der heutigen Weltliteratur ans Steinhuder Meer zu verlagern.

Angeblich behauptete Toby, der sich ja als Linguist einen Namen gemacht habe, Pfirsich und Persisch habe eine gemeinsame Wurzel. Und seine Frauen müssten so etwas aushalten.

Auch Toby war damals, bei aller Dosenbiergesichtigkeit, ein Bonnie, war gewesen, würde gewesen sein, und in Berlin sagte man damals »eine Schnitte« dafür, und die meisten Wörter passten längst nicht mehr zu mir. Schon wieder ein Reim, bugger me! Ach, Toby, bis vor kurzem: »Chairman eines Hedgefonds für Wetten auf Lebensmittelpreise«, riesige Estancia in Patagonien, angeblich. Für die UNESCO als Biosphärenreservat gekauft. Damals hatte er eine Doktorarbeit über die Gedichte Mao Tse-tungs, erschienen in der Bibliothek Suhrkamp, schreiben wollen. Mittlerweile besaß er eine eigene Insel und war total durchgeknallt. Das war aus ihm geworden. Ja, das war aus ihm geworden, nun wusste ich es. Damals saßen wir nebeneinander im Sand, sahen das Meer und tranken dazu Bier aus der Flasche, auch nicht gerade fein.

Zwei Tage danach waren sie aber schon ganz woanders, unterwegs zu einem Ort, wo sie dann »wir« sagten. Wenigstens für ein paar Jahre, sie waren also längst wieder geschiedene Leute. Im Setaccio, da kam alles auf einmal zusammen: die Zukunft von einst mit ihrer Vergangenheit. Ich erfuhr aber im Grund nur, so schloss ich, dass aus ihnen also auch nur so gut wie nichts geworden war. Warum sie weggefahren waren, wusste ich immer noch nicht. Würde ich wohl auch nie erfahren. Und dass auch von ihnen so gut wie nichts übrig geblieben war als zwei teure Scheidungskinder, die mehr oder weniger in Internaten auf das Leben vorbereitet wurden, hochsubventionierte und doch ungeliebte Existenzen, die sich ein Leben lang über die Zeit im Internat definierten, und dann ginge es ein Leben lang mit Wörtern wie »international« und »problem« weiter. Und dass sie zwischen London und Gstaad, Miami und Mustique pendelten.

»Ja, wusstest du das nicht!?« Sie kannten meine Geschichte nicht. Das war doch die Regel, denn wir wissen wenig voneinander, das wissen wir doch. Und dann schwärmte mir Karen doch ein bisschen zu viel von Babette und ihren phänomenalen Erfolgen im Leben: Stichworte wie Vorträge in Harvard, Cambridge, MIT-Enquete-Kommission. Und auch in Cambridge sowie Cambridge MA, wo sie nun angeblich den noch verbliebenen Studenten etwas deutsche Kultur, auf Englisch, beibrachte. Sie war die *Schimmelreiter*-Päpstin auf der ganzen Welt, die Vorlesungen und Seminare fanden freilich längst auf

Englisch statt, auch die Konferenz an der Universität zu Köln, wo einst Albertus Magnus lehrte, mit Ausnahme des Eröffnungsvortrags. Aus Schweden hatte ich gehört, dass sie dort an den Literaturabteilungen das Lesen abgeschafft haben: Der Film zum Buch genügte oder auch das Buch zum Film, das war kurz und konsequent. Die Literaturprofessorin von Uppsala befasse sich nur noch mit Pferderomanen.

Dagegen sei Babette universal. Ihre bedeutendste Studie (Oxford University Press) war *Der Schimmelreiter oder eine schießschartengroße Ritze für das Licht*, und alles sei in einem wunderbaren Deutsch geschrieben, für diese Arbeit wäre sie für den Übersetzerpreis der Deutschen Akademie für Sprache und Dichtung nominiert worden, deren außerordentliches Mitglied sie gerade geworden sei. Gerade jetzt erst, bei der Frühjahrstagung in London, die sie mitvorbereitet habe. »Sie kommt mindestens zweimal im Jahr nach Deutschland.« Dieser Satz schmerzte mich am meisten.

»Babette hat sich sofort nach Ausbruch der Geisteskrankheit von Toby getrennt und will nichts mehr mit ihm zu tun haben.« Karen wusste auch von einem Brief, den Toby an Beverly geschickt habe, »die kennst du doch auch?«.

»Ja, sie war einmal in Arcachon dabei.«

»Der Brief hat die Zensur passiert«, sie meinte freilich die hausinternen Kontrollen des Hospital for Mentally Deranged Persons, es war ein Brief an sich selbst, der mit »I wish you health and happiness, where you may dwell across the sea« endete. Restbestände an Wahrheitswillen waren durchaus noch auszumachen für mich.

Sie habe ein Foto von Toby, das ihr irgendwer geschickt habe … da … Nun erinnerte sich Karen, dass mich der Name schmerzen könnte, also sagte sie: »Ich weiß jetzt gar nicht mehr … wer mir das geschickt hat«, mit einer Stimme, als wollte sie abbremsen, um dann doch etwas zu ausführlich dafür, dass sie sonst alles vergessen hatte, zu erzählen. In einer roten Schrift sei von fremder Hand über alles hinweggeschrieben: »Spinnt jetzt.« Auf der Rückseite des alten, schmutzigen Fotos, das zum Angstbekommen wäre, war wohl nichts zu sehen außer einer Art Tür und nebenan ein Baustellenfenster, hinter dem aber die ungeheuerlichsten Dinge geschehen konnten, die er sich ausgedacht haben mochte. Sein Psychiater schrieb: »Toby thinks there is a room for sex in every airport and he isn't invited«, dazu ein paar verwitterte Gedanken aus einem schmutzigen Hirn.

Und ich war wieder einmal unterwegs gewesen, segelnd übers fremdsprachige Meer unterwegs zu weinfarbenen Menschen. Und Homer hätte diese Version in seine verbesserte Ausgabe übernommen, ich weiß, und hätte im Hafen von Ithaka, den ich jeden Sommer von meinem Schreibfenster aus sehen konnte, als Schlusswort ja gesagt. Ja, das blieb also von uns: Es blieb, dass nichts blieb. Und dass der Schmerz seither noch Vornamen hatte, und jetzt wieder.

Wir verabredeten uns auf Morgen, Karen verstand, dass ich nicht so lustig war wie sonst; und trotzdem ließ ich es mir nicht nehmen, sie danach noch in ihr kleines Hotel Bender in der Taubengasse zu bringen, sie sagte, ich sei ein Kavalier, und dass es davon heutzutage gar nicht mehr so viele gebe. Vielleicht hörte ich im Wort »Kavalier« auch eine kleine Enttäuschung heraus, und das erinnerte mich schmerzlich an die migränenamige Gesine, die ja auch dabeigesessen war im Setaccio und mit Mark verschwunden war, ein Name, der schon ein gewisses erektionsfreudiges Potential enthielt, und ich musste an den armen Karl-Heinz denken und Gesine, die mit einem entsprechenden Gesichtsausdruck und dem Satz »Es geht jetzt nicht« ihren armen Mann aus ihrem Zimmer verscheuchte, vielleicht schon in der Hochzeitsnacht. Und was blieb ihm schon übrig als der Videorekorder.

Und dann ging ich über Zwölf Aposteln, die Brüderstraße und die ganze Hohe Straße bis zum Dom, und dann ibis. Es war ja nur noch ein kleiner, letzter Umweg, am Rinkenpfuhl vorbei, und dann die Tafel: In diesem Haus hat Konrad Adenauer das Licht der Welt erblickt. Dem wir – zusammen mit De Gaulle – überhaupt verdankten, dass es diese Konferenz gab und dass ich allen begegnet war, die nun mein Leben waren: auch Mausi und all den anderen, die damals auf den deutsch-französischen Städtepartnerschaftsfahrten einander näher kamen in den hinteren Busreihen von Arcachon nach Goslar. Doch das war's dann auch schon, dachte ich etwas zu schnell. Und was mir auf dem Nachhauseweg so alles durch den Kopf ging. Und dass das Leben und Schreiben am Ende sich als Heimweg herausstellte. Ich war wieder einmal nach Hause gekommen. Unterwegs im Leben immer einmal mit naheliegenden Gedanken, wie einfach es wäre, den restlichen Weg abzukürzen, bei diesen vielen Bäumen im Wald.

Und dann war ich wieder im ibis. Ich kam niedergeschlagen: aber nicht derart niedergeschlagen, dass es nicht für das Hemd des Schutzengelchens gereicht hätte, das ich aus dem kleinen blauen Teil eines sonst verhangenen Himmels stricken konnte. An diesem Tag war ich umgeben von Menschen gewesen, die wussten, wo es langging, selbst beim Sitzen am Tisch oder auf der Bank neben mir. Nur Karen war vielleicht die Einzige, die verstand, dass ich nicht zu verstehen war. »Ich rede zu viel, das ist vielleicht mein Verteidigungsreflex, über den ich nicht Herr bin.« Aus Verzweiflung flüchtete ich dann wieder einmal am Tisch in ein quirlendes unstatthaftes Geschwätz, als wäre ich besoffen gewesen. Selten kam ich mir mehr als Schwätzer vor, und ich war es ja auch, als ich – von wem weiß ich nicht mehr – nach Gide gefragt wurde, und wie alles abglitt, mein Gott, und ich als Angeber und Wichtigtuer, ja fast als Lügner überführt zurückbleiben würde, als hätte ich diese Liebesgeschichte zwischen Gide und meiner Großmutter erfunden. Als hätte ich mein Leben erfunden. Als wäre es mein Leben, mein gerade ersponnenes Hirngespinst gewesen.

»Ich finde schon, dass seine letzten Jahre eine bittere Geschichte sind«, hatte Professor Pfotenhauer dann in der Diskussion gesagt. Da dachte ich aber auch an Babette und mich. An die vergangenen zwanzig Jahre. Und dann fragte ich Karen noch im aufgewühlten Hinausgehen: Hat Pfotenhauer eigentlich schon den Sigmund-Freud-Preis für wissenschaftliche Prosa bekommen? Was? Nein? Wir müssen ihn unbedingt vorschlagen, morgen früh schreiben wir den Antrag. Das war mein Ernst. Und nun verglich ich Äpfel mit Birnen, was das Vorrecht der Kinder, der Dichter und der Besoffenen war, einerseits war ich alles in allem, doch eigentlich gab es mich gar nicht.

Manchmal schien mir meine Sprache nur aus Ausnahmen zu bestehen. Und sogleich musste ich, beim Gedanken an mich selbst und was aus mir geworden war, diesen Satz umschreiben: Manchmal schien mir mein Leben nur aus Ausnahmen zu bestehen. Einer, der schreibt, wird nicht verschmerzen, was nicht zu verschmerzen ist. Und jene, die es liest, vielleicht auch. Wie etwa das Wort »Schwermut« schmeckte, wenn es einer in den Mund nahm und dann noch etwas aufmöbelte und unterfütterte. Aber musste es gleich »Schwarzwaldtannenschwermut« sein? Auch das Wort »Paradies« war zu Recht in Verruf geraten, und doch gab es bis dahin fast kein schöneres Wort.

Schreiben … war … »ein Herr von Geist sagte, er wolle lieber gefickt als verstanden werden«, doch mit dem testamentarischen Zusatz, dass das Wort »gefickt« in alle Ewigkeit durch das Wort »geliebt« zu ersetzen wäre. So war das mit dem Schreiben und Übersetzen, doch vielleicht war es auch nur ein weiterer Einparkversuch im Leben mit Hilfe des Rückspiegels. Übersetzen, ich sah immer schon die Ruder oder Paddel im Wasser liegen, und dann los und hinüber: wie die Ruderer vor mir es machten. Leben war etwas Ähnliches, doch kaum geboren, war der Tod noch das Einzige, was die Menschen miteinander verband. Denken … war … sich an den eigenen Haaren aus dem Sumpf herausziehen wollen oder aus dem Wald hinausfinden, auf dem Holzweg sein oder aus dem Roundabout hinausfinden mit Hilfe eines Navigationssystems der neuesten Generation meiner Keyless-go-Keyless-Entry-Welt der weltweit operierenden Firma Marquardt & Marquardt, und mir schien, im Laufgitter wäre ich schon einmal weitergekommen. Auf dem Dreirad erst recht, und dass ich schon mit der Wasserpistole die entscheidenden Ziele getroffen hatte im Grenzbereich von Konvex und Konkav; und sämtliche Kriege gewonnen und verloren hatte ich bereits in der Indianerzeit meines Lebens, doch wie schrieb man »leben«, groß oder klein? War es ein Hauptwort oder ein Tuwort? Ach, Spiegel, ach, Leben, seitenverkehrtes Leben. So war es eben, sagte Tante Mausi immer.

So schleppte ich mich durchs Leben und versuchte, das Geschriebene und das Gesehene zu übersetzen und zuzeiten gar zu reimen. Dabei hatte ich doch ein Leben lang vom großen Fest geträumt, alles in allem zu sein, dass selbst der Tod einen Platz im Leben hätte, das Tor zum Wiedersehen, und dann wäre alles gut. »Denn ich bin nicht in die Welt gekommen, um zu richten, sondern um zu retten«, einen Platz irgendwo zwischen Johann Nepomuk Hummel und Heinrich Ignaz Franz Biber zu finden mit seinen Kompositionen und Salzkammergutmehlspeisen mit Schubert als Filmmusik und der hereinkommenden Fürstin Sayn, *Wiener Blut* trillernd, selig wie die alte Schwarzkopf, die mir versicherte, dass von nun an alles gut ist. Immerhin: Die eine lebte immer noch. Das war kein Traum wie poetry in motion.

Denn der Dativ von Vögel hatte es mir auch schon angetan. Und half mir über den Singular hinweg, wie Madame wie eine

Sphinx an mir vorbei zum Meer schaute. Und an dieser Stelle hätte der Biograph vermerken müssen: An dieser Stelle wichste der Schriftsteller.

Ja, am Ende dieses Tages legte ich mich doch wieder mit meinem Schwanz ins Bett und versuchte, mich noch einmal ganz genau zu erinnern an alles. Ich schwöre es … der letzte Handgriff galt dem Tempo, das ich leicht über die Bettkante schubste. Und mir war, als hörte ich schon die Raben, die mir verhassten markerschütternden Raben, wie sie mich am anderen Morgen aus dem Bett trieben. »Gekrächz« war noch so ein deutsches Wort. So müsste man das, was ich hörte, eigentlich schreiben: »Gkrchz«.

3. Mausi

Jesper war von Ziffer zu Ziffer schöner geworden.

Sie sprach jetzt alle Sprachen der Welt, sang in ihnen عليكم لسلام – مرحب Es lebe die Liebe!

Nun wählte sie noch einmal. Justus sagte: »Es ist die 1. Das war doch ganz einfach, was willst du, du hast doch jetzt, was du wolltest. Das war's dann. Also bis morgen.«

Doch … als Mausi die acht Ziffern zusammenhatte, wollte sie plötzlich (das Wort stimmte ausnahmsweise) gar nicht mehr anrufen und dachte sich Ausreden aus … sie wollte den Anruf, der noch Zeit hatte, auf morgen verschieben. Weil …

Da kam ihre Eigenart erst recht zum Vorschein. Statt nun sofort den Hörer zu nehmen und ihn anzurufen …

Und nun rauchte sie etwas hektischer als sonst, einen Zug nach dem anderen und ließ dem Rauch keine Zeit und ging in der Wohnung auf und ab, mit dem Telefon in der Hand, und dachte sich Sätze aus. Und dann legte sie das Telefon wieder weg. Und der Nachbar sah es und schaute, als wüsste auch er

Bescheid. So war Mausi. Wenn es so weit war, sie den Brief mit dem schönen Absender vom Briefkasten geholt hatte, öffnete sie ihn noch lange nicht, sondern trug, um etwas davon zu haben, den Brief noch mit sich herum und schaute ihn immer wieder an und las die Schrift und den Namen und nahm alles tief in sich auf und deutete selbst die Briefmarke als Zeichen der Liebe. Und wenn es aus der Schmetterlingsserie oder der Leuchtturmserie war … Und was dann wäre, wenn sie dann die 88486421 wählte, wusste Mausi auch noch nicht.

So hatte es ja Mausi an diesem Morgen gemacht, als sie den Brief nicht holen und dann erst recht nicht öffnen wollte. Und jetzt wollte sie plötzlich nicht mehr anrufen. Mausi war zu diesem Zeitpunkt besoffen. Es war nicht nur der Himbeergeist. Jetzt war es zu spät bei ihm anzurufen. Jesper … Und die Filmleute dieser Welt in Mausis Glückszentrum hatten es nun ganz einfach, sie mussten gar nichts machen und nichts sagen, es genügte ein guter Kameramann, der dafür sorgte, die Hauptfigur von allen Seiten zu beleuchten wie den Engel in Pasolinis Film *Teorema*. Dass der auch wenig später als Dracula durch England tingelte: Was kümmerte schon einen Kameramann der Schnee von gestern.

Mausi hatte sich nun vollkommen ins Glück hineingetrunken mit dieser Ziffernfolge 88486421. Bitte nicht anrufen!, kam es Mausi. Das Schöne als das Hervorleuchtendste … Sie musste lachen … Plato … Plato in Bottrop, und sie lachte noch mehr, klang nach nicht geleertem Mülleimer, sagte Alain immer … dieser metaphysische Müll aus Jahrtausenden … ja … doch »Vergiss auch du nicht diese Nächte«, *Podmoskownie Vecera!*, als wäre das ihr richtiger Name.

So etwas hatte sie seit Norbert nicht mehr erlebt, jene Abende im Spiegel eines Lokals, das Spiegel hieß, da stand Norbert herum und schäkerte mit den Kellnern und pfiff hinter ihnen her, als wären es Mädchenbeine. Und sie sah es. Bis zum Jüngsten Tag würde sie es sehen. Wenn das nicht Liebe war, verstand sie nichts von Musik.

Mausi war zuletzt total besoffen und euphorisch und tanzte zur Musik und sang mit, sang sich nackt durch die hellerleuchtete Wohnung. Der Nachbar sah es, und das war ihr in ihren jetzigen Bewusstseinshöhen gerade recht, sie träumte nun vom Fliegen und flog fast schon. Sie hörte irrsinnig laut *Come prima* und *If the sun should tumble from the sky.* Und dann Jesper. Erst alles Walzer. Dann fast schon weiße Mäuse und Jesper. Und an etwas anderes zu denken, lag nicht mehr in ihrer Macht. Sie sang und jubilierte. Und Mausi fiel in die Opuntien auf ihrer Balkonlandschaft, auf die sie hinausgetanzt war, und der Nachbar hatte sie schon drinnen tanzen gesehen, nackt, durch die Fenster hindurch, alles war so klar wie in einem Spiegel, und nun sang und tanzte sie sich auf den Balkon und merkte es nicht einmal … Wie Elfi in der letzten Phase. Und sie war auf den Boden gefallen und hatte gejubelt, als wäre alles ein Geschenk, auch das Hinfallen, und der Schmerz war kein Schmerz, und sie rappelte sich wieder auf, dankte für alles, auch für dies, und blutete weiter und fand alles schön, was es gab, selbst den Tod, und der Schmerz war kein Schmerz mehr, und sie war der Beweis.

Der Nachbar sah es und ließ sie einfach liegen, ohne den Rettungswagen zu rufen. So hatte Mausi sich ins Glück hineingetrunken und war mit dieser Ziffernfolge 88486421 und mit den Händen zwischen ihren Beinen eingeschlafen, so wie Alain als Kind mit betenden Händen. Jesper war von Ziffer zu Ziffer schöner geworden. مرحب – لسلام عليكم Es lebe die Liebe!, und kippte weg.

Teil VI

1. Mausi

»Bist du wahnsinnig!!!!!!« Das war Mausis erste Regung, nachdem sie sah, wo sie war und lebte. Am anderen Morgen kam der Absturz. Sie war ernüchtert, aber keineswegs nüchtern: Das war der sogenannte Kater des ersten Augenblicks, des Erwachens: Bist du verrückt, ich widerrufe alles. Von Jesper wollte sie überhaupt nichts wissen. Was mache ich jetzt nur? Und sie überlegte sich in ihrem Kraut-und-Rüben-Kopf, wie sie der Welt, und vor allem Inge, den gestrigen Abend und »alles«, weil sie an die Einzelheiten schon gar nicht denken wollte, erklären sollte.

Doch erst einmal wollte sie sich unter ihrer Bettdecke verstecken und »Ich bin nicht da« ausrufen. Doch sie merkte nun, dass da gar keine Bettdecke war, und dass sie irgendwie auch nicht in ihrem Bett war, sondern auf dem geräumigen Fauteuil aus dem Rauchersalon der untergegangenen MS Columbus. Zu allem würde nun Inge gleich anrufen und wahrscheinlich den Abend und auch diesen Tag mit der Beerdigung um zwei besprechen wollen. Das kam ja noch hinzu. Pein über Pein, und sie hätte wie als Kind einst die Hand vors Gesicht schlagen wollen und »Ich bin nicht da« sagen. Aber »Ich widerrufe alles«, das konnte sie vor sich hinsagen.

Und einer, der »Ich weiß alles« sagte, saß um diese Zeit auf Elfis Terrasse und sagte sich nun vielleicht: Das alles gehört nun Inge. Mir. Und eine Wollust erfasste ihn vielleicht beim Gedanken, was für eine Nacht Mausi gehabt haben musste.

Die Wand war so quadratisch, wie die Uhr rund war. Und die Sonne hatte gerade schon die vierte Etage geschafft, dabei, sich ihrer Wohnung zu bemächtigen, und warf ein erstes unterschiedsloses Licht auf alles: auf die Wand und die Uhr und das Bild an der Wand, das war der Wannsee von Philipp Franck, und warf ein Licht auf die Zeit auf der Uhr an der Wand und auch auf sie, dear me.

Ja, das Aufwachen. Aus diesem Rausch. Das furchtbare Aufwachen, der andere Morgen, in den sich Totalsäufer hineinversetzen könnten, zu denen Mausi nicht gehörte, bei ihr war es nur Châteauneuf-du-Pape gewesen und dann noch etwas Himbeergeist, und der Mensch, der gerade noch geträumt hatte, auf einer Paradieswiese zu liegen und an einem solchen Ort praktisch schon im Himmel zu sein und an Engel nicht mehr glauben musste, war nun wieder auf der Bodenstation angekommen, fast schon Souterrain.

So riss es sie aus dem Schlaf, als hätte Jesper diese Geschichte gerade mit einem Schlusssatz beendet. Als hätte er sie mit einem »Forget about that!« angeschrien, von dem sie erwacht war, oder auch nur angelächelt dabei, was noch viel schlimmer gewesen wäre. Dann hätte sie weiterträumen müssen.

Und dann wieder: »Bist du verrückt geworden? – Bist du jetzt total verrückt geworden!« Dieser Nachtgespenstsatz hatte sie sehr früh aus dem Bett getrieben, nachdem sie sah, wo sie gelandet war, und nachdem ihr eingefallen war, was gewesen war. Es war aber nicht das Bruno-Paul-Bett mit dem goldenen Rahmen von der Weltausstellung in St. Louis 1904, sondern sie lag auf dem allerdings auch sehr bequemen großen Sofa, Fauteuil, ebenfalls von Bruno Paul, gezeigt in Paris 1908. Das änderte aber an ihrer Lage nichts: Es war wie nach einer Saufnacht, und schon nach einem ersten kurzen Wegkippen schreckte sie auf, und dann ging nichts mehr, sie konnte nicht mehr einschlafen und quälte sich mit Vorstellungen. Sie hätte Alain jetzt sehr gerne sehr nahe gehabt. Aber er war ja in Köln und schlief noch fest und tief und träumte, dachte sie.

Alain war ja nicht da. Jetzt fehlte er. Sie konnte ihn nicht fragen: War ich schlimm?, wie sonst nach solchen unerhörten Begebenheiten.

Beim Aufschauen, es war nach einer Stunde vielleicht, bemerkte sie – dabei, in ihr Leben hineinzufinden, als wäre es ihr Schuh –, dass sie an diesem Tag überhaupt noch nicht aufgeschaut hatte. Dass sie noch nichts gehört und gesehen hatte von dem, was doch zu sehen und zu hören war, keine Amsel, welche den vorbeifahrenden Autos hinterhersang, kein sich damit zur Lebensmusik verbindendes hochgemutes, lebensbejahendes Geschrei vom Kinderspielplatz, keine verrückte Nachbarin, die in ihren Obertönen Zeugnis von sich gab, als ginge es ewig so weiter, und Mausi hatte auch nichts gesehen, kein dunkelndes Grün im späten Juni, keinen Raben auf dem Dach gegenüber, kein über sie hinwegfliegendes Großraumflugzeug, nur ihn, eine Musik jenseits von Dur und Moll.

Und dann: Ich werde alles widerrufen! So ein Blödsinn. Ich könnte mich! Sie schleppte sich in die Küche. Das Rotweinglas stand unausgewaschen, früher hatte Alain schon die Gläser ausgewaschen, um ihr den Anblick von einem Restrot auf dem Boden des Glases zu ersparen. Das war nämlich Liebe, und nicht das hier.

Der Gedanke, dass sie später Alain anrufen würde und ihm alles sagen, beruhigte sie nun schon ein wenig. Und dann die Zigarette und das Hinausschauen zu den Pappeln vor einem weißblauen ersten Morgenhimmel. Und in der Küche sah es nun aus! Das Schlimmste waren die leeren Flaschen. Das gehörte zu den stillen Liebesbeweisen von Alain, dass er, nachdem alle gegangen waren, sie zu Bett gebracht hatte, wie früher ihn selbst seine Mutter, sie schon schlafend ins Bett gekippt, und dann noch alles wegräumte. Stillschweigend, nur ein wenig sein »bugger me« vor sich hin lallend. Das leichte Tourette hatte sich seit geraumer Zeit in »bugger me« manifestiert, und keiner wusste, warum dies, er auch nicht.

Und nun sollte das Leben weitergehen.

Und zwischendurch ein Anflug in Mausis schnell arbeitendem Hirn: Wie wäre es, wenn Jesper mit diesem Justus unter einer Decke steckte. Den Gedanken stellte sie zurück, schließlich verwarf sie ihn ganz. Sie würde anrufen, und dann würde sie sehen oder nicht.

Ja, das Leben war … nach unten gerutscht. Und auch ihre Hände mussten noch nach unten gerutscht sein. Wo waren ihre Hände gewesen! Du spinnst wohl! Wäre sie ein Mann gewesen, dann hätte ihm die Frau jetzt auf die Pfoten gehauen. Und es blutete. Denn sie musste irgendwohin gefallen sein. Aber das war nicht weiter schlimm, wie sie im Spiegel sah. Trotzdem: Es war ein fürchterliches Erwachen, doch dann, im Lauf von zwei, drei Stunden, war es ihr schon wieder so wie Alain gegangen, wenn er aus einem Kater erwachte, und, nachdem er sich schon ein wenig aufgerappelt hatte, zu ihr herüberkam und »War es schlimm?« fragte an der Stelle, wo er hätte »ich« sagen müssen. Und dann musste sie immer sagen: »Überhaupt nicht, es waren doch alle besoffen.« Und schon lebte er wieder weiter, als wäre nichts gewesen.

Das elende Aufwachen, als müsste das Leben weitergehen, nachdem es nicht mehr weitergehen konnte. Was für ein Größenwahnsinn der Menschen, die »Du schaffst es!« in ihrem Erste-Hilfe-Sprachkoffer hatten.

Sie hatte die Nummer nun. »Ich werde keineswegs anrufen! Dieser Schabian von Kohlhasenbrück, der wird etwas von mir hören! Dem werde ich Bescheid geben. Der wird mich kennenlernen! Ich werde ihn Grill fressen«, wie Alain die Franzosen nachmachte, die nicht richtig Deutsch konnten. Und dabei blieb es.

Denn allmählich, als wäre es auf Taubenfüßen, kehrte Jesper wieder in ihr Herz zurück.

Nur etwas warten wollte sie jetzt noch, und erst einmal eine

Zigarette! Nicht begonnene Liebesgeschichten hatten den anderen voraus, dass sie nicht enden konnten und endeten. Und dass es keine Abschiedstränen gab und geben konnte. Und auch Sätze wie »Das alles kenne ich auch, nur noch viel schlimmer« waren nicht ohne weiteres möglich.

Sie war aber immer noch groggy. Das war das Lieblingswort von Karl-Heinz, dem Mann von Gesine, die ihren Mann durch ihre ständigen Migräneattacken in den Alkoholismus getrieben hatte, vielleicht schon von der Hochzeitsnacht an. Groggy. So harmlos konnte ein Wort für so etwas sein. Das Erschrecken über alles und auch, wo sie war. Mausi schreckte in einem zweiten Erinnerungsdurchlauf auf. Groggy, das klang, wenn man es jemandem sagen konnte, doch so aufmunternd und beschwichtigend, als wäre der Abend nicht so schlimm gewesen, als hätte sie nicht so dummes Zeug geredet und so dumme Sachen gemacht, einst, als müsste sie keine Angst vor den Folgen haben, und als wären es gar nicht so viele Flaschen gewesen, wie jetzt gleich neben der Tür standen, die Ration einer Woche, all die Flaschen, bereit, im Glascontainer zu verschwinden, beim ersten Gang des Tages, hinunter zu der Zeitung, und so, dass es die Nachbarn nicht sehen sollten.

Jetzt hole ich erst die Zeitung, und dann werde ich ihn anrufen.

So wuchs (auch) sie wieder in den Tag und in ihre Liebe hinein.

Tosca war die Folteroper Puccinis, und Justus hatte sich also eine schöne Geschichte ausgedacht mit ihr, der Lump. Und dann fiel ihr auch noch Elfi ein.

Der erste Trost war: Zu dieser Inszenierung heute um zwei wirst du nicht gehen. Das stand als Erstes fest für sie. Und zweitens: Diesen Jesper wirst du heute nicht anrufen. Du wirst ihn aber irgendwann doch anrufen. Jetzt wirst du erst einmal ins Bad gehen, nebenher schon den ersten Kaffee trinken und noch vor dem ersten Zähneputzen die nächste Zigarette rauchen, wie immer.

Und dann wirst du, es ist ja Samstagmorgen, vielleicht sogar den Staubsauger nehmen und dir beim Durchputzen alles durch den Kopf gehen lassen. Jesper und alles. Ja, sie hatte vielleicht eine Dummheit gemacht, möglicherweise die größte Dummheit ihres Lebens, dachte sie. Aber vielleicht war gerade diese Dummheit der Beweis, dass es Liebe war.

2. Alain

Am Morgen war ich im ibis trotz allem wieder aufgewacht und wollte mir die Decke über den Kopf ziehen und »Ich bin nicht da« sagen. Und dann auf der Bettkante eine Zeitlang. So saß ich da wie der ratlose Christus von Wilsnack.

Die Erinnerung sei der typischste Fall der Verdrängung, und wie sollte nun das Leben weitergehen? Dann fiel mir auch noch Elfi ein und alles.

Und dann saß ich eine Zeitlang, ich könnte nicht sagen, wie lang, »eine Erscheinung wie der Kokosnussminister von Sri Lanka, allein mit seinen Kokosnüssen«. Das war eine Redeweise von Tante Mausi und Onkel Adalbert, bei ihnen zu Hause am Stölpchensee. Mein Körper war nicht viel mehr als ein Prellbock meiner Einsamkeit. Gut, ich war da. Wieder aufgewacht. Noch da. Möglicherweise mein Leben lang nie zur rechten Zeit glücklich. Das konnte ich spüren, mein Körper war mein Widerstand. Wahrscheinlich lebte ich noch. Mein Gesicht glich aber nun eher einer Minusfresse. Es war Leben im Konkavbereich gewesen, bis dahin, bis zu dieser Stelle der Geschichte, so saß ich auf meiner Bettkante. Zu anderen Zeiten, an anderem Ort wäre das nun der Augenblick gewesen, danke zu sagen für alles, auch für das Erwachen, und das Wort »morgenschön« hätte den Raum erfüllt.

Doch ich? … laisser pisser le mérinos … und ich machte mich zum Klo auf.

Ich hatte geträumt vom Rabennachwuchs, der im aufgelassenen Friedhof zwischen den Junibäumen hinter meinem Fenster hin und her flog, das hätte mich in eine mittelschwere Schwermut hinabziehen können. Und dann sah ich sie auch noch, als erstes Zeichen am Himmel, als ich hinausschaute. Ich konnte mich nicht wehren. Die nächsten dreißig Jahre würde es so weitergehen mit diesem Gkrchz.

Nach ähnlichen Erlebnissen schreckte ich nach kaum zwei Stunden Schlaf auf, und ich musste aufstehen. Ein einziger Gedanke an das, was gewesen war und was ich alles falsch gemacht hatte oder gesagt, warf mich aus dem Bett nach oben, es war Panik, und dann stand ich ratlos unter der Dusche, um wenigstens etwas zu tun, weil ich nicht wusste, was ich tun sollte und welche Folgen der fatale Abend haben könnte für mein Leben. Mausi ging es genauso, wir wurden uns so gesehen immer ähnlicher, dass wir am Ende vielleicht mit einem alten Ehepaar verwechselt werden würden.

Aber so war es heute nicht.

Doch zurückfahren nach Berlin musste ich auch noch, ganz egal, wie dieser Tag zu Ende ginge. Das Liebeskapitel mit Babette lag hinter mir. Hatte ich gedacht. Jetzt musste ich es nur noch schreiben. Wie es nun weitergehen sollte, mein Leben, und wie sehr mich danach verlangte, dass es weitergehe, und das Leben in eine andere Richtung, von nun an, *Désormais.* (Von jetzt an … werden wir nicht mehr zusammen sein.) Ich hatte Aznavour im Ohr, das war für Menschen, die schon etwas fortgeschritten im Leben waren, aber nicht so sehr, dass es fast schon hinter ihnen lag.

Und erst einmal ins Bad. Nicht nur zum Duschen. Zuerst

wartete der ibis-Spiegel wieder auf mich. Ein Erschrecken vor meinem Körper hatte sich nicht erst seit Mausis »Waldschrat« eingeschlichen. Mein Körper war mein Fremdkörper, mein erster Fremdkörper, war meine Raucherlunge, meine Fettleber und mein Säuferherz … Zu Hause lief ich immer noch am liebsten nackt durchs Haus wie die Maus, das war geblieben. Immerhin, das war auch auf diesem begrenzten Raum möglich. Es sah mich niemand um diese Zeit, wer schaut schon auf dich! Mit diesem Satz hatte Frau Stottele ihre Tochter ins Leben eingeübt.

Wie viele Holzwege es waren zu Menschen mit Namen, die ich vergessen hatte. So sehr hatte ich das noch nie empfunden, dass mein Körper ein Fremdkörper war, dass mein Körper mein Fremdkörper war, etwas anderes, das mit meinem, einem Ich nichts zu tun hatte, das nicht eingeschlossen war im Wort »ich«. Mein Ich und mein Atem waren jene Brücke, die eine Verbindung von jenem Körper zu diesem hier herstellten. Und zurückfahren nach Berlin musste ich auch noch. Und erst einmal ins Bad. Und zwar zum Duschen und so fort. Eine Waldschratfresse und ein verrecktes Gesicht durfte ich an diesem Tag nicht haben. »Wasch mich, und weißer glänz' ich als der Schnee.« Und dann der Workshop. Und Babette. Da hatte ich in der Nacht noch Hoffnung geschöpft beim Träumen. Denn wieder einmal hatte ich recht: Träumen war einfacher als Denken. So dachte ich gestern Abend noch, kurz bevor ich sie und auch, nachdem ich sie wiedergesehen hatte. Da konnte sie es nicht mehr leugnen; und sie versuchte die unerhörte Begebenheit in einem Scherz aufzufangen: Ich bin's! Als hätte Onkel Adalbert unter den Linden Tilla Durieux entdeckt, 1932, damals mit der Betonung auf der zweiten Silbe.

Und dann die SMS: J'attendrai. Always. And today. This afternoon. Tell me when and where. Babette. J'attendrai, j'attendrais.

Es war um 5 Uhr 33: Die SMS war schon in der Nacht gekommen, während meines kurzen seligen oder unseligen, alkoholgeschwängerten Schlafs. Vielleicht auch schon davor, das wusste ich nicht, ich konnte mein Gerät ja nie so recht bedienen, nur glaubte mir das niemand. Sie dachten alle, das wäre die Ausrede von einem, der sich durchs Leben schwindelt und das Telefon einfach klingeln lässt und die Leute Mails schreiben lässt, bugger me.

Die SMS, die ich auf dem Weg zum Klo entdeckte, das war kurz nach halb sechs. Ich hörte gerade die Morgengebetglocke von Sankt Andreas. Das war die Begleitmusik beim Lesen. Und ich hätte einen Sprung gemacht, von dem das ibis erschüttert worden wäre, doch ich sah nur zum Fenster hinaus, und zwar so, dass Mausi »Spinnst du jetzt schon wieder?« gesagt hätte. »Was ist denn mit dir los? Ich kenne dich gar nicht mehr.« Da war die SMS, die mein Leben wieder einmal möglicherweise zweiteilte und auch meine zwei Tage von Köln in ein Vorher und ein Nachher, und der geschickte Fotograf hätte mich nun gezeigt, wie ich *Je chante!* singe und auf dem Weg bin ans Meer. Und zehnmal hintereinander »bugger me«, ich zählte nicht.

Ja, nun war mit einem Mal alles anders, denn ich hatte die Nachricht entdeckt, die SMS, die mir Babette schon gleich, nachdem ich an den Rhein geflohen war, geschickt hatte, und die ich auch auf dem Weg ins Setaccio mit dem Stop-over im ibis übersehen hatte, oder sie war einfach jetzt erst gekommen. Ich war meinen Apparaten nie gewachsen. Ich las: »I have been waiting for you«, sie schrieb auf Englisch, »aber dann warst du weg«. Und sie freue sich auf morgen. Bon nuit. Der Ort meines Glücks zur rechten Zeit: Es war das Comfortzimmer im dritten Stock. Mit »Ich werde sterben und mir nicht begegnet sein« war nun aber Schluss! Und mich nicht kennengelernt haben. Nicht einmal mich. Mein Spiegelbild war schon auf halbem Weg zu dieser Erkenntnis: Ich könnte mir ein Leben lang nur im Badezimmerspiegel in die Augen sehen, beim Rasieren. So hatte ich gestern Abend noch gedacht. Und nun, zackzack. Keine Träumereien mehr. Nun gab es für mich nicht mehr den geringsten Zweifel, dass es der Himmel war, wo ich war, und nirgendwo sonst auf der Welt als im Himmel, wo Willy Ostermann und Trude Herr nun zusammen *Niemals geht man so ganz* sangen. Ich war da angekommen, wo man im Himmel *Ich möch zo Foß noh Kölle jon* sang.

3. Mausi

Aber vielleicht war gerade diese Dummheit, die sie nun schon begonnen hatte und nun schon wieder dabei war fortzusetzen, der Beweis, dass es Liebe war.

»Ich werde ihm dann alles erzählen.« Sagte sie sich. Und dabei blieb es. So weit der Gedanke an Alain. Dabei würde es wohl bleiben.

Es war nun schon die Zeit, da Inge vom Großmarkt zurückgekehrt war und alles besorgt hatte. Und bald würde es klingeln, und auch heute würde Inge der Reihe nach alles aufzählen, was sie schon geschafft hatte, und zusätzlich noch die Arbeit wegen Elfi, es würden erfolgreiche Meldungen eines Großkampftages sein, wie vor Weihnachten, da hörte Mausi immer, dass Inge schon alle Geschenke zusammen habe. Mausi würde aber das Telefon nicht abnehmen, keinen der drei über die Wohnung verteilten Apparate mit jeweils eigener Nummer. Sie würde nur irgendwann, noch vor zwölf, die 88 48 64 21 wählen, die sie schon auswendig kannte, und hoffte, dass ihr niemand zuvorkäme. Aber das hatte noch Zeit. Und dann wieder: dieser Schabian! Der wird von mir nichts mehr hören. Und seine patente

Lebenskuh, die jetzt schon wieder vom Großmarkt zurück ist, auch nicht. Arme Elfi, sie würde Mausi verstehen, ja loben, dass sie da diesen Zirkus nicht mitmachte. Elfi, der die beiden Eindringlinge Anfang der neunziger Jahre noch ganz lästig gewesen waren, hatte es damals selbst zu Mausi so gesagt: »Du, ich glaube, die wollen wegen mir nach Berlin ziehen« oder »Die kommen auch, sie haben schon eine Wohnung gleich nebenan, ist das nicht ein seltsamer Zufall?«. Auf Taubenfüßen hatten sie sich eingeschlichen. Und schon ein paar Monate später waren sie bei Elfi eingezogen, am Ende war es die Beletage, und Elfi wohnte dann unter ihrem eigenen Dach: »Die wollen wohl umsonst wohnen und dafür die Gartenarbeit und die Arbeit im Haus übernehmen und so fort, was sagst du dazu?« Später kamen noch die Finanzen und die Steuererklärung und die ganze Verwaltung hinzu, da war Elfi nämlich ganz nachlässig gewesen.

Dass sie damals schon an alles dachten, konnte sich Elfi damals nicht einmal vorstellen.

Dass mit diesem Justus, wie Elfi selbst einmal gesagt hatte, definitiv etwas nicht stimmte, hätte sie jetzt definitiv gewusst. Mausi wusste es ja seit Anbeginn und seit gestern definitiv, nun mit einer Betonung dieses Wortes, wie sie es von Inge kannte. Seitdem Mausi eines Tages vor über 21 Jahren in ihrem Zimmer auf dem neunten Stock im Freiburger UZH aufgewacht war, mit seiner Hand in ihrer empfindlichsten Wohngegend, und mit der anderen hatte er, »Ich weiß nicht, wie lange«, an seinem Schwanz herumgemacht. Als hätte ihn das geehrt, derart wie ein Kavalier bei sich geblieben zu sein, als hätte er auch noch dafür gelobt sein wollen, dass Mausi nicht mit seinem Schwanz in ihrem Bauch aufgewacht war. Und wie er ihr daraufhin alles erklärt hatte: Er sei diagnostizierter Schlafwandler aufgrund eines frühkindlichen Traumas mit seiner Mutter. Ein besseres Wort als »sorry« war ihm damals auch nicht eingefallen. Das kam ihm ganz leicht über die Lippen, noch bevor er ans Waschbecken gegangen war, um seine Hände zu waschen. In Unschuld. Er konnte sich schon wunderbar für alles entschuldigen, auch für das Unentschuldbare. Justus ging damals auch in die DDR ins Sommerlager der FDJ auf Usedom, wo er nebenbei den empfängnisbereitesten Mädchen das Wort »Papiertiger« zu erklären versuchte. Simul iustus et peccator, DKP und KBW, Maoist und Missionar: Im Grunde war er nur ein diagnostizierter Schmutzfink aus der altwürttembergischen Ehrbarkeit. Deswegen hatten Justus und Inge schon einmal prophylaktisch geheiratet, doppelt gesichert auch für die Zukunft, denn neben der Berlin-Zulage und dem günstigen Leben mit dem besten Preisleistungsverhältnis überhaupt, noch ein Lieblingswort der beiden, war es auch eine Steuerfrage; und außerdem kam das Ehemodell auch in Sachen Liebe am günstigsten. So einer wie Justus hieß damals noch »klassischer Nuttenpreller«. Auch hier dachte er strategisch, und Inge tat so, als wüsste sie es nicht oder als ließe sie ihn einfach gewähren, und es wäre tatsächlich halb so schlimm. Justus rechnete sich nach jedem Beischlaf aus, wie viel er wieder gespart hatte, und Alain hätte nun »Pfui Teufel!« sagen müssen wegen dieses schauderhaften Wortes, und außerdem ersparte sich Justus so den Streit mit einer Frau und ihrem Zuhälter. Wie auch immer: Justus und Inge hatten sich in den vergangenen Jahren »seit Donata« immer mehr bei Elfi eingeschlichen. Angeblich »für Donata«. Mausi und Alain hatten ja keine Kinder. Bemerkten aber doch, wie die ursprünglichen Verhältnisse sich verkehrten. Elfi war lange die beste Freundin von Mausi gewesen; sie ward von diesem Thron auf die unheimliche Weise des Lebens verdrängt und verstoßen, angeblich wegen Donata. Am Ende war Donata adoptiert, und Justus, der Jurist, Vormund, zu dem man nicht mehr so sagte, sondern »Betreuer«, noch so ein schönes Wort. Justus hatte das Testament »für sie«, wie er, der Jurist, sagte, zwar hieb- und stichfest aufgesetzt, doch eine letzte Sicherheit über die Zuverlässigkeit ihrer Freundschaft brächte erst der Erbschein, sagte er im sogenannten Vertrauen zu seiner Frau.

Inge war keine Zynikerin, sie meinte es ehrlich, das war monströs genug in diesem Fall; dagegen Justus, der eher so einer war, der lieber gar nichts sagte und immer ein Gesicht machte, als zitierte er unablässig das Gedicht *Lies keine Oden, mein Sohn, lies die Fahrpläne: sie sind genauer.*

Nun hatte sich Elfis Satz »Für euch alle ist gesorgt« wahrscheinlich als Schall und Rauch herausgestellt. Das war aber Mausi nun so etwas von egal! So sehr scheißegal, dass der Schreiber beim Diktieren das Ausrufezeichen hörte. Justus und Inge und ihr ganzes Gepränge waren ihr vollkommen gleichgültig, denn sie war nun schon wieder unterwegs zu Jesper.

4. Alain

Ich war mit dem Gedanken aus dem Schlaf aufgeschreckt: Ich sage ihr vorerst nichts. Nun fasste ich mir ein Herz, um Mausi anzurufen.

»Wie war es?«

»Die *Tosca*? – Ich weiß nicht.«

»Wie war es?« Fragte ich. Und dann sagte sie mir, wie es war. Und wie sie hatte lachen müssen, als die Tosca nach ihrem Sprung in den Tod gleich wieder auferstand, wie eben im Theater, alles Theater. Wie sie hatte lachen müssen, trotz allem. Sie sagte aber nicht, mit wem.

Die Trampolingeschichte. Merkwürdigerweise lachten nun aber weder Mausi noch ich. Das war wohl uns beiden aufgefallen. Es waren ganz kurze Sätze. Mausi wollte mit mir gar nicht über den Abend sprechen, »Ich werde dir dann alles erzählen«, das war alles.

Und dann kam sie auf Elfi. Und wieder der Satz, der immer größer und deutlicher vor uns stand.

»Sie haben sie sterben lassen, haben nichts gemacht.« »Dieser Kerl hat Elfi in den Tod getrieben.«

Und dann aber auch: »Wir haben sie sterben lassen, wir haben nichts gemacht.«

5. Mausi

Längst wieder rauschzeithaft, träumte Mausi sich eine ebenerdige Sommerwiese dazu.

Am Wannsee war es um diese Zeit auch schön.

Nachdem Alain angerufen hatte und Mausi wissen konnte, dass es ihm gutging, fasste auch sie sich ein Herz und wählte die Nummer. Vielleicht mit einem kleinen Zittern in der Stimme, rief sie ihn dann doch an, das war aber noch am Morgen. Da kam nun nicht die »not available«-Message, sondern: »Please leave a message«, und sie war so aufgeregt, dass sie auflegte, gleich noch einmal wählte, und dann sagte sie, was zu sagen war.

Mausi wartete nun auf Jespers Stimme. Und wusste nun schon nach einer Minute, was eine Minute war, und was Zeit war. Sein Anruf kam gerade noch so, dass einem Happy End für diesen Tag nun nichts mehr im Wege stehen würde. Und den Rest der Geschichte sparte sie sich für später auf. Gerade noch rechtzeitig für ein Happy End.

6. Alain

Haben Sie Kinder? – Nein, leider nicht. – Aber dann vielleicht Enkel? Mit diesen Sätzen in meinem Kopf, in meinem Glücks- wie Unglücksspeicher, ging ich nun zum letzten Mal auf mein Bänkchen zu. Die Hirnforscher wussten längst, welches es war; und dass es das letzte Mal war. Doch wiederum, als verfolgten sie mich mit einer Fußfessel mit eingebauter Kamera, narrte ich sie und setzte mich zunächst gar nicht auf mein Bänkchen, sondern auf ein anderes, aber nur, um sie zu täuschen. Ich hatte aber die ursprüngliche Bank so liebgewonnen, dass keine andere mehr in Frage käme. Und jetzt für immer, denn ich hatte mir ein Herz gefasst, wann, wenn nicht jetzt!, und Babette angerufen, doch: »The person you are calling is not available at the moment.« Hörte ich. Das hörte ich dann unzählige Male, was meine Euphorie, ausgelöst durch die SMS, doch etwas dimmte.

Diese Nachricht konnte ich überhaupt nicht leiden. Nie. Doch dann rief sie zurück, und »im Anfang war die Nacht Musik«. Und wir lachten bald, wie man lacht, wenn das Schönste noch kommt. Ich schlug dieses Bänkchen vor. Sie wollte mir nicht sagen, in welchem Hotel sie wohnte. Karen hatte es angeblich nicht gewusst.

So machte ich mich dann noch ein letztes Mal zu meinem Bänkchen auf, denn dort war ich mit ihr verabredet. Ich hatte keine Ahnung, wie es danach mit ihr und mir weitergehen sollte.

Doch ich war nun jener Mann, der nach unserem Telefonat auch noch folgende SMS bekommen hatte: »I have been waiting for you all my life. Please come in time.« Das ließ ich mir nicht zweimal sagen. Es war nun schon bald 2 Uhr an diesem Nachmittag.

Etwas Domina war in dieser Angabe auch dabei. Ich saß also lange vorher schon da und wusste im Grunde überhaupt nicht, was folgen sollte. Saß also wie vor einem Gewitter, das sich hinzieht, oder wieder wie einst, wie ein junger Mann, der zum ersten Mal … und schon Tage vorher um das Bordell herumschleicht, die Straße auf und ab geht, und am Tag selbst, schon Stunden vorher, bevor es so weit ist, mit einer himmlischen Erektion herumläuft, dass sich der Mensch für seinesgleichen schämt.

Manche hätten dafür Seitensprung gesagt, der möglicherweise vor mir lag. Was für ein hässliches Bild: Seitensprung. In A-Berg hieß das: Nebenhinausgehen. Doch Babette wäre nicht so etwas, sondern eine andere Richtung, in die das Leben weiterging. Das wusste ich schon. Und beichten. Mausi war die Erste, der ich es beichten müsste. Im Voraus. Denn es war eine Sünde, die ich noch gar nicht begangen hatte, aber kein Zweifel, dass ich nichts anderes wollte als dies. Und sie zur Rede stellen. Babette, wo sie so lange geblieben war. Aber erst nachher. Das wollte ich nämlich auch noch. Aber erst nachher. Was waren schon zwanzig Jahre, wenn sie vorbei waren.

Ich war gar nicht mehr zur Konferenz gegangen, ließ alles ausfallen und verbrachte die Zeit am Samstagmorgen in einem langen Satz, einer Variante von »Ich hatte keine Lust zu sehen und zu hören … und konnte nicht warten«. Und dann ging ich einfach schon zwei Stunden vorher los, so wie die jungen Männer vor dem ersten Mal oder auch die Alten, vielleicht zum letzten Mal, mit ihrer Telefonnummer und den zitternden Händen. Und ich hatte die SMS in der Tasche, die ich immer wieder las. Das war das Schönste. Schöner noch, als mit ihr zu telefonieren, was ich etwa um zehn, eine Zeit, von der es hieß, dass es eine christliche Zeit sei, auch das erste Mal versucht hatte.

Und Mausi? Irgendwann werde ich ihr es sagen. Alles sagen.

Gestern noch hatte ich ihr den ganzen Tag einen Brief

schreiben wollen. Bis zum Abend hin. Da, wo ich bin, wollte ich ihr schreiben, da, wo ich bin, fliegen grüne Papageien über mich hinweg, als wollte ich nicht sagen, wo ich war, in Köln am Rhein, auf der Schäl Sick, und die Papageien waren keine Papageien, sondern vielleicht dem Zoo entflohene Sklavenvögel, die nun in der Illusion weiterlebten, frei zu sein und sich vielleicht doch nur ein Leben lang nach der Heimat sehnten, nach dem schönen Leben in der Voliere unter Zoodirektor Dr. Unverzagt, wie der domestizierte Mensch. Denn im Winter, den es auch in Köln immer noch gab, froren sie sich ihre Krallen und Zehen ab. Das war ihr Preis, den sie für die Freiheit bezahlten.

Nach den Gesetzen des Darwinismus habe auch ich es ziemlich nach oben geschafft, dachte ich, gerade jetzt, derart wieder einmal »kurz vor dem Ziel«, wie einst die Kalbin im *Allgäuer Bauernblatt*. Auch da war es Liebe. Und jetzt wieder: gerade vor mir, schon wieder so ein Mann: Irgendwo in der Nähe musste ein Wespennest oder so etwas sein, dessen Hausnummer die Feiglinge unter den Schmutzfinken auswendig gelernt hatten, um nicht nach einem Schlaganfall mit dieser Nummer in der Hosentasche erwischt zu werden. An Damen vorbei, die sie mit ihrem »Na, du Wichser, du Bock haben?« anherrschten. Ach, Nordrhein-Westfalen, zwischen Hose und Schwanz passte nicht einmal ein Bindestrich.

Laisser pisser … Ich sah einen lebenserfahrenen Ehemann vor mir, wie er vor seinem ersten Bordellbesuch nach langen, sagen wir zwei, drei Ehejahren nervös auf und ab ging, er war noch eine halbe Stunde zu früh. … Und sich nachher zu Hause mit Bananenflecken herausreden wollen, wenn die Ernüchterung so schnell und so groß war, dass es nicht einmal zum Duschen reichen wollte. Und ich wollte nicht annehmen, dass so ein Mann schon in der Hochzeitsnacht daran dachte, wie schön es wäre, jetzt im ersten Puff am Ort zu sein. Wie es »drinnen«

aussah, wusste die gewöhnliche Verbraucherin ungefragt aus dem Fernsehen. Und ich sehnte mich wieder einmal nach Menschen, die nicht wussten, was ein Dildo war. Dazu musste ich schon zurück auf den Schoß von Madame Cyprian. Bon, sagte ich. Ich wollte es nicht wissen, dass es bewölkt wäre und so fort.

Ach, Bänkchen. Manche saßen einfach auf ihnen und schauten. Oder sie streckten ihre Gesichter der Sonne entgegen bei geschlossenen Augen. Oder redeten in einem fort und rauchten nebenbei. Der Mensch war verschieden. Das hätten sie im Café Fromme nicht durchgehen lassen, dass ich da so stundenlang herumsaß und nicht konsumierte. Außer meine mitgebrachten Zigarren. Und einmal vor Jahren hatte der unergründliche Sigmar Polke in einem Schal von Hertha BSC neben mir gesessen und einen Eisbecher gegessen, und woher der seinen Vornamen hatte, wusste ich auch nicht. Gab es auch bei ihm eine Verbindung mit Sigmaringen? Und auf dem nächsten Bänkchen schon saß wieder so ein Mann, seine Haut ähnelte mittlerweile der Robert Redfords im fortgeschrittenen Stadium, also einem ausgebackenen Schnitzel, wie Christl sagte, nicht ich, ich zitiere nur, was Teint und Konsistenz anging. Auch er war vielleicht gerade unterwegs zu einem Wespennest. Vielleicht handelte es sich auch nur um einen nicht mehr ganz so jungen Mann, dem ich da zusehen musste, nicht viel anders als die Katzen, kurz bevor sie es zwischen den Saadier-Gräbern machten, wie ich es gerade in Marrakesch gesehen hatte, oder auch die vor ein paar Jahren aus dem nahen Zoo entflohenen oder von einem bösen Menschen freigelassenen Halsbandpapageien, die auch in der Freiheit nichts anderes im Sinn hatten als Fressen, Vögeln, Chachacha, wie sich die vergangenen zwanzig Jahre herausgestellt hatte. Zu mehr reichte es wohl nicht, zu singen begannen sie nie. Das war eigentlich noch eine Enttäuschung für mich, welche mich von der Schöpfung abbrachte, doch sogleich missbilligte ich meinen unkorrekten darwinistischen Gedankengang. Aus dem nahen Zoo geflohen, im Nachbarkäfig die Primaten, dahin gingen die Biolehrerinnen mit ihren Schülern, um es ihnen zu zeigen, ja, in Köln war immer alles ganz nahe beisammen, Fastelovend und Melaten, und auf einmal konnte ich den Dom und wahrscheinlich auch jenes Apartment sehen, wohin diese Männer entschwanden, die an mir vorbeigingen. Ja, Köln war eine alte Stadt und hatte noch ein erkennbares Zentrum. Sie, die Halsbandpapageien, hatten ja nun auch Melaten erobert, so wie anderswo die Liebespaare die Friedhöfe.

Aber vielleicht war es doch das Laufhaus in Deutz. Was war mit dem Mann? Er hatte noch einen Ausgehburnus übergestreift, aber wohl nicht mehr lange, und darunter konnte ich herausquellendes Bauchhaar sehen. Früher hätte ich Angst gehabt, es wäre ein Zeuge Jehovas gewesen, der sich nur anschlich und sich neben mich setzte, um mich zu bekehren, wie ein Raubtier auf Beutefang. Da musste ich aber keine Angst haben, den Mann hätte ich schon an seinem schlurfenden Sandalengang, dem Bauch und dem herausquellenden Haar erkannt. Er hatte sich irgendwie fein gemacht, war nicht in Wichslaune, und wollte nicht mit mir über den siebten Himmel sprechen, zu dem hin auch er unterwegs war. Gleich nebenan war ja das Deutzer Laufhaus, wie ich mittlerweile wusste, das war das Wespennest, zu dem alle unterwegs waren. Doch ich wusste schon, dass es genügte, Jerusalem vor mich hinzusagen. Das war der Ort, von dem aus Mohammed in den siebten Himmel geritten war, und nirgendwo konnte ich mehr auf Glatteis ausrutschen. Dieser Mann jedoch war so überzeugt, dass er gar nicht mehr diskutieren musste über die Himmelfahrt Mohammeds vom Felsendom aus, mit seinem Lieblingspferd, das manche Schlacht geschlagen hatte und nun auch zum siebten Himmel hin unterwegs war. Ich sagte ein paar anerkennende Worte zum Felsendom, von einem griechischen Genie aus dem späten 7. Jahrhundert gebaut, in Jerusalem. Von dort sei der Prophet … Das sei richtig, sagte er, aber die Stadt heiße nicht Jerusalem, sondern El Khuds. So saß er in seinem Ausgehburnus, sah gepflegt aus und lächelte. Kam aus der Stadt Mokka.

Der Mann hatte einen Migrationshintergrund, wie vierzig Prozent der anderen und ich auch. Und wenn man die Schwaben in Berlin dazuzählte, waren es wohl über fünfzig Prozent. In den Schulen waren siebzig Prozent der Schüler NDH, wie das hausinterne Kürzel hieß. Wenn ich meine schwäbisch-hohenzollernsche Verwandtschaft bedenke, hatte ich sogar einen doppelten Migrationshintergrund. Wurzeln hatte ich aber immer noch nicht. Denn ich war ja kein Baum, vielleicht nur so eine Pflanze, wie man in Berlin sagte. Heimat war ein Wort aus dem 19. Jahrhundert und hatte nur noch einen Sinn in Verbindung mit dem Heimatfriedhof. Der konnte überall sein auf der Welt. Und das Meer war der größte Heimatfriedhof überhaupt. »Heimatfriedhof« war das Hauptwort, in dem alles in jener Urne Platz hatte, die das Meer war. Die Heimat hatte nun in einem Satz Platz, in dem »Heimatfriedhof« das Hauptwort war und alles in einer Urne Platz hatte, das ganze Geschwätz.

Zurück in die Zentrale!, befehligte ich mein Hirn. Einst, vor dem ersten Mal in einem Puff, mein Vater wäre nun stolz gewesen auf mich, es war noch im alten Jahrtausend, und schon Tage vorher war ich um das Bordell herumgeschlichen, die Straße auf und ab gegangen, aber so, als hätte es auch die nahe liegende evangelische Kirche sein können, die immer, wenn ich kam und hineinwollte, geschlossen war, das war in der Nollendorfplatzgegend, und am Tag selbst, schon Stunden vorher, bevor es so weit war, konnte der geschulte Blick mir ansehen, dass es eine himmlische Erektion war, mit der ich herumlief, so war ich herumgelaufen, dass sich der Mensch im Allgäu für seinesgleichen schämte, schon Stunden vor meinem ersten Besuch im Puff. Und schon Tage vorher war aus dem ich längst er geworden, als ich mit meiner Stimme und meinen Händen ins Zittern kam, als ich die Nummer von der Telefonzelle aus wählte, schon beim Versuch, die Nummer zu wählen, und dann die Stimme, und ich sprang nun zum ich über, wie ich es gerade noch schaffte, die Nummer anzurufen, und dann … als wollte ich mir einen Termin geben lassen wie beim Friseur, und dann diese Stimme, die mich zum Kommen zwang, und als ich die Telefonzelle verließ, waren es Bananenflecken, dachte ich, denn das alles war schon so lange her, dass aus dem Ich ein Er geworden war.

So zitterte ich schon Babette entgegen.

Und dann noch so ein Grauhaariger, ja, auch du bist grau geworden, und zwar schon ein paar Jahre vor mir. Es konnte gar nicht sein, dass auch dieser Grauhaarige noch ein anderes Ziel hatte. Essen musste er bis zuletzt, wie all die scheinheiligen Bordellbesucher auch, welche kamen und kommen wollten und gekommen waren, um die Frauen glücklich zu machen, und kaum waren sie gekommen, gingen sie wieder. Oder: Wie sie gekommen waren, gingen sie wieder. Dachte ich. Und darauf kam mir folgender Und-doch!-Satz: Dass es so viel Glücksverlangen gab auf der Welt, war noch etwas, was für sie sprach, und dass es immer nur das eine war und dass das Glücksklee-verlangen auf der Weltwiese niemals erfüllt wurde, war noch etwas, das gegen sie sprach.

Mausi ist jetzt auf dem Waldfriedhof in Dahlem, glaubte ich oder dachte ich. Mausi war bei der Trauerfeier, und unsere himmlische Christa spielte auf ihrer Orgel, das war wohl gerade im Augenblick, als Christa, mit eigenhändiger Begleitung und ihrer überirdisch klaren Stimme *Bist du bei mir* sang. Und ihre zwei Brüste verschmolzen mit einer, mit meiner, mit deiner und und und, in mir regte sich nun schon wieder trotz allem mein Drang weiterzudichten, ich sah das Trampilon, sorry, Trampolin vor mir, man konnte beim Wort »Trampolin« schon ins Philosophieren kommen, wie das war mit den Wörtern und allem. Die meisten Schriftsteller und sogenannten Philosophen waren ja auch nur Buchhalter oder Börsianer, die auf das Wort »Erkenntnisgewinn« spekulierten. Doch: Was wollte ich eigentlich? Ich wollte Babette glücklich machen, sagte ich mir, und sie sollte mich glücklich machen, das wusste ich nun, wie und wann und wo wusste ich zwar noch nicht, denn nur ein glücklicher Mensch konnte einen anderen glücklich machen, das hatte ich gerade wieder beim Zappen im Hotel auf RTL II aufgeschnappt, so oder ähnlich: Ein Motivationstrainer, ein Coach, kam mit dem eigenen Hubschrauber angeflogen und hatte vor fünfhundert ausgewählten Versicherungsvertretern, die dafür eine Tagungspauschale in Höhe von 1500 Euro im Voraus online überwiesen hatten, über das Glück an der Börse gesprochen.

Ich schaute nun auf die Uhr. Etwas Planungssicherheit musste sein, und zeitgleich schritt in Berlin wohl nun der salbungsvolle Pfarrer auf den Sarg zu. Mausi war gestern Abend in der Oper gewesen, und nun stand sie auf dem Dahlemer Waldfriedhof, so dachte ich mir ihren Tag zurecht, und so hatte es sie ja auch gesagt, und von mir wusste sie schließlich auch nichts anderes. Ich hatte ihr wieder einmal nichts gesagt … Und saß da mit meinem »Laisser pisser le mérinos« in meinem Gesicht, das war ein Lieblingsvorwurf von Madame Cyprian gegen mich. Dass ich also die Dinge treiben ließ, die Merinoschafe weiterpissen ließ, bis es zu spät war. Ich sagte Mausi nichts. Nichts von dem, was gestern war, was sein würde; nur allgemein Pfotenhauer. Vorerst werde ich ihr nichts erzählen … Sagte ich mir. Und dabei blieb es. Stattdessen sprachen wir wieder über Elfi, und ich fragte Mausi, ob es dabei bliebe. »Was? Dass sie gestorben ist?«

»Sag: Sie ist verreckt. Und wir ließen sie verrecken.«

Gestern um diese Zeit hatte Mausi mich noch mit dem Satz

»Sie ist tot« geschreckt. Das war Mausis Anruf, gestern. Und nun hätte sie sagen können: Sie ist mausetot.

Bon, sagte ich mir. Ich muss dir etwas sagen …

Wenn das Glück schon fast nicht viel mehr als eine schmerzfreie Tablette war … Atombombe war das erste Wort, das ich an diesem Morgen im Radio gehört hatte. Und irgendwo in der Nähe musste noch ein Wespennest sein. Nun war es aber bald so weit. Wahrscheinlich waren es solche Männer, die ihren Frauen um diese Zeit sagten, dass sie beim Sport waren. Und nun kam abermals ein Kind dazu, das gerade auf mich zeigte und »Opa!« sagte, so dass ich das Ausrufezeichen und den kleinen Zeigefinger hören konnte.

Ich aber zitterte Babette entgegen. Sie konnte nun jederzeit aufkreuzen. Das letzte Mal, dass ich so auf sie wartete, war heute, heute vor drei Tagen, neun Monaten und zwanzig Jahren. Damals wartete ich umsonst; und es war Mausi, die mich dann über das, was nicht sein sollte, hinwegtröstete. Im Grund bis zu diesem Tag. Ein Todesstreifen lief seither mitten durch die Felder meiner Erinnerung. Und doch.

Und schon wieder kam mir die Erinnerung in die Quere: an ein paar Buchten weiter südlich, an ein paar Jahre später, es war auf der Höhe der Düne von Le Pilat, zwischen Le Moulleau und Biscarosse, und ich hatte mich im Siebjahreszyklus mittlerweile schon mehrfach abgestreift, seitdem ich auf Babette gestoßen war, die vom Meer kam wie ich, ja, ich wollte immer eine vom Meer, und es war nicht irgendein Meer, sondern mein Meer, jenes unweit der Garonne. Denkbar weit entfernt von der Dialektik der Aufklärung. Ich war schon bei der zweiten Zigarre.

Die Rheinpromenade auf der Schäl Sick war damals noch nicht zu Tode saniert, das begann erst mit dem Hyatt Regency und dem Neubau der Lufthansa, welcher das alte Kirchlein aus der Spätgotik schamlos übertrumpfte, und das auch schon wieder etwas angestaubte Hyatt Regency, gerade noch mit Wörtern wie »Stararchitekt« in Verbindung gebracht und gefeiert, stand direkt hinter dem Bänkchen, wo ich nun auf sie wartete. Nicht, dass sie zu spät gekommen wäre. Und ich sang schon »tonight« vor mich hin, das inbrünstige Lied, eine Hymne auf die Liebe, ein Adventslied der Liebe. Mein alter Satz, dass die Liebe das Warten auf die Liebe war, sollte nicht mehr gelten.

Ich wollte Babette eigentlich nur glücklich machen, mehr nicht, beim Himmel über dem Leuchtturm von Cap Ferret! Es begann auf der Seebrücke bei der L'Oréal-Uhr und endete beim Atlantikwall, mit unserem Vélosolex an Madame Cyprian vorbei, mit ihren Händen um meinen Bauch und dem gestohlenen Schlüssel unterwegs zur Jagdhütte (ich müsste sie noch einmal kurz beschreiben!), und dann das Unbeschreibliche, Babette, und das Leben ging weiter.

»Im Januar 1944 erklärte Hitler sie zu Festungen, die bis zur letzten Patrone zu verteidigen seien.« Ein Architekturkritiker sah die Bunker am Strand im Zusammenhang mit der expressionistischen Architektur, und wir waren nicht die Einzigen, die im Schatten der Zeit lebten und liebten, waren und sind. Die Liebe und ich, wir zwei. Und wie er sie dann zum ersten Mal »Ziehst du dich aus?« fragte und errötete, wie es nackter nicht ging, und er, das war ich. Als wäre die Welt ein Doktorspiel; und mir kam *Desini Maza Masa Beach Taverna* in den Sinn, das alte Lied, der Sommer 1983, der seine Vorgänger hatte vor Ort, suddenly you crossed my heart, an dieser Stelle von dir und mir, es war auf der Höhe des Sommers von 1980, das erste Mal zwischen dem Leuchtturm und den Dünen, zwischen dem 45. und dem 44. Breitengrad, schau nach!, beim Bunker der Deutschen! Am Atlantischen Wall. Der Atlantische Wall und unsere zeitversetzte Liebe, keine vierzig Jahre später, auch im neuen Jahrtausend ging es weiter. Diese wie Perlen die Küste säumenden Würfel versanken langsam im Meer und wären irgendwann schon Weltkulturerbe der UNESCO. Durch die Kiefern hindurch atmeten wir das Meer, und dann ein paar Schritte noch, du und ich, und meine Hände, sie zitterten, als ich den gestohlenen Schlüssel aus meiner Hosentasche kramte, und meine Hand stieß auf meinen Schwanz, der schon ganz nach Norden zeigte, wo der Teufel herkam, das war seine Himmelsrichtung.

So zwei, drei Jahre fuhren wir da hinaus, ich aber möchte »immer« sagen. Gewiss, nach dem ersten Mal kam die Wiederholung. Aber wir waren noch lange nicht so weit, für das, was dann noch kam, von einem Nachschlag zu sprechen, wie beim Essen.

Und dann, ein paar Jahre später, auf dem Weg nach Marrakesch, war ich in ein paar Sätzen und Gedanken in fünf Minuten über alles hinweggeflogen. Sechs Minuten später sah ich schon Saint-Jean-de-Luz, noch so ein schönnamiger Ort, vom Fenster in der Reihe 3 im Flugzeug, unten konnte ich mit meinen Augen die Gironde sehen und dann auch schon die Halbinsel bis hinab zu unserem Leuchtturm und Arcachon, etwa so groß wie ein Vergissmeinnicht, und daneben ganz Bordeaux mit seinen Écoles Maternelles, Bordells, Kasernen, Unis, Irrenanstalten und Friedhöfen, auf denen sie jetzt lagen, die Menschen, die ich kannte, vielleicht waren sie kurz vor dem Tod, ihrem Tod, noch einmal umgezogen, nach Bordeaux, das Haus war ihnen zu viel geworden, Monsieur de Cyprian, daneben sie, für mich war es aber umgekehrt: er neben ihr und so fort, der Grabstein war schon wieder abgeräumt. Vielleicht hatten sie gar keinen Grabstein, ich war ja nie wieder da, ich wusste nur, dass sie alle tot waren. Das heißt: Ich wusste es nicht einmal, ich musste es mir denken. Ihr Grabstein war nun meine Erinnerung wie das Buch, das ich über sie und alles schreiben wollte. Wollte ich … derart mein kurzes Leben mit meinem langen Tod und dem Wort »ewig« zusammenbringen?

Ein erster Satz hätte auch sein müssen: Auch was die Liebe anging, so hätte mein erstes Wort zu ihr ein Fremdwort sein müssen. Und dass ich damals noch vielleicht sein wollte wie die anderen, wie sie. Und doch nur war wie ich. Eigentlich hätte auch mein erstes Wort ein Fremdwort sein müssen, bei dieser Welt, bei diesem Swimmingpool. Dieses Wort hörte ich einst aus dem Mund eines Kindes, als es zum ersten Mal das Meer sah, das ich war bei Saint-Benoist-sur-Mer. Vom ersten Wort gibt es kein Foto. Das Einzige, was von einem schönen Tag des Sommers 1967 und der Welt geblieben ist: ein kleinformatiges gezacktes Farbfoto der ersten Generation, und in der Mitte das soll ich sein: so groß wie eine Strelitzie. Vor dem Leben stehend. So zeigt es mich.

Gestern Abend noch hatte ich mir eingeredet … das macht nichts … Wahrscheinlich lebe ich immer noch, hatte ich geglaubt oder gedacht, und es ist ein Leben in der Welt der Geheimnisse, wie bei Kindern, die ihrem Freund als Einzigem auf der ganzen Welt ein Geheimnis ins Ohr flüstern. Leben ist das ganz andere, hatte ich geglaubt oder gedacht. Und ich hatte Angst davor zu sterben, bevor ich mich kennengelernt hatte. Ja, zu sterben, bevor ich mir begegnet war. Das Trinkhallenbier tröstete mich. Gestern Abend noch hatte ich mir noch eingeredet … das macht nichts … »forget about that!«, das war der brutalstmögliche Reim, der mir einfiel. Es war schön … dich kennengelernt zu haben, nun weiß ich, wer du bist … die ich wiedergesehen habe, dich nicht wiedergesehen zu haben. Hatte ich geglaubt und gedacht. Ich war schon unterwegs zu einem Liebesgedicht gewesen, bald taumelnd, die Treppen der Verzweiflung hinauf, mit Bückwarengedanken die Sisyphustreppen hinauf. Sisyphus war der Meister der Coincidentia oppositorum (in meiner Tonart: entsagungswillig, entsagungsgewiss), der Märtyrer der Vergeblichkeit zwischen nichts und etwas. Ja, ich hätte es vorgezogen, von dir angemacht statt verehrt zu werden. Und auch mein Text wäre im Wort »Quelle« gemündet. Was war mein Leben schon mehr als ein zweibuchstabiges Es. Du, sagte mir nur mein Kugelschreiber. Du, sagte ich mir, »Es schlug mein Herz«, ich schwöre es. Einem genialen Killer genügte ein Kugelschreiber, und ein paar solche Sätze hatte ich tatsächlich in mein Tagebuch geschrieben. Was war mein Glück? Mein Vélosolex auf der richtigen Seite des Bunkers am Atlantischen Wall?

Bist du mit dem Glück wieder per Sie? Habe ich in der Morgenfrühe meines Lebens nicht du gesagt zu ihm? Der Wetterbericht würde niemals mit meiner Sehnsucht kompatibel sein. Ich werde sterben, das wusste ich, dachte ich, ohne mir begegnet zu sein, und wegsacken, irgendwann, ohne dass ich diesen Menschen kennengelernt hätte, der ich war.

Und immer noch *P. S. I love you*. Dass es immer noch so viel Liebe gab auf der Welt, war noch etwas, was für sie sprach. Und ich hatte wieder Mausis Buch neben mir liegen, konnte aber keinen Satz darin lesen, und doch, ich brauchte es, auch wenn ich es nicht mehr brauchte wie in alten Zeiten, etwa als Erkennungszeichen. Das war ja gar nicht mehr nötig. Ich hatte *P. S. I love you* so hingelegt, dass es die Welt sehen konnte, und vor allem für Babette, dass es gar keinen Zweifel geben konnte. Ich brauchte es als Zusammenfassung der vergangenen zwanzig Jahre, weil ich es nicht anders sagen konnte, so nach oben, dass Babette lesen konnte, was ich ihr sagen wollte, was sie ja wusste.

P. S. I love you habe ich dann liegen lassen. Angeblich vergessen. Und ich würde niemals erfahren, ob es jemand mitgenommen hätte und wie die Geschichte ausging. Mir fiel jetzt schon auf, dass ich in den vergangenen Jahren immer weniger angesprochen und geduzt wurde. Ich konnte aber nicht alles auf meine Haare schieben. Endete unsere Geschichte so wie bei den zwei Alten?

Einmal in Nizza, gleich nach der Landung und dem Aufatmen am Meer bei einem Zigarillo, und wieder einmal mit dem Leben davongekommen, auch wenn es nur unterwegs von Berlin nach Nizza war, vor dem Terminal A: das Meer. Und ich war fast schon wieder auf der Südseite meines Lebens. Und dann die zwei Alten, überaus bepackt, mit denen ich in der letzten Viererbank des Flughafenbusses in die Stadt saß. Sie stritten in einer Sprache, die ich nicht verstand. Das war umso schlimmer. Er sah mich an, als wollte er mich »Und wo waren Sie im Krieg?« fragen. Oder: »Waren Sie nach dem Krieg wieder einmal in Berlin?« Irgendwann sagte der Mann auf Deutsch zu mir: »Meine Frau liebt das Meer«, und er schaute so, als wollte er mit mir gegen das Leben und das Meer fraternisieren, mit ihm und mit mir, gegen dieses Leben und dieses Meer und gegen sie, diese Frau und diese Liebe, als müsste er den Kopf schütteln darüber, dass es immer noch Liebe war. Und dass sie einen wie ihn immer noch liebte und er eine wie sie. Sie wollten nun ans Meer ziehen. Es hörte sich so an, als wäre das schon der letzte Wunsch, den er ihr noch erfüllen wollte, mit zahlreichen, wie ich nun wusste, ungarischen Widerworten dazwischen. Aber vielleicht war es auch wie ein letzter Witz.

Eine Wohnung hatten sie noch nicht. Erst einmal wollten sie ins Hotel ziehen. Ob ich ein günstiges Hotel wüsste, fragte er. Ich wäre nun gerne wieder einmal Milliardär gewesen und hätte ihnen eine schöne Wohnung in der ersten Reihe mit Meerblick auf Lebenszeit überlassen, dazu eine Rente auf Lebenszeit, doch stattdessen konnte ich nur »Warum versuchen Sie es nicht im ibis« sagen?

Es war schon gegen Einbruch der Dunkelheit hin, und nun schauten sie, als hätte ich ihnen die entscheidende Hilfe gegeben, als wäre das die Lösung. Ich hatte gesehen, wie ibis auf großen Tafeln, die vom Busfenster aus den halben Himmel für sich beanspruchten, mit den günstigsten Zimmern von ganz Nizza geworben hatte, und auch das Wort »Preisleistungsverhältnis«, ein Wortimport aus Deutschland, hatte ich gerade wieder im Hotelkatalog auf meinem Zimmer gefunden. Die Frau sagte die ganze Zeit kein Wort und lächelte mir ins Gesicht. Mit einem Blick, der zwischen den Sätzen »Ich würde ihn am liebsten umbringen« und »Ich kann ohne ihn nicht leben« changierte. Und ich dachte mir, dass auch diese Geschichte, die Geschichte von zwei Menschen, die niemals eins waren und doch nicht voneinander lassen konnten, zu jenen Problemen gehörte, die nur eine Geschichte kannten, aber keine Lösung. Es wäre denn der Tod gewesen. Nein. Ich half ihnen beim Aussteigen und trug einen Teil des Gepäcks ein Stück weit in Richtung des Hotels ibis, für das sie sich, auf meine Entdeckung vom Busfenster aus hin, entschieden hatten fürs Erste, und ich dachte mir, du musst dir wohl eine traurige Geschichte dazudenken, ja, ich dachte mir nun eine traurige Geschichte hinzu, in der die Wörter »Leben«, »Liebe«, »Deportation«, »Lager«, »Tod« und »20. Jahrhundert« vorkamen.

Ach, die beiden Alten, die mit ihrem Gepäck sich in der Tiefe des ibis verloren. Wer weiß, ob Mausi und ich noch so weit kämen. Wir hatten noch keine Pläne für den Sommer, gewiss: irgendwo hin ans Meer, vielleicht sogar an den Atlantik … doch der Atlantik, wie er mit den Dünen von Pilat zusammenkam, wäre schon gar nicht in Frage gekommen, obschon »Ich habe immer dein gedacht« war ein Satz meines Lebens, der gesungen werden konnte und gesungen wurde, manche konnten singen und weinen, und das eine war vom anderen nicht zu unterscheiden.

Erinnerung an die Zeit, als wir noch ein Ganzes waren, Vergegenwärtigung von unseren jungen Jahren, deren Ende wohl jene versiffte Zeit auf dem neunten Stock eines schäbigen und damals schon heruntergekommenen Studentenheims namens UZH war, immerhin benannt nach einem Humanisten – und jene, auf die es ankam, waren weg: Die einen waren nun tot, die anderen verschwunden, Toby, Alec und wie sie alle hießen, und vor allem Babette.

Aber gesprochen haben wir, die Überlebenden, die Übriggebliebenen, mit den Jahren immer weniger und dann gar nicht mehr. Aber nicht, weil die einen tot, die anderen verschwunden und die Restlichen uns entglitten wären. Mausi und ich, wir haben nicht mehr davon gesprochen. Aber nicht, weil wir nicht mehr daran gedacht hätten. Nicht, weil wir das Unvergessliche vergessen hätten. »Wenn es schon keine Menschen fürs Leben gibt, dann gibt es doch Sätze«, und »Je ne oublie pas!« war so ein Satz. Auch für Babette, das wusste ich nun. Fast schon war ich wieder dabei, ein Liebesgedicht zu schreiben, doch das hatte ich mir nun für danach aufgespart. Denn auch danach würde das Leben weitergehen.

Und wer weiß, dachte ich, ich dachte mir, wie schön es wäre, bald wieder an jenes Meer aufzubrechen, schon nächste Woche. Dass wir uns dort alle wiederfänden beim höchsten Sommerfest. Das wollte ich Babette gleich nachher noch sagen. Und dann auch noch Mausi. Und musste nun nicht mehr denken.

7. Mausi

Mausi und Jesper hatten sich zum Schwimmen verabredet, und treffen wollten sie sich auf den Wannseeterrassen.

Mausi war nämlich eine Wasserratte. Und auch Tante Mausi hatte dies schon bemerkt, wie sie den Ball fing und schon ins Wasser drängte, als sie noch gar nicht schwimmen konnte.

Schließlich lag sie den ganzen Sommer auf den Möbeln vom Sonnendeck der untergegangenen Columbus und war das Schwimmen gewöhnt, vom Elternhaus am Stölpchensee her mit seinen Hitzefrei-Tagen. Es war ja noch fast ein Dorfleben, ihr Haus, ihre Schule, ihre Kirche, ihr See. Von da gab es für sie nichts Natürlicheres, als sich schon am erstmöglichen Tag die Kleider vom Leib zu reißen und ins Wasser zu gehen und dann in der Wiese zu liegen mit den richtigen Freunden und braun zu werden, das kam von selbst, das war der Sommer.

Mausi hatte Alain gesagt: Ich denke nicht daran, dass ich zu der Veranstaltung von Inge und Justus gehe. Der Karneval ist vorbei! Das sei ihr schon am Freitagabend klar gewesen. Und auch, dass sie das unstatthafte Ehepaar nie wieder sehen wolle, das hatte Mausi sich fest vorgenommen, und Alain hatte sie dies auch schon gesagt, und er wollte es auch so halten. Und das Testament würden sie auch ablehnen. Sie würde nicht auf den Dahlemer Waldfriedhof fahren, aber irgendwann vielleicht einmal doch.

Keine würde mich dafür mehr lieben als Elfi, sagte sie sich.

Jetzt fuhr sie mit ihrem Golf GTI durch Zehlendorf, ganz in der Nähe des Dahlemer Waldfriedhofs vorbei.

Und dort redete der Pfarrer vom Gehen. Vielleicht hatte auch er den Auferstehungsglauben aufgegeben und redete nun in allgemeinverständlichen Mitläufersätzen auf der Höhe des Jahres 2004 und wusste, wie man es ihnen sagt. So viel Unglaube musste sein, sonst war man heutzutage als Christ nicht mehr glaubwürdig.

Aber das war Mausi egal.

Denn ja, ich komme bald, Wannseeterrassen, und dann Strandbad Wannsee. Da wartete Jesper auf sie.

Vielleicht hätte andernfalls ihr Handy in die Worte des Pastors hinein geklingelt, die ihm von Justus und Inge zurechtgelegt worden waren, während der Pfarrer vom Tod sprach, als könnte man über den Tod sprechen, und auch über Elfi, als hätte er sie gekannt, als wären sie, der Tod und der Pastor mit Elfi per Du gewesen. Und wie er gesagt hätte: Sie ist von uns gegangen, wo sie doch vor ihnen lag, tot, wie sie nun war. Als hätte der Mensch das Leben und den Tod im Griff, auch noch auf dem Weg zum Grab, und es hätte geklingelt zwischen den Grabreihen, weil sie das Telefon nicht abgestellt hatte. Wäre sie doch noch hingegangen. Aber vielleicht hätte der Pastor zu Beginn der Trauerfeier gesagt: »Bitte vergessen Sie nicht, nach Ende unserer Verabschiedung Ihr Handy wieder anzustellen.« Und sie wäre mit dem Kopf nach unten dagestanden wie in einem TV-Krimi. Und hätte vielleicht sogar weinen müssen, aber vor Glück. Und keine andere hätte dies mehr gefreut als Elfi. Mausi hätte in jener ebenerdigen Trauerhalle mit dem Sarg oder der Asche Elfis in der Mitte nicht weiter vom Tod entfernt sein können als jetzt in ihrem GTI. Sie ging nicht zur Trauerfeier, sondern träfe sich mit Jesper auf den Wannseeterrassen. So war es abgemacht. Und, so sagte sie sich, das wäre im Sinne von Elfi gewesen, das weiß ich. Als erfüllte sie ihr so einen letzten Wunsch. Und wer, wenn nicht Elfi, die große Liebende, die so rein in ihrer Wollust war, wie auch Alain gesagt hatte, würde alles verstehen, wenn Rauschzeit war.

8. Alain

Nun hörte ich wieder ihre Stimme im Rücken: Alain ... wie einst aus dem Bambus heraus, gleich hinter der Mauer neben dem Gartentor. Und dann stand sie wieder vor mir, stellte sich vor mir auf, als wäre die Zeit ein Irrtum der Chronometer. Was waren denn all die Wörter gegen die Liebe, die ich nun vor mir sah. Es waren zwei Tage in meinem Leben, mehr nicht. Im Deutschlandfunk würde zum Abschluss des Tages die Nationalhymne gespielt. Und dann die Nachrichten. Ich würde neben Babette aufwachen, ohne eingeschlafen zu sein. Das wusste ich nun. Sie war ein Maikind. Das blieb. Das Wort Mai liebte ich schon deswegen, weil es mir nicht so viel Arbeit beim Schreiben machte, und als Sprachmensch vor allem, weil die Vokale in der Mehrzahl waren, es war eine Zweidrittelmehrheit, dazu mit einem offenen Ende. Und so fing jeder Schriftsteller von denen, die ich meinte, mit seiner eigenen Welt an, seiner ersten Welt. Mit seinem ersten Schnee, oder wie ich vom Fahrrad fiel, und wie es blutete. Und wie es nun blühte, kurz vor neun.

Sommerabendzeit. Als Kinder hatten wir unten an der Straße die Autos gezählt, Babette und ich, die zwischen der Stadt und der Düne an uns vorbeifuhren. Ich war für die eine Richtung zuständig, sie für die andere. Wer am meisten Autos zählte, hatte gewonnen. Aber wir mussten ja gar keine Uhr dabeihaben. Alle Züge endeten einst in Arcachon, am Bahnhof unterhalb der Ville d'Hiver, und alle Fahrten begannen hier. Möge ihr Leben schön gewesen sein, das Leben von allen, die in jenen Autos und Zügen saßen, die wir damals beim Vorbeifahren zählten. Und das Glück war das musikalische Vorzeichen dieses letzten Kapitels, sorry: Wer jetzt aus Liebe nicht sterben wollte, dem war nicht mehr zu helfen. Die himmlischirdische Liebe … denn ich war ein Romantiker, möglicherweise sogar ein Metaphysiker, und mein Weg würde mit Sätzen enden, die hinter der Tür weitergingen, von der »Ziehst du dich aus?«-Frage an, und wir würden nicht mehr sprechen, sondern lieben.

Und dann sagte sie: »Komm!« Babette kam mir nun mit ihrem Satz »Träumst du schon wieder?«, und ich konnte nur lächeln, wie sie nun ganz ohne Zweifel vor mir stand, und »Komm, gehen wir« sagte.

»Komm!« Sagte sie. Und wir gingen in Richtung Hohenzollernbrücke und waren bald an den Stufen, die zu den preußischen Pferdeärschen hinaufführten. Der Domchor, auf den wir jetzt zuliefen, war ja nichts als ein gewaltiges Grabmal, errichtet über dem goldenen Schrein der Heiligen Drei Könige, geraubt den Mailändern, die jene anderswo geraubten Knochen um viel Geld gekauft hatten. Und der Dom war auch schon einmal ein Pferdestall gewesen.

Und wir lachten, wie man lacht, wenn das Schönste noch kommt.

Die unauflösbaren Vorhängeschlösser, die ich auch aus dieser Distanz in allen Farben am Gitter der Hohenzollernbrücke (welche Schmach in Köln!) sah, zeigten mir, dass es auch nach Romeo und Julia mit der Liebe weitergegangen war. Und Köln war doch die Stadt, wo man selbst noch im Himmel *Ich möch zo Foß noh Kölle jon* sang? So fühlte ich mich jetzt. Wenn du nicht schön bist, versteh ich nichts von Musik, so neben Babette her. Und das, was jetzt folgte, verstand ich ja auch nicht und habe ich nie verstanden. Ich wusste nur, dass Liebe ein Tuwort war.

9. Mausi

P.S. I love you war ein wunderschöner Titel, dachte sie.

Und jetzt war sie hier. Sie war vor ihm hier gewesen. Dann hörte sie ein Martinshorn und dachte sich schon das Schlimmste dazu. Denn nun hatte sie schon Angst, es könnte ihn noch ein Regentropfen erschlagen wie im schönsten Liebesgedicht. Es war ihm nichts passiert. Aber eine Sperrung hatte es gegeben, wegen. Ich weiß nicht, aber daran wollte sie jetzt nicht denken. Sie musste nun überhaupt nicht mehr denken, denn er war es, und dahinter sah sie den See und den Himmel über Kladow, mit dem Mausi nun per Du war. Unter diesem Himmel war klar, dass es nun nicht mehr weit war bis zum Meer. Das Wort »Eintauchen« in ihn schien ihr das einzig richtige zu sein. Als könnte der Himmel selbst »Das Leben ist schön« sagen. Ja, als könnte der Himmel selbst sprechen und »ja« sagen. Doch das Wort »Himmel« war Mausi nun für das, was sie sah, noch viel zu wenig. Der Himmel war nun eine Outdoorgeschichte, und in deren Mitte sah sie Jesper auf sich zukommen, und Mausi war mit dem See und den Wolken per Du, ja mit dem ganzen Himmel. Sie musste nun nicht mehr weiter mit ihren Augen.

P.S. I love you war ein wunderschöner Titel, dachte sie ihm hinterher, wie sie sah, wie Jesper vor ihr ins Wasser ging. So war es aber. Das war eine Tatsache, die mit ihrer Sehnsucht zusammenfiel. Und schon hatte Mausi Angst, er könnte von einem Kampfkarpfen angegriffen werden oder von einem Regentropfen erschlagen. Jesper kam zurück, kam auf sie zu, schüttelte sich das Wasser vom Leib wie früher Bruno, ihr unvergessener Hund, der damals so alt war wie sie und neben ihr im Stölpchensee herumschwamm.

Jesper war von Ziffer zu Ziffer schöner geworden, mit jedem Schritt auf sie zu, ja, so war es.

Er trocknete sich ab, zog sich an, wie er es wohl als Kind gelernt hatte, zuerst die türkisfarbenen Boxershorts, das Sommerhemd und auch die Hose. Was für Shorts, was für ein Sommerhemd, was für eine Hose! Alles ganz leicht, wie in den »days of sweet expectations and light dressed happiness«. Zuletzt der Reißverschluss, was für ein Klang!

Und als sie dies hörte und sah, dachte sie sich, ohne sich dabei etwas zu denken: Ja. Da änderte sie ihre Novelle, die Papageien-Geschichte, die Mausi an Heidrun geschickt hatte, und ab jetzt sollte es nicht mehr Cecelia Ahern allein sein dürfen, die *P.S. I love you* schrieb, und auch nicht mehr der Papagei Egon und Alain sollten es sein, die in ihrem Tante-Mausi-Roman gemeinsam alles erbten, was von ihr übrig geblieben war und übrig bliebe, sondern Jesper, dieses auf der Zunge zergehende Wort. Als Erstes würde sie den Schluss noch einmal schreiben müssen. Der Tod und die Liebe, ein altes Paar, und

»Bist du bei mir, geh ich mit Freuden … zu sterben« … »Ti amo da morire« konnte sie immer noch lesen manchmal, in Italien als Graffiti an dieser und jener Kirchenwand … aber ihre Geschichte … ihre Geschichte sollte nicht mit dem Tod enden, sondern mit dem Leben.

10. Alain

Was ist Glück? Die Frage ist so schön, dass es darauf keine Antwort geben kann, dachte ich wieder einmal in meinem linkshändigen Kopf. Und allen, die jetzt und sonst nirgendwann mehr an uns vorbeigingen und an mir vorbeigegangen waren, wünschte ich ein schönes Leben. Und allen, die vor Liebe nicht sterben wollten, war im Leben auch nicht mehr zu helfen.

Was ist Glück? Die Frage war so schön, dass es darauf keine andere Antwort geben konnte als diese: Die Chipkarte funktionierte. dddeeeyxmprklajräljaäalmkööllkxbuggggggggggggg-gggzamaövosltniblumyjxckbnnstälöjmvöägjolxgxgxfxtdzkbb-bbbbbbbbbbbbbbdärrrrrrrrrrrrrrrrrrrrrrrrrrrrrrrreeeeeeeeee-errrrrrrrrrrrr dedigitate, bugger me!

Nun waren wir an der Tür im ibis, der Chip funktionierte … die Tür ging nach innen auf, und wir lachten nicht mehr, wie man lacht, wenn das Schönste noch kommt.

11. Mausi

Was ist Glück? Die Frage war so schön, dass es darauf keine Antwort geben konnte. Keine Antwort, es wäre denn das Leben oder mit dem Leben gewesen. Mit Jesper und Mausi. Mausi und Jesper. Mausi hatte alles vergessen, sie wusste nur noch, dass die Liebe zu den Tuwörtern gehörte. Wie sie nun sah, wie er aus dem Wasser kam.

Wenn Mausi in den vergangenen zwanzig Jahren etwas Unvergleichliches vergleichen wollte, eine Vorstellung des Unvorstellbaren geben wollte, dann hatte sie bisher »wie Norbert« gesagt. Bisher. Und jetzt sah sie, dass sie von nun an »wie Jesper« dachte.

Sie liebten ihn alle. Besonders, wie er aus dem Wasser kam und sich wie Bennie abschüttelte, ja, es gab selbst Hunde, die es sahen und versuchten, es so zu machen wie Norbert, und dann das ganze Schwarzwild, wenn Rauschzeit war. Und die Amseln versuchten aus dem angrenzenden Wäldchen heraus, dem Schauplatz von noch so mancher Liebesgeschichte jenseits der Amseln, so zu singen, wie er lachte. Ja, und sie sangen ihm hinterher, wie sie ihm hinterherschauten, alle, Menschen wie Tiere, wenn er ins Wasser ging. Und selbst, so schien es, die Wegwarten, die am Rand von allem herumstanden, kaum einmal gesehen und gemalt, versuchten, so schön zu blühen wie er.

Wie Jesper nun »ek elsker dik« vor sich hinsagte. Das musste Dänisch sein. Sie konnte zwar kein Dänisch. Doch das klang. Der Himmel war noch viel zu wenig, wenn sie hätte sagen sollen, wie es war und klang.

»Zu mir? … Zu dir?«

Jesper sagte: »Zu mir. Lass dich überraschen!«, doch er wusste nicht, was er gesagt hatte. Er nahm die swarzen Schuhe, die er sich für die *Tosca* gekauft hatte, weswegen er ja auch zu spät gekommen war, fand in sie hinein, als wäre es ins Leben. Jesper, auf Deutsch: der Schatzverwalter, lachte und sagte: Gehen wir endlich? Und dann noch einmal: Komm, gehen wir. Und keine sonst auf der Welt als sie war die Gemeinte. »Komm, gehen wir!«, und Mausi wiederholte es und fügte nur noch das Wort »Ja« hinzu: »Ja, gehen wir.« Und sie gingen.

P. S. من شما را دوست دارم

Es gab keinen schöneren Titel als *P. S. I love you*, dachte sie.

P. S. Dooset daram, lieb dich, man tora doos daram, ich liebe dich.

Sie konnte kein Dänisch: Ek elsker dik … Doch für Mausi konnte es keinen Zweifel geben, dass das »Ich liebe dich« hieß. Wie anders übersetzen als mit »Ich liebe dich?«, und Mausi stellte bald fest, dass es ein anderer Weg war als jener, den sie auf dem Hinweg zum Strandbad genommen hatte, und dann fuhren sie in einem großen Satz zurück, als wäre es Katzenglück, nicht über die Berliner Straße, Zehlendorf und den Waldfriedhof von Dahlem, wie sie gekommen war, sondern auf dem schnellsten Weg, und er hatte seine Hand die ganze Zeit in ihrer Hand, nicht einmal zum Schalten musste er von ihr lassen, denn sein Fahrzeug war ein Automatic, und so ging es über die Autobahn bis zur AVUS-Kurve und dann weiter in Richtung Wilmersdorf und schließlich über den Hohenzollerndamm, die Günzelstraße hinauf, die Bundesallee überquerend, und zuletzt noch die Bamberger, nun waren sie in Schöneberg und schließlich in der Haberlandstraße, an der Einstein-Tafel vorbei, und dann stand Mausi vor ihrer eigenen Haustür, über der sich die unsichtbar gewordene Milchstraße mit ihr und ihm kreuzte. Da wohnte er also. Da war es also. Da sollte es also sein. Und sie wusste nun, dass ihr Leben kein Zufall war.

Als ich damals oben auf der Düne angekommen war und aufs Meer hinausschaute, wusste ich wieder einmal, dass ich als Glück gedacht war.

Für Marie-Odile Baille

Cornelia Brunner (†), Luis Rothenbach (†),
Brigitte Hagmayer (†), Norbert Parusel (†),
Hilde Berwarth-Blum, Peter Längle, Jim Martinelli,
Lothar Amann, Bambang Sampurna, Alexander Schönfeld,
Rolf Weber, Luzia Braun, Sonja Kübler

und für Jörg Brode